SANGAREE

ŒUVRES DE FRANK G. SLAUGHTER

DANS PRESSES POCKET :

Merci, colonel Flynn
Deux cœur de femmes
Le cœur a ses raisons
Afin que nul ne meure
Bois d'ébène
Docteur Land
L'homme au masque blanc
La fin du voyage
Noirs sont les cheveux de ma bien-aimée
Sangaree
Divine maîtresse
Hôpital général
Non pas la mort mais l'amour
La route de Bithynie
L'enfer des ombres
Storm Haven
Opération Épidémie
Fuite sans retour
Amour aux Bahamas
Chirurgien au long cours
Le procès du Dr Scott
Lorena
Le désir est roi
Le miracle est pour demain
Le sang du dragon
Un médecin pas comme les autres
Bon sang ne peut mentir
De galère en palais
Le glaive et la croix
Capitaine Carter
La rose de Jéricho
Le salaire du péché
La moisson du diable
Nuit des Caraïbes
L'amour est au bout du voyage
A la pointe du bistouri
Cet inconnu Semmelweis
Femmes de médecins
Le cœur d'un autre
Le mirage doré
La grande peur du Dr Barnes
L'hôpital de la haine
L'hôpital perdu
Femmes en blouse blanche
Le visage du pardon
Les dieux s'affrontent
L'épée et le bistouri
La victoire du docteur Reed
Maritza
La femme aux deux visages
La Magdaléenne
Filles de chirurgien
Les camelots du Seigneur

FRANK G. SLAUGHTER

SANGAREE

PRESSES DE LA CITÉ

Le titre original de cet ouvrage est

SANGAREE

Traduit de l'américain par DORINGE

ISBN 2-266-00210-4

PREMIÈRE PARTIE

LE FORT

1

L'HEURE n'était pas aux réflexions sur le destin qui avait assigné à cet adolescent de pourchasser, pendant six années, le rebelle en Amérique, pour, finalement, l'abattre lui-même à l'ombre du drapeau américain, des mois après le triomphe du rebelle.

Atteint brusquement, en pleine force, le garçon, pour mal en point qu'il fût, conservait un visage rose et rond. Toby, néanmoins, sachant ce qui se cachait sous cette robustesse apparente, avait hésité avant de prendre une décision.

S'il s'était résolu à opérer, si faibles que fussent les chances, c'est qu'aucune ne subsistait en dehors de l'opération. Nul doute sur ce point. *Inflammation maligne de la gorge, résultant d'une membrane bouchant presque complètement le pharynx :* tel était le diagnostic. Dans le dictionnaire du soldat, cela s'appelait « maux de gorge putrides ».

Toby avait noté le « cas » dans son journal lorsqu'il avait accepté au poste sanitaire de Fort Washington leur ancien ennemi. Une heure s'était écoulée depuis que, la crise s'étant déclarée, il avait fait avertir l'avant-poste britannique qui leur faisait face de l'autre côté du lac Vermont, dont la surface gelée était couverte de guirlandes neigeuses.

Le regard du chirurgien observait le cercle qui l'entourait, s'arrêtant un instant sur les bras noueux de ses aides qui, tels des écrous vivants, maintenaient les épaules et les genoux du patient, sur la masse du nègre Billy qui, dressé en silhouette sur un fond éclairé de chandelles fixées dans une douzaine de poings solides, taillait avec placidité une plume de dinde.

Tous travaillaient avec lui depuis qu'il avait rejoint l'armée de Gates (1) à Saratoga (2). Son assistant, Roy Darby, avait fait ses études et obtenu son diplôme de médecine à côté de lui, à Edimbourg. Billy, l'affranchi noir, avait veillé à tous leurs besoins pendant ces années d'études en Ecosse. Et Billy, tout naturellement, les avait suivis à la guerre. Equipe qui, sans paroles inutiles, avait depuis lors fonctionné comme un seul homme.

Au-delà de l'équipe, le cercle s'élargissait : les officiers britanniques, venus pour donner leur accord à l'opération et, sans doute, pour soutenir un de leurs hommes en cette grave circonstance, étaient au garde-à-vous le long des murs crépis à la chaux.

Rigides observateurs du protocole, ils avaient revêtu la grande tenue, et la lumière des chandelles, généreuse à leur splendeur, arrachait des éclairs aux écussons, aux boutons, adoucissait l'écarlate des tuniques, donnait aux grands revers blancs la chaleur de l'ivoire. Même les enluminures dues à une bonne nourriture ne contrastaient pas trop cruellement avec le modelé émacié des visages américains.

Balançant le bistouri au creux de sa paume, le Dr Tobias Kent, que tous ses amis appelaient Toby, réfléchissait que c'était là une réunion d'une importance disproportionnée à sa cause. L'ennui profond des quartiers d'hiver, des deux côtés d'une frontière récente, et aussi cette épreuve douloureuse et inattendue y étaient peut-être pour quelque chose.

Pendant quelques secondes, il resta debout près de la table d'opération improvisée : brefs instants d'une panique familière, instants où il souhaitait, du plus profond de son cœur, n'avoir jamais choisi la profession de chirurgien ; pas plus en temps de paix qu'en temps de guerre.

(1) Horatio Gates, 1728-1806 général révolutionnaire américain, né en Angleterre.

(2) Ville de l'Etat de N. Y., où capitula, en 1777, le général anglais Burgoyne, ce qui marqua la naissance des Etats-Unis indépendants.

Le garçon étendu sur la table fit entendre un cri étranglé : mais le Dr Kent était fait aux cris de douleur. Doucement, sa main libre appuya sur l'épaule du patient, tandis qu'il lui murmurait des paroles apaisantes.

Avant que son bistouri délimitât la surface opératoire sur la trachée palpitante, il salua dignement chacun de ses assistants, puis les anciens ennemis.

— Plaît-il à milord que je commence ?

— Votre gloire vous a devancé, docteur Kent. Le patient est à vous.

Toby avait parlé sans aucune intention d'ironie, et lord Wystan, l'aîné des chirurgiens du fort d'en face, avait répondu de même. Depuis la guerre, le couteau guérisseur avait ainsi passé mainte frontière, avec une mutuelle bonne volonté. Rencontrant le regard de Wystan, Toby sentit la confiance lui revenir en un chaleureux et cordial élan.

— Puisqu'il n'y a pas d'autre moyen.

— Procédez, monsieur. J'ai endossé votre diagnostic.

La première incision, courte et nette, exposa le pharynx en même temps que se produisait une rapide effusion de sang et que, la douleur aiguë atteignant la sensibilité malgré la morphine, le garçon hurlait — longue lamentation qui s'étouffa et mourut brusquement.

Wystan dit avec calme :

— Jack est une excellente ordonnance, docteur. Je ne pensais pas qu'il se serait évanoui si tôt.

Le bistouri travaillait. Toby répondit avec un calme égal :

— C'est un jeune bœuf vigoureux, milord. Si nous parvenons à faire entrer l'air, nous avons une chance de le tirer de là. Les anciens pratiquaient déjà la trachéotomie pour soulager les enflures malignes comme celle-ci.

Ses doigts, tandis qu'il parlait, se déplaçaient, exerçant où il fallait une pression vigoureuse pour arrêter l'écoulement de vaisseaux superficiels. Au fond de la plaie, la dure masse du cartilage pharyngé apparaissait, colonne d'anneaux blancs, brillants et nus.

Le cou du garçon « pompait », tel un soufflet à

bout de puissance. Le bistouri indiqua, et évita, le grand arc palpitant de l'artère carotide, le double battement des deux veines jugulaires qu'emplissait et vidait tour à tour le cœur fatigué.

Ce n'était guère le moment d'avouer qu'il allait ouvrir à l'aveuglette, se fiant à sa connaissance parfaite de l'anatomie, pour percer la trachée en un point sûr, bien que fortuitement choisi.

Plus tard, il se pencha vivement en avant, et toute l'assemblée parut tendre le col à l'unisson. Le garçon, mou comme une poupée de son, sous la poigne des deux aides, avait cessé de se tordre. La teinte bleuâtre qui s'était étalée des lèvres aux joues contait sa cruelle histoire, aussi nettement que la subite interruption de ce souffle rauque. Avec l'obturation de la trachée, la mort les dévisageait froidement et défiait le couteau de la vaincre.

Toby dit doucement :

— La plume de dinde, je vous prie, Billy.

Les doigts noirs touchèrent les doigts blancs, et la plume de dinde tomba dans la paume libre de Toby. Rapide, le bistouri fendait le cartilage qui s'aplatissait comme un tuyau sous le doigt, puis cédait sous la lame. Le tissu intérieur, plus tendre, s'ouvrit à son tour, et, en même temps qu'un mince afflux de sang obscurcissait les profondeurs de la plaie, la première bulle crevait au-dehors, suivie d'une seconde, et l'air siffla dans l'étroite ouverture, produisant un son haut et frêle comme la plainte d'un bébé qui vient au jour.

— A un cheveu, milord ! Voyez combien il est simple de placer un pharynx provisoire.

Déjà l'anneau suivant était tranché, l'ouverture élargie, l'air pouvait passer, rien ne le gênerait. Sans détourner son regard, Toby perçut que les yeux du chirurgien anglais s'arrondissaient, avant même que la plume de dinde fût installée. L'ouverture, exactement prévue, se resserra aussitôt contre le tube inséré ; l'hémorragie, réduite par une compresse, n'était déjà plus qu'un négligeable suintement. « Une fois encore — et il se le dit solennellement tout en appliquant le pansement final et en s'écartant de la table, — un mélange heureux de savoir et de chance avait sauvé une vie. »

— Voyez, déjà la cyanose a diminué...

Un murmure emplit la pièce, et les Britanniques s'avancèrent vers la table où le garçon respirait à présent presque normalement, grâce à son pharynx improvisé. Dans une semaine, ce jeune corps robuste serait en état de livrer sa propre bataille, et de la gagner, contre une affection, après tout, nettement localisée. La jeunesse et un bon sang paysan feraient le reste, grâce à l'audace d'un chirurgien rebelle opérant au fin fond d'un désert de neige.

— Le patient est à vous, messieurs.

Ce fut au tour de lord Wystan de saluer.

Toby, pendant qu'il se brossait les mains sur une cuvette, à côté de la table acceptait, les yeux baissés, le murmure louangeur des autres officiers anglais.

— Bien entendu, messieurs, nous vous offrons très volontiers de le garder ici quelques jours, jusqu'à ce que le choc soit atténué.

» Accepteriez-vous une grillade d'ours pour dîner ? »

Les talons claquèrent à l'unisson. Toby repoussa les porteurs de chandelles, et Billy passa, emportant le malade aussi aisément qu'il l'eût fait d'un enfant. Le chirurgien enfila son uniforme et rendit à Wystan sourire pour sourire : les deux garnisons savaient que l'ordonnance, à qui, en somme, la mission avait été favorable, avait été envoyé au Fort Washington, juste avant que le mal le terrassât, dans le but de négocier l'acquisition de quelques tranches d'ours.

— Grillades contre rhum, je pense, dit le Britannique. Nous avons apporté le rhum en traîneau sur la glace. Six dames-jeannes de Jamaïque. Voulez-vous avec votre état-major, nous faire l'honneur de boire ensemble un *toddy* (1) ?

— Volontiers, dès que j'aurai noté l'opération dans mon journal.

Maintenant que la tension avait disparu, le cercle entier souriait. Toby dut faire, et fit, un effort véritable pour se mettre à l'unisson, pour secouer le malaise qui l'oppressait depuis un bon moment.

Des transactions de ce genre avaient permis aux deux garnisons de passer le long hiver dans les plus favorables conditions.

Bien sûr, elle était agréable cette occasion supplé-

(1) *Toddy* : sensiblement le frère de « notre » grog, alors que le « grog » américain n'est pas sucré.

mentaire de se souvenir que la guerre était vraiment terminée, encore que les détestables et détestées tuniques écarlates des anciens ennemis eussent toujours, à la lueur des chandelles, des reflets de sang fraîchement versé.

En passant la porte qui menait à ses quartiers privés, le Dr Kent leva la main, geste de paix traditionnel, bien plus ancien que les uniformes et même que les armées.

2

A le comparer avec d'autres quartiers militaires, son gîte improvisé était plus que satisfaisant. Son lit de feuilles de maïs et son amas de couvre-pieds étaient heureusement libres de poux. C'est à peine si le vent pouvait filtrer entre les troncs bien colmatés. Les flammes, dansant sur les pierres du foyer découvert, rendaient l'étroite pièce aussi gaie que pouvait l'être un logis de célibataire à la fin d'une guerre.

Et, de surcroît, l'unique fenêtre, tournée vers le nord-ouest, et donnant sur le lac — elle avait naguère servi de meurtrière — était pourvue d'un carreau. Billy avait fait à Burlington un voyage tout exprès pour acheter, ou voler, enfin pour se procurer d'une façon quelconque ce précieux carreau.

Toby, se souvenant des heures qu'il avait passées devant cette meurtrière, à regarder l'hiver s'emparer peu à peu des eaux ardoisées, s'assit sur le rebord et considéra une fois de plus le Canada, blanc sous la pleine lune et aussi désolé que la face même de la lune.

Le Canada, immobile et vide dans la nuit, lui renvoyait la réplique britannique de leur fortification — aussi nette sur fond de ciel qu'une eau-forte — le Fort Cornwallis, solide et d'aplomb au-delà de l'immensité de glace, pareil à un bloc de granit posé sur la colline.

Fort Cornwallis, Fort Washington : deux noms qui avaient été littéralement gravés dans les cervelles des soldats exténués, points minuscules sur le vaste échiquier de la guerre, abandonnés depuis des années lors du glissement des batailles vers le Sud. Lorsque le régiment de Toby avait traîné ses chaloupes à travers la pluie pour venir camper dans le Fort Washington, ce n'était plus qu'un repaire de renards. A présent, c'était leur quartier d'hiver définitif, pendant les mornes derniers mois de la trêve armée qui les laissait en face de leurs anciens ennemis en attendant que l'eau au Champlain redevînt libre.

Son destin, dans l'ensemble, avait bien tourné. La guerre lui avait donné toutes les occasions imaginables de perfectionner sa chirurgie. Il s'était trouvé à l'avant-garde des actions rayonnant autour du Champlain, et il avait accompagné Washington de La Forge à Monmouth. D'interminables heures de travail dans les salles d'hôpital avaient fermement établi à Albany la légende de son équipe. On ne pouvait véritablement pas le blâmer de n'avoir de la guerre que des souvenirs fragmentaires et spécialisés.

Sa conscience ne lui avait rien reproché lorsque le général Victor Darby fit pour lui, à Philadelphie, l'acquisition d'une commission de capitaine. Les motifs du Vieux Victor étaient des plus nobles. Quand il choisissait un protégé, il le choisissait bien et assurait solidement son avenir. Le Dr Clemens, le scieur d'os installé en Géorgie, dans le haut pays, et qui transportait ses instruments de chirurgie dans ses sacoches d'arçon, avait, lui aussi, occupé sa place dans les plans de Victor Darby. Exactement comme son propre fils, Roy Darby, et leurs communes années d'études. Il semblait que ce fût l'ultime épisode de ces plans qui les amenât ici, aux ordres. Ici, dans ce fort cerné par les neiges, au cœur du désert glacé.

Il se secoua, pour disperser les effets réfrigérants de cette évocation, et se tourna vers son foyer afin d'allumer une chandelle.

Billy avait préparé à côté de l'encrier toute une botte de plumes d'oie neuves. Son journal était ouvert sous le morceau de *wampum* (1) qu'il employait comme

(1) *Wampun :* sorte de corde faite de petits coquillages enfilés, tressés et câblés, que les Indiens employaient comme monnaie, les blancs ayant plus de valeur que les noirs.

presse-papiers et qu'il repoussa de côté pour relire l'entrée inscrite l'après-midi de ce même jour.

2 mars 1784.

L'état de V.D. est stationnaire. S'il y a un léger Changement, c'est l'Enflure pléthorique encore accrue. Drainée par des Incisions cutanées. Saigné à Midi. Etat hydropique ne laisse aucun Espoir. Peau de l'Abdomen tendue comme celle d'un tambour. Articulations des Bras et des Jambes enflées au Point d'empêcher aucune Flexion. Le Cœur ne semble pas devoir résister toute la Nuit.

Quand la mort est inévitable, les notes ni les commentaires n'y sauraient rien changer, et nul médecin n'aurait pu se dissimuler que le général Victor Darby se mourait, sur une terre aussi différente de sa Géorgie natale que celle d'une planète inconnue.

Le vent, au-dehors, tomba, et les yeux de Toby quittèrent son papier. Car, dans le grand silence soudain revenu, il pouvait entendre gratter une autre plume dans la chambre située juste au-dessous de la sienne. Le fort tout entier savait que son commandant passait ses dernières heures à dicter son testament à Sam Hoyt, son surveillant général, qui avait été convoqué de Géorgie alors que le régiment prenait ses quartiers d'hiver. Pour les mêmes raisons, Roy et Toby, abandonnant d'insignifiants détails médicaux, avaient quitté Albany, remontant en hâte vers le Nord. Ils savaient ce qui poussait le Vieux Victor à mettre de l'ordre dans ses affaires.

C'était bien caractéristique de Victor Darby, cette volonté de demeurer auprès de ses hommes. Pendant qu'il faisait coucher ses volontés dernières sur parchemin, il maintenait, du fond de son lit, la discipline familière. L'homme qui avait, à ses propres frais, levé sa première compagnie, dans les coins perdus du fleuve Savannah, et qui avait, également à ses propres frais, transporté cette compagnie dans le Nord pour se mettre avec elle aux ordres du général commandant en chef, cet homme mourait comme il avait vécu. Il y avait, dans le général Darby, une authentique grandeur qui survivrait à son temps.

Le fait qu'il allait rendre son dernier soupir, il l'écartait comme superflu.

— Je pars volontiers, Toby. Pourquoi non ? Nous avons gagné notre guerre. J'ai accompli ma tâche, aussi bien que j'en ai été capable. C'est à toi et à Roy de continuer.

— Vous m'avez fait dresser à la chirurgie, monsieur, en même temps que Roy à la médecine. Pas à diriger le domaine des Darby...

Mais le général avait ignoré l'interruption de son chirurgien-capitaine.

— Ce ne sera pas facile pour commencer, je te l'accorde. La plupart de nos planteurs sont ruinés ; ceux qui survivent n'admettront pas la nécessité de repartir sur de nouvelles bases. Quant aux fermes Darby... ma foi ! Nancy a fait de son mieux pour les maintenir. Mais Nancy n'est qu'une femme, même si elle est ma fille.

— Votre fille, général : je lui ferai donc confiance n'importe où et pour n'importe quoi.

Victor Darby avait enchaîné, ignorant encore l'interruption.

— Il y a de l'argent liquide plus qu'il n'en faut, Dieu merci. Sam Hoyt a fait le nécessaire pour cela. Quand il a trouvé moyen de glisser mes navires dans Boston en 1778, sans perdre une rame. Oui, il les a mis sous les ordres de capitaines yankees qui, pour la course, valent leur pesant d'argent. Je ne peux pas encore croire tout ce que ces bateaux ont gagné comme corsaires. Mais toi tu pourras, mon garçon. Sam a inscrit dans les livres jusqu'au dernier shilling.

— Roy devrait profiter de votre sagesse, général. Roy, sa femme, sa sœur...

— Je compte bien qu'ils y arriveront, avec le temps. Mais Roy est un rêveur, pas un réalisateur. Sa femme est une mégère qui aura bigrement besoin de la bride. Ma fille, je le crains bien, est aussi une mégère dans son genre. Un autre type de mégère. Elle n'a même jamais entendu parler d'une bride !

Au fond de ses couvertures et courtepointes bigarrées, le Vieux Victor était secoué de rire.

— Ainsi, tu le vois, Toby, s'ils doivent recommencer à produire, les arpents Darby auront besoin *d'un directeur et d'un maître*. Je ne saurais le souligner trop vigoureusement !

— Si vous suggérez que...

— Je ne suggère pas, garçon. J'explique pourquoi je t'ai formé.

— Mais vous avez un directeur à présent.

Une fois encore, le vaste lit fut ébranlé par le rire du Vieux Victor. Ce rire, jaillissant des poumons agonisants, aurait dû être grotesque. Il était plein d'allant et d'allégresse, comme la vie même, et pareillement insoucieux du lendemain...

— Si tu penses à Sam Hoyt, il me faut te contredire carrément, Sam est un réalisateur. Sur ce point, aucun doute. En fait, Sam est en avance d'un bon siècle sur son temps.

— J'en ai entendu dire autant de vous, général.

— Je prendrai cela comme un compliment, Toby. Il se trouve qu'un homme possédant mes ressources peut se permettre un peu de philosophie à longue portée sans qu'il lui arrive rien de pire que d'être traité de fou. Mais l'histoire de Sam Hoyt est toute différente. Quand je lui ai tendu la perche, il était enfoncé dans les dettes jusqu'aux yeux. Et il serait encore jusqu'aux yeux dans les dettes si notre révolution n'avait pas démoli la plupart de ses créanciers. Sam est bon homme, Toby, un excellent homme. Mais il ne peut pas balancer ses comptes. Il ne peut qu'exécuter des ordres.

— Pas venant de moi, monsieur.

— Et qui donc pourrait lui en donner et veiller à être obéi ?

— Voulez-vous rendre plus clair le sens de votre pensée, général ?

— Laisse-moi terminer mon testament. Je m'expliquerai ce soir.

A nouveau et d'avance, Victor Darby avait balayé toute objection :

— Ne m'accorde pas la faveur d'un froncement de sourcils professionnel, docteur Kent. Je vivrai jusqu'à minuit. Parole d'honneur.

Il n'y avait pas eu moyen de discuter davantage. En prononçant ce congé, le général s'était assoupi et son capitaine-chirurgien avait claqué les talons et pris le départ en direction du poste sanitaire, où il avait visité les malades et vérifié l'état de leur garde-manger. Après quoi, il avait sauvé une vie humaine sur la table de la salle du mess.

Mais il emportait au fond de son esprit le commandement encore informulé. Lorsque ce commandement serait effectivement prononcé, Toby n'aurait guère de choix. Avec ou sans uniforme, il avait trop longtemps obéi à Victor Darby pour se mettre à discuter ses ordres, ou pour douter de sa sagesse.

3

LA générosité du Vieux Victor avait veillé à ce que le service de chirurgie de Toby ne manquât jamais de rien, et que son ambulance fût constamment munie du nécessaire lorsque le régiment se retirait pour lécher ses plaies. Même les articles introuvables, tels des bols à saignée ou des scalpels forgés à Paris, lui étaient venus entre les doigts sans la moindre difficulté. Le Vieux Victor s'était contenté de hausser les épaules s'il arrivait que son chirurgien s'inquiétât de la dépense. Comme tous les vrais idéalistes, Victor Darby ne se souciait point de la dépense lorsque de grandes transformations sociales s'effectuaient.

Les affaires personnelles de Toby, y compris sa carrière soutenue jusqu'au moment présent, avaient marché à la même allure. Son avancement — depuis une enfance obscure dans quelque arrière-pays jusqu'au grade de capitaine-chirurgien en première ligne d'un régiment — avait été prévu et organisé aussi délibérément que le général Darby prévoyait et organisait ses diverses entreprises. Et le général s'était réjoui, dans un tranquille orgueil, de ce que celle-ci eût été si complètement menée à bien.

Le souvenir de cette progression régulière avait enfin détendu Toby. Au point qu'il oublia les officiers britanniques qui l'attendaient en bas. Le journal sur son bureau n'était plus un ennemi, mais un guide possible pour son avenir. Il s'installa dans son fauteuil pour en lire attentivement les feuillets. Après tout, il ne retrouverait peut-être pas une autre occasion de jauger son passé, de reconnaître le moment exact où il s'était attaché à la fortune de Darby.

La date officielle était, bien sûr, facile à préciser : le jour que, pour la première fois, il avait rencontré Victor Darby en chair et en os, dans la poussière de craie qui emplissait l'air de l'école à Clay Creek...

Un autre maître, ce jour-là, remplaçait Mr. Williams. Le nouveau était grand, vêtu de gris, le visage éclairé de flamboyants yeux bleus, et sa tête rappelait un buste qui appartenait à Mr. Williams, un buste de Platon, moins les invraisemblables favoris de Platon. Ce maître-ci, sûrement, était un monsieur, depuis la boucle d'acier brillant dont s'ornaient ses chaussures, jusqu'à ses cheveux soigneusement rassemblés, et liés par le premier ruban de soie que Toby Kent eût jamais vu.

Il ne raillait pas votre lourd accent de l'arrière-pays comme le faisait si volontiers Mr. Williams, mais écoutait avec une grave attention le gamin qui trébuchait sur la liste des rois Plantagenet, apprise consciencieusement par cœur le matin même. Ce maître-ci l'intimidait, ce maître qui n'était pas du tout un maître d'école — ou, du moins, le bruit en courut à l'heure de la récréation, — mais nul autre que Victor Darby lui-même, monarque en tout, sauf en nom, de ces riches terres boisées.

Toby avait absorbé trop de légendes relatives à Victor Darby pour douter de son existence, bien que l'homme lui-même fût toujours demeuré aussi lointain qu'un dieu. Il ne douta pas de la rumeur que Gabriel Thatch avait répandue dans la cour, encore qu'il pensât que Gaby « romançait », à son habitude. Sûrement un homme de cette importance ne viendrait pas faire la classe du matin à l'école de Clay Creek, même s'il était vrai que l'argent de Darby avait payé le toit de cette école et payait toujours le traitement de l'instituteur ; même si les inspecteurs de Darby insistaient pour que tous les enfants du district, jusqu'à l'âge de quatorze ans accomplis, fréquentassent les écoles.

Gabriel avait fignolé le tableau. Il avait affirmé qu'à chaque printemps Victor Darby effectuait en personne le tour de ses domaines et s'assurait du travail qui s'y faisait, en particulier de l'instruction des jeunes. Que le grand homme de Savannah adressait à chacun une bonne parole, aux métayers comme aux fermiers. Même aux Noirs suant dans ses chantiers forestiers ou dans ses plantations de tabac. Les Noirs eux-mêmes, assurait Gaby, pouvaient gagner leur liberté sous le code Darby.

— Qui donc a jamais vu un Noir *libre* ?

— Il y en a une bonne vingtaine dès à présent à Darbyville. Il en libérerait davantage si la loi l'y autorisait.

— Tu mens, Gaby !

Ce coup-là, Gabriel l'avait vigoureusement giflé et ils s'étaient battus un moment dans la poussière rouge de la cour d'école. C'était là souvenir à l'intérieur du souvenir : Toby n'avait guère que neuf ans lorsque Gaby avait déroulé le fil de ces incroyables fantaisies.

Et voilà qu'il atteignait ses quinze ans, avec des aspirations viriles à demi formées. Victor Darby occupait une fois encore la chaire du maître, feuilletant le livre des notes. Il leva les yeux vers le grand garçon dégingandé debout devant lui, et son sourire, sa voix à la fois si vibrante et si douce semblaient venir d'un autre monde, plus beau.

— Assieds-toi, Tobias, que je te regarde !

Toby s'approcha d'un pas, perdant sa gaucherie dans cette unique enjambée. Il découvrit qu'il lui était aussi facile à présent de s'asseoir sur la chaise en face de Victor Darby que s'il l'eût toujours connu, de plonger son regard dans ces étincelants yeux bleus que si leur allègre bonne humeur eût été un reflet de la sienne.

— Mr. Williams me dit que tu as, dès le commencement, été son plus brillant élève.

Toby avait saisi au vol la grimace cordiale du vieux Williams à l'arrière-plan et avait secoué la tête. C'était vrai qu'il avait gardé la première place en mathématiques et en histoire : bien que Gabriel Thatch l'eût *parfois* distancé sur ce dernier sujet, et *toujours* en orthographe et en logique. Les yeux assurés, il répondit franchement :

— Si j'avais plus de temps, monsieur, c'est-à-dire... si je *prenais* plus de temps...

Les beaux sourcils en face de lui se froncèrent de façon olympienne. Malgré les lunettes chevauchant son noble front et le jabot plissé sous son menton fendu, Victor Darby ressemblait plus que jamais au buste de Platon.

— Tu fais partie d'une famille nombreuse, je crois. Est-ce que les travaux domestiques t'ont détourné du travail scolaire ?

— Non, monsieur. Mon... mon tuteur comprend les choses. Nous serons tous instruits.

Toby parlait bas. C'était par une manière de miracle local que les métayers pouvaient envoyer leurs enfants à l'école sept mois par an, alors que les fermiers de Yancy, dans une autre vallée, signaient à peine leur nom.

Le vieux Williams, toujours à l'arrière-plan, parla en un murmure léger :

— Ce qu'il fait de plus remarquable, monsieur, ce sont les analyses, ou, plus exactement, les dissections. Vous trouverez cela dans les rapports.

— J'en ai pris note, dit Victor Darby.

— Comme vous le savez, monsieur, je m'étais quelque peu occupé de sciences lorsque vous m'avez installé ici. Je n'ai vu aucun mal à prêter mes livres et mes instruments à l'enfant.

— Aucun mal, certes, dit encore Victor Darby. Je suis enchanté de découvrir... dirai-je une étincelle de science véritable... tout au fond de la Géorgie.

L'instituteur rougit de plaisir ; mais les yeux et la voix de Victor Darby n'étaient plus qu'à Toby.

— Montre tes mains, garçon. Etale-les sur le pupitre, comme cela. C'est bien ce que j'espérais, Williams. Le bout des doigts comme des ressorts d'acier. Te plairait-il de devenir chirurgien, fils ?

La question fut lancée à l'improviste, encore que Toby devinât, même alors, que les yeux sagaces de Darby l'avaient soupesé dès le début et qu'il avait d'avance deviné sa réponse. Ses paroles suivantes ne furent que pour apaiser la vanité de la jeunesse.

— Dors là-dessus, si tu veux. Je ne te blâme pas

d'être surpris. Peut-être même choqué. Le fait est que j'envoie mon fils en amont du fleuve, ici, à l'automne prochain, pour faire ses études.

— Avec Mr. Williams ?

— Pourquoi pas ? Plus tard, je le donnerai comme apprenti au Dr Clemens, à Augusta. Vous pourriez commencer ensemble, si les choses s'arrangeaient.

Toby voulut parler, mais Victor Darby sourit gentiment et répéta :

— Dors là-dessus, Toby. Nous en reparlerons demain. Du moins j'espère que tu aimeras Roy. Il a été élevé avec douceur jusqu'à présent, mais c'est un bon Américain au fond du cœur. Un ami comme toi lui sera bienfaisant. Te plairait-il d'être médecin, Toby ?

— J'en serais heureux et fier, monsieur. Mais mon... mon tuteur...

Il hésitait sur le mot, voyant en esprit la silhouette d'Angus MacLane et son grand jabot noir se gonfler pour lancer le braillement familier. Angus était un bon homme, un homme juste ; il avait donné un foyer à l'orphelin, et il s'attendait à de la gratitude en échange. Et la gratitude, pour Angus MacLane, c'était tout le travail que pouvait fournir un adolescent entre l'aurore et le crépuscule, déduction faite du temps, par trop avarement mesuré, pris par l'école de Mr. Williams. La tolérance d'Angus ne s'étendait pas jusqu'aux cours scientifiques supplémentaires de Mr. Williams. Toby entendait encore la dernière explosion vouant à tous les diables des sujets aussi fous et ridicules que la zoologie et la dissection.

Il assurait, son tuteur, que de fortes mains, comme celles de Toby devaient tenir leur bout de la scie dans les chantiers forestiers. Comment accueillerait-il l'offre incroyable de Victor Darby ?

Mais ce dernier balaya l'objection nonchalamment :

— Je viens de lui racheter ton contrat. Et j'ai payé une somme ronde en plus à Angus MacLane pour compenser les heures qu'il a perdues du fait de tes excentricités scientifiques.

Les yeux de Darby étaient dominateurs, presque fascinateurs. Oui, c'était là l'instant exact où il avait lié son sort à celui des Darby.

— N'appelons pas cela excentricités, Toby. Disons « préparation de l'avenir ». Si le Dr Clemens te juge capable, je t'enverrai à Edimbourg.

Victor Darby tendit sa main, une main d'aristocrate, longue et pâle, avec au bout des doigts une force insoupçonnée :

— Voilà. C'est, je crois, tout ce qu'il y a lieu de dire pour l'instant. En t'en allant, veux-tu m'envoyer celui de tes camarades qui s'appelle Gabriel Thatch, celui qui te dépasse en logique ?

4

C'EST ainsi que tout avait commencé. Aussi simplement. Aussi magnifiquement.

Gabriel, lui aussi, s'était vu attacher à la fortune des Darby, ce printemps-là, étant entendu qu'il se rendrait à Savannah dès l'automne pour y apprendre le métier d'imprimeur. En suscitant ces bienfaisantes possibilités, Victor Darby n'avait fait que suivre son habituelle règle de conduite. A chaque printemps, il déambulait par le pays, visitant ses écoles, vérifiant les rapports des maîtres, et choisissant les sujets de valeur pour leur donner d'honorables chances. Du moins, c'est ainsi que Gabriel Thatch expliquait les choses, tandis que Toby et lui édifiaient ensemble des projets d'avenir.

Au cours de ce demi-siècle, les Darby avaient agrandi leur domaine, remontant méthodiquement le cours du fleuve derrière les haches des pionniers. Ils avaient acheté des solitudes vierges, des terrains alluviaux, des rizières au beau milieu de l'estuaire de la Savannah, en même temps que des terres à tabac. Et toujours ils avaient peuplé leurs arpents de vigoureux paysans britanniques.

Dès le début, les Darby avaient encouragé leurs métayers, leurs contremaîtres, tout le personnel qu'ils louaient en Grande-Bretagne, de Londres à la Clyde, et importaient par pleines cargaisons dans leur nouveau paradis terrestre, à racheter leur liberté le plus tôt possible afin d'améliorer l'avenir de leurs enfants.

Le propre père de Victor avait construit à Savannah la maison familiale des Darby. Et le père de son père, Jonathan Darby, avait posé la pierre angulaire de Sangaree, cette demeure plus magnifique encore qui s'élevait au-dessus des rizières des Darby, des rizières dans les îles du fleuve. Contrairement aux autres propriétaires terriens, Jonathan avait vendu ses biens immobiliers à Londres dès le jour de sa première acquisition de terrain. Et, du même coup, il avait déplacé sa flotte marchande du Pool de Londres à ce large fleuve, roux comme une peau de bête, coulant à travers ce qui, la veille encore, était un désert. Les Darby suivants n'avaient eu qu'à planter leurs richesses dans la même argile rouge qui les nourrissait.

Mais cela, déjà était de l'histoire.

Dix ans avant la rencontre du Grand Victor et de Tobia Kent, la fièvre jaune, balayant la Savannah, avait fait tomber sous sa faux la plus grande partie des membres de la génération de Victor, outre la femme de Victor et ses fils aînés. Deux de ses enfants avaient seuls survécu avec lui, son fils Roy et sa fille Nancy. Celle-ci était devenue sa maîtresse de maison et il avait annoncé qu'il ne se remarierait pas.

Tout cela n'était guère que chronologie pour Tobias Kent, qui, dans les hautes terres, attendait que son destin prît forme.

Victor lui-même ne serait bientôt plus qu'un souvenir. Et la fille de Victor était à peu près aussi réelle qu'une châtelaine dans un fabliau. Quand Roy était venu passer quelques mois à l'école de Mr. Williams pour y travailler en attendant l'automne, et qu'il avait partagé le logement de Toby au-dessus de la grange d'Angus MacLane, il n'avait pas fait grand-chose pour dissiper ce sentiment d'irréalité, bien que Roy en sa frêle personne fût exactement ce que, dans l'esprit de Toby, devait être un jeune nabab de l'estuaire.

Longtemps avant que vînt l'heure de commencer leur apprentissage commun chez le Dr Clemens, ils étaient de solides amis. Malgré sa gravité apparente, Roy, dûment inspiré, pouvait manifester une gaieté de poulain. A Augusta, le whisky s'était montré une appréciable source d'inspiration. Avant cela, le camping sous les étoiles avait été une autre source de bonne humeur, lorsqu'ils pouvaient échapper à l'autorité despotique d'Angus MacLane, lequel considérait que, comme le bétail, les garçons devaient être enfermés dès la nuit tombante. Le flirt avec les jeunes personnes qui hantaient à Clay Creek l'auberge de John Singleton avait fini par lui sembler aussi naturel qu'une expédition à la cave en compagnie de l'une d'elles, lorsque l'aubergiste tournait obligeamment le dos.

Quant à Toby, grâce à la tutelle de Gabriel Thatch, l'amour, compris à la manière de Clay Creek et d'où la tendresse était pratiquement exclue, lui avait toujours paru chose simple et normale au même titre que la respiration.

L'intrusion de Marthe Gillespie elle-même ne put gâcher leur amitié, bien qu'elle en altérât temporairement la forme. Marthe avait toujours été la voisine de Toby. Son père, facteur de Darby à Clay Creek, habitait dans la section des hommes libres, mitoyenne du terrain d'Angus MacLane. Les Gillespie étant des gens d'une certaine importance dans la communauté, Toby n'avait jamais osé, dans le secret de ses rêves, mettre Marthe tout à fait sur le même pied que les filles de salle de chez John Singleton, bien qu'il s'aperçût promptement qu'elle ne manquait pas plus d'expérience que ces jeunes personnes. Et c'est s'exprimer avec modération.

Leur visite à la Grotte du Sachem avait été l'inévitable épilogue de cette découverte. Elle commença bien innocemment pourtant, par une promenade dominicale le long de la piste qui méandrait avec la rivière, jusqu'à ce qu'une averse d'été les frappât en lisière de forêt, juste sous la falaise. Plus tard, à revivre mentalement cette journée, il se demanda si Marthe n'avait point prémédité de terminer leur balade en cet endroit, et si elle ne s'était pas réjouie en son cœur de l'excuse qui lui apportait la pluie.

— Il nous sera juste possible d'atteindre les grottes, Toby.

— Nous serons trempés ! Vois si ça tombe !

— Pas en courant vite.

Là-dessus, elle avait joint l'action à la parole, s'éloignant à toute vitesse, ses amples jupes froncées relevées pour donner du jeu à ses jambes agiles. Lorsqu'il avait plongé d'un élan sous la frange de vigne vierge qui voilait l'entrée de la première grotte, elle avait ri à pleine gorge et s'était laissé aller, haletante, dans les bras qui l'attendaient.

Le sable était comme de l'amadou sous leurs pieds. En s'agenouillant près du rudimentaire foyer de pierre qu'il avait édifié l'été précédent avec Roy, pour leur camping, Toby savait qu'il y aurait, parmi les cailloux, du gazon sec, des brindilles et du bois attendant la flamme de son briquet à silex. Et aussi que le guerrier peint à l'ocre rouge sur le mur d'en face par quelque primitif artiste d'une autre ère grimacerait un sourire, comme toujours, sous le premier reflet sautillant du brasier. Et que Marthe, faisant sécher près du feu le tissu filé-maison de sa robe, offrirait un sourire, en pendant à celui du guerrier.

— Pourquoi m'as-tu conduite ici, Toby ?

Il décida, provisoirement, de faire preuve de galanterie et ne lui rappela pas que c'était elle qui avait suggéré d'aller s'asseoir ensemble aux pieds du Sachem.

— Regrettes-tu d'être venue si loin ?

— Bien au contraire ! Pourquoi ne m'y as-tu pas invitée plus tôt, je me le demande !

Elle offrit à nouveau son sourire. A nouveau, son sourire était une invitée. Toby fit semblant d'être occupé avec le feu quelques minutes encore, la laissant s'éloigner de l'orbite de lumière sans la toucher, la laissant aller jusqu'à l'ouverture de la caverne et regarder la pluie battre la vallée.

L'après-midi grisâtre, que teintait une lumière aqueuse, dessinait sa silhouette contre le fouillis de vigne sauvage. Il sentit son cœur manquer un battement pendant qu'il remarquait la palpitation des jeunes seins, aussi libres que Marthe elle-même.

— Tu ne viens pas regarder l'orage, Toby ?

— Tu ne viens pas te sécher, Marthe ?

— Je suis toute sèche en dessous. Et toute chaude. « Je te ferai bien venir vers moi ! se promettait-il sans le dire. Maintenant, je suis sûr de toi ! »

— Viens près du feu, redit-il. Ta robe dégouline.

— Elle sera sèche avant que nous en ayons terminé, dit Marthe.

Même après qu'elle eut laissé glisser de ses épaules le disgracieux vêtement, même après qu'il l'eut vue nue, absolument nue, sitôt sa robe enlevée, il ne pouvait pas tout à fait la croire.

Ils ne parlèrent plus, pendant que le svelte corps, aussi doux qu'une lyre, et tout aussi vibrant sur une route aiguë d'extase, le réclamait comme son bien propre et l'enveloppait pour une aveugle éternité où s'ensevelirent tous ses doutes.

Provisoirement...

5

DURANT cet été paresseux, d'autres visites à la grotte suivirent la première, et chaque passage aux pieds du Sachem apportait plus de satisfaction que le précédent. Toby, pourtant, ne fut pas trop affecté lorsqu'il devina que Marthe avait fait, en la compagnie de Gabriel aussi bien qu'en celle de Roy, de semblables excursions au désert. Mais, lorsqu'il apprit que Roy formait le projet de l'épouser à l'automne, il ne put en croire ses oreilles. Et quand les rumeurs se changèrent en certitudes appuyées sur des faits, quand Victor Darby lui-même arriva à Clay Creek pour discuter le projet de mariage avec les Gillespie, Toby fut vraiment préoccupé de l'attitude qu'il lui fallait prendre.

La chance de Marthe avait égayé un peu tout le monde à Clay Creek.

Invité par Victor Darby à lui rendre visite, Toby s'aperçut qu'il pouvait accepter à demi la vue d'un Roy amoureux et celle d'un Victor paternellement pressé de bénir l'union envisagée.

Il s'aperçut également, et non sans surprise, qu'au fond de son cœur il souhaitait sincèrement la complète réussite de ce mariage, en dépit du passé de Marthe.

— Vois-tu, Toby, j'ai envoyé mon fils ici pour deux raisons. Il avait, et c'est la première raison, besoin dans sa vie d'autre chose que ses livres : une amitié, du mouvement... Seconde raison, et la plus importante : j'espérais bien qu'il trouverait à prendre femme au fond de ces bois.

— *Ici,* monsieur ?

— La Géorgie fut fondée, Toby, par des gens comme tes ancêtres et ceux de Marthe, par des Kent et des Gillespie. Quand notre histoire sera écrite, c'est aux Gillespie et aux Kent que reviendra l'honneur d'avoir défriché ces terres. On n'évoquera la mémoire des Darby qu'à cause de l'or dont votre travail aura rempli leurs coffres. Oui, en vérité, je suis fier de ce que Roy ait choisi Marthe.

— Et votre fille, monsieur ? (Il venait d'apprendre le mariage de Nancy Darby avec un seigneur de l'estuaire, nommé Grégory. Il se rendit compte que l'indiscrète question lui avait inconsciemment échappé.) Auriez-vous souhaité qu'elle aussi ?...

Le froncement des sourcils du Vieux Victor lui coupa le souffle et la parole.

— J'avais d'autres plans pour Nancy, mon garçon. Mes vues quant aux Grégory n'ont rien de secret. C'est une famille royaliste de la meilleure souche, un peu trop collet monté pour respirer librement, mais c'est là une erreur commune à nos royalistes. George Grégory constitue une amélioration au genre de vie que Nancy a mené jusqu'à présent. Quoi qu'il en soit, les dés sont jetés ; pour Roy, du moins, c'est à Marthe et à toi que j'accorde mes espérances.

— A moi, monsieur ?

— Roy a en toi la plus grande confiance, Toby. Et, depuis que vous avez travaillé ensemble chez Clemens, il s'est avantageusement transformé. C'est pourquoi je vous envoie, ensemble encore à Edimbourg.

— Mais puisqu'il se marie ?

— Sa fiancée insiste pour qu'il achève ses études. Elle installera leur logis en dehors de l'Université.

Il avait été facile, après ces éclaircissements, de laisser les événements suivre leur cours. Plus facile encore d'éviter radicalement Savannah pendant la semaine du mariage de Marthe, tout comme il avait évité Marthe elle-même sitôt que la nouvelle avait été rendue officielle. Il avait gagné Charleston pour s'embarquer directement à destination de Glasgow, d'où il gagna Edimbourg. Obéissant à une autre impulsion de bon sens, il avait choisi son logement dans une auberge de poste de Charles Street, presque à l'ombre de l'Université et de l'imposante masse de pierre de sa fameuse Ecole de médecine.

Il savait que Roy avait loué dans Horse Wynd une maison où il recevait fastueusement, ainsi qu'il convenait au descendant d'une richissime famille coloniale. Il savait aussi que Marthe, voltigeant dans cet air étranger avec toute la légèreté et tout l'éclat d'un papillon, avait d'un jour à l'autre pris la couleur et le ton de son entourage, devenant une femme du monde, gardant toutefois intact son charme sauvage.

Oui, le travail lui servant de puissante diversion, il avait été simple et facile en somme à Toby d'accepter cette métamorphose, et même d'ignorer la surprise de Roy, navré que son si cher et si ancien ami vînt si rarement dîner chez eux. Les deux garçons s'étaient du premier coup donnés de plein cœur à leur besogne. Toby, opérant à la fameuse clinique de l'Ecole de médecine, sous le regard vigilant du grand John Hunter, se confirma qu'il avait véritablement trouvé sa voie et l'emploi de sa vie, ainsi que l'occasion de mettre au point son habileté technique.

Roy, de son côté, devenait un clinicien émérite, chaque garde à l'hôpital, chaque journée au dispensaire, chaque séance au laboratoire perfectionnaient sa valeur, accroissant ses connaissances. Dans l'équipe médicale qu'ils formaient, les deux jeunes gens se complétaient si efficacement qu'ils oubliaient souvent ce qui les divisait par ailleurs.

Ils avaient passé leurs divers examens, conquis leurs grades l'un après l'autre, tandis que la guerre grondait au bord de leur monde. Déjà, ouvertes près des parchemins flambant neufs qui faisaient d'eux des docteurs dûment diplômés et qualifiés, des lettres avertissaient les jeunes gens que la flotte Darby tout entière allait attendre à La Havane la fin de l'orage. Lorsque, pareils à un signe impérieux du Destin, les coups de feu tirés à Lexington (1) résonnèrent à travers l'Atlantique, Toby fut avisé d'avoir à gagner sans délai Phila-

(1) Ville du Massachusetts. Première bataille de la guerre de l'Indépendance, le 19 avril 1775.

delphie, où Victor Darby faisait le nécessaire pour offrir au Congrès un régiment de Rangers de Géorgie, Roy les y rejoindrait après avoir installé Marthe dans le havre préparé pour elle à Cuba.

Le mari de Nancy Grégory avait, lui, choisi de servir l'autre cause, celle de son roi. Et Nancy avait déjà gagné Nassau (1).

Roy et Toby, obéissant toujours aux ordres reçus, se préparaient à prendre à Clydebank des bateaux différents. Toby, quittant, à bord du rapide courrier de Glasgow, son auberge-relais, se sentait curieusement allègre et joyeux cependant que la bruyante diligence l'emportait vers sa première étape : l'idée de plonger au cœur d'une révolution l'exaltait. Son état de célibataire lui avait permis, sans discussion, de s'enrouler étroitement dans son grand manteau de voyage et de s'installer sur un siège près du cocher, tandis que Marthe et Roy demeuraient à l'intérieur. Depuis leur dernière journée dans la grotte du Sachem, il avait fait en sorte de ne jamais se trouver seul en compagnie de Mrs. Roy Darby, encore que cela exigeât parfois un effort. De toute évidence, il n'y aurait pas à Glasgow le temps de faire des adieux prolongés.

Du moins, c'est ainsi qu'il raisonnait, pendant qu'ils traversaient ensemble l'Ecosse, derrière le tonnerre volant de seize sabots ferrés.

A Glasgow, Roy fut occupé à chacune des minutes de leur bref séjour, rassemblant le matériel de l'unité médicale que très bientôt, ils allaient organiser à Philadelphie. Il avait insisté sur ce point qu'il pouvait parfaitement faire seul ces achats et que Marthe, elle, devait, afin de mieux affronter une traversée qui serait peut-être dure, se reposer tranquillement à l'auberge jusqu'au moment où leur bateau ferait voile.

Toby, par pure précaution, s'était inventé des courses en ville. Mais, ayant entendu dire que Marthe, accompagnée de Jubal, son serviteur noir, faisait une tournée dans les magasins de la ville, il n'avait pas douté que cela fût vrai. Tout au moins y avait-il ajouté un crédit suffisant pour retourner à sa chambre (il lui restait quarante-huit heures avant le départ du paquebot de Philadelphie) dans l'intention d'y faire un dernier inventaire. Là, se sentant recru de fatigue, il s'était

(1) Port et chef-lieu des Bahamas, archipel demeuré anglais.

allongé tout habillé sur son lit et avait aussitôt sombré dans le sommeil.

Il se réveilla dans un crépuscule moite ; une main chaude était sur son front, une bouche chaude sur sa bouche. Une femme était sur son lit, une femme qui le désirait avec toutes les fibres d'un corps expert en amour. Avant même d'être complètement réveillé, il s'était rendu compte de tout cela. Mais ce fut seulement lorsque son nom fut murmuré contre son oreille qu'il comprit l'idée bien personnelle que Marthe se faisait d'adieux intimes.

— Comment es-tu entrée ?

— L'amour se moque des serrures, Toby.

— As-tu, un seul instant, supposé que je... ?

Elle répondit avec son rire de gorge rauque de désir, tandis qu'ils se faisaient face dans la pénombre qui s'épaississait :

— Il nous reste encore une grande heure avant que notre navire lève l'ancre, et Roy doit me rejoindre à la jetée. Pourquoi, dans l'intervalle, ne pas admettre que nous sommes humains ?

Toby constata qu'elle n'avait pas fait un mouvement pour se redresser ou même pour rabattre sur ses longues jambes soyeuses la mousse de ses jupes.

— C'est donc moi qui m'en irai.

Mais elle était trop bouleversée, trop profondément remuée en son corps, pour laisser aussi aisément s'échapper la chère proie dont elle rêvait.

— Oh ! tu m'écouteras d'abord ! J'ai donné à Roy tout ce qu'il attendait de moi, et davantage. Pourquoi ne viendrais-je pas à toi aujourd'hui, puisque nul n'en souffrira ? Si tu savais comme je t'ai attendu, comme j'ai attendu que tu te souviennes de m'avoir connue... jadis !

Il coupa, aussi brutalement qu'il le put, la tentative de séduction :

— Aucun mariage n'est parfait, Marthe. Tu as conclu le tien les yeux bien ouverts. Il faut remplir ton contrat.

— Nous sommes de la même race, toi et moi, Toby. Nous travaillons tous deux pour les Darby, bien que différemment. Nous appartenons aux Darby. Bien que notre contrat soit racheté, nous leur appartenons. Pourquoi n'aurions-nous pas de temps en temps des vacances, de courtes vacances ?

— Je te croyais plus de fierté.

— Ne dis donc pas de pareilles bêtises ! murmura-t-elle, lui couvrant la bouche d'un baiser tel... qu'il se sentit instantanément ramené aux pieds du Sachem.

Fût-ce lui qui emporta Marthe sur la courtepointe piquée ? Ou bien elle qui l'attira le long de son corps ? Il se dégagea, et, avant qu'une ardeur vertigineuse pût consumer la loyauté qu'il avait vouée à Roy, il tituba vers la porte.

— Je prendrai donc ceci comme un au revoir, Toby, dit-elle. Et j'espère que tu seras plus audacieux quand nous nous retrouverons.

Il ne sut jamais comment il avait atteint la rue. Ni comment il avait passé les mornes heures qui le séparaient de l'instant décisif où le navire battant pavillon Darby quitta Clydebank. Mais il se souvint, de façon diffuse, qu'il s'était glissé parmi les entrepôts afin d'être bien sûr que le bateau, porté par la marée, entrait dans la mer du Nord.

Les hublots du château arrière étaient éclairés. Et Marthe, comme si elle devinait les yeux qui la suivaient dans l'ombre, s'était avancée délibérément dans un des cercles de lumière et tournée vers Glasgow.

C'était une manière de victoire, une victoire dans la retraite. Suivant le quai jusqu'à la prochaine jetée où le paquebot de Philadelphie complétait son chargement, Toby se demandait lequel, tout compte fait, était le vainqueur.

6

LE reste appartenait au journal sur lequel reposait sa main. Au régiment loqueteux et décimé que l'or des Darby avait remis à neuf. A la fumée de la guerre et au renforcement de son amitié avec Roy autour de cent feux de bivouacs. Aujourd'hui, il s'en répétait solennellement l'affirmation, aucune femme ne pourrait rompre cette amitié.

Oui... cette heure de Glasgow avait été la dernière menace qui valût d'être rappelée...

Marchant de long en large dans sa chambre du blockhaus de Vermont, écoutant siffler et gronder le vent qui balayait les solitudes gelées du Champlain, le Dr Tobias Kent s'arrêtait à chaque tour de promenade pour offrir aux flammes une poignée de feuillets couverts de son écriture qu'il avait arrachés à cette liasse sommairement cousue : son journal. C'était, il ne l'ignorait pas, une cérémonie plutôt romantique, mais, bien qu'inexplicablement, elle soulageait son esprit. Un peu comme si en même temps que ces pages, il supprimait toute indécision. Comme si, dans ce faible brasier, il forgeait son avenir.

Les deux lettres flambèrent en dernier.

Le billet de Marthe d'abord, ce billet qu'il avait porté sur lui durant trois mois entiers. Après tous ces jours, il lui fallut encore un effort pour brûler la feuille, bien qu'il connût le texte par cœur et qu'il pût se le répéter sans oublier un des mots que dévorait, sous ses yeux, la flamme dansante.

Savannah, Géorgie.
1er décembre 1783.

Mon cher Toby.

Au héros sur la Voie du retour, Vœux et Félicitations d'une ancienne Admiratrice. Pourrais-je dire moins ? Oserai-je dire davantage ? Maintenant que Me voici rentrée d'un long exil, rentrée à Savannah où j'attends que revienne mon Mari. Ramène-le chez Lui sain et sauf, mon cher, cher Ami — et, s'il plaît à Dieu, ramène aussi mon Beau-Père auprès des siens — pour autant qu'il en reste après cette ruineuse Guerre...

Savannah même est marquée par la Guerre comme par la Petite Vérole, pauvre comme du Pain de Maïs, fière comme une Beauté flétrie, et, pour une Visiteuse frivole, ennuyeuse comme on ne l'est pas. Deux Choses égayent un peu ma Tristesse ces Temps-ci : les Taquineries de votre bon ami Gabriel Thatch (qui, comme vous savez, est revenu et a rouvert son Imprimerie et fait reparaître son inimitable Mercury). *L'autre — faut-il que je l'ajoute ? — est l'Etat de Guerre à peine dissimulé qui existe présentement entre ma Belle-Sœur et Moi. Pourquoi, dites-moi, docteur Kent, pourquoi faut-il que la Guerre des femmes commence au Moment que s'arrête la Guerre des Hommes ?*

Il est, à vrai dire, facile de comprendre pourquoi Nancy et Moi devons inévitablement vivre à Couteaux tirés.

Mon Origine, tout d'abord — ou bien me faut-il courber la Tête et dire mes humbles débuts ?

Ensuite, le Fait que je suis Châtelaine de notre maison de Wright Square (que les Canons britanniques ont épargnée), alors qu'elle se trouve contrainte de vivre parmi les Ruines, les Araignées et les Nègres bavards à Sangaree.

Troisièmement et surtout, oh ! surtout ! le Soupçon visible que du Sang coule dans mes Veines au lieu du pâle Liquide ichoreux que pompe dans les siennes son Cœur Patricien.

Si je dis qu'elle me hait, si j'insiste sur ce Point qu'elle est frustrée comme une jument solitaire au

Pâturage, c'est uniquement parce que je lis Nancy Grégory, née Nancy Darby, avec un Œil de femme. Elle est mon Ennemie aujourd'hui. Elle sera la tienne pour d'autres Motifs, demain, dès l'Instant où tu auras pris Pied à Savannah. Ne t'y trompe pas, Toby, ne commets pas d'Impair, ses Racines sont profondes. Sa Haine pour nos Pareils est plus profonde encore. Nous ne devons pas commettre l'Erreur de la combattre isolément.

Lorsque nous nous rencontrerons, je projetterai la Lumière sur cette Menace. Dis à Roy que je ne puis plus attendre pour le serrer dans mes Bras... A la Réflexion, ne dis rien du tout à Roy. Te connaissant comme je te connais, je sais qu'il faudrait pour le moins la Torture pour te faire avouer que tu as reçu cette Lettre

venant de Celle qui fut naguère
Ton Esclave d'Amour
et qui ne peut plus aujourd'hui se dire
que
Ton Humble et Obéissante Servante

MARTHE GILLESPIE DARBY.

Oui... même pour Marthe, c'était là une lettre bien audacieuse. Elle avait été apportée, il est vrai, par courrier spécial et ne risquait guère de manquer son destinataire.

Cent fois Toby était revenu en esprit sur cette missive, cent fois il s'était demandée qui avait bien pu la motiver. Il avait fini par conclure que seul un ennui insupportable en pouvait être la cause déterminante, encore qu'il fût impossible d'en méconnaître la sous-jacente franchise.

Il n'avait pas songé à une réponse, sentant bien que Marthe n'en attendait point. Cet angle du tableau ne lui échappait pas non plus : comme toutes les femmes qui s'estiment assurées de tenir leur proie, elle pouvait se permettre de patienter.

La seconde lettre était de Gabriel Thatch, et il la brûla comme celle de Marthe. Quand ce n'aurait été que pour faire place nette et débarrasser son bureau...

Elle était d'un style fleuri comme les joues mêmes de Gabriel. Mais, en même temps, elle possédait une sorte d'élasticité, de rebondissement journalistique, qui rendait étonnamment présente la personnalité de cet alerte taon.

Savannah, Géorgie.
Le 2 février 1784.

Mon ami,

Voletant d'un Camp à l'autre (comme le doit tout bon Reporter), je puis maintenant brosser pour toi un Rapport solidement établi relatif au Coin où nous autres, vieux Grognards, avons choisi de planter finalement notre Tente. Et si je me permets d'élargir la Métaphore, je te dirai que nous avons élu pour ce faire un Boqueteau foisonnant de Frelons de tout lignage.

Bien entendu, les Tories pour commencer. De pâles et cauteleux Tories qui sont restés pour tourner leur Veste, ou faudrait-il écrire qui ont tourné leur Veste pour rester ? Quoi qu'il en soit, ils ont gardé leurs Cœurs loyalistes. (Comme le clan Bristol, par exemple, dont le Patriarche est le Dr Matthew Bristol, ton plus important Rival.) D'honnêtes Tories, comme la Sœur de Roy, qui partirent en exil avec leurs Hommes, et qui rentrent sans que la défaite ait changé leur cœur. S'ils sont totalement libres de leurs mouvements, ils s'engagent dans le Camp des Conservateurs, ce grand Domaine où l'on vit content d'hier, et tournant vers demain un Visage de pierre. Il en est qui sont revenus de Nassau veuves : telle Nancy Grégory.

(Tu te souviendras sans doute que son mari fut pendant quelque temps l'heureux et prospère Capitaine d'un Equipage de Corsaires, mais périt finalement de Méningite cérébro-spinale.)

Généralement ce genre de type regagne de manière furtive et tête basse son Foyer noirci. Mais l'indomptable veuve Grégory rentre, sans repentir, la Tête haute, et, à la date où j'écris, fait diablement de son mieux pour toiser fièrement la Dame Darby régnante, laquelle a en garde les Clefs du Royaume jusqu'au retour de son mari.

Maintenant que la Paix est gagnée, on constate que, dans tous les Domaines, c'est une Victoire malaisée. Le Commerce est au point mort. L'odieux et détestable

Don (1) grogne des menaces sur l'autre bord de la Saint-Marys, maintenant qu'il a repris possession des Florides. Les Bateaux de Guerre de Sa Majesté croisent ouvertement dans notre Estuaire, sous prétexte de faire la chasse aux Déserteurs.

Mais ce sont là des concomitances inséparables de toute Paix. Ce qui me trouble réellement, ce sont les murmures de mécontentement qui se font entendre dans Savannah même — un mal plus profond que le mal du Temps — des temps mauvais, — un mal qui, dans une certaine mesure, attaque chaque Cœur. Appelle-le, si tu veux la Maladie Tory; l'entêtement obtus des Aristocrates têtes-de-cochons (et tu sais trop bien comment fut fondé dans notre belle Colonie le Club de l'Aristocratie, combien furent rigoureuses les conditions d'admission) qui veulent gouverner, au moins ruiner...

Si tu reviens dans un mois et si tu trouves l'Imprimerie transformée en une masse de décombres fumants, et l'imprimeur transformé en un Epouvantail trempé de Goudron, roulé dans la Plume (1) et cachant au fond des Landes marécageuses sa honte et son reste de Vie, tu comprendras pourquoi.

Les Affaires m'obligeront à me rendre en Amont, jusqu'à Augusta, vers la mi-mars, ce qui me donne tout Espoir de faire en ta compagnie le Voyage de retour si tu t'en tiens à ton Idée et si tu viens revisiter Clay Creek avant de t'installer à Savannah — Projet dont je ne saurais trop te recommander la Réalisation. Comme toutes les utopies gâchées, notre belle et chère cité doit être approchée avec une convenable lenteur et avec un Esprit ouvert et libre, si on veut l'apprécier pleinement.

TUUS AMICUS

(et cela aussi est de tout Cœur).

G. T.

Comme toujours, la pensée de Gabriel et son adresse à dégonfler les divinités établies rendirent la bonne

(1) Don : Espagnol. La colonisation espagnol paraît avoir été bien plus mal supportée encore par les futurs Américains que la domination anglaise.

(2) *Tarred and feathered :* roulé dans le goudron et la plume, torture populaire qui précédait fréquemment le lynchage ou la pendaison.

humeur à Toby et aussi le courage d'envisager calmement l'épreuve qui l'attendait.

Il irait enfin à Savannah, il s'établirait comme chirurgien en association avec Roy : aucune autre conclusion logique ne résultait du plan tracé pour lui par Victor Darby, autrefois, dans l'école de Clay Creek.

Il ferait même face, au mieux de ses moyens, à Nancy Grégory et à son esclave de dragons. Quant à l'offre d'alliance formulée par Marthe, il la balayerait de son esprit comme fichaise pure et simple, jusqu'au jour et à l'heure où il rencontrerait Marthe en chair et en os.

La paix descendit enfin sur lui, au sortir de ce long examen de conscience et de circonstances, la paix qui ne vient que de la décision.

En trois enjambées, il traversa ses quartiers, se rappelant tout à coup les visiteurs britanniques, incivilement oubliés de l'autre côté de la porte. Se rappelant aussi, même avant que le fumet de l'ours grillé eût envahi ses narines, qu'il avait faim, réellement faim pour la première fois peut-être depuis plusieurs mois.

A ce moment précis, il entendit la porte de Victor Darby qui s'ouvrait brusquement, puis le bruit de pieds bottés sur les marches de l'escalier.

Sa main se glaça : il pressentit ce qui arrivait et ne put appuyer sur le loquet que par un effort de volonté. La salle du mess, chaude, pleine de nuages de fumée, flotta à sa rencontre, en même temps que l'arôme du bol de punch et que le mélange bigarré des tuniques écarlates et bleues. Il sentit sur son bras la main de lord Wystan : sa pression amicale lui fit comprendre que l'Anglais aussi avait deviné le pourquoi des pas qui montaient précipitamment. Et puis, comme Roy émergeait en haut des marches, il lut le verdict dans les yeux de son ami, avant que celui-ci eût pu parler. Un verdict qui, bien que prévu depuis des semaines, n'en était pas moins bouleversant.

— Viens tout de suite !... Il est encore temps, je crois...

— Pourquoi, Roy, ne m'as-tu pas appelé plus tôt ?

— Il l'a voulu ainsi, Toby.

Billy était agenouillé au pied du lit à colonnes, la tête courbée sur ses deux poings noirs. Sam Hoyt, ombre massive dans la pénombre, était immobile près de la table où il avait si longtemps écrit sous la dictée.

Les yeux de Toby s'arrêtèrent d'abord sur cette table, et il constata qu'elle était nue, à l'exception d'une grande feuille calée par un encrier presque vide.

Le général, adossé très haut contre ses oreillers, les épaules couvertes d'un manteau, ressemblait à son propre bronze. A peine si une longue maladie avait pâli le hâle de ses joues ; les mains elles-mêmes, cueillant des fleurs imaginaires sur la courtepointe piquée, gardaient encore toute leur force, frémissant au bout des doigts...

Toby sentit sur lui l'examen de deux yeux attentifs. Alors, d'un effort, il alla jusqu'au pied du lit et laissa tomber sur l'épaule de Billy une main apaisante. Billy ne leva pas la tête. Sam Hoyt, colosse vermeil, le regarda sans le voir.

— Excuse-moi, Toby. Comme tu peux t'en rendre compte, j'avais mal évalué le temps.

Les paroles de Victor mirent fin à la tension, et Toby put s'avancer pour prendre entre les siennes une main du vieillard :

— Ne parlez pas ! Cela ne peut que vous affaiblir.

— Je crains bien qu'il ne le faille. C'est ma dernière chance de parler, en ce monde. Je ne puis guère la laisser passer.

La voix encore vibrante défiait le prudent avertissement de Toby. Seules, les longues pauses entre les mots, la vive lutte aussi pour retrouver du souffle disaient l'agonie.

— Vous m'avez donné vos ordres, monsieur. Vous savez que je les suivrai.

Une fois encore, la bataille d'avance perdue pour retrouver le souffle fut miraculeusement gagnée.

— Il y a d'autres maux que la maladie à combattre en Géorgie. Trop d'autres maux. Et trop profondément enfoncés pour que le scalpel puisse les atteindre. Mais il y a aussi d'autres moyens de les combattre. De les pourchasser. De les chasser. Oh ! pas de mon vivant. Pas de ton vivant. Peut-être même pas de la génération suivante. Qu'est-ce que cela peut bien faire ? C'est la lutte qui compte. De vivre pour la lutte. Sans s'arrêter ni se décourager. De bien voir que la lutte la plus dure doit, de toute certitude, commencer une fois que la guerre, elle, sera finie.

— Nous voyons tous cela, monsieur.

— Soit. Mais avec le temps tu l'oublieras. Ce papier doit t'en faire souvenir.

A ces mots, Sam Hoyt s'avança, tenant à la main la grande page qu'il tendit à Toby. Celui-ci, plutôt que le papier, regardait le visage du surveillant. Sam avait fait son service dans la *Yeomanry* (1) pendant la guerre, avant et après l'invasion de la Géorgie. Inévitablement, il devait avoir sa place dans les projets de Victor Darby.

— Sam a signé le papier, dit Victor.

Subitement sa voix paraissait moins fatiguée, presque normale.

— Je sais que tu le signeras. Et Roy aussi.

— Ce n'est donc pas votre testament ?

— C'est un accord entre nous tous, une manière de contrat. Il n'est pas besoin de contrat entre hommes dignes de ce nom. Ce papier est surtout pour... pour que les autres... pour que le monde puisse le lire. Et, en particulier, notre petit monde de Savannah. Gabriel Thatch en publiera le contenu dans son *Mercury* lorsque tu en donneras l'ordre. Déjà un exemplaire est parti en même temps que mon testament. Mon notaire aura lu les deux pièces quand tu arriveras à Savannah. Il aura pris les dispositions nécessaires pour protéger tes intérêts...

Toby retrouva sa voix et s'efforça de la garder bourrue, pour contrebalancer les larmes qu'il ne pouvait pas cacher. De l'autre côté du lit, il vit que Roy s'était agenouillé.

— J'essayerai... J'essayerai de tout vous revaloir, monsieur.

— Veilles-y, fils, veilles-y. Sam, commence à lire le papier. Je veux entendre les mots... en partant...

Sam essaya de parler, mais, tout de suite, l'émotion l'étouffa. Il tendit le papier à Toby, qui le saisit au vol comme les doigts tremblants du surveillant-chef l'avaient laissé échapper.

Pendant un long moment, Toby, certain que les mots allaient se brouiller, maudit l'eau qui lui noyait les yeux. Puis sa vision s'éclaircit. Même au faible rayonnement des chandelles, l'écriture ronde de Sam, apprise comme l'avait été celle de Toby, sur les bancs

(1) *Yeomanry* : milice à cheval, corps formé de *yeomen*, fermiers libres et souvent riches.

d'une école au fond de quelque désert, était aussi facile à déchiffrer qu'une gravure sur cuivre.

Moi, Victor Darby, sachant que je vais sous peu comparaître devant mon Créateur et mon Maître, et ayant déjà rédigé mon Testament et mes dernières Volontés, j'y ajoute le solennel Codicille que voici. et qui liera mes Héritiers et mes Ayants Droit, compte tenu des exceptions ci-dessous préconisées. Je laisse tout ce que je possède à une Compagnie qui sera formée par les Personnes suivantes : Dr Tobias Kent...

— Continue, Toby, continue, dit Victor Darby.

... Dr Tobias Kent — Dr Roy Darby, mon Fils, — Sam Hoyt, mon Principal Agent — et Nancy Darby Grégory, ma Fille bien-aimée. La Compagnie sera gérée et les Profits seront répartis comme il est dit par la suite. En qualité de Président et de Directeur principal, le Dr Tobias Kent interprétera ces Indications comme il jugera bon, y compris la Disposition de toutes les Finances. Bien que ce soit mon ferme désir qu'il discute les Décisions avec les trois Directeurs que je viens de mentionner, ses Décisions à lui seront finales et son Pouvoir de Veto sera absolu...

Il y en avait davantage, mais Toby constata que, cette fois, le texte s'était définitivement brouillé sous ses yeux, bien que son esprit saisissait déjà l'avenir que Victor Darby avait esquissé pour lui. Et puis le brouillard se dissipa, et, pour la dernière fois, son regard plongea dans les yeux de son général. En même temps que son cerveau de médecin voyait l'image de la mort se lever derrière le rideau bleu de l'iris, il entendit au fond du larynx le râle rauque qui, quelle que soit la victime, est l'autre signe de la mort.

— Une promesse, Toby ?

— Une promesse, monsieur.

Il ne restait pas le temps d'en dire davantage. Les doigts, sur le couvre-pieds, cherchaient une fleur à cueillir et ne la trouvaient pas... Billy, sanglotant doucement, contourna le lit pour venir baisser les paupières...

7

PLUS tard, ils passèrent dans l'antichambre du général, Toby remarqua que, malgré l'eau qui brillait dans ses yeux, Roy était plutôt calme. D'un calme surprenant même, pour l'héritier dont la fortune, l'avenir, le sort entier étaient scellés encore dans les phrases d'un document à demi lu, à demi compris. Il regarda la feuille froissée dans sa main et résista à la violente tentation d'envoyer les instructions de Victor Darby dans la grille du foyer qui rougeoyait entre eux.

— Je puis à peine croire qu'il est parti.

Roy parlait enfin, d'une voix dure et sèche. Tout comme Toby, il paraissait contempler le vide et l'espace.

— Il nous a trop longtemps donné des ordres. Evidemment, il n'est pas possible que tout s'arrête comme *ça* !

Le poing de Roy frappa sa paume ouverte, et ce geste prenait chez lui une violence imprévue.

— Continue la lecture, Toby : c'est le dernier ordre qu'il donnera jamais !

Avec un petit salut modeste et respectueux, Sam prit le papier :

— Les choses vous seront-elles plus faciles, messieurs, si je lis et que vous écoutiez ?

La voix de Sam était ausi insensible que celle d'un notaire.

Se rendant compte que l'autre employait ce ton pour les calmer tous les deux, Toby attira Roy près de lui sur un banc près du foyer. Le fait que les restes mortels de Victor Darby étaient juste de l'autre côté de la porte, couverts par une courtepointe en tapisserie du Vermont, ne changeait rien au fait que l'esprit même du général planait sur toute la scène.

Sam bourdonnait :

Je fais cette Stipulation dans la pleine Connaissance et Certitude du fait que le Dr Tobias Kent est d'une intégrité au-dessus de tout Reproche, et qu'il ordonnera toujours ses Actions sur le Principe même qui inspire notre République naissante : Pluribus Unum (1).

Il est stipulé d'autre part que ma Maison de Wright Square, à Savannah, sera occupée comme la sienne propre par le Dr Kent, en guise de Quartier général de la Compagnie qu'il dirige désormais. Ce Domicile, ainsi que le prévoit mon Testament, fait partie du Legs Universel que je lui fais, sous réserve que mon Fils Roy, sa Femme et leurs Héritiers, et ma Fille Nancy et ses Héritiers, auront également le Droit d'occuper cette Maison durant leur Vie.

Toby n'avait aucune intention d'interrompre, mais les mots forcèrent un passage à travers sa cervelle à demi attentive : sans la moindre raison valable, il se représentait Nancy Darby Grégory comme une vieille fille rigide, en dépit de son long mariage et de son exil.

— Grégory a-t-il des descendants ? s'informa-t-il.

— Grégory a laissé Nancy sans enfant, dit Roy.

Ses yeux cherchaient ceux de Toby, comme si la question lui paraissait insolite :

— Je présume que cette disposition couvre également un second mariage éventuel et ses conséquences. Il me semble qu'un des Bristol lui fait présentement la cour.

(1) Un entre plusieurs, un parmi les autres : devise de la République américaine.

— C'est au-delà de la cour, monsieur Roy, dit Sam. Miss Nancy — ou Mrs. Grégory — n'attend que votre retour pour annoncer leurs fiançailles. (Il hésita, les yeux toujours fixés sur le papier, s'étonnant visiblement de l'interruption, et cependant la comprenant.) Si vous me demandez ce que j'en pense, messieurs, je vous dirai que, dans cette aventure, Miss Nancy et Mrs. Harvey Bristol seront notre pierre d'achoppement.

— Pourquoi, s'informa Roy, Nancy ferait-elle des objections ? C'est son intérêt évident, à elle aussi.

— Peut-être, risqua Sam, ferais-je mieux de continuer ma lecture ?

Et sa lecture reprise se poursuivit, point par point, telle que Victor Darby en avait dicté le texte, et sans que nul l'interrompît désormais. Progressivement, du ronronnement monotone du surveillant, émergeait la structure de la compagnie.

Tout était noté. Depuis le plus lointain boqueteau jusqu'à la flotte marchande qui commençait à regagner son port d'attache le long des jetées de la Savannah ; depuis les plantations de tabac et leurs dépôts de Darbyville, le hameau en amont du fleuve, jusqu'aux scieries et à la distillerie de térébenthine de Clay Creek ; depuis la vaste rizière de Sangaree, dans son île de l'estuaire, jusqu'au petit terrain qui servait aux expériences de plantation de coton — tous ses biens étaient catalogués, énumérés, évalués avec précision ; le rendement probable de leurs récoltes était prévu pour le moment où la pleine production pourrait reprendre.

Toby se sentait la tête flottante, tandis qu'il se débattait pour saisir au passage tous ces chiffres et en faire un ensemble. Il avait toujours su que Victor Darby était un homme riche. Mais il ne s'était jamais rendu compte des sources et de l'ampleur de cette richesse.

Mais ce qui choqua particulièrement Toby fut d'apprendre de quelle manière le domaine devait être administré, et quelle puissance allait ainsi lui être mise entre les mains. Le Fondateur — et, maintenant que le Vieux Victor était au-delà de la louange comme du blâme, l'heure paraissait indiquée pour lui donner son titre — le Fondateur avait, sur ce point, été nettement explicite. La société Darby, au lieu de demeurer une corporation fermée pour le bénéfice des seuls héritiers, devait partager ses profits avec une grande équité, entre tous ceux qui la composaient, à commencer par les directeurs et en descendant jusqu'au plus humble des esclaves.

Sous le nouveau régime, il était recommandé à Toby de dépasser le Fondateur, d'élever le niveau d'instruction et d'éducation autant que le permettraient les ordonnances locales, et, par-dessus tout, d'affranchir les esclaves aussitôt et en aussi grand nombre qu'il l'oserait. Les règlements du moment, les taxes ruineuses dont était frappée chaque libération devaient lui servir et de guides et de freins.

Les ouvriers sous contrat, dans les fermes du haut pays, devaient être encouragés à racheter au plus tôt leur liberté totale, transaction qui se trouverait désormais grandement facilitée par le fait que ces vassaux blancs allaient être payés en parts de la Société. Ils seraient naturellement encouragés à demeurer dans la Société, à continuer à travailler pour elle lorsqu'ils auraient acquis leur droit de libre citoyenneté. Et leurs qualités d'initiative, dont Toby jugerait, seraient l'indice d'après lequel leur participation croîtrait ou non.

Les directeurs auraient droit à un revenu substantiel, mais rigoureusement calculé d'après la qualité de leur contribution. Les divers héritiers de Victor Darby, en dehors du noyau formé par ses proches immédiats, se verraient offrir un emploi en rapport avec leurs dons ou leur formation, mais pas les legs importants auxquels ils estimaient sans doute avoir droit, du seul fait des liens du sang ou des alliances. Les droits, expliquait le plan du Fondateur, se gagnaient, les profits s'octroyaient à proportion des services rendus, et nul ne serait payé plus ni moins que ce que mériterait son travail. L'opinion formelle du Vieux Victor, reprise sous tous les angles, exposée sur toutes ses faces, ne laissait place ni au doute ni à la discussion.

Partant de cette base, Toby était prié de gérer la Société à l'essai pendant deux années. Les profits, au sens orthodoxe du terme, devaient être strictement et intégralement enregistrés, et leur répartition, bien que laissée à la seule appréciation de Toby, devait être justifiée. Si, à l'expiration des deux années d'essai, la balance des comptes se trouvait sensiblement moins avantageuse que sous l'ancien régime, le projet devait être abandonné.

Sam lut les derniers paragraphes avec un peu de

solennité supplémentaire, comme s'ils représentaient une manière de compensation à tout ce qui précédait :

C'est mon Vœu personnel — et je suis assuré que le Cœur de mon Fils et celui du Dr Kent y feront Echo — qu'ils installent un Cabinet commun à Savannah. C'est en vue de cette « Fin » que, dès le « Commencement », je les ai formés. Mais ce qui me paraît plus important encore, c'est qu'ils réussissent, chacun dans sa Branche de la Profession Médicale, par leurs propres Mérites. En conséquence de quoi, aucune Somme n'est prévue dans mon Testament qui leur permette de racheter une Clientèle ou d'installer leur Cabinet. Ils sont armés pour réussir, à eux de forger leur réussite. Ce que j'ai prévu, c'est l'Installation et l'Organisation d'une Clinique contiguë au Quartier général de la Compagnie, et où seront traités gratuitement, au mieux de la Science et de la Compétence du Médecin et du Chirurgien, les Malades pauvres de Savannah. C'est mon vœu également qu'un Hôpital soit érigé dans les mêmes conditions sur les Fonds de la Compagnie. Dans cet Hôpital seront soignés tous les Membres du Conseil de la Compagnie, et autant de nos malades indigents qu'il en pourra accueillir. Mais la Date et l'Importance de cette Fondation sont entièrement laissées au jugement du Président. Si l'Hôpital peut être érigé au cours des deux Années d'essai, il devra, bien entendu, être vendu quand la Compagnie sera dissoute, si elle l'est.

En ce qui concerne cette éventuelle Dissolution, mon Désir est que tout le reliquat, ainsi que la Maison précédemment mentionnée comme léguée au Dr Kent, reviennent à ma Fille Nancy — à qui mon Testament donne alors le droit de vendre pour son seul Bénéfice tout ce qu'elle voudra, et le Droit aussi de garder pour elle seule, afin d'y établir sa Vie si tel est son Bon Plaisir, le Manoir et le Domaine connus sous le nom de Sangaree.

Je prends cette Dernière et Mélancolique Précaution non pas en Misanthrope, mais en Homme d'Expérience. Il se peut que, dans son Veuvage, ma Fille se trouve sans moyens d'existence au cas où la Compagnie connaîtrait un Echec radical qui la laisserait gravement déficitaire. Le Dr Roy Darby et le Dr Tobias Kent, avec une Profession entre les mains, pourront, toujours, gagner leur Vie. Mon Surveillant général Sam Hoyt est, de même équipé de manière à faire face aux Difficultés de ce monde.

C'est, enfin, mon Souhait et ma Volonté que les Drs Tobias Kent et Roy Darby, ainsi que Sam Hoyt, apposent leur signature au bas de ce Document, en évidence de leur acceptation des diverses Clauses qu'il renferme. C'est également mon Souhait que, lorsque mon Testament lui-même sera lu à Savannah, ma Fille Nancy à son tour, et dans la même Idée d'acceptation, signe la présente Feuille. Si, cependant, elle se refusait à le faire, mes Instructions n'en devraient pas moins être suivies à la Lettre, et sans que sa participation aux Bénéfices de la Société en soit affectée.

Après que Sam eut terminé la dernière phrase, il y eut un silence. Ce fut Roy qui le rompit, avec la question inévitable :

— Contrarié d'avoir promis, Toby ?

— Je ne sais pas encore. Que dira ta sœur, de tout cela ?

— Elle nous attaquera des griffes et des dents ! fit Roy, avec un calme magnifique. Et, sauf erreur, Bristol est avocat. S'il ne figure pas personnellement dans le testament, il l'aidera à le faire récuser. S'il n'y arrive point, il mettra tout en œuvre pour obtenir que la Compagnie soit déclarée illégale.

— Réussiront-ils ?

— Pas si nous rendons coup pour coup. J'ai lutté contre Nancy en d'autres occasions. Ce n'est pas une nouveauté. De toute manière, je m'attends à une belle bagarre à propos de Marthe.

Toby sursauta et espéra que son sursaut avait passé inaperçu. Les événements de la dernière heure faisaient paraître étrangement mièvre son ancienne passion.

— Quelles sont tes vues relatives à l'affranchissement des nègres ?

— Dans les grandes lignes, les mêmes que celles de Père. Il faut y aller doucement et prudemment. Peut-être, si la Compagnie réussit, pourrons-nous en libérer un quart de notre vivant.

— Et vous, Sam ?

Le surveillant médita sa réponse :

— L'esclavage est notre pire malédiction, docteur Toby. Pour ma part, j'étais d'avis que la Révolution aurait dû aller jusqu'au bout de son effort et abolir l'esclavage. Maintenant seulement, il est possible de voir plus loin dans l'esprit de nos maîtres et de mieux discerner leurs intentions. Etudiée sous n'importe lequel de ses aspects, notre Révolution n'est pas *vraiment* une révolution. Tout ce qu'elle accorde, c'est que nous n'avons plus besoin de verser d'impôts à l'Angleterre. Que nous sommes libres de nous enrichir à notre propre guise à partir de maintenant.

— Je ne vous ai jamais connu cynique à ce point, Sam.

— Considérez que c'est un écho des sentiments du Vieux Monsieur, docteur. Il n'y en avait pas beaucoup de pareils à lui dans toute la Géorgie. Un homme riche qui se préoccupe du sort de l'homme pauvre, c'est à peu près aussi rare que la vertu en enfer, si vous me pardonnez cette comparaison.

— Nous serons attaqués de tous les côtés.

— Du dehors seulement. Nos gens combattront pour nous. De l'estuaire à la montagne, tous, comme un *SEUL HOMME*. J'en jurerais.

— Moi aussi, par Dieu !

Toby se ressaisit, effaré de sa propre véhémence. Mais Sam Hoyt ne fit que rire.

— Vous voyez ce que je veux dire, Mr. Roy ? *Nous* tirerons la corde ensemble. Et chaque homme digne de ce nom en fera autant sur vos plantations.

— Sur *nos* plantations, Sam, dit gravement Roy.

— Rectification admise. Pour un bail de deux ans. Laissez-moi l'arrière-pays, messieurs. Noirs, Blancs et demi-teintes. Occupez-vous de garder nos docks ouverts et en état à Savannah. Je m'occuperai d'y maintenir l'opulence.

Soulevé par l'enthousiasme de sa vision, Sam se mit à marcher de long en large :

— Peut-être, après tout, m'étais-je trompé ? Peut-être, après tout, la Révolution a-t-elle été gagnée dans notre coin de Géorgie.

— Crois-tu que nous y arriverons, Roy ?

— Ça vaut la peine d'essayer, dit lentement Roy. Mais j'avoue que je n'aurais jamais osé risquer le coup tout seul.

— N'as-tu pas de chagrin qu'il ne t'ait pas laissé directement le domaine ?

— Je sais depuis longtemps qu'il projetait pour toi quelque chose de ce genre. Il m'avait fait promettre le secret jusqu'à ce qu'il se sentît absolument sûr de toi.

— Et quand a-t-il décidé ?

Roy eut un léger sourire :

— Il faudra, pour savoir cela, consulter ses papiers.

Toby s'aperçut qu'il répondait par un acquiescement machinal. Ce n'était pas la première fois que les « papiers » de Darby étaient mentionnés. Il savait depuis toujours que son général en chef était un savant et un écrivain, aussi bien qu'un grand bonhomme et qu'un vrai monsieur.

— Cela ressemble bien à ton père, de laisser des Mémoires.

— Tu les liras quand tu iras à Sangaree. Une douzaine de volumes in-folio. Enfermés dans un secrétaire de sa bibliothèque. Nancy te donnera la clef.

— Donc, nos derniers ordres sont à Sangaree.

— Exactement. Et nous n'aurons que le monde de Nancy à combattre. Mais ne nous y trompons pas, c'est un monde qui se défendra. Et qui attaquera, Toby. Un monde important.

Toby hocha la tête, en silencieux acquiescement. Ils savaient tous les deux combien la Géorgie avait été près de se ranger sous la bannière royale, combien elle avait échappé de justesse. Et, maintenant que la paix avec l'Angleterre était une réalité, que de loyalistes surgissaient de leurs terriers !... Il fallait ajouter à ce bloc celui des conservateurs par tempérament, qui ne s'étaient décidés à aider la Révolution que pour annuler leurs dettes à Londres. Et Toby sentit qu'il allait faire face à une masse ennemie solide et compacte.

— Donc nous voilà trois contre une ?

— Il faut cela, pour avoir la majorité dans la Compagnie.

— Peut-être ne rendons-nous pas justice à ta sœur ?

— Tu ne dirais pas cela si tu connaissais Nancy. Elle avait épousé un Grégory. Elle va épouser un Bristol. Sam, est-ce qu'après cela il reste quelque chose à dire ?

Le surveillant général secoua ses larges épaules :

— Miss Nancy est une dame, jeunes messieurs. Miss Nancy a toujours été une dame. Depuis le commencement. Elle *croit* que les dames sont une race à part. Des hommes sont morts pour avoir nié cette conviction. Et pas morts au champ d'honneur !

— J'ajouterai une pensée encore, fit Roy. Même si Nancy oublie qu'elle est une dame et te saute à la gorge, toutes griffes dehors...

— Ou *vice versa* ?

— Ou *vice versa*... c'est une lutte qui vaut la peine qu'on s'y engage.

8

Il était debout tout en haut des fortifications et regardait l'aube éclairer de son feu blanc le Canada.

Par toutes les règles de la logique, cette matinée aurait dû être la plus triste de sa vie — avec, dans une chambre aux volets clos, son bienfaiteur étendu mort, et devant lui un avenir grouillant de menaces. Mais il ne parvenait pas à se rappeler un moment où il s'était senti en plus complet accord avec le monde, plus assuré de sa propre force.

Demain, ou le jour suivant, le moment viendrait de ce départ longtemps retardé. Une fois Victor Darby confié à la terre gelée — cela ressemblait bien au Vieux Victor, cette exigence d'être inhumé là où il tomberait, avec les simples honneurs que l'on rend à un soldat, — ils auraient pleinement le droit d'abandonner leurs commandements sur l'heure. Le colonel Wriston assurerait la charge du fort jusqu'à ce que la glace fonde, au printemps. Les camarades chirurgiens de Toby, vétérans du champ de bataille, soigneraient ses fièvres et ses pieds gelés !

Un clairon se fit entendre au-dessus de la plaine neigeuse, éveillant les échos des collines du Vermont. Toby retourna vers le terrain de parade et retint son souffle devant ce qu'il vit.

Jusqu'au dernier homme, tous les Darby Rangers étaient là ce matin, répondant avec ensemble à la sonnerie du réveil ; ils faisaient fort bon effet, en dépit des bonnets en peau de raton laveur qui se dissimulaient aux derniers rangs. Sous ses yeux, Toby vit le drapeau monter à mi-mât, juste au-dessus du portail de bois dont les portes craquèrent en s'ouvrant pour laisser passer l'attelage de chiens des Anglais.

Saluant leur drapeau, les Rangers étaient immobiles. Le groupe des officiers britanniques, s'égaillant comme d'éclatants oiseaux sur la neige, répondit de même, les mains gantées touchant les shakos avec une précision digne des Horse-Guards.

Le clairon sonna encore lorsque la file écarlate, marchant alertement dans le sillage du traîneau, disparut entre deux talus de neige sur l'étendue glacée de Missisquoi Bay.

Lumineux de fraîcheur, le drapeau de la nation toute neuve claquait dans l'air du matin : les treize étoiles (1) de l'Union éclairant leur champ bleu. Toby s'aperçut qu'il avait salué cet emblème avec autant d'alacrité que les autres, avant de descendre pour donner les ordres concernant les funérailles du général en chef.

(1) Une étoile pour chacune des treize colonies anglaises qui venaient de conquérir leur indépendance par les armes et formaient le noyau des Etats-Unis d'Amérique. Le citoyen américain, lui aussi venait de naître.

FIN DE LA PREMIÈRE PARTIE

DEUXIÈME PARTIE

LA SAVANNAH

1

TOBY s'était embarqué à destination de Charleston, au départ de Providence, dans la Nouvelle-Angleterre, laissant Roy et Sam Hoyt vérifier les comptes de guerre de leur firme avec le facteur de Boston. Plutôt que de se rendre directement à Savannah, pour y tracer les plans de son avenir, il avait choisi de suivre le grand côté du triangle et de passer par Clay Creek, pour y donner un dernier coup d'œil à son enfance.

Aucune nécessité ne l'obligeait à gagner Savannah avant l'ouverture du testament du Vieux Victor. Il ne voyait aucun motif pour aller avant l'heure mettre à l'épreuve ses réactions envers Marthe. Ou pour explorer l'énigme de Nancy Grégory, — le plus pressant de ses problèmes ! — avant que Roy eût pu la préparer dans une certaine mesure, à son entrée, à lui, dans le monde qui était le sien, à elle. Il avait donc pleinement profité de ses dernières chevauchées à travers le haut pays, dans le printemps vert, retrouvant avec délices chacun des sons et chacune des odeurs de son enfance.

La campagne portait, de-ci de-là, l'empreinte de la guerre. Des villages noircis, des fermes éventrées, des champs retournés à la friche, tels étaient les spectacles qu'il rencontra le plus fréquemment le long des pistes d'argile rouge de son Etat natal. Il avait pu se rendre compte au passage que le domaine Darby n'était pas demeuré indemme, et c'était là s'exprimer de façon modérée. Il semblait même que les envahisseurs eussent frappé délibérément tout ce qui appartenait au commandant des célèbres Rangers, rassurés par la certitude que les Rangers étaient loin.

C'était peut-être une fort bonne chose que le vieux et prévoyant héros se fût amassé, par son activité de corsaire, une confortable richesse personnelle pendant la guerre : Toby se rendait compte que, pour ramener l'abondance dans ce coin de terre, il y faudrait dépenser une fortune et, en plus, réaliser quelques économies draconiennes.

Mais, dans l'ensemble, il n'avait pas eu grand-peine à rejeter derrière lui jusqu'au souvenir de la guerre lorsqu'il s'était retrouvé à Clay Creek.

— Dis donc, toi, Adam d'argile rouge : rentre dans la vie ! On n'a jamais entendu parler d'un Adam méditatif avant le déjeuner !

Gabriel Thatch le hélait de la porte de la confortable cabine qu'ils avaient partagée pendant ce nonchalant voyage sur la Savannah. Pour la septième fois depuis sept jours, Toby demeura bouche bée devant la garde-robe de son ami : il aurait pu être fourni et livré, tel quel, par un tailleur londonien. Seule, la tête rouge-carotte, ronde comme une bille et rasée d'aussi près, semblait familière. Mais Toby savait qu'elle serait avant peu cachée sous une perruque blanche, détail qui couronnerait le somptueux ensemble assurant à l'éditeur du plus important journal de Géorgie l'apparence idoine.

Lui, rentrait du bain. Avec docilité il sauta sur le pont et se prépara à faire honneur à l'assiettée de fumants gâteaux de maïs, au jambon à la bouillie de maïs, aux bols de thé bouillant noyé de crème fraîche. En même temps il s'essuyait au soleil en souriant à la pensive grimace de Gabriel.

— Tu sais que c'est moi qui irai cet après-midi inspecter avec Sam les champs de tabac. *Toi,* mon ami, tu gagneras Savannah dans ta grandeur solitaire.

— Je m'en doute.

— Alors, prends la peine de t'habiller comme la situation l'exige.

— Vas-y ! prononça Toby résigné. C'est à peu près ta dernière chance de me donner une leçon de bonnes manières.

— Elle exige pour le moins des bas de soie et des souliers à boucle d'argent. Je t'ai acheté tous ces affutiaux comme il a été convenu entre nous à Augusta. Et un choix de perruques à mettre l'eau à la bouche d'un duc. Pourquoi n'as-tu pas fait raser ce crâne épais, afin que Billy pût les ajuster ?

— Parce que — merci tout de même ! — J'ai la ferme intention de garder mes propres cheveux.

— N'as-tu pas suffisamment choqué Savannah, d'avance ?

Toby, avec un petit soupir de contentement, éprouva ses longs membres flexibles, comme pour se préparer à la bataille. Gabriel avait déjà parlé, en termes peu douteux, de l'explosion d'indignation qui avait secoué Savannah lorsque le testament de Victor Darby avait été rendu public, *via* le *Mercury* de Gabriel, selon la volonté du Vieux Monsieur. Depuis le départ de Lord Cornwallis, personne, assurait Gabriel, n'avait été aussi rondement maudit que le Dr Tobias Kent, bien que la cause des malédictions de Savannah eût été quelque peu différente.

Tambourinant méditativement sur le sombre miroir de sa botte, Gabriel ajouta :

— Ne sous-estime jamais un ennemi. Ils te combattront aussi bien avec des balles qu'avec des textes légaux. Avec les deux à la fois si ça les arrange, mais les textes légaux viendront d'abord. Le jeune Bristol, ne t'a, jusqu'ici, maudit qu'entre deux verres. Es-tu préparé à prouver que ce testament ne peut être attaqué ?

— Je ne suis pas avocat, mais je me défendrai moi-même et discuterai la question.

— Tu ne veux pas me croire, si je te répète qu'ils fourbissent leurs baïonnettes, depuis Nancy jusqu'au moindre comparse.

— Bien sûr que si, je te crois. Mais je pense que notre artillerie résistera.

— Ainsi donc tu *as* un plan ?

— C'est à Sam Hoyt qu'en revient le crédit. Nos plus lourdes munitions sont les espèces sonnantes et trébuchantes. Des livres anglaises. Et aussi des lettres de change sur Londres, payement des prises britanniques par nos corsaires pendant la rébellion des colons britanniques. Assez d'or pour durer pendant nos deux années d'essai, et plus longtemps. Si Sam ne se trompe pas, vos tories — et cela comprend les Bristol — ne peuvent payer leur passage en autre monnaie que naissance et distinction.

— Tu as donc l'intention de lutter pour ta part de l'affaire ?

— C'est *eux* qui devront lutter, Gabriel. Nous avons le fond et les fonds. Soixante-dix pour cent de la flotte marchande de Savannah doivent s'équiper aux Docks Darby, si j'en crois le premier rapport de Sam Hoyt. Nos magasins de fournitures navales sont, Dieu merci, solidement approvisionnés. Et, toujours selon Sam, nous pouvons obtenir, dès cet automne même, une récolte de tabac, si nous sommes disposés à payer les journaliers au tarif maximum. La moitié seulement des champs de Darbyville sont retournés à la friche depuis la guerre.

» Pour Sangaree, les choses, cela va de soi, se présentent autrement. Il se peut que nous perdions de l'argent sur le riz, mais nous n'avons pas d'autre ressource que d'endiguer et de planter.

— C'est parlé comme un vrai gars de la campagne. Et si nos ennemis ne veulent rien nous acheter ?

— Nous les boycotterons à notre tour, et nous vendrons à l'étranger. A mon sens, en cette première année d'exploitation, nos bénéfices véritables nous viendront de France et d'Angleterre.

— Suppose encore que les Anglais refusent la marchandise américaine ?

— Alors nous garderons nos canons et nos fusils et nous nous ouvrirons la voie de l'Europe, dit Toby paisible. Il y a là un marché disposé à acquérir tout ce que nous produisons, depuis le riz jusqu'à la résine Pendant toute la Révolution, les Yankees ont vendu à ce marché. A côté des corsaires de Boston, les bateaux de Darby ont participé à ce négoce. Pourquoi ne continuerions-nous pas ?

— C'est du jeu de hasard. Tu ne le crains pas ?

— Pour l'instant, nous n'avons pas à choisir. Je t'accorde cependant qu'une mauvaise récolte ou quelques pertes en mer risqueraient de nous envoyer par le fond avant même que nous soyons bien en route. Sam affirme que, les chances étant ce qu'elles sont, nous pouvons perdre dix mille livres la première année. J'espère que nous serons en pleine production la seconde et gagnerons vingt mille livres.

Gabriel soupira et regarda son ami entre ses paupières plissées. Toby se rendit compte que ce soupir était ce qui chez Gaby, s'approchait le plus de l'admiration avouée.

— A cette allure, la Compagnie Darby pourrait acquérir la Géorgie en dix ans.

— La production à cette échelle peut rendre la Géorgie plus riche que n'importe quel Midas. Si nous parvenons à faire la preuve que quelques milliers d'ouvriers honnêtes, travaillant en communauté, peuvent s'enrichir eux-mêmes, tout en enrichissant leur Etat... Si nous nous considérons comme une nation, *tous ensemble,* et non pas comme treize républiques mutuellement et réciproquement en défiance...

— En d'autres termes, longue vie à la Compagnie Darby, et que ses ennemis soient confondus.

— Exactement, dit Gabriel, les yeux toujours fixés sur la Savannah qui s'élargissait. Exactement. La Compagnie Darby, au moins, est une révélation qui sait ce qu'elle veut, et pourquoi elle le veut.

— Est-ce là une idée pour ton prochain article ?

— C'est une idée pour les siècles. Mais peut-être serait-il temps de penser à l'heure présente, dis-moi, et de t'habiller, car voici Darbyville.

2

DEBOUT à côté de Gabriel, Toby regardait le paysage. Les terres labourables bien défrichées, bien entretenues, avaient succédé aux landes marécageuses de l'amont ; il semblait que la dernière boucle du fleuve eût marqué la séparation de deux mondes différents, et que la grosse barge eût viré sinon dans la civilisation, du moins dans sa lisière artisanale.

. Le fleuve lui-même, coulant, paisible, entre de médiocres falaises, divisait de place en place son flot couleur de cuir pour .envelopper quelque îlot frangé de saules et paraissait dompté. Apprivoisé même, sans rébellion contre sa captivité.

Toby, qui, plus d'un été, avait gagné sa vie dans des champs semblables, vit d'un coup d'œil que le vaste territoire était bien compris, bien disposé, bien entretenu. Au beau milieu, Sam Hoyt, assis, immobile sur une grande mule grise, ses yeux attentifs et rusés surveillant chaque point de l'horizon, ne détourna même pas son regard vers eux lorsqu'ils passèrent, et bien que la barge frolât les roseaux de la rive à moins de cinquante mètres de son poste d'observation. Cela aussi faisait partie de la règle du jeu.

Darbyville même — où déjà l'amarre avant de la

barge avait claqué, ruisselante, sur le quai — fut tout d'abord une déception Des rangées de hangars aux toits bas, disposées de telle sorte qu'elles semblaient les lames de quelque monstrueux éventail, convergeaient vers les docks et le fleuve, et des séries de voies à wagonnets étaient réparties entre elles avec une précision géométrique. Quand à son tour l'amarre fut logée, Toby retrouva la familière et douce cacophonie des voix nègres, le rythme plus doux encore des pieds nus dans la poussière et dans la boue.

Un grand contremaître en vêtements de travail tachés de sueur, debout à la porte ouverte du plus proche entrepôt, criait une salutation :

— Lequel de vous, messieurs, est Thatch ?

Gabriel allongea sur l'épaule nue de Toby une claque bruyante et fila du plat-bord vers le quai :

— Ne me dis pas que tu aimerais changer de place avec moi ! Je m'en doute du reste. Mais tu ne seras pas seul pour faire face aux dragons : Roy va t'attendre à Savannah.

— Tant pis ! J'ai bien envie de demander tout de même un second cheval et de venir avec toi. Si cette récolte doit représenter notre première rentrée d'argent...

— Sam t'apportera demain toutes les informations utiles. Et j'en ferai autant, *via* le *Mercury*.

— Oui. Seulement j'ai travaillé plus de buttes à tabac à moi seul que Sam et toi ensemble.

— Sans doute, mon ami, sans doute. Il n'empêche que la fonction même de Sam est celle de surveillant général et que c'est donc à lui de surveiller les plantations. Comme c'est à moi d'en exposer dans mes colonnes un tableau du plus beau rose, histoire de confondre nos ennemis. *Ton* boulot à toi, si je puis me permettre cette hardiesse, c'est de fortifier, sans délai, notre quartier général.

Cette sagesse emporta l'acquiescement de Toby. Il regarda son camarade s'éloigner dans la poussière d'argile rouge qui marquait la jonction des entrepôts et des champs. Le quai, cependant, était momentanément vide, le dernier Noir avait gagné la rive avec sa charge. Vide, sauf la présence du grand contremaître qui continuait à regarder Toby, avec le sourire amical et sans expression du campagnard :

— Destination Savannah, monsieur ?

La question le ramena à lui-même, l'aidant à chasser la folle impulsion de fuir, pendant qu'il en était temps encore, vers le cœur du monde qu'il avait connu. Plus tard, il se rappellerait avec quelle attention le gars l'avait observé, dès le moment où la plate s'était amarrée. Et aussi comment il avait retenu sa question jusqu'à la dernière minute, quand déjà les amarres arrière étaient larguées. Plus tard encore, il se souviendrait du premier signe de vie, de la première agitation dans l'ombre de l'entrepôt, et il se poserait des questions. Pour l'heure, c'était bien suffisant de répondre d'un signe de tête et de regarder de tous ses yeux la fille qui, franchissant la porte, s'avançait en plein soleil.

Elle marchait d'un pas assuré de campagnarde, balançant par les lacets ses gros souliers, tandis que ses pieds nus soulevaient la poussière et que son visage se tendait vers lui, et souriait. A ce sourire, le cœur de Toby fit un saut périlleux.

Bien que ce visage fût trop impertinent pour être beau, — un gai minois, plutôt qu'une noble figure, — bien que la bouche souriante fût de trop généreuses proportions — il ne pouvait pas retrouver en sa mémoire l'image d'une fille plus jolie, — ni d'une jolie fille qui eût plus sereinement confiance en son charme. Sa robe toute simple de villageoise, serrée à la taille par une ceinture en peau de porc traitée à la ferme, révélait une silhouette élancée où il fallait, voluptueusement étoffée aux bons endroits, et un peu plus de poitrine fière et haut placée qu'il n'était bon pour la paix de l'esprit d'un jeune homme. Toby s'arracha à son inventaire juste à temps pour répondre à la salutation muette, sourire des gens nés à la terre, qui commençait et finissait dans ses yeux. Depuis longtemps, aucune fille ne lui avait dédié un sourire d'une aussi désarmante candeur.

— Elle aussi va à Savannah, dit le contremaître. Si Monsieur voulait bien accepter une passagère ?

— Pourquoi pas ? Ce n'est pas la place qui manque.

Il parlait encore que déjà elle était à bord, agile comme une chatte qui connaît d'avance sa destination et qui a résolu de l'atteindre, à tout hasard. Au bond qu'elle fit, sa quichenotte retomba en arrière, découvrant des bouclettes cuivrées qui entouraient sa tête d'une auréole garçonnière. Ses yeux restaient attachés à ceux du garçon, bien que son impertinence fût sans malice, plutôt une tranquille certitude d'être la bienvenue.

Plus tard encore, il se rappellerait le silence soudain sur le quai, tandis que la barge virait dans le courant, et comment, jusqu'au dernier homme, les débardeurs noirs avaient ravalé leurs bruyantes plaisanteries et abandonné leur travail pour regarder, bouche bée. Avec quelle promptitude, aussi, leur contremaître s'était éclipsé, parmi les pyramides de tonneaux à tabac vides qui entouraient la porte de l'entrepôt.

Présentement, il était trop enchanté par son acquisition nouvelle pour se préoccuper des arrière-plans.

La fille dit, avec simplicité :

— Je suis Dolly Lake. Et vous ?

Sa voix allait avec ses manières à la fois directe et cordiale, sans rien qui fût offensant. Une voix douce et lente de campagnarde, qui évoquait la senteur sèche, un peu âcre, des palmettes en août, l'appel chantant du fermier à sa mule de labour, le murmure des pins contre un pâle ciel crépusculaire.

Toby s'arracha précipitamment à son invite, heureux d'avoir à guider Dolly Lake du plat-bord à la plage arrière. La brève et simple question avait suffi à ramener à l'oreille et au cœur du garçon la Géorgie qu'il connaissait et qu'il aimait. Et la boule qui encombrait sa gorge était aussi réelle que réels ses souvenirs revenus en foule.

— Dr Kent, parvint-il enfin à prononcer.

Il était furieux de son enrouement subit, auquel la fille allait certainement se méprendre et qu'elle allait attribuer à une poussée de concupiscence.

— Le Dr Tobias Kent, de Savannah, pour vous servir, Dolly !

Si cette familiarité froissa la jeune fille, elle n'en laissa rien paraître. Appuyé pour quelques instants à une pile de bois, il la regardait évoluer parmi tout ce qui encombrait le pont, et, pendant qu'il respirait la fraîcheur acerbe de la résine, ses yeux appréciaient la libre ondulation des cuisses rondes sous la robe légère. Sans même la toucher, il était assuré que Dolly ne portait pas de corset et n'en avait aucun besoin. Et il se disait qu'il lui suffirait très probablement de traverser le pont et d'aller jusqu'à elle pour l'enlacer à son gré.

Il n'y avait pas de désir réel dans cette quasi-certitude. Comme l'arôme vif et sain du bois blanc frais coupé, sa présence était tonique plutôt que troublante.

La fille répondit paisiblement :

— Je n'avais pas besoin de le demander. Il allait de soi que vous *deviez* être le Dr Kent, bien que vous soyez le premier docteur que j'aie jamais vu vêtu de sa seule peau.

Sous le regard tranquille, il rougit un peu, espérant que son hâle couvrirait ce furtif empourprement, désagrément qui lui restait de bien au-delà de l'adolescence et qui l'agaçait parfois.

Les yeux de Dolly Lake eussent-ils été de tendres mains, caressant les plans rigoureusement durs de la mâle poitrine, son intérêt n'aurait pu s'affirmer avec plus d'évidence.

— Mr. Thatch, dit Toby, m'avait averti au sujet de ma chemise. Je crains bien d'être toujours, au fond du cœur, un homme des bois.

— Mr. Thatch — si vous me permettez cette liberté de langage, monsieur — est né pour poursuivre les femmes seules, qu'il ait ou non sa chemise sur les épaules. C'est pourquoi j'ai attendu son départ avant de me montrer.

— Mais alors, vous le connaissez ?

— Suffisamment pour savoir qu'il n'est pas l'homme à qui on peut confier une jeune fille.

Elle parlait toujours avec la même gentille impertinence. Tout en parlant, elle posa fort naturellement sa main sur l'épaule nue de son compagnon et s'enleva avec légèreté jusqu'à un nid de balles et de sacs où elle se blottit :

— Et, qui plus est, il sait que je sais.

— Qu'est-ce qui vous amène à Savannah, Dolly ?

— Je suis employée à Sangaree. Par Mrs. Grégory. Vous êtes allé en visite à la propriété, naturellement ?

— Il se trouve que je suis nouveau venu à Savannah.

— Et nouveau venu pour Mrs. Grégory ?

— Je regrette de dire que sa connaissance est aussi un plaisir dont je me suis trop longtemps privé.

— Pourquoi dites-vous cela, docteur ?

— Et pourquoi pas, puisque vous êtes à son service ?

Tout en parlant, il se leva, se déplaçant lentement pour lui donner à elle-même le temps et la liberté de choisir son attitude. Comme elle ne bougeait pas, il se pencha vers son nid de balles, l'emprisonnant avec précision entre ses coudes, un contre chaque cuisse souple et ronde. Avance stratégique grâce à laquelle il put constater qu'elle n'avait pas choisi moins soigneusement que lui leur terrain de bataille. Protégés comme ils l'étaient par un plat-bord de sept pieds de haut, et par les énormes piles de bois, ils ne pouvaient être aperçus des rameurs noirs installés à la poupe. Le miroir de la rivière mettait bien, juste en avant d'eux, un arc plutôt éblouissant, mais sa surface, nue comme un lac dans quelque monde préhistorique, ne présentait aucune menace aux jeux amoureux.

— Je croyais que l'on pouvait se fier à *vous*, docteur, et c'est pourquoi je vous ai demandé passage, dit Dolly avec une grâce modeste.

— Ne vous fiez-vous pas à moi en ce moment ?

Pour sauver sa tête, il n'aurait pu dire ce qui lui plaisait davantage, le filet d'acier dans la voix, ou la moue lente et tentante de la lèvre inférieure. La tenant toujours prisonnière entre le dur étau de ses coudes, il leva ses deux avant-bras jusqu'à ce que ses mains pussent enserrer la taille flexible. Sa suppositon, il s'en aperçut avec une joie très vive, était exacte : entre ses doigts et le corps de Dolly, il n'y avait que l'étoffe, tissée à la ferme, de la robe.

— Si ma confiance est mal placée, monsieur...

En fin de compte, il ne l'embrassa pas. Gaby lui avait expliqué que, de Darbyville à Savannah, il y avait trois bonnes heures par le fleuve, même quand on le descendait avec la marée : cela donnait du temps pour les baisers, voire pour mieux encore, lorsqu'ils auraient déjeuné ! Il se contenta donc d'enlever légèrement Dolly de sa pile de sacs et de la déposer sur le pont, puis, un bras toujours autour d'elle, il l'amena jusqu'à l'écoutille de chargement, pour regarder l'eau brune de la Savannah tourbillonner lentement sous l'éperon de la barge.

— Vous ne vous êtes pas méprise en me faisant confiance, Dolly. Bien au contraire, vous verrez que je puis me conduire à peu après en gentleman, si vous répondez de même.

Il rit tout haut en voyant un éclair allumer les yeux de la jeune femme en réponse à sa provocation.

— Si cela signifie que vous ne me considérez pas comme une dame...

— Vous et les vôtres, êtes les seules dames véritables

que j'aie jamais connus, dit-il gravement. Cette réponse vous satisfait-elle ?

— *Vous et les vôtres*, répéta-t-elle. Ce qui veut dire ?

— Les filles nées et élevées à la campagne. Les filles qui ont la sagesse de la terre, qui n'ont pas peur de rencontrer leurs hommes sur le pied de l'égalité. Je vous ai confessé déjà que je suis un garçon de la campagne, pris dans une bien curieuse aventure.

— J'en ai entendu parler, de votre aventure, répondit-elle avec toujours ce calme déconcertant.

— Ne nous en occupons pas pour l'instant. Parlez-moi d'abord de vous. Depuis combien de temps êtes-vous en service ?

— Depuis aussi longtemps que je puis me souvenir. Mon père lui-même était sous contrat chez le Vieux Darby, celui qui est mort voici peu dans le Nord. Nous vivions dans la prairie haute, en arrière de Darbyville, sur la terre à tabac nommée Cagle Hundred.

Toby approuva de la tête. Cagle Hundred était un des premiers biens immobiliers des Darby et l'un des plus riches.

— Vous êtes donc allée aux écoles du Vieux Victor ?

— Jusqu'à la huitième année, oui. Ensuite à Sangaree.

A nouveau, Toby approuva de la tête. Le régime du Vieux Victor était tel, en effet, pour les filles de ses dépendants : il leur fallait quelques années d'école avant que d'aller aux champs — ou en service. Il posa la question suivante avec précaution, car la valeur de Dolly en tant que lien, qu'ouverture en direction de Nancy avant leur prochaine bagarre, augmentait à chaque instant.

— Etes-vous partie à l'étranger avec elle, lorsque vint la guerre ?

— A Nassau, oui. Cela lui brisait le cœur de quitter Sangaree, mais son mari avait insisté. Si vous insistez docteur, je vous dirai que Mrs. George Grégory était le Tory — pas elle. Evidemment il y a aujourd'hui à Savannah des gens qui pensent et disent autrement, mais...

— Je suis heureux de vous voir loyale vis-à-vis de votre maîtresse. Et plus heureux encore de ce que vous ne considérez pas mes questions comme trop hardies ou comme « sans gêne ».

— Pas plus hardie ni sans gêne que vous-même, docteur, fit-elle avec un équilibre absolu, un tranquille aplomb, en se glissant hors du bras qui l'encerclait encore. Continuez à questionner, je répondrai aux questions qui me plairont, et je laisserai les autres.

— Pourquoi avez-vous remonté le fleuve aujourd'hui ?

— Pour rendre visite à ma famille, ou du moins à ce qui en reste.

— Voyagez-vous souvent de la sorte ? Vous êtes bien trop jolie pour circuler seule.

— Un compliment, docteur, et de la part d'un *connaisseur* (1).

Malgré lui, Toby cligna brusquement des yeux ; il ne s'était pas attendu à ce qu'une fille de Cagle Hundred employât un vieux mot français, avec un accent presque impeccable. La phrase suivante de Dolly en fournit une explication valable :

— Quand nous sommes rentrées à Sangaree, des officiers français y étaient encore cantonnés. Des officiers de marine du comte d'Estaing. Je me rendis compte que je les repousserais plus aisément si j'apprenais leur langage, du moins suffisamment pour les « enguirlander » et les maudire.

— *Assez bien pour dire non ?* (1)

— *Assez bien pour ça !* (1) fit-elle en évitant de nouveau son bras.

— Vous n'avez pas répondu à ma question. Comment osez-vous circuler seule ?

Elle haussa les épaules

— J'aime être seule parfois.

— Risques compris ?

— Je ne crois pas risquer autant que vous l'insinuez, dit-elle. Vous ne devez pas être aussi mauvais ni débauché que vous voulez le prétendre.

— Je ne prétends rien de tel. Je ne suis pas mauvais le moins du monde ! Ni débauché ! Je souhaite seulement — comment dirai-je ? — me réjouir de ce qui vous amuse.

Il disait la simple vérité : le plaisir que lui donnait l'habile dérobade de la belle était honnête et sincère.

Dolly, dansant sur ses pieds légers, s'écarta de lui, lui donnant une nouvelle occasion d'admirer ses mollets bruns et nus dans le tournoiement de ballet de sa large

(1) En français dans le texte.

jupe. Cette fois, elle courut résolument droit devant elle et alla s'installer sur l'épontille, juste à l'intérieur de la proue, où elle s'assit, enlaçant ses genoux relevés, comme si elle le défiait de la suivre. Mais il était désormais assez sage pour jouer le jeu à sa manière à elle. S'installant à son tour dans l'ombre du bois empilé, il la considéra gravement, ses yeux offrant des excuses :

— Etes-vous la femme de chambre personnelle de Mrs. Grégory ?

— Sa fille de cuisine. Ne m'élevez pas au-dessus de ma situation. Première aide de son chef, M. Fichte.

— Mais vous la voyez souvent ?

— Je lui apporte son chocolat le matin et je parle avec elle relativement aux menus. Aimeriez-vous connaître celui de ce soir ? Je puis vous le réciter jusqu'au dernier service, à moins qu'elle n'ait changé d'avis.

— Je préférerais une image de ce que je vais rencontrer.

— Une image de ma maîtresse ? Ou de son monde ?

— Les deux, si ce n'est pas trop demander.

— C'est beaucoup trop demander, docteur, car nous sommes encore des étrangers.

— Tenez-vous-en aux faits, dans ce cas. Vous dites que votre maîtresse a... l'intention de me nourrir et de m'abreuver ce soir ?

Il tourna et retourna cette perspective dans son esprit, oubliant la proximité de Dolly et la piquante provocation de cette proximité.

— Il ne me paraît pas probable que, pour une première nuit à Savannah, je sois prié de faire le voyage à Sangaree !...

— Mrs. Grégory est en ville maintenant. A Wright Square, où M. Fichte est installé dans la cuisine. La jeune Mrs. Darby a insisté afin qu'il lui fût prêté pour la soirée.

— Ainsi donc, c'est Mrs. Darby qui m'invite, et non Mrs. Grégory.

Il ferma les yeux, essayant de se rappeler la dangereuse présence de Marthe. Chose étrange, son esprit se représentait beaucoup plus distinctement la femme qu'il n'avait jamais vue : une beauté glacée aux boucles blond cendré empilées comme une tiare fantastique et des yeux semblables à un fjord en hiver. Des yeux qui consentaient à fondre, oh ! bien légèrement, en constatant qu'il pouvait se courber sur la main d'une dame aussi correctement que n'importe quel marquis.

— Pendant ce dernier mois, Mrs. Grégory s'est fréquemment rendue à Savannah, pour voir son avocat.

Il revint, sans joie, aux réalités :

— A cause de moi ?

Dolly Lake baissa les yeux.

— Qui suis-je, monsieur, pour répondre à une telle question ?

— Réside-t-elle toujours à Wright Square quand elle est en ville ?

— Où irait-elle ? C'était sa seconde demeure avant que la nouvelle Mrs. Darby vînt.

Toby rit sous cape pendant qu'elle baissait à nouveau des yeux dont l'éclair de colère ne lui avait pas échappé.

— C'est un bon sentiment que la fidélité, Doll. N'en ayez pas honte. Il est inévitable que votre maîtresse soit irritée par la jeune Mrs. Darby. Autant qu'*elle* par votre maîtresse.

— Quel droit avez-vous ?... Qui vous permet ?...

— Les médecins sont aussi et avant tout des étudiants de l'humanité. Ou, du moins, devraient l'être. J'ai remarqué plus d'une fois que deux reines ne peuvent pas occuper un seul trône ensemble. Surtout celui d'un royaume aussi étroit que Savannah.

— Comment pouvez-vous juger Savannah, si vous ne vous y êtes jamais rendu ?

— Soyez honnête, Doll. Est-ce que vous préférez Savannah ou Cagle Hundred ?

— Aux deux, je préfère Sangaree.

Il la regarda sérieusement, se demandant ce qu'elle pouvait bien savoir de la Compagnie Darby. S'étonnant toujours, il laissa la question suivante lui échapper avant de l'avoir attentivement censurée.

— Qui pensez-vous que je suis, Doll ?

— Le principal représentant des Darby, dit-elle calmement. Plus important que Sam Hoyt, puisque vous avez fait la guerre avec le Vieux Victor, tandis que Sam Hoyt avait été laissé à la maison comme fourrageur. On dit que vous êtes un bon médecin et aussi un bon organisateur. C'est pourquoi le Vieux Monsieur a loué vos services. Et qu'il a écrit dans son testament que vous deviez *rester* loué, quoi qu'en pensent les héritiers.

Elle avait parlé d'une voix plate, comme si elle répétait tout haut une série de faits bien connus. Maintenant, elle penchait la tête de côté comme un oiseau et lui souriait de façon désarmante :

— Pardonnez-moi, docteur, si votre importance est plus grande. Comment pourrais-je le savoir ?

Mais Toby avait ressaisi sa bonne humeur.

— Je *suis* à Savannah pour mettre de l'ordre dans la maison Darby. Et pour y faire entrer autant d'argent que je pourrai.

— C'est exactement ce qu'ils disaient hier dans la cuisine, fit-elle triomphalement. Un grand surveillant général. Plus important que n'importe qui dans l'affaire Darby. Plus grand que le Vieux Victor lui-même.

— Personne ne pourrait être plus grand que le Vieux Victor.

A ces mots, il vit changer les yeux de la jeune femme. Pendant quelques instants, toute moquerie s'évanouit dans leurs claires profondeurs. Et, pour incroyable que cela lui parût à lui, il y avait des larmes dans sa voix, à elle, lorsqu'elle reprit la parole :

— On dit que vous savez commander, et qu'il faut que les autres sautent. A commencer par Miss Nancy...

— Qui dit ça, Miss Nancy ?

— Tout le monde le dit. Des étals du marché jusqu'aux meilleurs salons de Bull Street. (Déjà le défi était revenu dans ses yeux.) Tout le monde le dit, *sauf* Miss Nancy. Elle ne veut pas admettre qu'il y ait un mot de vrai là-dedans. Elle dit qu'elle va remeubler Sangaree et y emmener son nouveau mari cet automne, exactement comme elle en avait formé le projet. Oui. Et qu'elle réglera la note en argent Darby.

Sa voix se brisa de nouveau. Il était certain qu'il y avait des larmes au bord de ses cils.

— Pourquoi ne continuez-vous pas, Doll ? Ou bien en avez-vous trop dit ?

— Ne dites pas que vous n'aurez pas été averti, murmura-t-elle d'une voix enrouée.

— Vous donnerai-je un message pour votre maîtresse ?

— A quoi bon ? Vous avez raison : j'en ai trop dit à présent.

» Qui suis-je pour conseiller à un gentleman de marcher sur la pointe des pieds ?

— C'est un avertissement dont, venant de vous, je pourrais faire état.

Il la soulevait doucement par les coudes en parlant, lui donnant toute chance de résister. Cette fois, il n'y eut aucune tension entre eux lorsque la bouche du garçon se referma sur celle de la fille ; aucune sensation de barrière, tandis que le jeune corps semblait sur le point de s'abandonner complètement, même lorsque, une fois de plus, il les libéra de l'étreinte. Il la laissa échapper, exultant de cette première victoire.

— Merci, Doll.

— Merci pour quoi ?

L'aplomb dont elle faisait montre le choqua d'abord, puis sa certitude virile subit une secousse lorsqu'il se rendit compte qu'elle avait expertement accepté son baiser, mais ne l'avait pas rendu.

— Pour m'avoir traité en ami, répondit-il, avec autant de détachement qu'il lui fut possible. Car je suis encore un étranger.

— Voulez-vous que je vous prouve une amitié véritable en cuisant votre déjeuner ?

— Volontiers, mais seulement si vous me permettez de vous aider.

— Faire à manger, c'est ma besogne. Faire de l'argent, c'est la vôtre. Ne nous mettons pas en travers de la voie l'un de l'autre.

Il ne rit pas en même temps qu'elle, cette fois, pendant qu'elle se dirigeait, légère, vers la cuisine. Tout sentiment de puissance s'était évanoui en lui, comme s'il n'en avait jamais connu. Le seul obscur réconfort qui lui vint était la certitude que Billy, cet insurpassable cuisinier de bivouac, entretenait toujours son royaume dans une propreté parfaite.

Même s'il la prenait maintenant, et il ne pouvait vraiment pas faire moins, quand ce ne serait que par amour-propre, ce serait une conquête sans signification. Si la fille de service de Nancy Grégory pouvait le surpasser dans un duel amoureux, pour ne rien dire d'un duel spirituel, comment, alors, pourrait-il faire face à la maîtresse de la fille ?

Il s'aperçut qu'il jurait comme un adjudant, ne trouva qu'un faible réconfort au sens et au volume de ses malédictions, et s'en fut ramener par-dessus bord, glacée, la première bouteille de vin, accrochée à la corde de remorque. Il enleva le bouchon avec ses dents, but de larges gorgées, chercha un retour d'optimisme et ne fut conscient que de la voix de Dolly fredonnant dans la cuisine. Et aussi de la certitude qu'il lui fallait absolument la posséder. Ne serait-ce que comme symbole de succès à venir.

3

La pluie vint sans avertissement, comme ils débouchaient la seconde bouteille de Marques de Riscal, dans la fraîche cabine treillagée de l'arrière. Elle vint avec une trompeuse douceur, plutôt comme une vapeur légère que comme une ondée, à croire que l'accablante chaleur de midi s'était condensée en un autre élément.

Toby ressentait un malaise tout spirituel, sans aucun rapport avec le miraculeux repas que Dolly avait extrait des casseroles et des plats de Billy, avec l'étourdissante dextérité d'une magicienne faisant sortir des lapins d'un chapeau. Elle lui offrait, en ce moment, une coupe pleine de pêches rondes et duvetées qu'avait contenues son baluchon : il savait qu'elle l'observait avec une attention aiguë, qu'elle s'étonnait de la lenteur de son attaque.

— Nous serons au Dock Darby à Savannah dans moins de trente minutes, docteur. Cette perspective vous déprime-t-elle ?

Toby releva vivement les yeux, troublé une fois encore par sa surprenante clairvoyance.

— Comment le savez-vous ?

— Par le domaine Kirby, sur la falaise. Quand vous voyez cette colonnade devant vous, vous pouvez regarder votre montre : trente minutes...

Il chercha entre les volants tourbillonnants de la pluie et fut ébahi à la vue de la grande bâtisse d'un blanc fantomal qui dominait le fleuve. Tout encadrée qu'elle fût par l'inévitable fond de palmettes et de pins jaunes, la propriété Kirby était, sans doute possible, la citadelle avancée de la vie urbaine. Ses robustes colonnes blanches, ses larges fenêtres le laissaient prévoir sans difficulté : d'autres maisons suivaient, vigies et gardiennes, cependant que le fleuve écarterait ses rives et deviendrait estuaire. La conquête de Dolly Lake, si telle était toutefois la formule qui convenait, devait avoir lieu tout de suite ou pas du tout.

— Etait-il possible qu'elle aussi comptât les minutes qui restaient ? Possible qu'elle souhaitât d'autres baisers encore ? Il sentit sa bonne humeur lui revenir pendant qu'il envisageait cette chaude probabilité.

— Un peu plus de vin, Doll ?

— Prenez-en d'abord vous-même, dit-elle. Peut-être y gagnerez-vous un peu de gaieté ou cela vous rendra-t-il plus bavard, qui sait ?

Il versa le nectar glacé dans un des poêlons de Billy et l'avala en deux profondes lampées : il était un peu choqué de voir qu'elle l'avait jusqu'ici égalé, verre par verre, et paraissait encore de tête aussi froide qu'un professeur un lundi matin.

— Peut-être avez-vous le vin triste, docteur ? Ou est-ce moi qui vous rends morose ?

— Vous ? Jamais, Doll ! fit-il d'une voix légèrement épaissie. Encore que vous n'ayez pas voulu me rendre mon baiser.

— Il y a deux heures de cela. N'essayez pas de me faire croire que vous ruminez depuis deux heures entières mon... dirons-nous, mon manque d'ardeur ?

— Manquez-vous d'ardeur à présent ?

— Je crois, dit-elle, ignorant l'impertinente question, que votre mélancolie va plus profond que ça. (Elle ignora, de même, la main posée sur son épaule.) Vous... vous aviez compté sur... sur quelque chose... quand je suis montée à bord... Peut-être sur une fille dans le genre de celles que vous avez connues... jadis... Et, maintenant que vous en avez trouvé une autre, vous boudez.

— Je ne suis désappointé en rien, répliqua-t-il, laissant sa main descendre en une lente glissade.

Elle ne bougea pas, bien qu'il eût senti sa chair frémir immédiatement au doux frôlement de ses doigts.

Pour sauver sa tête, il n'aurait pas pu dire si elle était bouillonnante de fureur, ou simplement consentante, lorsqu'il se pencha pour baiser légèrement le point d'attaque qu'il venait d'ouvrir. Il savait seulement que, sous la fente brûlante entre ses seins, son cœur battait à grands coups.

— Désappointé en rien, Doll. Et vous ?

— Je m'attendais à ceci, fit-elle, avec, toujours, son calme exaspérant. A vrai dire, docteur, je suis surprise que *vous* ayez attendu si longtemps. D'après votre réputation...

— Que savez-vous de ma réputation ?

— Plus que vous ne pourriez imaginer. Nous savons beaucoup de choses de vous, à Savannah. Comment vous vous êtes insinué dans la vie de Victor Darby. Comment vous lui avez arraché ce que vous vouliez de lui, au moment où il rendait le dernier souffle...

Elle parlait lentement, toujours enfermée entre ses bras. Ses yeux tombèrent sur la main qui emprisonnait un de ses seins. Une vipère se fût-elle lovée là, Dolly Lake n'aurait pu la regarder avec plus d'horreur. Elle ne la rejeta pas loin d'elle, il semblait qu'elle fût au-dessus de cela. Elle ne releva même pas son regard lorsqu'il fit, de lui-même, un pas en arrière.

Pendant un instant, il demeura trop ébahi pour parler. Quand, enfin, la colère le submergea, il abandonna toute prudence :

— Ainsi vous me connaissiez quand vous êtes montée à bord, à Darbyville ?

— Sans quoi, serais-je venue ?

— Vous aviez *préparé*... ?

— Naturellement. Nous avions été avertis à Sangaree du jour et de l'heure que vous descendriez le fleuve. Nous savions que Mr. Thatch resterait à terre et vous laisserait terminer seul le voyage. C'était vraiment une occasion envoyée par le ciel de... comment dire ?... de vous étudier sous votre plus mauvais jour.

— Et vous me trouvez un monstre parfait ?

Elle lui répondit sans dire mot, et il dut faire appel à tout son sang-froid pour demeurer impassible en apparence sous ces yeux qui lançaient la foudre.

— Je ne dirai pas, continua-t-il, que vous m'ayez fait des avances, car, au sens où vous employez ce mot, ce ne serait pas d'un gentleman. Mais vous saviez que je vous courtiserais. Quel homme y aurait manqué, devant un tel visage et une telle silhouette ?

— Gardez votre miel pour les souillons et les prostituées, docteur.

Il continua, néanmoins, mais ne put empêcher sa voix de grimper un peu :

— Admettez qu'en montant à bord vous saviez ce qui allait arriver ? Admettez que vous n'avez fait aucun effort pour... pour ralentir mes avances ?

— Je l'admets volontiers. Quel autre moyen avais-je de vous démasquer ?

— C'est donc cela ? Votre maîtresse vous a envoyée pour espionner ?

— Pour rendre compte, vous voulez dire ?

— Pourquoi ne pouvait-elle attendre ? Ou, sinon, venir elle-même ?

— J'étais fière de courir le risque.

— Merci d'avoir eu peur, ma chère ! Puis-je poser une question encore, avant de... réclamer ma récompense ?

— Récompense, docteur ?

— Oh ! nous employons sûrement le même vocabulaire, maintenant !

— Vous vous êtes rendu maître de la fortune des Darby. Que vous reste-t-il d'autre à conquérir ?

Mais son tour était venu de répondre sans paroles, et, d'un prompt enveloppement, il l'attira dans ses bras, modela son corps contre le sien et lui permit de comprendre que, cette fois, elle était bel et bien sa prisonnière. Elle se débattit de toutes ses forces, sa main large ouverte, s'agitant en cercles désordonnés, le frappa deux fois au visage. Toby rit tout haut de ce futile assaut contre sa domination et attendit, dans un calme parfait, qu'elle levât vers les siennes ses lèvres. Cette fois, Dolly Lake l'embrasserait de son plein gré.

— Une question encore, vous disais-je, Doll. Pourquoi donc venez-vous de vous confesser ? Pourquoi n'être pas tout simplement retournée auprès de votre maîtresse, pour lui raconter combien peu vous avez appris ?

Elle ne répondit pas. Mais il sentit que son cœur battait comme s'il avait voulu bondir hors de son corps. Et il sentait, à mesure que ce corps, bien que se débattant encore, commençait à se modeler à la forme de son désir, son propre cœur répondre par d'aussi fiévreux battements.

— Résumerai-je vos découvertes, Doll ? Dites-lui que je suis un homme comme n'importe quel autre. Que je combattrai selon ses conditions, comme elle l'aura voulu, et lui prouverai que j'ai raison. Dites-lui qu'elle en aurait appris davantage si elle était venue à moi, honnêtement, pour poser elle-même ses questions.

— Je crois que nous savons... tout ce que nous avons besoin de savoir... à votre sujet... docteur.

Elle avait à peu près cessé de lutter à présent. Bien qu'orageuse encore, sa respiration était maîtrisée.

— Continuez, Doll. Ceci aussi m'amuse.

— Nous *savons* à présent que vous êtes sans scrupules et sans pitié. Nous savons que vous continuerez à prendre aux Darby ce que vous voudrez posséder, que ce soit leur fortune ou leur servante.

— Est-ce là votre discours de reddition ?

— Je ne me rendrai jamais, dit-elle en un murmure expirant. Il faudra me prendre.

— Ainsi vous êtes venue à bord *espérant* être prise ?

Elle ne parla pas et ne releva pas les yeux. Il avait sa réponse maintenant, et il éloigna de lui la fille aussi doucement qu'il le put :

— Ainsi donc, c'est votre première aventure amoureuse, Doll. Pardonnez-moi de ne pas l'avoir deviné plus tôt.

— Comment savez-vous que c'est ma... ma première ?...

— Par ces larmes sur votre joue. Et je ne suis guère flatté, bien que vous fussiez préparée à vous sacrifier pour Mrs. Grégory. Quelle excellente et remarquable maîtresse il faut qu'elle soit pour inspirer un semblable dévouement !

Tout en parlant, il s'était détourné, incapable de supporter le douloureux étonnement qui envahissait son visage. L'entendant sangloter derrière lui, il ne put décider avec certitude si ce souffle haletant et spasmodique était dû à la rage ou des pleurs mal étouffés.

Mais il n'y avait pas à s'y tromper sur le claquement de ses pieds nus sur les planches, lorsqu'elle s'élança hors de la cabine en plein dans la pluie battante.

Il la suivit aussi rapidement que ses pieds bottés le lui permirent, glissa sur les planches mouillées de la proue et s'arrêta là, vertigineux encore du vin qu'il avait bu et du désir qu'il avait frustré en lui.

Puis il l'entendit rire et sut qu'elle avait habilement esquivé sa poursuite, parmi les piles de bois : elle était à présent debout sur le plat-bord et criait un commandement aux rameurs. Ses grosses chaussures jointes par leurs lacets pendaient à l'un de ses poings, son baluchon était jeté sur son épaule. Elle avait tout d'une bohémienne trempée de pluie, mais en possession d'un moral splendide et résolue à tenir bon.

— Attendez, Doll !

La plate, naviguant au plus près de la rive géorgienne et poussée par le courant, avait répondu instantanément à l'ordre de la fille. Déjà, il ne restait plus entre le plat-bord et la berge que trois mètres à peine d'eau couleur de chocolat. Trop surpris pour lancer un ordre lui-même, sachant d'avance qu'il lui était impossible de la rejoindre à temps, Toby tenta de crier une nouvelle requête. Mais les mots ne lui vinrent pas.

Et, pendant qu'il regardait, elle sauta du bord à terre, quittant la barge avec autant d'aisance féline qu'elle l'avait abordée. Il vit son pied nu glisser sur la boue grasse et espéra qu'elle allait, tout de même, s'étaler ou piquer une tête involontaire, n'eût-ce été que pour le douteux plaisir d'aller à son secours. Mais déjà Dolly s'était raccrochée à une branche de saule, ayant envoyé souliers et baluchon plus haut sur l'herbe verte de la berge, et, d'un leste rétablissement, s'était lancée derrière eux.

Pendant quelques secondes, Tobby eut à lutter contre l'impulsion presque irrésistible de la suivre. Ce serait chose simple et facile que de la capturer, et là, parmi les grands fenouils, de la prendre, comme elle s'était — il en avait eu la certitude lorsqu'il l'avait relâchée — attendue dès la première minute à être prise. Elle ne lui saurait aucun gré s'il laissait passer cette dernière chance de la vaincre. Telles étaient, du moins, les pensées qui se bousculaient dans son esprit, cependant que le fleuve de chocolat s'élargissait à nouveau entre la terre et la plate, cependant que le désir, loin de s'apaiser dans ses artères, faisait battre à son cœur une si tumultueuse chamade qu'il menaçait de l'assommer sous les coups de son dur marteau. Et cependant que les pieds agiles de Dolly — il pouvait, malgré la distance, suivre le froissement de leur cours à travers la jungle du bord — la conduisaient rapidement de la berge à la falaise...

Arrivée en haut, elle demeura un moment silhouettée contre le ciel qui se dégageait. Toby arrondit les mains autour de sa bouche pour crier, mais, cette fois encore elle le devança et sa voix passa l'eau la première, claire comme une moqueuse clochette :

— Grand merci pour votre hospitalité, docteur ! Et mes regrets de n'avoir pu plus longuement en profiter.

Elle disparut comme s'éteignait le son de sa voix, s'évanouissant, telle une dryade légère, dans l'enchevêtrement des chênes d'eau et des vignes sauvages. Il regardait encore l'endroit où elle n'était plus, lorsque la barge vira pour attaquer la longue dernière courbe.

Reine géorgienne sagement installée sur son trône au-dessus de l'estuaire, couronnée par les rayons d'un soleil lavé de frais, Savannah enfin lui souriait.

4

SAVANNAH souriait encore, et toujours aussi paisiblement, quand, une heure plus tard, et cette fois de la fenêtre de sa chambre à Wright Square, il l'examinait en détail, scrutant ses traits l'un après l'autre. Son arrivée au quai Darby, sous la falaise, son trajet jusqu'à l'imposante demeure géorgienne avaient été d'une simplicité complète, et vaguement apaisante. Roy, à ce qu'il s'avéra, était parti depuis le matin pour une visite médicale dans quelque lointaine campagne. Le majordome qui avait noblement servi Roy à Edimbourg et avait, depuis, atteint le poste de maître d'hôtel, ce même Jubal, donc, était venu attendre la plate, avec deux esclaves et une brouette pour trimbaler les malles du Dr Kent tout en haut de la rampe à pente dure qui zigzaguait au flanc de la falaise.

Jubal avait gravement assisté le nouveau venu dans sa grimpée jusqu'à cette vaste esplanade aérée qu'on appelait *The Bay* et qui dominait le port, l'estuaire et ses innombrables îles.

— Non moins gravement, Jubal l'avait escorté tout le long de la longue et large Bull Street ombragée de mûriers, jusqu'aux trottoirs planchéiés de Wright

Square, situé presque exactement au centre géométrique de la ville. Le parcours s'était effectué en silence, reposant pour des nerfs secoués. Il lui en restait un souvenir fait de murs de briques chaudement emmitouflés de feuilles, du froissement des bottes dans le sable, de nègres à la voix douce, dans une immense halle de marché à toiture de fer-blanc d'une paix qui allait plus loin et plus profond que le calme d'après-midi descendant comme une bénédiction sur ces toits chauffés par le soleil.

Toby franchit la haute porte-fenêtre de sa chambre à coucher, passa sur le balcon et regarda, pendant un long moment de rêverie, la ville étalée au-dessous de lui.

D'où il se trouvait, le dessin exactement euclidien de Savannah était lisible avec netteté : une demi-douzaine de squares semblables au leur, la longue et large transversale de Bull Street, équilibrée dans une moitié par The Bay, dans l'autre par le rectangle vert du Trusees' Garden. A l'est et à l'ouest, les fortes palissades qui avaient soutenu les longs sièges du temps de guerre étaient encore intactes.

Pitoyables, le temps et la magie verte à laquelle se livraient les jardiniers de la ville avaient atténué les blessures infligées ici ou là par les canons des armées aux prises.

Il resta là longtemps, à regarder la vaste campagne découverte à l'ouest de la route défoncée d'ornières qui serpentait parmi l'échiquier des fermes, dans l'étendue bleue de l'arrière-pays. Il se demanda si Doll piétinait encore au long du dernier mille — le plus pénible — vers la porte ouest de la ville, et ce qu'elle dirait quand ils se rencontreraient de nouveau. Il s'étonna de presque souhaiter cette rencontre.

Peut-être, s'il questionnait Jubal, pourrait-il apprendre quelque chose sur la place que tenait Doll dans la vie de la maison de Wright Square ?

Mais quand, avec un soupir, la porte du hall s'ouvrit, et que Jubal parut, impeccable comme à son ordinaire, son corps de grenouille sanglé dans une splendide tenue de satin — et de soirée, — son visage de pleine lune quasiment enfoui dans une gigantesque cravate, Toby sentit les paroles s'étrangler dans sa gorge.

Dolly Lake se révélerait elle-même. A sa manière. A son heure. Jusque-là, il s'en remettait à sa merci.

— Mr. Roy vous verra maintenant, docteur. Mr. Roy vous prie de prendre un verre de sherry avec lui dans son salon d'en haut avant qu'il aille saluer ses invités.

Le majordome, tout en parlant, s'avança, frappant dans ses mains grassouillettes, noire caricature d'un maître de ballet.

Les deux esclaves domestiques, qui avaient déjà effacé les dernières traces du bain pris par Toby, se mirent au garde-à-vous comme un seul homme. Sans commandement apparent, ils se précipitèrent à leurs tâches respectives : l'un tendit à Toby, son meilleur habit taillé à Londres, l'autre lui tendit une paire de gants glacés prise dans la commode.

Le col de velours appliquait serré contre la cravate : c'était à la fois confortable et suprêmement réussi : Toby s'arrêta devant la psyché pour considérer l'effet, avec quelque complaisance. Des escarpins noirs, aussi légers que ceux d'un danseur, à grandes boucles d'or carrées, dignes d'un prince du sang ; des bas de fine soie naturelle, arrivage direct de Paris ; des culottes courtes en satin vert feuille, plus serrées que sa propre peau. Le gilet, absurdement long, descendant presque jusqu'à ses genoux, eux aussi bouclés d'or, était une beauté ; sa blancheur de cygne, sa douceur de duvet étaient rehaussées d'une bataille rangée entre singes et perroquets brodés au *petit point* (1). La cascade de dentelle blanche à la gorge, le noir mat et correct de l'habit même, l'ensemble de ces détails exquis formait une symphonie d'un goût irréprochable. Seuls, les cheveux naturels, noués dans un gros-grain, trahissaient la campagne de l'arrière-pays, au lieu de révéler le vétéran de cent grandes soirées.

Un bon moment encore — c'était peut-être son dernier « bon » moment pour un bout de temps ! — Kent demeura devant la glace, à sourire à son heureuse image, et fort étonné de sa propre assurance. Selon toutes les règles, selon la plus rudimentaire logique, il aurait dû se sentir affreusement déguisé, une sorte de monstrueux usurpateur de personnalité. Peut-être sa logique n'était-elle pas rudimentaire, mais subtile ? Quoi qu'il en fût, la joie persistait en lui, tandis qu'il suivait Jubal dans la pénombre du grand hall rouge et blanc.

D'où il se tenait, le haut corridor paraissait sans fin.

(1) En français dans le texte.

Son propre appartement — ses quartiers — se trouvait à un des bouts, près du jardin. Y compris une vaste pièce qui, avait dit Jubal, serait son *bureau* (1) privé lorsqu'il en aurait choisi l'ameublement. Le bout vers la rue et l'immense cage d'escalier qui s'enfonçait vers les pièces d'apparat du rez-de-chaussée semblaient lointains.

Il marcha lentement vers cette extrémité du monde, comptant sur sa route les rectangles d'acajou poli qui étaient autant de portes ouvrant sur d'autres chambres. D'importants loquets de cuivre les éclairaient, et leur linteau s'ornait de savants enchevêtrements de spirales de style néo-classique.

Arrivé à la cage d'escalier, il fit une pause pour regarder encore la sérénité, bleuissant dans le soir, du square où s'épanouissaient les chênes. Une voiture venait de s'arrêter, et il eut un bref soupir en se rappelant le supplice qui l'attendait : une dame en vaste crinoline parut à sa vue, tout taffetas et toute dentelle dehors, escortée d'un dandy en culotte courte jaune canari et précieuse perruque terminée par un pied-de-biche de soie noire. Des rires montèrent jusqu'à lui, qui n'avait même pas envie de sourire.

Il carra ses épaules et suivit Jubal, qui, avec un geste respectueux, lui fit contourner l'immense puits lumineux, reprit la ligne droite du hall et l'arrêta devant le salon privé du maître, dont il ouvrit la porte.

Cette petite pièce de l'étage était joyeusement intime. Sur une table de Chippendale, la carafe taillée clignotait aux reflets dansants des flammes ; il tendit les mains avec gratitude vers les nœuds résineux de pin qui brûlaient clair dans le petit foyer de marbre noir. Il venait de prendre conscience du froid léger qui avait envahi Savannah avec la brise du soir accompagnant la marée montante, et, subitement, il se rappela qu'en arrière de l'horizon de cette région aimée du soleil l'hiver régnait encore. Il ne se retourna pas lorsque Jubal, toujours déférent et toujours silencieux, effectua sa retraite, fermant la porte derrière lui. Il ne releva les yeux qu'au murmure d'une porte intérieure qui s'ouvrait. Et, les deux mains tendues, Marthe Darby se trouva devant lui.

Aussitôt il comprit qu'avec sa compétence habituelle

(1) En français dans le texte.

elle avait organisé et réglé cette rencontre, et demeura figé sur place, trop surpris pour faire un pas. Il regarda, sans mouvement, s'approcher les lèvres vermeilles et gonflées : leur baiser fut pareil à ses souvenirs, et les dépassa... Ainsi en allait-il pour Marthe elle-même, toute rose et or, vision radieuse à la lueur du foyer. Ses cheveux poudrés à frimas étaient haut dressés au-dessus d'un diadème de brillants. Un cordon de perles, ourlant son corsage profondément décolleté, émergeait autour de l'opulente rondeur de son sein droit, pour disparaître ensuite dans une mousse de dentelles... Résultat parfait de ses longs travaux, Marthe, désormais, était une Darby. Une dame, dans tous les sens de ce vocable galvaudé, *une femme du monde* (1) qui pouvait reprendre un ancien amant, et modeler à volonté son ardeur, au moment précis où elle le souhaitait.

« Du moins devait-elle le supputer », pensa Toby, se reculant pour l'admirer. Et il rit sous cape au souvenir du désir sauvage qui l'avait enflammé jadis et au risque qu'il avait frôlé de si près en cet après-midi de Glasgow...

— Il y a longtemps, Marthe !

— Trop longtemps, jeta-t-elle, lui tendant les bras de nouveau.

De nouveau, il la baisa aux lèvres, durement, profondément en un baiser interminable, sachant d'avance qu'ils étaient en sécurité, à l'abri des regards curieux. Ceci, après tout, n'était qu'une heureuse retrouvaille, entre vieux amis. Le fait que ces vieux amis avaient été amants ne signifiait plus rien aujourd'hui.

L'émancipation de l'un d'eux était même totale, grâce à certains événements récents... à bord d'une barge sur la Savannah. Il pouvait embrasser la femme de Roy sans cesser d'être fidèle à son meilleur ami.

Du moins, ainsi raisonnait-il, lui, se reculant une seconde fois, intrigué de son rire.

— Ame puritaine et corps païen, lança-t-elle. Quel étrange Géorgien tu es devenu, Toby Kent !

— Que veux-tu dire par-là ?

Il posa sa question, instinctivement, par simple réflexe, car, en fait, il la comprenait très bien.

— Tu crois que je m'évertue à te tenter de nouveau ?

(1) En français dans le texte.

Et, pourtant, ceci n'est que bienvenue — et pardon !

— Pardon ? Ton pardon, Marthe ?

— Bien sûr, bien sûr. Pour le mauvais goût dont tu as fait preuve en me repoussant il y a quelques années. Ta mémoire serait-elle moins bonne que la mienne ?

— Ma mémoire est gênante à force d'être précise, dit-il, lentement. Tu étais mariée à l'époque, si je ne me trompe. Et tu es mariée aujourd'hui.

— Extrêmement mariée, cher. Et ravie d'avoir semé ma folle avoine dans le passé. En médecin avisé que tu es, tu dois bien admettre qu'une femme peut, elle aussi, jeter sa gourme, et vivre pour l'oublier.

— Le Ciel veuille que, pour cette fois au moins, tu dises vrai.

— Vérité d'évangile, Toby. Je suis heureuse en ménage et heureuse dans ma situation sociale ici. Sois honnête : m'as-tu jamais vu avoir une meilleure mine ? Jamais.

Vérité totale que celle-ci. Indubitable. La fin de la guerre permettait à Marthe son complet épanouissement, un épanouissement lumineux, exotique comme celui d'un fruit trop doux, ajouta-t-il silencieusement. Il se demandait comment elle avait passé ses années à La Havane : combien d'hommes avaient aidé à parfaire cet épanouissement, pour rire ensuite en buvant leur vin, quand leur revenait le souvenir de ses faveurs.

— Tu as mûri aussi, dit-elle. A ta façon austère. J'ajouterai que tu es plus beau à voir en réalité que dans l'image gardée par ma mémoire, mais cela pourrait te tourner la tête. Et nous avons des choses à discuter avant de descendre.

— Tes invités ne sont-ils pas en train d'arriver ?

— Nancy les accueillera : cette maison est la sienne aussi, grâce au testament de notre patriarche. (Sa voix s'aiguisait d'un mince filet d'amertume qu'elle parvint à dissiper en prononçant les paroles suivantes.) Ne pensons pas à Nancy. Elle n'est venue en ville que dans l'intention de t'inspecter. Demain elle regagnera Sangaree, où elle étudiera son prochain coup contre toi. Ou vaut-il mieux que je dise contre nous tous ?

— Je pense, dit-il, en prenant d'un pas ferme la direction du hall, que le moment est venu d'aller au-devant de ma Némésis.

Mais Marthe l'arrêta de la voix :

— Tu auras besoin d'armes, Toby. De toutes celles que je puis te fournir. N'oublie pas que je suis à

Savannah depuis une année entière. Je l'ai surveillée dès le moment qu'elle est rentrée de Nassau, pleine de la tranquille certitude que la veuve d'un Tory n'a qu'à reparaître pour reprendre sa place sans que nul y puisse trouver à redire.

— Si j'en dois croire Gabriel, c'est précisément ce qu'a fait Mrs. Grégory.

— Et froidement. Tu peux l'en croire et m'en croire. Exactement comme elle a, ce soir, envahi *ma* maison et reçu mes invités comme s'ils étaient les siens. Exactement comme elle ira demain avec son vaniteux petit fiancé devant le juge Armstrong et demandera que le testament soit contesté.

— L'appuieras-tu en cela, Marthe ?

— Pour gâcher la chance de ta vie et de la vie de Roy ?

Il la regarda attentivement, perplexe devant tant de véhémence.

— Ainsi ton offre de m'aider était authentique ?

Elle le regarda, sincèrement peinée, ne comprenant pas qu'il eût pu douter d'elle :

— N'as-tu donc pas cru ma lettre ? Chaque mot venait du cœur.

A demi sceptique encore, il conta :

— L'as-tu écrite parce que tu admires les intentions de Victor Darby ? Ou parce que tu souhaites voir sa fille abaissée ?

— Un peu des deux, s'il me faut être franche. La fortune de *cinq mille* âmes, si on compte les Noirs avec les Blancs, est liée à la fortune de cette compagnie, Toby. Des gens de l'arrière-pays, des campagnards comme nous-mêmes.

Tout en parlant, elle marchait vers la cheminée et, dans le petit miroir rond qui la surmontait, elle souriait à son image superbement poncée, soignée, parée.

— Pourquoi ne les défendrais-je pas contre *une* femme, si je le puis ? Et pourquoi ne t'aiderais-je pas comme tu m'as aidée ?

— Je ne t'ai jamais aidée, Marthe. Tu as toujours fait seule ta chance.

— Jadis, d'un seul mot, tu aurais pu arrêter Roy. Grâce à ton silence, je suis à présent la première dame de Savannah, tout au moins le serai-je quand nous aurons déposé Mrs. Grégory.

— Pour la dernière fois, Marthe, je te le demande :

laissons dormir le passé. *Cela*, je veux le croire, est scellé. Définitivement, j'y compte. Si tu peux rendre Roy heureux maintenant...

— Je peux rendre Roy... tout ce que je veux. Roy, dès qu'il a son laboratoire pour l'occuper et toi sur qui s'appuyer, est un mari facile à mener.

— Où est-il, à propos ?

— A quelques pas d'ici, dans le hall. Dans la chambre de Mary Bristol. (Elle lui offrit son sourire trop connu, le sourire de la séduction, sourcils relevés.) Une invitée, et en même temps une patiente, est-il utile de l'ajouter ?

— Vous recevez donc des patients ici ?

Marthe haussa les épaules :

— Pouvions-nous faire moins ? Mary sera un jour ou l'autre la belle-sœur de Nancy.

— Et nous voilà encore revenus à Nancy.

— Il faudra toujours en revenir à Nancy, jusqu'à ce que tu aies réglé ton compte avec elle.

— Soit. Mais ne puis-je le faire à ma guise ?

— Ainsi, tu as tout de même un plan ?

— J'ai tout simplement l'intention d'exécuter à la lettre le testament de son père, qu'elle veuille ou non être associée à l'aventure. Après tout, j'ai deux ans pour prouver que je suis honnête.

Marthe prit sa voix la plus candide et la plus douce pour insinuer :

— Et si demain, elle obtient que le testament soit cassé ?

— Le Vieux Victor était parfaitement sain d'esprit quand il l'a écrit. Nous pouvons tous en témoigner.

— Oui, en tant que parties intéressées. L'avocat-fiancé de Nancy en a trouvé d'autres qui jureront le contraire. Des officiers du vieux régiment des Rangers. Des hommes qui, la guerre étant finie, sont préparés à te haïr à vue.

Toby cogna sa paume de son poing. Il était dur d'admettre que des frères d'armes pouvaient se tourner contre lui. Et pourtant il se rappelait que le Vieux Victor avait recruté en Géorgie la plus grande partie de son monde. Plus d'un de ces coquelets le haïssait à cause de son humble origine. Ils se sentiraient libres à présent d'exprimer leur haine à la manière qui le blesserait le plus.

— Le témoignage de Roy compterait pour quelque chose, non ?

— Beaucoup de gens ne voient en Roy qu'une extension de ton ombre. Plus nombreux encore ceux qui ne voient en lui qu'un renégat parce qu'il m'a épousée.

— Quoi qu'il en soit, Mrs. Grégory a le droit absolu de contester le testament de son père. Et nous devons la combattre du mieux que nous pourrons, c'est notre droit absolu à nous. Notre devoir même.

— Précisément. Pourtant je pense que, si tu fais ce que je te dis, son élan peut être arrêté, même maintenant.

Les yeux de Marthe flamboyaient. Le cordon de perles, à peine plus blanc que la chair au-dessous, se soulevait en même temps que sa fière poitrine. « Si elle joue la comédie, pensa Toby, elle en jouit maintenant au maximum. » Tout haut, il dit seulement :

— Serviteur, Mrs. Darby. Du moins, jusqu'à un certain point.

— Finis-en avec elle ce soir, alors. Avertis-la qu'elle doit marcher prudemment.

— Il en faudra plus que ça, je le crains.

— Dis-lui que je sais tout ce que j'ai besoin de savoir, et plus encore, de ses relations avec Félix Pagnol. Dis-lui que je l'exposerai à la risée publique si elle n'abandonne pas son procès dès ce soir.

— Et qui, pour l'amour du ciel, est Pagnol ?

— Le capitaine Félix Pagnol, naguère de l'état-major d'Estaing. Un gentleman policé et fignolé qui s'éternise à Savannah pour des raisons à lui. Un gentleman qui est constamment en la compagnie de la veuve Grégory. Savannah croit qu'il n'est qu'un bon ami de feu George Grégory. Il se trouve que je suis mieux informée.

Effaré autant par sa véhémence que par la nouvelle, Toby recula d'un pas.

— Mrs. Grégory a, bien sûr, droit à ses amis.

— Pagnol a établi son quartier général à La Havane lorsque la révolution battait son plein. Pagnol alors était corsaire sous les ordres du roi de France.

— Ce n'est tout de même pas illégal.

— C'est illégal d'avoir un pied dans trois camps ! Or je peux prouver qu'il s'est emparé de prises provenant aussi bien de Boston et de Nassau que de La Havane.

— La guerre est finie maintenant, Marthe.

Elle s'animait d'autant plus qu'elle le sentait rétif, voulait le convaincre coûte que coûte :

— Pas pour de tels hommes, Toby. Leur guerre continue éternellement. Ils ont chassé sous un autre drapeau pendant la Révolution. Ils chassent aujourd'hui sous le crâne et les tibias croisés (1).

— Et tu es, toi, vraiment, préparée à affirmer que ce capitaine français est un pirate ? Et que Mrs. Grégory est sa complice à terre ?

— Je le lui dirai en face s'il le faut. Mais je crois qu'il suffira de l'en menacer.

Il l'avait regardée de près et attentivement pendant qu'elle répandait son flot d'invectives. Pour sauver sa tête, il n'aurait pas pu dire si elle improvisait ou si, complotant désespérément en sa faveur, elle s'était documentée de façon irréfutable :

— Sois sincère, Marthe. Que peux-tu réellement prouver ?

— Assez pour l'effrayer et la faire renoncer.

— Le fait qu'un homme a été engagé dans la course n'est pas une honte. La flotte Darby a-t-elle amassé autrement des richesses pendant la guerre ? Corsaire et pirate, cela fait deux...

— La guerre est finie à présent, et chaque jour encore des navires marchands disparaissent le long de ces côtes.

— Alors, c'est à cause de ses états de service de guerre que tu accuserais Pagnol ?

— Je te le demande de nouveau, quel autre motif aurait-il de s'éterniser à Savannah ? Pourquoi est-il constamment avec Nancy ?

— Peut-être tient-il à en donner pour son argent au jeune Bristol ? Ne pouvons-nous pas simplement nous asseoir et regarder se dérouler la bagarre ?

Marthe haussa les épaules et sa voix se chargea de dépit :

— Ainsi mon offre est rejetée ?

— Le chantage est une arme ignoble, ma chère. Je préfère la lutte à découvert.

— Espérons que tu ne regretteras pas d'avoir ainsi fait ton choix.

— Quoi qu'il en soit, ne serait-il pas vraiment temps

(1) Pavillon noir des pirates, tête de mort et tibias blancs.

d'affronter mes ennemis en chair et en os ? Il y en a sans aucun doute bon nombre déjà en bas.

— Tous, sauf les Bristol. Ils ont leurs raisons pour se tenir au large jusqu'à présent.

Il la fit passer, en s'inclinant devant elle, du salon dans le hall

— Si tu dois parler par énigmes, Marthe...

— Roy t'expliquera la dernière ! Tu avais l'intention d'avoir une consultation avec Roy, n'est-ce pas ?

Elle le quitta sans ajouter une parole. Il la vit flotter, plutôt qu'elle ne descendait les degrés du grand escalier. Déconcerté par cette retraite-surprise, il demeurait immobile. Mais, au palier, Marthe fit une brève pause et lui lança un dernier regard — et il remarqua instantanément que cette pause, et cette pose, mettaient admirablement en valeur la perfection ivoirine de ses épaules.

— La quatrième porte à droite, dit-elle. Il faudrait le prier de se hâter. Les deux associés feront leur entrée côte à côte. C'est ce qui se doit, n'est-ce pas ?

Son sourire, chargé de sous-entendus, le suivit pendant qu'il longeait le hall. Il frappa et la voix de Roy lui répondit d'entrer. Le visage, pourtant pâle et tendu, que Roy leva vers lui à la clarté des chandelles, dans la chambre aux volets clos, fut la première note normale, apaisante, dans cette bizarre demeure. La poignée de main naturelle, amicale et simple de Roy acheva instantanément de lui rendre son équilibre. Ils auraient pu être de nouveau au Fort Washington, à l'instant de partir ensemble pour inspecter une garde. Les seules notes qui ne cadraient pas avec ces proches souvenirs, c'était la fille allongée sur le lit et l'esclave porte-flambeau en perruque blanche.

Sans se retourner, Roy dit :

— Je m'occuperai des chandelles, Daniel. Tu peux disposer.

Il mit la lumière sur une table près du lit à colonnes, sourit affectueusement à Toby et dit :

— Comme tu vois, je lui ai fait prendre un opiat léger. Elle a eu une fichue journée, je crains que sa soirée ne soit pire.

Toby se pencha sur la malade légère comme un fantôme dans le vaste désert du lit, Mary Bristol semblait à peine respirer. Les joues pâles comme des pétales de magnolia, des croissants violets au-dessous des cils, elle paraissait attendre que la mort vînt la réclamer pour sa proie.

— Quel est le mal ?

— Peut-être confirmerez-vous mon diagnostic, docteur Kent ?

Tout en parlant, Roy avait replié les draps vers le bas. Les deux médecins travaillèrent en silence pendant quelques minutes — équipe qui fonctionnait instantanément avec une précision d'horloge et sans qu'il fût besoin d'une parole entre eux. Sans une parole encore, l'examen terminé, Toby marcha jusqu'à la fenêtre et regarda le square. Des voitures d'invités continuaient à manœuvrer pour trouver une place auprès du portail de la maison Darby. Pour l'instant, Kent les ignora, pris par un problème plus immédiat.

— Dois-je comprendre qu'il s'agit de *Mademoiselle* Mary Bristol ?

— C'est ce qu'on dit.

— Fille de notre principal adversaire ?

— L'occasion n'est pas sans un certain côté humoristique. Toutefois, je n'éprouve aucune envie de rire.

— Elle est enceinte d'au moins six semaines.

— Au moins. C'est pourquoi elle a cherché refuge auprès de Nancy.

— Son père se doute-t-il de son état ?

— Tout ce que sait Bristol, c'est qu'elle est amoureuse d'un homme qu'il n'apprécie pas. Un lieutenant de marine nommé Stanton. Un type bien d'ailleurs, une manière de héros. Mais pauvre... (Roy eut un bref regard vers Kent et continua rapidement.) Pour l'heure, il est occupé à chasser les pirates quelque part le long des côtes de la Floride. Ils avaient formé le projet de se marier lorsqu'il reviendrait. Mary est majeure et elle est résolue à défier son père.

— Héroïne classique, en somme.

Roy sourit :

— Impulsivité comprise, si c'est ce que tu veux dire ?

— Et fuite vers le refuge du sanctuaire. Depuis combien de temps est-elle ici ?

— Depuis hier seulement. Quand elle est tombée malade, Nancy l'a amenée avec elle de Sangaree. Je pourrais ajouter que les Bristol sont furieux que nous l'ayons accueillie, si furieux qu'ils ont refusé d'assister à cette réception donnée en ton honneur.

— J'ai comme une vague idée que je n'aimerai pas les Bristol.

— J'en suis sûr. Le vieux est une manière de fossile de l'ancienne école. Naturellement, il était dès le début parti sur le sentier de la guerre avec l'intention d'avoir nos scalps. Cela lui fera une raison de plus.

— Et Harvey ? Le fiancé de ta sœur ?

— Nancy est maîtresse de choisir ses maris. Jusqu'ici, je n'ai approuvé aucun de ses deux choix. Il faut voir Harvey pour le croire : aucune description ne pourrait rendre justice à ce fat.

Roy parut disposé à ajouter une note marginale à ce texte, puis résista à l'impulsion.

— Ne crois pas que je juge sévèrement Nancy. Elle épouse la famille Bristol pour consolider sa position sociale. Tandis que cette fille-ci se mariera par amour, si elle survit pour faire légaliser son amour.

Toby retourna vers le lit, afin de contrôler une seconde fois le pouls bien faible de la patiente.

— De toute évidence, sa grossesse s'arrange mal. Veux-tu que nous tentions d'établir maintenant le diagnostic ?

— Elle va reposer calmement pendant une heure encore, dit Roy, qui ajouta, souriant vraiment : je crois qu'il faudrait commencer par diagnostiquer l'inimitié de ma sœur Si tu restes davantage en haut, les gens diront que tu as peur.

— Pourquoi, Seigneur, aurais-je peur d'elle ?

— Il faut attendre et voir venir. (Mais ce fut Roy et non Toby qui s'attarda quelque temps encore.) Peut-être devrais-je ajouter que, dans le testament de Père, cette chambre-ci est réservée à Nancy. Elle a insisté pour que Mary l'occupe jusqu'à sa guérison. Quant à Nancy, elle ira ce soir coucher à la *Taverne Tondee.*

— Pourquoi me racontes-tu cela ?

— Pour te prouver qu'elle est humaine. A mon avis, ce n'à été qu'un morceau de bravoure de sa part que d'insister pour qu'eût lieu cette soirée. Rencontre-la en face, Toby, tu verras qu'elle est presque aussi humaine que nous. Peut-être même a-t-elle un peu honte du procès qu'elle a entamé contre notre Compagnie.

Sur quoi il ouvrit la porte, laissant les dernières paroles s'éteindre en un murmure.

Le même esclave à la haute taille, attendant à la

porte, avança au signe de tête de son maître, pour reprendre la garde à côté du lit.

— Descendrons-nous bras dessus bras dessous ? Ou bien cela semblerait-il trop étudié ?

— Pas le moins du monde. Montrons-leur que, nous aussi, nous pouvons y aller de notre petit morceau de bravoure.

Mais, malgré toutes ces paroles courageuses, il sentit son cœur sombrer lorsqu'ils se trouvèrent enfin et ensemble en présence de Nancy. Là, et précisément tel qu'il se l'était représenté pendant une centaine de bivouacs, était le long salon blanc et or, tout peuplé en ce moment de silhouettes vêtues de soie, parées d'or et de grâce. Là, reflétés dans le grand miroir ovale au-dessus de la cheminée, se pressaient les visages de l'aristocratie de Savannah, — une aristocratie géorgienne qui, vieille d'un demi-siècle, se sentait assurée de durer toujours, en dépit des assauts des gens du commun. Là, dans le miroir, s'avançait à sa rencontre sa propre image, cheveux noirs et noués sur la nuque, en opposition flagrante à toutes les perruques vaniteuses et aux fières chevelures coiffées à racines droites et poudrées. Et là encore, se détournant pour répondre au bonsoir de Roy, était la tête fière de Nancy Grégory, que le reflet de plusieurs autres séparait de la sienne, l'effaçant presque de la surface argentée de la glace.

Cependant, avant qu'elle se retournât en riant, leurs regards déjà s'y étaient rencontrés. Et il sentit qu'il la dévisageait comme jamais il n'avait dévisagé personne.

La haute silhouette patricienne en moire de soie vert d'eau appartenait sans doute possible à Nancy Grégory. A elle aussi la longue main couverte de joyaux jusqu'au bout des doigts qu'elle venait de poser à sa gorge. A elle encore la voix qui prononçait les consonnes avec des inflexions précises et nettes venues tout droit de Londres.

Ce n'en était que plus choquant — et il sut tout de suite qu'il en était plus choqué que surpris — de découvrir que Nancy Grégory était aussi Dolly Lake, la fille qu'il avait failli et de si peu ! posséder moins de trois heures plus tôt.

Une fille, semblait-il, qui pouvait accepter l'hommage de son long regard insistant aussi facilement que s'il l'eût approchée en amoureux et non en ennemi prédestiné.

— Le Dr Kent, — ma sœur, Mrs. Grégory.

Même pendant que le vertige envahissait son cerveau, même pendant qu'il se penchait sur la main offerte, il était sensible au silence soudain qui s'était fait dans la pièce. L'instinct lui dit de parler le premier, dût-il s'étrangler dans l'effort

— Me voici enfin admis à vous complimenter.

— *Complimenter* est-il le mot propre, docteur ?

— Cela, c'est à vous de le dire, répondit-il, vaguement fier du durcissement auquel il avait contraint sa propre voix

Il entendit Roy rire sous cape et se permit l'ombre d'un sourire, tandis que le silence s'alourdissait autour d'eux. Ce fut lui encore qui, audacieusement, le rompit :

— Il est juste, en effet, de penser que ce serait à vous de me complimenter, Mrs. Grégory, si toutefois il y a des compliments dans l'air.

— Et pour quel autre motif me trouverais-je ici, docteur ?

Elle avait laissé dans la sienne sa main aussi froide que les diamants qui la couvraient. Elle la retira doucement et la plaça sur sa manche.

— Compliments ce soir, Mrs. Grégory ? Procès demain ?

Quelqu'un, à la porte du hall, eut un petit halètement étouffé. Il sut, sans se retourner, que c'était Marthe. Il en fut doublement assuré lorsqu'il vit se rétrécir les yeux de Nancy Grégory et sentit sur son bras se crisper les doigts froids de la jeune femme.

— La Société a des anomalies, docteur. Avec le temps, vous vous habituerez à la nôtre. Puis-je vous présenter mes invités ?

L'adjectif possessif n'avait pas échappé à Marthe. Il vit flamber ses joues, pendant que commençait le lent circuit autour du salon. Il regarda les groupes figés se dissoudre en une soudaine animation, à mesure que Nancy les invitait du regard, avec toute l'aisance d'une maîtresse de maison-née.

Il entendit Roy, écho débonnaire des mots perçus dans leur sillage, lui murmurer paisiblement :

— Honneurs égaux partout, jusqu'à présent, Toby. Garde le front haut. Tiens bon. Nous la dominerons bien, en fin de compte.

Mais, au moment même que, silencieusement et d'un

regard, il remerciait Roy pour son loyal appui, il savait que les honneurs étaient loin d'être égaux partout. A ce moment même, Nancy Grégory semblait aussi invincible que son équilibre. Il espérait que Roy ne saurait jamais combien sa sœur avait été proche du déshonneur cet après-midi-là, aux mains de son meilleur ami. Ni avec quelle ardeur ce meilleur ami regrettait que le viol n'eût pas été consommé !

5

LE dîner avait été parfait. A qui en revenait le mérite ? A Marthe Darby, maîtresse de maison en titre ? A Nancy Grégory, maîtresse de maison en fait aux yeux de tout Savannah ? Plus probablement à l'inappréciable M. Fichte, le chef français de Nancy, de qui la compétence et l'autorité forçaient l'agrément des deux belles-sœurs rivales.

Pendant que les hommes faisaient au fumoir une courte retraite, les invités à la soirée étaient arrivés à leur tour. Le grand et le petit salon débordaient d'habits brodés, d'uniformes, d'épaules nues, de diadèmes et de crinolines, d'éventails et d'épaulettes.

La musique, à présent, se taisait. Danseuses et cavaliers se livraient aux joies, différentes mais non moins vives, des confidences, médisances et petits potins. Tandis que parmi les groupes colorés évoluaient, souriantes, l'hôtesse rousse et l'hôtesse brune sous ses cheveux poudrés à frimas, les esclaves domestiques, habiles et silencieux, passaient avec leurs plateaux chargés de sorbets et de boissons glacées ou brûlantes.

Le colonel de cavalerie qui avait chevauché sous les ordres de Francis Marion (1), resplendissant en sa grande tenue blanche aux revers brillants comme de l'ivoire, et le juge tout en noir, de qui le nom avait

(1) Général révolutionnaire américain 1732-1795.

échappé à Toby, dans l'afflux des présentations, le considéraient patiemment, comme deux vieux limiers sur une piste.

Autour de lui, l'allègre tumulte des voix montait. Nancy, un sourire ensoleillé aux lèvres, s'abandonnait à une phalange toujours plus nombreuse d'admirateurs. Regardant de loin — et, si l'on peut dire, par-dessus le bord des propos de ses compagnons — cet aimable abandon, Toby vit que Marthe, de son côté, réunissait autour d'elle une meute de loups décoratifs dont les attentions n'étaient pas moins ardentes.

Quant à Roy, il avait tout bonnement disparu dans la mêlée. Sur le moment, Kent ne souffrit pas de cette disparition. Accordé au ton du concert, il se savait capable de tenir sa partie dans cette gracieuse cacophonie. La perspective de la collision probable avec Nancy le soutenait, et il se sentait convaincu qu'il y tiendrait tout aussi bien son rôle.

Il revint à ce que disait le juge et souhaita qu'il lui fût possible de séparer la loi du démagogue. Armstrong était indubitablement le juge qui allait, le lendemain, entendre les avocats de Nancy. Quelques questions discrètes ne pourraient guère prendre figure de collusion.

— Si vous vouliez bien vous arrêter de fulminer pendant quelques minutes, Crowther ! suggéra le juge. Marchez avec votre temps et vous pouvez trouver de l'aide pour la réparation de vos barrières. Ici même.

— Oui, si vous vous prononcez en faveur de Nancy Grégory demain, Armstrong. Jamais si vous jugez en faveur du révolutionnaire que voici.

Toby ne put, malgré tout, s'empêcher de rire : la franchise du colonel était plutôt reposante.

— Vous ne me donnerez pas congé si cavalièrement, je pense.

— Mais vous êtes mon ennemi juré. Pourquoi le nier ?

— Je le nierai tant que vous ne l'aurez pas prouvé ! Nous nous sommes battus contre les Anglais ensemble. Pourquoi devrions-nous à présent nous battre l'un contre l'autre ?

— Parce que *moi* je ne luttais *que* pour mon pays. Vous, et Sam Hoyt, et quelques propriétaires égarés, tels que Darby, vous luttiez pour une révolution.

— Pourquoi détestez-vous le mot, puisque vous vivez la chose ? Le général Darby a dit souvent que ce pays est en état de révolution pacifique depuis son début. Et que nous continuerons à lutter jusqu'à la mort contre les consignes anciennes, les ordres périmés, les lois usées. (Toby souriait toujours, mais son sourire à présent était un peu tendu.) Peut-être, en effet, nous combattrons-nous, colonel. Ne pouvons-nous en faire une guerre pacifique ?

— Vous parlez comme un *démocrate*, monsieur. (Crowther avait craché le mot comme une huître pourrie.) Un démocrate pareil à votre surveillant général, qui ne pourra jamais se tenir tranquille tant que chaque homme sur cette planète ne sera pas libre de courir à sa ruine par ses propres moyens.

— N'est-ce pas pour cela que la plupart d'entre nous ont fui vers l'Amérique, nos ancêtres compris ?

— Emportez de tels sentiments hors de la Géorgie, monsieur. Emportez-les en Virginie ! Et déposez-les aux pieds de Thomas Jefferson, le dieu des pauvres gens. Ou de ce dictateur Washington. Et dites-leur que nous les combattrons demain s'ils essayent seulement de dire à des gentlemen comment ils doivent gérer leurs affaires et mener leur monde.

— Et vous, monsieur, c'est aujourd'hui que je vous combattrai, si vous calomniez M. Washington en ma présence.

La voix était douce, suave, légèrement méprisante, et teintée d'un soupçon d'accent étranger. Ils se tournèrent comme un seul homme vers le nouveau venu qui traversait nonchalamment le salon des Darby. Toby eut la rapide impression d'un homme grand, brun, beau d'une façon particulière mais incontestable. Ses yeux noirs étincelaient, faisant de leur mieux pour clouer au mur le colonel Crowther. Celui-ci secoua les épaules et s'apaisa en grognant :

— C'est donc vous, Pagnol. J'aurais dû m'en douter.

— Vous plaît-il de vous rétracter, monsieur ? Ou préférez-vous que nous nous rencontrions dans Trustees' Garden ? Il fait assez clair encore pour les pistolets...

— Allez au diable, Pagnol ! Je ne pourrais pas tirer contre un ancien allié.

— Alors, ne diffamez pas un ancien chef.

— J'ai servi sous Marion, monsieur, dit le colonel, mais sa truculence s'était évanouie, comme si elle n'eût jamais été. C'est curieux tout de même que vous, un

Français, vous vous fassiez le champion d'un homme que vous n'avez jamais vu !

— Moins curieux que le spectacle de deux bons Américains refusant de s'unir, répliqua le Français. Puis-je vous accompagner hors du centre de l'ouragan, docteur Kent ? ou, dirais-je plutôt, loin de l'*ancien régime.* (1), vers un autre air ?

Ils laissèrent le colonel grommelant toujours.

Comme Toby passait devant lui, le juge Armstrong posa sur son bras une main amicale.

— A demain, docteur.

— Ne viendrez-vous pas avec nous, Armstrong ? demanda le Français.

— Croyez-moi, Pagnol, je ne pourrais rien dire au docteur qu'il ne sache déjà.

— Nous vous croyons, monsieur l'avocat (1).

Ayant dit, le Français tourna vers Toby le sourire de ses yeux et de ses lèvres minces. Pour la première fois, Toby put apprécier la beauté très particulière de cet homme. Une beauté d'idole de bois. L'étroit profil méditatif pourrait orner, avec une vraisemblance égale, le sarcophage d'un saint ou l'antichambre de l'enfer.

« Quels que soient les péchés de ce garçon, pensa Toby, il a vécu et souffert. Au contraire de Marthe, peut-être pourra-t-il m'aider à présent. »

— Notre M. Armstrong, disait Pagnol, est un vrai juge, un magistrat équitable. Il ne fait de commentaires sur ses clients qu'une fois leur déposition achevée. De ce côté-ci, docteur, je vous prie. Nous avons différé trop longtemps notre conversation.

Précédant Toby à travers toute la longueur de l'immense salon, Pagnol ne regardait ni à droite ni à gauche. De temps à autre, il saluait un invité avec toute la grâce d'un basilic apprivoisé. Il en dévisageait d'autres avec un aplomb glacial. Il atteignit enfin une porte vitrée dont les doubles battants ouvraient sur une loggia, précédant un jardin ordonné et silencieux.

Sitôt les portes refermées derrière eux, la soirée mondaine s'évanouit comme par magie pour être remplacée par une pénombre verte et le frémissement métallique des choux palmistes. Pagnol s'assit sur un banc sous les vastes frondaisons et invita d'un geste Toby à s'installer sur le siège qui lui faisait face.

(1) En français dans le texte.

— *Voilà* (1), docteur. L'air est déjà plus pur !

— Vous m'avez, je crois, délivré juste à temps.

— Vous le devez a Mrs. Grégory, et non à moi. Elle m'avait donné pour mission de veiller sur vous, à distance discrète. Il m'a été impossible de ne pas entendre l'expression de vos sentiments. Puis-je souligner qu'ils coïncident avec les miens ?

— Vous le pouvez, sans aucun doute, c'est bon d'avoir un allié.

— Il est peut-être un peu tôt pour me compter parmi vos alliés, docteur. N'oubliez pas que je suis dans le camp des Grégory.

— Vous m'avez donc conduit ici dans un but déterminé ?

— Sur ordres, tout simplement. Nancy nous rejoindra dès qu'elle pourra s'échapper. Il vaudrait peut-être mieux dire dès qu'elle pourra échapper au regard attentif et malveillant de sa belle-sœur.

Le sourire de Pagnol enlevait toute méchanceté à ses paroles Il reprit :

A propos de Marthe Darby, puis-je vous demander ce que, jusqu'à présent, elle vous a dit de moi ?

— Si nous avons parlé de vous, monsieur...

Pagnol eut un soupir léger :

— Naturellement. Un gentleman ne saurait trahir une confidence.

— Classification qui m'honore.

— Simple fait d'évidence, docteur. Etant habitué à étudier mes semblables, je reconnais en vous le gentleman au premier coup d'œil — désir commun d'aider les autres. En tant que sot, Crowther ne voit en vous qu'un natif des campagnes qu'il faut rembarrer à tout prix, et détruire si faire se peut.

— Puis-je vous demander sous quel angle me considère et sous quel aspect me voit Mrs. Grégory ?

— Elle vous dira cela en ses propres termes. Permettez-moi de revenir à l'absorbant sujet qu'est Félix Pagnol. Je dois vous prouver qu'il est, lui aussi, un gentleman, un homme en qui on peut avoir confiance.

— Prouvez, monsieur, je vous en prie. Vous avez toute mon attention.

— Vous m'avez discuté assez à fond avec la *belle Marthe* (1).

(1) En français dans le texte.

— Vous connaissez assez à fond cette famille, capitaine Pagnol.

— J'ai mes moyens de connaître, docteur. Et cela m'amuse de tenir mes connaissances à jour. Bien qu'il ne faille aucun génie pour deviner que vous et la ravissante Mrs. Darby avez déjà eu votre *entretien* (1). S'il y a une chose à quoi la dame en question ne résiste pas, c'est le commérage. Et quand on combine le commérage et l'intrigue...

— Il va falloir expliquer cela, monsieur !

— Oh ! croyez-moi, je n'ai qu'admiration pour Marthe Darby. Elle est forte, et j'applaudis à la force chez les femmes. En fait, docteur, je dirais volontiers qu'elle est plus forte qu'aucun de nous. N'étant que des hommes, nos natures romantiques se teintent de pitié. Etant une femme, elle n'a de pitié que pour elle et ne perd pas son temps dans les romans et les romances où elle n'a pas le rôle principal.

— Nous parlions de vous, capitaine Pagnol, et non de Mrs. Darby.

— Quand vous me connaîtrez mieux, docteur, vous vous apercevrez que je dois être étudié sur un fond de dames que j'ai connues. Non certes que je demande à être compté au nombre des soupirants de Mrs. Darby. Ni, pour ce qui est de cela, de Mrs. Grégory. (Pagnol arrêta d'un geste négligent la protestation que bredouillait Toby.) Les deux dames, néanmoins, m'intéressent. Particulièrement le profond ennui de Mrs. Roy Darby, qui n'est que trop naturel, vu les circonstances.

— Je ne dirais certes pas qu'elle s'ennuie. Après tout, elle a exactement ce qu'elle veut.

— Y a-t-il rien de plus ennuyeux que cela ? Pour l'heure *la belle Marthe* (1) ne saurait progresser davantage à Savannah. Et elle est assez intelligente pour admettre ce fait. Contrairement à sa belle-sœur et rivale, elle n'est acceptée dans la Société que pour une unique raison : le fait qu'elle porte le nom de Darby. Juste comme vous, mon cher docteur, êtes — du moins temporairement — accepté pour une unique raison : le fait que vous tenez les cordons de la bourse des Darby. (Une fois encore, les longs doigts aristocratiques repoussèrent l'interruption de Kent.) Dirons-nous alors que, tout à la fois, Mrs. Darby s'ennuie et s'estime frustrée ? Et qu'elle

(1) En français dans le texte.

invente de petites fictions pour tromper son infortune et son ennui ? Et que je suis, naturellement, un sujet de choix ?

— Je crains de ne pas vous suivre.

— Voyons ! Un gentleman originaire d'un pays étranger ? Sans occupation visible maintenant qu'il a déposé son uniforme ? Un ami de sa principale rivale ? Allons, docteur Kent ! N'idéalisez pas le sexe opposé ! Rien ne lui est plus délectable que de nous griffer dans le dos — ou de face...

— Mrs. Darby vous a connu à La Havane.

— Beaucoup moins qu'elle l'aurait voulu.

Encore qu'il pressentît la vérité de cette assertion si tranquillement formulée, Toby regimba :

— La modestie, monsieur, ne figure pas au nombre de vos vertus.

— Seuls les sots sont modestes, docteur. Seuls les couards sont réticents. Nous donc, parlons ouvertement, — avant que Mrs Grégory s'empare de vous. De quel fer *la belle Marthe* (1) m'a-t-elle marqué cette fois ? Pirate ? Casanova ? Espion ou simplement chevalier servant de Mrs. Grégory.

— Elle m'a dit que vous étiez corsaire, un maître de prises, pendant la guerre.

— J'étais l'officier d'état-major d'Estaing, et chargé par lui du ravitaillement. Il va de soi que j'ai visité maint port *à la dérobée* (1) pour m'assurer de ce qui passait au travers du blocus. Et, tout aussi naturellement, j'étais propriétaire de parts de plusieurs navires corsaires : n'eût-ce été que pour appuyer par des faits ma conviction que la guerre est l'état naturel de l'homme. Mais, si Mrs. Darby traduit cela en disant que je faisais de la piraterie, elle, alors, fait du roman. Si elle croit que je suis un pirate aujourd'hui, ou l'agent de pirates, elle est plus stupide que je ne le pense.

Pagnol parlait sans chaleur ni passion. Il étendit les mains en un geste qui donnait congé à tout cela et se leva prestement. Toby demeura sur son siège, impressionné malgré lui par l'insistance, la ferme décision de cet homme. Par ses yeux calmes et qui regardaient droit.

— Priez-la de répéter devant moi ces mensonges, reprit Pagnol. Elle n'osera jamais. Elle sait que j'en de-

(1) En français dans le texte.

vrais demander raison à son mari. Et elle ne peut pas courir le risque de perdre Roy Darby. Pas encore.

— Puis-je vous demander, alors, pourquoi vous êtes à Savannah, capitaine ?

— Si je vous répondais que j'aime votre pays — et le rêve qui est celui de votre pays, — comme je n'ai jamais aimé aucune femme, m'accuseriez-vous d'hyperbole ?

La voix de Pagnol avait changé de timbre. Toby, si fort qu'il le souhaitât pourtant, ne pouvait pas douter de sa sincérité totale.

Le Français continua :

— La plupart des gens, dans ce salon, derrière nous, se sont voués à la prompte destruction de ce rêve, ou, à défaut, à des compromis qui le détruiront progressivement. Seuls, les meilleurs d'entre vous ont rêvé juste : votre Mr. Jefferson, votre Mr. Franklin, pour n'en nommer que deux. Le bon vieillard qui vous chargea de transformer ce rêve en action, ici même, en Géorgie...

— De quel côté êtes-vous donc, capitaine Pagnol ?

La question avait échappé à Toby, spontanément Mais le Français enchaîna, comme s'il n'avait pas entendu :

— Les plus beaux rêves, les meilleurs, doivent inévitablement se ternir avec le temps. L'embrassement de Victor Darby, comme celui de l'Amérique elle-même, peut dépasser son étreinte. Qui pourrait le dire ? A toute éventualité, la chose vaut la peine d'être tentée.

— Avez-vous dit cela à Mrs. Grégory ?

— Mrs. Grégory est parfaitement au courant de mes opinions, et parfaitement sûre de ma loyale fidélité.

— Et s'il y a confilit entre les deux ?

— La loyale fidélité, sans aucun doute, l'emportera. J'ai vivement conseillé à Mrs. Grégory d'accepter la Compagnie Darby comme la dernière, et incontestablement la meilleure expression du cœur de son père. Si elle insiste pour suivre une conduite différente, je n'ai pas à discuter ses motifs.

— Et à supposer qu'on prouve qu'elle est Tory ?

— Mrs. Grégory est trop intelligente et trop avisée pour s'attacher à un dogme aussi moisi. Ici, dans le Nouveau Monde, les Tories sont condamnés, absolument comme leur équivalent et leurs pairs sont condamnés en Grande-Bretagne et en France. Que les survivants émigrent et qu'ils épuisent leur heure de survie. Il n'est point de place pour eux sur ce continent actif et jeune. Non, docteur Kent, si Mrs. Grégory vous démolit devant les tribunaux, ce sera pour une meilleure raison.

— Pouvez-vous en formuler une, rien qu'une ?

— A mon tour d'être discret, monsieur. A tout le moins, je crois que je serai votre ami, si le sort le permet !

Toby ne pouvait guère ignorer la main tendue.

La poignée de main de Pagnol était aussi ferme et vigoureuse que ses manières, une poignée de main d'homme d'épée, de fine lame, égale à celle du chirurgien.

— Voyez, docteur, Mrs. Grégory entre dans la loggia. Elle sera ici dans quelques secondes. Peut-être jettera-t-elle la lumière là où je ne puis le faire.

6

DANS sa pelisse à capuchon, une cravate d'hermine nouée juste sous le menton, Nancy Grégory ressemblait plus que jamais à sa fictive servante : silhouette simple, quasiment virginale, trop grande et trop élancée pour être pathétique, et pourtant étrangement humble. Seul, le claquement de ses hauts talons rouges trahissait la femme du monde sous ces longs plis de velours. Toby se leva d'un jet. Il eut tout à coup l'impression que le soir de mars avait amené avec lui le froid de la mer. Ou, peut-être, ce froid était-il, en somme, l'« aura » propre à Mrs. Grégory, qui s'avançait, gracieuse, sous l'arche de la loggia, ne répondant à son empressement courtois que par le plus banal des saluts.

En un clin d'œil, Pagnol fut à son côté.

— *Veux-tu que je reste* (1)*?*

— *Un moment, Félix* (1).

Le Français salua, comme seul un Français peut le faire.

Enviant son aisance, sans parler de son intimité familière, Toby ne bougea pas. Les inclinaisons du buste, *dans son lexique personnel, accompagnaient exclusivement les perruques poudrées.*

(1) En français dans le texte.

— Le fait est, docteur, que je ne puis demeurer qu'un instant. Peut-être pourrais-tu te retirer, Félix.

— Parlez français si vous le souhaitez, fit Toby. Grâce à votre père, qui a tenu à me le faire apprendre à Edimbourg, je possède très suffisamment ce langage.

— Considérez-vous cette rencontre privée comme indiscrète, docteur ?

— Bien au contraire, Mrs. Grégory. Je la considère et l'apprécie comme un honneur.

Il entendit Pagnol rire tout bas dans l'obscurité. Sa retraite fut un poème de suavité. D'une allure de flânerie, mais sur la pointe des pieds, il gagna, tout en fredonnant un air à mi-voix, l'autre bout du jardin, où il examina un buisson fleuri — comme un acteur qui ne peut supporter de quitter la scène, bien qu'il se rende compte que l'action dramatique exige qu'il soit hors de portée de voix.

— Quel est votre jeu, Doll ? s'informa Toby sans suavité aucune.

— Mon nom n'est point Dolly, docteur.

— Pourtant je préfère l'employer pour le quart d'heure. Avez-vous tenté de me ridiculiser ? De vous moquer de moi ?

— Admettez que j'ai réussi à merveille ?

— Je demande pourquoi ?

— Y a-t-il vraiment lieu de le demander encore, maintenant ?

— Evidemment non. Pourtant, j'ai l'impression que cela purifierait l'air si vous mettiez votre subterfuge en paroles.

— Réfléchissez, docteur. Vous avez dit vous-même que j'aurais dû venir à bord en personne.

Il eut une protestation immédiate.

— Mais pas sous un masque ! Pourquoi vous dissimuler sous une robe villageoise et une quichenotte ?

— Et l'accent de l'arrière-pays, n'oubliez pas ! Ne niez pas que vous y avez été complètement pris.

Il se prit, en tout cas, à rire, et se maudit cordialement de s'être détendu.

— Est-ce que jouer la comédie fait partie de vos dons et talents ?

— Plus d'une fois, j'ai joué comme amateur, répondit-elle, parfaitement calme. J'ai été Clara Claymore dans *The Swain's Revenge*. Et Ophélie alors que mon fiancé interprétait Hamlet. Mrs. Thatch m'a consacré de vifs éloges dans son *Mercury*.

— Vous m'avez averti que vous ne disposeriez que de peu d'instants, Mrs. Grégory. Peut-être faudrait-il les employer à venir au fait ?

— Le fait est simple, docteur Kent : je suis ici pour vous exprimer mes remerciements.

— Pourquoi et de quoi pouvez-vous bien me remercier ?

— Comme dirait Clara Claymore, vous m'avez épargnée lorsque j'étais en votre pouvoir. N'est-ce pas un motif suffisant de gratitude ?

— La fortune des Darby, elle, est encore en mon pouvoir. A quoi tenez-vous davantage ? A elle ? Ou à votre vertu ?

Il avait espéré que sa question ferait jaillir des étincelles. Mais c'est à peine si Nancy remua légèrement dans la pénombre.

— Je tiens beaucoup aux deux, docteur. Il n'est pas de femme seule qui puisse penser autrement.

— J'ai respecté votre vertu. Ou plutôt ce que je considérais comme votre... votre innocence...

Elle inclina gravement la tête :

— J'accepte la réprimande. Elle est richement méritée.

— Pourquoi ne respecterais-je pas aussi bien votre héritage ? Tout en l'accroissant ?...

— J'ai étudié attentivement le testament de mon père. J'ai étudié son projet pour la fondation et l'exploitation de la Compagnie qu'il envisageait. Mon avis formel est qu'il n'était plus sain d'esprit en rédigeant ces deux documents, ou, alors, qu'il répondait à une pression extérieure.

— Deux opinions également dépourvues de fondement. Voulez-vous en croire la parole de votre frère, et la mienne ? Ou bien faut-il que nous nous expliquions devant les tribunaux ?

— Quel homme sain d'esprit aurait l'idée de fonder une compagnie en participation avec cinq mille personnes ? Des gens qui ne savent même pas signer leur nom ?

— La plupart d'entre nous savent faire cela ! Et davantage : grâce à votre père, grâce aux écoles rurales fondées par lui. La plupart d'entre nous ne travailleraient que plus dur, avec un tel stimulant. Les profits seraient faibles au début...

Mais il n'y avait plus moyen, maintenant, d'arrêter Nancy Grégory :

— Les hommes doivent travailler pour d'autres hommes. C'est dans la nature des choses et dans la nature humaine.

— Du fait de leurs seigneurs.

— Du fait de leur propre nature. Et c'est pourquoi il leur faut des seigneurs.

— N'avons-nous pas fait la révolution pour les abolir ?

Froissée dans son orgueil, Nancy devint aussitôt humiliante :

— Ne soyez pas sentimental, docteur. *Vous* avez combattu l'Angleterre parce que mon père vous en a donné l'ordre. *Moi,* je me suis absentée jusqu'à ce que les batailles fussent terminées. Pas parce que je croyais ce que... ce que mon mari croyait. Non : je souhaitais la libération des colonies. Je souhaitais que les Géorgiens pussent faire leurs propres lois, de devenir riches selon leur propre méthode.

— Tous les Géorgiens, Mrs. Grégory ?

— Tous ceux qui en sont dignes ou capables. Mes ancêtres ont travaillé dur pour acquérir leurs richesses. J'ai l'intention de travailler aussi dur qu'eux, si je puis, demain, triompher de vous devant la Cour. Oui, et mon intention est bien de procurer du travail à ceux... à ceux que mon père voulait aider. Mais jamais je ne répartirai ses richesses entre eux, je ne répandrai ses richesses sur eux, en une couche qui, étalée de la sorte, serait si mince... si mince qu'avant un an nous serions tous morts de faim. Eux avec nous.

Là-dessus, sa voix se brisa. Bien qu'il ne discernât qu'une tache pâle au fond du capuchon, il avait la certitude que des larmes brillaient dans ses yeux.

— Vous avez donc l'intention de lutter ?

— Désespérément.

— Ne serait-il pas plus simple de signer la charte, d'entrer à la Compagnie comme directeur, et de nous aider à réduire les pertes ?

— Mon père savait que je ne signerais jamais la charte. S'il ne le dit pas d'une façon expresse, il le sous-entend clairement.

— Vous pourrez du moins, sans vous engager personnellement, nous permettre un essai honnête. Même si nous allions à un échec, du moins verriez-vous comment part l'argent... (Toby hésita, craignant de jouer dans sa main en exprimant loyalement un doute...) Votre père avait vu assez clairement aussi la possibilité d'un échec. Même avec la plus mauvaise chance, je crois que vous seriez encore la femme la plus riche de toute la Géorgie, si...

— Si vous étiez contraint de me rendre les domaines ?

— Deux ans mettraient au point toute l'histoire de la Compagnie. Est-ce vraiment trop long pour... ma foi ! pour me permettre de faire la preuve de mon honnêteté ? De vous prouver que j'ai votre avenir à cœur, en même temps que l'avenir du plus pauvre journalier des terres de l'amont ?

— Comparaison qui ne me flatte guère, constata-t-elle sèchement.

— Vous vous sentez donc un être supérieur ?

— Je n'ai pas dit cela. Seulement, je veux le bien qui est le mien, je veux ce qui m'appartient, pour l'employer à *ma* guise.

— Vous paraissiez pourtant de la même chair lorsque je vous tenais dans mes bras. A la vérité, je vous préférais Dolly Lake.

Il vit bouger le velours de la pelisse, un bras se dégager de ses plis et filer en avant comme un serpent furieux. Mais, réflexion faite, Nancy ne le frappa pas. Elle se contenta de tambouriner méditativement sur le dossier d'une chaise comme si, avant de parler de nouveau, elle voulait laisser refroidir sa colère.

— J'admets que j'ai bien mérité cela. Accepteriez-vous une offre, docteur, avant que nous comparaissions devant le juge Armstrong ?

— Parlez. Mon esprit est entièrement disposé à vous entendre.

— Vous venez de suggérer que j'entre dans la Compagnie en qualité de directeur. Comme vous le savez, j'ai dès la fin de mon enfance tenu la maison de mon père. J'ai profité de... de ses idées avancées pour acquérir une instruction aussi complète que n'importe quel homme. Meilleure, dirai-je, pour être véridique, que celle de la plupart des hommes que je connais.

Toby avait trop l'expérience de Victor Darby pour mettre en doute cette affirmation :

— Sans vérifier, dit-il, je vous crois.
— Docteur, et en tant que docteur, vous admettez donc que les femmes ont un cerveau, si on leur permet de s'en servir ?
— Comme docteur et, si vous le permettez comme être humain, comme votre semblable.
— Même pendant que j'étais mariée, j'ai toujours tenu les livres de la maison Darby. Pendant des années, j'ai travaillé à côté de mon père, dans ses bureaux et sur ses terres. Et, si vous tenez à le savoir, j'étais allée à Darbyville aujourd'hui pour inspecter les plantations de tabac. C'est moi qui ai repiqué les premiers épis de *paddy* (1) à Sangaree. En ce moment, je pousse jusqu'au dernier esclave de l'île pour préparer la semaille de riz.
Il retrouva un instant son sourire amical :
— Vous voyez... De toute évidence, je ne puis me permettre de vous perdre !
— J'avais envisagé de reprendre ces travaux, en pleine autorité, une fois la guerre terminée. J'avais espéré que mon père reconnaîtrait enfin... eh bien ! la valeur de ma contribution...
— Le projet ne le prouve-t-il pas de façon expresse ?
— Je viens de parler d'une offre. D'une proposition. Si je promets de retirer mon procès attaquant le testament, si je promets de faire tout ce qui est en mon pouvoir pour assurer votre réussite médicale à Savannah, promettez-vous de donner en ma faveur votre démission de la Compagnie Darby ?
La question tomba dans un vaste silence, Toby regardant Nancy sans comprendre. Elle finit par rompre ce silence avec un petit rire gêné.
— Vous aurais-je surestimé, docteur ? Jugez-vous qu'une simple femme n'a pas la compétence voulue pour présider aux destinées de l'héritage paternel ?
— Je pense à la *volonté* paternelle. Au contrat que nous avons signé.
— Je maintiens que mon offre est généreuse.
— Il se peut... mais elle est en opposition avec le vœu formel de votre père.
Cette conviction sincèrement exprimée, mais qu'elle persistait à prendre pour une obstination intéressée,

(1) *Paddy :* riz en épis, riz non décortiqué (même en français). En grains, seul le mot « riz » (*rice*) s'emploie.

irrita la jeune femme qui, de conciliante, puis de condescendante, redevint hautaine et agressive :

— Dans deux ans, dit-elle, vous serez un raté, et le domaine me reviendra. Pourquoi ne pas me passer la main à présent ? Pourquoi ne pas retourner vous-même au travail pour lequel vous êtes né ?

Toby décida d'ignorer la volonté d'offense :

— Avez-vous discuté cette question avec Roy ?

— Il n'y a pas lieu. Le seul vœu de Roy est de s'établir avec vous dans la pratique médicale à Savannah. Et, comme je vous l'ai dit, j'y pourvoirai amplement. Je vous bâtirai même un hôpital et doterai une clinique gratuite, cela selon le vœu de mon père. Vous voyez, docteur Kent, je ne suis pas inhumaine, j'ai simplement l'esprit pratique. C'est l'unique vertu véritable d'une femme seule.

— Seule ? Et votre mariage projeté dans le clan Bristol ?

Pour sauver sa vie, Toby n'aurait pu s'empêcher de sonder cet incroyable projet en ses profondeurs, bien que son instinct lui conseillât vivement de le repousser sans rien entendre.

— Harvey Bristol a confiance en mon jugement. Sans quoi, l'épouserais-je ?

« Harvey Bristol, pensa Toby, n'a pas le sou. Et, d'après ce que j'ai entendu dire de ce jeune avaleur de feu, il appuierait n'importe quelle combinaison qui ferait affluer l'or dans sa bourse. » Mais il se contenta de répondre, devenant blessant, à son tour :

— Vous choisissez vos maris avec sagesse, Mrs. Grégory. Et le capitaine Pagnol dans tout cela ?

Nancy garda un calme parfait dans le ton d'une réponse mordante :

— Le capitaine Pagnol est un ami de vieille date. Il a naturellement aussi droit de critique. Mais il observe mon monde du dehors, en visiteur étranger : un visiteur civilisé, qui n'a pas de soucis d'argent, ni d'intérêt dans l'avenir de la Géorgie, ou dans le mien.

Se rappelant les avertissements de Marthe, il regarda Nancy avec plus d'attention, se demanda si elle avait choisi ce coin dans la pénombre pour mieux cacher ses rougeurs. Mais en même temps il se disait qu'il en faudrait beaucoup pour faire vraiment rougir Nancy Grégory, ce qui s'appelle rougir. Debout devant elle les yeux de la jeune femme au niveau des siens, furieux que sa taille l'empêchât, lui, de la dominer et de la regarder de haut, il refoula rageusement un désir insensé de rejeter en arrière le sombre capuchon et de couvrir de baisers ce visage pâle et tendu... Le désir, cette bête aux réactions imprévisibles, se retira en grondant dans son repaire. Le Dr Kent aspira profondément la fraîcheur du soir : il se sentait revenu à l'équilibre et au bon sens. Il avait désiré violemment Dolly Lake, l'après-midi sur la plate. Il désirerait encore Nancy Grégory insupportablement. Mais il se répétait avec une solennité voulue qu'il ne s'agissait absolument de rien autre que de désir : Volonté de détruire, jamais volonté d'aimer. Et même, en cette minute, il n'aurait pu nommer un seul être humain qu'il détestât plus qu'elle.

Maître à présent de ses réactions, il reprit avec froideur :

— En avez-vous complètement terminé ?

— Complètement, docteur. Et j'attends votre réponse.

— Elle est simple. Je n'accepte ni pourboires ni pots-de-vin.

Ce fut elle qui y mit de la douceur :

— Appelez cela un compromis. Compromis sonne plus agréablement.

— J'ai donné ma parole à votre père d'aller jusqu'au bout. Comment pourrais-je me démettre de mon contrôle, même si je croyais en la sincérité de vos motifs, en votre bonne foi ?

— Ainsi donc, il me faudra porter l'affaire devant la Cour ?

— Notre prochaine rencontre sera devant le juge Armstrong. Et une seule chose m'empêchera désormais de vous considérer comme une assez méprisable ennemie.

Bien que les derniers mots l'eussent fait sursauter, elle se borna à lui lancer un regard flamboyant de colère et se détourna dans l'intention de quitter le jardin.

— J'ai mentionné un détail propre à vous... réhabiliter Mrs. Grégory. Cela ne vous intéresse-t-il pas de savoir lequel ?

Pendant qu'il parlait, elle avait regagné la loggia. Et maintenant, debout sous l'arche, elle se retournait vers lui, et une fois encore son bras blanc jaillit tel un serpent des plis de sa pelisse comme pour le frapper, mais s'arrêta.

— Et quelle est, je vous prie, cette grâce de rachat ?

— La fille qui est couchée là-haut. Le fait que vous

l'avez accueillie et abritée dans sa détresse. Cela prouve que vous avez un cœur, si on a l'intelligence — ou la chance — de le découvrir. Et je pourrais ajouter... si j'osais... que vous n'avez pas seulement un cœur. Un autre détail crée même entre nous... un certain lien... le fait que vous me désiriez sur la barge... aussi violemment que je vous désirais...

Cette fois-ci, la main de la jeune femme se détendit vraiment, mais il avait anticipé cette réaction et lui saisit le poignet à mi-parcours, le tordant adroitement. Nancy tourna sur elle-même, pivotant sur son talon ; il entendit sauter la lanière de cuir de son soulier, pris dans une fente du sol de la loggia. Alors, elle fut serrée, pressée, appuyée contre le montant de l'arche de briques, deux bras l'enveloppant et la maintenant. Et le cœur de Toby chantait son triomphe exalté, pendant que Nancy se laissait aller, molle comme une poupée vidée de son, dans l'obscurité froide.

Il ne sut jamais ce qui aurait pu se passer. Tout d'abord, il crut que c'était la gorge de Nancy qui venait de jeter ce cri étouffé. Puis, tandis que s'apaisait la chamade de ses artères, il se rendit compte que le cri venait de la maison. Maintenant c'était une longue plainte lamentable, haut tenue sur une seule note. Une plainte qui demandait du secours, et qui le remit d'aplomb plus certainement que n'eût fait un verre d'eau lancé au visage. Ses bras retombèrent, libérant la jeune femme. Il se rendit compte qu'elle avait compris aussi vite, plus vite même que lui, l'origine de cette lamentation.

— C'est Mary, docteur. Elle va avoir besoin de moi !

— Elle va avoir besoin de nous deux.

Et il la suivit dans le hall, leurs pas précipités se rythmant exactement l'un sur l'autre.

Roy était en haut de l'escalier, au-dessus du bruit des invités qui se préparaient au départ, et, délibérément, il ignorait la question visible sur de nombreux visages anxieux levés vers lui. Sa propre hésitation se dissipa dès qu'il vit Toby sur le palier :

— Je descendais justement vous chercher tous les deux.

Nancy les avait précédés sur les marches, sans un regard en arrière. Du coin de l'œil, Toby constata l'apparition soudaine de Félix Pagnol dans le porche de la loggia et se demanda ce qu'il avait entendu de la bataille royale. Puis il suivit les autres le long du hall supérieur et dans la chambre de la malade — et s'abandonna instantanément aux exigences de sa profession.

....

Le flot des invités, lentement, à regret, s'écoula de lui-même, malgré l'attirance de la curiosité.

Les deux maîtresses de maison avaient disparu...

....

Déjà Marthe se tenait au chevet du lit à colonnes, une Marthe étrangement vibrante, encore que sa main sur l'épaule de Mary Bristol fût assez apaisante. La jeune fille était couchée en chien de fusil, les genoux remontés, les yeux écarquillés de peur et de souffrance. Un autre cri aigu s'échappa de ses lèvres serrées, pendant que Toby s'asseyait à côté du lit.

— Voici le Dr Kent, Mary. (La voix de Marthe était aussi rassurante que ses mains. Mais ses yeux croisant ceux de Toby, étaient durcis par la colère.) Il est venu pour vous aider.

Mary Bristol répondit par un bredouillement indistinct : de toute évidence l'effet sédatif administré par Roy n'était pas complètement dissipé. Toby se pencha vers elle :

— Où avez-vous mal, Miss Bristol ?

Mais, avant même que ses doigts eussent palpé les muscles abdominaux, bien avant qu'elle eût répondu, il savait où était le foyer du danger. En dépit des inspirations angoissées de la jeune fille, ses mouvements respiratoires n'intéressaient que la poitrine seule. L'expérience avait depuis longtemps enseigné à Toby que ce signe était celui d'un désordre dans la cavité inférieure. Il trouva tout de suite ce qu'il cherchait, un durcissement violent du triangle juste au-dessus de l'os pelvien droit.

— Essayez... Mettez-y toutes vos forces. Vous verrez que vous pouvez parler. Quand cela a-t-il commencé ?

— Il y a une demi-heure à peu près... Je savais qu'il y avait une réunion... en bas... Je ne voulais pas...

Une voix, où la courtoisie de la phrase disparaissait

dans la dureté et l'agacement du ton, prononça derrière lui :

— Voulez-vous faire apporter d'autres bougies, Marthe ? Comment le docteur pourrait-il examiner Mary dans ce noir ?

Il leva vivement les yeux, prenant pour la première fois conscience de la présence de Nancy au pied du lit.

— Des chandeliers supplémentaires sont commandés, dit Marthe. Si vous voulez bien m'excuser, je vais faire hâter les porteurs.

Sa retraite fut marquée par la même tension, le même frémissement assez clairement expliqués par les quelques paroles qu'une fois arrivée à la porte elle lança, ne pouvant se retenir de marcher le coup :

— Vous auriez pu me mettre au courant plus tôt, vous savez. Si je m'étais rendu compte de ce dont il s'agissait...

Elle disparut là-dessus, laissant suspendue dans l'air une menace informulée.

En dépit de lui-même, Toby ne put s'empêcher de sourire faiblement : c'était tellement de Marthe cette façon de deviner immédiatement qu'il s'agissait d'une grossesse non souhaitée. Mais ce qui était encore plus dans sa ligne et dans sa note, c'était son air de dignité offensée.

— Roy, veux-tu rapprocher la lumière ? Je crois que, dans un instant, nous aurons une certitude.

Une fois son examen interne effectué, il ne restait pas le moindre doute dans son esprit, mais il hésitait à prononcer à haute voix le diagnostic.

— Veux-tu que nous allions parler de ceci dehors ?

— Pourquoi la torturer par l'attente et l'indécision ? objecta Nancy. Elle a le droit de savoir !

Il regarda Mary Bristol, qui referma la main sur son poignet. Quelque chose dans ses yeux — un calme courage qui contrastait avec son visage enfantin — le convainquit que Nancy était dans le vrai. Deux fois pour une, car il n'y avait pas de temps à perdre.

— C'est une grossesse extra-utérine. Dans la trompe de Fallope. Es-tu d'accord avec mon diagnostic, Roy ?

Il s'était efforcé de parler posément. La voix de Roy était tout aussi unie :

— C'est ce que j'avais craint dès la première minute.

A Edimbourg, le Dr Kent avait disséqué maints spécimens, mettant à nu la masse du fœtus incroyablement minuscule qui avait pris vie dans le tube conduisant de l'ovaire à l'utérus. Avec Roy, debout près de lui à la table de dissection, la pointe de son scalpel avait souvent démontré les conséquences de semblable formation. S'il était possible, mais non prouvé, que la conception prît place dans la trompe de Fallope, la croissance du fœtus dans ce passage était inévitablement fatale. Bloqué, en quelque sorte, dans sa descente vers son habitat normal, l'enfant futur, pour minime qu'il fût, produisait instantanément une distension, et le tube étroit, incapable de s'ajuster à la taille croissante de l'embryon, éclatait dans la cavité abdominale, ouvrant ainsi la voie à la mort même.

La chirurgie, et la chirurgie seule, pouvait désormais sauver Mary Bristol. Le Dr Kent en exprima la certitude carrément, sans regarder les deux femmes.

— Le bistouri me tuera tout aussi sûrement.

Il s'obligea cette fois à regarder Mary, admirant sa tranquille acceptation du risque. Du point de vue du profane, sa conclusion était à peine exagérée. Dans ce coin de l'Amérique, on ne connaissait encore de la chirurgie que les tentatives les plus rudimentaires. Toute invasion d'un scalpel dans la cavité abdominale était une audace dépassant la science, et même l'imagination, de la plupart des médecins géorgiens.

— Le bistouri vous guérirait, et vous sauverait.

Il fut heureux de voir un flot de sang lui monter aux joues, car elle comprit immédiatement ce qu'il sous-entendait et qu'il précisa aussitôt :

— Bien entendu, la cause, le motif de cette opération ne passerait jamais cette porte.

— Il faudrait que mon père sache.

— Exact. Voulez-vous que j'envoie chercher le Dr Bristol ?

Nancy parla avec vivacité :

— Voilà qui serait bien inutile, docteur Kent. Une douzaine d'émissaires de la fatalité traversent Savannah en ce moment même pour aller avertir notre doyen du corps médical.

Si absorbé qu'il fût par le problème urgent, Toby s'étonna de l'amertume de sa voix.

— Combien de temps l'opération demandera-t elle ?

Il vit que Mary Bristol se débattait contre ses doutes et força l'assurance dans sa voix pour répondre :

— Une heure peut-être. J'admets le risque. Mais la

technique de cette opération n'a rien de compliqué. Je n'ai qu'à découvrir le tube, l'inciser, extraire le fœtus, et refermer la plaie. Vos chances de guérison sont excellentes.

Tout en parlant, il observait Roy, espérant que son jeune collègue viendrait à la rescousse.

— Il n'existe pas de meilleur chirurgien de ce côté-ci l'Atlantique, fit Roy. Je vous mets entre ses mains avec une entière espérance, Mary.

— Avez-vous déjà précédemment fait cette... cette opération, docteur ?

— Une fois. A la clinique à Edimbourg. La patiente a vécu pour me dire merci.

— Elle n'est donc pas faite fréquemment ?

— Il n'y en a à ma connaissance qu'un autre cas signalé sur le continent. Peu de patientes sont aussi braves que vous.

— Qu'en penses-tu, Nancy ?

Pendant un moment, Nancy demeura immobile et muette. Toby, debout près du lit, tête baissée, attendait le coup qui allait tomber. Mais, quand Nancy parla, sa voix était aussi ferme que celle de son frère.

— Le Dr Kent a raison, Mary. Tu es brave...

— Tu crois que je devrais...

— Je crois que, quel que soit le risque, tu préfères vivre à mourir. Comme le dit Roy, tu ne saurais avoir de meilleur chirurgien. Mon père y a veillé.

Toby accepta gravement le compliment. Bien qu'il portât l'étiquette et l'indication du prix, il lui était précieux à cet instant.

— Eh bien ! Miss Bristol ?

— Vous pouvez opérer dès que vous serez prêt, docteur.

— Je suis prêt dès à présent.

Et ses yeux cherchèrent ceux de Nancy Grégory en face, de l'autre côté de la large courtepointe...

7

UNE demi-heure plus tard, Toby, tout en se brossant rituellement les mains à la porte de l'office, examinait une dernière fois ses préparatifs.

Des amis — et il remerciait le Ciel pour leur arrivée providentielle au moment où s'en allaient les derniers invités — étaient stratégiquement installés aux fenêtres du bas.

Dans la chambre de l'étage, Mary Bristol dormait profondément, grâce à une ultime dose d'opiat. Elle était attachée sur la table d'opération et, avec Billy à côté d'elle pour l'y tenir solidement clouée au moment voulu, il n'était guère probable qu'elle pût se tordre sous le scalpel et risquer ainsi que fût perdue la partie hasardeuse dont sa vie était l'enjeu. Sur le palier, un réchaud envoyait dans l'immense cage d'escalier des reflets et des ombres fantomatiques, tandis qu'un gros chaudron de bronze bouillonnait doucement sur la braise. Tout auprès s'entassait de la charpie, qu'une esclave domestique avait préparée suivant les instructions de Kent.

Dido, épouse de Jubal et génie protecteur de l'office, voltigeait au-dessus de la flamme. « Cet instant avait besoin d'une sorte de magie pour prendre substance », se dit sombrement le Dr Kent. Déjà, il maudissait la chance qu'il allait courir, tout en estimant que la courir était inévitable.

Le pire — outre la conviction que Mary Bristol avait de sa toute-puissance ! — c'était la volonté de Nancy de demeurer effectivement présente pendant l'opération. Il ferma les yeux lorsque cette silhouette en tablier blanc et blanc bonnet, un instant apparue sur le palier à côté de Dido, le regarda et disparut.

Marthe, agissant comme une femme de bon sens, s'était depuis longtemps retirée dans sa propre chambre, emportant une des préparations aromatiques de Roy pour l'apaiser et l'endormir. Pourquoi Nancy n'en usait-elle pas de même sorte ?

Mais le temps lui manquait pour philosopher. Au sujet de Nancy, qui, ayant toute raison de trembler dans une telle crise, faisait face avec fermeté, aussi bien qu'au sujet de Marthe, qui, ayant grandi côte à côte avec la mort dans un coin sauvage et reculé, se laissait aller comme quelque aristocrate de l'estuaire.

Il releva la tête avec quelque chose qui ressemblait à du soulagement lorsque les roues crièrent au-dehors, sur le sable, et carra ses épaules contre la menace qu'impliquait le bruit de bottes sur les marches du seuil. Une fois encore, il remercia le Ciel pour les yeux vigilants qui guettaient aux fenêtres en bas, pour la certitude qu'il ne lui faudrait pas s'opposer seul à l'inévitable invasion.

La porte s'ouvrit, sans cérémonie, violemment même, avant que Jubal l'eût atteinte, si fort pourtant qu'il se hâtât de répondre à la sommation du marteau de bronze.

En trois longues enjambées, Toby se trouva face à face avec les intrus. Un grand bonhomme massif, carré, en habit démodé perruque ébouriffée, et son contretype plus jeune, un immense dandy trop joli, hérissé de colère, et dont l'air de sortir d'un carton de modiste était toutefois légèrement atténué par les vapeurs de brandy qui l'environnaient.

— Le docteur Bristol, je présume ?

L'aîné des deux hommes fit un vague signe de tête sans même honorer Toby d'un regard. Le plus jeune, titubant un peu dans un absurde étalage de dignité, s'avança hardiment et, poings sur les hanches, vint regarder Toby sous le nez, matamore prêt à entrer dans la bataille.

— Le docteur Kent, je présume ?

— Votre serviteur, monsieur.

— Au diable vos bonnes manières, mon garçon ! Vous savez qui nous sommes. Ne vous faites pas perdre notre temps. Où est ma sœur ?

— Tiens ta langue, Harvey, fit lourdement Bristol senior. Kent peut, aussi bien que moi, voir que tu es ivre.

— Et qui ne boirait pas, monsieur quand ma future femme m'ignore et me délaisse pour aller se pavaner autour de cet intrus sorti d'on ne sait où ?

Toby entendit des pas qui se hâtaient sur le palier, devina que Dido avait fui vers les régions supérieures et s'aperçut qu'une ombre blanche avait pris sa place. Nancy, à ce qu'il semblait, s'était trouvée en bas juste à temps pour entendre.

— Dites-moi une chose, Kent, avant que nous emmenions Mary à la maison quand aurai-je le plaisir de vous avoir devant mon pistolet ?

La voix tonnante du père fit taire le fils :

— Jusqu'à nouvel ordre, personne ne tirera sur personne. Pas tant que Mary aura besoin de nous. Voulez-vous me conduire à elle, Kent ?

— Volontiers, monsieur. Vous arrivez juste à temps.

— Personne ne l'emmènera d'ici. Vous moins que quiconque, Matthew Bristol.

La voix coupante de Nancy tranchait la discussion comme une lame d'acier. Nancy elle-même, grand archange dressé dans la pénombre de l'escalier, s'effaça, bien qu'à contrecœur, pour les laisser passer.

Mais Matthew Bristol, arrêté au bas des marches, semblait n'en pas croire ses oreilles :

— Je me suis efforcé de ne pas vous juger sévèrement, ma chère, mais...

— Mary est pleinement majeure et elle a remis ses intérêts entre mes mains. Elle restera ici.

— Je suis toujours son père, Nancy. Elle m'a fait honte, mais elle a besoin de moi à présent.

— C'est d'un médecin qu'elle a besoin, Matthew. Elle en a un.

— Elle est ma fille, et c'est moi qui jugerai ce dont elle a besoin.

Toby avança d'un pas. Il se rendait bien compte que, d'avance, toute diplomatie était vaincue ; il voulut néanmoins faire une tentative encore :

— Vous avez entièrement le droit de l'examiner,

monsieur. Je pense que votre diagnostic confirmera le mien.

— Nancy ! Si vous avez permis à ce lourdaud de porter la main sur Mary...

Le vieux Bristol avala le reste de sa phrase, comme si une telle supposition eût été inadmissible, impensable. Poussé par une incrédulité différente, Toby fit un effort pour, de son côté, avaler sa colère. Mais, quand il parla de nouveau, sa voix n'était plus la même :

— Si vous voulez bien vous modérer, monsieur, et vous souvenir que nous sommes médecins tous les deux...

— Il me semble que vous avez parlé d'un diagnostic ? Faites-le connaître.

— Là-haut, s'il vous plaît.

— Il ne me plaît pas. Ici, monsieur, ici même. Et allez au diable, comme un parvenu que vous êtes !

C'était Harvey, cette fois, qui se lançait dans la mêlée, avec une telle violence qu'il en ébranla la rampe de l'escalier. Toby, sans détourner la tête dans sa direction, continuait à regarder le vieux médecin :

— Vous... endossez ce commandement ?

— Mon fils a raison. Dites ce que vous avez à dire. Et puis retirez-vous.

— Votre fille fait une grossesse extra-utérine. La transporter serait fatal.

Pendant quelques secondes, Toby fut certain que le vieux Bristol allait tomber sur place et mourir d'apoplexie, là, en bas des marches. Il en était si certain qu'il étendit la main pour soutenir le vieillard. D'un coup violent, Harvey écarta cette main.

— Osez répéter cela, lourdaud ! Vaurien !

— Je suis chirurgien, Bristol. Votre sœur est enceinte. Avec une dangereuse complication. Seule une opération immédiate peut la...

Il pivota juste à temps pour éviter le poing que Harvey envoyait vers lui, et qui manqua d'un cheveu sa mâchoire, pour s'abattre contre un panneau de boiserie et le fendre. L'autre main de Harvey se lança farouchement en avant, juste comme le pied de Toby en faisait autant et atteignit le tibia de son agresseur. Le jeune Bristol exécuta une grotesque culbute, dégringola la tête la première et alla s'étaler dans le corridor, où il demeura immobile.

Nul ne parla pendant la chute. Après l'atterrissage, Toby, très calme, s'enquit :

— Vous plaît-il de contrôler mon diagnostic à présent, docteur Bristol ?

Le vieux médecin, sans mot dire, le suivit à l'étage.

Nancy, immobile, demeura sur place. Kent, mesurant du regard la menace inerte que représentait Harvey Bristol, se prépara à l'autre menace et s'effaça en saluant pour faire passer le vieillard dans la chambre de la patiente.

— Pourquoi est-elle sur la table ?

— Je vous ai dit qu'il nous fallait opérer, monsieur. Elle sait ce dont il s'agit et s'en est remise à moi.

Même, à la lumière des chandelles, les joues bordeaux du vieux Bristol semblaient virer au violet. Mais, toujours sans un mot, il se pencha sur la table d'opération improvisée et sur la forme légère que voilaient des draps. Toby se tint un pas en arrière, et silencieux, pendant que les doigts de l'autre palpaient gauchement la zone distendue. Accoutumé qu'il était aux méthodes rudes et sommaires de certains praticiens, il fut pourtant effaré par un examen aussi maladroit.

— Une vérification interne vous convaincrait que...

— Simple inflammation intestinale ! Pourquoi lui avoir administré un opiat ?

— Je vous répète que c'est la trompe de Fallope...

Les épaules massives repoussèrent l'interruption.

— Ma voiture est à la porte, Kent. J'ai amené avec moi des hommes de mes domaines... Et, elle, je l'emporte chez nous. Pas d'erreur sur ce point-là, tout au moins c'est ainsi.

— Nous avions prévu tout cela, Gabriel Thatch et notre surveillant-chef viennent d'arriver de Darbyville. Ils sont placés des deux côté du portique avec chacun une paire de pistolets. Le capitaine Pagnol est à la fenêtre de la bibliothèque avec une demi douzaine de nos meilleurs tireurs. Vous avez été admis à pénétrer dans cette maison parce que vous êtes le père de Mary. Mais qu'un autre homme tente de passer le porche, et son corps arrêtera une balle !

Toby avait parlé spontanément et sans calculer ses mots : il ne le regretta pas. De toute évidence, seule l'exhibition d'une force pour le moins égale à la sienne était capable de convaincre Matthew Bristol :

— Allez au diable, monsieur. Et que vos menaces y

aillent avec vous ! C'est une simple inflammation. Une saignée, quelques lavements ou laxatifs, et demain il n'y paraîtra plus.

— Et si demain l'*inflammation* l'a tuée, c'est bien là ce que vous indiquerez comme cause de sa mort ?

— J'ai l'habitude d'agir selon mon jugement, Kent. Voulez-vous me rendre ce qui m'appartient ? Ou me faudra-t-il revenir en force ?

Il n'y avait pas à s'y tromper, ce n'était pas façon de parler, mais bien menace formelle, et Bristol en pesait chaque mot.

Si Kent s'inclinait, s'il permettait que Mary fût emmenée — et si Mary mourait, — le père couvrirait sa propre erreur, malgré le témoignage de la mort. Et l'inflammation intestinale serait officiellement admise comme cause du décès, sans qu'il y eût la moindre chance d'une autopsie. Toby le savait, l'autopsie n'était autant dire jamais pratiquée en Amérique. Elle ne le serait certes pas dans le cas de Mary, son père une fois en possession du corps. Et le bruit serait délibérément répandu à travers Savannah qu'un médiocre médecin parvenu, « parti de rien et de l'arrière-pays » — ce même parvenu qui osait prétendre à gérer le domaine et les affaires de Darby — s'était trompé dans son premier diagnostic. Il n'en faudrait pas plus, il en faudrait moins, pour jeter d'avance le discrédit sur son association avec Roy. Et même il se pouvait que cela lui interdît la pratique médicale en Géorgie.

Ce serait, en outre, un argument de choix pour Harvey Bristol, l'avocat qu'il venait d'envoyer s'étaler sur les dalles, et pour Nancy Grégory, fiancée à ce même avocat...

Tout à coup, dans une grande vague de soulagement, et avec un étonnement plus grand encore, il se rappela que Nancy avait, avec fermeté, appuyé sa décision d'opérer. Mais peut-être n'était-ce qu'une épreuve ? Peut-être priait-elle pour qu'il échouât ? Il ne pouvait s'arrêter en cet instant à l'examen de telles questions. Le fait était là, elle avait épaulé le chirurgien. Cela suffisait.

— L'opiat a fait son effet la patiente est prête, docteur Kent.

Roy arrivait, alerte, avec la trousse chirurgicale de Toby, parlait posément, commençait à disposer les instruments sur la table de côté. Il ne donna même pas un coup d'œil au vieux médecin. Sa tranquille froideur, dépassant le mépris, ignorait le visiteur comme s'il n'avait jamais existé.

— Vous feriez mieux de vous en aller, docteur Bristol.

— Je reviendrai, monsieur. Et si vous la touchez de votre scalpel, je vous ferai rouler dans le goudron et la plume.

— Revenez. Dans une demi-heure. Vous pourrez me remercier pour avoir sauvé la vie de votre fille.

— Mon fils est résolu à vous tuer, Kent. Et je ne vois plus désormais aucune raison pour l'en empêcher.

Du seuil de la porte, Nancy parla sèchement :

— Votre fils vient d'être jeté à la rue, Matthew. Par mon ordre. Je doute qu'il soit en état de se battre avec quiconque demain, ou même ensuite.

— Oubliez-vous que Harvey est votre fiancé ?

— *Etait* mon fiancé, Matthew. Je viens de reprendre ma liberté. Au cas où il serait trop ivre pour s'en souvenir, voulez-vous lui confirmer que ma décision est irrévocable ?

— Puis-je demander pourquoi ?

— Vous recevrez dans la matinée une lettre donnant mes raisons.

Toby, un peu à l'écart, regardait les muscles du visage du vieux Bristol se durcir et se tendre, pendant qu'en lui luttaient la rage et la bonne éducation. Privé en une seule soirée de sa fille et de la fortune des Darby, un dur à cuire de son calibre pouvait difficilement s'y résigner avec sérénité. Et pourtant, lorsque enfin il parla, la voix du vieux médecin était étrangement calme :

— Votre propre avenir ne regarde que vous, Nancy. Mais l'impudente témérité de ce garçon, c'est autre chose. Pour la dernière fois, Kent, voulez-vous tenir compte de mon avertissement ?

— Pour la dernière fois, Matthew (Nancy répondait avant que Toby pût le faire), voulez-vous quitter cette maison ? Ou faut-il que j'appelle mes domestiques ?

Matthew Bristol haussa ses lourdes épaules et sortit de la chambre à larges enjambées. Nancy regarda fixement Toby dans les yeux pendant un long moment, écartant sans un mot sa question informulée, et marcha vers le palier :

— Je vais m'assurer qu'il est vraiment parti.

Le formidable claquement de la porte de la rue, ébranlant jusqu'aux murs de la chambre à coucher, lui répondit avant qu'elle eût fini sa phrase.

Roy, qui terminait l'arrangement des instruments, leva les yeux et sourit de ce sourire qui, à maintes reprises déjà, avait affermi la main de Toby au moment d'une lutte difficile :

— Si je connais les Bristol, le vieux Matthew sera ici au petit jour, avec une équipe de lynchage.

— Me fous pas mal du vieux Bristol ! Pourquoi Nancy a-t-elle laissé tomber son fils ?...

— Il y a longtemps que j'ai renoncé à chercher le pourquoi des décisions de ma sœur. L'essentiel n'est-il pas qu'elle soit de notre côté pour le quart d'heure tout au moins ? N'est-ce pas suffisant ?

— Plus que suffisant, tu as raison. Appelle Billy, veux-tu ? Il faut que nous en terminions ici. Et vite.

» Vite et bien. »

8

EN peu d'instants, leurs préparatifs furent achevés. Et Billy prit sa place familière, les deux mains étalées comme de massives racines noires, pour serrer et maintenir la chair de la patiente au moment où l'acier la mordrait. Et Roy, attentif et tendu, attendait de l'autre côté de la table, une première compresse de toile balancée au creux de sa main. Quant à Toby, il sentait monter en lui sa répugnance accoutumée. A chaque intervention chirurgicale nouvelle, il connaissait ce recul.

Il donna un dernier coup d'œil à Nancy Grégory, patient archange toujours, debout dans le clair-obscur derrière les éclatants chandeliers massés, et son signe de tête lui rendit l'assurance.

Une fois encore, il tendit l'oreille vers le silence qui s'alourdissait dans le hall du bas, d'où s'élevait seulement le souffle anxieux des esclaves domestiques massés un peu partout sur les marches et les paliers. Son regard tomba enfin sur le scalpel que tenait sa main droite et, rassemblant toute sa force de volonté, il s'inclina vers la chair de Mary Bristol.

Et le scalpel se mit à l'œuvre, comme si les doigts qui le serraient étaient dirigés par un cerveau uniquement à eux. Touchant la peau à l'extrême droite de l'aine, l'acier descendit en un arc brillant. Kent vit les muscles se serrer en faisceau pour résister à la souffrance de la blessure, entendit un cri de la jeune femme étouffé par le somnifère, tandis qu'elle bandait son dos, dans une tentative inconsciente pour échapper à la cruelle morsure du bistouri.

Des sombres profondeurs du grand hall, une douzaine de gorges firent écho à ce cri : les esclaves domestiques, le reprenant en une sorte de chant d'agonie, en un refrain arraché par leur angoisse à leur gorge et à leurs entrailles, gémissaient en se balançant dans les affres d'une terreur plus ancienne que la mémoire des hommes.

Toby ne releva qu'une seule fois les yeux, pour rencontrer, juste à sa hauteur, le regard de Nancy, où il ne lut rien, pas même de la pitié. Et puis Nancy s'enfonça dans la brume qui ensevelissait tous les autres. Il n'était plus Toby Kent, soumis aux lois et aux passions de son espèce. Dès cet instant et jusqu'à la fin de l'opération, il était une machine bien en main, bien contrôlée, travaillant à toute allure pour sauver une vie.

Déjà la lame avait partagé six pouces de chair, afin de dégager le fascia blanc et brillant logé dessous :

— Le fourreau du *rectus abdominus*, dit Roy, froid et calme comme un professeur d'anatomie, appuyant avec adresse une compresse contre le jaillissement des vaisseaux sanguins que le fer avait touchés.

— Vas-tu couper les muscles ?

— Les écarter plutôt ; le rectus est dans le sens de la longueur, cela facilite les choses.

La compresse soulevée, le scalpel repassa dans la plaie ouverte afin de fendre l'enveloppe extérieure des muscles. Aussitôt libéré, le tissu contractile se gonfla dans l'ouverture, comme fait la pulpe d'un fruit qui éclate. Toby, maintenant, se servait du manche du scalpel pour séparer les fibres musculaires, travaillant aussi vite qu'il l'osait. Une veine apparut, assez profondément enfoncée, bleuâtre, mince de paroi, boursouflée de sang : ses doigts l'éloignèrent du champ opératoire, puis il tourna le scalpel à nouveau du côté de la lame, et ce fut l'entaille la plus dangereuse.

— L'épigastrique, dit Roy, qui, déjà, tenait au-dessus de la plaie une paire de rétracteurs, pinces assez semblables à un double râteau, n'attendant qu'un signe de Toby pour saisir et diviser les fibres parallèles.

— Par bonheur, elle était exactement là où elle devait être ! répondit Kent. Nous allons couper en partant d'ici.

Un coup de bistouri encore, et les rétracteurs purent entrer en action. Pourtant le chirurgien en risqua un de plus, avec une attentive prudence, sachant que le péritoine se trouvait désormais juste sous le fil d'acier et qu'un faux mouvement pourrait blesser quelque organe vital, terminant ainsi l'opération avant qu'elle fût vraiment commencée. Une compresse se logea dans sa main, et il épongea le dernier suintement sanguin, soulagé d'avoir franchi sans encombre le premier obstacle. Il avait évalué à un cheveu près la pression à donner à chacun de ses gestes.

Là, au fond de la béante ouverture de six pouces, luisait d'un reflet lunaire la blanche cloison du péritoine — cette enveloppe intérieure de la cavité abdominale, — seule barrière qui le séparait désormais de la région opératoire.

— Impossible de l'imaginer plus blanc, dit Roy. Donc pas d'hémorragie jusqu'à présent.

Toby acquiesça gravement d'un signe de tête, tout en élargissant la plaie, maintenant que la profondeur était atteinte. S'il n'existait pas d'hémorragie dans la région fallopienne, les chances de guérison de Mary Bristol s'en trouvaient considérablement accrues. Mais les connaissances chirurgicales de ces cycles de gestation bloquée étaient encore lamentablement incomplètes. Peut-être, en ce moment même, le fœtus — dont l'existence était indubitable — glissait-il, du fait du travail accompli pour l'isoler, vers son habitacle normal ? Il repoussa cette pensée et continua sa besogne.

Les forceps, maniés avec toute la délicatesse imaginable, manquèrent leur prise au premier essai. Pour la centième fois Toby désira en son cœur les instruments minutieusement précis qu'il avait admiré au musée de chirurgie d'Edimbourg encore que cette pince d'acier assez rude l'eût servi souvent et bien pendant la guerre. A la seconde tentative, elle saisit fermement le péritoine et le maintint immobile et tendu pendant que le scalpel y pénétrait au point choisi. La membrane s'ouvrit comme une boutonnière, et Toby retint son souffle, s'attendant à une hémorragie — qui ne se produisit pas.

Deux doigts, d'abord, passèrent par l'ouverture,

Roy manœuvrait les pinces au même rythme que Toby le bistouri, — quatre doigts entrèrent dans la cavité abdominale, puis toute la main.

Travaillant au jugé, guidé par un unique sens, le toucher, le chirurgien cherchait à déterminer avec une précision absolue son point d'attaque. Il se permit le plus léger des sourires de contentement. Sa recherche aboutissait avec une immédiate précision — il n'y avait pas à s'y tromper quant à l'organe en forme de poire qu'il tenait entre le pouce et l'index :

— Utérus normal.

Roy reprit profondément son souffle :

— Tu l'as déjà ?

— Entre les doigts. Et j'approche à présent du tube.

Mince comme un crayon et placé aussi exactement que dans un diagramme de manuel, la trompe de Fallope glissait sous ses doigts, tandis qu'il l'explorait en remontant vers l'ovaire droit. A cette seconde, son contentement professionnel l'abandonna tout à coup ; il imagina, il vit Matthew Bristol ricaner triomphalement, sentit l'âpre odeur du pot de goudron.

Et puis, à l'endroit où son premier examen avait situé le péril, il sentit que le tube était déformé, distendu, qu'un renflement léger en amincissait la paroi. Pourtant il n'osait pas encore formuler en paroles sa découverte.

— Signe de rupture ?

— Un léger suintement. Rien de plus encore. Mais j'ai la certitude que l'hémorragie n'aurait plus guère tardé. Peut-être au matin.

— Peux-tu délivrer ?

— Nous pouvons essayer. Tiens bon, Billy, nous allons.

Il saisit du coin de l'œil le sourire de l'affranchi noir pendant un signal adopté depuis des années quand une opération en arrivait à son instant le plus grave. Non que Billy eût besoin d'un tel encouragement. Toby l'avait vu maintenir dans l'étau de ses dix doigts un homme deux fois grand comme lui, lui permettant de s'agiter à loisir au-dessous de la région opératoire, mais conservant toujours la plaie aussi parfaitement immobile que s'il se fût agi d'une fissure dans la pierre.

Attirée par ses doigts, la partie distendue de la trompe émergea enfin. Et, bien que cette distension n'atteignît que le volume d'un très petit œuf, il vit son diagnostic entièrement confirmé. Comme il en avait eu la sensation au palper, le tissu du tube était près de l'éclatement. Sous leurs yeux, un léger caillot se formait à l'endroit aminci de la paroi, signe certain que le sang battant au-dessous réclamait accès au-dehors, que la distension était bien près de dépasser la résistance du tube.

— Ligature, je te prie. Nous en aurons promptement terminé.

— Vous ne travaillez que depuis vingt minutes...

Il remercia de la tête, vaguement conscient que c'était la voix de Nancy qui venait de lui fournir cette indication de durée. Il lui semblait qu'une heure au moins s'était écoulée depuis qu'une force, qui échappait au contrôle de sa volonté propre, avait guidé le scalpel dans la première incision.

Déjà Roy lui avait glissé entre les doigts une aiguille courbe au chas de laquelle flottait un brin de corde à fouet. Il souleva la trompe, que Roy maintint ferme entre ses propres doigts, et glissa dessous l'aiguille d'acier, la faisant attentivement passer en même temps sous la veine et l'artère parallèles.

— Coupe et noue, je te prie.

Une ligature allait séparer le fœtus de l'utérus ; une autre entourerait la trompe plus haut, vers l'ovaire, ce qui, isolant totalement l'enflure du reste du tube, allait permettre à Toby de le sectionner complètement. Il attendit pendant que Roy terminait les ligatures, suivant d'un regard approbateur les doigts du jeune médecin. Lents et sûrs, ils serraient avec douceur, de crainte que la corde à fouet ne déchirât la paroi affaiblie. Le scalpel entra en action, à son tour, et bientôt toute la structure, séparée du corps qu'elle avait menacé dans son existence, reposait sur la paume du chirurgien, qui la mit dans une petite cuvette sur la table de côté.

Il se redressa, le temps de respirer à fond. Comment un aussi minuscule objet pouvait-il être l'occasion de semblables désordres ?... Puis, terminant le travail intérieur, il épongea un très faible suintement.

— Retire les pinces. Nous pouvons suturer.

— Je vais fermer la plaie, Toby. Bien que tu aies accompli là le chef-d'œuvre du genre, il vaudrait mieux...

Les choses extérieures lui redevinrent perceptibles.

Il se rendit compte de la plainte épuisée de Mary ; des meurtrissures tuméfiaient les cuisses nues et les bras, là où la chair tendue et soulevée de souffrance, s'était écrasée contre les sangles qui la maintenaient sur la table ; du sang qui tachait les draps et les pansements dans le champ opératoire. De là, son regard monta, le long de la calme lueur des chandelles, jusqu'au visage anxieux de Nancy.

Lisant la crainte dans ses yeux, il sentit la même crainte envahir soudainement son cerveau, disponible désormais et répondant aux impressions du dehors. Il identifia certains sons qui attiraient son esprit hors de cette chambre paisible. Une sorte de piétinement animal, de bruits confus, bien plus fort que les pépiements des esclaves de l'autre côté de la porte. Un grandissant grondement de voix qui semblait investir la maison de tous les côtés à la fois. Le tintement de verre brisé pendant qu'au rez-de-chaussée une fenêtre volait en éclats du dehors vers le dedans.

Un pistolet aboyant — du dedans vers le dehors — réduisit provisoirement les assaillants au calme et au silence.

Dans le vide impressionnant de ce silence, Roy parla, tout en suturant avec promptitude.

— Matthew Bristol a fait plus vite que je n'aurais cru.

— Ainsi donc, il exécute sa menace.

La silhouette du capitaine Félix Pagnol, encadrée par le chambranle de la porte, avait répondu avant même qu'il eût prononcé une parole il devait avoir attendu quelques instants pour que l'on fît attention à lui. Et, pendant qu'il avançait d'un pas dans la chambre, Toby admirait la totale sérénité du Français.

— Je crains que la maison ne soit cernée, docteur.

— Comment ont-ils pu, si vite ?

— Le bruit de la maladie de notre patiente a tôt fait le tour de Savannah. Tout d'abord, il n'y eut qu'une foule de voisins curieux, plus quelques vauriens du bas de la falaise. Et puis Bristol est venu avec ses gens et a commencé à brailler son accusation, — comment dites-vous *à tue-tête* (1) ? (D'un geste, le Français balaya les détails.) Maintenant, vous l'entendez d'ailleurs, ils vocifèrent et réclament une victime. Les Géor-

(1) En français dans le texte.

giens, il n'est pas besoin que je vous le rappelle, préfèrent peu de chose au plaisir de goudronner un étranger.

Un autre craquement de verre fournit à ses paroles un contrepoint très approprié. Pagnol, de la porte, salua et disparut en ajoutant :

— Les balles les arrêteront, mais pas indéfiniment.

Cette fois, deux pistolets aboyèrent le long des marches.

— Sutures terminées, docteur, dit Roy.

S'obligeant à ignorer le tumulte, Toby retourna près de la table, cependant que Billy, sur un signe de Roy, détachait les courroies qui assujettissaient encore la jeune femme. Mary Bristol, tête ballante, paraissait leur sourire à travers le brouillard de morphine où elle plongeait et qui, du cerveau au bout des doigts, atténuait pitoyablement toutes ses sensations, Toby constata que le pouls était faible, mais régulier. Roy avait recousu la plaie mieux qu'une habile ménagère.

Grâce à la promptitude des deux médecins, ainsi qu'à l'absence inespérée de toute hémorragie, la patiente avait les meilleures chances de s'en tirer, — sauf inflammation, dangereuse et fréquente conséquence de ces opérations.

— Puis-je vous aider ?

Il salua légèrement Nancy qui s'approchait de la table. Ensemble, avec Billy pour soutenir la tête pendante, ils posèrent Mary sur le lit et l'y installèrent au mieux, Roy la couvrant aussitôt d'une pile de couvertures légères et chaudes.

Roy, dit alors, sans préoccupation apparente :

— Je descends pour parler à ces têtes exaltées, Toby. Quelque chose me dit que je les connais. Sans aucune exception. Jusqu'au dernier débardeur ivrogne.

— Ne se disperseront-ils pas d'eux-mêmes, avec le temps ?

— Pas, en mettant les choses au mieux, sans une vigoureuse admonestation. Il en est ainsi surtout, je le crains, parce que c'est nous qui avons le plus d'argent de tout Savannah. Ces insensés s'imaginent que nous dormons avec les pièces d'or réparties entre nos matelas. Et, par suite, rien ne leur plairait mieux cette nuit qu'un peu de vertueuse violation de domicile.

— Où donc est la garde, en un tel moment ?

— Où la garde est le plus souvent : appuyés sur leurs

triques, les vaillants qui la composent sont massés dans une impasse proche et prient pour que nous nous chargions de leur besogne.

— Nous ferions mieux alors de descendre ensemble, tous les deux.

Mais déjà, Nancy lui barrait le passage :

— Roy a raison. C'est son affaire et non la vôtre.

— Mais c'est à moi qu'ils en ont !

— Mais c'est moi qui vous ai encouragé et appuyé, lorsque vous insistiez sur la nécessité de l'opération.

Toby la dévisagea curieusement, surpris de la note nouvelle qu'il entendait pour la première fois vibrer dans sa voix

— Pour l'instant, dit-il, je suis à la tête de la Compagnie Darby. C'est donc moi qui dois calmer ou châtier les malcontents.

Nancy répondit, avec la même véhémence passionnée

— Et, ce faisant — ou tentant de le faire ! — arrêter une balle avec votre corps ?

Mais Kent, oubliant ses propres offenses pour ne se souvenir que des duretés de l'autre, tint à partir sur une riposte amère :

— Reconnaissez que cela réglerait au mieux notre querelle.

Ce disant, il gagna la table de côté où se trouvait toujours la cuvette avec la section du tube, enveloppa contenant et contenu dans une serviette et gagna la porte, obligeant Nancy, déconcertée par son ultime réplique, à lui laisser le passage libre. Il ajouta :

— Par malheur, je ne crois pas qu'une balle m'atteigne cette nuit. Pas si je puis amener le vieux Bristol à m'entendre.

Avant qu'elle eût pu répondre, il était parti. Dès l'escalier il ressentit la pression de la foule, juste en dehors du portique : menace aussi tangible que le fouillis de visages qui grouillaient au-delà du jardin et qu'il apercevait dans une perspective de cauchemar par l'imposte de la porte.

Il dégringola les marches deux par deux et s'arrêta pile devant Marthe, soudainement dressée sur le palier suivant :

— Je ne te laisserai pas sortir, Toby.

Plaçant son fardeau sur le gros pilier de la rampe, il

fit carrément face à Marthe. Si elle avait peur, son visage n'en laissait rien paraître. Rien ne s'y lisait, qu'un désir trop connu. En un éclair, il se rendit compte que sa retraite, cette nuit-là, n'avait été qu'une retraite stratégique. Avec Nancy au poste de commandement. Marthe Darby n'aurait pu prétendre jouer qu'un piètre second rôle. Tandis qu'ici, maîtresse de maison, et dans sa propre demeure, elle pouvait d'un seul coup reprendre son autorité.

— Je regrette, Marthe, mais il n'y a pas le choix.

— Sam a fait partir un esclave pour Sangaree. Dans une demi-heure, vingt hommes seront ici.

— Dans une demi-heure, la maison peut être brûlée ras.

— Ils n'oseraient pas. Et il y a toujours les pistolets pour les tenir en respect.

Brusquement, ses bras nus furent autour de lui, le clouant à la balustrade de l'escalier ; sa bouche, avec tout son ensorcellement d'autrefois, fut sur la bouche de l'homme. Entre deux baisers, elle plaidait

— J'ai trop besoin de toi pour te perdre, Toby. Je t'aiderai comme jamais *elle* ne pourra le faire.

— Roy est là-haut, Marthe. Souhaites-tu qu'il t'entende ?

— Je souhaite que *tu* m'entendes. Je n'ai cure d'aucun autre. Il faut que tu comprennes. Dès le premier jour, cela a été toi, Toby, rien que toi. Toi et moi. Nous sommes deux de même race et le serons jusqu'au bout. (Elle plaidait avec ardeur, se servant à la fois de sa voix et de sa chair palpitante pour tâcher de le convaincre.) Crois-le, Toby Kent, sois-en sûr ! Il n'y a pas d'autre vérité que celle-là. Reviens à moi, Toby, reste pour moi ! Et laisse ces mourants enterrer leurs morts.

— Tu chantais une autre chanson cet après-midi, Marthe.

— Cet après-midi je n'étais pas sincère.

— L'es-tu jamais ?

Il se libéra au prix d'un vigoureux effort qui faillit bien envoyer Marthe s'étaler sur les marches, et l'ampleur de sa robe se gonfla et retomba autour d'elle comme un léger nuage rose. Même en cette seconde de hâte et d'anxiété, il eut conscience de son appel physique, et de la rage éclatant au fond de ses yeux.

— Ne t'en rends-tu donc pas compte, Toby ? Elle prétend se servir de toi, sans plus.

Comme s'il ne l'avait pas entendue, il se ressaisit en hâte de ce qu'il avait déposé sur le pilier et courut vers le corridor du bas, s'y arrêta un instant, craignant que Marthe ne l'eût suivi, l'entendit qui remontait d'un pas hésitant, irrégulier, et alors entra dans la salle commune, dont l'obscurité n'était trouée que par instants et par places lorsqu'une des torches au-delà du jardin crachait des étincelles. Sous son briquet, une bougie s'enflamma, qu'il abrita de manière à rendre la lueur invisible du dehors. Puis il retira le linge qui enveloppait la cuvette.

Blafarde, comme cire, la pièce anatomique avait plutôt l'air d'appartenir à la collection de quelque musée, que d'avoir, si peu de temps auparavant, représenté une menace mortelle pour une existence désormais sauvée.

Ses mains, agissant ainsi qu'elles le faisaient souvent, comme par automatisme, prirent dans la poche de sa veste le scalpel pliant qui ne le quittait en aucune circonstance, ouvrirent la lame et fendirent longitudinalement la paroi du tube, exposant ainsi à la vue le contenu de l'enflure ovoïde il le considéra pensivement, sentant ses traits se détendre en un sourire sans qu'il l'eût aucunement voulu.

Matthew Bristol avait fait appel à cette populace en qualité de père offensé. Il était convenable qu'il la renvoyât en qualité de médecin. Toby réenveloppa la cuvette et l'emporta jusqu'au corridor.

Une botte collée au chambranle, tout le corps effacé dans la courbe du mur, Gabriel Thatch, sans se retourner, lui fit signe de se retirer. Par-dessus l'épaule de son ami, Toby plongea son regard par l'ouverture du carreau brisé qui servait à Gabriel comme appui pour son arme.

Silhouettes sombres dans la lumière dansante des torches, la foule s'était approchée, sans toutefois avoir osé encore envahir le jardin. De toute évidence, les canons de pistolets et de fusils braqués sur son cœur collectif la tenaient en respect.

— Bristol est-il dans le tas ?

— Bristol père et Bristol fils, dit Gabriel.

» Poussant des clameurs pour encourager leurs ilotes à l'action — car la moitié de cette masse est composée de leurs ilotes. L'autre moitié, comme toujours, de simples curieux. »

Une torche crépita à travers l'espace nocturne, tandis qu'il parlait, et vint atterrir à courte distance des marches du seuil.

— Loué soit le Ciel pour la pluie de cette nuit ! fit Thatch avec conviction. Ils commencent à améliorer leur tir.

— Si la prochaine atterrit à l'intérieur du portique, elle éclairera une poussée en avant certaine. Ne vaudrait-il pas mieux que je sorte, tout simplement ?

— Pas avant que j'aie touché Harvey ! Il sait comment je vise, et c'est pourquoi il se terre derrière les autres.

— Prie le vieux Bristol de sortir du groupe. Dis-lui que je veux lui parler.

— Crois-tu vraiment qu'il t'écoutera en ce moment ?

— Dis-lui que sa fille va guérir. Dis-lui que j'expliquerai pourquoi.

Gabriel s'avança prudemment, pouce par pouce, jusqu'à ce que son nez fût dans l'ouverture du carreau.

— Pouvez-vous m'entendre, Sam ?

La voix du surveillant tonna de la fenêtre suivante, bien que Toby ne pût pas discerner sa lourde carcasse, dans l'ombre :

— Essayez, Gaby. Il se peut qu'il écoute.

— Qu'en pensez-vous, Pagnol ?

La voix du Français leur parvint, plus lointaine. Kent estima qu'il parlait de la plus proche fenêtre de la bibliothèque.

— Seulement si vous y tenez beaucoup. J'avais espéré tuer moi-même ce bœuf il est juste dans ma ligne de tir en cet instant.

— Comment pouvez-vous en être assuré ?

— Une torche, derrière lui, l'éclaire. Au surplus, je reconnaîtrais cette *tête de bœuf* (1) en pleine nuit.

On entendit rire tranquillement Pagnol, qui ajouta avec un sang-froid total :

— Dites-le-lui, docteur Kent. Dites-lui d'avancer, ou de se préparer à tomber raide.

Le silence descendit sur la foule pendant que Toby lançait son commandement. Il attendit, souffle coupé, ne sachant ce qui allait suivre, une vertigineuse pous-

(1) En français dans le texte.

sée en avant, ou une volée de feu. A son intense stupéfaction, la voix grommelante du vieux Bristol s'éleva de l'obscurité trouée de flammes

— Venez-vous, Kent ?

— Seulement après que vous aurez avancé.

A son étonnement croissant, le vieux docteur se sépara calmement des autres et monta l'allée du jardin. Toby repoussa la main de Gabriel qui voulait le retenir et s'en fut à la rencontre de l'arrivant.

— Trois pistolets vous couvrent, docteur Bristol.

— Ils ne commettront pas la sottise de tirer. Voulez-vous nous suivre tranquillement ?

— Si vous y tenez, mais oui.

La foule gronda du fond de sa gorge multiple, tel un fauve flairant le sang. Le respect de Toby pour le vieillard monta de plusieurs degrés lorsqu'il le vit lever une main dédaigneuse et renvoyer du geste toute sa horde au-delà du mur limitant le jardin.

— Faut-il que je vienne et vous traîne par le collet ?

— Oh ! que non ! Parlons d'abord. Je viendrai ensuite... si vous le désirez toujours.

— J'ai dit tout ce que j'avais à dire.

— Mais vous n'avez rien écouté. Ne voulez-vous pas croire que votre fille a grande chance de guérir ?

— Vous avez opéré. Je vous avais averti des conséquences.

— Et je vous avais dit mes raisons pour opérer immédiatement. (Toby baissa la voix.) Vous plaît-il de voir la preuve ?

Quelque chose dans sa voix traversa la carapace de Bristol, qui fit deux grandes enjambées dans l'allée.

— C'est un piège, père ! Obligez-le à venir jusqu'à nous.

L'alcool déformait la voix de Harvey Bristol, la rendait rugueuse, et, tout en criant, il s'avança enfin hors du groupe. Aussitôt, il tourna sur lui-même, tendant les mains vers l'endroit où avait été son chapeau. Nul ne bougea dans la foule.

A l'avertissement de son pistolet, Gabriel Thatch ajouta l'avertissement de sa voix nonchalante :

— La prochaine balle sera placée deux pouces plus bas. Voulez-vous vous retirer à présent ? Ou préférez-vous la prendre en plein dans le groin ?

Une seconde, Harvey Bristol demeura sur place. Puis sa main, à demi levée déjà pour adresser un signal à ses hommes, changea de parcours et tâta son front : avec son chapeau, sa perruque s'était envolée. Rasé comme celui d'un forçat, son crâne nu lui donnait, malgré sa carrure et sa masse, un air bizarrement puéril. Quelqu'un dans la foule ricana, un lazzi fusa : Toby sentit pâlir le ton de la menace. Une demi-douzaine de mains tirèrent l'héritier des Bristol en arrière, dans l'obscure sécurité du square.

Tandis que le murmure s'éteignait, Kent parla vite et bas :

— N'avons-nous pas échangé suffisamment de malédictions et d'injures pour une nuit, Bristol ? Vous êtes médecin, et je vous crois honnête. Voulez-vous venir jusqu'au portique et vous conduire en conséquence ?

Le vieux Bristol secoua sa tête lasse, comme un mastiff acculé, puis marcha lourdement jusqu'au portique :

— Montrez votre preuve, si vous en avez une.

Toby pivota sur lui-même, cachant la cuvette aux regards d'une douzaine de paires d'yeux. Seul le père de Mary Bristol put voir ce que révélait le linge soulevé.

Même à la lumière diffuse et mouvante d'une torche, il n'y avait pas à se tromper sur l'identité de l'homonculus, la tête comparativement énorme, bien qu'elle n'atteignît guère plus que l'épaisseur du petit doigt, les membres à ce point minuscules qu'ils étaient tout juste existants. C'était une grossesse à ses débuts, le plus précoce fœtus peut-être que jamais Toby eût touché. Mais c'en était indiscutablement un, allongé dans l'enveloppe fendue de la trompe où il avait été conçu et d'où il avait failli envoyer sa mère à la mort.

— Vous le voyez, votre fille était enceinte. Et la chirurgie seule pouvait la sauver. Etant admis que le risque était grand, n'estimez-vous pas qu'il y avait lieu de le courir ?

Bristol, tel un plongeur émergeant des fonds, secoua une fois de plus sa tête massive. Puis ses yeux s'ouvrirent larges, son regard s'enfonça dans celui de Toby. Même à cette minute, il était trop fier pour demander merci. Mais son grognement à voix basse prit un ton tout différent :

— Ceci ne doit pas aller plus loin.

— Je suis médecin comme vous. Etes-vous à présent disposé à l'admettre ?

Bristol, inflexible, le dévisagea, puis, tournant froidement sur ses talons, fit face à la foule au-delà du mur du jardin :

— Il y a erreur, lança-t-il. Ma fille va guérir. C'est tout ce qui m'importe à présent.

Toby sourit intérieurement : cela ressemblait tellement à Bristol d'éviter toute allusion à une erreur personnelle. Mais il pouvait se permettre de lui accorder ce point :

— Vous mettrez ce goudron en réserve pour une autre fois ?

Le vieux docteur se détourna sans répondre, élevant sa voix jusqu'à une sorte de tonnerre :

— Rentrez tous chez vous, vous autres. Vous avez suffisamment troublé la paix cette nuit.

La clameur de Harvey Bristol, répondant à celle de son père, s'effaça en un grotesque *diminuendo*, tandis que les mêmes mains l'entraînaient dans l'obscurité. Pendant que Toby regardait, les torches s'éteignirent l'une après l'autre. La foule, renvoyée par la voix de son maître, se dispersa dans un ordre peu spontané. Thatch avait dit vrai, les hommes de Bristol étaient bien dressés. Les curieux traînaillant sur les franges de la masse commencèrent eux aussi à se disperser, tandis que la garde commençait, elle, à se manifester, et que ses lanternes, surgissant comme par magie de quelque sombre allée, sautillaient par-ci par-là entre les groupes qui s'éparpillaient. On entendit une dernière volée de jurons, des pieds qui se hâtaient sur le sable, le choc d'une trique contre un crâne, puis le silence.

Bristol revint à Toby, le regard fuyant :

— Comment savez-vous qu'elle vivra ?

— Venez en juger par vous-même, monsieur.

— Je ne vous remercierai pas pour le travail de cette nuit, Kent. Et je vous préviens que nous restons ennemis.

— C'est ce à quoi il fallait m'attendre, n'est-il pas vrai ?

— Puis-je emporter le... la preuve ?

Toby lui abandonna la cuvette enveloppée, qu'il enfouit promptement dans la vaste poche de son habit, après quoi il salua, les yeux toujours détournés.

— Voulez vous voir votre fille, à présent ?

— Je n'ai plus de fille. Plus rien que l'honneur.

Leurs yeux s'étaient enfin rencontrés et tenus un long moment, pendant que le vieux Bristol remâchait son antique *shibboleth* (1). Toby demeura immobile sous le portique tandis que le plus fier patriarche de Savannah, tête haute, s'éloignait à travers le square, sur les talons de la foule qui achevait de se fondre dans le noir.

Kent était désormais assuré de deux choses : il avait sauvé la vie de Mary Bristol et s'était fait un durable ennemi.

(1) *Shibboleth :* mot hébreu dont se servit Jephté, juge d'Israël, pour distinguer ceux des Ephraïmites, ses ennemis, qui, en fuite, tentaient de se mêler aux troupes du vainqueur et ne pouvaient pas prononcer ce mot. Moyen de reconnaître les siens (*Livre des Juges*).

9

TOBY regagna le vestibule et grimpa lestement les marches, évitant Gabriel et Sam qui s'approchaient pour le féliciter. Félix Pagnol, adossé à la porte de la bibliothèque, devina sans doute son état d'esprit, car il se contenta d'incliner la tête en une gracieuse esquisse de salut.

Roy attendait sur le palier du haut :

— Jubal a préparé du café et du brandy dans le petit salon du fond, si vous voulez entrer, messieurs. Il me semble que vous l'avez vraiment gagné.

Sa main tomba sur le bras de Toby, tandis que celui-ci se dirigeait vers la chambre de la malade :

— Elle dort à présent. Dido est auprès d'elle et la veillera jusqu'au matin. Désires-tu vérifier la fin de l'opération ?

— Je suis assez fatigué pour te faire confiance, répondit Kent en riant. Si tu veux, nous allons nous souhaiter une bonne nuit, et souhaiter aussi que demain soit une journée plus calme.

— Plus calme, peut-être. Plus occupée, certainement.

Dois-je te rappeler que nous aurons à nous installer auprès de Sam et ses livres, dès la première heure ?

— Et à pointer nos connaissements au dock...

— A examiner le rapport de Sam, retour de Darbyville.

— Et notre dossier pour le juge Armstrong...

Roy sourit largement :

— Celui-là, Nancy aimerait à en discuter avec toi maintenant.

— Tu as dit *Nancy* ?

— Tu la trouveras dans le petit salon de droite. Et je te conseille de l'écouter attentivement.

— Ne me dis pas qu'elle fait machine arrière ?

— Comme toujours, ma sœur racontera son histoire elle-même et à sa manière. Mais je puis te dire ceci, ici même et tout de suite toi et moi sommes bons pour prendre un départ favorable à Savannah. Les Bristol père et fils pourront nous maudire à leur aise. Tu as fait de l'histoire médicale ici cette nuit : toute la ville le saura demain ! (Il hésita, comme désireux d'en dire davantage, puis conclut simplement :) Je pense que, maintenant, je puis te confier à Nancy. Marthe m'attend.

Ces paroles rendirent à lui-même, Toby, qui sentit son cœur brusquement se serrer. Dans l'excitation du dernier quart d'heure, il avait parfaitement oublié Marthe et son aveu insensé, sur ces mêmes marches d'escalier. Mais les yeux de Roy, tandis qu'il continuait, étaient libres du moindre doute.

— Assez curieux, n'est-il pas vrai qu'elle lâche prise au dernier moment ?

Sur quoi il fit demi-tour et regagna l'autre bout du hall, avec, toujours, son tranquille sourire, apparemment inconscient du regard effaré de Toby. Celui-ci redressa les épaules, comme pour s'opposer à quelque menace invisible, et franchit, sans frapper, la porte du petit salon d'en haut.

Nancy était debout près de la cheminée, un bras allongé sur la tablette de marbre, sa tête cuivrée pensivement inclinée. Elle ne bougea pas à son entrée, bien qu'un bref raidissement du dos et des épaules fît comprendre au visiteur qu'elle avait instantanément eu conscience de sa présence.

— Allons-nous reprendre notre querelle, Mrs. Grégory ?

Elle leva les yeux, et il les vit largement cernés. Pourtant, malgré le regard exténué qu'elle tournait vers lui, elle ne lui était jamais apparue plus séduisante. Il dit :

— ... Je crains de ne pas me souvenir du point où nous en sommes restés.

— Ni moi, docteur.

— Roy me dit que vous avez un message pour moi ?

— Je vais vous l'exposer brièvement. Comme vous l'avez entendu, j'ai renvoyé mon fiancé, Harvey Bristol.

— Serait-il impertinent de vous en féliciter ?

— Extrêmement. Vous l'avez vu ce soir sous son moins bon aspect.

— Sur ce point, Mrs. Grégory, vous me permettrez de réserver mon jugement.

— Mes raisons pour quitter Mr. Bristol ne concernent que moi. Toutefois, vous avez le droit de savoir ceci : ce n'était pas un mariage d'amour. Notre... notre contrat... comportait une clause, un versement en espèces de ma part, immédiat. (Elle redressa fièrement la tête en disant cela.) Versement que j'étais entièrement disposée à effectuer, en échange du nom de Bristol.

— Pourquoi devez-vous me dire ces choses ?

— Parce que je n'ai nul moyen à présent de faire face à cette obligation. J'ai décidé d'abandonner toute action contre vous.

— Le juge Armstrong le sait-il ?

— Il sera mis au courant par lettre, sans retard. Demain je serai au bureau pour... pour remplir telle tâche qu'il vous plaira de m'assigner.

Jusqu'ici, la voix de Kent avait égalé la froideur de la sienne ; il avait parlé presque machinalement, cependant que son esprit s'efforçait à s'ajuster à de telles nouvelles. A présent, il s'obligea à tendre la main.

— Merci, Nancy.

— Pour l'instant, docteur, vous n'avez pas encore lieu de me remercier.

— Vous me donnez la chance de faire mes preuves. Ne croyez pas que je manque de gratitude.

Elle ne parut pourtant pas voir sa main tendue.

— Il s'agit d'une trêve, docteur. Ne la parons pas des couleurs du sentiment.

— Tant qu'elle dure, ne pouvons-nous pas être amis ?

— Nous serons des associés d'affaire. Rien de plus.

— Mais... Nancy...

— Et nos relations ne comportent pas de familiarité.

Il regarda sa main retomber comme un poids mort et sourit mélancoliquement :

— Dans ce cas, pourquoi me donner une chance quelconque ?

— Après cette nuit, je sens que vous la méritez.

— Mais... il y a une heure à peine... vous disiez...

— Je suis humaine, docteur, tout simplement, encore que vous ayez lieu d'en douter. J'ai changé d'avis... jusqu'à un certain point.

— Cela signifie que je suis à l'essai ? Est-ce bien cela ?

— Vous y fûtes plus d'une fois déjà... Aujourd'hui, sur la barge. Et ce soir encore, lorsque nous avons causé dans la loggia. Une troisième fois, lorsque vous avez défié Matthew Bristol. Et une quatrième, lorsque vous l'avez rencontré sous le portique... Je dois admettre que vous avez passé ces quatre épreuves avec un certain succès.

Il surveillait avidement son visage, y cherchant ne fût-ce qu'une ombre de sourire. Mais le pâle profil de Nancy avait toute la rigidité d'un masque.

— Même sur la plate ?

— Même sur la plate, docteur.

— Même notre conversation dans la loggia ?

— Vous avez refusé de vous laisser corrompre : je puis vous dire à présent que mon offre n'était qu'un appât pur et simple. Puis-je vous prier de me pardonner ce subterfuge ?

Il se sentit rougir violemment, mais domina sa colère :

— A ce qu'il me semble, votre confiance en moi était faible.

— Comprenez-moi bien. Vous êtes toujours un étranger parmi nous. Cette... trêve... n'a rien d'une bienvenue. C'est ce que c'est : un sursis. J'ai toujours la conviction que vous échouerez. Mais je sais, du moins, que vous êtes honnête, et brave, et têtu. A vous de me montrer en quoi j'ai tort ou raison.

— En d'autres mots, je dispose des deux années entières pour me faire pendre.

— Des deux années entières, docteur. Et je ne vous offre pas mes vœux.

— Parlez-vous sérieusement, quand vous dites votre intention de travailler au bureau ?

— Mes connaissances vous seront utiles, vous pouvez m'en croire.

— N'est-ce pas légèrement irrégulier... pour une dame dans votre situation ?

— Ma situation à Savannah, docteur, dépend uniquement de ma bourse. C'est là un fait auquel notre aristocratie d'après guerre ferait bien de réfléchir.

— Comme y ont réfléchi les Bristol ?

— Précisément. Matthew Bristol est un dur à cuire de l'ancien régime, mais il n'est certes pas un sot. Sa clientèle médicale à Savannah suffirait à peine à lui permettre d'entretenir le domaine, si elle redevenait ce qu'elle était avant la guerre. Soyez assuré qu'il fera de son mieux pour nous ruiner ; il veut le champ médical libre. Pour lui seul.

— Je me suis rendu compte de cela.

— Et vous êtes-vous rendu compte d'un autre fait également, c'est que je pourrais faire bloc avec lui, au lieu de quoi je choisis la Compagnie Darby.

Ici, il plaça un mot qui exprimait tout à la fois son ironie et son espérance :

— Si vous le permettez, je traduirai cette dernière remarque... et la passerai à votre profit.

— Mes remarques, ni mes fidélités, n'ont besoin d'aucune traduction.

Enfin elle lui faisait face. Elle réagissait à la provocation, comme il l'escomptait. Tous deux criaient presque les phrases qu'ils échangeaient telles des balles. Il parvint, à nouveau, à se dominer et à baisser le ton, mais au prix d'un effort véritable.

— Ne vous y trompez pas, Mrs. Grégory. Vos motifs sont plus complexes que, peut-être, vous ne le supposez. Puis-je fournir à leur sujet un diagnostic... ainsi que tout bon médecin doit le faire ?

— Allez-y. Je suppose que je l'ai mérité !

— Vous l'avez richement mérité. Retournons à la plate. Vous êtes montée à bord poussée par les plus bas motifs féminins : la curiosité et une démangeaison de jouer la comédie. De votre aveu, vous jouiez la comédie ce soir en m'offrant... un pot-de-vin... pour obtenir mon désistement. Comment saurais-je que vous ne jouez pas la comédie à présent ?

— J'admets la plus grande partie de cet exposé. Tout, sauf le dernier point.

— Les dames de votre sorte présentent un inconvénient, Mrs. Grégory.

— Et que savez-vous, je vous prie, des dames de ma sorte ?

— Plus que vous ne l'imaginez. Je sais, par exemple, que toute votre vie a été un rituel, une comédie d'une si parfaite exécution qu'apparemment elle a ébloui l'exécutante.

— Je ne m'effacerai jamais, docteur.

— Ce sont des choses qu'on dit : vous allez travailler pour moi demain. Et sans *vice versa* : il ne vous est guère possible de reprendre votre promesse.

Il regarda la rougeur envahir ses joues et se demanda pourquoi il ne prenait pas à sa rage un plaisir plus vif.

— Peut-être, sur cette note, conviendrait-il que nous nous disions bonne nuit. Car demain la journée sera longue. Une longue journée, la première de tant d'autres. Il y a tant à faire, et si peu de temps pour le faire.

— Je ne pensais pas, dit-elle, et sa voix n'était plus qu'un rauque murmure, que vous y mettriez cette cruelle satisfaction.

Kent feignit ne point entendre :

— C'est probablement aux registres, dit-il, que vous seriez le plus utile. A moins que vous ne considériez un tel travail comme indigne de vous.

— Je vous ai dit que je tenais les livres de mon père. Pourquoi ne tiendrais-je pas aussi bien les vôtres ?

— Il y aurait évidemment des tournées à la rentrée des récoltes. Je compterais sur votre compagnie, et sur vos conseils.

— Vous n'auriez qu'à les demander pour les avoir.

— Nous ferions évidemment de meilleure besogne si nous étions amis.

— Comment pourrions-nous être amis désormais ?

— La vérité est-elle donc si pénible, Nancy ?

Il la vit frissonner à cette question et résolut de pousser plus loin son avantage. La faisant pivoter d'une main dure posée sur chaque épaule, il l'obligea à lui faire face à nouveau, força ses yeux à rencontrer les siens pendant toute une brûlante minute.

— Vous me désiriez, sur la barge, tout aussi ardemment que je vous désirais. La prochaine fois que vous aurez envie de moi, aurez-vous l'honnêteté de le reconnaître ?

Il savait qu'en cet instant elle l'aurait frappé, et il admettait au fond de lui-même qu'elle en aurait eu le droit ! Pourtant il la laissa se débattre pendant un grand moment, tandis qu'il lui immobilisait les deux bras :

— N'ayez pas peur ! Ne craignez rien. Je n'ai aucune intention de vous embrasser. Ou de vous imposer mon amitié si elle vous paraît indésirable. Vous pouvez même me frapper, si cela doit vous soulager le moins du monde.

Il l'avait lâchée et la regardait dans les yeux, en souriant, attendant le soufflet qui ne vint pas.

— Merci pour une telle chevalerie, docteur.

— Quittez-moi en gardant le dernier mot, si vous voulez. Je vous accorderai volontiers cette satisfaction.

— Et quel serait *votre* dernier mot, s'il n'est pas indiscret de vous le demander ?

— Celui-ci seulement, Nancy : c'est une histoire bien solitaire, parfois, que d'être une dame. Vous vous apercevrez qu'il est plus agréable d'être vivante.

— Est-ce là ma récompense de m'être jointe à la Compagnie Darby ?

— Vous le découvrirez vous-même. Avec le temps. J'attendrai votre réveil avec un amical intérêt.

Nancy Grégory se redressa de toute sa hauteur :

— Je tiendrai vos livres, docteur. Je rectifierai vos erreurs et j'éclairerai votre ignorance. Sur nos plantations, et au salon. Mais j'ignorerai à la fois votre philosophie, et son auteur.

Elle sortit là-dessus, la tête toujours haute, et il lui ouvrit la porte avec un salut souriant, sa bonne humeur intacte.

En sa qualité de dame, elle avait, en somme, eu le dernier mot, ce qui n'était que normal.

En tant qu'homme, il l'avait obligée à abandonner la place. Il se contenterait de cette victoire. Pour l'instant.

Et souffrirait de sa propre solitude !...

TROISIÈME PARTIE

PREMIER BILAN

1

Le Dr Tobias Kent, président de la Compagnie Darby, arrêta son cheval à la porte d'entrée vide : l'arôme du tabac de premier choix qui alourdissait encore l'air vint à sa rencontre.

Il en serait ainsi pendant des jours et des jours après que toute activité aurait cessé sous les hangars : puissante et pénétrante, l'odeur flotterait, presque tangible, dans le chaud silence.

Maintenant que le dernier tonneau, bourré à éclater, avait roulé sur la berge, maintenant que le dernier manœuvre avait signé le livre de Sam Hoyt, le débarcadère de Darbyville retombait dans la torpeur.

Il en serait ainsi jusqu'à ce que la préparation des semailles pour l'année suivante ramenât, le mois prochain, la vie dans les entrepôts.

Kent, jouissant profondément de cette paix, respirait avec une ivresse légère la capiteuse senteur qui, seule ici, parlait encore d'une animation à peine apaisée, de cette animation dont, hier, bourdonnaient comme autant de ruches ces granges aujourd'hui vides et désertes.

Il entendit un murmure de voix dans le plus vaste des entrepôts et sut que, devant la table de Sam, des manœuvres de Savannah défilaient encore pour toucher le solde de leurs gages. Debout sur ses étriers, il pouvait, regardant en aval, compter, floue dans la brume vernale, la longue file de plates qui s'étirait vers le coude du fleuve. Ce matin, elles s'étaient glissées dans le courant, seize barges en tout, amarrées proue contre poupe, comme autant de galions paresseux... Oui, cette année pouvait être marquée d'une pierre blanche à Darbyville.

Dans quelques heures, ces seize barges seraient, l'une après l'autre, touées au mouillage, au dock Darby à Savannah, sous les fenêtres des bureaux de la Compagnie. Depuis un certain temps, Nancy Grégory avait pris l'habitude, pendant qu'elle travaillait à côté des fenêtres ouvertes, de compter leurs bateaux amarrés au port. Toby se demandait quelles émotions seraient les siennes lorsqu'elle verrait arriver cette cargaison, l'équivalent d'un flot d'or qui coulerait dans leurs caisses.

Son activité ni son dévouement, pendant que poussait la récolte, n'étaient discutables. Vêtue de la robe campagnarde qu'il connaissait trop bien, les jambes protégées par des bottes cuissardes contre les nuages d'âcre poussière dans les champs, elle ne s'était jamais laissé distancer par Sam Hoyt pendant que, l'un après l'autre, les tertres à tabac, en files interminables, étaient sarclés, semés, binés, repiqués. Quand les inévitables chenilles avaient, avec juin, fait leur apparition, Nancy s'était lamentée, aussi éloquemment que Sam Hoyt lui-même, et avec autant de vigueur que lui elle avait gloussé lorsque des troupeaux de dindons avaient été poussés au long des raies pour faire aux envahisseurs un sort définitif.

Avec Félix Pagnol comme escorte, un Félix Pagnol légèrement effacé, elle avait passé au clair de lune toutes les nuits d'une semaine, en même temps que les autres guetteurs, dans un des postes montés sur pilotis d'où elle surveillait chaque pouce de cette terre afin d'y détecter les papillons dont le vol trahissait encore la présence de vers et de larves parmi les plantes.

Une vingtaine de travailleurs agricoles, la lanterne au poing, patrouillant entre les buttes, s'étaient efforcés de détruire les derniers vestiges du fléau. Monstrueuses formes blanches aux ailes translucides, les papillons, plusieurs soirs durant, semblèrent se moquer de cette activité. Nancy, qui, du haut de son perchoir, dirigeait les hommes avec autant d'impitoyable attention qu'un surveillant, avait refusé de regagner Savannah jusqu'à ce que les derniers fantômes blanchâtres eussent disparu.

— *Mais, chérie...* (1).

— *Va-t'en. J'insiste* (1).

— Ces hommes travailleront tout aussi bien si tu assistes au bal des Merrick.

— Je ne veux rien savoir de la musique ou de la danse jusqu'à ce que toute la récolte soit florissante. Tu n'ignores pas, depuis le temps, que le tabac est plus exigeant que n'importe quelle maîtresse.

Cela, Toby l'avait entendu une nuit, dans l'ombre d'un séchoir, avant de se détourner pour lancer à pleine voix ses propres ordres. A demi convaincu que le Français avait passé son bras autour de la taille de Nancy, il s'était contraint à ignorer cette découverte, tout comme il avait voulu ignorer la nauséeuse vague de jalousie qui lui était montée à la gorge. Nancy Grégory était véritablement précieuse — et de plus d'une manière dont aucune n'avait de rapports avec son sexe, — trop précieuse à la Compagnie Darby pour qu'il ne se contînt pas.

— Bien sûr, je sais élaguer et étêter, docteur. Et, qui mieux est, je saurai mettre au courant tous les novices que vous avez jugé bon de recruter en ville.

— Je préférerais vous voir rester au bureau, Mrs. Grégory. La tenue des livres...

— Laissez la tenue des livres à vos plumitifs. Pour toute la semaine, j'appartiens aux champs, c'est là que je suis le plus utile.

Elle avait prouvé, et surabondamment, que cette affirmation était une vérité, dès que les plants furent assez grands pour être étêtés — un pincement du bourgeon qui demande une main habile, — pendant qu'avec les autres surveillants elle travaillait enfoncée jusqu'à la taille dans le feuillage vert. Toby ne l'avait pas perdue de vue pendant toute une journée, dans le faible espoir qu'elle se fatiguerait. Lui-même, à ce qu'il constata lorsqu'ils s'arrêtèrent pour la collation de midi, devait déployer toute sa force et son énergie pour atteindre le record de la jeune femme. Au crépuscule, alors qu'il sentait ses propres membres lourds de la lan-

(1) En français dans le texte.

gueur du soir d'été, Nancy Grégory paraissait plus fraîche que jamais.

— Priez afin que durent le temps sec et le soleil, docteur. Je n'ai pas souvent vu plus belles feuilles avant la date de la cueillette.

— Admettez qu'une part du mérite en revient à vos travailleurs. Ils sentent la prospérité dans l'air, eux aussi, vous savez.

— Si vous entendez par-là que nos employés, travaillant en participation...

— Pouvez-vous me citer un meilleur stimulant, Mrs. Grégory ? Si oui, je le suggérerai à la prochaine réunion.

Mais Nancy avait simplement haussé les épaules en retournant à son travail.

Le long épuisement des journées et des nuits de séchage atteignit son maximum lorsque les plateaux de saule couverts de feuilles prêtes avaient été transportés à l'empaquetage. Là, les feuilles, ficelées en liasses serrées, étaient pressées dans les tonneaux prêts à les recevoir. Cette fois, Nancy s'était contentée de pointer ses livres en les comparant aux chiffres relevés par les inspecteurs, ces importants gardiens du bien public, magiquement apparus pour peser chaque baril et en certifier le contenu. Tassée par les grands pilons mus par des bœufs, entonnée par d'habiles mains noires, la récolte Darby avait établi un record dès le premier jour d'empaquetage.

Mais Toby lui-même n'en pouvait croire ses yeux lorsque Nancy, à l'instant où commençait le chargement sur les plates, lui présenta les derniers chiffres.

— Un millier de livres de moyenne par tonneau, docteur. Nous n'aurons pas de peine à vendre. La marque Darby suffira.

— Je tire mon chapeau à la marque Darby, Mrs. Grégory. Au cours de ces derniers mois, vous m'avez fait apprécier son excellence.

— Je crois que nous pouvons nous dispenser de compliments.

— Même s'ils viennent du cœur ?

— Je vous soumets ces chiffres parce que cela fait partie de mes devoirs. Veuillez les accepter dans le même esprit.

— Cette récolte représente une fortune. Et une fortune en lettres de change britanniques. Vous m'en avez donné l'estimation à un souverain près. Cela vous fait-il mal au cœur de voir combien nous devenons riches ?

Nancy n'avait pas répondu.

A présent, Toby, toujours en selle, et sachant qu'il lui fallait pénétrer dans l'entrepôt sous peu d'instants, riait tout seul en revoyant, dans sa mémoire, le rouge qui était monté aux joues de Nancy — pour ne rien dire du balancement de ses jupes alourdies de poussière, tandis qu'elle traversait le grand dépôt comme une duchesse outragée ; comparaison qui ne perdait rien de sa force du fait que la jeune femme portait son habituelle robe campagnarde.

Enfin, repoussant fermement derrière lui l'image de Nancy, Kent sauta de sa selle et alla retrouver son monde.

Après le quai de chargement poussiéreux et ensoleillé, la grange lui apparaissait comme une fraîche caverne, qu'embaumait encore la saveur de son précieux contenu à peine enlevé. Toby cligna des yeux dans la bienfaisante pénombre, découvrant les visages par instants. Là, dominant les autres comme une planète triomphante parmi ses satellites, Sam Hoyt, mâchuré de sueur et de poussière, les sourcils froncés après le dernier versement aux manœuvres de Savannah, les lèvres écartées en un sourire bienheureux, contemplait les deux sacs de toile qui restaient sur son comptoir, tout gonflés de pièces d'or. Là-bas était Hiram Grant, le facteur des Darby à Clay Creek, ancien « loué », depuis longtemps affranchi, propriétaire lui-même de terres et de quinze esclaves, mais qui préférait se classer toujours parmi les fermiers.

A côté de Hiram, c'était le jeune Timothée Grander, dont la voix roulait encore les *r* à la manière écossaise, et qui ne tarderait pas à racheter son contrat grâce à son activité et à son esprit d'économie : ce serait chose faite au printemps. Il y avait encore les trois frères Murger, anciens parmi les fermiers et au courant de toutes les bizarreries de la plante de tabac. Le vaste clan des Randy — il en comptait treize à la douzaine sans s'arrêter aux prénoms — qui venaient des hautes landes derrière Cagle Hundred. Le mélange de Gages et de Clintons, de Tarletons et de Moors, d'Effinghams et de Clays, de Tylers et de Camerons, — tous noms qui figuraient dans les registres Darby, — tous visages campagnards qui lui étaient aussi familiers que le sien propre. Fermiers, locataires ou propriétaires, facteurs et garçons sous contrat, parvenus à l'âge d'homme sur le sol de Géorgie et sous la tutelle des Darby. Amis qui attendaient, leurs grands yeux villageois largement ouverts à la vue des papiers qu'il dépliait, se préparant à leur rendre des comptes.

— Je voudrais, messieurs, avoir le don de la parole. Je voudrais pouvoir tout vous dire, d'une façon qui convienne, combien je suis heureux des nouvelles que j'ai à vous communiquer, heureux de ce que vous les ayez rendues possibles.

— Dites-nous ça n'importe comment, Toby. Nous sommes bons pour écouter.

Toby rendit sourire pour sourire.

— Je ferai donc de mon mieux, Clint.

Une des caractéristiques les plus réconfortantes de ce travail commun était leur grande liberté mutuelle, la certitude qu'il était l'un des leurs. L'emploi des diminutifs ou des sobriquets n'était qu'une extension de cette camaraderie. Dès le début, le Dr Tobias Kent avait été Toby pour tout le monde, sans la moindre perte d'autorité.

— Il est inutile que je vous rappelle les conditions de notre collaboration : je suis certain que vous les connaissez par cœur et que vous savez exactement à combien de parts vous pouvez vous attendre. Pourtant, cela ne fera pas de mal que je les précise brièvement. Quand ce ne serait que pour effacer l'expression narquoise du visage de Sam Hoyt. Car il a, *lui,* l'intention de remporter à Savannah ces sacs d'or, et de régler vos gages plus tard, lorsque nous aurons minutieusement calculé nos profits exacts. Et, *moi,* j'ai l'intention de vous payer ces gages maintenant ici, et tout de suite, et en espèces sonnantes. Et l'intention de vous remettre des billets pour votre part de bénéfices, billets payables en marchandises ou en espèces au dépôt Darby.

Là-dessus, il s'arrêta, se rendant compte qu'il était en train de leur adresser une manière de discours, encouragé par l'intense intérêt dont s'illuminaient toutes les physionomies tendues vers lui.

Comme il l'avait prédit, le visage de Sam avait changé d'expression. Sam, comptable à cervelle de comptable, n'aurait jamais, en dépit de ses idées bien arrêtées sur l'égalité, promis de l'or d'avance. Et, pourtant, les lèvres de Nancy lui avaient montré que les tonneaux étaient autant dire déjà vendus, les durs souverains d'or anglais déposés au crédit du compte Darby à Liverpool. Ces hommes, c'étaient les proches de Sam, ses amis, tous et chacun d'eux. Pourquoi leur faudrait-il manquer d'argent, alors qu'un excédent d'espèces permettait de les payer sans délai ?

— Les agents de Londres sont actuellement à Savannah, vous le savez, pour enchérir sur notre tabac. Nous leur vendrons le plus de tonneaux possible, mais j'ai encore l'intention d'envoyer deux cargaisons complètes de feuilles de premier choix directement à Liverpool par le *Jupiter* et le *Sachem Queen*...

Clint changea sa chique de côté et reprit :

— Nous ne nous préoccupons pas de la façon dont l'argent est dépensé, Toby : nous avons confiance en vous.

— Vous devez à tout le moins savoir comment nous nous proposons de vendre les feuilles. Je crains de ne rien pouvoir vous dire, toutefois, concernant les rizières de Sangaree. Ça, c'est le domaine de Sam, et il faut encore que j'apprenne. En tâtonnant.

Il n'ajouta pas qu'il comptait plutôt sur l'enseignement de Nancy Grégory que sur celui de Sam Hoyt.

Il revint à son allocution, se rendant compte tout à coup qu'il avait lu à haute voix toute une colonne de chiffres en n'ayant l'esprit qu'à demi occupé par leur sens.

Nancy, pour qui les chiffres étaient la forme la plus pure de la poésie, se serait attardée avec appétit sur chaque poste. Il envoya adéquatement Nancy au diable vauvert avant de lancer la liste à Sam, puis s'embarqua dans sa péroraison :

— Je ne dirai certes pas, après une saison, que la Compagnie flotte en toute sécurité il nous faut prendre le mauvais avec le bon. Une récolte épatante à Darbyville doit balancer une inondation en amont ; une bonne récolte de riz doit payer les pertes en mer. Mais je tiens à dire que je ne suis pas peu fier de la façon dont vous avez rempli et roulé les barils de tabac. Et je veux espérer que *vous* serez à moitié aussi fiers que *nous* quand l'argent sera encaissé à Londres.

Il sortit sous les applaudissements, en bon acteur, serrant en cours de route toutes les mains qu'il pouvait. Comme d'habitude, il n'avait pas le loisir de visiter ; déjà il était en retard pour Savannah, et les livres de Nancy attendaient son jugement définitif et final.

Un esclave avait emmené son cheval aux écuries, en arrière du quai. Il marcha droit vers l'extrémité du dock et, enjambant la lisse d'une plate qui l'attendait, il constata, sans surprise, que c'était celle-là même qu'il avait utilisée pour son voyage d'Augusta à Savannah. Les points de repère du passé avaient tendance à se perdre dans le brouillard, ces jours-ci. Il n'avait guère eu le temps de détourner les yeux de la route droite qu'il lui fallait suivre, ni de se demander s'il reconnaîtrait sa destination... quand il l'atteindrait. Lors de ce premier voyage, elle lui avait pourtant semblé inévitable, un but aussi clairement marqué, aussi désigné, un parcours aussi nettement tracé que s'il se fût agi d'une opération chirurgicale vingt fois accomplie par lui.

C'était fantastique et, pour la seconde fois, il nota la date en s'installant au pupitre de voyage, dans la cabine treillagée de l'arrière, et en ouvrant un des inévitables registres de Sam Hoyt, c'était fantastique qu'il y eût très exactement et jour pour jour un an qu'en ce même lieu il avait tenu Nancy Grégory dans ses bras.

2

VRAIMENT, doc, vous croyez... que ça va pouvoir aller comme ça ?

En dépit de la prodigue distribution des pièces d'or, Sam s'était montré d'humeur plutôt affable pendant le pointage des comptes, tandis qu'ils descendaient le fleuve à bord de la plate. Et maintenant que la falaise de Savannah grandissait rapidement à leurs yeux, que déjà sur l'eau sombre les rameurs poussaient, parmi le trafic de plus en plus dense, leurs cris d'avertissement, sa question semblait la seule conclusion logique de leur lutte avec cet ennemi invisible, l'arithmétique.

Toby, tout en s'épongeant le front, trouva moyen de sourire et jeta sur le vétuste pupitre les feuillets chargés de chiffres.

— Répondez vous-même à la question. L'argent coule dans nos caisses comme l'eau dans le fleuve.

— Mais, si les chiffres ont un sens, il s'écoule de nos caisses comme un torrent.

— Cela vous trouble-t-il par trop ?

Sam se permit un profond soupir :

— C'est la conscience de Sam Hoyt qui se tracasse, et non pas Sam Hoyt lui-même. Je pense que l'argent existe pour être employé par le plus de gens possible, et pas du tout pour être accaparé par quelques-uns. Venons-en aux cas, docteur. Je pense que c'est pour cela que nous nous sommes battus. L'Angleterre nous pompait à sec et ne nous donnait rien en échange. Maintenant, les Tories de l'estuaire voudraient reprendre les choses où Londres les a abandonnées. Des organisations telles que la Compagnie Darby font vivre à la fois l'estuaire et l'arrière-pays, sans l'aide d'aucun Tory. Si nous réussissons vraiment, cela prouvera que les Tories ne valent pas plus désormais que des canards morts. Peut-être, avec le temps, la Compagnie Darby deviendra-t-elle le synonyme de Géorgie ?

— Voilà qui est parlé en bon fédéraliste, Sam. Je voudrais avoir votre optimisme.

— Mais *réussirons-nous,* Doc ? Qu'en pensez-vous, en vérité ?

— En vérité, Sam, jusqu'ici j'ai été trop occupé pour penser quoi que ce fût !

— Vous êtes le président. Si cela vous préoccupe de voir fondre le surplus, bouclez ! Ne payez pas une part avant que l'argent soit en banque à Bull Street.

— D'ici là, nos fermiers doivent manger. Et nourrir leurs esclaves.

— De la farine, du son et du boyau de porc suffisaient à mon père dans l'entre-deux des gros travaux de récoltes. Même le Vieux Victor payait son monde quand il le jugeait bon...

— Aimeriez-vous que j'en fasse autant ?

— Je suis fier comme le diable parce que vous ne le faites pas, Toby.

Toby sourit largement cette fois :

— Dans ce cas, je ne puis supposer qu'une chose : c'est que notre surveillant principal vous a travaillé récemment.

— Si vous voulez dire Miss Nancy.

— Et qui voudrais-je dire d'autres ? Elle s'attend à ce que nous lui rapportions huit mille bonnes livres en or après avoir payé les manœuvres. Que va-t-elle dire quand elle saura que tout a été réparti entre nos fermiers, nos vasseaux et nos affanchis, en avance sur les bénéfices ?

— C'est vous qui prendrez la dégelée, Doc, pas moi. C'est une des conséquences du titre de président.

— Faut-il que je prenne la chose à cœur ?

Sam réfléchit et répondit prudemment :

— Miss Nancy est une bonne comptable.

— Et une excellente cultivatrice de tabac.

— Que vous le croyiez ou non, ses intentions sont bienveillantes. Et en affaires elle vaut n'importe quel homme. Pourquoi ne pouvez-vous pas, une fois pour toutes, enterrer l'un et l'autre la hache de guerre ?

— Vous savez pourquoi, Sam.

Le surveillant-chef eut un profond soupir. Voyageant comme ils le faisaient, depuis les coupes de bois les plus reculées de l'arrière-pays jusqu'aux succursales que Toby avait installées à Charleston et à La Havane, les deux hommes étaient devenus de solides amis. Inévitablement, Toby avait déversé une douzaine de fois son ressentiment dans l'oreille de Sam.

— Elle doit se rendre compte que vous êtes né pour cette besogne.

— Je suis né pour tenir un scalpel et pour travailler avec Roy. Vous auriez tort de croire que je ne lui remettrais pas joyeusement ma démission dès demain, si...

Il s'interrompit brusquement, stupéfait de la pensée qui lui échappait si facilement.

— ... Si vous aviez la certitude qu'elle ferait mieux ?

— Non. Je crois, je suis sûr, qu'elle ferait autant d'argent que moi, et aussi vite. Peut-être plus d'argent et probablement plus vite. Mais qui n'irait pas aux mêmes gens. Et le Vieux Victor a insisté pour que cette expérience fût tentée. Il en a lui-même fixé les conditions et le délai minimum. Je ne puis me résoudre à laisser, contre sa volonté formelle, les millions Darby retourner entre deux ou trois paires de mains. Pas du moins avant que je sois convaincu qu'ils sont moins utiles en passant par les miennes ou par les vôtres. Ou par celles de quiconque est disposé à travailler et à les faire produire.

— Soyez honnête avec elle, Doc : vous vous attendiez bien à ce qu'elle n'ait qu'antipathie pour vous.

— Pas durant une année pleine et entière, tout de même.

— Ces dames sont des créatures fières quand elles s'y appliquent. Et des créatures entêtées. Néanmoins, elle vous a aidé, et elle a servi la Compagnie, de tous ses moyens.

Toby, qui, depuis un long moment, arpentait le pont de la barge, regardant tour à tour les navires qui se pressaient dans l'estuaire et le placide visage de Sam, frappa sa paûme de son poing :

— Quand je lui explique que je ne fais que réaliser les vœux de son père, et quand je dis que tout l'empire des Darby prospère, elle se contente de hausser les épaules et retourne à ses registres.

— Vous avez vécu assez longtemps pour savoir que nul ne peut changer sa nature. Si vous êtes né et si vous grandissez dans une boîte, vous prenez la forme de cette boîte. L'ennui de Miss Nancy, c'est qu'elle est une dame « plus » un cerveau. Et qu'elle a eu un père qui lui a laissé développer ce cerveau...

Sam s'interrompit encore, pour réfléchir à un souvenir personnel.

Pour la millième fois, Toby essaya d'imaginer Nancy Darby Grégory au soir de ses noces, entre les bras du fringant George, et n'y parvint pas.

— Et que va-t-elle devenir, à présent qu'elle a renvoyé le jeune Bristol, et qu'elle ne peut pas avoir raison de moi ?

— Employez vos yeux, Toby ! Si elle ne peut parvenir à reprendre les rênes, elle épousera Pagnol. Pourquoi, sinon, demeurerait-il à flâner une année entière et plus dans ce coin de l'Amérique, alors qu'à Paris il pourrait « tomber une reine ».

— Donc Miss Nancy ne peut pas perdre. Ne me demandez pas de me réjouir pour elle.

Sur quoi, Toby gagna la proue de la plate : il était temps qu'il se tût et se reprit en main s'il ne voulait pas se trahir. Les rameurs avaient amorcé leur bordée en direction du dock, manœuvre lente et compliquée qui devait commencer deux bonnes centaines de yards en amont, de manière à gagner progressivement la dernière poussée du courant.

Une fois de plus, il regarda longuement et durement Savannah. Pendant toute l'année écoulée, le hautain accueil accordé lors de son arrivée à l'intrus qu'il était ne s'était guère modifié. Il faisait partie de Savannah maintenant, devenu globule de sa circulation sanguine : la cité grandissante ne pourrait pas toujours le repousser, quoi que Nancy Grégory et Matthew Bristol, chacun dans son camp tramassent contre lui.

Il vit, appuyée au mur de soutènement, la coque

trouée de *The Golden Fleece* (1), le schooner qu'ils s'étaient risqués à envoyer vers La Havane en prenant au départ les voies navigables de l'intérieur. Au tournant de la bouée de Saint-Mary's, il avait été surpris dans l'obscurité par des pirates et n'était plus guère, à présent, qu'un squelette de navire. Les constructeurs avaient été contraints de le démâter et de le déponter avant d'entreprendre les réparations nécessaires à la suite de cette meurtrière attaque.

Avant de sauter de la barge sur le quai, Toby regarda longuement la carcasse endommagée : rappel à la sagesse avant d'affronter Nancy et ses grands livres. Les anciennes colonies pouvaient s'assurer ou tenter de s'assurer par leur travail sur place une difficile prospérité. Mais, jusqu'à ce que les avenues de la mer fussent libres et les pirates chassés de leurs repaires, les profits de l'exportation seraient, au mieux, le résultat d'un jeu de hasard.

— Il nous faudra mettre des canons à bord de tous nos navires marchands, Sam.

— Avez-vous idée du prix qu'atteint, en Angleterre, une bonne pièce pivotante ?

— Vous me l'avez dit assez souvent. Peut-être pourrions-nous organiser des convois ? Personne, jusqu'ici, n'a défié le *Jupiter* et le *Sachem Queen*.

— Ex-corsaires l'un et l'autre. Combien de temps la Marine américaine nous permettra-t-elle de prendre la mer avec des navires armés ?

— Jusqu'à ce que la Marine américaine ait ses propres bases, elle comptera que ses citoyens se protégeront eux-mêmes du mieux qu'ils pourront.

Toby ravala le reste de sa pensée.

Il suivit d'un regard d'envie le surveillant qui s'éloignait lourdement à travers le dock principal et entrait sous le hangar au tabac.

Une semaine plus tôt, il aurait sans aucun doute confié à Sam ses autres tâches et se serait mêlé lui-même aux franges de la foule pour y prendre des notes. Aujourd'hui que le succès des enchères était assuré, il obligea ses pieds à escalader la longue rampe conduisant du dock à The Bay.

Et, tout en grimpant, il regardait de temps à autre au-dessous de lui le flux de la marée qui gonflait

(1) La Toison d'or.

le fleuve, et l'eau qui dessinait sur ses bords des arabesques brunes et bleues. Le port d'ancrage étalait sa vaste demi-lune enclose entre l'île Hutchinson vers le nord et la falaise même de la Savannah vers le sud. Le paddy verdissant dans l'île et les oléandres couronnant la falaise semblaient se fondre dans la brume de chaleur, aux deux extrémités du tableau grouillant de vie et d'animation.

Jamais il n'avait vu le port aussi rempli. Au premier plan, un grand bateau de haute mer semblait vouloir entraîner successivement chacune des bouées. Le quai côté Darby, où se manipulait la plus importante partie du fret à destination de tous les ports étrangers, encore que d'autres docks eussent commencé à lui faire concurrence, était noir de navires et de cargaisons, et retentissant des clameurs des esclaves nègres qui s'activaient autour d'une douzaine de chargements.

-:-

Rien ne signalait le bâtiment carré, simple, sans prétention, comme étant le cœur de la Compagnie. Le grattement des plumes des employés au rez-de-chaussée, le catéchisme à voix basse du vieux Leary, le chef comptable, qui comparait, par questions et réponses, ses chiffres avec ceux d'un junior, faisaient partie de son atmosphère paisible. Toby ne se serait pas senti à l'aise dans un air plus agité.

Il accueillit de son habituel signe de tête les saluts des uns et des autres, le trop cérémonieux bonsoir du vieux Leary. Ces plumitifs avaient, Dieu merci, appris à le respecter ; ils ne pouvaient certes faire moins, étant donné les résultats de la première année transcrits dans les registres, derrière le pupitre de Leary. Mais leurs pâles sourires étaient sans chaleur, leurs yeux sans bienvenue, même à présent, et leurs cœurs se refusaient à l'accepter autrement que comme un maître temporaire.

Ici encore, il rencontrait un impondérable : les serviteurs des riches, qui se révoltaient, presque aussi instinctivement que les riches eux-mêmes, contre le moindre changement dans l'état des choses. La présence quotidienne de Nancy dans la grande pièce du haut leur était, naturellement, un constant rappel des jours anciens, qu'ils jugeaient meilleurs, en même temps qu'un espoir de voir ces jours revenir.

Toby, souhaitant que son froncement de sourcil à l'adresse de Leary n'eût pas été remarqué par celui-ci, monta jusqu'à son propre bureau et s'y assit avec lassitude.

3

SON bureau était déplorablement en ordre : Leary et Nancy y veillaient. Le cabinet de travail de Nancy était contigu au sien. Il constata, non sans un serrement de cœur, que la porte de communication était ouverte, signe certain qu'elle était absente. Obéissant à une prompte impulsion, ignorant de propos délibéré les papiers qui l'attendaient sur son pupitre, il passa de l'autre côté pour découvrir, si possible, comment elle avait passé la journée.

La brève incursion qu'il se permettait chez Nancy, absente, donnait une fois de plus à Toby l'occasion de constater combien cette chambre était vivante par comparaison avec sa propre et austère retraite. Le visiteur le plus occasionnel ne pouvait manquer de s'apercevoir que là travaillait une femme. Question d'atmosphère, de quelque chose qui allait plus loin que la gerbe de cornouiller dont s'éclairait une étagère. Quelque chose qui englobait sans en dépendre les têtières des fauteuils, les petits coussins brodés dont s'ornait le canapé, les délicates aquarelles françaises — Paris, vu de la butte Montmartre, un verger de pommiers en Normandie, — dont s'illuminaient deux murs opposés...

« Personne, pensait-il, ne met de fleurs sur *mes*

rayons. Personne ne se demande si *mes* fauteuils sont confortables. Personne ne se préoccupe de *mes* murs, aussi nus que ceux d'une cellule de moine. » Seul, en effet, l'antique télescope en cuivre du Fondateur, accroupi comme un canon sur son lourd trépied, près des fenêtres, mettait chez lui une note personnelle.

Il bannit de son esprit cette puérile lamentation et, avant de céder à la tentation, éprouvée dès le premier moment, de lire le billet ouvert sur le buvard, il fit deux fois le tour complet du bureau d'acajou à griffes sculptées qui était celui de Nancy. Se haïssant lui-même à cause de cette indélicatesse, il lut et relut à deux reprises la note, avant que les brèves phrases françaises lui entrassent dans l'esprit :

Mignonne,

Je t'attendrai au Bord de l'Eau. Même Heure, même Endroit. Ne sois pas en retard, je t'implore (1).

FÉLIX.

Ainsi donc, Pagnol la rencontrait au bord du fleuve, à un endroit précis, connu, qui impliquait d'autres rendez-vous. Comme tout amoureux modèle, il l'implorait de ne point tarder. En quoi cela importait-il à ce dilettante parisien si elle quittait sa table de travail au milieu de la journée ?

Regagnant rageusement ses quartiers personnels, Toby se demanda si Nancy avait laissé délibérément traîner le billet à découvert, dans l'impudente espérance qu'il le lirait et qu'il la maudirait de s'en être allée folâtrer. Jusqu'alors, elle n'était point descendue aussi bas. Mais c'était la première fois que, poussé par une force jalouse, qu'il n'osait pas nommer, il violait le secret de sa correspondance...

Il s'aperçut qu'il parcourait son propre courrier à toute allure, sans en lire un mot, et obligea son esprit à revenir aux sobres réalités des envois de fonds, factures, connaissements, expédition de fret de Halifax à La Havane. Une demande urgente de matériel naval et de bois de construction — toute la quantité de pin

(1) En français dans le texte.

jaune de Géorgie dont il pourrait disposer pour Philadelphie, — le feu ayant une fois de plus ravagé la cité sur le Delaware. Une demande de rançon, énorme et scandaleuse comme toujours, signée des Frères de la Côte, et promettant le libre passage de toute la flotte marchande de Darby, moyennant un pourcentage sur les cargaisons... Une lettre anonyme (depuis longtemps il avait cessé de sourire à la lecture de tels messages), venimeuse ordure signée : « Un fils de Savannah », l'accusant d'être un bâtard de Darby, et le menaçant de la honte publique immédiate s'il ne regagnait sans délai les bois perdus de l'amont, où était sa place... Et, curieusement courtoise et civilisée après les deux dernières lettres, un autre billet de la main de Pagnol. Requête rédigée en un anglais méticuleux, sur un sujet que Toby considérait à présent comme un chantage et une forme de diffamation :

Cher Docteur Kent,

Une fois encore, je Vous le demande, puis-je espérer Vous compter parmi mes Hôtes au dernier Cotillon d'avant Carême, à la Filature ? Je n'ai pas besoin de Vous répéter quel Plaisir serait celui du Visiteur de vos Côtes que je suis s'il pouvait faire face aux malveillants Regards de tout Savannah, avec Vous à Son côté ! Et, si Nous ne pouvons évidemment pas danser ensemble (ce qui porterait vraiment le Défi à son Point culminant idéal !), je crois pouvoir Vous promettre au moins une Partenaire.
Votre humble, obéissant, etc.

FÉLIX PAGNOL.

Pendant un instant, Toby considéra furieusement la courte note, puis alluma son briquet et la brûla. D'accord, c'était goujaterie pure que d'annuler d'avance toute réponse. Mais, après tant de refus, le Français ne pouvait plus guère espérer d'acceptation à présent. Même si Pagnol n'agissait plus que par bonté, et Toby ne croyait pas que ce « visiteur de leurs côtes » pût se comporter aussi simplement, cette acceptation ne pouvait être envisagée.

« Si c'est orgueil de ma part, songeait-il, que les

durs à cuire de Savannah en tirent le maximum d'avantage. S'ils veulent m'englober dans leur Société, et je sais que rien n'est plus éloigné de leurs vœux, qu'ils viennent à moi. »

Pour la même raison, il avait opposé son *veto,* en ce qui le concernait, aux projets de dîners et de soirées formulés par Marthe et avait décliné l'invitation qu'elle lui avait adressée aux deux derniers bals de la Filature. Une soirée à la maison de Wright Square lui avait suffi comme humiliation.

Derrière le défi, il pouvait discerner l'ombre de Félix Pagnol, son malicieux et diabolique sourire. Pour le Français, le refus de Savannah de lui ouvrir ses portes n'aurait pas été une barrière, mais une provocation, un cartel. Et il n'aurait pas trouvé moins excitant d'emporter de haute lutte ce bastion social que de s'emparer par les armes d'une redoute ennemie. Toby soupira et détourna son esprit de cet agile et preste tableau. Après tout, Pagnol pouvait exister sans travailler, grâce à ses ancêtres. A la différence du Dr Tobias Kent, à la fin de la journée, il débordait encore de vitalité, pétillait encore d'entrain. A la différence de cet enfant des bois perdus de l'amont, Pagnol ne pourrait jamais se croire vraiment indésirable.

Avec un soupir, Toby reprit son courrier et s'attaqua au dernier gros dossier — une épaisse liasse couverte de chiffres de l'écriture claire de Nancy, avec un billet de la même main épinglé au premier feuillet :

9 avril 1785.

Docteur Kent,

Observez, je vous prie, que notre Revenu total, pour la première Année de la Compagnie Darby, dépasse les Dépenses de sept mille huit cent soixante-trois Livres Sterling. (Les Evaluations sont faites en ces Devises, étant donné que la Masse de nos Crédits est calculée en Or anglais.) La Compagnie Darby a toujours, dans ses Ventes, stipulé : Règlements en Espèces ou en Valeurs négociables, et je dois vous féliciter d'avoir, en tant que Président, fidèlement suivi cette Politique, ainsi que d'avoir refusé de traiter en Monnaie américaine jusqu'à ce que nous soyons assurés qu'elle représente une Valeur dûment établie...

En dépit de sa lassitude, Toby ne put s'empêcher de sourire. Cela ressemblait si bien à Nancy Grégory, ce besoin d'insérer, dans un rapport de trésorier, une homélie sur la politique financière. Joint à son ironique compliment, cela révélait le côté le moins attrayant de son esprit, dans toute son austérité de comptable. Elle avait raison, sans aucun doute, raison comme aurait eu raison n'importe quel comptable de métier.

Les derniers paragraphes de Nancy représentaient un antidote de choix:

Il n'y a pas Lieu, Docteur, que je Vous souhaite bonne Chance, alors que la Chance a été votre meilleur Atout, a représenté une Part si large dans le Succès de votre Entreprise actuelle. Il n'y a pas Lieu non plus que je Vous félicite de votre robuste Défense des Intérêts des Hommes du Commun; je n'ignore pas que ce fut toujours le Vœu de mon Père, de voir l'Homme du Commun bien nourri et bien logé sur ses Terres — et vous êtes trop honnête pour ne pas réaliser son Souhait dans notre Compagnie.

Toutefois, puisque Vous devez continuer à opérer à Savannah, puis-je suggérer qu'un Minimum de Rapports serait utile entre Vous et les Riches non régénérés de notre Ville — leur Appui étant, après tout, indispensable à notre Succès final ? Et puis-je suggérer encore que, pour commencer, Vous paraissiez au prochain Bal de la Filature, vêtu comme l'exige la Circonstance, et avec les Manières qui conviennent ?

Ainsi donc Nancy avait conspiré avec Pagnol, afin de lui forcer la main dans l'affaire du cotillon ? Elle devait bien se rendre compte, pourtant, que cette nonchalante suggestion, tracée insolemment et comme après coup sur la feuille de balance des comptes de la Compagnie, ne pouvait que l'aiguillonner vers un refus immédiat et sans nuances. Même si l'intention était bonne.

Folle espérance, et qui s'éteignit aussitôt allumée. Il avait donné son cœur, avec tout ce qu'implique cette antique métaphore, à une femme aussi parfaitement incapable d'une bonne intention qu'elle était inaccessible. A une aristocrate dans le pire sens du terme, accrochée jusqu'au bout à ses privilèges. La dame née pour commander, et qui n'hésitait pas à lui donner des ordres, comme à un laquais.

Mrs. Grégory,

En vous accusant Réception de votre excellent Rapport de Trésorier, puis-je Vous féliciter et Vous remercier de ce qu'il soit à la fois si complet et marqué d'un si parfait Bon Sens ? Je suis particulièrement heureux que nos Comptes se soient soldés par un Excédent, car Sam Vous dira que nos Débours d'aujourd'hui à Darbyville ont absorbé nos Profits à ce Jour, au Moment d'entrer dans notre seconde Année. Je n'ai à Vous offrir ni Explications, ni Excuses, convaincu d'avance que vous ne comprendriez ni les Unes ni les Autres.

Quant à votre Suggestion de me voir gambader à la Filature...

Toby considéra d'un œil sombre la phrase inachevée : il ne se souvenait aucunement d'avoir pris une plume et, cependant ce qu'il pensait était là, en noir sur blanc. Il repoussa cette initiative dans laquelle sa volonté réfléchie n'avait point de part ; le silence, à tout prendre, serait la plus tranchante des répliques. Qu'elle renouvelle verbalement son invitation, si elle l'osait ! Ou qu'elle discute sa décision de répartir ou de distribuer sans délai les profits. Il était encore président de la Compagnie Darby pour douze mois, et ses décisions étaient sans appel.

Il déchira le billet commencé, en brûla les morceaux au-dessus de sa corbeille à papiers et en laissa les cendres se mêler aux cendres du billet de Félix Pagnol. Les deux amoureux pourraient, si bon leur semblait, se gausser ensemble de sa gaucherie : un fait amer était certain, c'est qu'il serait trop fatigué pour le cotillon demain, trop occupé pour avoir même le temps de se souvenir qu'il était vivant.

4

IL s'était attardé quelque peu dans la dernière salle de la clinique, pour bavarder avec Maum Bonnie, la volumineuse sage-femme noire qui dirigeait la maternité. Il avait même passé une demi-heure dans les mornes profondeurs du dispensaire de Roy, à vérifier leurs livres de comptes et à pointer jusqu'à la dernière bribe d'écorce du Pérou (1). Puis, comme il avait su tout de suite qu'il le ferait, il écrivit promptement le mot destiné à Marthe Darby et l'envoya par Billy à la maison de Wright Square. Le Rubicon ainsi franchi, il releva fièrement le menton à l'angle convenable et se mit en route dans le crépuscule grandissant pour faire face à Savannah. Mais il n'y avait personne avec qui se quereller ce soir. Grâce à la proximité de l'heure du dîner (et à la tendance qu'avaient ces messieurs d'aller préalablement aiguiser leur appétit), The Bay était à peu près déserte. Il en était de même pour Bull Street, la large avenue qui coupait la ville du nord au sud.

Kent marchait lentement, se raidissant contre les premiers regards hostiles et s'obligeant néanmoins à saluer. A saluer Mrs. Bayliss, la douairière qui avait

(1) Quinine.

été jadis la fille d'un comte, et qui était devenue une des premières clientes payantes de la clinique, il n'y avait pas plus d'une semaine.

Et le vieux Dr Tyree, qui était doyen de l'Académie médicale locale et ressemblait à un mort bien rasé. Le salut du vieux Dr Tyree était presque civil ce soir. Etait-il possible qu'il se résignât à perdre quelques-uns de ses patients en faveur d'hommes plus jeunes, fussent-ils des arrivistes de l'arrière-pays ?

Là, au prochain coin de la rue, se dressait la *Taverne Tondee,* bâtiment massif et de guingois, silhouette réconfortante dans la demi-obscurité. Il s'arrêta à la porte du cabaret pour respirer l'arôme plus réconfortant encore du punch au rhum.

Toby poussa la porte de l'épaule et entra dans la salle de l'auberge, les yeux fixés sur le grand tonneau à vin au-dessus du bar. Pendant les douze mois qui venaient de s'écouler, il avait souvent pris rendez-vous dans cette salle enfumée avec ses rêves perdus. Il espérait que Gabriel attendrait dans leur coin habituel entre la cheminée et le cuivre poli du comptoir du bar.

Mais ce soir le journaliste était en retard. Toby s'installa à leur place, prit une pipe en terre au râtelier proche du foyer et bourra le fourneau d'honnête tabac de Géorgie. Sa tension s'apaisa dès que les premières bouffées odorantes atteignirent ses narines. Il lui fut même facile de regarder durement vers la salle dans l'attente de provocations qui ne venaient plus.

La salle était bondée ce soir, mais Toby distinguait clairement au bar le colonel Crowter qui, pour la centième fois, combattait l'ennemi dans l'oreille polie et résignée du jeune Jim Thorne, l'apprenti juriste d'Augusta.

— Tu te livres à ton passe-temps favori, Toby ?

La canne de Gabriel heurtait la table pendant que Gabriel parlait. L'élégant tricorne noir de Gabriel atterrissait tout auprès, semblable à une corneille qui rentre au dortoir. Et Gabriel s'installait sur le banc en face de son ami. Comme d'habitude, il exhalait un stimulant mélange de joyeuse humeur, de crânerie, d'arrogance et de brandy de bonne marque.

— Arrête-moi si je me trompe, mais étais-tu ou non en train de détester quelqu'un de tout cœur ? Et qui était-ce cette fois ? Le vieux Matthew ? Pagnol ?

Nancy ? Ou bien, celle-ci, préférerais-tu la détester dans ton lit ?

— Franchement, je préférerais coucher avec une chatte sauvage.

— Puisse Eros te pardonner un mensonge aussi éhonté, Tobias Kent ! Et point n'est besoin de dissimuler cette rougeur qui te monte aux joues, je ne te harcèlerai guère ce soir. Au lieu de ça, je te montrerai l'épreuve de mon éditorial de demain ; lis-le attentivement, cela pourrait bien améliorer ton état d'esprit.

Gabriel lança entre eux sur la table le papier barbouillé d'encre fraîche : avant d'en croire ses yeux, Toby le relut par deux fois. Le style coulant de Gaby — polémiste comme toujours — avait rarement enveloppé une proposition avec plus d'habileté. Savannah se préparait alors, à ce qu'il en lut, à une élection spéciale : il s'agissait de désigner un officier de santé tant pour le port que pour la ville : dans la quinzaine à venir, la liste des candidats serait affichée. Et cette liste, assurait Gabriel, devait être réduite à un seul et unique nom.

— Si tu crois que ces nababs m'éliraient, moi...

— Peut-être un suffrage viril n'est-il qu'un rêve dans notre démocratie, concéda Gabriel. Pourtant, assez de propriétaires de Savannah savent ce que tu as accompli dans cette clinique de The Bay. Et savent comment tu as persuadé l'Association médicale de dératiser les caves, toutes et chacune, dans cette même rue. Et savent ce que tu ferais pour policer jusqu'à Muskrat Town si tu pouvais déboulonner la clinique Bristol.

— Ne contrôle-t-elle pas les votes de Savannah aussi bien qu'elle contrôle l'Association médicale ?

— Plus de nos jours, mon bon ami. Notre aimable Métropole elle-même compte désormais plus de votants que de gentlemen.

Toby eut un sourire de malice :

— Ce qui équivaut à dire que, dans de telles conditions, tu as bon espoir de me voir élu ?

— Je te promets le poste, si tu veux l'accepter. C'est une matraque qui, sitôt que tu auras appris à la manier convenablement, pourra te servir à défoncer le crâne de tous les Bristol imaginables. Comment pourrais-tu refuser ?

— Malheureusement, je n'ai pas le temps de combattre Matthew Bristol.

— Tu n'as rien d'autre à faire au contraire, pour peu que tu renonces à jouer les princes marchands. La Compagnie va toute seule maintenant. Laissez-la aller en paix, et elle continuera de marcher aussi régulièrement que la meilleure pendule de Victor Darby.

— Nancy aussi, par malheur.

— Que sais-tu vraiment de Nancy, au fond ?

— Assez peu, je te l'accorde. Pendant une année entière, je me suis évertué à la comprendre. Et tout ce qu'elle fait, en échange, c'est de citer des chiffres à l'appui de son assertion que je vous ruine tous.

— Je ne suis pas certain du tout que tu aies essayé de la comprendre. Je jurerais même que tu n'as rien fait que béer devant elle, à distance, après avoir pris un assez mauvais départ. (Gabriel ricana en voyant la stupéfaction envahir le visage de Toby.) Vois-tu, on t'a rencontré trop souvent, errant par les rues comme un matou sans gîte, quand d'aventure elle loge à Wright Square. Ou bien encore chevauchant en pleine nuit le long du fleuve, et cherchant à distinguer Sangaree en face, dans l'île...

— Tu en sais trop long, Gaby.

— Réponds franchement à ceci : en es-tu encore à visiter Sangaree ?

Toby pesa sa réponse, tout en rageant intérieurement contre le flair surprenant du journaliste :

— Me trouverais-tu absurde, ridicule ou imaginatif, si je te disais que Sangaree résume à mes yeux tout ce contre quoi nous avons combattu pendant la guerre ? Ou encore que... j'aurais le sentiment de... lui rendre les armes si je mettais un pied sur sa pelouse ?

— Nancy a bien déposé une partie de ses armes lorsqu'elle est venue travailler dans vos bureaux. Peut-être serait-elle disposée à faire tout le chemin qui mènerait à ta rencontre si elle savait te trouver bien disposé à la recevoir. Comment peux-tu trancher la question si tu n'as rien essayé ?

— N'imagine pas surtout que j'ai peur d'elle.

— Je dirai plutôt que tu as peur de toi. (Les yeux du journaliste se plissèrent de taquinerie.) J'irais jusqu'à dire, si j'osais, que tu es amoureux d'elle. Amoureux de la tête aux pieds. Et trop buté pour l'admettre même en un murmure... (Comme Toby allait parler,

Gabriel leva une main qui imposait silence.) Ne prends pas la peine de rien nier, va ! Tu ne ferais que confirmer ! Mais il faut que tu visites Sangaree cette semaine, ne serait-ce que pour vérifier l'état des semailles de riz.

— Exact. Mais je puis fort bien y aller avec un sloop et inspecter les paddies sans quitter le fleuve.

— L'intégrité est une vertu admirable. Ce doit être une piètre compagne de lit.

Ce fut au tour de Toby de rire sous cape :

— Qui te dit que je ne m'en doute pas ? De toute manière, je vais demain au cotillon.

— A la Filature ?

— A la Filature. Et, puisque mon collègue le Dr Darby restera tard à la clinique, j'ai envoyé un mot à son épouse afin qu'elle m'accorde le privilège de l'escorter au bal.

Les yeux de Gabriel lui sortaient de la tête. Toby faillit en rire à pleine gorge. Il continua :

— Et, qui plus est, je demanderai une danse à Nancy Grégory, si cela peut te mettre l'esprit en repos.

— C'est un spectacle que je contemplerai en retenant mon souffle...

Gabriel arrêta court sa phrase, car la porte s'ouvrait brutalement et Harvey Bristol entrait, mi-marchant, mi-flottant.

Un an d'absence avait fort peu changé l'énorme dandy. Tout au plus son arrogance s'était-elle accrue, amplifiée à la proportion de sa poitrine de pigeon boulant.

Toby l'examina froidement par-dessus l'épaule de Gabriel : enfin ! quelque chose sur quoi il pourrait cogner avec délices, si l'ancien soupirant de Nancy se décidait à approcher suffisamment pour cela !

Il était de notoriété publique que le jeune Bristol, tenant des fiançailles rompues pour un événement banal, avait tout simplement décampé et gagné Londres grâce à la générosité paternelle — histoire d'y faire la chasse à quelque autre héritière. En l'occurrence, ce fut une femme son aînée de quelques années et disposant librement de sa fortune. Ce fait établi, on ne savait plus rien de Harvey Bristol : il se fondait dans une curieuse obscurité.

Ce soir, il n'y avait pas à se méprendre sur le sens

de son attitude assurée, debout au milieu de la salle de cabaret soudainement silencieuse, poings sur les hanches, oscillant légèrement comme il est permis, et même comme il convient, à un magnat de l'Estuaire, qui peut faire couler son dîner grâce à trois bouteilles de bordeaux et ensuite marcher sans aide jusqu'à son cheval. Le plus abruti des ivrognes devait sentir le poids solennel de cette entrée, et admirer la splendeur quasiment orientale de la cape de satin dont s'enveloppait, des épaules carrées au creux du diaphragme, l'imposant torse de Harvey.

La menace des sourcils froncés sous un chapeau de marin à bord plat était à l'adresse du seul Tobias Kent, chacun des hommes groupés là s'en rendait compte. Il y eut même un certain recul des tables vers le bar, tandis que le nouveau venu s'avançait, prenant à chaque pas plus nettement possession de la salle.

— Voulez-vous vous battre, Kent ?

— Gardez votre distance, monsieur.

C'était Gabriel qui avait parlé, réduisant, d'une brève clameur, cinglante comme un coup de fouet, l'assemblée au silence. Et de la canne de Gabriel tenue dans son poing gauche, neuf pouces d'acier jaillirent, sa main droite ayant libéré le ressort qui fixait la lame. Toby aussitôt fut debout, balayant d'un revers de main cette protection. Tel qu'un homme en transe qui reconnaît l'inévitable du moment, et en jouit plutôt qu'il ne le redoute, il fit face au jeune Bristol de l'autre côté de la table.

— Je regrette, Gaby, mais il est à moi.

La canne-épée avait figé Harvey sur place. Le surveillant étroitement, Toby ne put lire aucune crainte sur son visage. Rien que l'obstination du bouledogue résolu à tuer et qui, la résolution prise, agit ensuite par réflexes.

— Qui répond pour vous, Bristol ? Avez-vous un second ?

— Allez au diable avec votre impudence, mon garçon ! J'ai parlé de *bataille*, et non de duel.

Toby eut son mince sourire : cela encore faisait partie du rituel. Indigne du fer ou du plomb d'un gentleman, il pouvait cependant être puni par les poings de ce même gentleman. Comme tous les jeunes hommes de sa classe, Harvey Bristol avait été entraîné à la boxe dès l'adolescence. Dépassant Toby d'une tête et tablant sur sa force de taureau, il avait choisi délibérément cette forme d'humiliation, avec toutes les probabilités de succès. « Cela, se disait Toby, était un épilogue convenable aux épisodes Thorne et Bazelton, épilogue aussi logique que brutal. »

— Et pourquoi devons-nous nous battre, Bristol ?

— Vous savez pourquoi. Allez-vous lever les poings ou ramper ?

— Votre père vous a-t-il envoyé, vous aussi ? Ou bien est-ce votre idée personnelle de faire le bravache et le fanfaron ?

Au fond de la salle, quelqu'un s'esclaffa à la hardiesse de cette question. Le rire réjouit Toby : il se sentait assuré d'un ami au moins dans la rixe qui s'annonçait : sans la canne-épée de Gabriel, la bataille serait plus égale qu'il n'avait osé l'espérer.

La même canne retint une seconde fois Harvey Bristol, tandis qu'il s'élançait les deux poings en avant. Employant la pointe comme levier, Gabriel jeta de côté la cape de satin noir, révélant le fait que le jeune Bristol était nu jusqu'à la taille et ne portait aucune arme visible.

— Prends-le, Toby, si tu y tiens toujours. Cela m'aurait fait plaisir de le tailler pour le dégrossir, mais...

— Je voudrais qu'il réponde d'abord à ma question.

Les yeux du jeune Bristol se réduisirent à deux fentes menaçantes :

— Je n'ai pas besoin de vous donner de raison pour vous flanquer une volée. Savannah n'ignore ni les motifs qui ont retardé la correction ni pourquoi vous la méritez.

— Dites-les-nous tout de même, fit Gabriel, suave. La moindre de vos pensées supporte répétition.

— Ce type fait l'idiot avec l'une des plus belles propriétés de la Géorgie.

— Le Dr Kent a nourri plus de bouches affamées et guéri plus de malades que vous n'en pourriez compter, avec votre arithmétique de garçon d'écurie.

Une rumeur d'approbation accueillit cet énoncé, une rumeur si profonde que Harvey Bristol, regardant l'un après l'autre tous les visages qui meublaient le cabaret, semblait incapable de trouver ses mots. Visiblement, il avait escompté que son apostrophe déclencherait l'empoignade immédiate, sans vaines paroles ni temps perdu.

— Je vous accorderai une chose, dit Gabriel. Le Dr Kent *vous* a tapé sur la main avant que vous ayez eu le temps de remplir vos poches. A cause de lui, vous avez été contraint de traverser un océan pour trouver une femme, assez riche pour satisfaire votre cupidité, et assez sotte pour vous épouser.

— Je vous battrai plus tard, Thatch, soyez-en bien assuré.

— Dans dix minutes, soyez-en bien assuré, vous ne serez plus d'humeur, ni en état, de battre quiconque. Evidemment, si vous songez à l'emploi de pistolets pour demain, je serai ravi de vous obliger. Lequel de ces yeux chassieux souhaitez-vous sentir traversé par une balle ? N'importe qui de vos amis vous expliquera que je puis vous percer à volonté et à vingt pas. Et, d'ailleurs, mon ami le Dr Kent peut en faire autant.

— J'en ai assez de vos vantardises, Thatch...

— Et j'en ai assez de vos attitudes héroïques. Ce n'est pas bête à vous de défier le Dr Kent aux poings et non au pistolet. Comme cela au moins vous êtes assuré de vous trouver encore en vie demain à pareille heure. Mais vous n'êtes pas tout à fait assez intelligent tout de même, Bristol. Si vous vous étiez tant soit peu documenté, plus haut sur le fleuve, vous auriez appris qu'à dix-huit ans le Dr Kent était champion de boxe et de lutte d'Augusta, et qu'il en est encore à perdre son premier match. Vous sauriez qu'il s'est soigneusement gardé en forme, même à Savannah, avec moi comme instructeur et entraîneur fort capable. Mais assez de paroles. Comme vous le voyez, le Dr Kent est prêt à témoigner par des actes que je suis *vraiment* fort capable.

Gabriel se glissa de côté, et Toby, nu lui aussi jusqu'à la ceinture, chargea, les deux poings en avant. Le jeune Bristol encaissa l'assaut, tête baissée, et poussa un hurlement de triomphe parce que ce fut son poing qui eut les premiers honneurs, un crochet meurtrier à la mâchoire qui fit s'étaler Toby. Et, avant que celui-ci pût se rouler par-côté, tout le poids de l'autre était sur lui, et, griffes dehors, s'attaquant à la fois au corps et au visage de l'homme le moins grand et le moins lourd, Harvey semblait vainqueur presque avant que le combat fût commencé.

Toby, trente-six chandelles éclatant dans son cerveau, ne sentait même pas le poids qui l'écrasait. Subitement, ses sens reprirent leur activité normale au moment où son ennemi, les doigts enlacés dans ses cheveux, décrivait avec les pouces deux mortelles paraboles du crâne au front et gagnait les orbites. Toby n'avait jamais supposé que Bristol s'abaisserait jusqu'à tenter de lui arracher les yeux, comme un portefaix ivre. Et pourtant la lutte avait, en quelques secondes, tourné à la rixe de cabaret : aucun coup défendu, aucune mutilation interdite.

Un ongle griffa ses paupières juste avant que les mains se recourbassent pour assurer une meilleure prise. Il avait soigné trop de désorbités pour sous-estimer le but de ces deux pouces fouilleurs. Une fois incrustés à la jonction du nez et de l'orbite, ils s'enfonceraient sans peine dans la cornée que rien ne protégeait, et ce serait la cécité, les deux yeux réduits à de sanglantes pendeloques qu'aucune chirurgie ne pourrait réparer.

Heureusement pour lui, il avait plus d'une fois été menacé d'aussi près dans les batailles en amont du fleuve. A présent qu'il connaissait son assaillant, il se souvint d'un tour qui l'avait déjà sauvé. Pendant que les mains de Bristol s'affermissaient pour la curée, Toby se déplaça légèrement sous son poids étouffant Un pied, habilement tordu pour accrocher la cheville de Bristol, écarta les jambes du gros homme aussi net qu'une paire de ciseaux. Du coup, un de ses genoux se trouvant libéré, Toby l'envoya de toute sa force cogner en plein dans l'aine de Bristol, là, précisément, où il ferait le plus de mal.

Le hurlement de Bristol fit tressauter les chopes sur le comptoir. Le spasme de douleur de Bristol détendit sa prise pendant la brève seconde dont Toby avait besoin : ses yeux étaient sauvés, la bataille était gagnée. Un autre coup de rotule solidement envoyé dans l'aine, et Bristol, plié en deux comme un couteau de poche, se tordait sur le sol. Et Toby, d'une dernière torsion, parvenait à se dégager. Il était libre. Libre de se dresser en titubant sur ses pieds et d'envoyer à son gros ennemi le châtiment supplémentaire de deux coups de talon appliqués avec précision en plein crâne.

Sans pousser plus loin son avantage, il gagna le comptoir en trébuchant et s'y accrocha pour reprendre son souffle. Le cercle des visages tournoyait à la limite de sa vision, comme dans l'ivresse ou le vertige, puis, lentement, s'éclaircit. Dans la masse, il reconnut quelques figures — celles de deux marins au moins de navires Darby, à l'ancrage au milieu du fleuve — et celle, plus surprenante, de Leary, son propre chef comptable. Leary le regardait de tous ses yeux, comme s'il ne pouvait les en croire. Pour ce qui est de cela, le vieux Crowther en faisait autant et, par extraordinaire, était silencieux, pendant qu'il ondoyait avec le cercle.

Tous, dans l'auberge, demeuraient attentifs et tendus. Et, tout à coup, la porte de nouveau s'ouvrit d'un jet, et un bruit de bottes emplit la salle. Au-dessus de la soudaine mêlée, Toby vit que les gens de Bristol entraient dans la danse. Il sourit de ses lèvres saignantes. Harvey, malgré ses moulinets et ses fanfares, n'avait pas eu la naïveté de marcher seul au combat. Déjà, par toute la salle, les poings volaient joyeusement, et les hommes prouvaient leur fidélité à l'un ou à l'autre camp par la plus antique des preuves.

Il vit Gabriel bondir dans l'action. Sa canne-acier, remise au fourreau, était transformée en matraque et punit en un clin d'œil la tête ronde d'un inspecteur appartenant à Bristol. Bristol lui-même, ébroué, secoué, se lança à nouveau sur Toby, avec les griffes et les dents, et Toby de son côté oublia tous les détails dans la pure joie animale du combat.

Malgré toute sa furie, Bristol flageolait à nouveau, mal d'aplomb sur ses pieds : un direct au-dessus du cœur l'immobilisa fort proprement, dos au bar. Un autre coup à la tête — un crochet de gauche et de droite aux deux joues bien en chair — et le poing de Bristol se traîna dans la sciure de bois, puis se porta à sa bouche, barbouillant de son propre sang son visage rose et bien nourri. Toby avait terrassé des hommes plus forts et s'en était voulu de cette boucherie. Mais, ce soir, il jouissait profondément et sans honte de chaque coup qu'il portait et qui atteignait son but.

Une droite et gauche au plexus solaire, les phalanges s'enfonçant dans le suif du gros ventre. Et puis, à regret, le *coup de grâce* (1), un uppercut où tous ses os, tous ses nerfs, tous ses muscles s'unirent en force, au niveau de la mâchoire. Bristol rejeta un souffle convulsif, comme un ballon crevé, et ses genoux fléchirent. Il s'affaissa plutôt qu'il ne tomba, les yeux toujours fixés sur Toby en une sorte d'hébétude vitreuse et stupéfaite, et ses grands muscles saillants furent inertes et mous comme une gelée.

Il n'avait guère fallu plus de deux minutes pour disposer de Harvey Bristol. Retournant à la bagarre générale, Toby constata que la bataille du cabaret — comme elle serait connue par la suite dans les annales de Savannah — était à peu près gagnée par la Compagnie Darby. Il eut encore le temps de cogner l'une contre l'autre les têtes de deux hommes de Bristol alors qu'ils s'écartaient en titubant de la menace toujours animée que représentait la canne tournoyante de Thatch.

Après quoi, il se recula, avec calme et sérénité, tandis que le colonel Crowther, neutre et mal à son aise pendant tout le temps qu'avait duré la bagarre, profitait d'un dernier coup venu d'on ne sait où, qui l'envoya dans les limbes avec les ultimes forces du camp Bristol.

Une explosion de jurons dans l'obscurité du dehors, le bruit de pas qui se retiraient hâtivement révélèrent de façon adéquate la fin de l'histoire : les partisans de Bristol, bousculés par un déploiement de force auquel ils étaient loin de s'attendre, abandonnaient leur chef à son sort.

— Arrête-moi si je me trompe, fit Gabriel. Mais t'es-tu jamais autant amusé depuis ton arrivée à Savannah ?

La respiration du journaliste était presque redevenue normale. A part une épaule déchirée et un œil légèrement violacé, il ne portait pas de traces visibles du combat. Nul ne dit mot, pendant qu'il marchait jusqu'au comptoir pour considérer de haut les ruines de Harvey Bristol.

— Ce matin, aux docks Darby, j'ai compté trente-six barils de goudron, dit-il, tout frais venu des distilleries de l'amont.

(1) En français dans le texte.

— Il y en a cent neuf de plus au dépôt, monsieur, dit Leary.

— Serait-il possible de disposer d'un de ces tonneaux pour un objet très particulier ?

— Goudron et plumes, voilà ce qu'il faut !

— Ne le laissez pas s'en tirer à bon compte, Doc !

— Cette façon d'entrer ici comme si la terre lui appartenait !

— Il faut le brûler ce bâtard de Tory !

— Voilà une bonne idée ! Le goudron d'abord, et puis le feu.

Toby réclama vigoureusement le silence.

— Bien au regret, messieurs, mais il est toujours à moi.

Une douzaine de mains tentèrent de le retenir, mais Gabriel et les ouvriers du dock lui frayèrent passage. Leary lui-même lui ouvrit la porte du cabaret. Et Toby, lançant sur son épaule son ennemi déchu, chercha son chemin dans le noir. L'abreuvoir des chevaux, luisant doucement sous les étoiles, était un dépositoire bien tentant. Toby voulut l'ignorer, en faveur de la propre monture de Bristol, qui s'énervait, toujours attachée au poteau de l'autre côté de la route.

Derrière lui s'écoula la foule. Des nœuds de pin s'allumèrent aux poings, baignant de clarté la procession qui s'improvisait autour de lui. Ballotté sur sa propre selle, Harvey Bristol s'effondra comme un sac de farine — à peine remua-t-il une fois pour vomir copieusement sur le sable de la rue — et demeura inerte tandis que quelqu'un allongeait une tape sur le flanc du cheval. Comme par magie, des têtes surgissaient aux fenêtres bordant la route. Toby avait conscience de voix babillant à la frange de la troupe et comprenait que son escorte admirative s'accroissait à chaque pas.

La maison de ville des Bristol, une bâtisse géorgienne carrée tout au fond d'un jardin planté de choux palmistes, était située à l'extrémité d'une voie débouchant sur Wright Square et familièrement dénommée Bristol Mews (1) par ses voisins.

Ces mêmes voisins étaient présents en force cette nuit, et, sous les lueurs des torches, Toby vit plus d'un canon de mousquet briller entre les colonnes aux ver-

(1) *Mew :* cage (mue), prison. *Mews :* écuries.

tes palmes et entendit autour de lui le grondement familier de la foule, ce profond grondement de gorge de fauve heureux de pouvoir enfin suivre son instinct. A présent, il était trop tard pour les retenir. Kent se laissa donc porter sur la crête du bruit. Mais, finalement, aucun coup ne fut tiré pendant qu'il guidait le cheval et son grotesque fardeau jusqu'à l'entrée cochère de la maison.

Dans cet effarant mélange d'amis et d'ennemis, personne ne bougea lorsque, se calant solidement sur ses pieds dans l'allée cavalière des Bristol, il lança à nouveau sur son épaule Harvey toujours inerte. Il leur fit face, debout sur le montoir : son regard balaya une marée de têtes agitées de mouvements brusques, et le grondement s'éteignit lorsqu'il leva la main pour réclamer le silence.

— Du calme, vous tous ! Vous êtes venus assez loin.

— Et vous-même, alors, docteur ?

Il grimaça un sourire à l'adresse de Gabriel :

— J'en fais livraison à son propre médecin.

De gros rires bruyants s'élevèrent. De nouveau Toby demanda le silence :

— Pour ma part, je trouve que l'heure de la fête est passée. Et qu'il est temps de rentrer chez soi. Et je vous conseille à tous d'en faire autant.

Plus tard, en revoyant cette minute dans sa mémoire, il se rendit compte qu'un seul mot de lui eût pu transformer complètement la fin de cette soirée. Au souvenir d'une autre nuit, datant d'une année, une dramatique nuit de Wright Square, il se disait que ce n'eût été que justice sommaire, mais justice tout de même, de permettre à ces nœuds de pin enflammés de faire leur œuvre. Il y avait, bien sûr, beaucoup d'ennemis dans cette foule, dont plusieurs armés certainement. Kent n'avait aucun moyen d'évaluer leur nombre ni leur état d'esprit. Et, dans le moment où s'élevait au fond de lui l'appel de la vengeance, il fut heureux de sentir la raison triompher.

La masse s'avança comme un seul homme — mais se dirigeant vers le portique ; il répéta de toute sa force l'ordre d'arrêter. Déjà Gabriel était à côté de lui, un pistolet (venu d'on ne sait où !) dans chaque main.

Et, de l'autre côté, le vieux Leary. Où donc le comptable avait-il déniché ce fusil à écureuil qu'il brandissait si expertement ? Il y avait là le contremaître du dock Darby et une demi-douzaine d'auxiliaires, et chacun avait une matraque au poing. Sa garde d'honneur, l'entourant soigneusement, maintint la foule à l'écart pendant qu'il traversait le portique avec son fardeau et, d'un coup de pied, solidement appliqué, faisait pivoter la porte.

Sous sa botte, le lourd battant s'ouvrit au large. Il ne fut pas surpris de voir le vaste corridor éclairé de chandelles, mais vide, à part la présence d'un maître d'hôtel tremblant que le mousquet de Leary plaqua contre le mur. Gabriel, les deux pistolets armés, suivait sur les talons de Toby, du chambranle de la porte d'entrée jusqu'à la haute voûte donnant accès aux salons de réception.

Et, tout soulevé de rage qu'il fût, Kent ne put s'empêcher de sourire au spectacle qui s'offrit à sa vue. Matthew Bristol, en robe de chambre de soie fleurie, sa perruque posée à côté de lui, travaillait, assis à un secrétaire, avec un apprenti près de lui. Des chandeliers l'auréolaient d'une convaincante lumière, tandis qu'il mâchonnait le bout de sa plume. Le regard qu'il leva par-dessus ses lourdes lunettes était l'innocence même.

— Ne restez pas ainsi tout écarquillé, docteur ? Comme vous le voyez, votre fils a pris un vomitif et une saignée, — ce sont, dans notre manuel, les remèdes types de la bile...

— Que lui avez-vous fait ?

Le vieux Bristol paraissait s'arracher les paroles de la gorge. Il se laissa tomber à genoux à côté du sofa. Toby, regardant les mains déformées, tavelées de taches de foie, palper la poitrine de Harvey pour s'assurer de l'éventualité de côtes brisées, attendait le résultat des recherches.

— Si vous l'avez tué, Kent, je...

— Si je l'ai tué, une douzaine de témoins pourront jurer que je l'ai tué en légitime défense.

— Vous passerez devant les tribunaux pour cela !

— Ah ! comme j'accueillerais avec satisfaction une occasion de vous avoir devant les juges. Ne soyez donc pas définitivement idiot, Bristol. Ne pouvez-vous pas comprendre que je suis à Savannah pour y rester ?

Il sortit là-dessus, sans se retourner, ignorant le furieux bredouillement de Bristol, puis s'arrêta pile en entendant qu'on armait un pistolet derrière lui. Gabriel, qui faisait encore face au cabinet de travail, tira instantanément et sans paraître viser. Toby se retourna à temps pour voir l'apprenti tournoyer derrière le pupitre et se laisser tomber sur une chaise, suçant son poignet brisé.

— Un autre point à souligner, fit placidement Thatch. N'armez pas vos janissaires avant de leur avoir appris à tirer — et à moins que vous désiriez un combat à mort. Dernier point — et au dernier les bons : ne nous combattez pas du tout, cela vaudra mieux si vous tenez à rester à Savannah. Nous vous surpassons en nombre, Matthew, ici et partout. Tenez-vous à votre place, ou nous ne nous tiendrons pas à la nôtre.

Il frappa sur l'épaule de Toby, en acteur débonnaire qui sait comment effectuer une sortie sur une bonne réplique. Ils traversèrent le grand salon, puis le hall, ensemble, écartant du regard le maître d'hôtel qui claquait des dents. Sous le portique, la rude garde d'honneur entoura instantanément Toby. Il passa, menton haut, parmi la foule, serrant les mains qu'il pouvait atteindre. Même à la lueur des torches, il lisait dans une centaine de paires d'yeux une alliance, un accord, une acceptation, qui allaient bien plus loin que des paroles ou des poignées de main.

« Gabriel a raison jusqu'à un certain point, pensa Toby, ébloui. Je n'ai guère méjugé mes ennemis — ni ce qu'ils tenteraient de faire pour me détruire. Mais j'ai été un imbécile au carré, puisque je n'ai pas forcé mon passage au-delà d'une ligne invisible, pour apprendre si Nancy Grégory me rencontrerait à mi-chemin. »

5

LARA hennit lorsque s'ouvrit la porte de son box. La jument, habituée aux façons de son maître, savait ce qui allait se passer bien avant que Toby lui eût lancé la housse sur le dos. Les longues promenades au petit galop sous la lune, par la route au bord de l'eau, étaient si fréquentes dans l'emploi du temps de Lara qu'elle ne s'en étonnait plus.

— Nous allons à Sangaree, ma fille, lui dit Toby, tout en la sellant. Et, cette fois, nous irons jusqu'au bout !

Dernière affirmation qu'il exprimait à haute voix à son propre usage, sans doute pour s'ancrer dans sa décision.

Les écuries de la maison Darby ouvraient derrière les jardins, sur une allée couverte d'oléandres comme un tunnel, où il avait trouvé moyen de se glisser, échappant à la foule qui se dispersait lentement dans Wright Square ; il y cheminait dans l'obscurité par instinct et par habitude.

Cette nuit, il y était bien décidé : il irait jusqu'à Sangaree même. Trouverait-il aussi le courage de dire à Nancy qu'il l'aimait ?

S'il y parvenait, ce serait un miracle. Et, s'il était capable de ce miracle-là, il serait capable de tout sur cette voie... Il irait même jusqu'à s'incliner devant le jugement de la jeune femme, quant à l'avenir de la Compagnie.

Cependant, il y avait Pagnol... Si Nancy et Pagnol ?... Mais il repoussa cette pensée et donna toute son attention à Lara, qu'il conduisait dans la cour de l'écurie, évitant avec soin de la faire passer sur les grandes dalles par crainte que le bruit de ses sabots n'éveillât derrière lui la maison endormie.

Quoi qu'il en eût, l'obsession lui revint : Si Nancy et Pagnol étaient amants, il défierait le Français, tout simplement, et pour la suite compterait sur sa chance, sur la sûreté de son œil, sur la rapidité de sa main. Un chirurgien amoureux a bien le droit d'oublier qu'il est chirurgien pour n'être qu'un homme.

Du moins, ainsi raisonnait-il en cette minute passionnée, encore que sachant, au fond de lui-même, que dès le lendemain une éthique plus haute ferait entendre sa voix et qu'il lui obéirait. Sachant aussi que la chevauchée sauvage à laquelle il se préparait était le seul remède capable d'apaiser le tumulte de son cœur. Remède auquel, plus d'une fois déjà, il avait eu recours lorsqu'il sentait venir une nuit d'insomnie, lorsque le désir montait en lui avec une force capable de briser toutes les barrières.

Il lui fallait alors la longue course au bord du fleuve, il fallait à ses pensées en désordre le claquement régulier des sabots de Lara, il lui fallait aller pendant des kilomètres, aller vers un seul but : voir la blanche silhouette de Sangaree se dresser de l'autre côté de l'estuaire, goûter l'amère certitude qu'entre Nancy et lui existaient des obstacles bien plus importants que ce large estuaire et cet orgueilleux portique.

Il lui fallait ces réalités qui seules avaient le pouvoir de le renvoyer, selon l'heure, à sa couche solitaire, ou à son pupitre dominant la Savannah, ou aux diverses obligations d'une journée laborieuse.

Cette nuit, il lancerait Lara à travers le fleuve, lui ferait passer le gué, la ferait couper d'un seul galop la pelouse de Sangaree et ne mettrait pied à terre que devant le portail du manoir. Là, il cognerait jusqu'à ce que l'aristocrate l'admît en sa demeure.

Du moins, ainsi raisonnait-il, en cette minute passionnée, bien que sachant au fond de lui-même que cette résolution s'évanouirait sans doute au moment précis où il verrait se lever en face de lui l'image de son cher désir, et qu'alors, restant sur la berge, il retiendrait les rênes.

Avant que le doute eût pu prendre forme, il sauta en selle. Et, tout à coup, le minuit glacé de mars cinglant sa chair, il prit enfin conscience d'être encore nu jusqu'à la ceinture, s'étant dévêtu pour la bataille. Il sourit, oubliant un instant les fiévreux battements de son pouls, à l'idée d'un Roméo du fond des bois perdus présentant son plaidoyer en culotte de daim et bottes de cheval pour toute vêture, le sang d'un ennemi rougissant encore son torse.

La chose n'était point concevable. Aussi, la cour d'écurie traversée comme il arrivait aux cuisines, il attacha Lara sous le porche, près de la porte du cellier. Du fruitier à la cuisine, il suivit dans l'ombre un chemin bien connu ; un reste de feu brillait encore dans le foyer de la cuisine, qu'il traversa sans bruit ; se souvenant de la marche qui craquait dans l'escalier de service, il l'enjamba prudemment et, en une douzaine de longues enjambées, gagna le couloir des chambres à coucher.

Sans s'aider de la chandelle qui, à l'abri de sa lanterne tempête, brûlait à la tête de l'escalier, il reconnut au toucher sa propre porte.

Comme toujours, un broc d'eau chaude bouillonnait doucement au-dessus des charbons de son foyer, en prévision d'un retour tardif de la clinique. S'étant lavé méthodiquement, il remplaça les vêtements salis dans la lutte par une culotte de drap fin, une tunique d'uniforme dont les boutons, grâce aux soins de Jubal, brillaient comme de petites lunes, et se coiffa d'un tricorne qui avait fait du service de Saratoga à Vermont : pour envahir le domaine de Nancy, l'uniforme lui paraissait approprié.

Il ne sursauta point au coup léger qui frappa sa porte : c'était un risque auquel il s'était exposé en toute connaissance de cause, Marthe l'ayant habitué à ces sortes d'embuscades lorsqu'il commettait l'imprudence, le soir, de rentrer à la maison avant Roy. Il grogna un « Entre ! » à demi étouffé, sachant d'avance qu'elle serait en peignoir flottant et cheveux défaits. Sachant aussi, avant même qu'elle eût fait un pas vers la fenêtre éclairée par les étoiles, que, sous ce peignoir, il n'y avait que Marthe.

— Il me semblait bien t'avoir entendu rentrer, Toby...

— Ne me raconte pas que tu as toujours le sommeil si léger !...

Bien qu'il s'efforçât à l'indifférence, l'ironie passait dans sa voix, et elle ne put pas comprendre qu'il avait espéré que, ce soir, elle serait absente, en compagnie de l'un ou l'autre de ses soupirants. Car — Savannah en faisait des gorges chaudes — le talent de Marthe pour acquérir des amoureux était aussi notoire que son art de les renvoyer avec grâce, une fois leur mutuelle satisfaction assurée. Toby avait dès longtemps conjecturé que Roy, méditant et travaillant dans la joie au dispensaire, était sans doute le seul mâle adulte de toute la Géorgie à ignorer combien elle était accessible. Elle était — il s'en aperçut tout de suite — particulièrement accessible ce soir, instrument débordant d'ardeur, prête, le peignoir fallacieusement modeste qui l'enveloppait abandonné en un tournemain, à vibrer comme il le souhaiterait.

Elle eut vite compris qu'il n'était pas au diapason :

— Tu espérais bien que je serais sortie, Toby ?

— Sincèrement, oui.

— Pas très galant, cet aveu sans détour, cher.

— Puis-je être moins galant encore, et te laisser entendre que je suis pressé ?

— A pareille heure ? Un rendez-vous ?

— Est-ce toi que cette heure peut surprendre ?

— Dis-moi, Toby... Ce rendez-vous, c'est avec la dame de tes pensées ? Avec celle dont tu n'occuperas jamais les pensées. Celle qui ne veut pas, qui ne voudra jamais de toi...

— Me suis-je parfois mêlé de tes peccadilles, Marthe ? Ai-je parfois esquissé une intention de dévoiler tes débordements ? Pourquoi spéculer sur ce que *je* fais ?

— Ce n'est en aucune manière une spéculation, cher.

Sa voix s'était magiquement adoucie, et, pour sauver sa vie, Toby n'aurait pu dire si le tremblement dont elle vibrait était ou non sincère.

— Je t'ai vu, il y a un instant, amener Lara à la porte... et je sais très exactement quelle direction va prendre ta chevauchée...

— Comment pourrais-tu le savoir ?

— Nous avons été trop longtemps amis, Toby Kent,

et je te connais trop bien pour ne pas lire en toi comme en un livre.

Elle fit un pas vers lui, ses yeux aussi pudiquement baissés que ceux d'une vierge, ses longs cils battant sur ses joues.

— C'est bien à Sangaree que tu vas, n'est-ce pas ?

— Si tu y tiens.

— Rêver à la lune, au bord de l'eau, comme un gamin en mal d'amour ?

Il voulut ignorer la raillerie et s'efforça de répondre sans marquer d'agacement :

— J'ai l'intention de rendre visite à Mrs. Grégory.

— On ne rend pas visite aux dames à pareille heure.

— Peu importe l'heure. Si tu tiens à tout savoir, je doute qu'elle soit surprise de ma venue. Nous avons à terminer une discussion qui est trop en retard déjà.

— Ne sais-tu donc pas que Pagnol est à Sangaree cette nuit ?

— Au diable Pagnol !

— Au diable ! si tu veux, et ce n'est certes pas moi qui dirai le contraire. Mais ce n'est pas ce qui l'empêchera d'être l'amant de Nancy.

Bien que cette accusation ne répondît que trop exactement à ses craintes, il la réfuta :

— Je n'en crois rien.

— On les a vus descendre le fleuve à la nuit tombante. Ils remonteront demain...

Les joues de Toby s'enflammèrent au souvenir de ce qu'il avait si longuement regardé du haut de son observatoire.

— Quel droit as-tu de parler ainsi de ta belle-sœur ? Et sans preuves ! Elle ne s'abaisse jamais à parler ainsi de toi. Du moins en ma présence.

— Cela ne veut pas dire grand-chose : de quoi parle-t-elle en ta présence ? Des tarifs du fret et du prix du tabac... mais en dehors de cela ?

Il se dirigea vers la porte, pour échapper à cette conversation qui le mettait au supplice. Mais elle lui barrait le passage : il étouffa un juron, puis se ressaisit :

— Si tu veux bien m'excuser, Marthe... la route est longue jusqu'au gué.

Marthe ne bougea pas d'une ligne et se contenta de poser sur son bras une main plus douce et plus caressante que jamais.

— Tu réclamais des preuves tout à l'heure ? Peut-être, en effet, vaut-il mieux que je te permette de juger par toi-même. Tu n'ignores pas, je pense, que c'est Pagnol qui a fourni l'argent pour reconstruire Sangaree ?

— Et puis après ?

Savannah n'ignorait pas que plusieurs des grandes demeures des plantations avaient été restaurées, au cours de l'année précédente, grâce à la générosité du Français. Nancy Grégory, isolée dans sa fierté, avait entendu, sans y attacher d'intérêt, les commentaires murmurés à ce propos.

— Ne te rappelles-tu pas ce que je t'ai dit, la première nuit que tu as passée sous ce toit ? Il est bel et bien un pirate, ou, chose plus grave, le cerveau qui commande les coups de main.

— Pense à ce que tu dis !

La remontrance toucha au vif Marthe, qui, dès lors, accumula les accusations :

— Je te dis que Nancy l'aide. Que c'est ainsi qu'elle rembourse l'argent de Sangaree. Qu'elle le documente. C'est elle qui lui a fourni toutes les indications, y compris le jour et l'heure de départ de chacun des navires que la Compagnie a perdus.

L'amoureux de Nancy débordait d'indignation. L'homme que Nancy dédaignait, de qui elle méprisait la compétence commerciale, se sentait écroulé :

— Tu ne pourrais pas prouver le premier mot de tout cela.

— Tu pourrais, si tu l'osais.

— En voilà plus qu'assez, Marthe.

Le dépit et le désir qui la soulevaient l'exaltèrent encore :

— Pourquoi donc es-tu un fou aussi entêté, Toby ? Je suis ton amie. Pourquoi ne veux-tu pas m'écouter ?

Toby ne pouvait manquer de deviner les sentiments dont le tumulte l'agitait :

— Parce que ce n'est pas toi qui parles, répondit-il, mais ta haine pour Nancy Grégory.

— Ne sommes-nous pas unis dans cette haine ?

— J'ai probablement été injuste à son égard.

Marthe eut une exclamation de triomphe :

— J'aurais dû savoir qu'elle t'ensorcellerait, avec le temps. Dis-moi comment elle s'y est prise ? En t'invitant au cotillon pour demain ?

— Cette discussion me semble avoir assez duré.

Mais elle le retint une fois encore, posant une main sur chacune de ses épaules, le frôlant de son corps tout en continuant à plaider. Il resta quelques secondes indécis, troublé par sa proximité, mais plus désireux encore d'aller vérifier ce que faisait Nancy.

— Elle ne fera que se moquer de toi, Toby. Je pourrais t'aimer comme tu n'as jamais été aimé. Pourquoi ne me permets-tu pas de le prouver ?

Cette fois, il se libéra vraiment, s'arracha d'elle, lui tourna le dos et regarda la flamme mourante du foyer, pendant qu'il luttait pour retrouver son calme. Dans une certaine mesure.

La faim qu'elle avait de sa chair — et, même en cet instant de panique, il savait que cette phrase pourpre et brûlante résumait complètement Marthe Darby — ne s'était jamais manifestée avec un si total abandon, avec une telle fougue.

— Je veux t'appartenir, Toby. Je veux t'aider de toute façon...

Elle gémissait une tendre plainte. Il se retourna et lui fit face :

— Et tes vœux de mariage ? Ils n'ont donc aucun sens pour toi ?

La réponse fut immédiate, sans la moindre hésitation :

— Aucun. Moins que rien. Roy est un excellent homme. Je sais que je me suis mal conduite envers Roy. Mais si je pouvais te dire combien *morne* et *terne*...

Elle se ressaisit avec un effort. Lorsqu'elle parla à nouveau, sa voix était vraiment pathétique :

— Peu importe, Toby. Tu penses que je suis une mauvaise femme. Je ne le suis pas, réellement. Je ne suis que... inaccomplie... inexaucée... N'importe quelle femme comprendrait à quel point un mari tel que Roy peut laisser son épouse insatisfaite.

— Au moins, n'essaye pas de me faire croire que *tu es* insatisfaite ! lança-t-il.

Mais Marthe prit tout naturellement la brutale allusion :

— D'autres femmes ont pris *des* amants, en attendant l'amant qu'elles désirent...

Et son corps ondoyant et souple s'appuya au corps

de l'homme, le touchant et l'agaçant des seins aux chevilles.

— Si je te dis que ces freluquets ne me sont rien, moins que rien, me croiras-tu ? Peut-être ne t'en soucies-tu en aucune façon. C'est pourtant la vérité vraie.

— Bonne nuit, Marthe.

— Nous nous appartenions si naturellement jadis, Toby ! Pourquoi ne pouvons-nous plus être naturels ?

— *Bonne nuit, Marthe.*

— Rappelle-toi... le vieux Sachem et sa grotte... Comme il souriait dans la lumière du foyer lorsque tu me prenais ?... Lorsque je te priais de ne jamais cesser de m'aimer... et que tu promettais... et que tu as presque toujours tenu promesse ?... Je veux retrouver cet amour-là, Toby Kent. Je veux être battue et conquise et soulevée dans un autre monde.

Maintenant, elle était enlacée à lui, accrochée des mains et des lèvres, comme si elle ne devait, ne pouvait pas, jamais, le laisser partir. Il sentait sa propre chair tendue par l'effort violent qu'il faisait pour se maîtriser, sentait le grand flux originel de son être battre et palpiter en contrepoint au cœur farouchement battant et palpitant de Marthe. Depuis plus d'un an, il n'avait pas tenu une femme dans ses bras. Depuis un an et un jour exactement. Depuis le jour où Nancy avait, sur la plate, joué le rôle de sa propre servante. Ce souvenir, explosant en son cerveau comme une lumière blanche, le sauva juste à temps. Il se libéra vivement, pour tout de bon, et saisit son vieux tricorne comme un homme peut s'accrocher à un fétu de paille dans un cyclone.

— Tu regretteras cela demain, Marthe.

— C'est *toi* qui regretteras, cher. Mais peu importe. Tu reviendras.

— Pas tant que j'aurai ma raison.

— N'oublie pas que tu m'accompagnes au bal, tandis que mon légitime époux peine et besogne à la clinique. Ou bien la crainte t'enlèverait-elle la galanterie ?

— Crainte n'est guère le mot juste ! Est-ce qu'honneur est un trop grand mot pour ton dictionnaire ?

— Prouve donc, alors, que tu es sans crainte. Et embrasse-moi pour me souhaiter bonne nuit avant de te mettre en route pour Sangaree.

Tout en parlant, elle l'enveloppait de ses bras. Sans

l'avoir positivement voulu, il sentit que leurs bouches s'étaient rencontrées, unies, mêlées. Le souvenir d'extases partagées enflamma ses sens, débrida ses instincts. Ses mains la caressèrent habilement. Ses lèvres, descendant de la bouche à la gorge et de la gorge aux seins, retrouvèrent d'anciennes et délicieuses voluptés... Mais, cette fois, ce fut Marthe qui s'échappa de l'étreinte. — Marthe qui marcha lentement vers la braise rougeoyante du foyer. Il lut son sourire et devina que c'était le signe extérieur du triomphe ,— le plus ancien triomphe de la femme, quand elle a marqué sa proie et sent qu'elle pourra y retourner à son gré.

— Va donc à Sangaree, Toby. Je sais que tu reviendras.

— Je reviendrai, dit-il. Et c'est tant pis pour nous deux.

— Tu n'en penses pas un mot, naturellement.

— Tu verras, Marthe, répondit-il, luttant pour regagner son équilibre perdu.

— Nous avions retrouvé la grotte de Sachem, il n'y a qu'un instant : nous pourrons y retourner quand il nous plaira.

— Nous ne pourrons jamais y retourner vraiment. Il sut d'avance ce qu'elle allait faire, avant même qu'elle eût dénoué le cordon de sa robe flottante. Il regarda l'épais tissu s'écarter de la gorge à la taille, de la taille aux fines chevilles. Une secousse adroite et le peignoir avait disparu dans l'ombre, comme un oiseau sans gîte. Marthe s'avança doucement, laissant les reflets du feu éclairer sa nudité parfaite. Il vit qu'elle avait dit vrai : chaque pouce de cette chair frémissante et vibrante était la chair de la fille dont il avait partagé les frissons dans la caverne du Sachem, de la fille qui avait jadis été comme une partie de son propre sang.

— Est-ce que ceci ne prouve pas que je dis vrai, Toby ?

— Le démon t'a bien faite ! admit-il.

Avant qu'il pût en dire plus long, elle était partie, saisissant au vol son peignoir et s'en enveloppant dans sa fuite, s'arrêtant toutefois dans le hall pour rire de lui, se moquer amoureusement. Son murmure, sa sagesse résumée dans la dernière phrase qu'elle avait prononcée avec une feinte nonchalance flottaient encore autour de lui. Il se rendit compte qu'il s'était élancé à sa poursuite, lorsqu'il trébucha en aveugle contre la rampe de l'escalier, ce qui le fit jurer, puis retrouva le sentiment de la réalité, tandis qu'il tâtonnait du hall à la cuisine et de la cuisine à l'air du dehors. Lara leva impatiemment la tête, hennissant de joie lorsque son maître s'enleva enfin et se mit en selle.

Ce fut une longue chevauchée, mais Toby n'en retint pas grand-chose.

Beaucoup plus tard, il se souvint qu'il avait suivi sa route habituelle, la piste carrossable qui sortait en serpentant de Savannah, se dirigeant vers l'est, longeant le fouillis végétal qui avait été jadis Trustees' Garden, pour se confondre avec la route du fleuve, quelque part entre la limite des terres communales et le gué de Sangaree. Plus tard encore, il reconnut que seule la chance l'avait préservé de se casser le cou pendant cette galopade nocturne de plusieurs heures, bien que, lorsqu'il retint enfin les rênes et contempla son but au milieu du fleuve qui coulait doucement, il lui semblât n'avoir quitté Wright Square que depuis peu d'instants.

Lâchant la bride sur le cou de la jument, il s'assit, comme il s'installait toujours, embusqué entre les racines du plus grand chêne noir de son côté de la Savannah, et laissa ses grandes résolutions s'enfuir goutte à goutte.

Lara, qui buvait paisiblement dans les creux, reviendrait au moindre appel. En un instant, il pouvait se retrouver sur la route, rentrer au gîte au petit trot, regagner la montagne de travail qui l'attendait. Pour l'heure, il lui suffisait de rêver devant la grande silhouette blanche et de laisser le calme envahir son esprit, en même temps qu'une tendre aspiration qui ne serait pas exprimée en paroles... Marthe et la chaude complexion charnelle de Marthe n'étaient plus rien maintenant, moins que rien. Il serait bien temps de résoudre cette menace demain à la Filature.

Et voilà que, parmi les palmiers et les chênes verts de l'île, la lumière se mouvait comme une chose vivante. L'aube, aussi joyeuse et dansante qu'une jeune fille, bondissait de l'eau gris-pigeon à la girouette dorée qui dominait le toit de l'aire à battre, des ardoises du belvédère ouest aux grandes mansardes pointues du manoir. Et Toby regardait Sangaree de tous ses yeux largement ouverts et chérissait en son coeur chaque détail de la maison qui abritait son amour. Le vieux puits couvert de lierre le retenait autant que les feuilles d'acanthe sculptées au-dessus d'un portique blanc d'ivoire, ou que les larges marches bordées de jarres fleuries qui descendaient avec tant de sereine noblesse vers les jardins s'ouvrant sur la Savannah.

Chose étrange, tout avait paru bien plus réel sous les étoiles. Il s'en étonna, se demandant pourquoi sa vision se rétrécissait un peu à la venue du jour. Exactement comme s'il examinait le domaine de Nancy Grégory par le gros bout de la lorgnette, — d'où un éloignement que son cœur ne voulait point admettre, encore que son esprit le confirmât.

Depuis quelques minutes déjà, le petit voilier tirait des bordées dans l'ombre de la rive éloignée. Maintenant, ayant gagné le courant nonchalant, il arrivait en pleine vue, et le triangle de sa voile dansante était, dans le haut, coloré du premier rayon de soleil. Baigné dans la clarté nouvelle, l'esquif semblait plutôt flotter dans l'air que voguer, vaisseau de mirage suspendu dans une lueur nacrée entre la mer et le ciel. Puis le mirage se dissipa, et le jour fut — le plein jour indiscret, — et le petit voilier devint, sans aucun doute possible, celui de Nancy Grégory.

Toby le regarda longuement, se refusant à admettre, même à présent, que sa vue et sa prémonition avaient été d'une identique exactitude.

Marthe avait affirmé que Pagnol était l'amant de Nancy, et, bien qu'il eût encore devant les yeux le billet resté à découvert sur le bureau, et la vue de leur départ ensemble à bord du voilier, bien que fût plus convaincant encore le fait que la fortune de Pagnol avait restauré Sangaree, jusqu'à la dernière brique blanchie à la chaux de la dernière case d'esclave, — malgré tant d'évidence, il n'avait attribué cette accusation qu'à un dépit féminin pur et simple.

Mais, à présent qu'il regardait la voile monter et descendre dans la brise, il priait de toute son âme pour que Pagnol ne fût pas à bord. Pour son cœur, il en allait bien autrement : la fièvre verte de la jalousie le torturait à tel point qu'à son tour ce cœur torturait l'esprit de l'amoureux désespéré et l'emplissait d'une sorte de folie.

Naviguant aisément, avec le vent en poupe, le petit voilier paraissait évoluer sans l'aide d'une main humaine. Nancy et le Français avaient-ils réellement calé la barre pour jouir d'un ultime badinage amoureux, là, dans le poste étroit ?

Toby se mit sur les mains et les genoux, puis se redressa de toute sa hauteur. Il y eut un déclic métallique lorsque ses doigts nerveux armèrent le pistolet, sans que son cerveau en eût sciemment donné l'ordre. Et puis le soleil levant lui mit des flèches éclatantes et dures plein les yeux. Et, en même temps, les brumes de son esprit se déchirèrent comme par magie, et il sut, avant même que se fussent calmés les battements de son cœur, qu'il ne lèverait jamais cette arme pour assassiner Félix Pagnol : sans un bruit, le pistolet tomba dans l'herbe haute.

Toby s'avança en pleine vue, là, sur la berge, au moment même où le petit bateau, poussé par la fraîche brise matinale, l'eau brune du fleuve se partageant en moustaches écumeuses aux deux côtés de sa proue, entrait dans la lagune. Il n'était plus à un jet de pierre du rivage, quand une dernière manœuvre fit pivoter le beaupré qui eut l'air de vouloir ratisser la terre spongieuse aux pieds de Toby. Le vent faisait claquer la grande voile, et le pilote invisible jusqu'alors, se trouva tout à coup révélé : Toby Kent vit Nancy, étalée de tout son long sur le plat-bord, la barre bien calée entre ses genoux, son foulard de gipsy flottant joyeusement dans le matin vif.

Si elle fut surprise lorsque leurs yeux se rencontrèrent, elle le dissimula merveilleusement, et, même, un sourire se dessina sur ses lèvres, tandis qu'elle levait la main en manière de salutation. Posé impudemment de biais sur la Savannah, le petit voilier était de bout en bout exposé à l'inspection. A l'exception d'une valise, le poste était vide.

Un sanglot de soulagement monta à la gorge de l'homme, qui le réprima juste à temps et leva la main à son tour pour répondre à la salutation de Nancy.

— N'êtes-vous pas dehors de bien bonne heure, docteur ?

— Pas plus tôt que vous, Mrs. Grégory.

— Prenez garde que je n'arrive avant vous à l'entrepôt. Cela ferait très mauvais effet !

— Lara peut battre votre voilier, madame.

— La mettrons-nous à l'épreuve ?

— Sans hésiter.

Malgré son heureux vertige de délivrance, il s'émerveilla de la fermeté de sa propre voix. Il ne fallait pas qu'elle pût jamais soupçonner qu'il l'espionnait — et qu'il épiait Sangaree — dès avant l'aube.

— Qu'est-ce que vous pouvez bien faire sur la route à pareille heure, docteur, s'il est permis de le demander ?

— J'ai passé toute la nuit dehors. Visite médicale dans la campagne.

— Si cela se reproduit, arrêtez-vous à Sangaree pour laisser souffler votre cheval. Si j'avais su, vous auriez pu revenir en bateau avec moi.

— Serais-je en sécurité, si je... m'arrêtais à Sangaree ?

Il avait légèrement élevé la voix, maintenant que le voilier avait viré de bord dans le chenal.

— Comment pourriez-vous le savoir, tant que vous n'aurez pas essayé ?

Toby resta seul sur la berge, à regarder la voile blanche s'éloigner jusqu'à n'être plus qu'un point sur l'immensité de la Savannah. Puis il sauta en selle et permit à Lara de choisir son allure sur la route du fleuve. Pour aujourd'hui, l'imposante pile de dossiers qui attendait le président de la Compagnie Darby continuerait à l'attendre malgré l'urgence. Pour aujourd'hui, Nancy Grégory en userait à sa guise de l'entrepôt Darby et de ses richesses.

Lui, s'il chevauchait jusqu'au crépuscule parmi les landes et les pinèdes, peut-être pourrait-il ordonner le tourbillon de ses pensées — et se préparer à la rencontrer ce même soir, face à la musique, à la Filature.

QUATRIÈME PARTIE

LA FILATURE

1

TOBY, debout devant le miroir, l'œil hostile, le sourcil mécontent, une moue dégoûtée sur les lèvres, examinait sans bienveillance l'élégant dandy — jambes fines strictement gainées de bas de soie blanche et de culottes de soie noire, long, très long gilet férocement serré, une écume de dentelle française moussant sur une poitrine de satin noir — qui lui rendait grimace pour grimace.

Cette minutieuse toilette lui avait pris un temps fou, mais elle avait présenté un avantage qu'il estimait à son prix : elle lui avait fourni une irréfutable excuse pour demeurer dans sa chambre jusqu'à la toute dernière minute permise et pour retarder d'autant celle où il lui faudrait absolument descendre vers le rez de chaussée et vers Marthe.

Le calme qui baignait à présent ses esprits tenait de la léthargie plutôt que de la résignation : détente physique, sans plus, de nerfs épuisés par une nuit blanche et une longue journée, dont sa mémoire ne retrouvait que des bribes, passée tout entière à chevaucher dans les pinèdes et les landes.

« La vérité, c'est que j'ai l'impression d'être transformé en ouistiti. »

— Ce n'est pas étonnant, fils, avec un gréement

pareil. Si cela peut vous consoler un peu, dites-vous que vous êtes tout de même plus élégant. Il faut souffrir pour être beau.

Toby s'était parlé à lui-même, avait pensé à haute voix, sans plus : la voix qui lui répondait le surprit en lui rappelant la présence du capitaine Bronson, commandant de la *Darby Belle*, qui, tout en se balançant placidement sur les pieds fuselés de sa chaise (c'est incroyable ce que cela peut être solide, du mobilier d'honnête fabrication qui paraît léger, léger !...), considérait avec bonne humeur le président de la Compagnie Darby qui s'habillait pour se rendre à la Filature et participer à son premier cotillon.

L'arôme salé qui flottait autour du capitaine Bronson suffit à rendre au jeune chirurgien le sens des réalités. De la veste croisée en gros drap au bonnet tricoté dont la pointe retombait sur sa tempe grisonnante, le capitaine était un authentique homme de mer. Ces yeux qui avaient défié les ouragans pouvaient regarder sans un battement de cils l'apprenti dandy, en train de mettre la dernière main à sa parure de grand soir. La visite de Bronson — son préféré entre tous les skippers de la Compagnie — avait réjoui Toby malgré (voire surtout à cause de !) l'heure : tout valait mieux que la certitude qu'avant longtemps il gambaderait avec Marthe au rythme de la musique, sous les regards, attentifs et malveillants, du Tout Savannah.

— Pourquoi ne viendriez-vous pas au bal, capitaine ?

— Non, vraiment non ! merci, fils. Je me suis défendu contre des cannibales et j'ai survécu pour m'en vanter. Mais je n'pourrais pas en faire autant contre une meute de femelles incohérentes et jacassantes, Doc. En outre, j'ai rendez-vous à l'*Oiseau Captif* avec un bol de punch froid et une volaille rôtie.

— Nous aurions aussi bien pu parler demain, vous savez.

— Que non ! Pas si votre chargement continue à bonne allure. Il est même possible que nous mettions à la voile avec la marée.

Toby releva brusquement ses yeux, baissés vers Daniel, l'esclave domestique agenouillé à ses pieds, et qui tirait, pour le serrer plus étroitement, sur les lacets de son gilet.

Le bateau de Bronson, confortablement amarré le long du quai sous la falaise, chargeait du tabac depuis le matin, avec une équipe complète de débardeurs. Il était néanmoins incroyable que l'énorme cargaison eût pu être arrimée si tôt.

— Avez-vous employé des dockers supplémentaires, cap'taine ?

— Initiative de Miss Nancy. Pas la mienne. Elle m'a dit qu'en votre absence elle avait la responsabilité de l'entrepôt, et que notre livraison de premier choix n'atteindrait jamais trop tôt Whitehall.

Toby retint son souffle tout le temps que Daniel, tirant à pleine force, sangla le long gilet rouge prune aussi serré qu'un corset de femme, pour laisser ensuite retomber sur son artifice les pans de l'habit, et fut même heureux d'y être obligé pour satisfaire à la mode, ce qui lui permit un long moment de réflexion et de silence.

— Doc... Nous pourrons certainement être prêts pour la marée. Est-ce que je largue mes amarres sans préavis, comme toujours ?

— Cela nous a réussi dans le passé. Pourquoi pas demain ?

Récemment, ces précautions avaient paru plus nécessaires que jamais. Et particulièrement à ce voyage-ci, alors qu'une véritable fortune en feuilles de choix emplissait la cale.

Ainsi que tous les armateurs de Géorgie, la Compagnie Darby avait eu sa part de pertes dues aux pirates — alors même que ses navires marchands étaient armés. Bronson, qui pouvait affronter la bagarre aussi bien que n'importe quel loup de mer, jugeait préférable d'esquiver ces écumeurs des côtes, et, tout d'abord, leurs espions de Muskrat Town. Une fois au large de l'Atlantique, la *Darby Belle* avait une allure qui lui permettait de montrer les talons à tout ennemi n'appartenant pas à la flotte de guerre britannique.

— En aviserai-je donc Miss Nancy ?

— *Je* l'en aviserai, cap'taine : nous nous retrouvons dans une heure à la Filature.

Bronson leva les sourcils et, du coup, ressembla plus que jamais à un morse. Comparaison que le pétillement de son regard faussa aussitôt.

— Ainsi donc vous allez enfin danser avec elle, docteur ? Je donnerais gros pour voir ça !

— Il n'est pas trop tard pour venir.

— Pourquoi auriez-vous besoin de moi ? Vous n'allez

tout de même pas perdre courage avec tout ce beau satin sur le râble ?

Déjà le capitaine avait arraché sa masse à la chaise aux pieds fuselés.

Debout, tout trapu qu'il fût, le marin paraissait remplir la pièce entière.

Fin prêt, Toby renvoya Daniel. La cordialité virile du capitaine l'avait réconforté. Il y sentait une amitié qui dépassait de beaucoup leurs intérêts partagés.

— Dites-moi une chose, cap'taine. Est-il sage, à votre avis, de... eh bien !... de mettre Miss Nancy au courant de ces dates de départ ?

— Pourquoi pas ? C'est bien elle qui tient le livre de bord, non ?

— Peut-être vaudrait-il mieux que je prenne note mentalement du projet de mettre à la voile dès l'aube. Si vous partez avec la marée, nous pourrons porter le fait au registre, *après* l'événement.

— Faites comme il vous plaira. Mais, à mon avis, elle le sait déjà. Sans quoi, pourquoi aurait-elle stimulé tous les Noirs du dock depuis le lever du soleil ?

D'un geste, Toby écarta la question, tout en retournant vers son miroir pour un dernier coup d'œil navré.

L'énergie de Nancy Grégory s'était affirmée une fois de plus, fournissant, ce coup-ci, la preuve que les affaires pouvaient fort bien aller du même pas, voire plus vite, quand le président de la Compagnie était hors de Savannah. L'heure, évidemment, était peu propice à formuler en paroles son faible, son vague soupçon que Nancy, et Nancy seule, était coupable.

Coupable de quoi ?

De travailler, grâce à la complicité de son amant, au naufrage de la Compagnie... et à l'enrichissement de Pagnol ? D'avertir les Frères de la Côte, grâce à la complicité de Pagnol ou par quelque autre voie, des départs des navires Darby ? Ce soupçon, auquel il n'avait encore permis de se matérialiser, prenait corps ce soir, s'enflait jusqu'à devenir certitude, une certitude qui, déjà, emplissait son esprit, à faire éclater les parois de son cerveau.

Bronson, traînant les pieds, gagnait la porte.

— Si vous voulez bien m'excuser, docteur, m'est avis que cette volaille attend depuis trop longtemps déjà. Toujours une bonne chose que de faire un agréable repas avant de prendre la mer.

— A supposer que je décide de contremander vos ordres ?... Quelle est la dernière limite pour vous le faire savoir ?

Entre ses vastes favoris, le visage de Bronson s'élargit en un sourire héroïque : malgré le bonnet tricoté et son pompon dansant, le skipper, sous la douce clarté des bougies, évoquait assez bien Jason. Un Jason plein de bon sens et qui, connaissant la Toison d'or pour un mirage dérisoire sans signification ni portée, ne la poursuit pas moins jusqu'au bout pour le seul plaisir de la poursuite.

— Puisque vous allez folâtrer à la Filature, vous n'aurez qu'à traverser The Bay et à crier du haut en bas de la falaise. Je serai sur la plage arrière à partir de minuit. N'ayez crainte, je vous entendrai.

— Il se peut que Mrs. Grégory et moi y allions ensemble.

— Encore un coup d'œil qui vaudrait d'être vu. Qui vaudrait même la peine d'attendre pour voir ça !

Secoué par un rire muet, Bronson avait déjà disparu, et ses grosses bottes de mer rythmaient une marche joyeuse sur les accords qui, s'élevant du rez-de-chaussée, emplissaient la cage d'escalier : Toby ne prit qu'alors conscience de cette aimable mélodie. Il conclut que Marthe, comme d'habitude, faisait sa grande coquette au clavecin dans le salon d'apparat. Carrant ses épaules, mais les genoux tremblants, il marcha vers la musique.

Le hall de l'étage baignait dans la pénombre, les impostes ne l'éclairant plus, car déjà l'obscurité envahissait les jardins.

La femme de chambre personnelle de Nancy, somnolant à la porte de sa maîtresse, se leva d'un jet pour faire la révérence au président de la Compagnie Darby lorsqu'il passa devant elle.

Une nappe de lumière s'étalant sous la porte accrocha l'œil du jeune homme, cependant que le froufrou d'une robe et le refrain que Mrs. Grégory fredonnait tout en se déplaçant par la chambre accrochaient ensemble son oreille. Le même refrain que fredonnait le capitaine Bronson en disparaissant par l'escalier de la cuisine. Le même que jouait Marthe dans le grand salon, celui d'une vieille ballade familière, épicée de sous-entendus et d'accords mineurs.

Surpris d'abord, il se dit, à la réflexion, que c'était

assez dans la manière de Nancy de chantonner un air légèrement *risqué* (1) tout en mettant à sa toilette une dernière main qui, à n'en pas douter, lui donnerait son *cachet* (1) personnel. Etablissait-elle, en même temps, des projets et des plans pour le réduire à merci ?

Comme cela lui ressemblait aussi de s'attarder derrière ce massif panneau d'acajou et de l'obliger, lui, à faire le premier face à la meute.

La valise, qu'il avait aperçue, au jour levant, dans le poste du petit voilier, avait, en fin d'après-midi, été apportée du dock à la maison. Depuis que lui-même était rentré de sa vaine chevauchée, Toby, debout à sa fenêtre, attendait, comme un affamé attend une bouchée de pain, comme un homme mourant de soif espère une gorgée d'eau, le retour de la jeune femme après son active journée de travail au bureau et à l'entrepôt. Il avait vu son parasol danser d'un bout à l'autre de Wright Square, et flotter les fronces de sa large robe de cretonne comme elle tournait sous le porche. Il avait entendu son pas filer lestement le long couloir, pendant que lui-même se tenait, silencieux, tapi dans sa chambre à demi obscure. Alors, il avait violemment lutté contre la tentation de retourner aux écuries pour y seller un autre hunter, afin de s'échapper à nouveau dans la douteuse paix des pinèdes.

Et maintenant, solennel et songeur, tel un prisonnier marchant vers le gibet, le voilà qui était obligé de presser le pas, dans la crainte qu'elle choisît cet instant précis pour ouvrir sa porte et lui faire face. De sorte que de faire face à Marthe par-dessus son épinette lui fut presque un soulagement.

Il s'était attendu à trouver le salon envahi comme d'habitude, par la nuée de soupirants qui tournaient partout autour d'elle. Ce soir, elle semblait seule, au milieu d'une flaque de lumière blonde déversée par le grand lustre. Les chandelles faisaient scintiller dans la nuit de sa chevelure une douzaine de points lumineux, arrachaient des éclairs à la *rivière* (1) de diamants qui coulait sur sa gorge, allumaient des étincelles aux bagues des doigts qui volaient sur le clavier.

Encore qu'il sût qu'elle s'était immédiatement aperçue de son entrée, elle n'en donna d'autre preuve que

(1) En français dans le texte.

le fait d'élever un peu la voix, pour souligner les intentions du couplet suivant, qu'elle chanta gaiement :

Lorsque j'étais célibataire,
Et tisserand de mon métier,
La seule erreur qu'on m'ait vu faire,
Ce fut de la courtiser.

Toute la maison s'animait au son de la vieille ballade, si alertement cadencée en dépit de ses lugubres accords en mineur. Marthe la chantait avec entrain, roulant ses beaux yeux sombres pour avertir du prochain sous-entendu :

Je l'ai courtisée en hiver,
Je l'ai courtisée au printemps,
Et, seule erreur qu'on m'ait vu faire,
Je l'ai préservée du mauvais temps !

Quelqu'un rit tout bas, au fond d'une bergère, près du feu. Toby se tourna dans la direction du bruit, content d'apprendre que Marthe n'avait pas chanté à son unique intention, et bien qu'il devinât que Félix Pagnol allait surgir de cette embuscade pour lui tendre la main :

— *Sa voix a la vraie beauté, n'est-ce pas, monsieur le docteur ? La beauté de la terre* (1).

— *Ou du diable* (1) *!*

Comme toujours, lorsque Pagnol insistait pour l'emploi du français dans la conversation, Toby coupait court ses réponses.

Ce soir, la magnificence du visiteur l'exaspérait plus que jamais. Même à côté de la flamboyante robe du soir de Marthe, le Français était une admirable gravure de mode, une muette symphonie en blanc et or ; des ordres royaux illuminaient son gilet, une croix de chevalier romain éclatait de tous ses rubis au ruban passé à son encolure.

— N'écarquillez pas ainsi les yeux, docteur ! fit Pagnol, passant avec aisance de sa langue maternelle à son anglais glissant. Et croyez-en un connaisseur si je vous déclare que vous êtes tout aussi beau que moi.

— Rien n'est plus exact ! confirma la jeune femme. Es-tu prêt pour la première danse ?

(1) En français dans le texte.

— Ne me juge pas discourtois, Marthe. Mais tu sais que je ne suis ici ce soir que contraint et forcé.

— Cette phrase, docteur, est pire que discourtoise, remarqua Pagnol. Elle est offensante. Le plus occupé des hommes doit trouver du temps pour la musique, les femmes et le rire.

Marthe pencha la tête et ses doigts arrachèrent au clavecin quelques accords plaintifs :

— Les trois vont-ils toujours de pair, Félix ?

— Dans mon pays, ils sont inséparables. Il en va de même ici, notre actif docteur voudra bien l'admettre.

Kent dévisageait Pagnol. Il avait beau s'y efforcer, il n'arrivait pas et, sa propre tête en dépendît-elle, n'arriverait jamais à imaginer le Français comme une cible pour son pistolet. L'idée de placer une balle entre les deux yeux de cet homme élégant lui paraissait aussi inconcevable que d'écraser un trop beau papillon. Et pourtant, en dépit de ses façons à la fois nonchalantes et cavalières, Pagnol n'avait rien d'un fat. S'il le souhaitait, le Français pouvait encore devenir vraiment son ami, ou un ennemi également plausible.

— Dites-moi, docteur, la charmante Mrs. Darby ne se froissera pas, j'en suis sûr, de cette convèrsation d'hommes en sa présence, dites-moi si le jeune Bristol vous a envoyé ses témoins aujourd'hui ?

Toby, fronçant les sourcils à cette question, se leva et se mit à arpenter la pièce : il n'avait parlé à personne de la bagarre de la veille, à l'auberge Tondee, et cependant il était certain — il venait d'en avoir la preuve — que l'histoire courait tout Savannah à l'allure d'un feu follet.

— Si vous avez entendu parler de cela, monsieur, vous savez la suite aussi bien que moi. Le jeune Bristol me considère comme indigne de sa lame... et... de ses balles.

— Voulez-vous me permettre de le tuer... à votre intention, docteur ? Vous me consentiriez là une bien précieuse faveur.

Marthe frappa dans ses mains, en manière de plaisant reproche, et fit sa moue la plus ensorcelante :

— Qu'il ne soit pas, dans ma maison, question de tuer quiconque, messieurs.

Pagnol leva des sourcils incrédules :

— Objecteriez-vous à la mort de Harvey Bristol, madame ? Il m'avait toujours paru que vous étiez douée de la plus rare des vertus féminines : le bon sens.

— Mais c'est péché d'envisager l'idée de tuer qui que ce soit.

— Même un vain freluquet bourdonnant comme le jeune Bristol ? Croyez-moi, Mrs. Darby, c'est une croissance, une tumeur. Une verrue sur le jeune corps joyeux et sain de votre Amérique. Il faut exciser quelques verrues, le jeune géant s'en portera d'autant mieux.

— Vous parlez bien librement de freluquets et de verrues, capitaine Pagnol. Qu'êtes-vous d'autre ?

Cette fois, Toby se trouva physiquement assez détendu pour s'installer sur le massif canapé d'acajou recouvert de crin noir. Encore qu'il ne pût discerner les raisons qui poussaient Marthe à se faire la championne du jeune Bristol, il se sentait soulagé de n'être plus personnellement sur la sellette et croisa presque avec calme ses genoux de satin noir.

Pagnol, à ce qu'il constata, prenait avec une totale placidité l'injurieuse apostrophe. Pas un muscle de son visage ne bougea et sa belle bouche, trop délicatemnt modelée, n'avait pas cessé de sourire lorsqu'il se pencha pardessus l'épinette. Ses yeux appréciaient ostensiblement les contours crémeux des épaules nues, la blanche rondeur des seins, et s'y attardaient — comme seuls peuvent s'attarder les yeux d'un Français.

— Ce que vous dites de moi est parfaitement vrai, Mrs. Darby. Je n'ai, en effet, nul emploi apparent.

Marthe se renversa légèrement contre le dossier de sa banquette, souriant à son tour, comme si le regard dont il la détaillait eût été un courtois et agréable compliment. Et, en souriant, elle répondit :

— Il est vrai que des rumeurs prétendent...

— La plupart d'entre elles me sont connues. D'aucunes insinuent que j'ai fait fortune en exploitant les femmes. D'autres assurent que je suis un bâtard royal, bien payé pour me tenir à l'écart de Versailles. La plus couramment répandue de ces... médisances... veut que je sois un pirate qui adopte Savannah comme port d'attache commode... Vous dirai-je qui je suis réellement, ici, maintenant, en présence du docteur ?

— Pourrions-nous vous croire ?

— Les gros mots sont sans charme sur les lèvres des femmes. Votre beauté toutefois vous donne licence de les employer de charmante façon.

Les yeux du Français reprirent leur exploration, à la fois avide et délicate, passant d'une courbe suave à l'autre, des rondes épaules aux seins harmonieux et des seins à la taille impitoyablement sanglée. Et ces yeux paraissaient vraiment apprécier chaque détail et le savourer.

— Nous vous écoutons, capitaine, murmura gracieusement Marthe. La lueur des chandelles est propice aux fables.

— Ceci n'a rien d'une fable, je vous assure. Notre bon docteur est un étudiant des maux humains. Avec une certaine chance, il peut même prescrire quelquefois le remède qui les guérira. Mais, moi, Mrs. Darby, j'étudie tout l'homme. C'est là ma vocation, la tâche de ma vie ; le lieu de ma résidence n'importe guère. Le fait que je suis Français n'importe pas davantage. Comme disait ce grand Anglais qui défendit votre Révolution avec tant d'éloquence, le monde est mon pays.

Toby, agacé par le ronronnement trop convaincant de l'autre, intervint avec vivacité :

— Vous compareriez-vous à Tom Paine, capitaine ?

— Uniquement en ce qui concerne les intentions, monsieur. Je crois pouvoir me dire un révolutionnaire véritable.

Marthe parla, nonchalamment :

— Gardez votre politique pour la brasserie, Félix. Nous parlions de Harvey Bristol.

— Précisément. Ce jeune Bristol est l'exemplaire idéal et sans retouche du contre-révolutionnaire.

— N'en dites pas davantage, s'il vous plaît : ma tête y renonce !

— Vous me comprenez à merveille, au contraire. Votre Mr. Bristol est un tyran-né, tout comme monsieur son père. Ils sont convaincus, l'un comme l'autre, que le monde a été créé pour qu'y vivent les princes et les esclaves. Et *ils* entendent bien rester les princes.

— Le monde serait terne si les princes en étaient retirés, Félix. Et pourquoi parler de *mon* Mrs. Bristol ?

Le visage du Français débordait d'aménité, sa voix débordait de malice :

— La chose est de notoriété publique : c'est ici qu'il a fait sa première visite à son retour à Savannah, et vous l'avez reçu.

— Je maintiens qu'il aime toujours Nancy. Le contesterez-vous ?

— La plupart de tous les hommes qui ont connu votre belle-sœur ont fini par l'aimer. A moins qu'ils n'aient commencé par-là, auquel cas ils n'ont eu qu'à continuer. Pourquoi le jeune Bristol ferait-il exception à la règle générale ?

Toby, toujours installé au fond de son canapé, sentait brûler ses joues. Le duel entre Pagnol et Marthe commençait à devenir plus serré. Il intervint encore, et d'une voix qui n'était pas la sienne :

— Mais, en effet, Marthe : pourquoi ?

— N'abîmez pas la discussion en vous mettant d'accord, messieurs !

Marthe s'était levée en parlant et s'éloignait du clavecin. Virevoltant avec grâce dans le salon, comme entre les bras d'un danseur imaginaire, elle faisait tournoyer son ample robe, et ce mouvement offrit un bref mais troublant coup d'œil sur ses chevilles et ses bas ajourés au-dessus d'escarpins de danse à talons plats :

— J'ai simplement voulu vous dire que Harvey Bristol est revenu dans l'intention de refaire la cour à Nancy.

Toby confirma, la voix acide :

— *Quand* la Compagnie aura échoué — *si* elle échoue, — c'est-à-dire quand Nancy sera riche à nouveau.

— C'est tout à fait exact, admit paisiblement Marthe. Qu'est-ce que le pauvre garçon pourrait espérer d'autre ? Il n'a plus le sou après son année d'Angleterre.

— D'après mes informations, laissa non moins paisiblement tomber Pagnol, il possède une fortune camouflée à Nassau.

— Il faudrait vérifier vos informations à la source, Félix. Harvey n'a guère passé plus d'un mois à Nassau... et il a été forcé de travailler à bord pour assurer son passage à Savannah.

Comme s'il n'avait pas entendu, Pagnol enchaîna :

— On assure aussi que sa femme est morte bien curieusement, bien mystérieusement.

— Vous ne lui diriez pas cela en face !

Marthe avait lancé sa protestation avec une telle véhémence que Toby la regarda, effaré de tant d'ardeur. Pagnol, lui, se contenta de hausser les épaules et de répondre d'un ton plus placide que jamais :

— J'ai offert de le tuer au pistolet, par amitié pour le Dr Kent. Non que le docteur ne puisse le tuer aussi sûrement et aussi facilement que moi — il salua Toby en hommage, — mais je dispose de plus de temps.

— Ce n'est guère un sujet de plaisanterie, Félix.

Les yeux de Marthe étaient encore pleins de flammes, mais elle semblait regretter son explosion et dit :

— Bien entendu, tout cela ne sortira pas de cette pièce.

— Afficherai-je une provocation à la porte de la criée ? Ou le défierai-je *via* les colonnes du *Mercury* de Mr. Thatch ?

— *Mille regrets* (1), mais vous perdriez votre temps.

Gabriel entrait dans le salon par une des portes-fenêtres donnant sur le jardin. Il marchait avec légèreté, cambrant le cou-de-pied, avec des airs de matou satisfait, et faisait une pause d'un instant pour s'incliner sur la main de Marthe. Toby devinait que Gaby avait voulu son effet, choisi délibérément la minute de son entrée, et soigné sa réplique. Le journaliste, ainsi qu'il convenait à son métier, ne répugnait pas à s'arrêter derrière une porte entrouverte, et tant mieux s'il récoltait ainsi quelque savoureux potin.

— N'aie pas l'air si contrarié, Marthe, continuait Gaby. Moi aussi, je suis invité au cotillon. Et, qui mieux est, je réclame ta première gavotte.

— C'est un honneur que j'ai déjà sollicité, Mr. Thatch, murmura Pagnol. Je comprends que vous le regrettiez. Mais, bien entendu, si vous souhaitez contester mes droits...

— Un défi à la fois, capitaine Pagnol ! fit Thatch, en riant.

Il lança ses gants et son chapeau sur une commode et déboucha le flacon de bois où le brandy attendait le bon plaisir des visiteurs :

— Un défi à la fois ! Vous et moi pourrons toujours nous inventer une excuse quand nous voudrons en venir là. Commençons par Bristol.

— Mais vous laissiez entendre à l'instant qu'il ne se battrait pas, même si j'affichais ma provocation.

— Oh ! pour ça, pas du tout. En admettant même que le lourdaud sache lire, il ne sera pas ici pour accepter.

Marthe regagna l'épinette et se lança dans quelque rondo rapide :

(1) En français dans le texte.

— Vous pouvez parler en toute liberté, messieurs. Je refuse d'écouter.

Gabriel ignora cette manifestation d'humeur. Ses yeux continuaient à mesurer Pagnol :

— Vous me voyez un peu surpris, *mon capitaine* (1), de vous trouver de notre bord.

— Un bon journaliste ne devrait jamais être surpris, dit le Français. Lui aussi devrait commencer par le commencement. Pourquoi ne pourrais-je pas témoigner de... disons de mon admiration pour la Compagnie Darby ?

— Raison très simple. Harvey Bristol est parti avec la marée du soir, à bord du cargo britannique *Ariadne,* pour être précis. Destination Nassau.

— Voyons ! Il devait bien se douter que les amis du Dr Kent allaient le défier ?

Gabriel haussa les épaules.

— J'étais précisément en route pour l'affichage d'un défi. Vous admettrez certes que j'étais le premier à pouvoir réclamer ce plaisir-là ?

Toby se cala plus profondément dans son coin. Etant admis qu'il aurait dû protester contre cette manière désinvolte de discuter la carence de Harvey Bristol, et qu'il restait silencieusement hors du jeu, cela n'aurait servi à rien de nier qu'il s'amusait beaucoup. Il aurait donné gros pour voir Gabriel Thatch clouer sa provocation au tableau d'affichage de la criée : *the vendue house,* la salle des ventes aux enchères.

Ce soir, il laissa sereinement glisser son regret :

— Puisque la question est devenue académique !...

Pagnol offrit à Gabriel et à Toby son meilleur sourire :

— Eh bien ! monsieur Thatch, la chose est entendue. C'est donc vous qui, dès que l'occasion s'en présentera, défendrez la cause de votre bon ami. Je me contenterai d'être « la réserve ».

Enfin Toby parla :

— Si le principal intéressé peut placer un mot...

— Mais bien sûr, docteur ! Nous ne faisons qu'unir nos mains pour vous protéger — comment dire ? — contre des distractions mineures ?

— Le jeune Bristol, de toute évidence, n'est pas un

(1) En français dans le texte.

lâche. Je n'arrive pas à comprendre pourquoi il a tourné les talons et pris le large.

— C'est son papa qui a fait ça ! plaisanta Gaby. Cela, je le sais de première main. Par... la porte de service de la maison Bristol. Il semble que la bataille ait fait rage — une seconde bataille sur un second terrain — cette nuit, après que nous eûmes déposé le corps, et quand ce corps eut commencé de parler.

» Ne t'y trompe pas ! Le vieux Bristol avait compté dur comme fer que son fils t'aurait laissé pour mort sur place, dans la salle de Tondee. Et, qui pis est, il avait escompté l'approbation unanime ; il se sentait assuré d'avoir l'opinion avec lui et se flattait que cet assassinat serait mis au rang des besognes de salubrité publique.

» Or il s'aperçoit qu'il s'est trompé dans les deux cas, qu'il a perdu sur les deux tableaux ; il va se retirer pendant le temps qu'il faudra dans sa tanière. Et le jeune Harvey, pour avoir fait l'idiot, s'est vu purement et simplement banni.

— Purement et simplement, soit, mais provisoirement. Tu n'escomptes pas une retraite définitive de Matthew Bristol dans sa tanière, j'imagine ?

Gabriel gloussa un petit rire et se versa une nouvelle rasade de brandy :

— Ai-je jamais sous-évalué nos ennemis ? Le temps qu'il faudra, ai-je dit. Le fait est là, tu as décroché hier soir une victoire véritable. Il est assez rusé pour l'admettre, du moins tout au fond de la noirceur de son cœur. Ils te combattront autrement à l'avenir, ça ne fait pas un pli. Mais, pour ce qui est de vouloir te désorbiter, c'est fini. Finies aussi les fanfaronnades de Harvey. C'est sur le marché qu'ils vont tenter de t'abattre, avec l'aide des appuis britanniques dudit Harvey. C'est aussi à l'Association médicale, lorsque je t'aurai fait élire officier de santé.

Gabriel but une large gorgée, claqua des lèvres et conclut :

— J'espère seulement que cette forme de bagarre t'amusera autant que moi.

Marthe, ayant plaqué quelques accords, se leva et quitta le clavecin :

— Cela suffira pour une soirée, messieurs. Moi, je

suis prête pour le bal. Le Dr Kent m'a promis de me servir d'escorte — s'il peut oublier sa rancune et penser à la danse.

La main de Marthe se posa sur le bras de Toby, puis le serra. Les yeux de Marthe l'attiraient vers elle, d'une action aussi sensible que celle d'un aimant. Pour le moment, il céda à l'attraction.

— N'attendriez-vous pas votre belle-sœur ?

— Nancy fera sa propre entrée, de la manière et au moment choisis par elle. Moi, quand je vais à la Filature, j'y vais pour danser. Il est temps.

— Et vous, docteur ? s'informa Pagnol.

Toby eut un lugubre sourire :

— Dirons-nous que j'y vais comme une marionnette au bout de son fil de soie ?

— Excellente image, puisque la Filature fut jadis vouée au ver à soie ! Puis-je ajouter que vous paraissez en somme une victime volontaire ?

— Pourrait-il en être autrement en semblable compagnie ?

Sur ce compliment, il fit passer Marthe dans le hall, et, prenant des mains de Jubal le manteau du soir de la jeune femme, il l'enroula avec autant de légèreté et d'indifférence qu'il le put autour de ses charmes opulents. Maintenant que la soirée était commencée, et qu'il s'était jeté à l'eau, il avait repris assez de calme et d'équilibre pour remarquer le vif contraste que la doublure de satin blanc et la débauche de queues d'hermines faisaient avec le contour noir et blanc de son décolleté hardi et l'éclat de jais de ses cheveux.

— Prie le Ciel que Gaby reste avec le brandy, chuchota-t-elle.

— Prie le Ciel pour qu'il n'en soit rien, répondit-il.

— Si je t'en défiais, oserais-tu traverser à cette heure Trustees' Garden avec moi ?

— Pas même s'il s'agissait de sauver ma vie à cette condition.

— De qui as-tu peur, Toby ? De toi-même ? Ou de moi ?

— Disons plutôt que j'ai peur pour nous deux.

— Pour l'instant, cela suffira très agréablement. Pour l'instant...

Sa voix était un frémissant murmure. A travers le satin de la manche, ses doigts brûlaient le bras de

Toby. Et, comme Gabriel posait son verre pour les suivre, elle s'écarta légèrement de son cavalier.

Déjà Pagnol s'était mis au clavecin, de l'air d'un homme qui a retrouvé un foyer. Ses doigts, dansant sur les touches jaunies, réveillaient la magie du fragile instrument. C'était ce même rondo de Mozart que Marthe avait joué quelques minutes auparavant. Sous les mains de Pagnol, il retrouvait toute sa grâce, toute son arachnéenne délicatesse, le dessin harmonieusement équilibré qui faisait vraiment sa raison d'être.

Du fond du cœur, Toby bénit Gabriel et son facile bavardage et, avant de virer sur le trottoir qu'ils allaient suivre jusqu'à la Filature, il se retourna, cherchant pourquoi le fredonnement avait cessé, bien que les doigts de Pagnol fussent toujours aussi alertes sur les touches. Le cœur battant, il leva les yeux : Nancy avait refermé sa fenêtre. Sa main blanche arrangeait les plis des rideaux, sa silhouette se dessinait dans le cadre de lumière. Impossible de se le dissimuler : Nancy les avait vus partir bras dessus, bras dessous tous les trois, Marthe accrochée à ses deux cavaliers.

Tout à coup, il se trouva chantant avec les deux autres, et même ses pieds esquissaient un pas de danse improvisé. Il sentit à côté de lui Marthe rythmer semblablement son allure, et Gabriel, sensible comme toujours aux humeurs féminines, frétillait à la même joyeuse cadence, la cadence d'une musique qu'ils n'entendaient plus.

Whitaker Street les accueillit gravement sous sa voûte de jeunes feuilles de mûriers. Plutôt dansant que marchant, chantonnant toujours le même air sans paroles, ils atteignirent la Filature. Tendant les regards vers la lumière et l'oreille vers les accords du premier menuet, ils laissaient derrière eux, dans l'ombre, mourir Mozart.

2

Assis sur la terrasse, Toby, tout enveloppé par les flots chauds de la musique, buvait son brandy en pensant à autre chose. Plus exactement, pour l'instant, il ne pensait à rien, repris par la fatigue d'une nuit blanche, encadrée entre une journée de dur travail et une autre journée de galopade à l'aventure, avec les seules interruptions qu'il fallait pour permettre à Lara de se reposer ou de boire.

Jusqu'à présent, le rituel avait été suivi avec la précision d'une horloge, chaque minute répondant à ce que Toby, d'avance, en attendait. L'imposant et solennel cortège de la grande bourgeoisie locale, les « gens bien », venant de rues graves aux façades de briques, et de squares aux frais feuillages, de maisons ouvrant sur The Bay, descendant de grandes voitures démodées ou de chaises rustiques. Des galantins efflanqués, une flamme irascible allumée dans leurs yeux par le brandy. D'antiques magistrats, des avocats d'âge mûr, des marchands aux sourcils broussailleux, les uns les autres conduisant cérémonieusement Madame et Mademoiselle vers la sécurité des loges, provisoires sanctuaires qui entouraient la piste de danse. La vieille lady Tyree, émergeant d'une des trois chaises à porteurs dont s'enorgueillissait encore la ville et qu'avaient manœuvrée deux esclaves suants, gagnant avec effort le coin des douairières, un pied de rouge transformant en étendard de bataille chacune de ses bajoues. Le vieux Bristol lui-même, bravant les regards et les commentaires chuchotés, rien que pour la satisfaction de toiser de haut son rival.

Oui. Tout avait été, tout s'était passé exactement selon les prévisions de Toby. Il n'avait rien imaginé de mieux. Ni de pire.

Bristol. Où donc à présent se trouvait Bristol ? Toby vida son brandy, quitta nonchalamment la terrasse et alla s'assurer que son ennemi n'avait pas poussé l'audace jusqu'à entrer dans la danse. Il fouilla du regard tous les recoins de la salle chaude, où déjà la poussière tourbillonnait sur la clarté des chandelles, et finit par découvrir Bristol, profondément engagé dans une conversation avec Tyree à côté du bar improvisé. Le moment lui parut bien choisi pour mettre un peu d'animation dans sa soirée. De plus, il avait besoin d'un autre brandy pendant qu'il attendait Marthe.

Sur un éclat de cymbales, sur le dernier gémissement d'une clarinette, la musique s'arrêta. Le Dr Kent écarta l'écheveau de ses imaginations personnelles et se dirigea majestueusement vers le brandy.

C'était fort agréable, en somme, de sentir le sang marteler ses tempes cependant qu'il traversait la piste de danse, de savoir qu'il présentait une apparence élégante, une silhouette gracieuse dans son long habit noir cintré ; qu'il était une puissance dans la communauté et pouvait se permettre de planter les yeux droit dans les yeux de chacun en le défiant de détourner son regard. C'était fort agréable de se tenir près du bar et de commander un armagnac, et surtout de recevoir la salutation légère du vieux Tyree, gobelet levé dans le poing veiné de bleu :

— Serviteur, docteur Kent, et votre santé !

— Et quelle est présentement votre opinion, monsieur, relativement au traitement de la péripneumonie ?

Il n'avait pas résisté à l'impulsion de répondre par cette fanfaronnade à peine déguisée et fut satisfait d'entendre sa propre voix aussi claire qu'une cloche d'église et tout aussi résonnante. Le silence qui tomba sur les buveurs et les figea était, de son côté, bien réconfortant. Le dos sombre de Matthew Bristol ne l'était pas moins : face à Tyree, tourné vers le dehors il ne cherchait rien de particulier dans les ténèbres extérieures sinon de n'y point rencontrer le regard de son adversaire. Et puis il y eut la réponse flûtée du vieux Tyree :

— Vous avez droit à des félicitations, docteur. Vous et Roy. Ne l'ai-je pas dit déjà à la dernière réunion médicale ?

Evidemment si, il l'avait dit. Mais les bonnes choses supportent répétition :

— Vous l'aviez dit, en effet, monsieur. Saviez-vous que, depuis mars, nous avons inscrit à nos livres une douzaine de cures nouvelles ?

Bien que le vieillard parlât par-dessus l'épaule de Bristol, il ne dissimulait pas son intérêt. Toby répondit à ses questions avec tout le soin, et tout le développement, qu'il eût mis à répondre à un examinateur d'Edimbourg. Que lui importait le silence autour de lui ? Que lui importaient les regards hostiles qui le dévisageaient ? Il pouvait désormais les ignorer aussi froidement qu'il ignorait le dos monumental de Bristol : Tyree écoutait, et Tyree était le président de l'Association médicale de Savannah ; Tyree était, de toute la salle, celui qui avait le plus d'importance.

— N'entends-tu même pas la musique, Toby ? Tu me dois la première gavotte.

Il revint à Marthe et aux contingences immédiates, tandis que le rythme alerte entraînait un couple après l'autre et les faisait tournoyer. Assez bizarrement, il se trouvait que c'était Marthe qui lui avait, quelques années plus tôt, sur le débarcadère de Clay Creek, enseigné ce pas bondissant, avec le violon de French Lonny comme orchestre, et les battements de mains de Gabriel pour scander le rythme.

Il se sentit revivre, salua Tyree en manière d'excuse et entraîna Marthe dans le tourbillon.

— Si je me trompe, arrête-moi, dit-il, la voix pleine d'enthousiasme, mais je crois que Tyree lui-même admet à présent que je suis à Savannah pour y rester !

Ce dernier brandy lui avait délié la langue, il s'en rendait compte. Délié la langue. Et aussi inspiré à ses pieds une légèreté inconnue. Marthe, riant tout haut, lui permit de la faire virevolter follement : il n'était pas autrement choqué de sentir que son haleine à elle était semblablement parfumée. Il l'avait vue disparaître avec Gabriel Thatch juste avant la fin de la danse précédente et savait que le journaliste n'était jamais pris de court, ne se séparant guère d'un flacon de brandy confortablement logé dans une de ses poches.

— Ta place a *toujours* été ici, Toby. Pourquoi ne pas être venu tout de suite, afin de l'affirmer, puis d'en faire la preuve ?

— Ma place n'est ici que parce que la Compagnie Darby est bénéficiaire. Et parce que, pour le quart d'heure, l'hôpital Darby garde Savannah en bonne santé, ce qui est assez nouveau ! Les planteurs me respectent, ou font semblant, parce que, sans moi, il leur serait impossible d'expédier leurs cargaisons. Et les médecins sont bien obligés d'être polis, craignant que je ne leur enlève leur clientèle !

— Aujourd'hui, fit-elle, tu montres que tu sais t'amuser. Et que tu es bon joueur. Pendant que tu y es, prouve donc que les gens t'aiment pour toi-même.

— Ça, répondit-il, ce sera plus difficile à prouver.

— Ne sois pas sot ! Où prends-tu cette idée absurde ? Je ne voudrais pas te modifier si je le pouvais. Tout ce que je souhaite, c'est que tu apprennes à *connaître* ces gens, à perdre l'illusion qu'ils sont d'une autre race ! (Elle était blottie dans ses bras maintenant, et la gavotte atteignait, sur le mode tonitruant, ses mesures finales.) Je veux que tu dépasses Savannah, Toby, que tu voies et comprennes que, pour nous, ce n'est qu'un commencement.

— Marthe, qu'est-ce que tu racontes là ?

— Hier soir, tu m'as dit que le diable m'avait bien faite. Je n'oublierai jamais ce compliment.

— Ce n'est certes pas en ce moment que je le désavouerais.

— Et je te prouverai, avant que nous en ayons fini ici, que je suis ta seule amie sincère. Entre-temps, appelle-moi volage ou dissolue si tu veux. Qu'aurais-je bien pu être d'autre, pendant que je t'attendais ?

Elle avait parlé en un murmure à la fois contenu et vibrant, et les yeux qu'elle levait vers lui étaient à présent humides de passion. Il eut une rapide pensée de gratitude pour la présence de Gabriel, en faction proche.

— Prends garde, Marthe. Les gens vont t'entendre.

— Et que m'importent les gens ? Il y a longtemps

que j'ai, *moi,* dépassé ces reliques ! Combien faudra-t-il que j'attende pour que *tu* les dépasses aussi ?

Toby lança autour de lui un regard éperdu, heureux de ce qu'ils passaient en ce moment sous les pitons braillards de l'orchestre, heureux de ce que la musique fût au plus haut et au plus vigoureux de son *crescendo.*

— As-tu oublié que ton mari *est* de ce milieu ?

— Nous avons disposé de Roy, tu sais ! Il ne compte que bien provisoirement. Roy ? ce n'est qu'une commodité passagère... en attendant que tu sois décidé à propos de moi... en attendant que tu aies compris que Savannah ne peut être qu'un marchepied !

La musique s'arrêtait, et Marthe se dégagea fort correctement des bras de son danseur, répondant à son salut courtois par une profonde révérence, et lui offrant à baiser une main à demi voilée par une mitaine de dentelle.

— Lorsque tu auras fait cette découverte, Tobias Kent, cette constatation plutôt, alors nous serons prêts à quitter ensemble Savannah. Penses-y quelque peu, et tu verras que j'en vaux la peine.

Elle avait prononcé ces dernières phrases en un murmure discret et avec un sourire mondain du plus bel effet et que la venue de Gabriel Thatch ne l'obligea aucunement à modifier.

Et, dédiant à Toby un dernier sourire éblouissant, elle partit au bras de Gabriel. Effaré, Kent — en même temps que presque tout Savannah, d'ailleurs — regarda le journaliste l'entraîner par la porte de la terrasse sans même se donner la peine d'un regard en arrière.

Une main se ferma doucement sur son coude. Encore sidéré par l'attaque à visage découvert qu'il venait de subir, Toby se retourna et se trouva face à face avec Pagnol.

— Si vous voulez être assez aimable, monsieur, dit le Français, Mrs. Grégory voudrait la même chose.

— Pardon ?

— *Madame vient d'arriver. Regardez là-bas* (1).

A la plus lointaine extrémité de la salle, il vit Nancy qui étalait sa cape sur l'appui de la loge des Darby.

(1) En français dans le texte.

Nancy elle-même, tout en vert feuille, un léger diadème de fleurs d'or sur les cheveux, modeste et réservée autant qu'une douairière. Il la considéra stupidement pendant un grand moment, essayant d'ajuster son esprit à l'imprévu de cette invitation.

— La même chose, dites-vous ?

— Du palier, Mrs. Grégory a eu le plaisir d'apprécier votre gavotte, et elle en a demandé une reprise à l'orchestre. Voulez-vous la danser avec elle, docteur ?

Il se serait attendu à n'importe quoi plutôt qu'à cette apparence d'armistice. A n'importe quoi plutôt qu'au clair sourire de bienvenue qu'elle lui offrait de l'autre côté de la piste. Mais il se trouva, sans même l'avoir décidé, marchant vers ce sourire comme le fer va vers l'aimant. Et il se trouva capable de s'incliner du buste devant la loge, avec autant de correction, voire de grâce, que n'importe lequel des dandies qui se trouvaient présentement à la Filature.

— Voici un honneur que j'aurai bien longtemps attendu, Mrs. Grégory, si vous me permettez d'exprimer sincèrement ma pensée.

— J'y souscris non moins sincèrement pour ma part, docteur Kent.

La musique démarra aussitôt sur le très bref silence qui suivit, comme si elle l'avait pris pour un signal.

-:-

La vaste piste ovale était encore vide lorsque Nancy descendit de la loge et vint dans les bras de Kent. Pendant un tour complet, ils furent seuls.

Dansant ainsi qu'en un rêve, tenant entre ses bras une partenaire aussi légère que duvet, Toby, haletant, attendait le réveil.

3

VOUS ne le croirez peut-être pas, docteur, fit enfin Nancy, mais je pense jusqu'au dernier des mots que je viens de vous dire.

— Vous avez toujours pensé vos paroles, Mrs. Grégory. Comment me serait-il possible d'en douter à présent ?

La joue de la jeune femme, si proche de la sienne pendant qu'ils tournoyaient, était aussi froide que le marbre. Et aussi pâle. C'était la seule indication, la seule assurance, qui lui permît de conclure qu'elle n'était pas moins tendue que lui, cependant que, pour le bénéfice de toute une communauté attentive et excitée, ils enterraient publiquement leur querelle. Il étendit sur le dos rigidement baleiné la prise de ses doigts et attira la jeune femme un peu plus près de lui, se disant que cette joue pâle et fraîche flamberait d'un seul coup s'il se hasardait à poser un baiser au point précis où la pente de son épaule se fondait en la courbe naissante et moelleuse de son sein, plutôt deviné qu'entrevu parmi la dentelle mousseuse, blanche et légère, dont s'entourait le décolleté vert feuille.

— Attention, docteur !

— Excusez-moi : je dois avoir un peu de vertige ; ce tournoiement est pour moi un exercice peu familier, vous savez. Voulez-vous que nous changions de sens ?

Il fut tout content de sa propre adresse à renverser le mouvement : elle suivit sans un faux pas ni une hésitation. La caresse née de ce rythme bien accordé, si légère pourtant, fit battre à ses tempes des coups de marteau d'une telle violence qu'il en pensa défaillir sur place.

— Peu familier ou non dit-elle, vous dansez à merveille.

— A merveille ? comme je dépense la fortune de votre père, en somme ?

— Ceci est une *soirée de gala* (1) : y faut-il y mêler des reproches ?

— C'est ce que je *vous* demande, Mrs. Grégory.

— Soyez sincère. Pourquoi pensez-vous que je vous ai attiré ici ?

— Avez-vous bien dit *attiré ?*

— Défié, si vous préférez. Ou provoqué, si vous préférez encore.

Elle parlait avec une ombre de sourire, et elle eut en même temps un salut naturel et parfaitement aisé à l'adresse du premier couple qui entrait en piste à leur suite.

— Après mon billet, et mon allusion — inexcusable ! — à votre toilette, j'étais bien certaine que vous viendriez. J'ai néanmoins tenu à mettre toutes les chances de mon côté en donnant à Félix — comment dire ? — les instructions utiles pour vous stimuler.

— Et Roy ? Et Marthe ?

— Et Roy. Et Marthe. Ne vous êtes-vous pas dit, même fugitivement, que nous formons plus ou moins une heureuse famille ? Qu'en tout cas vous êtes l'unique outsider volontaire et déterminé ?

— Je me le suis dit souvent.

— Une année : n'est-ce pas un temps assez long à demeurer boudeur, devant la porte, en se demandant ce que la famille peut bien faire de l'autre côté ?

— Ainsi, vous m'avez invité ce soir pour m'offrir la bienvenue dans le cercle.

— Pour vous suggérer de suivre une vieille et fort honorable coutume yamarraw, et d'enterrer la hache de guerre. Dans la terre de Géorgie, et non pas chacun dans le corps de l'autre.

— Continuez, dit-il. Ceci est une musique pour mes

(1) En français dans le texte.

oreilles. Sur un air inconnu, évidemment, mais une musique...

Il fut étonné de lui voir baisser ses longs cils palpitants avec autant de coquetterie que n'importe laquelle des danseuses présentes, tandis qu'elle murmurait :

— Pour ce soir, je ne vous dirai qu'une chose : nous entrons dans notre année finale et décisive, je voudrais vous connaître mieux.

— Dès le début, vous avez su, et pour cause, tout ce que vous vouliez savoir.

— Peut-être. Mais c'est vous *connaître* que je voudrais. Vous *comprendre*. M'y aideriez-vous un peu si, de mon côté, je vous en offrais autant ?

— C'était *votre* querelle, ceci sera *votre* trêve, si tel est le mot juste.

— Il ne l'est pas tout à fait, admit Nancy, les yeux toujours modestement baissés. Ne pensez pas que nous soyons devenus des alliés parce que nous dansons ensemble ce soir aux yeux de tout Savannah. J'avais espéré que nous pourrions être mieux que des ennemis, pour notre année finale.

— Voilà deux fois que vous employez cette formule : *Pourquoi* l'année dans laquelle nous entrons serait-elle finale ?

— Il m'est toujours permis d'espérer, n'est-ce pas ?

— En tant que fille de Victor Darby ? Ou en tant que propriétaire de Sangaree ?

— Aux deux points de vue. Je suis opposée à la Compagnie Darby en tant que propriétaire terrien et que propriétaire d'esclaves. Je suis opposée à la Compagnie en tant qu'héritière de Victor Darby. En qualité de directeur, je n'ai pas le choix, je n'ai qu'à la servir de mon mieux. Mais je m'opposerai à ses principes jusqu'à la fin. Voire au-delà !

— Nous restons donc ennemis.

— Pas nécessairement, mais vous préféreriez me voir me retirer spontanément, vivre tout à fait à Sangaree, et prendre la part des bénéfices que vous m'alloueriez ?

Il respira à fond avant de répondre :

— Ce serait probablement plus simple, pour nous tous.

— Pour moi aussi ? C'est ce que vous voulez dire ?

— Puisque vous ne voulez pas faire tout le chemin...

La musique, après une sorte de soupir, s'arrêta pour

quelques instants. Ils s'écartèrent l'un de l'autre. Nancy battit doucement des mains.

— Serait-ce un trop grand effort pour vous que... de me serrer la main... et de me souhaiter bonne chance pour cette seconde année ? demanda Toby.

— Cela vous blesserait-il par trop de m'accepter telle que je suis, puisque je ne puis vous donner davantage ?

— Peut-être vaut-il mieux que j'attende, répondit-il, et, comme la musique reprenait, il la reprit aussi dans ses bras. Et il l'entraîna en tourbillon tout le long des loges des douairières et sous leurs regards glacialement réprobateurs. Elle lui offrit à nouveau son plus envoûtant sourire :

— Avouez en tout cas qu'il vous plaît de danser avec moi ?

— Je l'avoue volontiers. Avec enthousiasme.

— Ceci est la première célébration mondaine. La seconde sera un dîner à Sangaree. Demain, après que nous aurons inspecté les champs de paddy.

— Puisque vous insistez, Mrs. Grégory.

— Venez donc demain. Un esclave nous attendra pour nous conduire à travers les rizières. Ensuite, je vous offrirai à dîner. Avec Roy et Félix, si je puis les décider à venir demain.

Elle hésita une brève seconde, puis conclut résolument :

— Nous pourrions même partir directement ensemble du dépôt, en bateau. Cela gagnerait du temps.

— Ai-je bien entendu ?

— Vraiment, docteur, je crois que nous devons avoir une conversation tous les deux. Peut-être si je pouvais vous amener à *me* voir clairement...

Elle s'interrompit, pour s'empêcher peut-être d'en dire beaucoup plus, puis reprit posément :

— Vous souvenez-vous de votre première nuit à Savannah, docteur ? Et des épreuves par lesquelles vous êtes passé, et dont vous vous êtes tiré sans amener vos couleurs ?

— Je ne m'en souviens que trop vivement.

— Cette nuit-là, j'ai compris que vous étiez honnête. Que vous ne souffriez de rien que d'une crise aiguë d'intégrité. Ce matin, en vérifiant avec Sam votre première année de comptabilité, j'ai fait une autre découverte : j'ai constaté que vous êtes bon autant qu'honnête, vertus qui devraient être plus souvent combinées.

— Si vous faites allusion aux parts que j'ai distribuées à Darbyville...

— Vous devez bien vous être rendu compte que vous abandonniez la totalité des bénéfices de votre première année, et même un peu plus, dit lentement Nancy. Même un utopiste ne peut se tirer d'un tel calcul.

— Je ne m'en suis que trop bien rendu compte. Et je me suis attendu à une explosion de votre part.

— Huit mille livres anglaises... Et vous avez tout donné... Vous avez permis à un demi-cent de croquants d'enfouir cette somme dans *leurs* fermes...

— Au lieu de l'ensevelir dans *notre* caisse, c'est exact.

Il la regardait avec gravité, mais son visage avait repris une froideur d'énigme.

— Merci d'avoir appelé cette décision généreuse, vous auriez pu envoyer un mot plus dur.

— Votre part de cette avalanche dorée aurait dépassé trois mille livres. Vous auriez pu vous offrir un cabinet médical à Londres avec cela, y compris une épouse assortie.

— Cet argent venait de la terre géorgienne. Il m'a paru légitime de le remettre dans les sillons géorgiens.

Elle fit à nouveau mine de n'avoir pas entendu :

— Sam avait escompté une perte de dix mille livres au premier bilan. Au lieu de cela, vous l'avez clôturé sur un bénéfice de huit mille.

— Grâce à votre aide.

— Et à votre chance, docteur. Supposez qu'à dater d'aujourd'hui votre chance tourne ?

— Dans ce cas, je dirai que vous avez gagné et je m'inclinerai, aussi gracieusement que peut s'incliner une mule rustique.

— Il y a à parier à deux contre un en faveur de cette seconde hypothèse, à cause de votre générosité. Si vous aviez garé vos huit mille livres, vous auriez été assuré contre un vent d'orage, vous auriez pu montrer au juge Armstrong des livres impeccables, et vous auriez rendu la Compagnie définitivement solide, permanente.

— Mais... tel est encore mon plus cher et mon plus ferme espoir.

— Les probabilités sont contre vous. Elles sont contre tous les hommes qui s'efforcent de combiner la générosité et les affaires. Il reste que je puis me tromper absolument en ce qui vous concerne.

— Ne me faites pas plus ridicule que je ne suis. Vous

savez parfaitement que je suis, en fait, un chirurgien, et qui préférerait à tout la possibilité de vivre par sa profession et rien que pour elle. Un médecin qui aime la médecine et qui voudrait être en amitié avec sa ville d'adoption.

— Resteriez-vous, si la Compagnie s'effondrait ?

Les réponses ferventes se bousculaient dans sa tête : « Je resterais comme débardeur à Muskrat Town, s'il le fallait. Comme esclave dans vos champs de riz. Comme garçon d'écurie à la *Taverne Tondee*. N'importe où et en faisant n'importe quoi, pourvu que je puisse seulement vous apercevoir chevauchant parmi vos arpents peignés à la main... » Il se contenta sagement d'en articuler une qui exprimait la vérité certes, et rien que la vérité, mais non pas — et de loin ! — toute la vérité :

— Si Roy voulait de moi, oui.

— Et renversons les hypothèses. Supposez que tout marche à votre gré, que vous gagniez la partie, que la Compagnie prospère au-delà de vos rêves. Alors quoi ?

— Alors, je resterais jusqu'à ce que le rêve devienne réalité. Jusqu'à ce que la Compagnie puisse fonctionner sans moi.

Leurs regards, à présent, étaient solidement accrochés ; il voyait la chaude étincelle flamber au fond des iris de la jeune femme et parachevait l'image à son gré.

— Vous trouveriez, dit-il, un moyen de garder Sangaree, naturellement...

— Peut-être admettrais-je ma défaite et m'installerais-je à l'étranger...

— Folie pure, même de le supposer. *Vous aussi,* vous êtes Géorgienne.

— Certes. Mais il me serait impossible de garder Sangaree sans appui.

— Mais... le capitaine Pagnol se ferait un plaisir...

— Le capitaine Pagnol, docteur, a tout bonnement contribué... une certaine somme pour la reconstruction du corps principal de la maison. Je puis ajouter, si vous tenez à tout savoir, que Sangaree est hypothéquée au-delà de sa valeur. Maintenant que la récolte du riz commence, je puis à nouveau nourrir mes esclaves. Quant à la plantation proprement dite, elle ne pourra jamais redevenir ce qu'elle fut, à moins que...

Elle hésita un instant, puis jeta résolument :

— ... A moins que j'aie la libre disposition de la fortune Darby... Je ne suis pas femme à la gaspiller !

— Car, naturellement, Sangaree a plus d'importance que la réussite de la Compagnie.

— Naturellement, oui.

— Supposons encore. Supposons que vous puissiez compter, comme votre part annuelle, sur cinq mille livres anglaises. Supposons que nous prenions à la charge de la Compagnie l'entretien de vos aires à battre, et que nous garantissions la nourriture de vos esclaves. Ces conditions seraient-elles suffisantes pour... pour vous satisfaire ?...

— Cinq mille livres anglaises seraient bien juste suffisantes pour payer mes jardiniers et les hommes chargés de l'entretien des digues : vous ne pouvez pas savoir l'importance qu'a l'irrigation dans la culture du paddy.

» Avant la guerre, Sangaree était la plus importante plantation de riz de tout le pays au sud de Charleston. Et j'ai l'intention de lui rendre son ancienne importance, son ancienne splendeur, sa valeur d'autrefois, voire de les accroître.

» *Et* d'en conserver les bénéfices. »

La musique finissait. Nancy se dégagea des bras qui l'enveloppaient :

— Est-ce que tout cela nous ramène à notre point de départ ? Ou bien partirez-vous avec moi dans le petit bateau demain ?

Bien qu'il sentît ses lèvres se serrer, Toby les contraignit à sourire :

— Quand renoncerez-vous à votre orgueil, Nancy ?

— Ne donnez pas un nom aussi glorieux à mon simple amour de la terre.

— Etes-vous bien sûre que ce n'est pas plutôt l'amour de la puissance, du pouvoir ?

— Le pouvoir existe-t-il sans la terre ? La terre existe-t-elle sans la puissance ?

Pendant qu'elle offrait à son danseur l'hommage de sa profonde révérence et descendait très bas parmi l'ampleur soyeuse de sa grande jupe, il baisait, en hommage, le bout des doigts tendus :

— Evidemment, dit-il avec mélancolie, nous continuerons à nous combattre.

— Mais vous viendrez néanmoins à Sangaree ?

— Demain matin, sept heures, à la jetée. Il est grand temps que je vous voie enfin dans votre propre cadre.

Il salua de nouveau, plus raidement peut-être qu'il ne l'eût voulu.

— Votre serviteur, Mrs. Grégory. A demain.

Sans donner un regard à droite ni à gauche, sentant flamber sa nuque, il marcha vers la terrasse. Juste à temps, il s'aperçut que le couple très profondément enlacé dans l'ombre des vignes vierges et des bougainvillées se composait de Gabriel et de Marthe. Il pivota brusquement sur lui-même, gagna la rue et se fraya un passage entre les chevaux attachés à un râtelier.

Le sable de la route collait à ses escarpins, les retenait. Cette traction le divertit un moment. Puis une idée absurde lui traversa l'esprit et le remplit d'allégresse : il s'arrêta délibérément, retira ses souliers de danse et ses chaussettes et continua de descendre Whitaker Street pieds nus.

Lorsqu'il atteignit The Bay et s'arrêta en haut de la longue rampe qui conduisait au dépôt, le plus gros de sa rage s'était évaporé. Tandis qu'il regardait les lumières des bateaux dans l'estuaire et comptait les mâts qui se détachaient sur fond d'étoiles au dock Darby, quelque chose l'envahit, qui ressemblait d'assez près au calme.

Quelle importance, au fond, si, à cet instant même, Nancy et Pagnol se moquaient de lui tandis qu'ils se lançaient ensemble dans le tourbillon de la prochaine danse ? Quelle importance — bien moindre encore ! — si tout Savannah, excité et chuchotant derrière deux ou trois douzaines d'éventails, décidait que, tout bien pesé, le président de la Compagnie Darby s'était, avant son heure, rendu sans conditions?

-:-

Portant sous sa toile, prête à prendre le vent la *Darby Belle* était là, poussant du nez contre le mur de soutènement comme un animal familier qui demande à être lâché en liberté.

Pendant qu'il regardait, Toby entendit le capitaine Bronson aboyer un dernier ordre, puis le claquement humide d'une amarre sur le quai, tandis que la poupe de la brigantine se laissait entraîner par la marée. Il crut presque, durant quelques secondes, voir le capitaine faire une dernière fois le tour du pont et lever les yeux vers la falaise, comme s'il attendait une instruction de la dernière minute.

Et puis ce fut l'amarre avant qui claqua sur le quai ; la proue de la *Darby Belle* à son tour vira gracieusement dans le courant qui prenait de la force et de la vitesse, et piqua du nez vers l'Atlantique, tandis que les premières voiles d'étai se gonflaient au beaupré.

Une heure plus tôt, combien il aurait envié Bronson pour cette évasion ! Combien même il aurait envié à Roy sa tranquillité, là-haut, dans le laboratoire du dispensaire dont il apercevait la fenêtre éclairée ! Roy, perpétuellement occupé de ses microbes, de ses mortiers et de ses pilons, heureux dans une vocation absorbante qui abolissait tous les impondérables, y compris les profits et les pertes et les épouses infidèles.

Désormais, il lui suffisait de se tenir là, debout, jambes et pieds nus, en culotte de soie, d'envoyer furieusement son habit de gala danser tout seul dans une ornière sablonneuse et de jurer royalement, tout son saoul, sans autre témoin que les étoiles.

En vérité oui, après ce qui venait de lui arriver, il lui suffisait de savoir en son cœur que la bagarre avec Nancy, engagée sous cette forme nouvelle, et si nombreuses que dussent être les victoires de la jeune femme et ses propres défaites, valait, à elle seule, toutes les autres évasions. Et bien davantage.

4

IMPATIENTE et frémissante, véritable sorcière de la mer, la *Darby Belle* dansait hier soir à cet amarrage. Cet amarrage même où, par ce beau matin lumineux, le petit voilier de Nancy, édition de poche du navire haut mâté qu'il remplace, danse à son tour sur la crête du flux, suivant son rythme propre.

Une serviette humide et froide pressée contre son front et ses tempes, le Dr Tobias Kent le regarde de la fenêtre de son bureau. Il sait que Nancy elle-même l'a conduit à quai peu après l'aube : il a vu la toile blanchir puis rosir sous ses yeux las.

— Quant à lui, futur passager de Nancy, contrit et humilié d'une nuit sans sommeil — une de plus ! — en compagnie de la bouteille, il redoute la venue du moment où il lui faudra embarquer en compagnie de la jeune femme à destination de Sangaree.

Enfin l'aurore était venue. Et le petit sloop avait paru. Et maintenant il s'agissait d'aller au rendez-vous...

-:-

Un « rechange » de linge et de vêtements — chemise molle, entrouverte à l'encolure, sous une cravate noire nouée lâche, vaste costume de coton blanc, pris jusqu'aux genoux dans de hautes bottes, grand chapeau rond de planteur — l'attendait toujours dans l'armoire d'angle. C'était sa tenue habituelle pour les expéditions sur la rivière, la tenue qu'il aurait normalement revêtue ce matin après une nuit normale. Secouant la migraine et le repentir, il eut largement recours à l'eau froide, s'habilla devant le miroir, se peigna minutieusement et lia correctement ses cheveux.

Même dans l'impitoyable lumière du matin, ses yeux étaient assez clairs. A peine ses mains tremblaient-elles tandis qu'il campait son chapeau selon un angle bien étudié, ni trop sage ni trop cascadeur.

Un peu rassuré quant à son apparence, il quitta le dépôt pour gagner le dock à l'allure nonchalante d'un matelot rejoignant son poste après une nuit de bordée au pied de la falaise.

Il connut toutefois un bref instant de panique tandis qu'il longeait le mur de soutènement jusqu'à la place que le petit voilier occupait au bord du quai : il réfléchit trop tard qu'il aurait dû apparaître par la rampe. Que penserait de lui Nancy si elle le voyait non point venir de la direction de Wright Square, mais émerger des bâtiments du dépôt ? Elle comprendrait aussitôt qu'il y avait attendu, tel un adolescent malade d'amour, que sonnât l'heure du rendez-vous. Heureux encore si elle ne devinait pas pourquoi il l'avait dépassée, cette heure !

Le calme de l'esprit lui revint lorsque, blotti à l'abri d'un tonneau, il observa la coque apparemment vide. Peut-être serait-elle en retard, elle aussi ?

— Bonne nuit, docteur. Avez-vous bien dormi après le bal ?

Installée au fond d'un amas de bois de construction qui attendait à quai le moment d'être embarqué sur un caboteur, Nancy, vêtue de rustique calicot, un foulard noué comme d'habitude sur ses cheveux, un foulard identique enroulé autour de sa gorge, souriait paisiblement, comme quelqu'un qui a pris son parti d'attendre sans mauvaise humeur.

Bien qu'il fût accoutumé à la revoir toujours un rien plus jolie que l'image conservée dans son souvenir de la veille, Toby, cette fois en perdit le souffle pendant quelques instants, au point d'oublier, dans sa surprise, sa gêne de gamin pris en faute.

Mais, se méfiant de tels éblouissements, il s'était dressé sinon à les réprimer, du moins à les dissimuler ; comme toujours, il parla rapidement, bannissant de sa voix tout hommage, ainsi qu'on bannit un traître :

— Si vous tenez à le savoir, je n'ai pas dormi du tout.

— Ne me dites pas que vous avez passé la nuit avec vos registres ?

Ainsi donc, elle l'avait bien vu sortir du dépôt.

— J'ai passé, la nuit avec vous, Mrs. Grégory.

— Avec *moi*, docteur ?

— Avec des plans et des projets pour vous gagner, Mrs. Grégory. Pour vous gagner à ma cause, bien entendu, dit-il, aussi paisiblement qu'il le put.

— Comptez-vous qu'ils porteront leur fruit aujourd'hui ?

— Je suis fixé d'avance sur leur stérilité, répondit-il en se dirigeant vers le voilier.

— Ainsi, vous avez découvert que je ne puis être conquise ?

Il parvint à sourire :

— Ne me demandez pas de reconnaître si vite et si formellement ma défaite. Partons-nous ?

Toby se cala contre le mur de soutènement, tandis qu'elle le regardait de haut, en riant. Deux esclaves émergèrent de la porte ouverte du shipchandler, pour hisser la voile, et firent tranquillement leur travail, ignorant la présence du chirurgien. Nancy, de son côté, ignora leur présence, continuant à envelopper de son bavardage le mutisme de Toby.

— Naturellement, docteur, je n'avais pas un instant supposé que vous auriez oublié une promesse, — ni une femme seule...

— Vous ne croyez pas que j'ai passé la nuit debout, c'est cela que vous voulez dire ?

— Franchement non. Vous paraissez beaucoup plus reposé que moi.

— Opinion à laquelle je ne saurais souscrire, Mrs. Grégory. Vous êtes fraîche comme l'aube.

— Un compliment enfin ! Après cela, je veux bien embarquer.

Elle lui prit la main pour se lever ; sa large jupe de calicot se gonfla gracieusement dans la brise, tandis qu'elle descendait du quai sur le pont du petit bateau. Pour la première fois, il remarqua à son doigt l'éclat d'un diamant, celui d'une émeraude à la broche qui retenait le foulard sur ses cheveux.

Les esclaves passèrent par-dessus le plat-bord. Dans le fleuve jusqu'aux hanches, ils commencèrent par stabiliser le voilier, puis le poussèrent vers l'eau plus profonde.

A cette minute précise, une flèche du soleil levant glissa en oblique sur les toits de The Bay, baigna de rose la voile et la coque, alluma une flamme à l'émeraude sur la tempe de Nancy et toucha de reflets magiques les bras ronds et blancs.

Tandis qu'elle manœuvrait pour prendre le premier souffle de vent, quatre mains noires, d'une ultime poussée, envoyèrent le léger esquif vers le courant profond.

— Et maintenant, dit Nancy, vous êtes l'équipage. Je compte sur vous pour obéir aux commandemants jusqu'à ce que nous touchions terre à Sangaree.

— Notre croisière se dirige vers votre monde à vous, répondit-il. Servez-vous de moi à votre guise.

— Pour l'instant, il n'était besoin d'aucun ordre : le voilier, en s'écartant de la berge, avait pris le vent d'aplomb sur l'épaule ; son beaupré éraflait la surface de l'eau brune où son passage laissait un sillon écumeux.

Toby, d'un coup de pied, se débarrassa de ses bottes et courut à l'avant pour assujettir le foc, aussi naturellement que s'il avait de tout temps travaillé à bord. Tout aussi naturellement, Nancy appuya de tout son poids sur la barre, obligeant son équipage, pour équilibrer le petit navire campé sur une oreille dans la fraîche brise du matin, à grimper lestement sur le plat-bord soulevé.

— Nous changerons de direction à la bouée du chenal, dit-elle. Gardez votre poids où il est. Cette brise tient en général jusqu'à ce que nous atteignions l'abri de l'île.

Toby se frappa vivement le front du poing et Nancy sourit à cette mimique maritime, sans pour autant perdre de vue le canot de remorque du brick le plus proche, qu'elle évita avec plusieurs pouces de jeu.

Déjà Savannah s'étalait derrière eux, ville modèle, ordonnée, géométrique, baignée de soleil et de silence matinal ; tout le long de The Bay, les bornes étaient distinctement visibles — et reconnaissables les fières maisons drapées jusqu'au faîte de verdure et de dédain.

— Penchez-vous au-dehors, docteur. Penchez-vous au-dehors, et mouillez-vous la crête. Je vais manœuvrer pour virer de bord.

Il retint son souffle, regardant l'extrémité du boutdehors plonger sous la sauvage poussée du vent jusqu'à ce qu'il semblât que la voile elle-même dût plonger dans le rapide flot couleur de chocolat. Puis, tandis qu'il jetait tout son poids sur le plat-bord de son côté, il sentit que le bateau reprenait son équilibre, se stabilisait, augmentait encore sa vitesse.

Quand Toby se risqua à lever les yeux, le mouvement du port était déjà derrière eux, et ils filaient à grande allure vers la dernière bouée marquant le chenal, toute toile gonflée jusqu'au dernier pouce.

Au-delà des remparts du port, la falaise s'estompait rapidement. A l'est, la berge de la Savannah était plate et, du bord du fleuve au bord de l'horizon, se fondait en marécages. La pointe orientale de l'île Hutchinson fila à bâbord.

Un escadron d'esclaves noirs, occupés à endiguer et à canaliser la longue étendue de paddy qui dessinait sur cette partie de l'île son immense échiquier vert pâle, les saluèrent d'acclamations, cependant que, à moins de cent pieds du bord, le beaupré du sloop faisait jaillir un plumet d'écume.

— Pare à virer !

— Paré, capitaine.

La manœuvre fut lestement exécutée, bien qu'il trempât une jambe de son pantalon jusqu'au genou pendant qu'il se hâtait d'amener le foc.

Le voilier, pivotant sur son talon, prit le vent par tribord et repartit vers le sud-est.

— Cette brise tiendra-t-elle lorsque le soleil sera complètement levé ?

— C'est généralement ce qui arrive en mars. Nous devrions être au dock de Sangaree dans une heure.

L'air du fleuve lui avait nettoyé l'esprit. Toby parvint à s'asseoir dans le poste à la place exacte où s'était assis Pagnol — et à rencontrer le regard de Nancy avec une fort bonne imitation de sérénité.

— Pare à virer !

Cette fois, il s'en fallut d'un cheveu que le beaupré s'en allât racler le sable des dunes basses de l'île

Barnwell. Toby remarqua le jaillissement de sable sous la quille pendant que Nancy faisait rapidement pivoter son gouvernail et que, libérés, ils repartaient, légers, vers le centre profond du canal.

— Cela n'était-il pas manœuvré d'un peu près pour être agréable et pratique ?

— Pas pour quelqu'un qui a fait le trajet aussi souvent que moi et qui connaît le parcours comme je le connais.

— Vous venez souvent par cette voie, remarqua-t-il. Je me suis parfois demandé pourquoi vous prenez si rarement la route du bord de l'eau.

Elle lui lança un regard débordant de taquinerie, puis rendit promptement toute son attention à sa besogne.

Pendant quelques instants, ils voguèrent en silence.

— Moi aussi, fit Nancy, au bout d'un temps appréciable, je me suis parfois demandé pourquoi vous parcourez si souvent la route du bord de l'eau. Je vous y ai vu fréquemment à la pointe du jour : il ne peut s'agir à chaque fois d'une visite médicale au fin fond de la campagne, j'imagine ?

Elle avait posé la question avec une désarmante candeur que démentaient ses yeux pleins de malice. Il répondit parlant vite et tentant de masquer sa panique en déplaçant jovialement de l'air :

— Si vous insinuez que j'ai une bonne amie dans les pinèdes...

— Je l'espérais presque. Ce serait un soulagement de vous savoir tout de même humain !

— Est-ce pour mettre mon humanité à l'épreuve que vous m'avez emmené aujourd'hui ?

Il s'émerveilla — ce n'était pas la première fois — de son propre aplomb. Le désir de renvoyer en arrière d'une poussée la barre qui se balançait entre eux et de prendre la jeune femme dans ses bras devenait insupportable. Mais il dit :

— Voyons, vous devez bien vous rendre compte que le président de la Compagnie Darby est beaucoup trop occupé par elle... pour s'occuper en outre d'histoires d'amour !

— Alors pourquoi se livre-t-il à de si fréquentes chevauchées nocturnes ?

— Il se trouve qu'il est fort occupé aussi comme médecin.

Nancy rejeta la tête en arrière, se permit de loucher vers le soleil et l'anémomètre — c'était aussi peu distingué que possible, mais extrêmement expressif :

— Au moins, vous êtes assez galant pour ne pas répéter votre question !

— Vous voulez dire : « Pourquoi venez-vous si souvent en ville par le fleuve ?... »

— Précisément ! Je me serais vue obligée de répondre : « Parce que l'eau ne laisse pas de traces. »

Comme il la dévisageait, hésitant entre l'indignation, la stupeur et l'amusement, elle lui dédia un regard où se mêlaient la taquinerie et la provocation, provocation qu'elle précisa bientôt en paroles :

— Allons, docteur ! A quoi bon prendre un air choqué ? N'essayez pas de nier que vous croyez Félix Pagnol mon amant.

— Un bon médecin ne répète pas les potins, Mrs. Grégory.

— Pour l'amour du ciel ! Appelez-moi Nancy.

— Très bien, Nancy, répondit-il avec calme. Néanmoins, un bon médecin ne répète pas les potins.

— Pourrais-je avoir un amant, si je le souhaitais ?

— Vous pourriez avoir tout ce qu'il vous plairait. Comme toujours.

Mais, semblant n'avoir pas entendu, elle continua avec violence — manœuvrant durement la barre tout en parlant :

— Est-ce que vous me prenez pour une colonne de chiffres de vos registres ? Sans cœur ? Ou bien...

Le reste se perdit en une effarante mêlée, pendant laquelle, accrochés l'un à l'autre, ils s'empêchaient mutuellement de passer par-dessus bord. La quille racla le sable, le pont s'inclina follement et, après un unique frisson qui le parcourut dans toute sa longueur, le petit bateau s'immobilisa de façon définitive, son bout-dehors immergé dans la Savannah.

Enfin, et par pur hasard, Nancy était dans ses bras et, de toute sa force, elle l'enlaçait. Sa proximité bouleversait les sens du garçon, qui se sentit envahi par le vertige et la serra plus étroitement encore... Mais la lucidité lui revint aussitôt lorsqu'elle s'arracha à son étreinte et grimpa à quatre pattes sur le pont arrière pour lâcher les écoutes. Ensemble, et avant qu'elle pût empiler toute sa toile dans le poste, ils ferlèrent la voile qui claquait.

— C'était, apparemment, celui-là, un écueil que vous n'aviez pas repéré ! dit-il posément. « Et une étreinte sur laquelle je n'avais pas compté », ajouta-t-il à l'intérieur.

— La marée n'a pas tourné encore, nous pourrons nous dégager, opina Nancy.

Sa voix était parfaitement calme à présent : seules, ses pommettes enflammées le trahissaient. Elle gagna le beaupré et, s'accrochant à un hauban, étudia le tourbillon de sable du fond. Il la regarda jeter une sonde et s'étonna de son sang-froid contrastant avec cet heureux instant de panique qui l'avait envoyée dans ses bras.

— Vous avez plus de trois pieds d'eau, à la sonde, dit-il. Et nous sommes toujours échoués.

— Oui, mais c'est un sloop de course, Toby. Avec une quille à blindage de cuivre, et quatre pieds de tirant d'eau.

— Voulez-vous que je passe par-dessus bord et que je pousse pour dégager ?

— Si vous voulez. Mais vous serez trempé jusqu'à la taille.

— Le soleil est chaud. Je serai bientôt sec.

Il se demanda s'il fallait la prier de se tourner de l'autre côté, puis décida contre cette inutile pruderie, enleva sa veste et sa chemise et roula haut au-dessus des genoux son pantalon de coutil. Si cela était vraiment un jeu, elle le jouerait jusqu'au bout.

Il passa par-dessus bord et, laissant son bras nu appuyé au plat-bord, attendit une minute, cependant que, le premier vif picotement passé, il savourait la fraîcheur délicieuse de l'eau encerclant ses cuisses nues.

— Vous prenez vraiment cela très bien, commenta-t-il.

— Pourquoi pas ? Avec un homme à bord...

— Je suis bien sûr, le dernier homme avec qui vous souhaiteriez échouer !

— Allez, docteur, dit-elle. Enfoncez vos orteils dans le sol et poussez.

Elle se pencha au-dessus de lui, trop proche pour sa paix intérieure, étalée, sur le pont, les jambes nues appuyées au gui de la grande voile, et, pour seconder l'effort de Toby, enfonça vigoureusement la perche dans l'eau que troublèrent de blancs nuages de marne.

La barque frissonna, mais sans quitter son lit sablonneux.

— Ne voyez-vous aucun moyen de la soulager ?

— A moins que vous aussi ne veniez par-dessus bord ?

— En effet. Cela vaudrait mieux sans doute.

— Ce n'était qu'une plaisanterie, Nancy ! protesta-t-il aussitôt. *Vous* en auriez jusqu'au menton !

— N'en croyez rien ! Vous n'en avez que jusqu'à la poitrine, et je suis presque de votre taille.

Il la considéra d'un œil incrédule, tandis qu'ayant ramené la perche à bord et gagné d'un recul l'illusoire abri du foc flottant paresseusement elle délaçait son corsage et, les épaules nues déjà, s'occupait activement à défaire la plaquette qui retenait la robe à la taille. Bientôt le vêtement de calicot fut en rond autour d'elle : elle l'enjamba et, de la pointe du pied, l'envoya sur le beaupré. Emeraude et foulards restèrent sur le pont. La camisole ajustée et fleurie qu'elle portait dessous la couvrait, certes, autant que la robe du soir qui la parait au bal de la Filature, mais Toby sentit son pouls prendre le galop à la vision inattendue de ces épaules découvertes en plein jour.

— Ne vous alarmez pas, dit-elle. Vous constaterez que je suis parfaitement décente. Même maintenant, ajouta-t-elle, en envoyant d'un autre coup de pied un de ses jupons de dessous rejoindre sa robe.

Il avait beau s'efforcer de fixer ailleurs son regard, la rondeur doucement galbée de ses cuisses l'attirait. Visiblement, elle ne portait pas de corset ce matin, mais sa taille souple ni ses fermes jeunes seins ne requéraient de semblable soutien.

— Reculez-vous un peu, dit-elle, que je puisse passer.

La camisole et le jupon qui restaient ballonnèrent d'inquiétante façon comme elle glissait par-dessus bord à moins d'un mètre de lui.

Il fit semblant de chercher une meilleure prise sur la quille, afin de cacher le plus chaud de sa confusion, cependant qu'elle pataugeait jusqu'au cou dans la Savannah.

— Avez-vous l'intention de vous y mettre, Toby ? Ou bien allons-nous seulement faire une partie de nage ?

— Je serai prêt quand vous serez prête, répondit-il avec calme.

Et il appuya sa forte épaule contre la coque, juste sous le beaupré. Déjà Nancy occupait la situation parallèle, et seule l'étrave les séparait. Instinctivement, il y posa une main pour assurer son équilibre, et les doigts de la jeune femme se refermèrent sur les siens.

— Ensemble, dit-elle. Comptez trois, et puis donnez votre maximum. Il est bien près de flotter de lui-même.

— Un — deux — trois. Ho ! Hisse !

Bien que Toby ne pût à présent rien voir d'elle, que les doigts mêlés aux siens, il sentait sa force de l'autre côté de la carène. Ils se tendirent à l'unisson le long des deux plats-bords opposés. Le bateau eut un autre frisson langoureux et parut les repousser comme s'il disposait d'une force propre.

— Plus fort, Toby ! Il cède !

Toby s'agrippa plus solidement des orteils dans le sol trempé ; ses épaules, craquant sous l'effort, accompagnèrent l'ultime effort de Nancy. Poussée héroïque sous laquelle quille et sable mêlés de marne se séparèrent — si soudainement que Toby et Nancy s'étalèrent et burent la tasse.

Comme la tête reparaissait en s'ébrouant à la surface, il vit Nancy nageant désespérément à la poursuite de l'impertinent petit vaisseau qui déjà fuyait avec le courant.

— Grimpez à bord, cria Nancy, grimpez à bord, et reprenez-le en main. Dépêchez-vous, je vous en prie !

Il bénit les prouesses de son enfance, grâce auxquelles, en douze longues brasses, il se trouva au niveau du fugitif. Il bénit la vigueur rustique grâce à laquelle il put se hisser à bord en pleine marche rapide. D'un coup de barre, il remit le bateau dans sa direction. Une bonne cinquantaine de mètres en arrière, Nancy nageait de toute sa force pour atteindre le sillage où flottait le câble de remorque. Sachant que la jeune femme pouvait tenir le coup en eau profonde, il commença par fixer la grande voile qui s'était livrée à des fantaisies d'ordre privé.

— Allez doucement, je vous aiderai à monter.

— J'y arriverai bien toute seule, merci.

Mais déjà il avait assujetti le gouvernail et s'allongeait écartelé sur le gaillard d'arrière, tirant le câble à deux mains. Il la remorqua derrière le rapide petit bateau, puis, avec précaution, une main passant sous l'autre, exactement comme un pêcheur à la ligne qui aurait pris une sirène à l'hameçon, il l'amena jusqu'à lui, lui saisit les deux mains, et la hissa aisément à bord.

La camisole était plus qu'entrebâillée, les jeunes seins tendaient le tissu léger et trempé, laissant voir leurs bouts roses et dressés. Toby était à la torture, quand un coup de vent subit fit osciller le petit sloop et jeta Nancy entre ses bras.

— Merci, Toby, dit-elle, en se redressant. Je ne devrais pas le dire, mais tout cela m'a semblé extrêmement rafraîchissant.

Toby ne se sentait pas rafraîchi le moins du monde ! Il brûlait du désir de faire suivre ces étreintes involontaires d'une autre, plus explicite, mais était enraciné à la barre : sous sa main, le petit sloop se stabilisait et, malgré la pression toujours accrue du vent, glissait définitivement au milieu du chenal.

— Attachez la barre, dit Nancy. A nous deux, nous pourrons bien hisser la grande voile, mais à compter de ce moment nous naviguerons sous toile très réduite.

— Plus d'écueils d'ici Sangaree ?

Elle battit des paupières à cette question. Quant à lui, il lui était impossible de décider si elle riait en dessous — ou bien si elle cherchait un sens caché aux mots qu'il venait de prononcer.

— Croyez-vous donc que j'avais préparé notre échouage ?

— Vous vous êtes amusée : pour moi, c'est vraiment l'essentiel.

Elle saisit robe et jupon tout en parlant et disparut derrière le triangle de toile sans qu'il tentât de la retenir.

De loin, il regarda les pieds nus exécuter une sorte de danse agile parmi les cordages lovés sur le gaillard d'avant et retrouva le sens des réalités juste à temps pour préserver le bateau d'une embardée traîtresse, le vent ayant subitement sauté.

Installé à demeure près de la barre, il obligea son esprit à se détourner de la partie du pont où elle se tenait. Il sentait qu'il avait percé à jour son stratagème, mais, ce qu'il ne put parvenir à deviner, c'est à quoi elle voulait en venir.

Là, au milieu du fleuve, sans même un radeau de bois en vue, ils étaient aussi parfaitement à l'abri des curieux qu'ils l'eussent été dans sa chambre à Sangaree.

« Et elle était encore plus en sécurité en ce qui le concernait, se répétait-il sauvagement : soit qu'elle le désirât véritablement, soit qu'elle fût résolue à le provoquer à nouveau... » Ses yeux, qui avaient scruté l'anémomètre, descendirent cauteleusement le long du mât, refusant les injonctions contraires de son esprit...

Elle devait être presque nue à présent, et, le soleil ayant reparu au milieu du bleu, tourner vers la lumière et la chaleur son corps humide, comme une grande fleur épanouie. La main de l'homme se durcit sur la barre, car, dans ce rayon, la voile, cessant d'être opaque, lui révélait l'émouvante silhouette au moment où Nancy, les bras levés, retirait sa camisole et demeurait aussi nue qu'Eve, et aussi inconsciente.

Inconsciente. Inconsciente des yeux qui la dévoraient. Inconsciente ? Etait-ce bien sûr, après tout ?

Elle resta debout un long moment, aussi immobile, aussi pure de lignes qu'une statue en quelque jardin de Grèce. Il regarda ses deux mains lisser en une lente caresse la symétrie de son beau corps, modeler la longue ligne — si émouvante — de ses cuisses fuselées, ses hautes fesses nerveuses et fermes, les plans allongés de son ventre plat. Il regarda ses deux mains monter encore, enserrer les jeunes seins ruisselants de soleil...

Et, dans le cerveau submergé de désir, la raison flamba comme un alcool... Toby fonça devant lui sans bruit, pour aller enfouir sa tête entre ces deux calices orgueilleux...

Un coup de fouet claqua sur une de ses joues. Sous le choc, il tournoya en reculant et s'arrêta de justesse contre le plat-bord. Pris dans une rafale traîtresse, le petit bateau s'était incliné et la barre — délaissée — avait claqué en arrière. Toby, coincé entre le gui et la coque, aveuglé par la toile de la voile qui lui plaquait au visage, n'entendit même pas un floc ! Le sloop se redressa miraculeusement, la main du barreur retrouva la barre, le gui revint à sa place entraînant la voile, et le pont avant apparut. Vide.

Pour la seconde fois, Nancy nageait, mais ce coup-ci il y avait déjà cent bons mètres entre elle et l'arrière du sloop, et ses cheveux posaient sur le fleuve une vivante clarté dorée.

— Qu'est-il arrivé, Toby ?

Sa voix ne révélait aucune crainte. Se fût-il agi de sauver sa vie, il eût été incapable de deviner si elle avait ou non été irritée par son soudain plongeon.

— Quelque chose a craqué, j'en ai peur.

« *Quelque chose en moi,* » continua-t-il *in petto* Vous pouvez remercier le vent — et le gui à quoi vous devez de l'avoir échappé belle. Si, toutefois, vous souhaitiez échapper...

— Venez me chercher, Toby ; je ne vous rattraperai jamais !

Le vent s'était apaisé aussi soudainement qu'il s'était levé. Ce serait chose facile que d'amener le petit bateau et de le faire virer vers la nageuse solitaire qui, déjà, n'apparaissait plus que comme un point rouge sur l'immensité déserte du fleuve. Le voilier, refaisant en sens inverse sa propre route, semblait couvrir la distance avec la facilité d'un tapis magique.

Saisissez le câble de remorque au passage ! cria-t-il. Je regarderai de l'autre côté.

— Vous ne pouvez pas faire ça. Toby ! cria-t-elle en réponse. Vous me passeriez dessus...

Heureusement, il vit à temps la sagesse de cette objection et osa, en veillant bien à ce qu'il faisait, passer à un pied d'elle.

L'eau du chenal, constamment balayé par le flux marin, verte et transparente autant que l'eau de la mer, révélait tout son corps aussi nettement que s'il avait été serti dans du jade. Jusqu'à sa mort, Toby se souviendrait de la nappe d'or rouge que ses cheveux étalaient sur le flot, encadrant comme un éventail large ouvert les douces lignes claires de sa beauté. Jusqu'à sa mort, il reverrait les yeux qui le défiaient de se détourner, tandis qu'elle nageait ferme pour saisir le câble de remorque et qu'elle se laissait soulever peu à peu hors de l'écume du sillage, jusqu'à ce qu'en fin de compte seuls ses genoux demeurassent submergés...

— Peut-être vaut-il mieux tout de même que vous vous occupiez de la manœuvre, dit-elle. J'ai l'impression que vous manquez un peu d'expérience...

Pendant qu'elle grimpait à bord et décampait en hâte, il tint son regard farouchement fixé sur le guibre. Puis, assuré qu'il était de perdre la tête s'il tournait les yeux, si peu que ce fût, dans sa direction, il mena sa barque avec une dextérité qu'un maître marinier aurait pu lui envier — essayant en vain de fermer les oreilles au froufrou féminin qui, de derrière la voile, flottait jusqu'à lui, porté par le vent.

-:-

— Vous ne trouvez pas que c'était un peu excessif, Toby ?

Il fit un violent effort pour grommeler une réponse, mais les mots ne vinrent pas.

— *Toby ! Est-ce que vous pouvez m'entendre ?*

— Bien sûr, je vous entends.

— Nous sommes en période de trêve, vous savez. Est-ce que vous trouvez cela juste de me noyer — sans même un petit jupon en guise de linceul ?

Il se rendit compte, avec un léger sursaut, que, depuis un grand moment, il jurait à voix basse. Forçant un peu la voix, il répondit bourru :

— Est-ce que vous m'accusez de vous avoir versée ?

— Pourquoi pas ? Vous m'accusez bien de nous avoir échoués.

— Si je retire cette... cette accusation... retirerez-vous la vôtre ?

— Ne serait-il pas plus simple de ne rien retirer du tout et de nous avouer quittes ?

— Comme il vous plaira, répondit-il, sans abandonner la contemplation du guibre.

— Vous pouvez regarder maintenant, Toby.

Il leva enfin les yeux et fut surpris de la trouver déjà installée dans le poste, serrant ses genoux entre ses bras, enfermée à présent dans un volume convenable de calicot, et lui riant au visage à travers l'écheveau cuivré de ses cheveux.

— Où en étions-nous lorsque... lorsque nous avons touché le banc de sable?... demanda ingénument la jeune femme.

— Nous discutions le point de savoir si vous étiez humaine, je crois.

— Effectivement. J'étais *aussi* plutôt furieuse. Souvenez-vous pourquoi ?

— Peut-être parce que j'avais été si longtemps à l'admettre ?

— L'admettez-vous, maintenant ?

— Après le banc de sable, avec la plus entière conviction !

Sur quoi elle vint s'asseoir tout près de lui, sur l'étroit siège de planche du gaillard, aussi simplement et naturellement que si cela avait de tout temps été sa place à elle, en même temps que sa place à lui.

— Voulez-vous que je prenne le gouvernail à présent ?

— Ah ! certainement pas ! Après votre jugement calomnieux sur mon habileté professionnelle de marin, je vous amarrerai de mes mains dans votre propre dock.

Elle lui sourit :

— Ainsi donc vous allez me conduire vous-même à Sangaree ? Peut-être ai-je tort, Toby ? Peut-être, au fond, êtes-vous humain, vous aussi.

Sans y croire, il entendit son propre rire se joindre au rire de Nancy. Et, une fois le plus, le désir le roula dans son vent brûlant. Il se sentit glisser, tomber vers l'appel de ces yeux, vers la malice de ce sourire, — tomber, se perdre et se damner dans le nuage d'or de ces cheveux...

... Mais quand, tout frémissant d'ivresse, il leva la tête... son regard lui montra Sangaree qui commençait à poindre au bout de leur course. Déjà, sous la quille, c'était l'eau de la crique de Sangaree qui coulait et les portait. Déjà, superbe et hautain comme toujours, le grand miroir blanc le toisait du sommet de sa colline et de son orgueil intact.

Cela suffit à l'apaiser, en lui rappelant le fossé profond, le golfe, qui les séparait, bien qu'il ne pût trouver aucune trace de cet orgueil dans les yeux de Nancy Grégory lorsqu'il osa, enfin, croiser à nouveau leur regard.

5

UNE heure plus tard, Toby, las d'arpenter la bibliothèque sise au rez-de-chaussée du manoir, donnait de temps à autre un coup d'œil aux pelouses claires et vivantes. Depuis un bon moment déjà, il avait atteint une opinion qu'il estimait inébranlable : le golfe qui le séparait de Nancy ne pourrait jamais être ni comblé ni franchi. Il l'avait senti dès son entrée dans la maison : jusqu'au dernier, au plus suave, au plus minime détail, Sangaree répondait à ses craintes.

En cette heure de solitude, il avait eu tout le temps d'analyser son malaise et de s'en formuler la conclusion : Sangaree l'obligeait à courber la tête devant l'inévitable, devant l'irréfutable aussi. Sangaree était le monde même de Nancy, un microcosme parfait de ce monde, un bastion que — bien qu'il lui eût été donné de se glisser, pour une brève journée, sous ses portiques fortifiés — Toby ne pourrait jamais conquérir : il ne pouvait même pas l'espérer.

La traversée de la roseraie, entre le quai et la maison, lui laissait le souvenir d'un rêve éveillé. C'est dans un rêve encore qu'il avait pénétré en cette vaste bibliothèque, aux grands murs tapissés de livres, — dans un rêve d'abord qu'il y avait attendu la maîtresse de maison, occupée à donner des ordres à ses esclaves.

Puis, l'absence de la jeune femme se prolongeant, il avait eu le temps de parcourir vingt fois dans tous les sens l'immense salle, de considérer avec effarement la majestueuse beauté des jardins étalés sous les fenêtres, de détailler toutes les richesses — et d'un goût excellent, il s'en rendait compte — qui l'entouraient, — toutes choses qui étaient, visibles, tangibles, et, pour Nancy, habituelles.

Alors, le rêve éveillé s'était transformé en réalité incontestable, palpable, évidente, mais que le fait d'être sous sa main ne rendait pas moins inaccessible.

Peu à peu, la mauvaise humeur avait remplacé l'émerveillement, et Toby n'avait recouvré la parole que pour jurer à mi-voix et accabler d'imprécations cette opulence, milieu naturel de Nancy, où elle était née, où elle avait toujours évolué, où il se sentait un étranger, un intrus.

Ainsi du moins raisonnait-il au fond du fauteuil où il s'était laissé choir, mi-découragé, mi-furieux, le regard fixé sur la cheminée de marbre que son œil pourtant ne voyait même pas.

Et voilà que son regard accrochait un regard ami : magnifique en vêtement de velours prune, la main légèrement appuyée à l'encolure d'un épagneul, du fond d'un cadre doré au-dessus de la cheminée, Victor Darby souriait au fil de son esprit.

C'était un grand portrait fait par Gilbert Stuart à la veille de la Révolution : pendant les jours de danger et de trouble, la toile avait attendu, en sécurité dans une cachette d'où elle n'était sortie que depuis peu, après que les architectes eurent annoncé la fin des travaux, la parfaite remise en état du manoir. Alors le Vieux Victor avait regagné sa place d'honneur...

Toby eut l'impression que le sourire de Victor Darby n'était pas sans tristesse — que ces beaux yeux vifs et lumineux considéraient avec pitié le spectacle que lui offrait l'avidité humaine... Et pourtant c'était le Vieux Victor lui-même qui avait érigé le toit de Sangaree, terminant ce que son père avait commencé. C'était lui, Victor, qui avait insisté pour que le domaine allât à Nancy et qu'elle pût en user comme bon lui semblerait... Sans aucun doute, le patriarche n'avait pas prévu qu'il faudrait une fortune pour rendre à cette demeure sa plendeur ancienne, et qu'une fortune plus grande encore deviendrait indispensable par la suite pour l'entretenir.

Le passé rejoignait le présent : Toby imaginait, voyait Victor Darby, à la veille de son départ pour les batailles, embrassant douloureusement du regard ce cosmos créé par son propre génie, et la châtelaine qu'il lui avait donnée et qui en résumait et symbolisait l'essence et la perfection.

Aimant sa fille comme il l'aimait, celui qui allait quelques années plus tard fonder la Compagnie Darby et ne chercher, ce faisant, qu'un compromis entre le rêve, l'art, la romance et la réalité, n'avait jamais prévu que, dans l'esprit de sa fille, ce compromis serait tout bonnement une formule sans signification, une utopie dépourvue de sens véritable.

La certitude éveillée en Toby, tant par sa vision que par les conclusions auxquelles il était parvenu, le remit d'aplomb. Il traversa le tapis fleur de pêcher et s'arrêta devant un secrétaire et la rangée bien nette de volumes qui, dans un rayonnage vitré, le surmontait. Pour la seconde fois, depuis une heure qu'il était seul dans la salle, sa main toucha la clef... La paroi vitrée tourna facilement...

Presque sans volonté précise, il prit le dernier volume de la rangée et sut, ce faisant, que ce qu'il tenait n'était pas vraiment un livre, mais un manuscrit relié : Roy lui avait parlé trop souvent des papiers de son père et de l'endroit exact où ils se trouvaient et de leur situation dans cet endroit, pour qu'il eût à présent besoin de chercher. Du premier coup, sa main avait trouvé :

NOTES AU JOUR LE JOUR
de Victor Darby, gent.

Il considéra longuement le titre doré au dos du volume avant de remettre celui-ci à sa place — sans l'ouvrir. Là, pourtant, se trouvait peut-être la réponse à la plupart de ses perplexités. Peut-être même la clef de cet étrange Sésame — le cœur de Nancy Grégory. Le Vieux Victor — si ferme et si clair dans ses assertions — avait affirmé que son protégé découvrirait à Sangareé la solution de presque tous ses problèmes s'il avait la patience de lire, avec l'attention qu'il fallait, les papiers qu'il fallait. Mais quels papiers ? Le Fondateur avait emporté cette énigme dans la tombe.

Pourtant, la nuit même de la mort de son père, Roy avait mentionné ces volumes reliés en veau. Etait-il possible que Nancy l'eût enfin entraîné, lui, Toby, à Sangaree uniquement pour qu'il pût les lire ? Etait-il possible que Nancy l'eût laissé seul pendant toute une heure oisive dans l'espoir qu'il serait attiré vers ce rayon précis de la bibliothèque — isolé et bien en vue au-dessus du secrétaire ?

Il allait peut-être se laisser aller à cette imagination, mais un pas retentit dans le hall, et Toby, la nuque étreinte par une appréhension désormais familière, se tourna vers la porte : ce n'était que le majordome de Mrs. Grégory, qui s'inclinait profondément dans l'ouverture de la porte — un nègre à cheveux blancs, fier et de gracieuse allure en sa livrée canari.

— La maîtresse attend le docteur à l'embarcadère. La maîtresse avertit le docteur qu'il y a assez de temps encore pour inspecter le paddy avant dîner.

Il n'y avait aucune affectation dans les paroles, ni dans le ton. Simplement une dignité naturelle qui s'accordait au mieux avec cette haute salle blanche, avec la richesse discrète de ces milliers de volumes, ces statuettes de philosophes dans leurs innombrables niches, avec, enfin, l'effigie magnifique de Victor Darby et son mélancolique sourire.

Comme s'il eût attendu de lui un ordre ultime, Toby consulta le portrait de son bienfaiteur. Puis, secouant les épaules, il suivit le Noir dans le hall, où, du haut de chaque mur, le toisèrent des Darby plus anciens, le hall où le midi printanier, semant par les deux impostes ses éclaboussures lumineuses, suspendait dans la calme pénombre une patine d'or.

Toby suivait le majordome vers le portique sud. Au passage, il entrevit une salle à manger aux dorures somptueuses, aussi spacieuse que la salle d'armes de quelque roi du Moyen Age. Un vaste salon où tout, jusqu'au dernier chandelier, était enveloppé de housses, où les volets étaient clos contre le matin flamboyant au-dehors.

Victor Darby, jadis, avait vécu en ces lieux ; il y avait élevé une famille avant de dédier la maison à Nancy. Pourtant il était impossible à Toby de croire que jamais des gens eussent ri ou fait l'amour dans ces chambres suaves, bu largement à cette table monumentale, discuté des grandes vérités dans le sanctuaire de cette bibliothèque.

— Y a-t-il longtemps que vous servez ici ?

Le majordome s'arrêta sous le portique, à la fois saisi et content que le visiteur lui eût adressé la parole.

— J'étais petit valet sous le Vieux Maître avant que Sangaree eût un toit, monsieur. Et j'ai servi le père de Miss Nancy depuis le commencement.

L'anglais du grand nègre était, Kent s'en fit la réflexion, aussi parfaitement irréprochable que ses manières.

— Comment se fait-il que je ne vous aie jamais vu à Savannah ?

— Personne que moi ne se souvenait exactement de Sangaree, monsieur. Pas même Miss Nancy, qui avait trop longtemps habité Nassau avec son mari. Tout mon temps à été employé à aider ceux qui reconstruisaient à rendre à cette demeure l'apparence qui était la sienne avant que la guerre eût passé sur elle.

— Quel est votre nom ?

— Je suis le Rex de Miss Nancy, docteur.

« Le Rex de Miss Nancy. » Le simple énoncé d'un état de fait sans la moindre emphase, sans arrière-pensée pathétique. « Les mules de labour de Miss Nancy pensa Toby. »

— Si le docteur veut avoir la bonté de me suivre ?

Bien qu'il fût préparé à la vue qui l'attendait au-delà du portique sud, Toby n'en eut pas moins le souffle coupé par l'inexprimable beauté du tapis vert. Close à l'horizon par un coupe-vent de pins, bordée par le brouillard bleu qui montait avec la marée, la plantation de Sangaree s'étalait, interminable, sous le soleil de midi. Les champs de riz aidaient beaucoup à cette impression d'immensité, avec le dense réseau de leurs canaux et de leurs digues en échiquier. De l'endroit où il se tenait, Kent ne pouvait guère s'apercevoir qu'une partie importante de cette superficie avait, à cause des années de négligence dues à la guerre, fait retour à la prairie, bien qu'il sût par ses propres livres que trois cents acres à peine pourraient être ensemencées ce printemps. Les étendues de pelouses et de jardins dessinés, la superficie des quartiers d'esclaves et des hangars, des écuries et des remises, — interminables lorsqu'on les considérait du haut de cette colline élevée de main d'homme, — représentaient une assez substantielle réalité.

Un grand moment, il demeura silencieux, se fortifiant contre le choc que lui causait l'espèce d'empire autonome recréé grâce à la fortune de Pagnol et l'orgueil de Nancy.

Sans demeurer plus longuement à soupirer après une idylle évanouie — ou à évoquer l'éclair voluptueux de membres blancs dans l'ombre d'une voile, — Toby, suivant Rex, se mit en route vers la maîtresse de Sangaree.

La souveraine de qui dépendait tout ce que l'œil pouvait voir, Nancy, l'attendait, sereine sous une ombrelle de dentelle. Son empire était, en cette minute, animé par une demi-douzaine de têtes noires, dansant sur l'eau comme des bouchons — les têtes des nègres qui, obéissant à ses ordres, venaient d'amener à la rive une barque qu'ils étaient allés chercher parmi plusieurs autres semblables, amarrées à quelques encâblures.

Nancy était, à présent, toute vêtue de dentelle blanche, ses cheveux cuivrés *tressés en couronne* (1), ses lèvres retenant un sourire lorsqu'elle vit Toby s'arrêter dans l'ombre du hangar. Plus que jamais pareille à la reine qu'il imaginait, elle congédia sa sombre escorte d'un mouvement de son parasol, puis s'avança vers lui, la main tendue.

Il la baisa, morne et sombre, bien qu'il espérât imiter passablement la grâce de Pagnol.

— Et que visiterons-nous pour commencer, docteur ? Les paddies eux-mêmes ? Ou les aires à battre ?

Ses manières avaient la même fraîcheur que la main qu'il tenait entre les siennes. Il recula, rendu tout gauche par la rebuffade physique, bien qu'il l'eût clairement prévue pendant sa longue attente dans la bibliothèque.

— Les aires à battre, Mrs. Grégory ? J'avais compris que c'était le temps des semailles ?

— Nous nous servons des aires pour cela aussi. En fait, c'est là ma seule excuse pour un si long retard, j'inspectais la semence.

« A d'autres ! rageait-il silencieusement. Quelle histoire invraisemblable ! Il t'a fallu au moins une heure pour sécher tes cheveux, sans parler du temps

(1) En français dans le texte.

requis pour enrouler dans un tel métrage de dentelle d'Irlande ce corps intolérablement excitant ! »

— C'est à vous qu'il appartient d'organiser la tournée, Mrs. Grégory, dit-il courtoisement. Je ne suis qu'un critique en visite aujourd'hui, ne l'oubliez pas.

— Je n'oublie pas non plus que c'est l'argent Darby qui a payé ce riz.

Il sourit, malgré son humeur, en se rappelant avec quelle tranquillité, quelle volubilité aussi, elle avait demandé qu'une hypothèque sur Sangaree lui permît de planter un quart du terrain pour son propre bénéfice, en dehors des omniprésents registres de la Compagnie. Ce n'était pas le premier argent que, pour de similaires entreprises à Sangaree, elle avait obtenu des caisses Darby.

— L'argent Darby ne saurait être en des mains plus sûres.

— Venez, quoi qu'il en soit, aux aires à battre. Après tout, votre riz sera planté exactement comme le mien.

— *Notre* riz, Mrs. Grégory. En dehors de ce cercle magique, nous partageons et partageons équitablement.

— Tout à fait exact — quand il y a quelque chose à partager.

Avant qu'il pût répondre, elle posa sur son bras sa main toujours froide et lui permit de l'aider à gagner le siège arrière de la barque.

Le nègre aux épaules carrées qui manœuvrait la perche, noir hercule sauf pour une courte culotte blanche, claqua correctement ses talons nus lorsque Nancy lui adressa un signe de l'ombrelle. La barque gagna doucement l'eau libre, et Toby, s'installant auprès de la jeune femme, découvrit qu'en somme ce cercle de dentelle faisait ombre, et même assez d'ombre pour deux personnes.

— Désappointé, docteur ?

Bien que sa voix ne fût qu'un murmure, elle n'avait rien perdu de sa froideur.

— Désappointé... par Sangaree ou par vous ?

— Ne sommes-nous donc pas inséparables en votre esprit ?

— Pas toujours, dit-il.

A ce moment, ses yeux étaient durement fixés sur ceux de la jeune femme. A ce moment-là, il se sentait certain d'être son maître. Avec un rire léger, Nancy reprit calmement sa souveraineté.

En même temps qu'elle, il adressa un signe de salutations à la troupe d'épouvantails animés qui couvraient la première digue au bord du premier champ inondé. Les esclaves lancèrent un salut polyglotte que Nancy accueillit en souriant, cependant que la barque s'arrêtait à quelques mètres du mur de barrage.

La jeune femme, qui appelait la plupart de ces Noirs par leur nom, paraissait, cette fois, vraiment contente de la rencontre.

— Rien ne les amuse comme de s'orner de foulards voyants et de jouer à l'épouvantail, expliqua-t-elle. Au vieux temps, nous n'avions pas d'autre moyen de garder de la graine en terre. Et même ainsi nous n'y réussissions que partiellement : après le coucher du soleil, les oiseaux revenaient encore commettre des dégâts. Cette année, j'espère qu'il nous sera possible de mettre ces hommes aux champs, avec les autres.

Du temps qu'elle parlait, la barque glissait en face de l'aire à battre — vaste surface montée sur pilotis, en plein cœur des paddies, et couverte d'un toit de palmettes tressées pour la protéger de la pluie. Au premier coup d'œil, Toby eut l'impression qu'une kermesse à l'ancienne mode s'y déroulait, dans l'ombre blonde des palmiers. Puis il s'aperçut que ceux qu'il avait pris pour des danseurs étaient simplement un autre groupe d'esclaves, frottant sous leurs pieds nus une mince couche de grains de riz mêlés avec une certaine quantité d'argile rouge de Géorgie. A mesure qu'ils se mouvaient, les orteils des nègres, animés de rythmes ancestraux même pendant cette tâche plébéienne, transformaient le riz enveloppé d'argile en milliers de minuscules boules rougeâtres et, progressivement, se déplaçaient sur l'aire, continuant un peu plus loin la besogne terminée ici.

Dans le sillage des danseurs, de jeunes esclaves des deux sexes, adolescents et adolescentes, suivaient, un sac pendu à leur robuste épaule, balayaient en tas les grains enrobés et les enfournaient dans les sacs. Ceux-ci, une fois remplis, étaient empilés dans des barques amarrées le long de la face ouverte de la grange à battre.

— Ces semences-là ne seront utilisées que demain, dit Nancy. Mais je crois qu'ils sont déjà en train d'ensemencer la section sud. Est-ce exact, Priam ?

— Tout à fait exact, Miss Nancy.

— Continuez donc de suivre le chenal, et, au prochain tournant, coupez à travers champs.

La barque avançait dans le lent courant, prenant la large courbe avec toute l'aisance d'un pélican qui, se portant de confiance sur ses fortes ailes immobiles, effleure l'eau.

Nancy referma son ombrelle et se leva au moment où la barque tournait dans le premier canal tributaire.

Debout l'un à côté de l'autre, ils pouvaient évaluer la profondeur de la couche d'eau qui suintait à la surface nivelée du sol. Bien que l'eau fût assez trouble le long des hautes berges vaseuses, Toby suivait aisément les contours du canal principal, de l'artère — long conduit de cyprès, sorte de tuyauterie, fermée aux deux bouts par une porte à trappe qui contrôlait et réglait le débit de l'eau et son passage du canal dans le champ. Le surveillant d'irrigation, un nègre aux yeux vifs et attentifs, assis dans une sorte de guérite sur le haut de la digue, tenait dans ses deux poings les câbles de la trappe et surveillait — pour agir en conséquence — le niveau montant lentement dans le champ voisin.

— Comme vous le remarquerez, docteur, le riz doit germer sous l'eau. C'est sous l'eau qu'il accomplit une bonne partie de sa croissance. De sorte qu'entre la semaille et la récolte le paddy doit être inondé à de multiples reprises. Pour cette dernière opération, toutefois, il doit être sec. Il importe donc de veiller à ce que l'ultime inondation ne soit pas trop tardive.

— Et vous installez les rizières, en conséquence, le long d'un estuaire, d'un cours d'eau que gonfle ou vide la marée ?

— C'est plus simple que de terrasser et beaucoup moins coûteux. Même si un ouragan devait niveler ces murs de barrage, il y aurait le temps voulu pour les relever avant la préparation de la récolte suivante.

Elle s'interrompit pour parler au surveillant d'irrigation, qui releva plus haut les trappes, permettant à l'eau saumâtre de s'étaler en volume plus important parmi les paddies.

Toby la regardait donner à mi-voix l'ordre utile, s'étonnant, une fois de plus, de son aisance à combiner la dentelle et le commandement, la grâce et l'autorité, la séduction et une connaissance qui dépassait même l'habileté pratique de ses propres surveillants.

— Irons-nous à présent assister aux semailles ?

— Si vous voulez. (Ses yeux se voilèrent.) Vous ai-je... rasé... avec ma petite conférence ?

— Bien au contraire.

— Le long de cette côte, je suis considérée comme un bon planteur. Mon père l'a dit plus d'une fois.

— Il l'a même dit en mà présence, Mrs. Grégory. Puis-je contresigner son jugement ?

Elle accepta le compliment avec un grave salut et fit à nouveau signe au batelier. Passant avec légèreté à la surface d'une rizière haut couverte d'eau, ils s'arrêtèrent doucement le long d'un autre champ entouré d'une digue élevée. Et ils purent, du siège de la barque, observer le travail aussi confortablement que les spectateurs suivent, du haut du balcon, la pièce qui se joue sur la scène.

— La démonstration est-elle complète, docteur ?

— Complète et parfaite, murmura-t-il, espérant que sa froideur égalait celle de sa partenaire. Non que j'eusse aucunement besoin d'une démonstration. En fait, la seule lecture de votre rapport m'avait éclairé et convaincu.

La barque repartit vers le conduit principal. Déjà, Toby le remarqua, la fraîcheur se faisait sentir, à présent que le soleil descendait vers l'ouest, et bien que les champs de paddy fussent encore aussi brillants que de sombres miroirs. Ou ce froid venait-il du mur qui s'élevait entre eux, alors que leurs corps se touchaient sur le siège étroit de la barque ?

— Je suis contente que vous approuviez, docteur. Si je vous disais à quel point je suis contente, vous pourriez m'accuser...

— D'hyperbole, peut-être ?

— Je désirais vous faire voir de vos propres yeux comment croît cet or blanc. Et surtout... — Elle hésita quelques secondes avant de continuer. — Et surtout, je crois, je souhaitais vous entendre dire que vous me permettiez d'exploiter... d'exploiter Sangaree à ma manière...

— Sangaree sera toujours votre propriété personnelle, Mrs. Grégory, aussi longtemps que vous aurez les moyens de l'exploiter et de l'entretenir.

Nancy laissa passer cette insolence sans la relever.

— Vous n'avez toujours pas dit que vous approuviez ?

— Je vous ai toujours approuvée comme administrateur de domaine.

— Vous éludez encore. Il y a plus de huit cents esclaves dans ces paddies. Une centaine sont à moi. Tous les autres appartiennent à la Compagnie. Tous sont logés dans les quartiers sous la colline.

— J'ai remarqué leurs quartiers.

— Pouvez-vous contester que ce sont les meilleurs que vous ayez jamais vus ? Croyez-vous que ces esclaves vivraient à moitié aussi bien s'ils étaient libres ?

— Aujourd'hui, certes non. Peut-être pas demain. Ni même le jour suivant.

— Sont-ils nombreux à comprendre tout ce qu'implique la liberté ?

— Là encore, je vous donne raison, Mrs. Grégory.

— Vous avez admis que les miens sont soignés aussi bien que ceux de n'importe quel planteur. Vous savez que l'affranchissement, sauf pour quelques rares individus favorisés, n'est qu'un rêve dans notre temps. Et vous avez reconnu que je puis faire pousser le riz et en tirer un bénéfice.

— Etes-vous en train de suggérer que je vous cède la récolte ?

— La récolte entière, docteur. Et les barques. Et le contrôle des surveillants Darby, et les esclaves de la Compagnie Darby.

La pleine signification de sa visite apparut subitement à Toby, et il avala sa salive :

— En d'autres termes, vous souhaitez que j'abdique en votre faveur.

— Uniquement en ce qui concerne cette récolte, la récolte elle-même demeurant d'ailleurs la propriété de la Compagnie, qui la vendra selon le désir du président.

— Mais vous dirigeriez les rizières, leurs travailleurs, leur matériel ?

Nancy baissa les paupières, ses cils palpitèrent sur ses joues dans l'ombre mouchetée du parasol :

— Pourriez-vous les diriger mieux, docteur ?

Il tenta d'éluder ce coup direct :

— Votre proposition me secoue quelque peu.

— Je le comprends. Les hommes sont généralement secoués chaque fois qu'ils s'aperçoivent qu'une femme peut faire leur besogne et la faire bien.

— La chose demande réflexion.

— De toute évidence. Voulez-vous réfléchir dans la

bibliothèque de mon père pendant que je me changerai pour le dîner ?

— Encore la bibliothèque, Mrs. Grégory ?

— Pourquoi non ? Les hommes ne pensent jamais aussi bien que lorsqu'ils sont environnés de livres.

— Et particulièrement des livres de votre père ?

A peine eut-il énoncé la question qu'il le regretta, voyant ses yeux s'embrumer. Il expliqua gauchement :

— Roy m'a souvent parlé des volumes de son journal. Il m'a semblé...

— Mon père — bien qu'il fût un incurable idéaliste — était un grand homme. Peut-être ai-je mal fait en conservant ses... ses papiers... ici, à Sangaree. Il avait toujours eu l'espoir de publier les meilleurs d'entre eux.

— Et vous, vous aviez l'espoir de me les voir lire sans qu'il fallût m'y pousser. Est-ce autour de cette idée-là que nous tournons ?

— Autour de celle-là exactement, docteur.

A sa grande surprise, il la vit rougir jusqu'à l'écarlate, tandis que d'une voix douce, elle reconnaissait les faits. Elle continua :

— Vous pourriez plus mal faire que de les lire.

— Me guideront-ils dans ma décision relativement à la récolte du riz ?

— Ils pourront vous guider dans bien d'autres décisions.

A présent, la rougeur s'étendait depuis le cuivre de ses cheveux jusqu'à la pointe de son profond mais discret décolleté en V.

— Je pourrais même vous recommander un volume déterminé, si la chose vous intéresse.

— La moindre des pensées de Victor Darby m'a toujours profondément intéressé.

Maintenant, ses yeux le regardaient en face. Il pouvait sentir son jeune corps se tendre sur le siège étroit qui les rapprochait inévitablement. Elle continua :

— Le dernier volume me paraît le plus au point. Il contient toutes ses prescriptions pour l'avenir !

— Ses prescriptions ont toujours eu trait à l'avenir ! Le passé ne vaut que des commentaires, et il s'y attardait moins.

— J'ai la certitude que celles-ci vous intéresseront énormément. Maintenant, si nous parlions d'autre chose.

Sa main reposait entre eux sur le siège, poing fermé. Obéissant à une impulsion qu'il n'aurait pu définir, il posa dessus sa propre main, et, doucement, l'un après l'autre, déplia les doigts serrés. Nancy ne fit aucun effort pour se dégager tandis qu'il baisait la paume chaude.

— En hommage à la maîtresse de Sangaree ! murmura-t-il. Combien de fois devrai-je répéter qu'elle est digne du titre ?

Elle lui avait demandé de parler d'autre chose. Mais il ne semblait plus qu'il fût besoin de mots pendant qu'ils glissaient à la surface de la crique et piquaient vers le sud pour gagner le débarcadère. Si les yeux de la jeune femme restaient humides et voilés, et ses joues toujours écarlates, elle paraissait étrangement détendue depuis qu'elle avait dit ce qui lui tenait à cœur.

Et, même — oui, certainement — la petite main, brûlante à présent, la petite main reposait dans la sienne comme une silencieuse promesse.

6

LORSQU'ELLE l'eut quitté à la porte de la bibliothèque, lorsque Rex, le majordome, eut discrètement fermé les massifs panneaux d'acajou, Toby arpenta la pièce pendant un temps fort long, sans même donner un coup d'œil aux murs tapissés de livres. Et pas davantage aux rayons accrochés au-dessus du secrétaire et qui, derrière leurs petits carreaux sertis de plomb, contenaient peut-être la solution de ses problèmes, la clef de son destin.

Le Vieux Victor avait donné bien d'autres ordres, auxquels lui, Toby, avait obéi. Par quelle sombre poussée de plaisanterie ce même bienfaiteur, s'adressant à lui de l'autre côté du tombeau, aurait-il enfermé son dernier commandement entre ses riches couvertures de vélin ? Toby ne pouvait croire que sa vie et celle de Nancy eussent une chance de s'arranger aussi simplement et moins encore qu'il fût possible de franchir sur un pont de bouquins le golfe qui les séparait.

« Quoi qu'il en soit, pensait-il, je remets à un peu plus tard l'essai du miracle. Il est bien plus important de retrouver la pression à la fois brûlante et moite de sa main dans la mienne... et cette note d'imploration dans sa voix et dans ses yeux. De retrouver le rayonnement cuivré de ses cheveux dans la pénombre du hall. »

Et aussi l'étranglement de son souffle dans sa gorge, tandis que, debout sur une des marches de l'escalier, elle lui parlait :

— Et, maintenant que vous avez vu Sangaree dans son entier, dites-moi... est-ce que cela vaut la peine ?

— Sangaree est une beauté, comme sa propriétaire. A mes yeux, c'est encore une belle coquille vide...

— Comme toutes les maisons tant qu'on n'y a guère vécu. Celle-ci vient d'être terminée. Elle attend...

— Elle attend, Mrs. Grégory ?

— Elle attend que sa propriétaire se trouve un mari, docteur. A présent, vous voilà renseigné.

Il se rappelait la promptitude avec laquelle elle l'avait quitté sur ces paroles — comme si cet aveu direct l'avait tant soit peu effrayée. Et comment son propre souffle lui avait manqué lorsqu'il avait osé entendre son désir à lui dans les mots qu'elle avait prononcés.

Tout à coup, et sans se préoccuper de transition, il fut devant le secrétaire, farfouillant avec la clef dans la serrure compliquée aux circonvolutions de bronze. Déjà le dernier volume de la rangée était dans sa main, lorsque le papier s'envola et vint atterrir sur le haut du pupitre. Par une coïncidence assez curieuse, c'était le même volume qu'il avait déjà failli ouvrir plus tôt dans la journée, et qu'il avait remis à sa place sans le lire. Il se retrouva exécutant le même mouvement, son être tout entier se concentrant sur le carré de papier à lettre étalé, ouvert devant lui. Peut-être ce billet était-il, le matin, enfoui, coincé caché parmi ces précieuses reliures ? Ce qu'il y avait de certain, c'est qu'il ne l'avait pas aperçu à sa première visite. Impossible de se méprendre sur l'écriture, ni sur le sens de ces phrases dont les hautes pattes d'araignée traversaient si audacieusement la page.

Chérie,

Mauvaise Chance ! Je vais être obligé d'attendre de nouveau le Départ de M. le Capitaine B... il faut absolument savoir l'Heure précise de ces Départs : en pleine Mer, la D. B. est toujours la plus rapide. La prochaine Fois, ne perds pas de Temps. Même Messager, même Rendez-Vous.

Je Te salue, ô mon Aimée. F.

Il chancela sous le coup, comme si chaque mot était à lui seul un marteau frappant sa cervelle ; et, tout frémissant de la secousse, ses doigts replacèrent le billet exactement comme il l'avait trouvé sur le rayon. Instinctivement aussi, il remit à sa place le dernier volume des mémoires de Victor Darby. La sagesse du Fondateur ne pourrait offrir qu'un bien faible contrepoids à la découverte que venait de faire Kent.

Ainsi donc, Marthe avait raison.

Il pouvait lire toute l'histoire du complot de Nancy Grégory dans ce billet, aussi clairement que s'il avait descendu le cours du fleuve pour découvrir la cachette des flibustiers. L'autre nuit, ces messieurs de la Côte avaient attendu l'occasion de se jeter sur la *Darby Belle* comme autant de patients vautours. Mais la *Darby Belle,* avec le *capitaine B...* sur le pont, larguant ses amarres dans l'obscurité profonde, avait sans dommage gagné la haute mer, où, comme l'avait affirmé le capitaine Bronson, sa vitesse lui assurait la maîtrise sur n'importe quel autre navire, sauf ceux de l'Amirauté britannique.

Pagnol, en organisant cette piraterie en association avec Nancy, se trouvait évidemment bien payé, et même avec intérêt, des sommes avancées pour reconstruire l'empire de de Sangaree.

En tant que complots, ceux de Nancy avaient la vertu de la simplicité : elle l'avait combattu dans la Compagnie plutôt que dehors, et la prospérité même des entreprises Darby remplissait la caisse du Français — et la sienne.

Confronterait-il Nancy avec l'évidence de son infamie et l'écraserait-il sur place ? Il en combattit la violente tentation, regagna un peu de calme et put réfléchir : aujourd'hui plus que jamais il convenait de jouer le jeu d'attente jusqu'à ce qu'il eût en main la preuve irréfutable de sa culpabilité. Ou jusqu'à ce qu'il se décidât une bonne fois à en finir avec Félix Pagnol.

Grâce à cette résolution — qu'il voulait farouche et définitive, — il était calme — ou du moins le paraissait — lorsque les lourds panneaux d'acajou s'écartèrent en glissant et que Nancy parut sur le seuil.

En ce moment même — alors qu'il renonçait à elle et la vouait à une damnation sans rémission — la beauté de Nancy le laissa sans souffle et sans voix. Serré dans un corselet de satin blanc baleiné qui mettait en valeur ses savoureuses et jeunes courbes, son corps rayonnait de promesses. Et jamais son visage, toujours sommé des nattes en diadème, n'avait paru plus doux et plus séduisant. Arrachant son regard à l'appel muet des belles lèvres pleines et entrouvertes, il le porta, ce qui n'était guère plus apaisant, sur la légère mousse de dentelle dont se voilait très imparfaitement son profond décolleté.

Il sentit ses doigts se crisper, brûler du désir d'arracher à la fois dentelles et corsage, et de mettre à nu ce corps merveilleux, pour satisfaire une vengeance plus ancienne. A ce moment, il aurait pu la prendre avec brio, là, sur les coussins du canapé, et sous les yeux de son père, qui dominait toute la pièce du haut de la cheminée.

Quand, enfin, Nancy parla, sa voix était étrange, lointaine :

— Vous avez l'air bien solennel, Toby. Etiez-vous... en méditation ?

— Assez profonde même.

— Au sujet des mémoires de mon père, j'espère ?

— Non. Pas exactement. Mon esprit s'est trouvé détourné des mémoires.

Elle eut un coup d'œil vers le secrétaire, vers la clef enfoncée dans la serrure des rayons qui le surmontaient. Elle n'avait pas encore quitté l'embrasure de la porte. Elle avança, tira derrière elle les panneaux d'acajou, flottant plutôt qu'elle ne marchait, parlant comme une fille ensorcelée :

— Cela aurait été d'un grand secours, si vous aviez lu ce dernier volume.

— D'un grand secours pour qui ? Pour vous ? Ou pour moi ?

— Pour nous deux sans doute !

Tout en parlant, elle s'appuyait au canapé, et il s'aperçut avec un étonnement extrême qu'elle tremblait, bien qu'elle s'efforçât de cacher son agitation. Il se demanda si elle venait de se rappeler tout à coup que les billets de Pagnol étaient cachés parmi les volumes et refréna l'impulsion de la mettre en face de la pièce à conviction. Pour l'instant, il lui parut beaucoup plus simple de jouer le jeu de la même manière qu'elle.

— Je vous ai dit que je n'étais pas en état de lire. Quelque chose me troublait. Une chose que vous aviez dite juste avant de me laisser ici.

Ses lèvres tentèrent d'esquisser un sourire.

— Vous n'auriez pas le mauvais goût de citer en face à une femme ses propres paroles ?

— C'était l'expression d'un fait. Cela concernait Sangaree.

— Je me souviens. J'ai dit que Sangaree n'était encore qu'un cadre — dans l'attente d'un mariage — qui y ramènerait la vie.

— Précisément.

— Eh bien ! Que pouvez-vous trouver à redire à cela ? Vous admettez de toute évidence que le mariage est l'unique solution possible pour une femme, de notre temps tout au moins.

— Il se peut. Ce qui m'intriguait, c'était le nom de l'heureux élu. Puisque vous avez liquidé le jeune Bristol, je ne vois que Pagnol qui pourrait...

Nancy reçut le choc de front, sans un frémissement.

— Me croiriez-vous si je vous affirme qu'il n'a aucune vue sur ma personne, non plus que sur mes terres ?

— Je le croirai... si vous insistez, dit-il, avec une sourde jubilation tandis qu'elle détournait le front.

— Vous voilà donc pareil à tout Savannah, qui le croit mon amant aujourd'hui et voit en lui mon mari de demain.

— Bien au contraire, je ne demande qu'à reconnaître mon erreur si je me trompe : je suis avide de faits.

— Les faits sont, comme toujours, si simples que nul ne veut les admettre. Pendant la révolution, Félix était corsaire à La Havane. Mon père, par amitié pure, lui avança une somme importante. Et ceci (son geste englobait la grande salle noble et riche et la maison tout autour) ne fut qu'une façon de me rendre cette avance. Il croit à la beauté pour elle-même. Grâce à lui, Sangaree a retrouvé sa beauté, il n'attend pas d'autre récompense.

— Vous disiez vrai, Nancy : l'histoire est... assez difficile à avaler !...

— Voulez-vous que je vous montre la lettre de Félix à mon père ? Je l'ai conservée parmi ses papiers.

— Je préfère entendre jusqu'au bout l'histoire de votre bouche même. Ne la terminerez-vous pas ?

— Elle est à peu près complète ainsi, vous savez. C'était un bien faible prix à payer que de m'exposer à la médisance, à la calomnie même, pour que Sangaree pût recouvrer sa beauté première. Il ne me reste plus qu'à m'en assurer la possession pour toujours. Et dans ce but (ses lèvres tremblantes esquissèrent un sourire encore) il faut bien que je prie pour l'échec de la compagnie.

— Et vous n'avez rien fait de plus *contre* elle que prier ?

— C'est une botte déloyable que vous poussez là, Toby. Et vous le savez fort bien. J'ai fait *pour* vous tout ce que j'ai pu, tant ici qu'à Savannah et à Darbyville.

— Considérez que je n'ai rien dit, Nancy.

— Et je continuerai, moi, à vous aider jusqu'à la fin de la période qui vous est allouée. Et je continuerai à prier pour votre échec. Les deux avec une entière sincérité.

— Et si je me montre plus fort que vous et que vos prières ?

— Alors je me soumettrai au vœu de mon père, et je vous épouserai.

Sa voix n'était plus qu'un murmure, mais un murmure si vibrant qu'il en entendait clairement chaque syllabe.

— ... je vous épouserai... si vous voulez bien de moi ainsi, Toby.

— Vous descendriez jusque-là, pour vous assurer Sangaree ?

— Ne vous êtes-vous pas suffisamment insulté dans votre cœur ?

Maintenant, sa voix tendue comme une corde à violon, et, comme elle, résonnante, semblait à chaque parole devoir se briser.

— Faut-il que vous soyez jusqu'au bout une mule de l'arrière-pays ? *Oh ! pour l'amour du Ciel, pourquoi n'avez-vous pas lu le journal de mon père ?*

— Dois-je comprendre qu'il a formulé ce vœu par écrit ?

— Lorsqu'il vous a envoyé à Edimbourg avec Roy.

ce vœu était déjà le sien. Bien entendu, il y a renoncé lorsque j'ai épousé Georges Grégory. Mais il... il l'a senti revivre en lui, avec l'espérance, lorsqu'il a appris... mon veuvage. (Maintenant, elle riait sauvagement à travers ses sanglots, et ses joues ruisselaient de larmes.) Regardez-moi, Toby Kent, et comprenez que je ne pouvais pas vous accepter sans vous connaître.

— Mais vous m'accepteriez aujourd'hui ?

— Si la Compagnie prospère, et si vous voulez réellement de moi...

— Vous me demandez de croire que Victor Darby approuverait un tel marché ?

— Lisez-le donc dans ses propres paroles, s'il le faut...

Il l'arrêta, comme déjà elle touchait la clef du rayon vitré : il l'arrêta brutalement, d'une main posée sur chacune de ses blanches épaules :

— Admettons qu'il a formulé ce vœu. Admettons qu'il l'a... répété au cours de ses dernières années de vie terrestre. Ne vous êtes-vous jamais dit que je pourrais avoir d'autres plans ?

— Certainement si !

— Votre père s'est servi de moi comme d'un instrument de justice sociale. Vous voudriez vous servir de moi comme d'un instrument propre à vous conserver le domaine auquel vous tenez, et propre à vous permettre d'en empocher davantage. Et si je vous disais que j'en ai assez de vous deux et que je partirai demain pour l'Ouest ? Si je promettais de dissoudre la Compagnie en votre faveur, m'accorderiez-vous une récompense temporaire ?

Ses bras étaient autour d'elle enfin ; son poing s'accrocha dans le tissu léger de sa robe :

— Vais-je vous éprouver, Nancy, pour savoir si vous êtes sincère ? Pour voir jusqu'où vous iriez pour conserver votre précieux domaine ?

Et sa bouche écrasa celle de la jeune femme qui, sans résistance, demeura d'abord inerte sous son baiser. Puis, incrédule encore, il sentit sa bouche s'ouvrir tendrement et se mêler à la sienne, sentit vibrer les bras et les jambes collés à ses membres — avec cet abandon qu'il avait tant espéré — et sentit monter en lui le désir forcené de l'attirer plus près encore. Il comprit, il sut qu'il l'aimerait toujours et jusqu'au-delà du tombeau, si cruellement qu'elle pût le trahir. Et, avec cette certitude qui lui étreignait le cœur, il la rejeta parmi les profonds coussins du canapé.

— Mille regrets, Nancy Darby. Cela ne sert à rien de... de me tenter... (Il trouvait difficilement ses mots, les prononçait plus difficilement encore.) Voyez-vous, nous sommes encore ennemis. Je crains que nous le restions toujours.

Sur ce mensonge final, il trouva la force de quitter en trébuchant la bibliothèque pour le portique, et les sanglots de Nancy l'accompagnaient comme une musique dans ses oreilles, une musique moqueuse qui le torturerait pendant les nuits d'insomnie à venir.

Jamais il ne se souvint d'avoir traversé la pelouse et le jardin. Jamais il ne se rappela comment il avait dégringolé la longue volée de marches menant à l'embarcadère.

Quand, enfin, la clarté revint en son esprit, il était dans le petit voilier, tirant de sauvages bordées vers l'embouchure de la crique de Sangaree, comme si le diable et tous ses anges étaient à sa poursuite.

FIN DE LA QUATRIÈME PARTIE

CINQUIÈME PARTIE

LA « DARBY BELLE »

1

DEPUIS midi il opérait, et cette fatigue lui était un repos parce qu'elle lui était un répit : d'autres pensées n'avaient même pas besoin d'être chassées, entièrement pris qu il était par chacun des malades amenés à tour de rôle devant sa table de bois blanc impeccablement récurée.

Pendant que tout Savannah, pelotonné dans ses chambres closes, se chauffait les mains au-dessus de feux de pin, c'était bien dans la ligne du fol président de la Compagnie Darby de travailler à la lueur des chandelles dans la grisaille crépusculaire de cette fin d'après-midi. Bien dans sa ligne de concentrer ses pensées sur le colosse qui se tordait sur la table à laquelle il était attaché, et de consigner à la porte de la salle d'opération tous les autres problèmes qui l'attendaient.

— A qui appartient ce nègre ? Est-ce l'un des nôtres ?

— C'est Priam, monsieur. Le batelier de Mrs. Grégory, celui de Sangaree.

Toby adressa de l'autre côté de la table un sourire à son grave jeune assistant. Le Dr Walter Appleby était arrivé d'Augusta huit bonnes semaines plus tôt, pour servir à la clinique en qualité de résident permanent. Car Roy Darby était parti pour Londres depuis le mois d'août, afin de conquérir encore un grade de plus à l'Université. Depuis le premier jour, Walter avait admirablement rempli les fonctions qui lui incombaient, et sans aucun doute il y aurait, rien qu'en chirurgie, plus qu'assez de travail pour l'occuper lors du retour de Roy. Toby, pourtant, malgré cette aide précieuse, souffrait de l'absence de Roy, Roy lui manquait énormément. Et, bien que ses doigts, comme par réflexe, délimitassent avec minutie dans le même temps le tracé de l'incision qu'ils auraient à faire pour que Priam pût regagner vivant Sangaree, son esprit, tout à coup, glissa vers le monde extérieur, vers le monde qui s'étendait au-delà de ce sanctuaire chirurgical.

— Quand Mrs. Grégory l'a-t-elle amené, Walter ?

— Avant-hier, docteur Kent. (Le front hâlé d'Appleby se plissa sous l'effet de la perplexité.) Vous vous souvenez de nos traitements, n'est-ce pas ?

— Parfaitement. Massage, compresses et — finalement — emplâtre. Or, comme vous le voyez, inflammation et enflure ont persisté.

Du doigt, il suivait la boule qui soulevait et tendait la peau juste au-dessus de l'aine du Noir. Un cas de hernie étranglée rigoureusement classique. Aucun autre moyen de guérison que le bistouri.

— Vous lui avez administré un opiat, Walter ?

— Une dose suffisante pour le tenir tranquille, si nous travaillons vite.

— Nous allons inciser la peau et voir ce que nous trouverons au juste dessous.

Tout en parlant, il avait ouvert au-dessus de l'aine une fente longue de trois pouces. Le tissu, au-dessous, boursouflé par la pression d'un intestin anormalement contourné, semblait prêt à se déchirer. Malgré quoi, à ce qu'il vit aussitôt, ces mêmes muscles contractés maintiendraient serrée la boucle du boyau jusqu'à ce que mort s'ensuivît.

— Vous pénétrez, docteur Kent ?

— Pas le choix.

Séparant la peau de la graisse — peu abondante sur les muscles rigidement durcis du nègre, — Toby trancha hardiment dans les couches plus profondes. Il travaillait à l'aveuglette et ne pouvait savoir avec précision où finissait le fascia, où commençait le boyau étranglé : un faux mouvement, si faible, si léger fût-il, et c'était le désastre. Le contenu empoisonné des intestins se répandrait dans le corps et le sang du patient, et le tuerait aussi sûrement — et presque aussi promptement — qu'un coup de scalpel en plein cœur.

Il entendit son assistant pousser un discret soupir de soulagement lorsque se montra au fond de la plaie une sorte de fourreau nacré, d'apparence fibreuse, l'aponévrose, membrane qu'il avait fréquemment disséquée dans des cadavres, la structure intérieure entière étant alors relâchée. Ici, tout au contraire, la profonde tension du dessous faisait adhérer le tissu vivant et ne permettait d'estimer qu'au juger l'épaisseur de la couche musculaire.

Les deux médecins n'ignoraient pas que le prochain mouvement de l'acier pouvait être décisif : Toby retourna le bistouri, et, logeant la lame au creux de sa paume, se servant du manche comme d'un levier, il parvint à insérer sous le bord de la gaine fibreuse qu'il souleva légèrement et trancha d'un geste rapide. Le manche, alors, s'enfonça davantage, et, à mesure que les fibres nacrées en se divisant renseignaient le chirurgien sur l'état des lieux, son scalpel prenait de la hardiesse et, peu à peu, allégeait la pression qui menaçait la vie dans le boyau étranglé.

— Tenez-le solidement, je vais essayer de débloquer l'obstruction.

Priam n'avait fait entendre qu'un seul cri, une manière de hurlement de l'autre monde, lors de l'incision initiale. Mais, à présent, il se tordait de façon inquiétante. Tandis que Billy et un autre assistant noir le maintenaient écartelé sur la table, le premier batelier de Sangaree paraissait sur le point de sortir de son coma.

Toby recula d'un pas sans émettre aucune protestation lorsque le poing de Billy s'abattit, tel un marteau discipliné, à la base du crâne du patient, qui fut du coup ramené à l'inconscience et à l'immobilité. C'était un procédé dont, souvent, ils avaient dû faire usage pendant la guerre, afin de lancer un pont dans le temps entre la minute où l'opiat allait cesser d'agir et celui où l'opération, arrivée à sa dernière phase, allait se terminer.

— Ecartez un peu la plaie, je vous prie, docteur Appleby : nous continuons.

Et voilà qu'enfin il pouvait discerner le prochain point d'attaque, une seconde couche de muscle, disposée dans une direction légèrement différente et presque aussi durement tendue. L'aire opératoire étant désormais clairement définie, l'acier trancha avec plus de rapidité et de sûreté, mais Kent et Appleby savaient tous deux que le plus dangereux restait à faire.

Toby retira sa main pour un instant, afin de permettre à son jeune confrère une vue générale et précise : le fascia écarté exposait au regard le péritoine, et la difficulté devenait apparente. La zone de constriction était là, très haut sous le fascia même. De ses dix doigts enfoncés dans la plaie, Toby la palpa, la manœuvra, la pressa doucement et ne sentit, ce faisant, aucun changement dans la boule intestinale que ses deux mains pétrissaient, aucun mouvement rassurant dans la cavité abdominale.

— Il faut couper le péritoine, je crains de ne pouvoir y arriver autrement.

Glissant le long de sa paume, le bistouri déjà tranchait la paroi tendue et brillante et, comme elle s'écartait, l'intestin se montra à nu : sa teinte foncée n'indiquait que trop bien l'urgence extrême de l'opération. Un bref retard, et cette coloration malsaine et sombre aurait viré à un bleu malade, précurseur fatal d'un dommage irréparable.

Appleby parla, et ce n'était qu'un murmure rauque :

— Comment pourrez-vous réduire la hernie sans trancher le boyau ?

— Risque assez simple en somme, pour peu qu'on soit disposé à le courir. Il y a là un ligament qui doit serrer une boucle de l'intestin...

En un temps étonnamment court, sous le massage insistant du Dr Kent, la boule sombre se diffusait :

— Je vais couper le ligament, après cela rien n'empêchera plus la poche de se vider d'elle-même et de s'écouler normalement.

— C'est bien ce qui, déjà semble se manifester, souligna Appleby, une sorte de crainte respectueuse passant dans sa voix.

....

Toby s'écarta de la table avec un sourire intérieur. Pour ce qui est de miracles, celui-ci n'avait vraiment été qu'une affaire mineure.

— Vous pouvez suturer le péritoine de la plaie si vous voulez, docteur Appleby.

Le jeune homme rougit de plaisir en voyant son aîné s'écarter pour aller se brosser les mains à la petite table de côté. De là, le maître surveilla sans en avoir trop l'air les mains de son assistant. Adroites, précises, sûres, elles plaçaient les sutures avec toute la netteté de démonstration d'une équation géométrique : c'était de la belle et honnête besogne, le cœur de l'aîné en fut tout réchauffé.

— Et maintenant ? Quel est le prochain ?

— Vous en avez fait plus que votre part ce matin, docteur Kent. Mais ce cas était véritablement le dernier.

— Personne à visiter dans les salles ?

— Rien que nos infirmières ne puissent faire elles-mêmes, monsieur. Et je sais que vous avez hâte de regagner le dépôt.

— Exact. J'ai le connaissement de la *Darby Belle* à pointer avant son départ...

... « Et, ajouta-t-il en son for intérieur, j'ai un soupçon qui depuis trop longtemps me ronge l'esprit... »

Il finit silencieusement de s'essuyer les mains et enfila la veste de drap noir que ce même bateau — le chef de file de la flotte Darby — lui avait rapportée à son dernier retour de Londres. Il considéra brièvement son image dans le petit miroir accroché au-dessus de la cuvette et se demanda si les dures lignes d'amertume qui lui cernaient la bouche étaient gravées là pour toujours.

C'était quelque chose déjà que de savoir que, cette nuit, après tant de mois d'attente, ses doutes seraient résolus. Tout ce qu'il pouvait faire, c'était de prier afin que, par son stratagème Nancy Darby Grégory fût une fois pour toutes lavée du moindre soupçon.

La vie qu'il venait de sauver, ici, par sa propre industrie, avait été aisément sauvée. Le cancer qui rongeait son propre cœur appelait un acier plus tranchant.

2

DEBOUT sous le porche de l'hôpital, il regardait le port. La pluie sifflait contre sa joue. La pluie, serrée comme un rideau blanc, suivait le cours du chenal. Enveloppée dans cet humide suaire, la longue théorie des navires marchands apparaissait comme une assemblée de vaisseaux fantômes. En aval, le chenal, que traversait un brouillard déchiqueté, était aussi vide que le jour où le premier et prudent explorateur laissa filer son ancre sous la falaise de Yamacraw.

Toby se dit qu'en ce moment Sangaree devait être enseveli dans la brume, que ses fières murailles blanches devaient ruisseler d'humidité aussi copieusement que jadis les cabines des pionniers. Il se demanda — sans s'y arrêter pourtant — si Nancy était solitaire au milieu de cette magnificence glacée...

Il attendit pourtant quelques instants de plus, histoire de remonter son col et d'aller jusqu'au bord de la falaise.

Depuis son élection comme officier de santé, événement qui avait secoué la ville en juin dernier, il avait compté son inspection méthodique des navires parmi ses quelques triomphes indubitables. Il était parfaitement exact que des vaisseaux se glissaient encore subrepticement de nuit pour aller s'amarrer au nouveau dock de Matthew Bristol sous la falaise orientale. Il était parfaitement exact que le vieux Bristol avait mis son autorité au défi de condamner à une amende les capitaines de ces vaisseaux, ou de fouiller leurs cales aux fins de s'assurer qu'il ne s'y cachait point de malades suspects de peste. Mais la plupart des armateurs préféraient obéir à ses ordres que se voir refuser l'autorisation de décharger aux docks Darby. Si le vieux Bristol s'était mis à faire du transport maritime la chose n'avait, jusqu'ici, pas présenté de menace digne d'être prise en considération.

Néanmoins, Toby dédia au dock Bristol un froncement de sourcils motivé par le fait que, ce jour même, trois rangs de navires haut mâtés y avaient pris place.

La plupart d'entre eux étaient des caboteurs battant pavillon Bristol ; d'autres étaient des rafiots encroûtés d'algues et de coquillages, venant de Nassau ou des Indes britanniques ; déchargeant qui du rhum, qui du fer anglais, en échange de fournitures maritimes de Géorgie et d'autant de tabac que le vieux Bristol avait pu en grappiller à crédit, de droite et de gauche.

Pas plus tard qu'hier, Toby avait entendu dire à la criée que le crédit de Bristol devenait florissant. D'aucuns assuraient même que bientôt il traiterait toutes ses affaires — achats et ventes — au comptant, grâce à la prospérité européenne de Harvey Bristol.

Avec une égale conviction et une égale facilité, Toby maudit l'aisance avec laquelle le jeune Bristol faisait de l'argent et la menace future représentée par le vieux Bristol. Et il prit la direction du dépôt Darby, après une courte pause pour apprécier, une fois de plus, l'opulence de la Compagnie. Exactement au-dessous de son point d'observation, les maisons de Muskrat Town semblaient aussi déjetées dans la pluie que des cabanes de castors. Par contraste, la masse solide et carrée des entrepôts Darby prenait l'apparence de quelque forteresse moyenâgeuse entourée de serfs maussades.

Entre les murs de cette forteresse, une fortune était enclose en sacs de riz qui n'attendaient que quelques cargos pour être transformés en or. Une autre fortune en tabac de choix viendrait bientôt de Darbyville, dès que le temps serait éclairci, — une récolte qui surpasserait encore, en qualité et en quantité, celle de l'année dernière. Aujourd'hui, ces preuves tangibles du triomphe imminent de la Compagnie Darby lui paraissaient à peine plus réelles que l'existence de Bristol et de ses malandrins. Rien ne présentait en ce moment d'importance aux yeux de Toby que sa résolution de mettre Nancy Grégory à l'épreuve — et que, symbole de cette résolution, la *Darby Belle,* tirant dur sur ses amarres, là-bas, au bout de la jetée Darby.

Pourquoi, alors, hésitait-il à prononcer les paroles qui allaient mettre en branle les événements ? Pourquoi, alors que son esprit affirmait que Nancy Grégory était coupable et damnée, hésitait-il à la convaincre de sa culpabilité et à la damner, preuves en main, de pied en cap, et selon les meilleures règles ?

Une douzaine de longues enjambées, et il eut traversé la route de The Bay. La voie était pavée d'écailles d'huîtres, les écailles étaient humides — et les questions étaient sans réponse.

Toby eut bien envie de faire une nouvelle pause sur les marches de son bureau — peut-être pour réfléchir encore aux questions qui le tracassaient ? Mais il résista à l'impulsion, traversa le bureau de la comptabilité, en regardant droit devant lui, sans s'arrêter à l'hommage d'adoration de son chef comptable Leary, non plus qu'à celui de tout son entourage aux épaules voûtées, et continua au pas de charge son ascension de l'escalier qui le menait à sa retraite particulière, à l'étage supérieur.

Là, il trouva, Gabriel Thatch, son chapeau aux bords latéraux roulés en pelle à four, selon la mode la plus récente, posé à son accoutumée d'insolente façon, ses pieds bottés tranquillement posés sur le bureau du président, et qui flemmardait comme un lézard dans la chaleur.

Toby lança dans un coin sa cape trempée de pluie et s'assit à son bureau ; Gabriel retira ses pieds de ce désert d'acajou.

— Si tu es venu pour avoir une interview, il n'y a aucune nouvelle.

— La Compagnie Darby est le principal sujet d'intérêt ces temps-ci. Tout ce qui la concerne est nouvelles. Et plus encore ce qui concerne son président.

Les yeux du journaliste s'attachaient à la porte du « sanctuaire » de Nancy.

— Puis-je lui dire que te voilà enfin arrivé ? Et puis-je discuter affaires avec vous deux ? Ou bien est-il exact que vous ne vous adressez toujours pas la parole ?

Toby ne détourna pas son regard du rapport qu'il était censé parcourir :

— Ce n'est vrai que dans une certaine mesure. Nous nous parlons quand c'est nécessaire.

— Ce qui n'arrive pas souvent ?

— Tu as raison, une fois de plus. Nous accomplissons ici chacun notre tâche, une tâche différente. Il se trouve qu'elles ne s'opposent pas.

Gabriel soupira. Pas trop profondément.

— Des déclarations séparées conviendront donc, je suppose. En fait, du point de vue de Savannah, j'en tirerai même une meilleure histoire.

— Arrive au fait, Gaby, s'il y a un fait. Tu ne peux pas te rendre compte que je suis occupé ?

— Bien au contraire, je constate que tu es dans l'heureuse situation d'un homme qui a le gros de son travail derrière lui ! Grâce à l'activité de Nancy, d'une part, tu disposes de la rançon d'un roi, en riz ensaché, tant à l'entrepôt d'en bas que sous les écoutilles de votre maître-navire. Et grâce au travail de Sam Hoyt en amont, d'autre part, tu disposes d'une seconde fortune en tabac prêt à mettre dans une cale. Sauf acte de piraterie ou fait de Dieu, tu a gagné la partie et Nancy a perdu. La seule préoccupation qui soit la tienne, d'ici le deuxième anniversaire de ta présidence, c'est de t'asseoir dans ton fauteuil et de prier.

Toby se permit un léger sourire :

— Tout cela est assez exact jusqu'ici. Mais on ne peut évidemment pas négliger le fait de Dieu.

— Ni les Frères de la Côte, s'ils ont assez de veine pour sauter sur le poil de Bronson à la descente du fleuve.

— As-tu entendu des rumeurs qui justifieraient une inquiétude dans cette direction ?

— Il y a et il y aura toujours des pirates dans les bayous de la Côte, Toby, du moins tant que cette nation en enfance n'aura pas appris à se construire une flotte qui ait l'air de quelque chose. Bien entendu, on se murmure partout que la *Darby Belle* emportera cette fois la plus riche cargaison qu'elle ait jamais transportée.

Toby acquiesça d'un signe de tête. Cela aussi formait une partie du piège qu'il n'avait exposé à personne et n'avait discuté que dans le secret de son propre esprit et de son propre cœur.

— Bronson leur a déjà échappé. Pourquoi sa chance tournerait-elle — si cette fois encore il leur échappe sans avertissement ?

— Pourquoi, en effet ?

Les yeux de Gabriel étaient sur la porte close.

— Est-ce que Nancy bout de colère ou est-elle résignée ?

— Je crains de ne pouvoir te renseigner, Gaby. Elle ne m'a pas prié de prendre sa température.

— Dis ce que tu veux d'elle, Toby. Tu ne peux nier qu'elle est belle joueuse.

— Pourquoi admettre d'avance qu'elle perdra élégamment ? Bien des choses peuvent se passer d'ici avril ?

— La Compagnie est à présent dans la dernière ligne droite de son parcours — et elle prend son galop d'arrivée comme un pur-sang. En avril, tous vos dépôts seront vides — ou assez près de l'être pour qu'un bénéfice substantiel soit assuré pour votre seconde année. Dès à présent tu as plus qu'à moitié accompli les vœux de Victor Darby. Et je répète que sa fille sera la première à le reconnaître.

— Passe cette porte et va lui répéter cela. J'attendrai l'explosion d'ici.

Mais Gabriel ne se laissa pas démonter :

— Tu n'es toujours pas disposé à admettre que tu es amoureux d'elle — même actuellement ?

— Sauf erreur, c'est une question que tu m'as déjà posée ?

— Mais à laquelle j'attends toujours une réponse honnête — à présent que tu t'es dégelé jusqu'au point de lui rendre visite à Sangaree.

— Ecoute, Gaby, il y a six mois de cela ! Je n'y suis allé qu'une seule fois, et combien de fois, par contre, devrai-je te répéter que c'était une visite d'affaires ?

— Au cours de laquelle vous n'avez parlé que de la culture du riz ?

Toby frappa son pupitre du poing :

— Inutile, Gaby. Je refuse de mordre à ton hameçon.

— Dis que tu vas te rendre près d'elle maintenant, en novembre. Et que tu feras d'elle ta femme en avril — ne serait-ce que pour sauver Sangaree.

— Il y a six mois, si mes souvenirs sont exacts, je

t'ai dit que je préférerais coucher avec une chatte sauvage.

— Métaphore vigoureuse. Mais dont on ne saurait affirmer la vérité ! Si *mes* souvenirs sont exacts, c'est ce que je t'ai répondu il y a six mois. Ça vaut d'être répété.

Toby, se rappelant cette dernière et incroyable minute dans la bibliothèque de Sangaree — et la reddition de Nancy plus étrange encore — répondit prudemment. (Il venait de se dire qu'après tout Gabriel était peut-être là pour le compte de Nancy et comme porte-parole subreptice) :

— Défends ton point de vue si cela t'amuse. Qu'est-ce qui te permet de supposer qu'elle voudrait de moi ?

— Et d'une, fit Gabriel, tu es beau gars, même quand tu prends ton air sombre. La plupart des veuves lasses de leur statut, accepteraient bien de partager ta couche sur la base d'un contrat permanent. Et de deux, vienne avril et tu seras le maître du plus riche domaine de la Géorgie entière. Pourquoi ne fixerais-tu pas ta résidence à Sangaree, sauvant ainsi à la fois le manoir et sa propriétaire ?

— Laisse ce soin à la propriétaire. Elle a cinq mille livres à son crédit à Londres, à l'heure qu'il est, sur sa propre récolte.

— Voui. Mais la plus grande partie de cet argent appartient à la Compagnie Darby pour liquider l'hypothèse que tu lui as accordée.

— Que te voilà bien renseigné, Gaby !

— Je t'en dirai bien davantage. Dès le début, Nancy a misé sur ton échec — sur sa chance de récupérer la totalité de la propriété. C'est pourquoi elle a emprunté pour remettre en état le domaine, pour faire construire une aire à battre de surcroît, et pourquoi elle a acheté quatre-vingt-dix Noirs de l'Angola, parmi les meilleurs qui se pouvaient trouver à La Havane.

— La Compagnie rachètera ses Nègres, et son aire à battre, et jusqu'au dernier arpent qu'il lui plaira de vendre, et elle lui en donnera un bon prix. Et elle lui paiera ses dividendes de directeur, même si Mrs. Grégory ne lève pas le petit doigt pour son service.

Il s'arrêta subitement gêné, réalisant tout à coup que c'était tout juste s'il ne criait pas. Au milieu du silence soudain, il entendit la plume de Nancy qui continuait à gratter tranquillement dans la pièce voisine.

— Tu n'en penses évidemment pas un mot, déclara placidement Thatch. Tu l'épouserais dès demain si tu savais qu'elle voudrait de toi. Et tu garderais Sangaree comme quartier général de la Compagnie.

— Si tu veux, Gaby. Je me refuse à discuter

— Parce qu'il n'y a pas de discussion possible, aucun argument. Parce que tu sais au fond du cœur que Sangaree, pour être complète, a besoin d'un maître. Comme toutes les choses charmantes, veuves comprises, elle a besoin d'être dominée.

— Ta poésie n'est pas sans charme, Gaby, mais elle est un peu dure à suivre.

— Jamais été plus logique et plus cohérent de *ma* vie.

Le journaliste se leva lentement et tapota le bureau de son ami du bout de sa cravache.

— Jamais, de toute *ta* vie, tu n'as été moins honnête vis-à-vis de toi-même.

— Il me semble que tu en as dit assez.

— Plus qu'assez, mon ami. Continue à faire semblant d'être très occupé : tu ne leurres que toi. Ton travail ici est terminé. Ton travail à Sangaree commence à peine. Ou, dirai-je ? Ton travail concernant sa belle châtelaine.

Sur quoi, ignorant les sourcils froncés de Toby Kent, Gabriel entra chez Nancy après avoir très légèrement frappé à la porte — pour la forme.

Par bonheur, il n'était guère possible d'en vouloir à Gabriel plus d'un fugitif instant. Aussi, après quelques tours furieux dans son cabinet de travail, Toby se prit à sourire. Derrière la porte de la retraite de Nancy, il entendait la voix du journaliste, aiguë, tranchante, taquine, et les réponses de Nancy faites à voix basse, sans qu'il pût saisir exactement leurs paroles. Il lui en coûta un effort réel pour ne pas appliquer son oreille au trou de la serrure, mais il repoussa virilement cette impulsion. De même qu'il avait résisté à la tentation de clouer le bec à Gabriel, grâce à quelques simples mots — qu'il n'avait pas osé prononcer : « Même un journaliste à la page ne sait pas tout, mon ami. Même toi, tu n'as jamais soupçonné que Nancy Grégory, la femme que tu me conseilles d'épouser, est une vampire, et qu'elle a partie liée avec des pirates. »

Il allait de soi qu'une telle assertion ne pouvait être énoncée sans preuves positives. Il n'allait pas moins de soi que, jusqu'à ce qu'il eût en main ces preuves irréfutables, il ne pouvait prendre conseil que de lui-même.

Il s'assit à son bureau, puisant dans une résolution soudaine tout le froid confort qu'elle pouvait lui apporter.

Etalant une feuille de papier, s'armant d'une plume neuve, il écrivit avec rapidité et sans s'arrêter à peser les mots :

Mrs. Grégory,

Votre esclave Priam, opéré par Moi, post meridian (1), *pour un Cas de Hernie étranglée, va, je suis heureux de Vous l'apprendre, aussi bien que possible, et, à mon Avis comme à l'Opinion de mon Assistant, le Dr Walter Appleby, Priam est présentement hors de danger.*

Ordinairement, lorsque Nous acceptons des Cas envoyés par un Citoyen qui a les Moyens de payer les Soins Médicaux, notre Tarif pour des Opérations de cette importance est de Cinq Livres Sterling, ou Cinquante Doublons espagnols. Cependant, puisque Vous êtes un des Membres Officiels de la Famille Darby, permettez-Nous de Vous offrir Gratuitement les Services de cet Hôpital — bien que Priam ne soit pas la Propriété de la Compagnie, mais la Vôtre.

Votre Serviteur,

TOBIAS KENT.

Satisfait à l'idée que ce billet l'atteindrait droit au vif, il le ferma d'un pain à cacheter et le timbra du sceau de la Compagnie. Ce n'était pas la première fois qu'il communiquait de la sorte avec elle, alors que quelques paroles — braillées — eussent fait tout aussi bien. Il lança le billet dans sa corbeille à courrier, où Leary ne pouvait manquer de le trouver à son prochain passage à l'étage, et recommença d'arpenter la pièce et de lutter contre le désir d'écouter la conversation dont, à côté, le murmure se prolongeait.

Il se détendit enfin lorsqu'un bruit de bottes lui annonça le départ de Gabriel, et qu'un froufrou de ju-

(1) *Post meridian,* ou plus généralement, P. M. : après-midi.

pes lui fit comprendre que Nancy à son tour descendait l'escalier pour aller conférer avec Leary. Afin de remplir jusqu'au bord sa coupe d'amertume, il gagna sa fenêtre et s'en fut considérer la mâture de la *Darby Belle*, rigide et maigre comme potences sur le fond orageux du ciel...

Personne à Savannah, il en était absolument certain, ne pouvait deviner qu'il avait projeté de faire prendre la mer au capitaine Bronson cette nuit même, quel que fût le temps. Et, quand il quitterait son bureau en fermant la porte, personne ne serait au courant, que Nancy Grégory. Pour ce qui était d'une épreuve, celle-ci avait le mérite d'une parfaite simplicité. Et jusqu'à ce que le résultat de cette épreuve fût connu, une épée en travers de la porte qui faisait communiquer leurs bureaux n'aurait pu les séparer plus radicalement

3

IL était toujours debout devant son pupitre vide et le regardait sans le voir, lorsque le reniflement de Bronson se fit entendre sur le palier. Un prompt réflexe lui fit allumer quelques bougies neuves, saisir une plume, ouvrir un registre au hasard — et sa petite mise en scène était à peine terminée quand le capitaine frappa à sa porte.

Cette présence solide et placide agissant sur lui comme par magie, Toby sentit à compter de ce moment son esprit se dégager. Désormais, grâce au Ciel ! ni la retraite ni les regrets ne lui seraient permis.

Le skipper de la *Darby Belle* était entré bruyamment dans le bureau, avec cette sérénité familière des gens habitués à vivre au grand air. Saisi aussitôt par la chaleur, il déboutonna sa vareuse. Les abondants favoris qu'il cultivait, par amour de l'art, entre deux voyages brillaient de pluie, signe indiscutable qu'il venait de passer un long moment à vérifier le matériel de son spardeck.

Sitôt que leurs paumes se touchèrent, Toby éprouva l'habituel influx de force et presque d'allégresse que lui causait invariablement cette poignée de main honnête et franche, comme était franc le regard des yeux écartés. On pouvait compter sur Bronson pour jouer le jeu jusqu'au bout.

— Bonne chance pour ce voyage, cap'taine.

— Ainsi donc, je puis partir à volonté ?

— Vous partez ce soir, et au diable le mauvais temps !

Bronson entendit l'ordre avec calme.

— Le vent tourne en ce moment, Doc. Si je ne me trompe il sera plein ouest au coucher du soleil et il tiendra. Mais que le temps ne vous tracasse pas : nous partirons quand vous voudrez.

— Je veux que vous partiez ce soir et advienne que pourra. Le tabac est depuis assez longtemps à fond de cale ; il est grandement l'heure de le débarquer aux Tilbury Docks (1) avant qu'il moisisse.

Bronson releva ses sourcils broussailleux : il savait parfaitement, et savait que Toby savait parfaitement, que les barils garderaient leur précieux contenu en bon état pendant une durée à peu près illimitée.

— Vous demande bien pardon, docteur Kent, mais y a-t-il autre chose que ce qui saute aux yeux ?

— Un peu plus en effet, je le crains.

— Pas de pli scellé dans ma cabine, j'espère (2) ?

— En aucune façon, cap'taine. Vous pouvez me poser toutes les questions que vous voudrez, et je répondrai véridiquement.

— Celle-ci est ma neuvième traversée à bord de la *Darby Belle*. A chacune des précédentes, et pour des raisons bien connues de nous deux, j'ai choisi moi-même mon heure de départ. A ce voyage-ci, la poudre et les balles sont prêtes, mes hommes seront armés, dès que nous mettrons à la voile. Et j'ai embarqué deux canons de neuf longs. Avez-vous organisé un rendez-vous avec nos amis en aval du fleuve ? Simple histoire de savoir s'ils tirent mieux que nous, ou si nous sommes les meilleurs tireurs ?

— Vous me connaissez trop pour croire cela, cap'taine.

(1) A Londres.
(2) Procédé utilisé en cas de guerre ou lorsqu'on n'est pas sûr de son personnel. Un capitaine qui voyage sous ordres scellés ne sait pas exactement quelle est sa destination. Ce n'est qu'à une certaine distance en mer — précisée sur le pli fermé — qu'il est autorisé à prendre connaissance des consignes.

— Ne supposez pas que je me plaigne parce que nous embarquons par sale temps, Doc. Et ne supposez pas que je rechigne à l'idée d'une rencontre avec n'importe quel buveur de sang disposé à montrer sa vilaine gueule au nord de Wassaw Sound.

Bronson fouilla ses poches pour en tirer son tabac et bourra sa pipe avec une lenteur délibérée.

— Bien entendu, s'il ne vous plaît pas de m'en confier davantage...

— Je vais vous donner deux précisions, cap'taine, dit Toby, choisissant ses mots avec soin, et assez content de la manière attentive dont Bronson l'examinait. D'abord, personne, absolument personne à Savannah ne sait que vous êtes lourdement armé. Ensuite, je prie Dieu que vous n'ayez pas à vous servir de ces pièces de neuf, ni sur le fleuve ni en mer.

— Ce qui veut dire que vous espérez voir Savannah se civiliser suffisamment pour qu'avant longtemps on puisse publier les jours et heure de départ sans craindre les subséquentes attaques des pirates ?

— Précisément. C'est, si vous voulez, une manière d'épreuve. Epreuve bien rudimentaire, en somme. La dernière des choses que j'entende faire, c'est publier votre horaire de départ... avant que vous soyez parti et même en mer depuis un bon bout de temps.

— Annoncez-le à votre guise, dit Bronson avec bonne humeur. J'essaierai de m'en tirer gaiement.

— Depuis que nous avons commencé le transport, les flibustiers nous ont fait perdre, dans le fleuve, sept navires de haute mer. Si vous vous en souvenez, la plupart de ces skippers avaient inscrit leur horaire de départ au livre de bord et en avaient fait parvenir copie à nos bureaux avant de quitter le dock. Un beau jour, nous avons décidé de laisser partir à l'improviste tous nos bateaux lestés de cargaisons importantes, et nos pertes s'en sont trouvées réduites de moitié. Qu'est-ce que cette constatation suggère à votre esprit ?

— Une fuite provenant de ce bureau, naturellement.

— Aujourd'hui, nous allons reprendre l'ancien système. Ou, du moins, prétendre que nous le reprenons. Si vous passez sans incident la sortie du fleuve, nous considérons que les pertes précédentes ont été purement fortuites et dues à la mauvaise chance. Si, au contraire, vous devez combattre pour vous assurer le passage vers la mer, nous saurons qu'il y a un traître parmi nous.

Il respira profondément, péniblement, avant de conclure d'une voix résolue :

— Et, dans ce cas, je prendrai les mesures qu'il faut pour arrêter les fuites. Une fois pour toutes.

— Des candidats probables jusqu'ici ?

— Jusqu'à ce que je sois certain, je ne citerai aucun nom, cap'taine. Ce ne serait pas juste.

— Tout à fait exact, monsieur. Considérez ma question comme retirée.

Les favoris de Bronson s'encadraient d'une solide auréole de fumée et le tabac l'enveloppait de son arôme vigoureux. Toby était certain qu'autour du tuyau de pipe les fermes lèvres retenaient un sourire.

— Et vous n'avez pas besoin de vous excuser d'utiliser mon bateau comme appeau. Croyez-moi, j'en suis honoré.

— Les hommes s'attendent-ils au pire ?

— Je les ai consignés à bord depuis ce matin, et c'est à qui affilera le mieux son couteau. Ça les démange tous de larguer les amarres.

— Me croirez-vous si je vous dis que je donnerais gros pour vous accompagner ?

— Vous tracassez pas pour ça. Doc. C'est à mon tour d'expliquer maintenant. Supposons que j'atteigne sans incident la bouée de la barre. Je prends la mer. Et pas de nouvelles, bonnes nouvelles. D'accord ainsi ?

Toby respira une fois de plus à fond et murmura une brève et fervente prière :

— C'est ce que nous espérons.

— Si le canon parle, ils l'entendront de Sangaree. Si Miss Nancy n'était pas à Savannah, elle pourrait vous avertir. Peut-être un de ses surveillants de Sangaree.

— Avec le vent arrière, il est bien possible que le son ne porte pas dans la direction de Sangaree. Et nous ne pouvons pas risquer de mettre des observateurs près de la barre, dans l'estuaire et même à Wassaw Sound. Si vous êtes assaillis, vous le serez de n'importe quelle poche parmi la douzaine de poches du marais...

— Assez juste.

Le calme de Bronson était quasiment homérique, tant il se concentrait sur le problème du moment.

— Supposons que nous leur en rendions autant qu'ils nous en envoient, ou davantage. Je voudrais tout de même continuer, pour peu qu'il y ait moyen. Dans ce cas, je vous ferai tenir des nouvelles par Charleston. Mais, si je suis trop sérieusement abîmé, je me traînerai vers le dock le mieux que je pourrai.

— C'est tout à fait ce que j'espérais vous entendre dire, cap'taine. Et je suis content et reconnaissant que vous l'ayez dit vous-même.

Bronson gloussa de gaieté à travers son brouillard de fumée rance :

— Vous savez bien, Doc, que j'ai combattu à côté de l'amiral de Grasse. Ceci est donc maigre gibier dans mon dictionnaire personnel.

— Espérons que votre dictionnaire est exact et précis. Voulez-vous avoir l'obligeance de frapper à cette porte et de prier Miss Nancy de venir avec le manifeste du cargo ?

Il craignait que sa voix s'étranglât, il était sûr que ses yeux se brouilleraient lorsque la porte s'ouvrirait au large et que Nancy se trouverait devant lui, près de son bureau. Mais jamais sa voix ne fut plus calme, et il n'en crut pas ses propres oreilles, tandis qu'il s'adressait à elle d'un ton bref :

— Vous avez préparé les états de cargaison en double, Mrs. Grégory ?

— Comme toujours, docteur.

— Le capitaine Bronson signera maintenant l'original, et le double sera classé par Leary.

— Exactement comme nous faisions depuis six mois, docteur. Y a-t-il une raison pour que vous m'expliquiez notre méthode de classement avec le capitaine Bronson comme témoin ?

Sa voix était aussi dénuée de couleur et d'expression que ses manières et son attitude. Son corps, fier et droit dans son enveloppe de guingamp brun foncé, était apparemment aussi dépourvu de sexe qu'une latte.

— Je crains que ce ne soit en effet indispensable pour cette fois, Mrs. Grégory. Nous ferons aujourd'hui une légère addition au... au duplicata...

Il s'efforçait d'employer un ton aussi glacé qu'elle, et, délibérément, il marqua un temps, pendant qu'elle ouvrait sur son bureau les deux gros registres.

Ils regardèrent tous deux Bronson signer au bas de la dernière page du connaissement original.

— Toutefois, comme il ne s'agit que d'un détail comptable, il est inutile de retarder le capitaine.

Serrant la main de Bronson. Toby accepta de bonne foi son clin d'œil et son calme courage. Il ressentit pourtant un léger frisson en le voyant serrer tout aussi cordialement la main de Nancy. Il lui semblait presque impossible, à cet instant, que cette svelte fille pût être l'instrument qui tenterait d'envoyer par le fond la *Darby Belle* et son équipage avant que la nuit fût terminée.

— Bonnes semailles à vous deux, dit le capitaine. Les paddies seront en fleur avant que nous nous retrouvions, je pense.

— Pas si vous battez votre propre record, dit Nancy. Celui de votre dernière traversée.

— A supposer que j'y parvienne, est-ce que cela me vaudrait une dinde rôtie à Sangaree ?

— Et une prime au bureau, dit Toby.

— Gardez votre prime, Doc ! Je choisis la volaille de Miss Nancy, pourvu qu'elle soit aux marrons, et arrosée du bon vin du Vieux Monsieur.

Sur ces mots, il disparut, comme si le vent l'avait emmené et avait refermé la porte derrière lui. Toby l'entendit fredonner en descendant l'escalier et lancer un vigoureux au revoir à Leary, mais un au revoir aussi insouciant et aussi quotidien que s'il se préparait à faire une visite sur l'autre rive du fleuve et non à se bagarrer avec les boucaniers.

— Vous avez mentionné un changement dans les habitudes, docteur ?

Il se tourna vers Nancy et sa question professionnelle avec quelque chose qui ressemblait à du soulagement.

— Le capitaine Bronson partira pour Londres, ce soir, à dix heures environ. Voulez-vous vérifier l'heure exacte de la marée et noter la minute précise de son départ sur votre copie de son manifeste ?

— Certainement, docteur. Puis-je demander pourquoi ?

— A dater de cet instant, je tiens à ce que nos inscriptions soient rigoureusement détaillées et complètes.

— Désirez-vous que je fasse l'addition tout de suite ?

Pendant qu'elle retournait à son bureau, son visage ne trahissait pas la plus légère émotion. « Si elle est ravie de cette chance inespérée, elle le cache bien », se disait Toby.

... Il revint à la dramatique minute présente en s'apercevant tout à coup que Nancy était debout près de lui, annuaire des longitudes à la main.

— Que dit pour ce soir le tableau des marées ?

— La *Darby Belle* mettra à la voile à dix heures quinze, docteur. Comme vous le voyez, c'est porté sur le manifeste.

— Merci, c'est parfait. Vous pourrez donner à classer à Leary quand vous voudrez. (Il la regarda fermer le registre, avec des yeux qui souffraient de savoir..) Il serait peut-être sage de l'enfermer à clef dans votre pupitre personnel cette nuit ? Jusqu'à ce que le capitaine Bronson soit effectivement en haute mer... Toutefois, agissez selon votre propre jugement.

— Le capitaine craint-il toujours les pirates ?

Il contint difficilement une explosion de rage, le désir de lui dire : « N'en mettez pas trop ! N'exagérez pas votre personnage ingénu ni vos questions candides ! Sans quoi je vous jetterai mon accusation à la face ! » Il se contenta de répondre :

— C'est un risque que nous devons courir à chaque voyage. Bien entendu, je fais confiance à tous ceux qui travaillent dans ces bureaux. Pas vous ?

— Certainement si. Jusqu'au dernier homme. Puis-je disposer, docteur ?

— Mais bien sûr ! Je n'avais aucunement l'intention de vous retarder.

Debout dans l'ouverture de sa porte, elle se retourna à demi sans lever les yeux :

— J'ai reçu votre mémoire relatif à Priam.

— Simple formalité pour la bonne règle. N'en parlez pas, je vous prie.

— Il se trouve que c'est mon meilleur batelier. Je tiens à vous remercier de l'avoir sauvé. (Elle hésita quelques secondes avant de reprendre la parole.) Bien entendu, je payerais volontiers votre... votre intervention chirurgicale... si j'en avais les moyens... Mais j'ai réglé mon hypothèque à la Compagnie et il ne me reste plus guère d'argent liquide. A peine quelques lettres de change sur Londres.

— Je vous ai dit que le payement n'était en aucune façon nécessaire. Puisque vous êtes toujours un de nos directeurs...

— Accepteriez-vous Priam lui-même en règlement ?

— En vérité, Mrs. Grégory...

— Vous ne me croirez pas, mais ce qui me préoccupait le plus, c'était de sauver sa vie. C'est pourquoi je l'ai envoyé à votre clinique et non à celle de Matthew Bristol. Maintenant qu'il est guéri, il pourra vous être utile. D'autant plus qu'à ce que j'ai entendu dire vous pensez à avoir votre propre sloop.

— Je manœuvrerai mon sloop moi-même, merci.

Mais Nancy continua, comme si elle n'avait rien entendu.

— Il connaît la Savannah par cœur. Il pourrait par exemple vous rendre particulièrement service si vous décidiez de faire une nouvelle visite à Sangaree.

— A quoi servirait une telle visite, puisque vous dirigez si remarquablement la plantation ?

Il nota l'éclair de colère qui passa sur son visage, s'en réjouit et attendit une explosion qui ne vint pas. Au lieu de quoi, elle se tourna lentement vers la porte de face, la porte qui donnait accès au bureau si rarement occupé de Roy. Pendant un instant, il crut que Nancy allait disparaître dans cette pièce vide, mais il s'aperçut qu'elle ne faisait que tendre l'oreille pour identifier un bruit léger qui en provenait :

— Il semble que Marthe nous ait encore rendu visite, docteur, dit-elle froidement. La prierai-je d'entrer avant que nous nous querellions pour de bon ?

Déjà Toby frappait à la porte de Roy : pour une fois, Marthe serait une diversion bienvenue maintenant qu'il avait amorcé sa trappe. Tous deux savaient que, lorsqu'un départ était annoncé, Marthe venait généralement au bureau pour faire partir une lettre à l'adresse de son mari absent, encore que ce fût l'unique signe qui permît de croire qu'elle s'apercevait de cette absence.

Marthe, occupée à sabler une lettre au pupitre de Roy, leur dédia en commun son sourire le plus désarmant.

— Inutile de me dire que je suis la bienvenue au quartier général pendant les heures ouvrables !

La voix de Marthe, qui se voulait narquoise, était surtout enrouée cet après-midi. Et Toby, consterné, se disait, tout en lui offrant galamment la main pour franchir le seuil, qu'elle avait encore dû boire plus que de raison. Ces derniers temps, il avait eu beaucoup de mal à se débarrasser d'elle, alors même que le brandy ne l'inspirait pas comme aujourd'hui.

— Si la lettre est pour Londres, Marthe, elle peut aller dans le sac de courrier du bureau.

— A qui donc écrirai-je, sinon à mon mari ?

Déjà la lettre était dans la main de Toby. Il vit qu'elle était adressée au Dr Roy Darby, en son appartement, à Temple Bar, Londres, de cette écriture d'écolière que Marthe avait si péniblement acquise à Clay Creek et qui faisait un contraste flagrant — et bizarre ! — avec les rayons émeraude-et-rubis allumés à ses doigts. Malgré sa pression insistante, il lâcha la main tiède.

— Une seule lettre cette fois, chère ?

La voix de Nancy était presque cordiale. Il fallait dire les choses comme elles étaient : bien que Marthe fût avec elle chipie à l'extrême, elle s'efforçait de son côté à toute l'aménité possible.

— Une lettre, c'est plus qu'il n'en mérite ! Voilà des mois qu'il ne m'a pas écrit, lui.

(Marthe, ce disant, adressait à Toby un sourire aussi ancien que Lilith et aussi chargé de malice.)

— Heureusement que grâce, au Dr Kent, je ne me suis pas sentie trop solitaire, et naturellement grâce à *vous* aussi, chère.

Nancy ferma d'un coup sec le manifeste de la *Darby Belle :*

— J'ai passé à Savannah tout le temps que j'ai pu, dit-elle.

— Mais bien sûr ! Vous êtes-vous sentie solitaire aussi, avec Félix à Philadelphie ?

— Je n'ai pas été au courant des déplacements du capitaine Pagnol, Marthe.

— Oh ! vraiment ? Les uns disent qu'il était à Philadelphie. D'autres assurent qu'il a disparu de Savannah pour des raisons personnelles. J'espérais que vous auriez pu mettre fin aux potins.

— Je pense que nous devrions tous être au-dessus des potins, Marthe.

— Et sur quelle autre direction pourrait-on compter, par un temps pareil ?

— Parlez pour vous-même, ma chère.

Le registre sous le bras, Nancy quitta vivement la pièce.

Marthe sourit avec indulgence à la porte qui claquait :

— Je lui ai volontairement laissé le dernier mot.

Sans quoi nous n'en aurions jamais été débarrassés.

— Les Darby ont été bons pour toi, Marthe. Ne continue pas à te moquer d'eux perpétuellement.

— Les Darby m'ont toujours détestée, Toby. Tous, sauf Roy. Et Roy me supporte. Si je n'avais pas appris à leur rire au visage — à leur visage propre et satisfait, — voilà longtemps que je serais devenue folle.

Sans se retourner, il savait qu'elle s'était installée dans son fauteuil et que, la tête enfouie dans les bras, elle pleurait.

— N'est-il pas temps d'aller te changer pour dîner, Marthe ?

— Je dîne seule. A moins que tu ne dînes avec moi ?

— Les affaires de la Compagnie me retiendront tard ce soir.

— Des blagues que tes affaires de la Compagnie !

Elle pleurait encore, mais sa voix commençait à retrouver son timbre goguenard.

— Ça signifie que tu iras dîner chez Tondee et ne rentreras à la maison qu'au matin. Pourquoi, Toby ?

— Tu auras la société de Nancy.

— Nancy dîne chez les Tyree. Elle ne rentrera pas avant minuit.

Marthe n'aurait pu être plus explicite si elle avait déposé sur le bureau la clef de sa chambre à coucher. Toujours debout face à la fenêtre, il pouvait suivre de mémoire le rituel de son attaque.

— Il faut te déshabituer de venir ici pendant les heures de travail, Marthe. Cela fait jaser.

— Je croyais que nous autres Darby étions audessus des potins ?...

— Nous *devrions* être, Marthe !...

Il pressait durement son front contre le carreau glacé et luttait pour regagner son calme. Ce qu'il vit ne l'y aida point : sortant du bâtiment Darby, Nancy s'éloignait vers sa chaise à porteurs. Elle était enroulée dans un châle qui rejoignait presque son chapeau bien enfoncé contre la pluie, et sa jupe brune flottait dans le vent déclinant. Un instant plus tard, sa tête lumineuse, délivrée du chapeau, passait par la fenêtre de la chaise et disait quelques mots à l'esclave qui avait surgi comme une ombre obéissante du crépuscule pluvieux où il s'enfonça de nouveau.

Une crainte familière lui serrant le cœur, Toby s'interrogeait : qu'avait-elle dit à son esclave ? Avait-elle consommé sa faute en faisant avertir Pagnol du départ de la *Darby Belle* avec la marée de dix heures quinze ?

Il se retourna vers le bureau enténébré — et vers la silhouette de Marthe plutôt devinée que perçue dans les lueurs dansantes du foyer. Pendant qu'il hésitait à la fenêtre, elle avait stratégiquement éteint les bougies l'une après l'autre, ce qui faisait encore partie de son rituel de poursuite. Prévoyant le mouvement suivant, il étendit la main devant lui pour se protéger — mais elle fut saisie par des doigts chauds qui l'attirèrent — et le bras ensuite — autour d'une taille souple...

— Embrasse-moi, Toby... Un baiser, rien qu'un seul... et je m'en irai.

« Il n'y avait eu que trop de ces uniques baisers depuis quelque temps », se dit-il.

Lorsqu'il retrouva sa lucidité, ce fut pour s'apercevoir qu'il dévorait de baisers les lèvres et la gorge de Marthe.

— Attends, Toby !

Son rire de gorge, rauque et profond, noya presque ses paroles, et ses paroles étaient une défense qui contenait la plus ardente invite.

— Tu m'as dit et répété que nous avions attendu trop longtemps.

Il l'avait renversée sur son bureau, où il appuyait à deux mains les rondes épaules, cependant que sa bouche cherchait, entre les seins, la place de baisers plus brûlants.

« Je vais te prendre ici, se promettait-il tout bas, étendue sous moi sur cette dure couche... Nous nous détruirons l'un l'autre parmi ces encriers et ces plumes si bien taillées par Leary... Pour quelques instants tout au moins, nous abolirons la pensée même de Nancy... comme si elle n'avait jamais existé... » Et ses mains s'activaient au rythme de sa fureur et de son désir...

— *Je t'en prie, Toby !*

Il avait oublié combien elle pouvait être forte, et combien résolue. Une anguille obstinée vers une seule idée n'aurait pas pu échapper plus adroitement ni plus sûrement à son étreinte. Même en cet instant bouleversé, il ne put s'empêcher d'admirer avec quelle grâce Marthe reculait vers la porte, avec quelle adresse, tordant une seule fois son corps souple dans son fourreau vert, elle se retrouva décemment couverte à nouveau. Après quoi, elle fit face à la glace et arrangea ses cheveux, vaille que vaille, à la lueur des braises encore rougeoyantes.

— Ne crois pas que je sois ingrate, chéri. Je te suis tendrement reconnaissante. Mais je te veux dans mon lit à moi, à ma guise à moi.

Resté près de la table de travail, Toby s'y agrippa pour s'empêcher de tomber. Bien trop honteux pour parler — à plus forte raison pour renouveler son attaque, — il la regarda arranger à son corsage un lacet rompu, puis remettre à l'angle voulu son fier chapeau d'aigrette. En ce moment, il la haïssait plus intensément qu'il n'avait jamais haï aucun être humain. Après le flux, le désir avait reflué, et maintenant son sang battait à coups sourds la base de son crâne. Dans une heure, ce serait un mal de tête intolérable, avec la bouteille pour unique remède.

— Je ferai attendre le dîner jusqu'à neuf heures. Viens à moi, sobre si tu peux. Nous sommes toujours de vieux amis, Toby Kent, mais ma patience a des limites.

« Elle est sûre de moi, à présent, pensait-il, avec une rage farouche. Si sûre qu'elle croit pouvoir choisir son heure et son lieu. »

— Tu ferais mieux de t'en aller à présent, Marthe, dit-il à travers ses lèvres serrées. Je ne viendrai pas à Wright Square ce soir.

— Viens à moi. Sobre si tu peux, répéta-t-elle. Et viens avant minuit. A cette heure-là, Nancy rentrera de chez les Tyree. Et elle a des oreilles de matou.

— Nous pouvons laisser Nancy hors de cette histoire.

— Ne sois pas idiot, Toby ! Elle est jalouse de moi depuis le commencement.

Sa voix vibrait de triomphe, cependant qu'elle faisait une dernière halte dans l'ouverture de la porte.

« Je te verrai au diable avant de te toucher encore, pensait-il. Je boirai jusqu'à ne plus voir clair ce soir chez Tondee, je passerai la nuit je ne sais trop comment, et, avec l'aube, je retrouverai la paix. Assuré alors soit de l'innocence, soit de la culpabilité de Nancy, je retrouverai la paix. »

4

NEUF heures n'avaient point encore sonné à Christ Church, et Toby était, en somme, à peu près sobre lorsqu'il passa les piliers du portail de la maison de Wright Square.

Marthe, assise à l'épinette, tout près de la fenêtre treillagée du grand salon, trahissait une fois de plus Mozart avec une magnifique inconscience, et la brillante inexactitude de son jeu trahissait en revanche sa faible compétence musicale.

Toby se contenterait de la saluer depuis la porte du hall, d'expliquer qu'il avait dîné déjà chez Tondee et de foncer droit vers sa chambre, aussitôt verrouillée contre les tentations d'Eros. Et là il attendrait le matin et les nouvelles de Bronson...

La pluie froide cinglait ses yeux. D'un coup de main, il chassa les gouttes, puis, tirant plus en avant son chapeau sur son front, il entreprit de franchir — d'un pas assez lourd — la dernière étendue d'allée qui le séparait du désir.

Lorsqu'une main se referma sur son bras, dans l'obscurité que tourmentait le vent, il se retint de justesse de crier tout haut. Pendant une brève mais fantastique seconde, il eut l'impression que la haute silhouette abritée sous le laurier-rose était *aussi* Marthe... une Marthe vampire qui l'attendait pour s'emparer de lui dans la pénombre humide.

Puis un arôme mêlé de brandy et de tabac lui devint perceptible, et il sut que le pâle triangle de chair enveloppé du capuchon d'une pèlerine était le masque ironique de Gabriel.

Un Gabriel qui lança, sans excès de patience :

— Cela fait un sérieux bout de temps que je fais le pied de grue ici, Toby. Ne pourrais-tu rentrer plus tôt et t'offrir à domicile ta dose vespérale d'oubli ?

— Pourquoi n'as-tu pas attendu dans la maison ?

— Avec la Lorellei ? Tu plaisantes. L'heure n'est pas à ces tendres passe-temps.

Secouant de ses épaules la pluie qui alourdissait son caban, le journaliste évoquait de façon irrésistible un retriever irritable que l'on retarde sur une piste.

— Crois-moi, je parle avec autorité, mon vieux !

— Monte chez moi. Il faut que tu te sèches.

— Bien au contraire. Avant que la nuit soit beaucoup plus vieille, je compte être considérablement plus mouillé... Et cela va pour toi aussi, mon ami.

Gabriel avait déjà attiré Toby à l'abri — ruisselant — du laurier-rose. Il baissa la voix jusqu'à ce qu'elle ne fût plus qu'un faible murmure :

— Il faut que tu entendes ces choses comme je veux les raconter, ou alors pas du tout. Par conséquent, n'interromps pas.

Toby tassa davantage ses épaules dans son gros pardessus. De seconde en seconde, il sentait s'affaiblir en lui le feu bienveillant du bon rhum de la Jamaïque qui avait jusqu'ici réchauffé son sang. Mais quelque chose dans les manières de Gabriel le contraignit, bien qu'à son corps défendant, à l'attention :

— Si tu peux abréger ?

— Ce sera court, mon ami. Court et pas bon. Sais-tu que la *Darby Belle* est marquée pour la capture ce soir même ?

Toby prit assez calmement la question, bien que le choc imprévu le bouleversât. Pour se stabiliser, il s'accrocha au cœur du laurier-rose, ce qui fit pleuvoir sur eux deux une forte averse de gouttes d'eau. Après tout, Gabriel l'avait taquiné plus d'une fois avec des ruses de ce genre, pour essayer d'obtenir la date et l'heure d'un départ avant que d'autres que lui eussent recueilli l'information.

— La *Darby Belle* est toujours à son amarrage.

— Mais elle met à la voile avec la marée. Dix heures quinze tapant. Dans une heure vingt minutes de l'instant présent, si ma montre n'est pas détraquée par l'eau.

— Comment sais-tu cela ? Comment peux-tu le savoir ?

— J'en sais davantage. A un certain moment, entre minuit et l'aube, elle sera surprise, abordée, pillée. A moins qu'elle soit envoyée par le fond si Bronson commet la folie d'accepter une bataille rangée...

— *Comment peux-tu le savoir, Gaby ?*

Le journaliste prit un flacon dans sa poche de côté, but une longue rasade et passa le flacon à Toby, sans commentaires.

— Les faits, comme toujours, sont simples. Ce soir, je dînais à l'*Oiseau dans la Main,* avec une dame dont le nom demeurera ignoré...

— Si tu veux dire Nancy ?...

Gabriel cligna des yeux, sincèrement stupéfait.

— Pour l'amour de Dieu ! Qui penserait à inviter Nancy à l'*Oiseau dans la Main ?* Et puis qu'est-ce que Nancy pourrait bien avoir à faire dans tout cela ? La dame, puisque tu y tiens, la dame n'était pas du tout une dame, mais une fille de salle de Tondee. Elle avait estimé qu'il serait plus discret à elle de coucher ce soir ailleurs que chez son patron...

— Ne t'étends pas sur ta conquête ! *Où* as-tu ramassé l'information ?

— Mais je te l'explique, voyons ! Où l'aurais-je apprise, sinon à l'*Oiseau dans la Main,* au moment même où je faisais l'amour ? Il y avait des gens dans la pièce voisine. Plusieurs personnes. Tous des marins à ce que j'ai compris, et tous ivres, à ce que j'ai constaté. Ivres au point de ne pas remarquer qu'une imposte était ouverte entre leur chambre et la nôtre... Ils commencèrent par commander du rhum, puis le dîner pour faire suite. Puis ils se prirent de discussion avec l'aubergiste pour ses prix de louage. Il m'a semblé qu'ils voulaient un cheval chacun, pour se rendre rapidement à Wassaw Sound.

— Et la *Darby Belle ?*

— Dès qu'ils furent seuls, ils ne firent aucun secret

du but de leur course. Leur bateau est vraisemblablement à l'ancre à l'embouchure de la Wilmington. Et, ce qui est plus vraisemblable encore, c'est qu'ils avaient été postés à Muskrat Town pour y attendre la nouvelle du départ de la *Darby Belle*. Leur employeur avait calculé qu'en prenant à cheval la voie de terre ils rejoindraient leur bord et leur capitaine avec du temps devant eux.

Toby se retint difficilement de geindre tout haut. Le plan était clair à présent, et nul doute n'était plus possible. Il n'en insista pas moins un instant de plus, aussi bien pour se torturer davantage que pour rendre la certitude tout à fait positive.

— As-tu entendu le nom de leur skipper ?

— Ils n'étaient pas assez saouls pour ça, tout de même ! Ils affirmaient simplement entre eux, chacun enchérissant et surenchérissant sur le précédent, qu'ils étaient capables de deviner, de déjouer, de dépasser et de démâter Bronson.

— Et tu es sûr qu'ils étaient informés de la date de départ ?

— Aurais-je, sans cela, abandonné un lit bien chaud et une dame qui ne me pardonnera jamais de la brusquerie de mon départ ?

La souffrance profonde de la découverte persistait, mais son acuité se trouvait miséricordieusement émoussée par la nécessité de l'action immédiate. Déjà Toby fouillait les archives de sa mémoire et tâchait de se dessiner mentalement une carte où situer le flibustier — pour en avoir raison. Si l'arrière-garde de son équipage se disposait à gagner Wassaw Sound, le capitaine inconnu devait, en effet, être homme d'audace et de résolution. Le fleuve Wilmington, à l'embouchure duquel le corsaire avait jeté l'ancre, se vidait dans cette vaste baie, à dix milles à peine de l'embouchure de la Savannah.

Sans même s'apercevoir qu'il parlait tout haut, Toby déclara :

— Le pirate est exactement fixé sur l'heure et il a parfaitement calculé son temps.

Gabriel compléta sa pensée avec assez de netteté :

— Qui que puisse être le boucanier, il doit d'abord avoir été averti d'attendre. Et avoir été maintenant averti du moment idéal pour frapper. Une cane installée sur sa couvée aurait meilleure chance d'en réchapper !

— Bronson ne mettra pas à la voile avant une heure d'ici. Nous pouvons le retenir à la jetée. Envoyer un courrier à Charleston.

— Et manquer notre meilleure chance d'en découdre depuis la guerre ? Docteur, vous devriez boire de l'eau et rester sobre, dit Gabriel avec mépris. Même l'ivresse vespérale est à déconseiller ! L'alcool n'affine pas votre esprit comme le mien, docteur, n'éclaire pas votre intelligence comme il le fait pour la mienne.

Ayant dit, solennellement, Gabriel passa à nouveau le flacon dans l'ombre humide du laurier-rose. Ils burent un long trait à tour de rôle, échangeant un grave salut lorsque le flacon changeait de main, pareils à des marionnettes qu'auraient mues des fils invisibles.

— Est-ce que tu suis ma pensée, Toby ? Ou faut-il que je te fasse un dessin ?

— Je crois que je commence à découvrir la ligne générale.

— Premier point. Sam Hoyt est au dock en ce moment, en train d'équiper ton sloop avec des voiles de tempête. Deuxième point. Nous pouvons gagner Wassaw Sound par la Savannah à peu près aussi vite que ces loups de mer à cheval, même s'ils ne s'arrêtent à aucun cabaret sur le parcours. Troisième point. S'ils comptent atteindre leur bateau à cheval, c'est que leur bateau est à l'ancre quelque part vers le débarcadère de South Road.

— Vraisemblablement sous le vent de l'île Wilmington. Est-ce que tu aurais l'intention de suggérer qu'à nous trois nous devrions leur donner assaut dans le noir ?

— J'ai l'intention de suggérer que nous devrions le faire sauter dans le noir, et laisser le capitaine Bronson partir à l'heure indiquée. Si nous ne réussissons pas, nous aurons encore tout le temps voulu pour retenir Bronson.

— Et comment allons-nous embarquer de la poudre en fraude à bord du boucanier ?

— Vous avez l'esprit lent, ce soir, docteur ! Oh ! Toby, ne me dis pas que tu as si tôt oublié la *Guêpe* ?

Si gros cœur qu'il eût, Toby gloussa d'enthousiasme

à l'évocation de la *Guêpe*. Son unique exploit avait été l'un des plus beaux chapitres dans l'histoire des Darby Rangers. Armé par Victor Darby lui-même pour servir en manière d'éclaireur sur le lac Champlain, le beau petit sloop avait été peint en noir de la ligne de flottaison à la pointe du mât ; ses voiles mêmes avaient été teintes, de sorte que, pendant les nuits sans lune, il était pratiquement invisible.

Ce fut en plein jour pourtant que la *Guêpe* rendit son plus éclatant service et justifia son nom en fonçant droit sur une barge britannique chargée jusqu'aux dalots de munitions pour Bourgoyne. En guise de dard, la *Guêpe* portait une torpille fixée à son beaupré, et Gabriel avait allumé de ses mains la fusée par laquelle les munitions de l'ennemi furent envoyées droit vers le ciel. Lui-même n'avait atteint son salut à la nage qu'à un cheveu près !

— As-tu discuté la question avec Sam ?

— Il doit avoir conduit le sloop au quai couvert et être en ce moment même en train de le bourrer de poudre.

— J'ai l'impression que tu as préparé ce raid dans tous ses détails. Es-tu bien sûr d'avoir besoin de ma promesse ?

— Cette question, mon cher docteur, ne demande aucune réponse, fit Gabriel en passant le flacon avec un petit salut très digne. Evidemment, tu avais d'autres projets, celui, par exemple, de travailler la belle Marthe selon les plus pures traditions militaires.

— Ne nous occupons pas des projets que je pouvais avoir.

— Evidemment, j'avais aussi d'autres projets analogues. Mais les femmes attendront, les corsaires n'attendront pas.

— Alors, *nous* ? Qu'est-ce que *nous* attendons ?

Le vent, à présent, fouettait leurs épaules avec une véritable rage : ils cherchaient leur route en tâtonnant tout le long de l'énorme entrepôt du dock, où se trouvaient tous les magasins de fournitures maritimes de la Compagnie, aussi bien que le wharf couvert où elle préparait ses bateaux.

La voix de Sam, apaisante à sa manière, comme était apaisant le clapotement endormi du flot contre les parois du petit bassin de réparations, attira leur attention vers le poste du sloop et les caques soigneusement amarrées sur la plage avant. Toby constata que le petit bateau luisant et net, pourvu d'un jeu de voiles neuves aussi pimpantes que sa peinture, était fin prêt à affronter la bise qui assaillait l'ouverture de leur abri.

— Bonne nuit pour les marins, Toby.

— Est-ce que le sloop sera manœuvrable dans ce temps-là, Sam ?

— Le vent se calme, Doc. A mon avis, il aura tourné avant minuit et notre retour sera plus facile que notre aller.

— A condition que nous soyons encore sur l'eau et non dessous !

Ce disant, Toby sauta auprès de Gabriel pour l'aider, et ce mouvement rendit à son esprit la stabilité requise par la tâche qui l'attendait.

— Je suis content, dit-il, que vous pensiez que la chance vaut la peine d'être courue.

— Jusqu'ici, rétorqua Sam, avec son sourire tranquille, je n'ai guère eu le temps de « penser » quoi que ce fût !... Ça ne sert pas à grand-chose de *penser* pendant une nuit pareille. Spécialement si l'on part pour la chasse au pirate. A mon avis, ce qu'il faudra, c'est le *sentir*, une fois que nous serons arrivés à la barre.

Gabriel émergea des profondeurs de l'avant, s'époussetant vigoureusement les mains :

— Le train de poudre est en place, skipper. L'amadou et la mèche attendent. La poudre elle-même est à l'abri d'un coup de vague. D'autres ordres ?

— M'est avis que nous pourrions tous deux écouter avec profit, dit Toby. Si Sam a préparé le parcours...

— Il s'agit d'arriver si possible avant eux à South Ford.

— Nous le pourrons et nous le ferons, en coupant par les marais. — Le doigt calleux se promena à nouveau vers l'angle de la carte. — Il y avait là, jadis, un vieux chenal, peu fréquenté, qui traversait le col de Skidway. M'est avis qu'il est toujours navigable, surtout avec la marée à son plein. Nous prendrons les perches, nous pousserons... et nous prierons !... En coupant court de la sorte, nous devons gagner une bonne heure.

— Admettons que nous voilà assez près pour frapper. Comment allumons-nous les fusées ?

— Pot de braises à l'avant, skipper, dit Gabriel. Ne comptez pas là-dessus pour vous réchauffer. Espérons seulement qu'il empêchera les pirates d'avoir encore froid en ce bas monde.

— Nous aurons besoin d'un espar, naturellement ?

— Un espar est bien la dernière chose que je prendrais à bord, dit Sam. Nous serons assez chargés sans cela. Vous pouvez choisir un de ces mâts de youyou le long du mur.

— Hissez la voile du grand mât, dit Sam. Je prendrai la barre.

Grâce au dôme élevé que formait le toit du hangar, la manœuvre était aisément exécutable. Suivant les ordres de Sam, Gabriel et Toby déferlèrent un foc et fixèrent les voiles arrière.

— Et si le vent arrache la toile ?

— C'est un risque à courir si nous voulons gagner ces cavaliers de vitesse avant South Ford.

Toby acquiesça d'un signe de tête. Le plan de leurs opérations était clairement tracé à présent, il n'y avait plus lieu de chercher autre chose ni de se tracasser.

— Vous pouvez démarrer quand vous serez prêts, messieurs.

D'une vigoureuse double poussée des perches, les amis envoyèrent le sloop danser allégrement par l'ouverture du hangar. Une seconde poussée, à l'extrémité du mur de soutènement, fit tourner leur guibre exactement de manière à permettre à Sam de recevoir le vent en plein sur l'épaule de sa voile. Juste à temps, d'ailleurs, car une rafale sauvage, descendant de la falaise de Savannah, faillit mettre le petit sloop la quille en l'air.

Puis, comme il se stabilisait sous ses voiles tendues, sa coque parut s'enlever ainsi qu'un oiseau : courts instants qui suffirent pour les mettre bien en route déjà, en plein courant, et s'éloignant du wharf à une vitesse vertigineuse.

Savannah, vue du cœur sombre de son fleuve, n'était guère qu'un rocher au contour déchiqueté, qu'un rayon de lune soulignait par-ci par-là entre deux passages de brouillard.

Toby ne donna qu'un coup d'œil en arrière — juste

pour voir la masse sombre de la *Darby Belle* tirant toujours sur ses amarres.

Puis, comme Sam lançait l'ordre de virer de bord, il appuya de tout son poids sur les voiles arrière... et oublia de penser à autre chose.

5

HE ! Toby ! Réveille-toi !

Il s'agita, marmotta obscurément des choses, conscient tout à coup d'un froid qui le glaçait jusqu'aux os, et aussi de vagues résidus d'injures qui grondaient dans son esprit, puis, finalement, de la main que Gabriel Thatch posait sur son épaule.

— Je craignais que tu ne te misses à brailler d'un moment à l'autre. Et Sam insiste pour le silence le plus complet à partir d'ici.

Le chenal principal de la Savannah, irrité par le vent qui le couvrait d'innombrables vaguelettes blanches, s'écartait vers l'ouest. A peine la terre ferme était-elle perceptible comme un trait de crayon un peu plus sombre que les nuages bouchant encore l'horizon dans cette direction-là, et, droit devant eux, un ourlet d'écume soulignait la barre du fleuve.

— Nous ne pouvons pas avoir marché à une telle allure...

— C'est pourtant ce que nous avons fait. Voilà le Skidway sur notre gauche. Sam nous passera d'un moment à l'autre...

A l'instant même, et tandis que Gaby parlait encore, le sloop donna de la bande. Ils se hâtèrent à quatre pattes, comme ils l'avaient fait plusieurs fois depuis trois heures, pour raffermir les caques à poudre qui menaçaient de glisser hors de leur amarrage. Quand la coque se redressa, ils étaient déjà dans l'herbe de marais et, presque tout de suite, une étendue d'eau calme s'ouvrit comme par magie sous la poussée de leur beaupré.

— Comment avez-vous découvert ce passage ?

— La chance, messieurs, dit Sam. Puisse-t-elle rester sur nos épaules ! Nous ne pouvons pas nous permettre un échouage.

— En d'autres mots, il s'agit de manœuvrer les perches, dit Gabriel, passant d'un bond à l'action, et suivi par Toby, sourd à la protestation de ses tendons, douloureusement contractée pendant le sommeil.

De loin, le sloop devait donner l'impression d'être embourbé en plein marais, et pourtant ils avaient de l'eau autour d'eux, plus qu'il ne leur en fallait.

Une poussée finale de l'étrave, bondissant fougueusement au milieu d'un tourbillon de sable qui, même sous la faible clarté des étoiles, déployait une écharpe blanche, et l'herbe de marais se sépara une dernière fois, leur assurant l'accès d'une vaste étendue emplie par le flux, avec toujours le vent arrière.

— Le fleuve Wilmington, dit Sam. Nous y sommes.

— A moins que nous ayons mal deviné leur mouillage...

— Plein est, je vous prie : ce n'est pas le moment d'avoir des doutes.

— Plein est, skipper. Voilà.

Ils naviguaient prudemment, bien à l'ombre du marécage qu'ils venaient de quitter. La lune avait disparu depuis longtemps, et, seules, si des rafales ne les avaient fréquemment fait disparaître sous des nuages, les étoiles auraient pu trahir leur silhouette pendant que, prenant repère sur un bouquet d'arbres bas, ils mettaient le cap vers l'est.

— Sister Island, dit Sam. Le mouillage doit être juste de l'autre côté de la rivière. Dans un instant, je vais commencer à obliquer.

— Et s'ils ont mis un guetteur ?

— C'est encore un risque qu'il nous faut courir, évidemment.

Ils allaient toujours à l'allure rapide qu'ils avaient prise dès la sortie du dock à Savannah.

Rasant la berge de si près que le beaupré paraissait

devoir trancher la broussaille comme une faux, le surveillant suivait doucement le courant et paraissait doué d'une sorte de sixième sens propre à percer l'obscurité en avant de leur étrave.

— Voici notre débarcadère, messieurs. Pas de trace de visiteurs !

Leur avant gratta le fond pendant qu'il parlait, et Toby discerna seulement quelques pilotis en troncs de palmiers, dressés comme des bras de cauchemar sous les étoiles. Et le terminus de la route de terre fut en vue, son blanc ruban d'écailles d'huîtres pilées zigzaguant dans cette diffuse clarté irréelle.

— Il faut que quelqu'un aille examiner s'il y a des traces fraîches de sabots de cheval, dit Sam.

— Tenez bon, Sam, je saute à terre.

Déjà Toby avait passé par-dessus bord et reprenait son équilibre du mieux qu'il pouvait sur les planches déglinguées du débarcadère. Gabriel, plongeant un nœud de pin dans leur réservoir de braises rougeoyantes, le lui tendit. Et de nouveau ils retinrent leur souffle pendant que le docteur, courbé au sol, parcourait, aller et retour, un bon bout de la route blanche. Mais il n'existait aucun signe de vie autour du débarcadère, aucune trace ne se voyait sur la route même.

— Il semble bien que nous soyons parvenus à les gagner de vitesse !

— Encore faut-il être assurés que c'est bien cet endroit-là qu'ils utilisent. Quoique, à vrai dire, s'ils sont à l'ancre si près de l'embouchure, je ne vois vraiment pas quel autre point de la berge ils pourraient employer.

Toby, la torche à la main, scruta les planches du débarcadère et la terre tout autour. Des signes d'utilisation assez récente se révélèrent : un rectangle de broussaille était écrasé ; l'un des pilotis montrait une entaille fraîche, là où des morceaux de son bois pourri avaient cédé sous quelque choc.

— A mon sens, ils ont dû charger en ce point il y a peu de jours.

— Alors ils doivent avoir laissé un canot quelque part. Même par une nuit comme celle-ci, ils ne hasarderaient pas à demander par un signal quelconque qu'une embarcation de leur navire vînt les cueillir à terre.

Toby regagna le sloop et Sam, manœuvrant le long

de la rive, trouva, quelque cent mètres plus bas, un youyou négligemment traîné parmi la broussaille, au-dessus d'une plage en pente douce. Sam amena le sloop au bord jusqu'à ce que son étrave fût solidement enfoncée. Ils pouvaient tous respirer plus librement à présent. Le fait que le youyou n'était ni gardé ni même vraiment caché, indiquait que leur proie se sentait en sécurité dans son abri et, de plus, placée pour attaquer sans avoir pu être aperçue.

— Le bateau ne doit pas être très loin, dit Sam. Ce canot est d'un type trop difficile à manœuvrer en mer : le trajet prévu pour ses rameurs est certainement court. Et je suis à peu près certain que — jusqu'ici — toutes les chances de surprise sont en *notre* faveur. Alors, Toby ? Qu'est-ce que nous faisons à compter de maintenant ?

Toby hésita, bien qu'il sût que Sam et Gabriel avaient déjà prévu sa réponse :

— Je crois, dit-il, que nous devons frapper les premiers, si nous pouvons trouver à temps le busard au nid.

— Assez sage, dit placidement Sam. Je vais sortir les barillets. Attention au train de poudre, Gaby il faut nous le garder sec encore un bon moment.

Toby sauta à terre pour examiner la solidité du petit banc de sable où ils étaient calés :

— Est-ce que nous osons nous risquer à travailler ici ?

— Nous ne trouverions pas de meilleur coin d'un bout à l'autre de Cabbage Island si nous voulions nous préparer là-bas. Ce qui, au surplus, serait une imprudence.

Gabriel, debout jusqu'aux genoux dans l'eau saumâtre, passait amoureusement les doigts sur les contours du train de poudre, tordu et disposé avec soin :

— C'est une petite merveille, Sam. Pourvu qu'il ne fasse pas long feu et qu'il n'ait pas de retour de flammes.

Toby, à son tour, descendit et pataugea pour aller vérifier le train de poudre fermement enfoncé par un bout dans la bonde d'une des caques, il semblait que son enveloppe de toile à sac fût imperméable. Sous sa main, Kent sentit — en pinçant légèrement le tissu — la poudre elle-même, épaisse d'un doigt peut-être, et tassée juste assez serré pour assurer la combustion en chaîne, une fois que l'autre aurait, du poste, été allumée.

— Nous risquons que les barillets piquent de l'avant dans l'eau ?

— Ils sont blindés de cuivre tous les deux. (Le surveillant venait, de toute évidence, de se livrer à un minutieux examen : des traces de poudre sur sa joue en donnaient la preuve.)

— Alors n'est-il pas temps que nous partions ?

— Grand temps ! fit le surveillant. Je n'avais pas calculé que nous aurions à faire cette besogne au juger, dans l'ombre, avec nos doigts seuls pour nous guider.

— Quelle distance y a-t-il d'ici Cabbage Island ?

— Guère plus d'un demi-mille en aval. A minuit, avec le minimum de chance, nous saurons où nous en sommes.

Ils se remirent silencieusement au travail, pour éloigner le sloop du fouillis végétal surplombant la surface de l'eau. Gabriel et Sam étaient ensemble occupés à l'arrière ; Toby fut soulagé de constater que la proue se redressait d'elle-même, s'arrachant à sa gangue sablonneuse. Après une poussée vigoureuse, il sauta à bord auprès des autres : à peine avait-il atteint le pont que déjà Sam gagnait le centre du chenal et mettait le sloop dans le vent. Bien qu'il se montrât un peu indolent du côté de la proue, à cause du poids de ces deux gros barils suspendus juste au-dessous du beaupré, ils reprirent bientôt une bonne allure.

— Voici Cabbage Island, un degré à bâbord.

— Sûrement cette fois ils auront posté des guetteurs entre les palmiers.

— Pas si certains ! ils se sentent peut-être trop rassurés pour ça. Mais, encore une fois, tout ce que nous pouvons faire est de courir notre chance et de dire notre prière !

Ils avaient échangé ces courtes phrases à voix basse et, tout naturellement, avaient repris l'accroupissement de panthère qui, plus d'une fois, avait sauvé leurs vies tandis qu'ils se déplaçaient dans le fourgon des Darby Rangers.

L'œil collé à une brèche du plat-bord, Toby regardait Cabbage Island prendre forme dans l'ombre, tendu dans l'expectative de coups de feu qui ne vinrent pas. Et même il se rendit compte que l'île, parsemée d'épaisses touffes de choux palmistes le long de son échine basse, offrirait au besoin un couvert assez acceptable s'il se trouvait que le corsaire fût amarré de l'autre côté.

— Ne serait-il pas sage de mouiller de nouveau et de faire un brin d'exploration ?

— Silence !

De nouveau, ils tendirent l'oreille. Et, cette fois, le bruit que leur apporta le vent par-dessus la pointe terminale de l'île fut plus sinistre : un juron ou deux éclatèrent, suivis d'un éclat de rire aviné et de vigoureuses éructations.

Sam eut un ricanement dans l'ombre.

— Je dois reconnaître que jamais je n'aurais supposé qu'ils fussent imprudents à ce point-là. Tout compte fait, notre tâche ne sera peut-être pas tellement difficile !

— La langue de sable commence juste à émerger. Il y a deux heures que la marée descend, vous savez. Nous pourrions aller à pied jusque sous leur beaupré, si nous voulions.

Deux heures que la marée descend : Toby serra les épaules sous le poids de cette information. Brousson, qu'il n'avait pas averti était déjà en route, déjà il avait laissé le wharf Darby quinze milles en arrière de sa poupe. Kent fut ramené aux contingences actuelles par une secousse assez subite : leur quille, fendant le sable mou, venait de s'y coincer solidement. Déjà Sam Hoyt, monstre de mer grassouillet mais agile et silencieux, avait escaladé le plat-bord.

Toby le suivit promptement dans son atterrissage et remercia le ciel avec ferveur que l'heure ne fût plus à l'introspection.

— Tiens le sloop tel qu'il est, Gaby. Nous ne devons pas en avoir pour longtemps.

Le journaliste, étendu à plat ventre, bras et jambes écartelés, les deux perches près de lui, accepta l'ordre d'un signe de tête — aussi invisible que silencieux.

Lorsque Toby émergea du fleuve, glacé jusqu'aux os, Sam avait une bonne centaine de mètres d'avance.

A mi-hauteur de la difficile ascension dans le sable instable, mais qui, heureusement, s'écoulait sans bruit, ils en savaient assez sur leur proie et sur sa négligence des précautions les plus habituelles. Même sous cet angle, les lueurs d'un foyer étaient visibles, et un mélange de refrains, de jurons et discussions qui paraissait durer depuis toujours montait comme une complainte dans l'air frais.

— Ce n'est pas possible ! Leur garde entière seraitelle ivre ?

— Pas assez ivre pour rater une cible facile, je le crains.

Ils avançaient en rampant juste sous la crête de la plus haute dune — profitant du plus mince couvert, du plus léger abri, toujours prêts à entendre des coups de feu. Mais aucun coup de feu ne troublait l'air. Seul le grand heurt menaçant du ressac se mélangeait aux voix geignardes des hommes. De temps en temps Toby distinguait même une silhouette, et de temps en temps, il distinguait des paroles. Il avait l'impression absurde que, rien qu'en étendant les bras à travers le mince rideau de carex, de fétuque et de pâturin qui frangeait le sommet de la dune, il pourrait toucher ces vautours humains.

— Et quand c'est-y que ces gueules de raie vont se ramener ?

— La paix ! ils avaient la consigne d'attendre l'ordre d'exécution.

La nouvelle voix parlait avec une autorité qui réduisit les protestataires au silence.

« Et qui vous dit que le bateau mettra à la voile cette nuit ?

— Et qui nous dit qu'il n'a pas mis à la voile depuis longtemps, pandant que Leclerc et Dindon ronflent à *l'Oiseau dans la Main* avec une garce couchée entre eux deux ? »

Les deux observateurs entendirent le coup sec d'une paume contre la chair, un claquement aussi net que celui d'un pistolet dans la nuit. Puis des bottes galopèrent sur le plancher. Puis il y eut une nouvelle explosion de jurons. Et puis le silence...

Toby entendit Sam à côté de lui prendre son souffle profondément comme un homme qui apprend une bonne nouvelle. En fait, c'était bien cela ! Ils s'étaient sentis assurés tous les deux d'avoir distancé de loin les Frères de la Côte, et que, peut-être, ceux-ci étaient encore à Savannah. Ce qu'ils venaient d'entendre était la preuve positive de leur réussite.

— Nous allons relever exactement sa position, dit Sam. Et puis nous le ferons sauter.

Ils écartèrent les herbes et plongèrent leurs regards

dans la petite anse qui s'étalait sous eux. A ce qu'il vit, Toby eut une manière de sifflement inversé, aspirant vivement l'air entre ses dents. Le corsaire n'était pas quelque piètre habitué des marécages, comme il l'avait à demi espéré, mais un grand brick, avec de gros sabords et deux batteries de pièces de neuf — l'une à l'avant, l'autre à l'arrière.

— Dites-moi son nom, Sam ? J'ai vu cette coque-là quelque part !

— C'est un brick gréé à la française. Aussi rapide qu'on en peut faire et aussi dangereux.

Toby acquiesça d'un signe grave. Grave et mélancolique, car ses pires soupçons se trouvaient confirmés. Il avait vu plus d'un de ces vaisseaux de guerre à l'ancre au long des quais du Delaware pendant qu'il travaillait comme chirurgien à Philadelphie, durant les dernières années de la guerre. Les chantiers maritimes français les produisaient à la douzaine, et ces bricks à l'allure ultra-rapide avaient leur large part dans le harassement incessant qui avait contraint la flotte britannique à se rendre. Un de ces navires avait dû être détourné vers de moins nobles buts en temps de paix — grâce à l'or de Félix Pagnol. La liaison Pagnol-Nancy lui devenait de plus en plus évidente à présent. Jusqu'aux éclaireurs de Muskrat Town qui portaient les noms français de Leclerc et Dindon !

Sans un mot, il obéit au coup de coude de Sam et dévala silencieusement mais promptement la pente cachée de la dune.

La main de Gabriel, le saisissant par le coude, l'aida à réintégrer sans bruit le poste de son petit sloop. Sam, instantanément réinstallé à la barre, essayait d'obtenir d'elle qu'elle leur permît de frôler la carrière de sable sans y piquer le beaupré.

— Gaby, tu peux commencer à souffler ta braise. Tu en auras besoin plus tôt que nous ne l'aurions cru.

— Ne faut-il pas d'abord pousser le mât au-dehors ?

— Que non ! Pas avant la dernière minute. Ce poids extérieur sous le bout-dehors nous décale et fausse ma direction. A la façon dont vont les choses, il faut que je vire comme un maître de danse, aussi légèrement, aussi précisément — et presque aussi vite !

Et voilà qu'enfin leur ennemi était visible — dans toute son arrogance lustrée, face à la haute mer ; ses mâts se balançaient avec une grâce légère suivant la poussée ou le retrait du flot, et les chaînes de ses ancres se plaignaient sous la traction de la marée descendante.

— Tenez-vous prêt à virer.

— Prêt à virer, skipper.

— Voici mon dernier ordre, dit Sam, toujours flegmatique. Dès que j'amorcerai ma prochaine virée, si je puis faire ce que je veux, le beaupré ira droit à la taille de l'autre. Si vous pouvez faire ce que vous voulez, les caques exploseront avant même que le brick sache ce qui a bien pu l'ouvrir en deux. Voilà.

Une voix lui coupa la parole. Un avertissement péremptoire qui descendait du pont du brick, aboyé à travers un mégaphone. Le sloop, avec un excellent vent arrière, vira légèrement de bord, son beaupré oscilla pour se stabiliser en direction exacte de l'ennemi.

— Lofez ! ou nous allons tirer.

— Trop tard, mes bons amis ! hurla Sam. Tirez !

Une balle de mousquet traversa la grande voile en sifflant, suivie d'une volée éparpillée. Grâce à l'habileté de l'agresseur, les boucaniers avaient été pris absolument à l'improviste, et l'adage qui veut que les marins soient toujours de fichus tireurs se trouva complètement vérifié. Un boulet fit éclater le plat-bord à quelques pouces de la tête de Toby, étendu sur le gaillard d'avant, près de Gabriel qu'il aidait à faire sortir leur torpille. Les autres coups se perdirent dans la nature.

Et voilà que, dix bons pieds au-delà de leur beaupré, les deux barillets se dandinaient au-dessus de l'eau.

— Allume la fusée, Toby, ou il sera trop tard ! cria Sam.

Déjà Toby avait plongé une cuiller dans le pot de braises qu'il venait de découvrir. Les deux jambes solidement calées au beaupré, il fendit d'un coup de couteau l'enveloppe du train de poudre qui commençait à portée de sa main pour aboutir à la bonde d'un des barillets. Les grains noirs et grossiers se répandirent tout le long de la fente du tissu et, à cet instant même, le sloop entra dans le cercle de clarté, devenant une cible terriblement visible.

Pour la première fois, Sam jura, en voulant assujettir la barre, il avait fait glisser le câble. Il vit du coin de l'œil Gabriel opérer une prudente retraite vers le gaillard d'arrière. Les balles et les boulets devenaient plus nombreux, mais la plupart traversaient leur grande voile, qu'ils lacéraient plus ou moins. Trente pieds, vingt-cinq pieds, vingt pieds. Tout dépendait du minutage et Toby se refusait à céder au soudain énervement de Sam

— Allumez, Toby ! Allumez, pour l'amour du Ciel !

Enfin, une objurgation, qui venait du fond de lui et n'avait aucun rapport avec les clameurs nerveuses et furieuses, lui fit lever haut la cuiller du cœur enflammé de la braise.

Le vent attisa les charbons qui flambèrent, mais le même vent en expédia une partie dans l'eau, cependant que, Toby retrouvant son aplomb, le reste tombait sur la poudre découverte. Il fallut une seconde à peine avant que la poudre s'enflammât, mais cette seconde leur parut une assez juste image de l'éternité.

Et puis il y eut une sorte de grondement chuinté, et la fusée prit tout à coup l'apparence d'une comète devenue folle, la flamme crépita furieusement tout le long du mât de youyou. L'odeur — puante — de la toile à sac qui se consumait se mêlait à l'âcreté — puante mais plus vive — de la poudre à fusil, et ce fut l'avertissement venant de ses narines, qui envoya Toby trébucher dans le poste et de là gagner, moitié courant, moitié rampant, le gaillard d'arrière à la suite de Gabriel.

Celui-ci, déjà, passait par-dessus bord : Toby eut la brève vision de jambes minces disparaissant parmi un tourbillon mêlé d'écume et d'obscurité. Sam, qui venait d'assujettir la barre par un ultime nœud, s'arrêta le temps de sourire à Toby, tout son calme revenu maintenant que la fusée flambait et flambait bien.

— Le skipper quitte son bord le dernier, Toby. Plongez.

Toby se retourna avant de suivre Gabriel, afin de permettre à son esprit d'enregistrer à jamais la scène, — la monstrueuse masse du corsaire effaçant les étoiles de leur ciel, semblable à quelque obscène oiseau branché.

Et dans un long plongeon oblique, ses pieds faisant de la plume pour augmenter la distance, il fila, ne se laissant couler vers la sécurité de la profondeur que lorsqu'il eut entendu Sam sauter après lui.

Dans le froid noir, de plus en plus froid et de plus en plus noir, il s'enfonça, préoccupé seulement par le besoin de mettre un coussin d'eau entre son corps et l'imminente explosion. Un vaste tourbillon phosphorescent pas très loin sur sa droite lui apprit que Sam prenait une précaution similaire. Mais aucun signe ne révélait la présence de Gabriel.

Pourquoi l'explosion était-elle si lente à se produire ? La fusée aurait-elle fait long feu avant d'atteindre les caques ? Ou bien le pirate avait-il pu larguer ses amarres et manquer la mort de quelques pouces ? Pendant qu'il s'enfonçait dans les eaux glacées de Wassaw Sound, Toby sentit son cœur envahi par un froid qui ne provenait aucunement de la température ambiante : si, à son moment crucial, leur stratagème avait échoué, ils ne pouvaient espérer qu'une faible pitié de la part de leur ennemi. Assis sur le pont du brick, au milieu du cercle lumineux du foyer de cuisine, les boucaniers n'auraient aucune peine à voir revenir à la surface les trois hommes épuisés de fatigue et les repêcheraient ou les fusilleraient, selon leur fantaisie et la forme de leur désir de vengeance, bien avant que ce qui leur resterait de forces leur permît de nager hors de portée de mousquet.

Et tout à coup elle se produisit, l'explosion tant attendue. Avec le rugissement furieux qu'il espérait. A quinze pieds de distance, il crut qu'il entendait le déchirement des charpentes qui flambaient et les cris des vautours humains à l'agonie. Comme par un poing géant, son estomac fut plaqué contre ses vertèbres et ses poumons faillirent éclater. Juste à temps, il se souvint de laisser échapper l'air en bulles pour décomprimer sa poitrine, et employa ce qui lui restait de souffle et de force à remonter en nageant comme un chien, à coups de griffes.

La tête de Sam reparut à peu près au même instant, et, en dépit de leurs poumons douloureux, à peine les eurent-ils emplis d'air que ces premières réconfortantes bouffées leur servirent à pousser ensemble un grand hurlement de triomphe lorsqu'un brandon — morceau d'un navire si récemment vivant et vigoureux — retomba en grésillant au terme de sa parabole, à moins de cinquante pieds d'eux. Quant au vaisseau pirate lui-même, le plus invétéré des terriens aurait constaté qu'il était au-delà de toute espérance fendu en plein mitan et parcouru de chaînes d'explosions qui faisaient éclater les ponts par le dedans comme si Belzébuth et toute sa cour faisaient la fête dans sa soute aux poudres.

— En plein dans le ventre ! juste à sa taille, là même où je visais !

Sam rugissait d'enthousiasme.

— Ses munitions vont sauter d'un instant à l'autre...

Et la deuxième détonation coupa le pirate dans sa longueur, avec autant d'exactitude que si une hache invisible était tombée du noir de la nuit.

Une effarante chandelle romaine surgit — flammes léchant les coins et les illuminant de rouge —, et finalement une cacophonie hurlante, suraiguë, de cris d'agonie vint une fois de plus glacer le sang dans les veines des deux spectateurs, bien qu'ils tentassent de durcir leurs cœurs contre toute pitié.

— J'espère que nous les avons eus tous, dit Sam, mais nous n'en aurons jamais la certitude.

Le brick, maintenant, présentait l'apparence d'un champignon de feu et projetait des brandons autour de lui en même temps qu'il s'enfonçait, cruelle fleur flamboyant entre deux obscurités.

Toby se lança en un sprint éperdu à la suite de Sam, qui, malgré sa masse, nageait aussi lestement qu'un marsouin. Quand ils atteignirent enfin la zone d'ombre et de sécurité, au-delà du cercle qui crachait encore la mort par son centre pareil à un volcan, les deux hommes étaient pantelants.

— Où est Gabriel ?

La voix du journaliste donna du fond de l'ombre une réponse sépulcrale :

— Prêt à vous repêcher de la saumure, mes bons amis. Si vous voulez bien nager dans cette direction...

Une lourde pièce de bois heurta l'épaule de Toby, qui plongea d'instinct pour émerger prudemment dix bons mètres plus loin, considérant sans y croire la noire silhouette de leur sloop détachée sur l'infernal rougeoiement de l'horizon. Incliné sur le côté, le petit vaisseau venait de lui brosser l'épaule avec la vergue de sa grande voile. Gabriel, les deux pieds appuyés sur l'autre plat-bord, donnait tout son effort pour secouer le mât, dans l'espoir de redresser la quille alourdie d'eau.

— Comment as-tu pu t'en sortir si vite, Gaby ?

— Monte à bord et aide-moi. Tu poseras tes questions plus tard. Tâche de te souvenir que nous avons un voyage de retour à effectuer et que j'ai moi une histoire qui demande à être imprimée.

Quand Toby enjamba le plat-bord, Sam l'avait déjà précédé et vérifiait l'état du gaillard d'avant, qui avait subi tout le poids du choc.

Ensemble, ils commencèrent par écoper vigoureusement, et, comme les baquets attachés sous la neige y étaient fidèlement restés, la besogne avança vite.

Sam était partout à la fois, tranchant à présent les liens avec lesquels il avait assujetti la barre pour que le sloop lui-même ne déviât pas dans sa charge sur le pirate.

Et le petit bateau répondit parfaitement au gouvernail.

La grande voile, percée de plusieurs balles, déchirée près de sa corne où une pièce de bois enflammée s'était brûlé un passage, tirait néanmoins très suffisamment, sinon aussi bien qu'auparavant.

Le journaliste gloussa.

— C'est, bien entendu, la barre fixée par Sam qui a sauvé la situation, avec l'aide d'un gentil petit coup de vent qui l'a fait virer sur son talon juste quand son beaupré a cédé.

Sam, trapu, massif, carré, plus que jamais pareil à lui-même, debout à la barre, décrivit un vaste arc de cercle pour éviter l'horreur flambante qu'il leur fallait dépasser à nouveau pour regagner Savannah.

— Je savais bien, dit-il, qu'il y avait une chance imprévisible pour qu'il demeurât debout, mais il semble que la veine était avec nous là aussi.

Toby regardait sombrement ce qui demeurait d'un grand brick s'enfoncer peu à peu, en virant du rouge au noir, là où deux houles contraires se joignaient en un rouleau écumeux, à la pointe de l'île.

— En tant que médecin, j'insiste pour que nous rentrions au plus vite, dit-il.

Ses dents claquaient. Ils burent une large rasade et ses dents claquèrent contre le goulot du flacon.

— En tant que Géorgien, vous savez que vous avez bien fait, compléta Sam. Le feu et le souffre sont les meilleurs remèdes contre les poux.

— Ça fait toujours un pirate qui ne naviguera plus.

Roulé en boule mouillée contre la structure abîmée

de l'avant, Gabriel regardait le fleuve où se reflétaient les étoiles.

— Si vous voulez mon avis, messieurs, c'est que nous avons terminé notre besogne avec une remarquable exactitude : n'est-ce pas le capitaine Bronson qui descend vers la barre, sans qu'aucun souci le trouble ?

Bien que les dunes et les choux palmistes fissent obstacle il n'y avait pas à s'y méprendre sur la silhouette du navire marchand descendant fièrement le fleuve pour la dernière partie de son voyage jusqu'à la mer. Toby courut vers l'avant afin d'avoir une vue meilleure et manqua bien, dans son ardeur, oublier le vide laissé par le départ du beaupré.

C'était chose si réconfortante que de voir le *Darby Belle* virer de bord en toute sécurité pour gagner la haute mer, que pendant un grand moment, il sentit son cœur dominer la morne haine qui avait failli tout briser en lui au cours de la soirée.

Sam, serrant le vent d'un peu plus près avec leur voilure déchiquetée, donna forme à leur sentiment commun :

— S'il ne nous manquait pas notre beaupré et nos focs, je l'escorterais jusqu'à la haute mer. Dieu me pardonne, elle vaut la peine qu'on se noie pour la sauver.

— Et qu'on tue, ajouta Gabriel. Quelque chose me dit que les navires à destination de Londres vont pouvoir circuler pendant un certain temps sans emmener de canons à bord.

— Et sans truquer un ordre de départ, dit Sam. Le risque valait d'être couru, Doc. Même si nous ne savons jamais qui a fourni le renseignement.

— Même si nous ne le savons jamais.

Toby, acceptant le flacon de Gabriel, jura silencieusement et but à la santé du plus beau navire de la flotte Darby. Il n'y avait pas lieu d'expliquer son stratagème à Sam ou à Gabriel, ni de leur dire quel fruit abominable il avait porté.

Le complot de Nancy Grégory avait été détruit dès sa coupable genèse — et là était le plus important de l'affaire. La vengeance, à compter de cette minute, serait affaire strictement privée.

6

Ils étaient encore à une distance assez considérable en aval lorsque la pluie recommença. Mais quand, à cette dernière heure noire, juste avant l'aube d'automne, ils se glissèrent sous le wharf couvert du dock Darby, alors, là, il pleuvait vraiment. Ce qui s'appelle pleuvoir.

Le Dr Tobias Kent ne s'arrêta qu'un instant, pendant qu'il grimpait la rampe de The Bay — un instant à peine juste ce qu'il fallait pour absorber la dernière goutte de l'armagnac de Gabriel Thatch — car son brandy était un véritable armagnac, et le flacon à présent était vide.

Le Dr Tobias Kent ne se rendait pas vraiment compte de sa peau trempée sous les vêtements et moins encore de la cauchemardesque apparence que lui donnaient, plaqués un peu partout et n'importe comment, ses cheveux depuis longtemps échappés de leur lien de soie noire.

Le Dr Tobias Kent fonçait dans la désolation solitaire de Bull Street avec une détermination si fervente que l'ange de la vengeance n'aurait pu la surpasser. Encore que les battements d'ailes et la foudre lui fissent défaut, c'est tout brûlant d'une sainte colère qu'il entra chez Tondee, affichant autant d'autorité et de décision que s'il eût été l'envoyé de Jéhovah en personne.

Le Dr Tobias Kent n'avait jamais rendu visite à Félix Pagnol, il savait toutefois que son appartement occupait le premier étage. Avant que son poing se fût refermé sur le heurtoir, il savait aussi que son appel n'éveillerait que des échos vides. Sans s'arrêter aux protestations que son entrée en cyclone arrachait au gardien de nuit somnolent ainsi qu'aux deux serveurs — sans les entendre peut-être — il ouvrit violemment la porte. Il voulait se donner la satisfaction de vérifier par ses propres yeux que le repaire du Français était inoccupé.

Le salon de la plus belle « suite » de chez Tondee baignait dans une obscurité solennelle, mais un bruit vague lui parvint de la chambre à coucher communicante. S'emparant de la lanterne du gardien, il gagna la porte — en titubant, — insoucieux du fait qu'il risquait de rencontrer une balle. Dans son premier instant d'aveugle fureur, il sentait monter en lui la certitude qu'il allait voir Nancy dans le lit du Français et, pour tout dire, il voyait rouge. Puis, son esprit s'éclaircissant quelque peu, il constata que les personnages présents étaient le valet de Pagnol, qui batifolait fort agréablement avec Alice, l'une des plus rondelettes parmi les serveuses de Tondee.

Mais déjà le poing de Toby, se fermant sur l'encolure de la chemise de nuit, soulevait le garçon d'entre les draps chiffonnés :

— Vas-tu me répondre ? Pagnol était-il à Savannah cette nuit ?

— Le capitaine Pagnol, il est en dehors de Savannah pour beaucoup de mois déjà, docteur. Sûrement vous le devez avoir entendu dire.

La lanterne explora tous les coins de la chambre. En dehors des vêtements abandonnés par terre, rien ne suggérait que la pièce fût occupée.

— Le capitaine, il dit que je peux habiter dans cette chambre comme dans la mienne à moi, quand, lui, il visite Philadelphie.

Toby laissa choir à nouveau le valet parmi les coussins, sans plus écouter son informe babillage. Dans la première pièce, il y avait du brandy sur une petite table : il se saisit d'une bouteille et sortit en arrachant le bouchon avec ses dents, repoussant du coude les serveurs qui protestaient et tentaient de lui barrer la voie.

Il se retrouva une fois de plus dans Bull Street, zigzaguant parmi les ornières des chariots. Entre deux gorgées, il chantait un air de sa jeunesse, un air plus vieux que ses ancêtres écossais. La joyeuse ballade que Marthe Darby pianotait le soir du bal de la Filature — et que Nancy elle-même avait fredonné en s'habillant dans sa chambre au premier étage.

Me revoilà célibataire. Avec mon fils,
Nous vivons tous les deux
Nous sommes deux bons tisserands,
Et chaque fois, oh ! chaque fois
Que je regarde ses yeux,
Il me fait penser à cette belle enfant...

En virant à angle droit dans le square, il ravala le reste de la chanson et gagna sur la pointe des pieds les piliers du portail Darby, arrêté une fois dans son parcours par un craquement du trottoir de bois, qu'il injuria copieusement. A l'ombre du portique, il se souvint de se défaire de ses bottes lourdes d'eau et, de deux coups de pied successifs, les envoya dans le jardin.

Le pêne de la porte tourna silencieusement sous sa clef. Le tapis du vestibule était moelleux et d'une tiédeur agréable à ses pieds nus et mouillés. Un carambolage lui fit rencontrer la courbe de la rampe, et il grogna tout haut en entendant le bois éclater sous son poids. Il gagna le premier étage à quatre pattes, et la moitié du brandy de Pagnol se répandit de marche en marche sur le tapis.

Quand il se releva, la maison était toujours silencieuse. Il leva haut la bouteille, étudiant son niveau contre la lueur de la veilleuse, au bout du hall et s'aperçut avec satisfaction que deux bons pouces de liqueur demeuraient encore au fond. Il but une gorgée — pour stabiliser sa tête tournoyante — et entreprit de trouver à tâtons la porte de Nancy.

Il fit dans le hall quelques pas mal assurés, cherchant un point de repère, car le trait de lumière familier lui manquait qui glissait à l'ordinaire sur le tapis. Cinq portes à gauche et cinq portes à droite... rangées dans l'ombre en un immobile défilé... comme autant de portes de tombes... Nancy dormait-elle profondément derrière l'une d'elles ?...

Chose surprenante, la porte était poussée contre. Il l'ouvrit à la volée et piqua de l'avant, plutôt qu'il n'entra, dans les ténèbres intérieures. Sa main toucha la colonne d'un lit et s'y accrocha avant qu'il pût s'orienter. Se déplaçant toujours à tâtons, il rencontra la table de nuit et alluma son briquet au-dessus du bougeoir abrité d'un abat-jour.

Elle était là, profondément endormie parmi ses coussins bouleversés, respirant aussi doucement qu'un enfant. Mais il y avait quelque chose qui ne collait pas... qui détonnait... Une auréole de cheveux noirs s'étalait sur l'oreiller... Une auréole de brandy flottait, invisible mais nettement présente, autour de la dormeuse... Cette épaule nue, aussi appétissante que de la crème... il s'en aperçut trop tard, c'était l'épaule de Marthe Darby... et c'étaient les bras souples de Marthe Darby qui enlaçaient le traversin sur lequel, affalée dans une stupeur d'ivresse, elle rêvait d'un impossible amant qui ignorerait la froideur et la fatigue...

Dieu merci ! Il n'y avait pas de risque qu'il la pût réveiller. Au coup de tonnerre près, rien n'aurait pu troubler le profond sommeil de Marthe. Marthe avait dû s'écrouler là, avec le flacon de bois pour compagnie, pendant qu'elle attendait qu'il vînt — tardivement mais droit à son lit — au rendez-vous qu'elle lui avait fixé. Ce n'en serait pas moins la dernière des folies que de l'éveiller en ce moment, même s'il considérait que l'exécution pouvait attendre, de l'autre côté du hall.

Au surplus, il était résolu à ce que l'exécution n'attendît pas.

La porte s'ouvrit aussitôt sous sa main. Oscillant sur le seuil de la chambre de Marthe, il trouva instantanément la porte de la chambre de Nancy — juste en face, sur l'autre bord du pâle désert de tapis. Il se demanda comment il avait pu être assez stupide pour la manquer.

Il tituba dignement vers la pièce d'en face, pour aller y chercher une réponse à ses questions. Et, précisément comme il s'y était attendu, Nancy était là, debout, un manteau noir jeté sur ses vêtements de nuit. Quelque chose dans les yeux qu'elle fixait sur lui le cloua sur place, muet, arrêté à mi-largeur du hall.

— N'avez-vous point de honte ? Ou bien êtes-vous trop parfaitement ivre pour que la honte vous touche ?

Son esprit barbota un moment avant de comprendre. Juste comme sa main tout à l'heure avait flotté, hésitante, contre le loquet de Marthe. La porte de Marthe ?... Il lança un coup d'œil par-dessus son épaule : la porte de Marthe était restée ouverte... et il vit le tableau qui se trouvait exactement dans la ligne de vision de Nancy : le lit défait, la femme nue étreignant son traversin... la bouteille de bois... En flou, mais tout de même assez clairement pour comprendre, il vit ce que Nancy avait cru voir : un homme qui sortait, trébuchant de fatigue, d'une nuit d'amour et d'alcool partagé.

Il rejeta la tête en arrière, poussé par le besoin de se soulager en un formidable éclat de rire... Mais aucun bruit ne sortit de sa gorge. Puis sa question lui revint, et il répondit enfin :

— Si je suis ivre, Nancy Grégory, c'est que j'ai de bonnes raisons pour avoir bu.

— C'est ce que je remarque.

— Vous m'espionniez donc ?

— Oh ! certainement pas ! Vous avez renversé quelque chose qui m'a réveillée. J'ai allumé ma bougie et je suis sortie, ne m'attendant qu'à surprendre un voleur.

A chaque syllabe, sa voix devenait plus calme, plus méprisante, plus froide : on croyait entendre tomber des aiguilles de glace.

— Au lieu de cela, je trouve quoi ? Le meilleur ami de Roy émergeant de la chambre de la femme de Roy !

Claquant enfin la porte de Marthe, il cria, débordant de vraie colère cette fois :

— Pensez ce que vous voudrez. Continuez à penser le pire de moi. Qu'avez-vous jamais fait d'autre ?

— Je ne l'avais jamais fait avant que vous m'en donniez de fort précises raisons.

— Puis-je en dire autant de vous ?

Son esprit maintenant s'était complètement éclairci. Il se trouvait face à face avec elle et les yeux dans les yeux.

— Et puis-je vous prier de quitter cette maison, avant que je vous marque pour... pour ce que vous êtes ?

Il la vit chanceler sous le choc et en éprouva une joie enivrante. Aussitôt, il redoubla le coup avant qu'elle pût se ressaisir :

— Pouvez-vous nier que vous m'avez toujours haï et que vous avez dès le début fait tout ce que vous pouviez pour ruiner la Compagnie, et moi avec ?

— Je ne comprends rien à ce que vous dites.

— Alors quittez cette maison avant que je vous appelle par le seul nom qui vous convienne.

Il haleta brièvement comme elle passait devant lui, le menton levé, son manteau étroitement ramené autour d'elle.

Jamais plus qu'en cette minute de renonciation elle ne lui avait paru belle et désirable. Et, bien qu'il débordât de haine, le désir de la prendre entre ses bras et de couvrir de baisers ses joues pâles était plus qu'il n'en pouvait supporter. Il se contraignit à crier — fort brutalement — avant que sa résolution l'abandonnât :

— Partirez-vous enfin de vous-même ou faut-il que je vous fasse sortir ?

— Pouvez-vous croire que je resterais un instant de plus après ce que j'ai vu ?

Elle parlait encore que déjà elle l'avait dépassé. Bien que figé sur place par ses yeux flamboyants, il se maudissait de la laisser partir sans lui avoir jeté son crime au visage. Il la regarda descendre en courant l'escalier de service, entendit le claquement de ses talons, puis une porte qui se fermait dans l'écurie.

Voilà. C'était fait. Il l'avait chassée du terrain, absolument comme il en avait formé le projet. Elle chevauchait vers son repaire, vers sa tanière de Sangaree, sous l'aurore pluvieuse dans la tempête et dans le vent.

Pourquoi, puisque sa victoire était complète, se tordait-il dans la douleur du plus terrible arrachement qu'il eût jamais connu ?

Debout à la fenêtre du hall supérieur, il la regarda trotter sous l'averse son manteau du soir flottant furieusement derrière elle comme un pennon dans la bise.

Il leva vers ses lèvres le fond de brandy de Pagnol et le but d'un trait, pour laver le goût de cette amère énigme.

Alors, sachant d'une certitude évidente qu'il ne dormirait plus jamais, il atteignit sa chambre à peine à temps pour s'effondrer, assommé, sur son lit. Le passé et l'avenir et leurs problèmes étaient miséricordieusement ensevelis dans le sommeil et l'oubli.

7

IL s'était attendu à ce que la matinée ne fut qu'un vide interminable, la semaine à venir un long cauchemar éveillé. Il s'était dit et répété que jamais il ne pourrait remettre les pieds aux bureaux du dépôt Darby, ni franchir la porte qui menait à sa table désertée. En bref, il maudissait la réussite de son stratagème, et ses inévitables conséquences.

En fait, il trouva très supportables les jours suivants, pendant lesquels la bousculade du travail ne lui laissa pas le temps de penser. Particulièrement à cause des innombrables détails dont Nancy l'avait toujours soulagé et qui l'accablaient aujourd'hui.

Elle lui manqua pendant tous les instants de cette semaine surchargée, mais ce n'était qu'une fois les portes du bureau fermées, qu'une fois quitté le dernier lit de la clinique Darby, que son besoin d'elle le submergeait littéralement. Il n'était pas souvent seul après minuit, grâce à la compagnie que Gabriel lui procurait à *l'Oiseau dans la Main.*

Il pouvait cependant se réjouir de deux choses, et s'en féliciter : il n'avait pas trahi Nancy ni mentionné à quiconque sa conviction de la culpabilité de Nancy, pas même lorsqu'il était entre deux vins, et plus près du second. Marthe, qui n'aurait pas manqué de colporter potins, commérages et commentaires, était partie pour faire à Charleston une mystérieuse visite, ce qui permettait à Kent de vivre honorablement à Wright Square, où d'ailleurs, il ne passait guère ses soirées ni ses nuits, préférant se rendre à son travail directement au sortir de son lit temporaire à Muskrat Town.

Roy allait rentrer, plus tôt qu'on ne l'attendait, par le prochain paquebot de Londres, et la présence de Roy rendrait à son existence un décorum de surface. Ainsi du moins raisonnait-il tandis qu'il contraignait sa cervelle à l'effort, derrière un bureau — jadis déblayé complètement chaque jour, — désormais perpétuellement encombré de travaux inachevés. Ainsi raisonnait-il tandis qu'il tentait en vain de se tracer le plan d'une vie qui ne comprenait pas Nancy Grégory, le plan d'une vie qu'il pourrait vivre seul, et pendant qu'il essayait d'échafauder une explication qui satisferait le frère de Nancy lorsque — sous peu — ils se retrouveraient.

Quand le paquebot anglais jeta l'ancre devant les docks Darby, Toby Kent fut à peine surpris d'apprendre que Roy ne s'y trouvait pas. Il était tout naturel que Roy quittât le bateau à Sangaree pour y faire une visite fraternelle. « Naturel aussi, se dit hargneusement Toby, que Nancy eût la première l'opportunité d'expliquer son départ de Savannah. » Au milieu de ces réflexions diverses, il n'était absolument pas préparé à l'arrivée hâtive de Roy quelques heures plus tard, à sa façon précipitée de couper court aux souhaits de bienvenue.

— Comment as-tu pu permettre à Bristol de prendre le cas en main.

— Quel cas ?

— Enfin, tu sais bien que Nancy est malade ?

— Je te donne ma parole...

Mais Roy n'avait aucune envie de s'attarder aux détails :

— Pour tout dire, elle est dans un état désespéré. J'ai déjà, en passant par la clinique, expédié Maum Bonnie à Sangaree.

— Si cela ne te fait rien, commence par le commencement, veux-tu ? Il y a plus d'une semaine que je n'ai vu Nancy.

— Il est donc vrai que vous vous êtes disputés ?
— C'est là ce qu'elle t'a dit ?
— Elle ne m'a rien dit du tout, Toby. Elle n'a plus sa tête à elle.

Toby sentit son cœur se serrer. Il se prit à arpenter vivement son bureau, évitant le regard accusateur de Roy.

— L'as-tu examinée ?
— Bien entendu, puisqu'elle était livrée aux soins de ce charcutier !
— *Pour l'amour de Dieu, Roy, quels sont les faits ? Que s'est-il passé ?*
— Un cas tout ce qu'il y a de plus classique de mastoïdite. Bristol, l'imbécile, a diagnostiqué une inflammation bénigne de l'oreille interne, a prescrit de la poudre de Dover (1) et lui a conseillé de dormir jusqu'à ce que ça se passe.
— Quand cela a-t-il commencé ?
— Le jour qui a suivi son retour à Sangaree. Elle y est arrivée ce matin-là trempée jusqu'aux os. C'est par les esclaves que j'ai appris cela, juste comme j'allais... (Il se mordit la langue au milieu de la phrase, puis reprit cependant, le rouge aux joues)... j'étais sur le point de dire « juste comme j'allais t'envoyer au diable ».

Toby fut un moment sans répondre.

— Pourquoi as-tu choisi un temps pareil pour votre dispute ?

C'était exact. Il l'avait littéralement poussée dans la tempête. Aucune explication pieusement satisfaisante ne pourrait jamais effacer cela. Il parla enfin :

— Elle ne voudra jamais de moi dans sa maison. Roy. Pas même pour sauver sa vie.
— Mais moi je te dis que rien, rien au monde, ne peut la sauver que l'excision de l'apophyse mastoïde. Et c'est une opération pour laquelle je n'aurai confiance en personne d'autre qu'en toi.
— Bristol lui-même nous interdira l'entrée.
— Il ne peut pas. Je suis le frère de la malade, et j'ai le droit le plus absolu de demander une consultation. Et d'insister pour que l'opération soit effectuée immédiatement s'il le faut. Aux cent mille diables. Bristol !

(1) Dover, physicien anglais (1660-1742). Poudre contenant de l'ipéca et de l'opium, utilisée comme calmant, comme antispamodique et comme diaphorétique.

Ne me dis pas que tu le laisserais t'empêcher d'opérer si une vie en dépendait !

Le silence se referma lourdement dans le bureau. Toby se prit à réfléchir au problème qui venait de lui être si subitement et si rudement jeté à la tête.

— Tu l'as examinée vraiment à fond ?

— Mais oui, mais oui, mais oui ! Et je suis absolument sûr de mon diagnostic. Bristol n'était, Dieu merci, pas à Sangaree et j'ai pu prendre tout mon temps. Mais il y sera revenu avant que nous y arrivions.

— Es-tu bien au courant de l'opération que tu me demandes d'accomplir, Roy ?

— Je t'ai plus d'une fois, à Edimbourg, vu exciser cette même apophyse, et je n'ignore pas que, il y a cinquante ans, Petit exécuta une trépanation derrière l'oreille et que cette opération réussit.

— Te rends-tu compte des risques ?

— Je me rends compe que Nancy va mourir si tu ne l'opères, et vite. Tu seras de mon avis dès que tu l'auras examinée.

— Tu tiens donc pour acquis que je vais me rendre à Sangaree.

— Billy est occupé à seller nos chevaux, Walter Appleby prépare la trousse d'instruments. Et nous ? Qu'est-ce que nous attendons ?

— En effet, qu'est-ce que nous attendons ?

Mais l'esprit de Toby avait retrouvé son équilibre, avant même qu'il eût accepté le défi de Roy. Alors qu'il s'y attendait le moins, c'était la délivrance qui venait à lui. Ou peut-être le mot exact était-il expiation ?

— Nous pouvons compter sur une bataille royale avec le vieux Bristol.

— Aucun doute à ça ! Et non seulement *je m'attends* à cette bataille, mais encore *je l'attends*, et toi aussi !

— Pourrons-nous l'amener à l'hôpital ?

— Par le temps qu'il fait, il n'existe aucun meilleur moyen de l'achever.

Toby ne répondit rien, mais quitta son bureau aussitôt, avec Roy, sans même s'apercevoir que les employés les suivaient d'un œil à la fois inquiet et interrogateur. Roy s'enroula dans une vaste cape. Les chevaux, fumant déjà dans la fraîcheur crue de novembre, frissonnaient sous leurs couvertures devant le porche du dépôt. Il prit les rênes des mains du groom sans le voir ni répondre à son salut et gagna le dispensaire de l'hôpital, de l'autre côté de la route, en faisant rejaillir la boue des flaques. Immédiatement plongé dans le problème auquel il allait devoir s'attaquer, son esprit s'était fermé aux choses extérieures.

La confiance absolue en son habileté dont témoignait Roy, si sincère et si convaincue qu'elle fût, allait subir ce soir même la plus dure épreuve, s'il devenait réellement indispensable d'ouvrir l'apophyse mastoïde.

L'anatomie de cette zone lui était connue avec beaucoup trop de précision pour sa paix intérieure. Roy, médecin et non chirurgien, considérait cette opération comme une simple trépanation, délicate bien sûr, mais enfin une simple trépanation du crâne. Toby, lui, savait que c'était considérablement plus dangereux : l'os mastoïde ne ressemble pas à une surface osseuse quelconque. Epais, rigide mais spongieux, alvéolé, de l'air mêlé à sa masse et communiquant avec la structure propre de l'oreille, il peut, sous le couteau du chirurgien, se comporter aussi traîtreusement qu'une éponge. Un faux mouvement, et une oreille peut rester sourde pour la vie. Une poussée à peine trop appuyée sur le trépan, et l'instrument percerait le mince cortex intérieur et pénétrerait en plein dans le réseau serré de veines qu'il recouvre. L'hémorragie qui s'ensuivrait serait pratiquement incontrôlable dans cette région et mettrait fin à l'opération presque avant qu'elle soit commencée.

Toby ne s'arrêta pas à de tels impondérables et entreprit la vérification de la trousse qu'avait préparée Appleby. Les trépans, sorte de vrilles émoussées et qui se manœuvrent par un manche à la courbe habilement calculée, s'ajustaient à sa main comme de vieux amis : joints aux scalpels et aux forceps qui allaient les accompagner à Sangaree, ils avaient sauvé plus d'une vie pendant la guerre.

Tandis qu'il fermait sa trousse et l'assujettissait dans la sacoche de sa selle, il fit une courte prière pour le salut de sa patiente.

Appleby le tira de sa sombre méditation en lui disant avec ferveur :

— Si vous le désirez, je viendrai volontiers.

— Votre travail vous attend ici, Walter. Maum Bonnie sera prête à nous aider quand nous arriverons. Je n'emmène Billy que par mesure de précaution.

— Peut-être le Dr Bristol vous assistera-t-il ?

— Attendez d'avoir vécu un peu plus longtemps à Savannah, mon ami.

Sur quoi ils quittèrent le dépôt, les deux médecins ouvrant la marche, Billy, emmitouflé dans une vieille capote militaire, les suivant sur une mule. Toby, enveloppé beaucoup plus étroitement dans ses propres profondeurs, automatiquement isolé de toutes contingences, y compris de la pluie et du froid qu'il ne percevait plus, ne se souvint jamais des détails de cette chevauchée, encore qu'elle fût épuisante.

Les fers des trois montures sonnèrent sur le pont de Sangaree à l'heure où la pâleur du jour se fondait dans un coucher de soleil rageusement strié de pluie. Remontant au grand galop la longue avenue, momentanément oublieux de Roy lui-même, Toby faillit — tant il avait hâte de savoir s'il aurait à livrer un combat, et, si oui, d'entamer la lutte, sans retard — passer par-dessus la tête de son cheval en même temps que les rênes qu'il jetait à l'esclave accouru.

Sangaree, grave déité blanche même en cet instant, les reçut dignement par les soins de Rex, qui les salua très bas au seuil du large vestibule. Sangaree, dans la grisaille du soir commençant, paraissait au Dr Tobias Kent plus irréelle qu'un décor de théâtre dans lequel il se serait fourvoyé, alors qu'il pensait se rendre ailleurs. Il laissa tomber sur place son manteau dégoulinant et, se défaisant en hâte de son habit, le jeta dessus.

— Monte les sacs, Billy. Notre patiente doit être préparée.

Nul ne bougea pendant quelques secondes. Billy, maintenu sur place par le regard questionneur du majordome, jeta les sacoches en travers de la balustrade de l'escalier.

— Le Dr Bristol est auprès de Miss Nancy en ce moment, dit Rex.

L'expression détachée de Toby fit presque sourire Roy.

— Avais-tu oublié qu'un autre médecin était en charge ? Moi aussi...

— Veux-tu que j'aille le voir ?

— Offrons-nous cette satisfaction en commun.

Ils montèrent les marches côte à côte, Billy et le maître d'hôtel de Sangaree, très perplexes, les suivant correctement à trois pas.

— Ces messieurs prendront-ils un toddy (1) ?

— Merci, Rex. Il sera le bienvenu.

Roy les introduisit dans une sorte de petit salon ou de boudoir où ils furent un grand moment sans parler pendant que Rex allait préparer les boissons ; tous deux se sentaient contents de souffler un peu. La présence de Bristol dans la maison semblait planer lourdement sur eux, aussi matérielle que le nuage de pluie qui reparaissait à l'ouest, autour du furieux coucher de soleil.

— A supposer qu'il refuse de céder la place ?

Roy frappa dans la poche de son manteau.

— J'ai un derringer (2) ici, à tout hasard. J'avoue qu'il me serait agréable de m'en servir.

Toby prit une respiration profonde : ce qu'il lui fallait dire à présent allait lui coûter un réel effort.

— Crois-moi, je me serais trouvé ici dès le début si elle m'avait fait appeler... ou même si j'avais su...

— Tu es ici, maintenant. C'est tout ce qui compte. Prions pour qu'il ne soit pas trop tard.

Ils acceptèrent les verres que leur offrait Rex, échangèrent un salut silencieux, puis, ayant bu, reposèrent les verres sur le plateau et, côte à côte, longèrent le grand hall, en route pour la bagarre avec Matthew Bristol.

Maum Bonnie, modèle de grave dignité sous le bonnet immaculé qui entourait son visage sculpté dans l'acajou, leur ouvrit la porte de la chambre de Nancy. Et les yeux de Toby furent aussitôt sur la statue de marbre allongée dans le lit parmi le flamboiement de ses cheveux cuivrés. Dès la porte, il vit que ses lèvres s'agitaient en un murmure ininterrompu, tandis que ses doigts « cueillaient » incessamment la courtepointe. Signes classiques de la maladie parvenue à son dernier stade : il pouvait à peine blâmer le vieux Bristol, si celui-ci considérait toute évolution favorable comme impossible.

— Puis-je demander la raison de cela ?

Toby, un pied déjà posé sur l'estrade du lit, s'arrêta pile. Son vieil ennemi était confortablement adossé à

(1) Boisson chaude assez semblable à notre grog : (rhum ou autre alcool), eau bouillante et sucre.

(2) Pistolet à canon court, de fort calibre. D'après le nom de son inventeur américain.

la cheminée où flambaient des nœuds de pin. Chauffant ses jarrets massifs, fronçant les sourcils à l'adresse des intrus, avec un mépris jovien, il évoquait un lion — quelque peu galeux — aux abois.

— J'avais entendu dire que vous étiez dans la maison tous les deux ; mais je n'en pouvais croire mes oreilles.

Bien que le temps pressât, Toby ravala une réplique qui venait d'elle-même et attendit que Roy répondît. L'éthique médicale avait encore le pas sur tout le reste, même à présent, sans parler de l'avenir de Roy à Savannah, ni du sien propre.

— Vous avez également entendu que je désirais une consultation, docteur Bristol. Et vous ne pouvez pas refuser d'accéder à ce désir.

Le ton de Roy était courtois, sa voix posée.

— Examinez-la vous-même si vous y tenez. Vous constaterez qu'il est un peu tard pour une consultation.

— J'y tiens néanmoins. Il est encore possible qu'une opération sauve ma sœur.

— Une opération qu'effectuerait Kent ?

— Précisément.

— Même lorsque je vous affirme qu'elle est dans un état désespéré ?

— J'aimerais connaître une autre opinion sur ce point.

Les épaules joviennes se soulevèrent :

— A votre aise, Roy. Si cet individu demeure un instant de plus dans la chambre, j'abandonne la malade.

Le silence était la meilleure réponse. Nul ne bougea cependant que Matthew Bristol ouvrait sa montre. Seule Maum Bonnie poussa un soupir de soulagement lorsqu'il gagna lourdement la table proche du lit, rafla son attirail médical et l'envoya dans sa sacoche.

— Bien entendu, je tiens à souligner que j'ai pris ce cas en charge en parfaite foi. J'ai pendant des années été le médecin de votre père. Bien que votre pauvre sœur soit à toute extrémité, je ne quitte son chevet qu'en protestant.

— A mon ordre, voulez-vous dire, puisque vous refusez une consultation.

Les bajoues du vieux Bristol tournèrent au rouge cerise.

— Je n'accepte pas de consultation avec des charlatans. Vous êtes résolu à le laisser opérer ?

— Tout à fait résolu.

— Il faut donc que je vous avertisse encore, Roy, que, si Nancy meurt, je déposerai une assignation en vue d'obtenir le retrait de votre licence à tous les deux.

— Puis-je vous dire que nous y sommes préparés ?

— Permettez-moi de finir, je vous prie. Je déposerai également un mémoire informant l'Académie de Médecine des actes de cet homme. Je rendrai public le fait qu'il a obligé Nancy à passer la nuit à cheval sous la pluie, l'autre semaine, et que cet acte de sauvage ivrognerie est la cause de tout le mal...

Il essaya de continuer, mais le poing de Toby l'avait saisi au collet et tordait sa cravate d'une manière propre à décourager l'éloquence.

— Voulez-vous quitter cette chambre tranquillement, ou dois-je vous envoyer rouler dans l'escalier ?

— Est-ce que vous niez les faits ?

— J'ai dit *tranquillement.*

Bristol se secoua et fit tomber la main qui le tenait, gardant intacte toute sa dignité porcine.

— Je me rappellerai *aussi* que vous m'avez menacé, dit-il.

Et il quitta la chambre, sans toutefois chercher le regard de Roy.

— Commençons-nous, docteur Darby ?

— Immédiatement, docteur Kent.

Ils s'approchèrent du lit en équipe, ignorant les échos du départ de Bristol. Roy dit seulement :

— Je ne croyais pas qu'il aurait cédé aussi facilement.

— Des hommes tels que Matthew Bristol sont comme les tortues (1). Ils ne cèdent jamais réellement. Nous aurons à le briser plus tard, s'il ne nous brise pas le premier.

Il n'était pas question d'en dire davantage, mais de s'occuper ensemble et sans délai de leur malade. Pour

(1) Il s'agit de la *Snapping Turtle,* une espèce de tortue très grande et très sauvage. *Chelvdra serpentina,* propre aux rivières américaines, pourvue de puissantes mâchoires qui lâchent rarement la proie une fois saisie.

la dernière fois ce jour-là, Toby bénit avec ferveur la formation qui lui permettait de bannir instantanément toutes les circonstances extérieures, y compris son propre éclat de rouge rage.

Sous la paume de Kent, la peau du poignet de Nancy était brûlante ; son pouls battait vite et fort, sans un manque, sans un de ces battements imperceptibles et ralentis qui signifient le désastre. Roy, qui faisait la même vérification de l'autre côté du lit, laissa tout aussitôt paraître son soulagement

— Elle tient bon, et même mieux que ça.

Toby acquiesça d'un signe grave. Grâce à un corps vigoureux et sain et à la volonté de vivre, Nancy pouvait encore être sauvée, Dieu aidant la chirurgie.

— Etat désespéré, a dit ce bâtard !

Les cheveux doucement écartés de l'oreille gauche de la jeune femme, il étudia attentivement la zone opératoire. L'enflure, à ce qu'il vit, était plutôt en arrière et au-dessous du lobe que de l'oreille même. Une traînée blanchâtre avait coulé du canal et taché le coussin sur lequel Nancy reposait il l'examina avec soin. C'était une bonne chose que de voir l'inflammation s'écouler ainsi spontanément, mais il savait qu'il serait sans doute impossible de la drainer de façon convenable par l'oreille seule.

— Il faut attaquer par l'os mastoïde, aucune autre approche n'est désormais possible.

Pendant qu'il parlait, ses doigts palpaient et vérifiaient l'endroit derrière l'oreille, où la peau était rouge et distendue presque jusqu'à l'éclatement. A chaque léger mouvement qui accroissait la pression, Nancy gémissait et agitait la tête.

— L'enflure a-t-elle augmenté depuis que tu l'as examinée ce matin ?

— Nettement.

— Cela signifie, Dieu merci ! que le pus travaille à s'épancher au-dehors, et non pas dans le sens du cerveau. Si nous y allons tout de suite, nous pourrons la sauver.

— Billy, monte tes instruments. Que te faudra-t-il d'autre ?

— Maum Bonnie le sait et préparera bien tout ce dont nous aurons besoin.

— Deux marmites d'eau bouillante, dit la négresse. Une pile de draps de lit. Des fers à repasser, pour les tenir chauds. Des chandeliers...

— Rex vous aidera, dit Roy. Venez, je vais vous montrer le chemin. Si le Dr Kent veut bien veiller sur la patiente...

Sans attendre la réponse de Toby, il sortit, poussant Maum Bonnie devant lui.

C'était le moment que Toby redoutait entre tous, le moment où il se trouverait seul avec la femme qui l'avait si froidement trahi. Le moment où il lui fallait se reprendre et réfléchir. Sans le vouloir, ou du moins sans avoir conscience de le vouloir, il s'assit près du lit et prit la main brûlante. Comme un enfant, elle replia ses doigts sur ceux qui la tenaient. Grâce à son profond coma, elle ne se rendait compte que d'un contact apaisant, rassurant, mais pas de son origine. Comme c'était étrange qu'il pût être là aujourd'hui ! Plus étrange encore qu'il pût être assis là, bouleversé d'un contentement illégitime parce qu'il tenait sa main dans la sienne.

Et plus étrange que tout qu'elle fût en son pouvoir ce soir, si totalement, si absolument, — comme elle ne l'avait jamais été. Incapable pour une fois de se sauver elle-même, sa vie dépendait de lui, de son adresse, de l'exactitude de son jugement et de ses décisions, de son audace, voire de sa pure témérité.

Cette fois encore, sans le vouloir consciemment, il se pencha et posa un baiser dans cette paume fiévreuse. Pour l'assurer, du plus profond de son cœur lourd, qu'il allait donner tout le meilleur de lui-même pour lui sauver la vie, si souvent peut-être qu'elle l'eût trahi.

8

UNE demi-heure plus tard, Toby, en attendant que le dernier chandelier fût placé, regardait le cercle de peau fraîchement rasée derrière l'oreille de Nancy. Roy — aux mains compétentes et douces — finissait de classer les instruments sur la table de côté. Maum Bonnie, haute et massive comme un monolithe de basalte, tenait déjà, dans l'étreinte familière de ses mains aussi fermes que des écrous, la tête de la patiente, Billy, étalé à l'autre bout du lit, exerçait sur ses genoux une pression semblable.

Ce n'était plus la femme passionnément aimée, plus la femme qui l'avait torturé jusqu'à la limite de ce qu'il pouvait supporter, que Toby voyait là, étendue, mais une malade à sauver, et qu'il sauverait.

— Vous pourrez commencer quand vous serez prêt, docteur.

Il lança un rapide sourire à Roy. Combien de fois ces mêmes mots avaient-ils retenti dans leur monde à eux, ce monde qui leur était spécial et commun, tandis qu'entre eux une vie était suspendue dans la balance ?

— Attention, Bonnie. Nous commençons.

Les doigts noirs firent tourner la tête de la patiente de manière à exposer le mastoïde au bistouri. Le premier coup de lancette fût, comme toujours, la seule difficulté mentale que Kent eût à vaincre. En son cœur, il était reconnaissant que Nancy, au fond de son coma, ne pût sentir la souffrance cuisante du couteau tranchant la chair ni du trépan perçant l'os.

— Pansement, je vous prie.

Les mains de Roy suivaient les siennes, appliquant habilement les tampons de charpie rousse. Il faisait confiance à Maum Bonnie pour éviter que ne se produisît quelque mouvement involontaire, né d'un spasme. Il tranchait comme un vétéran, fermant son esprit aux sourdes plaintes de la jeune femme. La lame, descendant en demi-cercle, sépara la peau de la chair sur une largeur de deux doigts environ, en arrière de l'oreille et vers la pointe de l'apophyse.

— Nous n'avons d'autre moyen d'éviter l'hémorragie que d'exercer des pressions successives et d'éponger.

Il constata que la plaie avait une apparence de gelée, instantanément étoilée de petits points rouges sur un fond presque incolore : les compresses de Roy, appliquées avec précision, étanchaient à mesure ces petits geysers et leur permettaient ensuite de se coaguler sous la pression. Toby avait la certitude d'avoir jusqu'à présent évité tout vaisseau sanguin important : travaillant dans cette zone tendre et descendant plus profondément vers l'os, il ne pouvait guère se permettre l'emploi des pinces pour maintenir fermées veines ou artères.

— Maintenant que l'incision l'a soulagée, regarde, la peau reprend une coloration saine.

— Exact. Et cette structure osseuse également. Le mal est sans aucun doute dans l'intérieur du mastoïde.

Toby retira les tampons de la plaie et prit un instrument plat, tranchant du bout, avec lequel il gratta les bords de la zone opératoire, pour dénuder une plus grande surface d'os.

— Combien veux-tu exposer ?

— Deux pouces carrés doivent suffire, je pense. Veux-tu écarter les bords ?

Roy, par le jeu de ses doigts capables, enfonçant et retirant des compresses, eut tôt fait de dégager la surface voulue sur la courbe blanche du mastoïde même.

— Attention, Bonnie !

Les dents d'acier posées sur l'os, il donna un tour au manche aussitôt un cercle de poussière d'os s'entassa, la première couche était entamée. Régulièrement, lentement — c'était essentiel pour réussir — il continua. Les os du crâne sont généralement constitués par deux couches que sépare une dangereuse section intermédiaire, d'une texture beaucoup plus molle, où sont logés les vaisseaux sanguins qui nourrissent la zone. La couche extérieure, la table, est aussi dure que le plus dur des os humains ; la troisième, ou intérieure, a souvent la minceur d'une hostie... Mais la région mastoïde présente, dans l'ensemble du crâne, des risques qui lui sont propres.

Si le diagnostic de Toby était correct, toute cette partie osseuse spongieuse contenait du pus, alvéoles où logeaient des risques mortels que l'oreille, bien que continuant à suppurer, n'était pas capable de drainer spontanément.

Du moins la formation du pus était-elle un signe favorable. A ce stade de l'inflammation, elle prouvait que le mal se localisait plutôt qu'il ne s'étendait. Le danger résidait en ceci que l'infection risquait de remplir tous les espaces d'air du mastoïde et de s'accumuler sous pression. Il arrivait fréquemment dans ce cas qu'elle commençât vers l'os intérieur, celui — le plus mince — qui constitue l'unique protection du cerveau, une migration mortelle. Une fois l'infection répandue dans les grands espaces sanguins de cette région, il n'y a plus qu'une solution possible...

Toby retira le trépan, enleva la poussière d'os de la légère dépression qu'il avait causée, constata que le fond en était toujours lisse et ferme sous les doigts qui l'exploraient, et que, par conséquent, la table extérieure n'était point traversée. Résistant à la tentation d'employer un instrument plus affilé, il remit très exactement en place le même trépan et recommença le même travail.

Pendant cinq interminables minutes de véritable agonie, il continua. A chaque tour complet du manche, il s'arrêtait, débarrassait la coupelle de sa poussière d'os, vérifiait l'état du fond — priant, après chaque tour complet du manche afin que l'acier ne fît point une percée subite, afin que ne jaillît point le sang qui signifierait l'irrémédiable catastrophe.

Un autre tour... une autre prière... une autre vérification... La nature de la poussière d'os changeait-elle ?... Pour la cinquième fois en cinq minutes, il retira le trépan, pria, nettoya la dépression jusqu'au fond. A ce qu'il aperçut alors, son cœur se prit à battre follement.

Pour l'œil d'un profane, le petit entonnoir osseux aux parois lisses et régulières ne présentait aucun changement — sinon son creux augmentant d'un tour sur l'autre. Mais le coup d'œil expérimenté du chirurgien avait immédiatement constaté la présence, au fond de la coupelle, d'un suintement si léger qu'il en était presque imperceptible, d'autant que sa couleur était identique à celle de l'os, au point de se confondre avec elle.

— N'est-ce pas du pus, Toby ?

Ses yeux rencontrèrent ceux de Roy : il était heureux que le médecin eût eu la même réconfortante intuition. Une autre goutte lentement suinta à travers l'invisible crevasse de l'os... puis une autre... Toby laissa la place à Roy, et le tampon de charpie enfoncé dans la coupelle en ressortit avec la preuve matérielle qu'ils cherchaient :

— C'est du pus. Et rien d'autre. Tu as traversé.

— Ne nous réjouissons pas trop vite. Attendons que l'ouverture soit élargie.

Mais il ne pouvait que difficilement retenir sa propre joie tout en revenant à sa tâche.

La morsure du trépan répondait à son impulsion de façon différente ; il sentait que l'os auquel s'attaquait à présent l'acier était d'un grain moins serré, moins résistant. La poussière qui sortait de l'ouverture confirmait ses espérances ; de légères traces de sang répondaient d'avance à la question.

Réprimant son ardeur, il dit avec calme :

— Il faut aller plus profond.

Mais en silence, il ajouta : « Pas trop profond, surtout ! »

Le bord du trépan coinça. Il insista pour le libérer, mais en vain. « J'ai touché l'os interne ! » se dit-il et, aussitôt, détendit la pression, laissant retomber le manche du trépan dans sa paume en guise de signal pour Roy.

Quelques secondes passèrent, qui furent une éternité. Il ne pouvait être certain encore qu'il avait évité de fissurer l'os interne, pas être certain encore que le trépan n'avait pas pénétré plus bas, dans le sinus plein de veines. Si le sang jaillissait... le sort de Nancy ne ferait plus question.

— Compresses ?

— Prêtes, docteur, j'attends.

Enfin il se décida à retirer le trépan, dégageant ainsi le profond entonnoir qu'il se préparait à nettoyer. Mais, avant même que l'instrument fût déposé, la coupelle débordait d'un flux blanchâtre. Ses plus folles espérances se trouvaient dépassées. A mesure que les compresses et les tampons de Roy se succédaient, plongeaient, absorbaient, la violente décharge passait du blanc au jaune paille.

— Tu y es arrivé, Toby. Tu as ouvert le mastoïde.

Il acquiesça d'un signe grave : à présent, il était disposé à reconnaître sa bonne fortune.

L'odeur émanant du pus était fétide, exactement telle que Petit l'avait décrite lorsque, pionnier de la chirurgie, il avait le premier effectué l'opération.

— Je crois que nous pouvons élargir à volonté, Roy.

— Ce drainage n'est-il pas suffisant ?

— Pas dans cet os plein d'alvéoles. Il y a certainement d'autres poches de pus.

Il comprenait fort bien l'hésitation de Roy, mais, avant que Billy eût pu élever un chandelier au-dessus de la plaie, il avait su que l'opération n'était pas terminée.

Il fut d'abord difficile d'examiner en détail. Le fond de la dépression ressemblait à une multiple caverne, crachant en hauteur son contenu mortel. Une demi-douzaine de tampons encore servirent à Roy à éponger la décharge initiale. Maintenant ils virent que leur coupelle ressemblait à un rayon de miel dont une partie serait arrachée. De ce point de départ, trépan et ciseau purent travailler avec précision, explorer en sécurité, mesurant attentivement la profondeur des incursions.

— Faudra-t-il enlever complètement l'os ?

— Peut-être pas... Nous jugerons à mesure...

— Que peut-elle supporter encore ?

— Le pouls est toujours ferme et régulier, Dieu merci !

Pour la première fois depuis l'opération, Maum Bonnie parla :

— Miss Nancy, elle domîh bien. Vous, Mist' Toby,

faih ce que vous voulez. Le cœur de cette fille joliment content quand tout fini.

Toby se permit un bref sourire à l'adresse de Roy. Les paroles de la sage-femme noire contenaient un monde de sagesse.

Il explorerait en cercles s'élargissant lentement autour du premier, afin de déceler quelque éventuel signe de danger. Quand l'instrument rencontrerait partout des cellules osseuses saines, il pourrait se retirer, la conscience tranquille, et laisser le reste à Nancy.

Cette fois, il travaillait en pleine confiance. Le second trépan révéla deux poches nouvelles, dont une très haut, près de l'oreille. A l'autre bord du premier trépan, le troisième permit de nettoyer une ultime poche de pus, et ce secteur à son tour fut parfaitement propre.

— Le drainage est établi, docteur. Vous pouvez poser vos compresses.

Maintenant que la tension était passée, il chancelait un peu en se redressant. Les deux chandeliers qui encadraient la grande glace au bout de la pièce lui révélèrent un visage aussi gris que le ciel de l'autre côté des fenêtres, et creusé par un épuisement qui n'était pas seulement fatigue physique.

Il se raccrocha d'une main au bois de lit et regarda, avec une tranquille satisfaction, Roy qui desserrait ses tampons et ses compresses et bourrait la plaie de façon lâche, sans rien serrer.

Maum Bonnie, les yeux sur la malade, parla doucement :

— La voilà dormîh comme un enfant. Vous l'avoih bien aidée, docteuh !...

-:-

Pour la première fois depuis qu'il avait pris le scalpel, Toby se permit de regarder Nancy. Ce que venait de dire Maum Bonnie était exact : la patiente dormait d'un sommeil presque naturel, lèvres et mains en repos. Evidemment, une bonne partie de cette détente était due à la disparition de la pression sur l'oreille même. La réponse définitive leur parviendrait dans quelques heures, peut-être vers le matin. Si le coma cessait, si la fièvre brûlante diminuait, il pouvait espérer la guérison.

Roy travaillait avec une joyeuse promptitude. Lorsqu'il en eut terminé, Nancy avait acquis l'apparence d'une momie toute neuve. Sur un signe de lui, Maum Bonnie se leva, quitta sa place et commença de remplacer les draps du lit par d'autres, tout chauds devant le foyer. Quelques briques chaudes enveloppées de flanelle et qui seraient renouvelées plusieurs fois au cours de la nuit, placées aux pieds de la jeune femme, achevèrent de donner au lit la température voulue.

Il ne restait plus rien à faire pour le chirurgien dans la chambre de la malade. Pourtant il s'attardait encore, cherchant dans son esprit fatigué quelque indispensable contrôle final.

— Vous resterez avec elle jusqu'au matin, Bonnie ?

— Bonnie et moi veillerons à tour de rôle, dit Roy. Mais tu as mérité quelque repos, ne crois-tu pas ?

— Aussi prendrai-je les quatre dernières heures de garde.

— Tu n'en feras rien du tout, dit Roy avec fermeté. Tu vas passer les douze prochaines heures allongé sur le dos, dans la grande chambre. Rex t'attend dehors pour te montrer le chemin. Mais peut-être aimerais-tu souper d'abord ? Le couvert est déjà mis dans la bibliothèque.

— Quelle heure est-il ?

— Presque neuf heures. Et si tu me permets de le souligner, Toby, je te dirai que je ne t'ai jamais vu l'air aussi fatigué. Demain je te remercierai — comme tu mérites d'être remercié. Tu ne te souviendrais peut-être même pas d'avoir entendu mes paroles si je les disais maintenant.

— Tu ne te trompes sans doute pas.

Bien qu'il eût eu l'intention d'agir autrement, son départ de la chambre de Nancy eut un air d'indifférence banale. Il ne s'arrêta même pas pour donner un dernier coup d'œil au lit. La jeune femme était entre des mains à la fois expertes et dévouées ; lui, il avait fait tout ce qui était en son pouvoir pour la sauver.

— Désirez-vous souper maintenant, docteur ? Ou préférez-vous vous reposer un peu d'abord ?

Il regarda le majordome de Nancy, cligna des yeux et constata tout à coup qu'il était descendu du premier étage au rez-de-chaussée soutenu au coude par la main de Rex. Déjà, celui-ci l'avait guidé, au-delà des grandes portes d'acajou, dans la bibliothèque.

— Pourquoi m'avez-vous conduit ici, Rex ?

— Le Dr Roy l'avait suggéré, monsieur.

— Est-ce l'habitude de souper dans la bibliothèque ?

— Miss Nancy prend ici tous ses repas, monsieur. C'est plus agréable que la grande salle à manger, quand on est seul.

— Oui, je m'en rends compte.

Déjà Toby s'était installé sur le large canapé de crin noir : « Si c'est un piège, pensa-t-il, je m'y rends tout droit... »

— Puis-je apporter un pilaf, monsieur ? Ou du pâté de pigeon ? Ou peut-être une poitrine de pintade froide ?

— La volaille fera parfaitement l'affaire, Rex.

— Bordeaux rouge, docteur ? Ou bourgogne blanc ? J'ai un montrachet que le Vieux Monsieur avait lui-même choisi et fait mettre en bouteilles, lorsque nos caves furent creusées, tout au début.

Leurs yeux se levèrent ensemble vers l'effigie débonnaire du Fondateur : les yeux du Vieux Victor, ce soir, semblaient rayonner en leur retournant leur regard, comme si le portrait était éclairé du dedans par quelque sagesse propre. « Vous avez bien établi les plans de tout cela, pensait Toby. Vous avez établi vos plans à la perfection. Malheureusement, vous avez oublié l'équation humaine. »

Il se contenta de répondre au majordome.

— Le montrachet sera parfait, Rex. Je me reposerai ici en l'attendant.

Il ne prit pas tout de suite le livre, encore que la tentation fût grande. Au lieu de cela, il considéra le Vieux Victor lui-même pendant un long moment méditatif et lutta contre sa vertigineuse fatigue pour demander pardon au fantôme de son bienfaiteur. Il était facile d'imaginer que le Fondateur planait au-dessus de lui en ce moment même, une question anxieuse aux lèvres... Et, comme ses paupières retombaient, mollement, une présence le réveilla : Rex reparaissait, portant, sur un plateau d'argent, une pintade froide et une longue bouteille sombre.

— Rafraîchi dans la source, monsieur. J'espère qu'il sera à votre goût, dit Rex, tout en versant.

— J'espère, moi, ne pas être trop fatigué pour l'apprécier comme il le mérite. Cela m'a vraiment l'air d'un noble vin.

En fait, c'était un bourgogne surprenant — même pour du montrachet qui est toujours de grande classe. Dès la première gorgée, Toby sentit ses idées s'éclaircir. Au second verre, il était presque en état d'entreprendre la lecture du journal de Victor Darby. Au troisième, — qui accompagnait un second et confortable morceau de pintade, — il eut même le sentiment qu'il pourrait survivre à ce qu'il lirait là-dedans.

— Je me servirai pour le reste, Rex.

— Comme vous voudrez, monsieur. Voulez-vous du café et du cognac ? Ou plutôt un verre de curaçao ?

— Rien, merci. Je vais lire un peu. Et somnoler encore un peu, en attendant le Dr Darby.

Le journal était ouvert devant lui lorsque Rex gagna le vestibule. Toby sourit quand, les panneaux d'acajou soigneusement tirés, les pas feutrés du majordome s'éloignèrent vers le premier étage : Roy, assis auprès du lit de Nancy, aurait la satisfaction qu'il attendait.

Si Toby avait prévu une légère secousse à la vue de l'écriture du Vieux Victor, bien au contraire : il retrouva comme de vieux amis ces traits de plume vigoureux et hardis... comme de vieux amis tout aussi familiers et tout aussi apaisants. Cent et cent fois, sous le feu et au bivouac, il avait lu cette écriture ; elle n'avait jamais éveillé en lui que l'affection et le respect.

Kent tourna les feuillets de papier raide, un peu effaré de constater que le journal se terminait à la page suivante. Il remplit son verre et but lentement, pensivement, avant de commencer sa lecture, ses yeux allant à la rangée de volumes similaires enfermés derrière les carreaux sertis de plomb du secrétaire :

NOTES AU JOUR LE JOUR
de
VICTOR DARBY, *gent.*

Toby se demanda si, après tout, « Notes au jour le jour » était une étiquette adéquate. Comment pouvait-il douter que cela fût la somme de tout ce qui était exposé au cours des pages précédentes ?

L'Amérique (et J'emploie fièrement le Mot, sachant qu'il sera chargé par les Années de son Sens le plus profond et le plus riche) a été bonne à tous les Darby, et particulièrement à ma Génération. Dire que je partagerai désormais mon Abondance avec mes Compatriotes Américains serait, naturellement, une Impertinence dépourvue de Sens réel. Qu'il me soit plutôt permis de dire que je me propose de remettre cette Abondance dans les Sillons du Sol Géorgien — afin qu'elle puisse fleurir d'autres Seuils que le mien.

Je sais d'avance que mes Contemporains me traiteront de Fou, sinon pire. Mais si le Monde doit vraiment évoluer — si cette Expérience à laquelle nous avons donné le Nom d'Amérique, si cette Expérience doit aboutir et ouvrir une Voie, — chaque Individu doit être un Pionnier au mieux de ses Moyens et de ses Possibilités. Et se souvenir qu'être un Pionnier c'est autre chose et plus que de niveler le Désert. Comme nous explorons nos Arpents de l'Ouest, ainsi devrons-nous explorer nos propres Cœurs. Comme nous faisons la Conquête de ce Continent (et Je suis convaincu que c'est notre Destinée de le conquérir, avec le Temps), ainsi devons-nous conquérir et civiliser le Sauvage dans nos propres Cœurs...

Toby se versa un ultime verre de vin et retarda délibérément la lecture des derniers paragraphes. Avant même de les lire, il savait ce qui allait suivre et soupirait d'avance en pensant à la paille dans l'Utopie du Vieux Victor, répugnant encore à faire effectivement face à la réalité douce-mère pressentie :

L'Utopie n'est que le Château de Nuages de l'Homme, le Rêve qui le soutient dans son Imperfection — ou du moins c'est ce qu'assurent parmi nous les Philosophes, les Gens d'Esprit étroit qui assurent que les Hommes sont inchangeables et se refusent à changer. Mais c'est ma propre et intime Conviction que le Climat d'Utopie est autour de Nous, ici même, en Amérique, — si Nous autres Américains avons assez de Savoir et de Sagesse pour grandir avec notre Pays, d'Esprit aussi bien que de Corps.

A cette fin, j'ai établi le Plan de la Compagnie

Darby, et Je prie pour son Succès total. A cette fin, j'ai marié mon Fils Roy à une Géorgienne des Campagnes de l'Amont — et je prie pour que le Sang du Pied-des-Monts et celui de l'Estuaire puissent enfin se rencontrer, se mêler et s'unir. A cette Fin (maintenant que ma Fille se trouve veuve après un soi-disant aristocratique Mariage), Je forme le Vœu qu'elle épouse le Président de ma Compagnie, Homme d'Avenir qui débuta dans la Vie comme Serviteur sous Contrat.

Des Affaires telles que celles-ci échappent évidemment à mon Contrôle et peut-être à mon Temps de Vie. Mais l'Amérique doit ses Origines à des Gens pareils à ceux-là. Si ces Mariages sont des Réussites, le Résultat du Mélange vaudra mieux que chacune des Parties mélangées. Et qu'est l'Amérique, après tout, sinon un Mélange des Meilleurs de ce Monde — pour le Salut du Monde ?

Longtemps après que Toby eut fermé son journal, le Vieux Victor demeura présent dans la pièce. Longtemps après qu'il eut replacé le volume sur son rayon auprès de ses pareils, son bienfaiteur s'attarda encore, avec ce plaidoyer lancé entre eux, comme un défi... « La mort du Fondateur était providentielle après tout, se dit pensivement le jeune homme : il n'aurait pu survivre à cette double découverte, que son fils avait épousé une volage et que sa fille, alliée à des pirates, avait juré de démolir pour son propre bénéfice le rêve paternel — et il serait mort de déception et de douleur. »

Toby ferma les yeux et laissa ses sens, drogués par le vin, glisser vers le sommeil, dont il avait une dévorante envie. Il avait beau chercher, il ne trouvait aucune sortie à l'impasse : Nancy et la Compagnie avaient divorcé, définitivement. Tant qu'il serait président, il ne permettrait pas à une ennemie prise en flagrant délit d'en franchir le seuil. Quant à Marthe... Dame ! il fallait bien s'attendre à ce que même Roy finît un jour ou l'autre par s'apercevoir de ses infidélités et rompît alors ce mariage — et tout redeviendrait comme s'il n'avait jamais été.

Au temps pour l'équation humaine que le Fondateur avait établie avec de si hautes espérances. Au regard de leur radical écrasement, le succès financier de la Compagnie était une piètre compensation. Quelle importance y avait-il à ce que le dépôt Darby éclatât de richesses ? Quelle importance y avait-il pour son avenir à lui, à ce qu'il eût sauvé la vie de Nancy ce soir... pour la perdre demain aux bras de Pagnol ?

Il s'endormit avec ces questions accrochées à son esprit comme des sangsues, pompant ce qu'il lui restait encore de forces. Instantanément un autre esprit — plus obscur et plus méchant — s'empara du cœur du Dr Tobias Kent, évoquant une femme aux longs membres blancs, au front couronné de flamme, aux yeux tout allumés d'anciens péchés, aux lèvres gonflées de secrets qu'il n'avait jamais connus.

... Elle était dans ses bras à présent, et l'extase de sa possession non plus que la promesse de ces lèvres brûlantes n'avaient de fin.

9

— TU dormais si bien que je n'ai pas eu le courage de te réveiller.

Roy lui souriait, auréolé de la lumière citronnée qui, derrière son dos, emplissait la fenêtre. Le canapé de crin était merveilleusement confortable, ainsi que l'édredon chaud et léger qui le couvrait jusqu'au menton. Vaguement conscient de ce bien-être, Toby bâilla puissamment. Depuis des mois, il ne s'était pas senti aussi reposé — ni aussi calme. De nouveau, il s'étira sous l'édredon, repoussant les souvenirs à longueur de bras pour quelques minutes encore.

— As-tu dormi un peu, toi, Roy ?

— Bonnie m'a remplacé à minuit. Il m'a paru que je pouvais me retirer sans risque et j'ai eu raison.

Toby revint complètement à lui, souleva de la couche son corps détendu et, d'un seul coup, secoua de sa cervelle un dernier reste de sommeil. Il savait à présent qu'avant de s'endormir il avait renoncé à Nancy, au sens profond et complet du mot renoncer — et que cette décision lui procurait une manière d'apaisement. Il y avait encore, là-haut, — et tout simplement — une patiente qui attendait ses soins avant qu'il quittât son domaine pour la dernière fois.

Une patiente, là-haut... Oui, il lui était possible désormais, et presque sans effort, de garder leurs relations sur ce plan impersonnel, ou du moins purement professionnel.

— Alors, elle est mieux ?

— La crise est passée. Pendant la nuit, le coma s'est progressivement dissipé. Elle dort normalement, avec un opiat léger. A l'aube, Bonnie lui a donné un peu de bouillon.

— A ton avis, est-elle hors de danger ?

— Je risquerais mon âme sur cette certitude, Toby — grâce à toi.

— Ne parlons pas de ça pour l'instant. Veux-tu que nous montions la voir ensemble ?

Si Roy fut blessé par cette brusquerie, il n'en laissa rien deviner. Ils montèrent ensemble, par le vestibule et le grand escalier inondés de soleil, donnant un regard au passage aux grappes d'esclaves en adoration à chaque coin de porte. En ce moment où il se retirait en lui-même — et se retirait de Sangaree — Toby était sensible au changement d'atmosphère : il semblait qu'un poids invisible eût été enlevé de chaque cœur.

— Ils savent, *eux*, qu'elle est hors de danger, dit Roy. Ils le *savaient* même avant que j'eusse dit un mot. Ne me demande pas comment !

Rex, de garde devant la porte de Nancy, offrit la preuve finale en se penchant pour baiser la main du chirurgien. Celui-ci, devinant les larmes sous les paupières du majordome, accepta l'hommage avec toute la grâce dont il était capable.

— Veux-tu faire seller mon cheval, Roy ? Il faut que je regagne Savannah sans retard.

— Pas avant de déjeuner, toujours !

— Je déjeunerai au dépôt. Tu sais comment le travail s'amoncelle !

— Au diable le travail, pour une fois ! Si quelqu'un a mérité des vacances...

— Excuse-moi, Roy, mais je ne me sens pas en humeur de vacances.

Sur quoi il entra vivement dans la chambre à coucher, avant que son ami pût placer une parole.

Nancy, au fond de son nid de coussins, dormait à

poings fermés. Le turban était provisoirement retiré et, sous ses cheveux de cuivre tressés en diadème, elle semblait très réellement une châtelaine sommeillant par une matinée claire. Même un profane aurait sans hésiter constaté une nette amélioration, aurait eu l'impression immédiate d'un repos naturel.

— Votre patiente, docteur Darby.

Roy prit la place de Toby au côté du lit. Sous ses mains agiles, le pansement fut promptement et soigneusement refait. Nancy ne remua qu'une fois, faiblement, comme il terminait le dernier tour du turban. D'instinct, Toby s'était détourné et regardait par la fenêtre. Il venait de s'apercevoir que la présence réelle et vivante de Nancy avait semé en lui le désarroi, émiettant en un clin d'œil sa paix si chèrement conquise.

— Tu resteras avec elle, bien entendu, jusqu'à sa convalescence assurée.

— Bien entendu, confirma Roy. Et il se leva. Toby voyait le visage de son ami dans la grande glace à chevalet, et il y pouvait lire, sans que l'autre le soupçonnât, la déception que lui causait son départ.

— Si tu avais le moins du monde besoin de moi, je resterais, tu le sais.

— Ne t'excuse pas, Toby.

— Eh bien ! alors, je vais partir, si je le puis...

— Puisque tu insistes...

Roy parut sur le point d'ajouter quelque chose, mais se contint et retourna près du lit de sa sœur. En passant à côté de lui, Toby lui toucha légèrement le bras :

— Tu pourrais me reconduire jusqu'au portique ?

Côte à côte toujours, ils redescendirent le grand escalier. Dans le vestibule, des talons claquèrent et deux esclaves se hâtèrent d'aller ouvrir au large la porte d'entrée. Dans l'ombre du portique, les garçons d'écurie se mirent au garde-à-vous, puis se disputèrent l'honneur d'aider le Dr Kent à monter en selle.

Prêt à partir, et sentant son aplomb lui revenir à chaque respiration, Toby constata qu'il pouvait sans péril s'attarder un peu. Il accepta même des mains de Rex une vaste tasse de café, et le brandy traditionnel qui avait aidé une génération de gentlemen à se mettre en selle au Manoir de Sangaree.

— Reviendras-tu demain ou après-demain ?

Il sourit à Roy et secoua la tête :

— Non. Je ne reviendrais que si j'étais réellement indispensable. Elle est ta patiente maintenant.

— Mais, Toby...

— J'ai mes raisons, Roy, et sûrement tu les connais par cœur.

— Tu m'as dit que vous vous étiez querellés. Tu ne m'as pas dit pourquoi.

— Cela n'a plus guère d'importance maintenant.

— Si je pouvais au moins lui dire que tu la rencontrerais à mi-route...

— Nous n'avons aucun terrain de rencontre. Nous n'en trouverons jamais. C'est un fait dont ton père ne s'était pas rendu compte.

— Tu as donc lu son journal ?

— Avec un profond intérêt. Il est inutile que je te dise que je me suis senti extrêmement honoré par son choix... par son inspiration...

— Mais tu ne marches pas au commandement ?

— C'est le seul ordre auquel je ne puisse pas obéir, Roy.

— Je t'en dirai davantage, si cela peut être utile, reprit Roy. Père a toujours espéré que tu épouserais Nancy. Il espérait que tu aurais installé le dépôt et les bureaux Darby à ces docks-ci, que tu aurais fait de Sangaree ton Q. G.

— Cela aussi, je m'en suis rendu compte. Mais ne t'imagine pas un seul instant qu'elle accepterait cette organisation, à moins d'en être la tête unique.

— Sangaree ne peut pas vivre par ses propres moyens...

— Ça, c'est l'affaire de Nancy. Pas la moindre inquiétude à avoir à ce sujet, toutefois. Mon idée, c'est que Nancy, sitôt guérie, trouvera au mieux la résolution.

— Tu penses à Pagnol ?...

— Exactement. Pourquoi ne l'épouserait-elle pas, si cela peut sauver son domaine ?

— Pourquoi ne l'épouserais-tu pas, Toby ?

— Je te l'ai dit.

— Mais je n'admets pas le motif que tu me donnes.

— On peut modeler la vie des autres jusqu'à un certain point, Roy. On ne peut pas le faire de bout en bout. C'est un autre point que ton père n'a pas voulu comprendre. Les utopies, après tout, doivent être fondées sur des êtres humains. Sur des êtres humains, et qui s'aiment.

Avant de conclure, Toby prit une respiration profonde, puis, enchaîna :

— Je suis convaincu que Nancy est incapable d'aimer. Voilà.

— Ne l'aimes-tu pas un peu, toi ?

— Tu es trop bien fixé sur ce point pour poser la question.

Mais Roy, tenant toujours Lara par la bride, insistait :

— Ne me quitte pas en colère, Toby.

— Jamais je n'ai été plus calme de ma vie.

— Si c'était vrai, pourquoi crierais-tu ?

— Nom d'un chien ! Je ne crie pas ! Je te *dis,* tout simplement, qu'il n'existe pas de moyen de remplacer l'amour.

— Arrête-moi si je me trompe, mais je croyais que tu l'aimais depuis ton premier jour à Savannah. Je croyais même que c'est pour cela que tu avais si farouchement lutté.

Toby glissa sa botte dans l'étrier.

— Donne mes vœux à ta sœur, Roy. Dis-lui que je lui souhaite une prompte guérison. Si elle tient à me remercier, dis-lui que les seuls remerciements que je lui demande, et qui me suffiront grandement, c'est qu'elle permette à la Compagnie de fonctionner en paix, dorénavant.

— Je ne comprends pas un mot de tout cela, Toby.

— Nancy Grégory comprendra.

— Reviens dans quinze jours. Expliquez-vous de vive voix.

— J'ai foulé le sol de Sangaree pour la dernière fois.

Ce disant, il éperonna légèrement Lara et prit l'avenue cavalière en un canter alerte. Il se dressa sur les étriers pour lancer sa monture au galop, et des mousses pendantes lui cinglèrent le visage. Galopant toujours, il passa sur le petit pont où les fers de Lara éveillèrent un tonnerre et prit la longue courbe de la route du bord de l'eau qui filait vers le nord, vers le canal principal de la Savannah...

« Je mourrai plutôt que de regarder en arrière ! » se promit-il. Il se tint sombrement promesse, bien après que le premier bouquet de choux palmistes eut, derrière lui, effacé le manoir à l'horizon.

« Quoi qu'il advienne, pensait-il, j'ai commencé mon dernier bilan au service de la Compagnie Darby et de Nancy Grégory Darby. Plus besoin de rectifier la balance... »

FIN DE LA CINQUIÈME PARTIE

SIXIÈME PARTIE

LE DERNIER BILAN

1

COMME vont les meetings, celui-ci n'allait pas trop mal, en somme !... Il était dans la ligne classique. Cette réunion du Conseil municipal, accrue comme d'habitude de la présence de l'Association médicale de Savannah au grand complet, avait au moins une qualité : l'animation. Pour l'instant, tous les membres semblaient crier à la fois.

Toby aussi avait braillé tout son content, et il lui suffisait maintenant d'être assis à sa place, devant la table au tapis vert, ses notes étalées en éventail sous les yeux, et d'accepter paisiblement les regards furieux ou glacés de ses ennemis.

Le colonel McIntosh, nouveau président du Conseil municipal, réclama l'ordre et le silence, mais les voix querelleuses l'ignorèrent.

Au-dessus de la cheminée, l'effigie d'Oglethorpe en tunique écarlate semblait réprouver un vacarme à faire éclater les murs de la solennelle salle de réunion blanc et or, à savoir le grand salon pour banquets de chez Tondee.

Dans le tumulte de la discussion, la lourde silhouette de Matthew Bristol était plus menaçante que jamais. Ramassé dans son fauteuil, pareil à un vieux lion nonchalant et apparemment à demi endormi, ses pensées paraissaient bien éloignées des arguments échangés comme autant de horions. Mais les souvenirs d'autres meetings étaient assez présents à la mémoire de Toby pour qu'il s'attendît à voir ce pesant adversaire entrer en action en un clin d'œil, avec des rugissements.

— Et maintenant que nos passions sont épuisées, mes amis, pouvons-nous écouter enfin la voix de la raison ? Ou devrais-je dire plutôt la voix de notre officier de santé, le Dr Tobias Kent ?

— Pourquoi les supposer identiques, McIntosh ?

C'était Crowther qui venait de parler, et le cavalier qui avait chevauché sous les ordres de Marion était aussi farouche qu'à l'ordinaire, en dépit de son uniforme réduit à l'état d'épave décolorée. Mais McIntosh le remit vivement à sa place :

— Un autre sarcasme de ce genre et à ce propos, Colonel, et je renoncerai au privilège de vous connaître.

— Votre serviteur, Colonel. Mais je refuse la contagion de l'hystérie.

— Et, *moi*, j'ai entendu aujourd'hui assez de coups tirés par un vieux canon. Le Dr Kent a la parole et j'expulserai le premier qui l'interrompra, et je me fiche éperdument du nom de son grand-père.

Toby était déjà debout, faisant un rapide décompte des regards hostiles. Comme toujours, ils paraissaient en majorité, jusqu'à présent toutefois il était impossible d'en avoir la certitude. Il avait eu d'ardents défenseurs pendant la discussion qui venait de prendre fin (du moins pour l'instant), mais leurs yeux attentifs étaient provisoirement baissés. Seuls Bristol et les séides de Bristol et ses divers hommes de main formaient un groupe bien défini. En cette minute, immobiles comme autant de rocs autour de leur chef, ils attendaient de lui le signal de leur entrée en scène.

— Nous étions tous préparés à ce que ce meeting fût houleux. La perspective d'une épidémie à Savannah est une terrible menace.

A l'autre bout de la table s'éleva la voix douce du Dr Tyree :

— Combien de cas de peste avez-vous certifiés jusqu'à présent, docteur Kent ?

— Cinq, jusqu'ici. Cinq certifiés. Tous au bord de l'eau, et tous terminés par la mort du malade.

— Et vous considérez que cela suffit à représenter une menace ?

— Comment appelleriez-vous cela, docteur ?

— Il y a trente ans que j'habite dans Bull Street, docteur. Il m'est arrivé pendant plus de la moitié de ces années de donner quelques coups de lancette dans des bubons, tant à terre qu'à bord, et puis j'ai envoyé les malades à Lazaret Island. Ne pouvez-vous agir de même sans donner à nos braves marchands une peur suffisante pour leur occasionner... une épidémie rigoureusement personnelle ?

Toby regarda McIntosh, mais la munificence de ce dignitaire dépendait presque entièrement des marchés aux fruits — et aux esclaves — de The Bay, si bien que maintenant il écoutait avec la même attention que les autres. Cette fois, il ne s'agissait plus de parlotes vaines. Le résumé calmement prononcé par Tyree valait pour tous les membres présents.

— Avez-vous jamais combattu une épidémie de peste, docteur Tyree ?

— Non, Dieu merci !

— Moi oui. Pendant la dernière guerre. Et je vous assure que le mal se répand plus vite que le feu si les précautions de bon sens sont négligées.

— Si c'est une accusation, Kent, dit Tyree d'une voix relativement calme, considérez ma question comme retirée. Je suis certain que vos intentions sont bonnes Seulement, voilà...

— Voilà quoi ? Dites ce que vous pensez, docteur : je suis habitué à la franchise dans cette salle.

— Et je serai la franchise même, docteur Kent. En tant qu'officier de santé, vous avez le droit absolu de demander une réunion plénière du Conseil. Je considère que vous avez abusé de ce privilège aujourd'hui. Je dis que vous avez alarmé inutilement ces bons citoyens avec vos allusions à une épidémie.

— Je ne fais pas « allusion à ». C'est bien plus sérieux que cela. Je vous dis à tous qu'une épidémie de peste noire est en incubation aux quais de Savannah et qu'elle se développera à moins que nous ne prenions les mesures qu'il faut — et en agissant vite ! — pour en écraser les germes.

— Vous avez réellement le sentiment qu'il nous faudrait fermer le port pendant un délai donné ?

— J'ordonne que le port soit fermé pendant une

quinzaine au moins, docteur Tyree. Cela aussi est mon privilège.

D'un coup de sa paume à plat sur la table, Toby rabattit le murmure menaçant qui s'élevait : son geste précéda d'une fraction de seconde celui du président McIntosh qui abattait de même son marteau.

— Puis-je exposer le cas, colonel McIntosh, ou me faut-il supporter encore d'autres tracasseries ?

— Exposez, docteur, sans aucun doute.

— Il est évident que cinq morts par peste bubonique ne constituent pas une épidémie. Malheureusement j'ai la conviction qu'en dehors des cinq cas certifiés par moi il y eut d'autres décès, lesquels n'ont pas été signalés.

Il parlait en regardant droit Matthew Bristol et attendait qu'il réagît par une explosion furieuse. Il n'en fut rien. Le vieux Bristol gardait la même apparence apathique, son même air endormi. Seule une fente mince entre ses paupières trahissait, par un éclair, son alerte attention.

McIntosh demanda alors :

— Qui accusez-vous, docteur Kent ?

— Je n'accuse personne sans preuve. Mais pas moins de quatre nègres ont été découverts pendant cette quinzaine, flottant entre les piliers du môle Darby, des esclaves noirs, fraîchement importés d'Afrique à en juger par leurs ornements d'os. Dans chaque cas, et bien qu'ils eussent séjourné dans l'eau, la peste bubonique était la cause perceptible, évidente, de leur mort. Dans chaque cas, la marque du propriétaire avait été effacée au fer rouge.

Certain d'avoir forcé leur attention, il s'arrêta pour souffler, puis reprit :

— Neuf cas, donc, en quinze jours : c'est plus qu'il n'en faut pour me convaincre que notre port doit être fermé, nos magasins et entrepôts désinfectés au soufre brûlé, notre population ratière décimée. Et, par-dessus tout, qu'aucun bateau négrier ne doit être autorisé pendant cette période à s'approvisionner ni à se rééquiper aux docks Bristol ni où que ce soit sous la falaise.

Les yeux étroitement fendus du vieux Bristol s'entrouvrirent un tout petit peu : il renifla, une seule fois, comme n'importe quel animal de grand poids dont le repos a été troublé. Son indifférence aux propos de

Toby n'aurait guère pu s'afficher avec plus d'insolence.

— Il n'y avait aucune cargaison humaine à bord de ces négriers, assura McIntosh. Vos propres inspecteurs s'en porteront garants, j'espère.

— Exact — au moment où le bateau a viré dans la Savannah. Mais il y avait une autre cargaison à bord, et, certes, pas moins sinistre.

Tyree l'interrompit sèchement :

— Si vous faites allusion à ces rats morts que vous vouliez absolument me faire examiner ce matin...

— La cale en grouillait ! Et comme vous le savez tous, messieurs, les rats abondent toujours sur les bateaux d'esclaves : un pourcentage considérable de pertes en mer est dû aux morsures de rats. Et je crains qu'une appréciable proportion de ces indésirables n'aient quitté le bord pour gagner la terre ferme. Les deux que nous avons tués aux fins d'examen et d'analyse étaient malades. Vous n'avez certainement pas oublié la boursouflure de ces deux sujets, docteur Tyree ?

— Où voulez-vous en venir ?

— A répéter ma conviction que les rats diffusent la peste bubonique. J'insiste sur le fait que ces rats étaient déjà atteints et que des centaines d'autres, dans le même état, courent à travers toute notre ville basse.

— Prouvez cela, si vous le pouvez.

— Pouvez-vous expliquer pourquoi les navires soigneusement dératisés peuvent commercer à volonté tout le long de la Côte-de-l'Or africaine sans qu'il se produise un cas de peste à leur bord !

— Je crains que ce ne soit là que preuve négative, docteur Kent. Sans aucun doute, nous souhaiterions tous être délivrés de ce fléau. Mais je me refuse à le considérer comme danger mortel.

— Me concédez-vous néanmoins que la vie serait plus agréable sans eux ?

— Cela très volontiers.

— Si la Compagnie Darby fournit le soufre et la main-d'œuvre, voulez-vous contresigner l'ordre de commencer la chasse en vue de l'extermination, aujourd'hui même ?

— Avec plaisir et immédiatement, docteur Kent.

— Bien entendu, la chasse dans Muskrat Town serait insuffisante et même vaine si nous ne nous attaquions pas en même temps à toutes les installations du port, y compris les dépôts Bristol.

Cette fois-ci, les yeux du vieux Bristol s'ouvrirent si soudainement et si complètement qu'on eût pu croire à l'existence d'un ressort qui les faisait jaillir subitement de leurs orbites :

— Si c'est à moi que vous vous adressez, docteur Kent...

— C'est à vous que je m'adresse depuis un grand moment, monsieur. Voulez-vous me donner la permission de nettoyer vos docks et entrepôts aux frais de ma compagnie ?

— Allez au diable avec votre impertinence ! Mes docks sont propres. Il n'y a que fort peu de mois qu'à votre damnée insistance je les ai fait recouvrir de bardeaux.

— Ce n'est pas ce qui les empêche d'être infestés de rats, docteur Bristol. Mes inspecteurs peuvent certifier cela !

— Que vos nez-partout aillent au diable, eux aussi ! La propriété d'un homme ne regarde que lui, et il s'en occupe comme il lui plaît, dès lors qu'il ne fait pas tort à ses voisins.

— Exactement mon opinion. Niez-vous que vous faites nettoyer vos négriers le long de votre mur de soutènement ?

— Et pourquoi le nierais-je ? J'y vendrais des nègres aux enchères, sur ce mur de soutènement, si le Conseil me le permettait.

Ce fut au tour de Toby d'apaiser un murmure dans la salle. Savannah, encore que depuis une génération entière elle vécût profitablement, entre autres négoces, du commerce des esclaves, se souvenait de la défense formelle d'Oglethorpe qui en prohibait le trafic dans les limites de la cité. Cette loi — comme le rêve d'utopie d'Oglethorpe — était devenue lettre morte avant la Révolution. Un marché d'esclaves se tenait ouvertement — et même prospérait — sur The Bay, avec le colonel McIntosh pour trop heureux propriétaire.

Matthew Bristol lui-même n'aurait pas osé braver cette convention. Solidement accroché à ce fait précis — et priant Dieu dans son cœur que l'insolence de son ennemi eût déjà fait basculer les votes dans le sens favorable à la compagnie Darby, Toby joua son as aussi calmement qu'il le put.

— Il y a quelques minutes, docteur Bristol, j'ai mentionné le fait que quatre nègres défunts pourrissaient dans l'eau morte sous nos jetées. Niez-vous qu'ils fussent votre propriété ?

Regardant les yeux du vieillard, maintenant encapuchonnés comme ceux d'un basilic, et tout aussi mortels, Toby connaissait d'avance la réponse. « Je l'ai touché au cœur, cette fois ! exultait-il intérieurement. Machiavel lui-même ne pourrait pas trouver mieux que le chapitre et l'antienne que j'ai préparés pour lui en ce jour ! »

— Suis-je obligé de répondre à cette question ridicule, Donald ?

— Je crains que vous ne le soyez, Matthew.

— Est-ce que cet individu m'accuse de contrebande d'esclaves ?

Juste avant que McIntosh parlât, Toby répondait :

— Chacun sait ici que vous avez les moyens d'acheter ouvertement vos esclaves, docteur Bristol. Je vous rappelais seulement une acquisition récente, faite, en votre nom, le mois dernier, au marché de Saint-Augustine. Les nègres furent embarqués pour votre compte par le skipper de la brigantine *Algeria*, en route pour Savannah, où elle venait se faire rééquiper après une fructueuse course retour d'Afrique. Les nègres en question vous ont été livrés par cette même brigantine il y a une quinzaine. Par malheur, le temps n'est pas celui de la saison, la chaleur est inusitée pour le printemps. Et, dans la cale du négrier qui les avait amenés à Saint-Augustine, la puanteur et l'atmosphère accablante ont été plus fortes que la résistance de votre précieuse cargaison.

— A quoi voulez-vous en venir, monsieur ? S'il vous plaisait d'arriver aux faits...

— Les faits sont déjà là, docteur. Je vous accuse d'avoir secrètement caché quatre esclaves dans votre entrepôt, tandis que vous luttiez en vain contre quatre indiscutables et incurables cas de peste bubonique.

Maintenant des voix grondaient d'un bout à l'autre de la salle, mais le profond beuglement de Bristol les domina toutes en un instant :

— C'est un mensonge, et vous le savez !

Les doigts de Toby se refermèrent sur les gants de

cheval posés à côté de ses notes. Il eut la brève mais formidable tentation d'en cingler, la bouche ricanante de Bristol.

— Votre âge et votre culpabilité prouvée sont vos seules excuses, docteur.

Tous les regards étaient maintenant rivés sur Bristol. Toby fut certain d'avoir touché et d'avoir touché juste, lorsqu'il vit les hommes de Bristol se resserrer instinctivement autour de leur maître qui se dressait de toute sa hauteur et faisait face à l'hostilité manifeste. Sûr d'avoir atteint son but, Toby néanmoins tint à pousser à fond sa flèche, pour faire bonne mesure.

— Niez-vous qu'il y avait il y a quinze jours, à bord de l'*Algeria,* quatre esclaves nouvellement achetés par vous ?

— Pourquoi prendrais-je la peine de le nier ?

« Réponds à ma question, sombre idiot ! rageait silencieusement Toby. N'es-tu pas fichu de te rendre compte que j'ai la preuve irréfutable que tu as fait balancer cette chair noire de ton mur de soutènement, avec autant d'indifférence que s'il s'était agi de quatre mules mortes ? »

Il se contenta d'affirmer :

— Le rapport de mes inspecteurs est sur la table. Si vous préférez que je vous le lise, je le ferai volontiers.

— Bon. Très bien. J'ai reçu quatre nègres à mon entrepôt. Je les ai hospitalisés pendant quelque temps, et je me suis rendu compte qu'ils souffraient de pleuropneumonie. Et quand ils sont morts j'ai effectivement jeté leurs cadavres au fleuve. C'était une grande marée de printemps. Comment aurai-je pu supposer qu'ils iraient croupir sous votre dépôt ?

De nouveau, des murmures de colère s'élevèrent, mais cette fois Toby laissa le marteau de McIntosh faire son office et les réduire au silence

— Avez-vous fait déclarer leur décès ?

— Evidemment non. Tant qu'un esclave n'est pas enregistré, on ne déclare pas sa mort ! J'avais la conviction d'agir sagement en les gardant en observation — jusqu'à ce que j'eusse une certitude quelconque relative à leur santé. Il n'y a rien d'illégal à acheter des Noirs en pays sous domination espagnole pour s'en servir en Géorgie.

Bristol ravala le reste et devint rouge cramoisi de

fureur, lorsque des rugissements unanimes menacèrent de noyer son propre rugissement.

— Avez-vous pensé à ne pas déranger vos voisins, puisque c'est là la limite que vous-même donnez aux droits du propriétaire ? Avez-vous pensé à la santé de vos voisins, lorsque vous avez de la sorte disposé de... votre propriété ?

— Les cadavres ne sont pas, que je sache, chose nouvelle dans la Savannah, surtout pendant la crue de printemps.

— Même pas les cadavres pourris de peste noire ?

— Prouvez donc que ces quatre Noirs avaient la peste.

— Les quatre autopsies sont inscrites au journal de ma clinique.

Toby tendit le gros volume au Dr Tyree par-dessus la table, ignorant les doigts de Bristol qui tracassaient la serge verte du tapis.

— Pouvez-vous présenter les cadavres ?

— Bien évidemment non. Ils ont été incinérés sans délai, dans l'intérêt de la santé publique.

— En même temps que les prétendus cas de peste de votre propre lazaret ?

— Précisément. Mon lazaret, comme vous dites, se trouve être un cargo que j'ai converti en hôpital flottant — et qui est non seulement dératisé, mais à l'épreuve des rats. Mes nègres malades ont eu tous les soins que j'ai pu leur fournir. Quand ils sont morts, leur décès a été enregistré et leurs corps ont été brûlés. Le même hôpital flottant est en état de recevoir trente malades, quand l'épidémie nous atteindra, si elle nous atteint.

Toby avait parlé lentement, à l'intention de la plume du secrétaire du Conseil. Suivant de l'œil les signes de sténo et voyant que les derniers mots étaient transcrits, il frappa une fois de plus sur la table pour réclamer le silence.

— Tout cela n'est que jeux de mots autour de quelques faits incontestables et d'ailleurs contrôlés. J'ai la preuve que les docks Bristol ont abrité des victimes de la peste, et qu'ils abritent présentement des rats, qui sont, pour en dire le minimum, un outrage au bien-être public. J'ai la preuve de la négligence du docteur, sur quoi, en vue de son passé, le Conseil municipal a le droit de passer l'éponge. Je demande d'être couvert par l'autorisation de nettoyer Muskrat Town à mes frais, d'y instaurer la police sanitaire, afin de mettre fin à cette menace avant qu'elle devienne sinistre réalité. Puis-je prier le président de mettre aux voix ?

Un chœur de « oui » noya le coup de marteau de McIntosh. Encore qu'il eût joué froidement ses cartes en vue d'un tel résultat. Toby demeura bouche bée à l'accueil qu'il reçut. Le colonel Crowther, debout, hurlait son approbation avec la hurlante majorité. Et Tyree faisait de même. Et aussi le groupe des médecins à perruque blanche qui, pourtant, continuaient à ne le saluer qu'à contrecœur. Mais Matthew Bristol demeura assis, toute son assurance inébranlée, pendant le vote aux voix :

— Je maintiens toujours que la propriété d'un homme est son bien propre et exclusif et qu'il la gouverne à son gré. Et cela vaut pour ses esclaves.

Tyree dit, assez aimablement :

— Ne saviez-vous pas que c'était la peste, Matthew ?

— Les cas sont inscrits dans mes livres comme pleuropneumonie. Vous n'avez, pour aller contre, que la parole de cet individu. Diable de diable, Tyree ! *Vous* avez vous-même envoyé plus d'un Noir au fil de l'eau pour nourrir les busards, lorsque vous n'aviez pas le temps de disposer d'ouvriers pour creuser une fosse et enterrer l'homme !

— Pas s'ils étaient infectés par la mort noire, Matthew. Là, c'est aller trop loin et vous ne l'ignorez pas.

— Ainsi, vous acceptez la parole de cet individu plutôt que la mienne ?

Un grand silence s'appesantit sur l'assemblée, cependant que les deux doyens de Savannah s'affrontaient des deux côtés de la table. Mais le regard du vieux Tyree ne flanchait pas. Sa voix était sèche, un peu lasse :

— J'en crois la parole du Dr Kent, Matthew.

— Il ne me restera donc aucun choix et je défendrai ma propriété du mieux que mes moyens me le permettront.

— Il faut en tout cas accepter, docteur, que nos inspecteurs pénètrent chez vous. Telle est la loi.

— *Pas* s'ils viennent avec leurs pots à soufre. J'ai cinquante barils de tabac sous mon hangar principal.

Croyez-vous que je vais courir le risque d'abîmer la feuille ?

— Il y en a d'autres qui prendront le même risque, Matthew. La Compagnie Darby plus qu'aucune autre.

— Au diable la Compagnie Darby ! Que Dieu la damne avec son parvenu de président ! La propriété d'un homme est son bien. Il peut la diriger et en disposer comme il lui plaît. Ses Noirs sont bien propres, pour en user comme il le juge bon. Que pensez-vous donc qu'il adviendra de la Géorgie si de tels droits fondamentaux sont méprisés ?

Bristol avait beuglé ces paroles, de toute la force de ses poumons qui en éclataient — un œil sur le Conseil. l'autre sur le secrétaire qui sténographiait.

Maintenant il reprenait, presque calmement, soulignant chaque pause d'un coup de poing sur la table :

— Je défendrai ces droits jusqu'à la mort — inclusivement, et au-delà. Et je préviens le Conseil qu'il aurait tort de me tenter trop vivement.

McIntosh reprit son autorité, clouant d'un coup de marteau les dernières paroles de Bristol :

— Précisez ce que vous entendez par-là, Matthew ?

— Vous savez ce que je veux dire, Donald. J'ai vingt hommes à moi, armés, sur ma plantation. En ce moment ils attendent mes ordres. En moins de trois heures, s'il le faut, ils peuvent descendre la rivière.

— Vous déclarez donc la guerre à vos amis ?

— Je protège ce qui est à moi. Donnez-moi l'assurance que ce mêle-tout sera arrêté dans son élan, et je quitterai tranquillement cette réunion. Laissez-le faire à sa tête, et je fais voler sa tête en éclats si elle se montre à nos docks.

— Vous avez entendu le vote, Matthew. Puis-je vous souhaiter le bonjour ?

Sans rendre le salut de McIntosh, Bristol pivota sur ses talons et sortit, le pas raide, la tête haute. Ses gardes du corps, petits propriétaires pour la plupart, ou facteurs devenus marchands, suivaient sur ses talons, imitant de leur mieux la dignité de leur maître. Nul ne bougea dans la salle jusqu'à ce que la porte fût refermée. Puis, en une sorte de rapide mêlée, les chaises laissées libres par ce départ furent occupées. D'autres petits propriétaires, que Toby aujourd'hui connaissait par leur nom, d'autres petits marchands qui avaient gagné difficilement leur place au Conseil municipal, et qui, jusqu'à présent, n'avaient guère osé exprimer leur pensée.

McIntosh considéra d'un œil calme le cercle reconstitué.

— Maintenant que M. Bristol nous a quittés, nous sommes unanimement d'accord, je suppose, relativement au projet du Dr Kent. Que pensez-vous de sa demande de fermer le port ?

Toby savait d'avance que la lutte serait plus difficile sur ce point, le vote plus malaisé à décrocher. Mais cela faisait du bien d'entendre la discussion s'animer à mesure que les orateurs nouveaux parvenaient à trouver leur langue. Comme n'importe quel cyclone, la sortie de Bristol avait magiquement nettoyé l'atmosphère. Lorsqu'on passa au vote, la majorité « pour » était faible, mais nette.

— L'affaire est entre vos mains, à présent, docteur Kent, dit McIntosh. C'est une chose de dire : « Nous empêcherons les bateaux d'entrer », et une autre d'y parvenir.

— Regardez par les fenêtres, messieurs, répliqua Toby. Vous constaterez qu'il y a peu de navigation sur la Savannah en ce moment même. Si je ne me trompe, il y en aura moins au coucher du soleil, lorsque le vote du Conseil sera connu dans le port.

Ce qui se trouva vérifié. L'histoire des cas de peste à Muskrat Town et la présence mystérieuse d'un lazaret flottant quelque part aux alentours du port effrayèrent suffisamment un certain nombre de capitaines pour les décider à filer leurs amarres sans même terminer complètement leur chargement. La nouvelle de la fermeture devait, selon Toby, être plus que suffisante pour garder la voie libre :

— Dans notre dernière bagarre avec la fièvre jaune, nous avions installé une station de quarantaine sur Lazaret Island, et forcé à virer de bord sans entrer au port tous les navires qui refuseraient de se soumettre à notre inspection. Nous pouvons en faire autant cette fois et établir une seconde station de quarantaine à Darbyville.

— Et que ferons-nous en ce qui concerne Matthew Bristol ? Il attend un navire des Barbades. Tous ses capitaines connaissent le chenal, il leur est facile de se glisser dans ses docks sans demander un pilote.

McIntosh eut un sourire :

— Voulez-vous m'abandonner mon vieil ami Matthew, docteur Kent ? Je crains qu'il n'ait été quelque peu harcelé tout à l'heure.

— Pensez-vous le persuader de céder ?

— Je puis du moins essayer. Si j'échoue, nous occuperons ses entrepôts par la force. Il n'y aurait alors plus d'autre moyen. Oui. Et, si les bateaux osent entrer malgré l'interdiction, nous les obligerons à virer de bord.

Toby, d'un salut, remercia le président :

L'acclamation qui salua sa question aurait réchauffé n'importe quel cœur, même le cœur de Toby Kent, qui n'avait pourtant aucune raison véritable de se réjouir aujourd'hui, car, tandis qu'il descendait les marches du seuil de chez Tondee, pour émerger dans le chaud soleil d'avril sur Bull Street, il savait qu'une autre lutte se préparait pour lui.

2

QUAND il tourna l'angle de The Bay et laissa son regard errer sur les bouées du grand chenal, il put à peine en croire ses yeux. La rhétorique dans la salle du Conseil, c'était une chose ; la réalité était une leçon plus stimulante.

Du haut de la rampe qui descendait jusqu'aux magasins du dépôt Darby, il pouvait commander une vue complète de la rade. Ce matin même, lorsqu'il s'était contraint à monter au premier étage de chez Tondee, une vingtaine de navires étaient à ce mouillage, chacun soigneusement ancré près de sa propre bouée sonore. Maintenant — et le soleil avait à peine dépassé son zénith — la rade paraissait aussi vide que la lune. Pendant qu'il regardait, le dernier visiteur, un brick net et fin battant pavillon anglais, vira gracieusement et, mettant le cap sur la bouée sud de l'estuaire, toutes voiles dehors, partit avec le flot. Son capitaine, l'œil au télescope, inspectait la falaise comme s'il craignait d'être canonné d'un instant à l'autre.

Jusqu'à ce que la menace d'épidémie soit dissipée, jusqu'à ce qu'une autre et plus encourageante rumeur atteigne Nassau et La Havane et les embryons de ports du nord, et apaisé la panique, l'estuaire serait le paradis de pêche des pélicans.

D'un certain sens, c'était un hommage rendu au Dr Tobias Kent — et à son alchimie spéciale — que quelques mots criés dans un Conseil pussent produire semblable réaction. Le Dr Kent, pourtant, n'éprouvait pas la moindre sensation de triomphe lorsque, ayant traversé The Bay en plein soleil, il s'arrêta devant le tableau d'affichage de la criée.

Comme d'habitude, le porche était encombré de bouviers de l'amont et de commissionnaires des marchands dont les bureaux s'alignaient au long de The Bay. Mais, aujourd'hui, c'est autour du tableau d'affichage que la bousculade était la plus serrée. Toby, lorsque les épaules s'écartèrent pour lui laisser libre passage, ne s'arrêta pas pour s'en étonner. En fait, grâce au tumulte de son esprit, il dut, pour en saisir le sens, relire deux fois la notice affichée :

Je proclame par les présentes que la Personne connue sous le Nom de Félix Pagnol (Nom vrai ou faux, je ne saurais le préciser) est un Vaurien, un Ingrat, un Menteur, un Vil conspirateur contre l'Avenir de notre République.

Les Possesseurs de Fonds doivent se méfier de sa Présence près des Tables de Jeu.

Les Pères de Famille Soucieux de la Virginité de leurs Filles doivent verrouiller Leurs Portes devant lui.

Les Maris doivent veiller sur Leurs Femmes s'Il se trouve dans les Alentours.

Et ce qu'ils auraient de mieux à faire, les Uns comme les Autres c'est de Le renvoyer sans Délai vers des Pays Etrangers.

GABRIEL THATCH Esq.
2 avril 1786.

C'est ainsi que Toby apprit le retour de Pagnol à Savannah — et qu'il apprit les intentions de Gabriel.

Effaré, il regarda l'affiche et ne put s'empêcher de sourire en dépit du brouillard gris qui l'enveloppait et l'emplissait inexorablement tous ces jours, aussitôt qu'il était seul, sans croisade à prêcher et sans problème à résoudre.

Gabriel, après tout, avait dans sa nature autant d'imprévisible qu'une guêpe — et notamment une aussi mortelle déterminaton quand une fois il avait résolu de foncer sur l'adversaire. S'il avait, cette fois, décidé de s'attaquer à Pagnol, pour des raisons qu'il était seul à connaître...

Toby haussa vigoureusement les épaules et se détourna du tableau d'affichage, sans vouloir prêter attention aux regards qui le suivaient jusqu'au seuil du dépôt Darby.

Assurément, cette provocation publique était tout à fait dans la ligne de Gabriel — et tout à fait assurée d'obtenir le résultat voulu. Le choix n'était laissé à Pagnol qu'entre deux solutions : ou se battre, ou quitter Savannah sans aucun délai. Et Toby était absolument convaincu que, pour énigmatique que fût sa situation ici, en Géorgie, et malgré son intérêt ostensible pour la personne de Nancy Grégory, il n'était en aucune façon un couard ni un pleutre.

Comprenant à l'intention de qui Gaby avait entrepris de débarrasser le monde de Félix Pagnol, Toby grimpa son étage quatre à quatre et fut à peine surpris, en arrivant dans son cabinet de travail, de voir, installé en personne à son bureau, le journaliste qui se leva aussitôt et lui fit un très beau salut cérémonieux.

— Inutile de me regarder avec un tel effarement, Toby. L'idée a sûrement eu tout le temps de t'entrer dans la cervelle ?

— Pourquoi as-tu fait cela, triple imbécile ?

— La question est-elle honnête ? ou bien feins-tu pour gagner du temps ? Je dois reconnaître que, pour ce qui est de ta réaction spontanée, tu as vraiment lu ce défi avec un calme parfait. N'imagine pas que je ne t'observais pas de cette fenêtre.

— Est-ce que tu te rends compte que demain à cette heure-ci tu seras peut-être mort ?

— Presque tous les hommes sages se rendent compte de cela, pour peu qu'ils vivent en bordure du désert plus ou moins sauvage.

— Mais pourquoi, Gaby ? Pourquoi ? Cet homme a fait vingt fois ses preuves.

— C'est pour toi que je risque ma peau, Toby. Ou dirai-je plutôt pour toi et la belle Nancy ?

— Ne t'occupe pas de Nancy maintenant.

— Tout au contraire ! J'ai Nancy presque constamment présente à l'esprit. Il le faut bien pour que mon esprit reste accordé au tien.

— Tu dois bien savoir que nous nous sommes séparés une fois pour toutes. Je n'ai plus posé les yeux sur elle depuis que je l'ai opérée à Sangaree, et cela fait quatre bons mois.

— C'est vraiment de nulle importance, puisqu'elle ne te quitte pas un instant ! Tu dois savoir qu'il n'est revenu en Géorgie que pour un seul motif.

— Les motifs d'agir ou d'exister de Pagnol n'ont pas l'ombre d'intérêt pour moi.

— Tu en as menti par la gorge, mon bon ami. Il est revenu à Savannah dans l'intention de l'épouser. Toute la ville en parle, et tu l'as certainement entendu.

— Et pourquoi n'épouserait-il pas Nancy Grégory si elle y est disposée ?

— Parce que tu la veux pour toi-même, mon ami. Lorsqu'elle aura été dûment ramenée à l'humilité, s'entend.

Toby regarda durement Gabriel droit dans les yeux, mais les yeux du journaliste ne cillèrent même pas :

— Nie si tu veux, tu es libre. Mais c'est mon métier de voir à travers les illusions des gens — mon métier de filtrer leurs paroles pour arriver jusqu'à leurs motifs véritables.

— Il y a une pleine année que je te l'ai dit, je préférerais coucher avec une chatte sauvage.

— Cette réflexion, que tu m'as répétée il y a six mois, pourrait devenir monotone, si elle ne me donnait à croire que tu aimerais assez coucher avec une chatte sauvage. C'est d'ailleurs le cas de la plupart des hommes, comme on s'en apercevrait si l'on savait le fond des choses...

— Par malheur, tu ne connais pas toute l'histoire. Je te la raconterais bien... si je pouvais...

— Les choses essentielles sont les seules qui comptent. Foin des détails qui embrouillent tout. Il y a deux ans, tu t'es amené en trombe à Savannah, tu as bouleversé la douillette petite existence de Nancy Grégory et les morceaux ont volé jusqu'aux nuages. Tu as fait la preuve de ce que les biens de son père pouvaient, sous ta gestion, rendre dix fois plus qu'elle n'aurait osé le rêver. Tu as réduit à rien son espoir de conserver Sangaree aux conditions fixées par elle-même. Il est bien évident que pour te combattre, elle ne pouvait employer que les armes dont elle disposait. Qu'importent ces armes, puisque tu l'as emporté sur elle ?

— N'en sois pas tellement certain. J'ai encore mon dernier bilan à rendre. Sam et moi devons prouver, à l'entière satisfaction du juge Armstrong, que la Compagnie est vraiment en bénéfices.

— Après quoi, selon la volonté formellement exprimée par Victor Darby dans son testament, tu prendras le contrôle permanent. Tu sais aussi bien que moi que l'endos d'Armstrong n'est qu'une simple formalité.

— Il est tout à fait exact que j'ai réalisé une belle petite fortune la seconde année. Mais il est aussi exact que peu d'argent demeure dans nos caisses. Un peu plus de douze mille livres sont présentement dans les poches de nos tenants à Darbyville.

— Cela compte certainement comme bénéfice, puisque vous êtes une sorte de coopérative.

— Armstrong peut en décider autrement : c'est lui qui juge. En fait, lorsque nous aurons payé nos employés cette semaine, j'ai bien peur de devoir me mettre à emprunter sur nos inventaires de magasins.

— Tu es complètement idiot, Toby ! Pourquoi ne pouvais-tu attendre jusqu'après l'approbation du bilan pour distribuer ces bénéfices ?

— Les tenants doivent manger. Aussi inévitablement que les propriétaires.

Le journaliste fit à longues enjambées nerveuses le tour de la pièce et s'arrêta devant le bureau de Toby pour consulter les pages d'un registre :

— Si je lis correctement les chiffres de Leray, ces inventaires des magasins représentent une fortune en eux-mêmes.

— Parfaitement vrai.

Toby laissa errer son regard sur le port qui s'étalait devant la fenêtre ouverte :

— Combien de bateaux peux-tu compter amarrés à nos bouées ce matin ?

Gabriel poussa un profond soupir, puis :

— Réponds, mais avec une entière franchise, à une seule question : est-ce que, pour des raisons qui te sont propres, tu essayes d'*organiser* ton échec ?

Toby offrit en réponse son plus désarmant sourire :

— Pourquoi une telle idée te viendrait-elle à l'esprit ?

— Tout d'abord, tu effaces de tes livres tout bénéfice liquide, et au plus mauvais moment. Secondement, tu soulèves une menace d'épidémie quand tes entrepôts sont pleins à éclater.

— Neuf cas de peste dans ce port en moins de deux semaines, sans compter ceux que le vieux Bristol a certainement camouflés dans son camp d'esclaves en amont du fleuve : comme officier de santé de cette ville, pouvais-je faire moins que fermer la rade ?

Gabriel soupira une fois de plus, du fond de son cœur de cynique.

— Oui, je sais, j'ai entendu parler de ton plaidoyer au Conseil ce matin : l'éloquence a des ailes à Savannah. Je sais que là où tu es arrivé à coincer Bristol, il n'a que deux possibilités de s'en sortir — ou ramper, — ou venir se battre à découvert. Et si, comme il se doit, je t'applaudis, je n'en maintiens pas moins que, dans cette histoire, il y en a plus de caché qu'il n'en saute aux yeux.

Le silence tomba entre les deux amis — un silence curieusement hostile. Toby ne fit aucun effort pour le rompre.

— Nous voilà parvenus à nous chamailler, ça vaut mieux. Veux-tu confesser que tu dois ou bien maîtriser Nancy, ou bien te tenir pour battu ?

— Je confesserai ceci : rien ne me plairait plus que de pousser — pour de bon ! — la porte de ce bureau et de dire à Savannah un adieu sans retour.

— Bec enfariné, doucereuses paroles, mais tout cela est indigne d'un pionnier. Et particulièrement d'un pionnier qui s'appelle Tobias Kent. Comment pourrais-tu être heureux en tournant le dos à ce que tu désires en réalité ?

— Ne puis-je être le propre juge de mon bonheur ?

— Non, monsieur, vous ne pouvez pas !

Thatch paraissait sincèrement indigné. De tant d'outrecuidance ? D'une aussi invraisemblable candeur ?

— Demain, je supprimerai le capitaine Pagnol, qui me paraît le principal obstacle à votre bonheur. Le lendemain, j'obligerai la belle Nancy à confesser que tu es son maître et qu'elle a, dès le premier jour, été folle de toi.

— Bien peur que ce soit là une grosse commande !

— Le temps nous le dira. En attendant, tu vas me servir de second quand j'emmènerai le Français à King's Island. McIntosh a déjà promis de présider.

— King's Island, dis-tu ?

— Pagnol est d'accord avec moi pour considérer que c'est un endroit parfait. Oh ! je m'excuse, Toby : j'aurais dû commencer par te dire que c'est un duel dans le style de la Nouvelle-Orléans.

Le journaliste ouvrit son portefeuille et lança sur le bureau un carré de papier :

— Voici une copie du cartel — je la publierai dans le prochain numéro du *Mercure,* pour faire connaître à mes lecteurs une saveur de drame véritable. Si je suis mort, ils frémiront à mon audace et à mon tranquille courage. Si je suis vivant, j'écrirai un éditorial où je stigmatiserai le duel de marais comme un ultime résidu de barbarie.

— Combien de fois t'es-tu battu déjà en duel de marais, Gaby ?

— C'est le premier. Grâce à mon arrière-plan personnel, j'espère bien m'amuser beaucoup.

Mais Toby fronçait les sourcils en lisant le cartel. Les articles du duel étaient simples et exprimés en rigide conformité avec le code. Gabriel Thatch et Félix Pagnol se disaient entièrement d'accord sur le fait d'une rencontre à King's Island, sorte de banc de sable marécageux au milieu du fleuve, à deux milles à peine de la falaise de Savannah. Rectangle irrégulier, long de six cents yards peut-être, King's Island était couvert sur sa crête d'un dense taillis de chênes mêlés de palmiers et d'une large bande de laiches et de fétuques en bordure de ses marges boueuses. Les adversaires, à ce que précisait le cartel, se tiendraient prêts à pénétrer dans la jungle marécageuse par les deux bords opposés de l'île. Ils attendraient un signal donné, puis, armés seulement d'un pistolet et d'un coutelas de six pouces, ils se traqueraient l'un l'autre parmi les fourrés, jusqu'à ce que l'honneur fût satisfait !

— A qui revient l'idée d'un pareil choix ? A toi ou à lui ?

— A lui naturellement. Puisque j'étais l'offenseur, il avait le choix du terrain et des armes. Il semble avoir eu une douzaine de duels de ce genre à la Nouvelle-Orléans — et il a survécu pour s'en vanter. Mon intention est de mettre le point final à sa série gagnante, demain, entre le crépuscule et minuit.

— Mais voyons... vous ne pouvez pas vous battre dans l'obscurité !

— Continue ta lecture, Toby. Le cartel spécifie

« Clair de lune » et constate que McIntosh et Ollonais ont déjà signé, dit Gabriel. Il reste un espace vide pour ton griffonnage sous ma signature.

— Une supposition que je prenne ce cartel, que j'aille le porter au Conseil et que je dénonce toute l'affaire.

— Bien combiné ! avec McIntosh qui a accepté de diriger la rencontre...

Toby jura de façon appropriée et ajouta sa signature au bas du feuillet :

— Je viendrai — entendu. Mais pour une seule et unique raison, tu auras besoin d'un chirurgien ! Il est regrettable que je ne puisse pas extraire ton prétendu cerveau et le refaçonner !

— *Affaire entendue, mon vieux* (1), comme ne manquerait pas de dire le capitaine Pagnol lui-même.

Gabriel se leva allégrement, replia le papier qu'il mit dans son portefeuille et lança d'un air placide :

— Puisque nous en sommes au chapitre des duels, je vais te laisser une pensée à méditer : Harvey Bristol est revenu à Savannah.

— Harvey Bristol ne me concerne en aucune façon.

— Il pourrait concerner Roy.

— Précise ta pensée, Gabriel.

— Mais, enfin, où as-tu erré depuis que Marthe Darby est partie pour Charleston ? Tu n'es plus au courant de rien ! N'as-tu pas entendu conter qu'elle a vécu avec Harvey Bristol là-bas — presque ouvertement ?

Toby cogna violemment son bureau :

— Ne dis donc pas de choses que tu ne peux prouver.

Lui aussi avait entendu ce potin, qui lui était venu par une douzaine de sources différentes. Mais, à cause de Roy, il avait fermé les oreilles.

— L'as-tu vue depuis ton retour ? Ou n'as-tu pas osé ?

— Veux-tu me dire quelles raisons j'aurais pour ne pas oser ?

— Nous savons aussi bien l'un que l'autre qu'elle est une gourgandine — pour dire modérément les choses ! Si tu ne l'as pas troussée pendant que Roy était à Londres, tu ne peux t'en prendre qu'à toi.

(1) En français dans le texte.

Gabriel ferma les yeux sur un tumultueux souvenir qu'il savoura avec délices et reprit :

— Il n'en est pas moins évident que trousser Mrs. Darby à domicile, et entre amis, c'est une chose. Mais que donner l'entrée à Harvey Bristol, c'en est une autre.

— Pourquoi ne *le* provoques-tu pas, comme tu l'as fait pour Pagnol ?

— Je crains que ce ne soit la prérogative de Roy — et je crains aussi qu'il ne l'exerce. Surtout maintenant que Harvey a eu le toupet de la suivre à Savannah ! Savais-tu qu'il a fait le voyage à bord du négrier — celui auquel on a refusé le mouillage à Charleston ?

— L'unique passager, en dehors des rats et de ces quatre Noirs camouflés.

— Tu me permettras de te dire qu'il était en excellente compagnie.

— Harvey Bristol assassinera Roy de sang-froid.

— Exactement. J'ai raclé mon cerveau dans tous les coins dans l'espoir — déçu — de trouver un moyen de retarder cette rencontre. A ton tour de racler un peu le tien, et puisses-tu réussir mieux.

Gabriel gagna la porte de sortie et, un pied sur le seuil, s'arrêta :

— A propos, où est aujourd'hui le mari trompé ?

— En tournée de visites dans la campagne au-dessus de Darbyville.

— Remercions le Ciel pour de menues bénédictions ! Cela signifie qu'il ne peut pas défier Harvey avant demain. Ou même après-demain — si, comme toujours, les commérages ne lui parviennent qu'avec retard ! Ne perds cependant pas de vue qu'il apprendra inévitablement la vérité — et débrouille-toi pour agir pendant qu'il est encore temps.

— Vois-tu quelque chose à suggérer ?

— Une. Si tu veux la prendre en considération. Ecris à Sangaree. Prie la délicieuse Mrs. Grégory d'intercéder auprès de Harvey. Après tout, il n'y a pas tellement longtemps qu'il était son fiancé !

— Si tu crois qu'elle lèverait un petit doigt !...

— Tu n'oublies pas que Roy est son frère, je pense ? Elle l'empêchera certainement de mourir, si elle le peut.

Après le départ du journaliste, Toby demeura longtemps assis à sa table de travail.

Il n'avait parlé ni écrit à Nancy Grégory depuis la nuit qu'il lui avait sauvé la vie (après avoir été, il faut bien l'admettre, à l'origine de son péril). Un billet correct de remerciement de Sangaree avait, en son temps, témoigné que Nancy n'avait pas oublié son existence. Mais depuis...

Depuis quatre mois, il avait bien entendu enregistré avec soin toutes les menues informations qu'il avait pu glaner : Roy lui avait dit combien elle s'était promptement et parfaitement rétablie après l'opération du mastoïde ; les esclaves, venant de Sangaree à Savannah pour n'importe quel motif, avaient toujours quelques nouvelles ; certains de ses patients, amis des Darby, dînaient parfois à Sangaree, et il recueillait des échos de leurs soirées !...

Il semblait qu'elle passât tout son temps sur le domaine, améliorant le velours vert de ses pelouses, ajoutant à ses pièces de réception quelques meubles nouvellement arrivés de Londres. Les potins voulaient que tout cela ne fût que préparation, en vue de la réouverture officielle de Sangaree à l'occasion du mariage de la châtelaine avec le capitaine Félix Pagnol.

Pagnol pouvait mourir demain à cause du caprice extravagant de Gabriel. Comment, si son dernier protecteur disparaissait, Nancy s'arrangerait-elle ?

Qui assurerait son bien-être futur, si Roy était, lui aussi, abattu par la hache impitoyable du code du duel ?

Il prit une plume et, sans s'arrêter pour donner à ses pensées une forme recherchée, écrivit rapidement.

Mrs. Grégory,

Une situation imprévue demande votre Présence immédiate à Savannah. Croyez bien, je Vous en prie, que je ne dépêcherais pas cet Appel si le Besoin n'était urgent et grave.

Voulez-Vous, en Conséquence, Vous arrêter d'abord à notre Clinique dès votre Arrivée, et demander soit moi-même, soit Roy !

Peut-être est-il bon que j'ajoute que Ceci ne Me concerne en aucune Manière.

Votre Serviteur, TOBIAS KENT.

Formule froide, mais qui obligeait : il ne pouvait pas douter qu'elle fît venir sans délai Nancy à Savannah.

Il plia la feuille, la scella d'un pain à cacheter à la marque Darby, y apposa le cachet Darby et, la main sur le cordon de sonnette, hésita encore. Roy serait à Darbyville tard dans la journée du lendemain. Si Billy partait pour Sangaree maintenant, il arriverait vers la fin de l'après-midi. Et elle pourrait encore être à Savannah ce soir même...

Que ferait-elle de sa soirée, ensuite, à Savannah ? Elle ne pouvait décemment pas se rendre aussi tardivement chez Harvey Bristol. Elle ne voudrait pas loger à Wright Square, d'où il l'avait si brutalement chassée... Après réflexion, il enferma la lettre dans le tiroir de sa table de travail...

Il balaya d'un revers de main toute la besogne inachevée qui demeurait encore sur sa table : la bataille qui se préparait derrière le dépôt Darby n'aurait pas besoin de registres. Quant à Nancy... eh bien ! à propos de cette lettre, il déciderait demain de son opportunité... Si c'était — ou non — chose utile et sage que de l'envoyer...

Toby descendit les marches de l'escalier d'un pas raide, évita de rencontrer les yeux interrogateurs de son personnel, quitta le dépôt sans un regard en arrière et mit le cap sur Tondee. Du rhum l'attendait dans la salle de cabaret, du rhum qui lui procurerait l'oubli familier.

Demain, ce serait bien assez tôt pour se mettre en face de ses problèmes. Pendant les derniers mois, il avait trop fréquemment trouvé le sommeil aveugle de minuit dans le rhum pour ne pas savoir qu'il récupérerait à temps pour faire lucidement face à la besogne de la journée.

Le Dr Tobias Kent serait sobre le soir, quand le youyou ou la plate les emmènerait avec Gabriel à King's Island.

3

LES rames de Priam dessinaient un large arc sur le sombre miroir du fleuve, et la plate eut vite fait de quitter l'abri du môle Darby : Priam avertit à voix basse ses passagers, qui baissèrent la tête juste à temps pour éviter de donner dans l'amas de câbles qui pendaient le long du mur du dock. Nageant maintenant avec plus de peine et de lenteur, il dirigea son embarcation vers l'eau libre. Les quatre canots de cabotage et les deux yoles gréées en sloop qui assuraient en amont les transports peu encombrants paraissaient énormes ce soir, avec pour fond le clair ciel nocturne, et sur une rade vidée de ses navires marchands. McIntosh, grelottant dans sa cape de marin, montra le poing à la première bouée vide qui frôla leur platbord comme un fantôme.

— A propos de rats, Kent, que pensez-vous des capitaines qui manquent à leur contrat ?

— Les rumeurs sont des oiseaux familiers, monsieur. On ne peut savoir sur quelle vergue ils se poseront.

— D'accord, docteur. Et, pourtant, *comment ont-ils pu savoir* eux, dès hier midi, que nous avions voté la fermeture du port ?

— Tout Savannah était au courant, McIntosh, grâce aux fenêtres ouvertes de la salle du Conseil. Pourquoi nos visiteurs d'outre-Océan seraient-ils moins informés ?

Malgré la lourde et froide humidité de la nuit d'avril, Toby trouva le courage de rire.

— Regardez en amont, une tache sombre à bâbord : vous verrez l'unique bateau qui n'ait pas largué ses amarres.

Ils demeurèrent silencieux pendant que la brigantine, sortant d'une baie cachée dans la rive du côté Caroline, glissa vers le chenal central — grand vaisseau fier, manœuvrant avec aisance dans le léger vent d'ouest et poussé par le reflux.

Priam, remontant le fleuve dans les eaux mortes le long de la rive sud, pesant sur ses rames, laissa d'instinct un large champ libre à la brigantine.

— Ne me dites pas que c'est votre navire-hôpital, docteur Kent, qui descendait vers la rade ?

— La *Lady Oglethorpe* elle-même. Vide, quant à présent, à un squelette d'équipage près. Je l'ai fait chauler entièrement aujourd'hui. Elle a ordre de s'ancrer près de la jetée Darby jusqu'à ce que — ce qu'à Dieu ne plaise ! — nous ayons d'autres patients.

— Tout Savannah se demandait à quel mouillage vous l'aviez amarrée.

McIntosh eut un long sifflement d'admiration comme ils se levaient ensemble de leurs bancs pour regarder la brigantine glisser sans à-coup vers le fleuve.

— C'est un noble bateau à employer comme poste de malades, docteur, si vous voulez me pardonner cette opinion.

— Les malades ont droit aux meilleurs asiles, Mr. McIntosh, répliqua sèchement Toby. Avez-vous jamais fendu un bubon de peste et attendu que la fièvre tombât ?

Gabriel, confortablement lové dans un nid de cordages au-dessus du banc avant, s'éclaircissait la gorge sans discrétion :

— Je vous demande pardon, messieurs, mais puis-je vous rappeler que vous m'emmenez à King's Island, et vers un duel très probablement fatal ?

— Vous avez choisi le terrain, Mr. Thatch, répondit l'autre avec brusquerie.

— Avec le capitaine Pagnol. Jusqu'à présent, je n'ai

pas de regrets, ça m'a l'air d'une nuit idéale pour une saignée.

Toby, levant les yeux vers le dôme de cobalt sans défaut du ciel, contresigna silencieusement cette opinion.

— Nuit idéale pour de bons tireurs, voulez-vous dire, Mr. Thatch, reprit McIntosh. Si j'étais vous, je prierais pour la venue de quelques nuages avant celle de mon signal.

— Un nuage sur votre triste figure, monsieur ? Regardez derrière vous, Priam. Mon adversaire est-il en route ?

— Chaloupe suive, m'sieur Gaby. Pit'êt' deux cents yards en arriéh, pit'êt' puss.

Priam, guidé par son instinct spécial, avait utilisé jusqu'au moindre pied d'eau morte, évitant branches et racines avec plusieurs pouces de jeu, esquivant la poussée de la marée descendante avec toute l'aisance d'une loutre de mer. Et pourtant, tout en reconnaissant l'extrême habileté de l'homme, Toby se sentait vaguement mal à l'aise. Il y avait quelque chose de préhistorique dans la masse de Priam — comme aussi dans l'adresse de Priam à lutter de ruse avec la Savannah. Par instants, Kent regrettait presque de ne pas l'avoir expédié à Sangaree avec le message, au lieu de Billy — qu'il s'était en fin de compte décidé à y envoyer, — qu'il aurait alors emmené à King's Island. Du moins pouvait-il se réjouir de la présence du canot remorqué qui dansait sur le fleuve à l'arrière de la plate. Une fois à terre à King's Island, ils pourraient renvoyer Priam au dock Darby. Pour le voyage de retour, soit Toby, soit McIntosh, selon que tournerait l'affaire d'honneur qui allait s'engager, pourrait facilement manœuvrer la plate, avec toute la poussée de la Savannah en poupe.

Mais Gabriel étudiait toujours le fleuve derrière eux :

— Qui est aux rames, Pagnol ou Ollonais ?

— Le Cœurnel, m'sieur Gaby. Le cap'taine, couché dans l'avant, même chose vous maintenant.

— A cette allure, nous toucherons l'île une bonne demi-heure avant eux. Rangez-vous près du bord dans les eaux mortes, Priam. Laissez-les nous rattraper un peu — et se demander pourquoi nous pouvons bien nous arrêter contre la rive.

L'esclave se préparait à obéir aux instructions de Gabriel, mais McIntosh intervint sévèrement :

— Nous ne ferons rien de semblable, Mr. Thatch. Cette demi-heure peut être fort utilement employée à inspecter le terrain : on n'ose appeler King's Island un champ d'honneur.

— Le colonel Ollonais et moi l'avons attentivement exploré ce matin, dit Toby. Voulez-vous vous fier à mon jugement et croire que c'est un champ de bataille très acceptable pour deux ennemis, à la condition, par exemple, que ce soient deux poules d'eau ?

— Je dois dire qu vous prenez légèrement les choses, docteur.

— Pas plus légèrement, je le crains, que notre combattant.

Gabriel rit à pleine gorge :

— Notre petite histoire de ce soir paraît une *danse macabre* (1) au colonel McIntosh. Pour moi, c'est un *opéra bouffe* (1). Comme mon coquin d'adversaire dirait certainement : *chacun son goût* (1).

McIntosh, qui ne savait pas le français, se remua, mal à l'aise, sur son siège :

— Si vous voulez vous moquer de la mort, Mr. Thatch, vous feriez mieux de garder le silence.

Aucun d'eux ne parla plus jusqu'à ce que King's Island les surplombât de sa masse.

— Pouvez-vous repérer la plage, Priam ?

— Dhoit devant nous, Mist' Toby.

Le fond de cyprès de la plate gratta le sable pendant que l'esclave parlait encore. Instantanément, Toby fut par-dessus bord, heureux d'une occasion d'agir. Avec McIntosh au plat-bord opposé, et Priam appuyant puissamment sur l'aviron, ils amenèrent l'embarcation assez haut sur la plage sablonneuse, bien à l'abri de la faible traction de la marée. Gabriel, ainsi qu'il convenait à un duelliste qui doit ménager ses forces, demeurait assis à l'avant comme sur un tronc et ne sauta à terre que lorsque le sol fut sec sous les pieds.

— Eh mais ! nos adversaires ont effectué un bon temps ! dit-il. Les voici déjà qui s'approchent.

Virant de l'arrière pour sortir du violent courant qui longeait la rive la plus éloignée du fleuve, la chaloupe fut bientôt en pleine vue et pénétra à son tour dans l'eau morte.

Quelque peu à sa surprise, Thatch constata que Pa-

(1) En français dans le texte.

gnol avait pris une rame. Ensemble, les deux vétérans d'Estaing faisaient ronfler leur embarcation.

— Il paraît aussi ardemment désireux de se battre que moi, constata Gabriel. Est-ce de bon présage ou de mauvais ?

Personne ne répondit à cette question impertinente, cependant que les deux Français mettaient pied à terre, si bien que Gabriel lui-même parut comprendre que l'heure des gamineries était passée. Pagnol, ce soir, était tout de noir vêtu, les revers de son manteau boutonnés jusqu'au menton. Des pieds à la tête, tout en lui proclamait le duelliste. Il s'inclina du buste devant chacun des trois Américains successivement. Par contraste, le colonel Ollonais, en son uniforme blanc, grande tenue, paraissait prêt à se rendre sur un terrain de revue. Au côté gauche de sa poitrine sonnaillaient d'innombrables décorations auxquelles les rayons de lune eux-mêmes arrachaient de pâles éclats. Ses jambes courtes engagées dans des bottes cuissardes noires et brillantes scintillaient comme celles d'un maître à danser obèse lorsqu'il offrit à Toby l'hommage de son salut, talons claquants.

— *Le nègre ? Pourquoi est-il ici (1) ?*

— En anglais, je vous prie, Jules, protesta Pagnol. Je n'ai aucune objection à la présence de l'esclave du Dr Kent.

— Le cartel ne mentionne pas de rameur noir.

— Priam quitte l'île à l'instant même, assura Toby. Il n'est venu jusqu'ici que pour nous montrer le chenal.

— Vous le renvoyez à Savannah ?

— Avec votre permission, colonel Ollonais.

Personne ne bougea, dans le demi-cercle hostile, tandis que Priam, pataugeant jusqu'aux hanches dans la Savannah, détachait le canot de l'arrière de la plate et se hissait à bord. Impassibles et fixes comme de pierre, les cinq visages blancs se tournèrent d'un commun accord pour suivre l'avance du Noir. Dès qu'il eut atteint le chenal, le canot sembla voler sur le courant et disparut parmi les ombres de la rive écartée. Il ne fut plus, aussitôt, qu'une ombre perdue dans les autres.

McIntosh s'informa :

— Pouvons-nous commencer, colonel ?

(1) En français dans le texte.

— A votre disposition, colonel, répondit aussitôt Ollonais.

— Je crois avoir compris que le Dr Kent et vous avez inspecté le terrain hier ?

— Et nous l'avons trouvé convenable, monsieur.

— Et les armes ?

— C'est vous, je crois, qui avez apporté les pistolets ? Nous avons apporté les couteaux.

Ollonais, tout en parlant, étalait deux lames étincelantes qui passèrent de main en main. Toby vit que c'étaient deux couteaux à tabac, à manche d'os, affûtés comme des rasoirs. Gabriel choisit l'un et Pagnol, équilibrant l'autre sur sa paume, pivota sur ses orteils et lança le coutelas qui partit en chantant. Lancé le manche en avant, il fit en l'air une culbute qui le mena à trente pieds de là en plein dans le tronc spongieux d'un chou palmiste où il demeura fiché jusqu'à la virole.

— Une arme bien balancée, messieurs !

Gabriel eut un petit rire, et, à son tour, se dressa sur la pointe des pieds et imita fort exactement le lancer du Français : sa propre lame entra dans le même tronc, juste au-dessous de la première, et, frémissante, y fit entendre une sorte de chant aigu.

— *Epatant* (1) *!* dit Gabriel. Puis-je vous demander, capitaine, où vous avez acquis votre adresse ?

— Adolescent, au Canada. Parmi les *coureurs des bois* (1). Et vous ?

— Galopin, dans un village de l'amont, perdu entre les pins, les palmiers et les chênes. En compagnie de mon ami le Dr Kent.

Ils avaient parlé tous deux avec une entière courtoisie. Mais le cœur de Toby se serra en voyant luire un éclair dans l'œil du Français. Il ne pouvait pas douter que Pagnol eût dit la vérité. S'il s'était entraîné parmi les trappeurs de fourrure du Canada, il en avait appris assez pour sauver sa vie en pays indien — à hanter n'importe quel genre de terre boisée, à utiliser le plus faible couvert aussi astucieusement qu'un serpent. Dans l'affût mortel qui se préparait, il serait plus que l'égal de Gabriel.

Les pistolets demandèrent plus de temps. Passant de main en main, examinés, le jeu contre les silex des détentes bien huilées dûment essayé, ils furent ensuite char-

(1) En français dans le texte.

gés par Ollonais et Kent, travaillant ensemble à les bourrer de poudre, puis à enfoncer aussi profondément que possible la balle gainée de cuir.

— Il est de mon devoir d'avertir les intéressés, dit alors McIntosh, que ces armes sont sensibles à un cheveu !

Les seconds se reculèrent, et, du geste, le président convia les adversaires : Pagnol ayant choisi les armes et le terrain, Gabriel, le premier, prit l'un des pistolets et le glissa dans sa ceinture après un bref coup d'œil.

Pendant qu'ils attendaient, les deux hommes s'étaient dévêtus jusqu'à la taille, et Pagnol s'était même barbouillé le visage et le torse de la boue du fleuve, presque aussi noire que ses chausses. A la surprise de Toby, Gabriel dédaigna cette précaution.

— Il est de mon devoir encore, messieurs, reprit McIntosh, de vous prier de vous réconcilier plutôt que de verser le sang. Mr. Thatch, c'est vous qui avez provoqué votre adversaire par l'affichage. Retirez-vous vos accusations ?

— Et que du même coup j'élude mes responsabilités comme citoyen de Géorgie ?

— Le temps de la rhétorique est passé, monsieur. Vous, capitaine Pagnol, avez envoyé un défi conforme au code. Le retirez-vous ?

Pagnol parla d'un ton parfaitement uni et calme :

— En tant que *citoyen du monde*, je considère que le duel est sans intérêt et sans utilité. En tant qu'*homme du monde*, je considère que le duel est inévitable en notre siècle barbare. Je puis ajouter que je connais exactement les raisons de Mr. Thatch pour me provoquer, ce qui, toutefois, est notre secret. Etant donné son point de vue, il est de toute nécessité que — comment dire ? — que notre malentendu soit noyé dans le sang.

A l'audition de ce paisible énoncé, Kent ouvrit des yeux immenses. Thatch, lui, parut n'avoir rien entendu. Déjà le journaliste était retiré en lui-même — homme aux abois envisageant son imminente tragédie.

— Docteur Kent, vous escorterez le capitaine Pagnol à l'extrémité sud de cette île. Colonel Ollonais, vous escorterez Mr. Thatch à l'extrémité nord. Messieurs, vous placerez vos lanternes et vous resterez sur place. Quand ce sera fait, vous m'avertirez en criant. Je répondrai par un coup de feu, qui marquera l'ouverture de la rencontre.

McIntosh prit un temps, respira profondément, puis conclut :

— Après quoi, il n'y a plus de règles. Est-ce clair, messieurs ?

— On ne saurait être plus clair, colonel, répondit Thatch qui s'en fut retirer son coutelas du tronc du chou palmiste.

— Allez prendre vos positions.

Gabriel fut le premier à quitter la place, escorté par Ollonais, qui balançait sa lanterne sourde juste un pas en avant de lui. La jungle parut absorber instantanément les deux hommes, bien que l'on vît, pendant quelques moments, la lueur filtrer à travers le fouillis de chênes étêtés et de vigne sauvage.

— Quand vous serez prêt, docteur ?

Toby empoigna la seconde lanterne sourde, salua McIntosh et partit à son tour. Pagnol, jouant avec le couteau, abattit au passage, d'un seul coup direct, la cime d'un petit palmier, puis aussitôt se retrouva sur les talons de Kent.

— Est-il permis de suivre une espèce de sentier ?

— Bien sûr ! Comme vous voyez, le sol est relativement dégagé, une fois qu'on est sorti de ce bouquet de palmiers. Si l'on s'en tient aux endroits les plus élevés de l'île, on peut la traverser en trois minutes.

— Me suggéreriez-vous un plan d'attaque, docteur Kent ?

Toby haussa les épaules à cette question et plongea droit devant lui.

— Et, bien entendu, vous ne vous sentez pas disposé à la conversation à cette heure-ci, docteur ?

— Bien entendu.

— Il faut pourtant que je vous dise quelque chose, pour le cas où je ne reviendrais pas vous le dire plus tard.

Une fois encore le couteau à tabac tranchant comme un rasoir abattit une cime de palmier nain à deux doigts de la tête de Toby, que le son fit sursauter au point d'imprimer à la lanterne un violent balancement : il sentit ses cheveux se hérisser lorsqu'il se rendit compte que, si Pagnol en avait la moindre envie, rien ne lui serait plus facile que de l'embrocher avec son coutelas meurtrier, aussi tranquillement qu'un fermier égorge un porcelet.

— Il ne me paraît pas que, dans les circonstances présentes, nous ayons quoi que ce soit à nous dire.

— Bien au contraire. Nous avons énormément de choses à nous dire et très peu de temps pour cela. Je serai donc bref. D'abord, nous savons tous les deux ce qui a poussé Mr. Thatch à vouloir m'occire cette nuit, la fidélité qu'il vous à vouée. Secondement, qu'il ne s'agit, en aucune manière, d'un désaccord politique, ainsi que le suppose candidement McIntosh, mais de Mrs. Grégory.

— Nous pouvons laisser Mrs. Grégory en dehors de tout cela.

— Et comment le pourrions-nous, puisqu'elle est le centre autour duquel toute l'histoire est axée ?

Cette fois encore, Toby haussa les épaules et replongea droit devant lui. Mais, en un clin d'œil, le poing de Pagnol s'était abattu sur l'une de ses épaules, le faisant pivoter sec dans la terre sablonneuse. Le corps souple et dur de Pagnol projeté en avant avec la force et la rapidité d'un ressort, plaqua Toby dos contre un tronc de cèdre, cependant que la main libre du Français, lui appuyant sur la gorge la pointe aiguë du couteau, faisait de lui un prisonnier extrêmement soumis.

— Vous avez toujours, docteur, été tout à la fois têtu et brave : il m'est difficile de croire que vous soyez, en outre, stupide. Pouvez-vous *réellement* supposer que Nancy Grégory ait jamais été ma maîtresse ? Ou qu'elle ait le projet de m'épouser ?

Toby se débattit dans son désir de répondre, mais la pointe du couteau s'avérait fort efficace pour le réduire au silence.

— Ou même que je lui aie remboursé pour des motifs autres que loyaux et amicaux la dette que j'avais contractée vis-à-vis de son père ?

Les yeux du Français venaient de se rétrécir et de se durcir sérieusement. Toby sentait l'acier piquer sa peau comme une aiguille glacée.

— Il est tout à fait exact que j'ai souhaité l'épouser. Que je l'ai souhaité à plein cœur ! Que je le souhaiterai toujours. Mais Nancy Grégory ne veut pas de moi. Ne veut de moi à aucune condition. Faut-il que je vous dise pourquoi ?

— Faut-il que je vous réponde que cela ne m'importe en aucune façon ?

— Faut-il vraiment que je mette les points sur les *i* ?

Ou bien êtes-vous à ce point... ingénu... infantile... en ce qui concerne l'amour ?

Pagnol laissa retomber son bras, la pointe du couteau brilla en passant dans le rayon de la lanterne. Toby prit une large respiration. Et les deux hommes demeurèrent face à face, les yeux dans les yeux, sans se voir pourtant, à l'ombre épaisse du cèdre.

— Votre confiance et votre confidence m'honorent, capitaine Pagnol, dit enfin l'autre. Avertirai-je le colonel McIntosh d'arrêter le duel ?

— En aucune manière ! Cette chasse à l'homme m'amusera au moins autant que Mr. Thatch.

— Comment puis-je vous laisser risquer votre vie, si ce que vous dites est vrai ?

— Ce qu'a affiché Mr. Thatch n'en est pas moins faux et demande à être effacé. Relevez votre lanterne, monsieur, et montrez-nous la route. Ma vie est à moi, vous savez, et je la risquerai comme il me plaira — à moi.

— Et, moi, je dis que c'est à moi à faire effacer... l'injure due à une erreur... Que c'est moi qui vais demander une trêve... et insister pour que le duel soit arrêté...

Cette fois, le couteau était dans le dos de Toby, et la pointe appuyait juste assez dans le tissu des vêtements pour faire rosir la chair en dessous.

— Avancez vers notre station, docteur. Criez que nous sommes prêts, et pas un mot de plus. Une syllabe inutile, et je vous ouvre le cœur : c'est un organe facile à trouver pour qui, comme moi, étudia l'anatomie en son jeune temps.

Trébuchant un peu en retrouvant sous ses pas le sol boueux, obligeant ses pieds à franchir les trente dernières enjambées à travers les fétuques et les carex, Toby plaça la lanterne sur une souche pourrie de palmier et s'arrêta, l'eau du fleuve lui léchant presque les mollets. Pagnol, le couteau toujours en place, fit halte exactement derrière lui. A ce moment précis, on entendit Ollonais bramer son signal à l'autre extrémité de l'île, la voix amortie par tout le fourré de jungle qui les séparait.

— Ne dites pas qu'un Français peut brailler plus fort qu'un Américain, docteur !

— Ce que je vous dis, c'est que tout cela est une pure folie.

— Et moi je vous répète que je me prépare à m'amuser beaucoup. C'est très vrai, vous savez, que j'ai chassé avec les *coureurs des bois* pendant ma jeunesse. Acceptez encore ma parole pour une chose précise : je ne tuerai pas Mr. Thatch si je puis m'arranger pour lui infliger une blessure sans gravité.

Le couteau s'enfonça un peu plus : Toby sentait maintenant le sang qui coulait, chaud, jusque sous sa ceinture. Instinctivement, il mit ses mains en coupe et poussa un beuglement animal qui dépassa le résultat obtenu par les efforts d'Ollonais. Presque à l'instant même, le coup de pistolet de McIntosh, coup de tonnerre en miniature, fendit la nuit.

— *Au r'voir, m'sieu le docteur* (1) ! Me souhaitez-vous bonne chance ?

Toby, la pression du couteau ayant disparu, se retourna vivement : Pagnol aussi avait disparu. Totalement, comme s'il n'avait jamais été. Un très léger froissement dans les palmes, le son presque imperceptible de pieds rapides révélèrent toutefois que le Français gagnait la crête de l'île aussi promptement qu'eût pu le faire un chien de chasse. Mais aucune ombre ne signalait son avance.

Puis, d'un seul coup, le murmure léger des pas mourut. Toby voulut relever sa lanterne — et se souvint de justesse que ses devoirs de témoin étaient définis de façon précise, voire rigide. Il se hasarda pourtant à patouiller un pas ou deux en avant, vers le terrain sec, et ses yeux s'évertuaient en vain à percer la noirceur d'encre environnante. Loin vers le nord, il pouvait entendre Gabriel qui faisait craquer les broussailles sur son passage, et il devina que le journaliste avait abandonné la prudence au profit de la vitesse et tentait, dans une charge de taureau, de gagner l'embuscade la plus favorable.

Si déjà Pagnol y était parvenu, le duel pouvait être considéré comme terminé.

— Venez donc, Thatch ! et attrapez-moi.

La flèche verbale semblait partie du voisinage immédiat de Toby, bien qu'il fût absolument certain que le Français avait déjà poussé à plus de cent pieds vers le nord.

Gabriel répondit par le hurlement de guerre des

(1) En français dans le texte.

Choctaws. Tendant l'oreille, Toby n'entendait plus que l'écoutement du sable sur le sable de la pente ; il comprit que Pagnol, dédaignant lui aussi la prudence, avançait vers une décision rapide. Et puis dix intolérables minutes s'écoulèrent.

Kent entendit, dans l'eau, un faible bruissement, — comme si un marsouin roulait dans la marée. Mais les marsouins ne remontent pas le fleuve à une aussi longue distance de la mer, il ne l'ignorait pas. Etait-il possible que Gabriel, essayant une ruse de son cru, eût glissé dans la Savannah afin de tourner le capitaine et de bondir sur lui à revers ?

— Où êtes-vous, Thatch ? auriez-vous peur de vous battre ?

De nouveau, le craquement du fourré sous les palmes, et l'audacieux cri de guerre de Gabriel. De toute certitude donc, le journaliste n'avait pas gagné le fleuve. Pourtant, Kent avait plus que la conviction, la certitude, que quelque chose vivait et bougeait dans l'obscurité, à peu de distance du rivage. La lune perdue dans les nuages, la nuit était aussi épaisse qu'un étouffoir de velours, mais tous ses sens insistaient, affirmaient que ce *quelque chose* était humain et nageait prudemment, en se rapprochant du cercle lumineux projeté par la lanterne.

Aussi nonchalamment qu'il lui fut possible, Toby se recula d'un pas, de manière à se trouver en dehors de la lueur. Au coin de la couverture de nuage, la lune commençait à reparaître. Déjà il pouvait discerner, au loin, la terre et les arbres sur la falaise, les rayons réfractés soulignant par-ci par-là quelques repères. Le fleuve lui-même était encore plongé dans une ombre épaisse, lorsque le cri de guerre de Gabriel retentit une fois de plus au sommet de la crête.

Deux coups de pistolet se répondirent de si près qu'ils semblaient presque tirés en même temps, et si proches que Kent pensa que ses tympans éclataient.

Cèdres et palmes furent, pendant une seconde, baignés dans les vapeurs sulfureuses de ces deux coups de feu superposés, ce qui leur donna une brève apparence de vie. D'instinct, Toby se laissa tomber sur les mains et les genoux. Il devina que la balle de Gabriel avait sifflé, inoffensive, par-dessus la tête de Pagnol qui, tirant sans aucun doute de quelque abri judicieusement choisi, avait apparemment fait mouche.

Ecrasé par cette découverte, un peu assourdi encore par le bruit de la poudre, il ne remarqua pas qu'une sorte d'explosion phosphorescente animait le fleuve à l'endroit d'où une vaste forme sombre émergeait et se dressait sur les hauts-fonds. Pas davantage n'entendit-il la succion de pieds nus dans la boue de la berge, jusqu'à ce que la forme noire eût bondi.

La conscience lui vint à temps pour sauver sa vie, encore que ce fût lamentablement tard déjà. Des bras noirs, agiles autant que des serpents jumeaux, avaient juste manqué de se fermer sur ses épaules. Des doigts noirs cherchaient sa gorge, prêts à s'y accrocher après que son assaillant aurait réussi à l'aplatir, écartelé, face contre le sol. Cauchemar devenu tangible, il lui pesait sur le dos. Une demi-seconde avant que le désastre fût consommé, Toby se rappela un ancien truc de l'armée et, pliant brusquement son corps en deux à la hauteur des hanches, projetant tout son poids en avant, il fit voler par-dessus ses épaules son ennemi qui, pris lui aussi à l'improviste, alla donner, tête première, dans la palmeraie.

Kent fut debout avant que l'autre eût le temps de se ressaisir et bondit pour chercher à son tour une prise sur une peau nue, noire, épaisse et lisse comme celle d'une loutre.

Pendant une minute, ils luttèrent, cognant à l'aveuglette des poings et des pieds, essayant une prise par l'orteil ou la main. Puis ce fut le grand nègre qui, pliant le dos au moment opportun, expédia Toby en une culbute dans la broussaille. Relevé en un clin d'œil, Kent parvint à bondir hors du cercle lumineux avant que son assaillant fût redressé et prêt à renouveler l'attaque.

Provisoirement en sécurité dans l'ombre d'un laurier-rose, il vit la lune reparaître entièrement et faire pâlir la clarté de la lanterne. Une seconde ou deux de plus, et jusqu'au moindre buisson serait baigné dans une lumière de plein jour. Il n'y avait pas à s'y tromper sur la silhouette de Priam qui, déjà, était pleinement en vue, accroupi sur les mains et les genoux, roulant les yeux dans toutes les directions à la recherche de sa proie évanouie.

Pas à s'y tromper non plus sur son rugissement animal, lorsqu'il découvrit Toby, sous l'aléatoire abri du laurier-rose. Ni sur le sifflement soudain de la lampe qui parut jaillir de nulle part pour se planter en vibrant dans la nuque du nègre. Ni sur le halètement suffoqué de Priam lorsqu'il s'écroula en tas, plutôt qu'il ne tomba, dans les hauts-fonds du fleuve. Juste avant que la lune trouvât un autre nuage où disparaître, Pagnol parut dans le cercle lumineux de la lanterne. Un pistolet, fumant encore faiblement, se balançait par une lanière à son poignet droit. Il sourit à Toby sans parler, puis se baissa pour retourner l'esclave, visage vers le ciel, sur la rive boueuse.

— Heureusement pour vous, docteur, il m'a été possible d'entraîner Mr. Thatch assez près d'ici pour pouvoir vous être utile ensuite.

Toby, s'appuyant d'une main sur l'épaule du Français pour retrouver sa stabilité, baissa les yeux vers ce qui restait de Priam, et son esprit faisait effort pour s'arracher à la peur, une peur que la disparition de sa cause ne rendait pas moins réelle encore.

— Dès l'instant où j'ai reconnu cet individu noir, j'ai soupçonné quelque chose, dit Pagnol. Mes soupçons se sont affermis lorsque j'ai vu avec quelle promptitude il nous quittait avant le duel. C'est pourquoi, comme vous avez pu vous en rendre compte, j'ai fait en sorte d'amener le combat le plus près possible de votre lanterne. Mr. Thatch s'est montré un collaborateur de bonne volonté. Si vous voulez grimper la pente, vous le trouverez dans une petite clairière avec une balle dans le bras.

» Je ne l'ai examiné que superficiellement, mais je ne crois pas que l'os soit brisé. »

Toby retrouva sa voix — qui ne put, d'ailleurs, fournir qu'un grotesque croassement :

— Pourquoi êtes-vous... venu ici... Vous auriez dû... aller vers McIntosh.

— Conformément au code, sans doute. Conformément à mes notions personnelles et originales, votre vie m'a paru plus importante qu'une convention.

— Mais comment pouviez-vous savoir qu'il...

Tâtonnant encore pour retrouver son aplomb mental, Toby eut un geste vague en direction de la masse inerte qui avait été Priam.

— Vous n'avez pas oublié, voyons, que les Bristol vous ont marqué et condamné à mort, il y a quelque temps déjà. Il va de soi qu'ils cherchaient l'occasion idéale qui pourrait éloigner tout soupçon de leur seuil. Quelle meilleure chance pouvaient-ils espérer que ce soir ?... Avec votre lanterne pour guider le meurtrier véritable et un intrus français qu'il aurait été facile de faire passer pour le meurtrier par la suite ?

— Vous avez dit les Bristol, capitaine ?

— Très exactement. J'ajoute néanmoins que c'est sur le vaurien de fils que repose l'essentiel de la faute...

— Mais Priam était à Mrs. Grégory ?

— Etes-vous assez stupide pour considérer Nancy Grégory comme votre ennemie ?

— C'est elle qui m'a donné Priam, il y a quelques mois.

— Et par conséquent la voilà passée dans vos livres sous la rubrique « complice » ? Ne vous êtes-vous donc jamais dit que Priam avait eu d'autres maîtres avant que Mrs. Grégory l'achetât ? Ni qu'il pourrait être plus fidèle à ceux qui l'ont formé les premiers qu'à vous ? Ou, enfin qu'il pourrait suivre leurs ordres — et accepter leur argent ?

— Etes-vous occupé à m'expliquer qu'il a appartenu jadis aux Bristol ?

— A La Havane, docteur. A la fin de la guerre. Les noms et les dates sont enregistrés aux archives des enchères où qui veut peut les vérifier. En fait, je dis que Harvey Bristol pourrait expliquer pas mal de choses, exorciser pas mal de démons qui troublent votre sommeil depuis des mois.

» Pourquoi ne pas essayer de lui arracher quelques réponses ?

— Pourquoi ne me conduisez-vous pas à Gabriel ?

Pagnol haussa les épaules :

— Comme il vous plaira, docteur. Mais j'espère que vous retiendrez cette suggestion. Vous y arriverez — plus tôt que vous ne croyez. Après tout, Harvey Bristol est à Savannah.

— Il y a un homme blessé dans cette broussaille. Voulez-vous me conduire à son côté ?

— La blessure attendra, Toby Kent. Je ne saurais en dire autant de... de vos erreurs de jugement. Elles vous étoufferont avec le temps.

Déjà Félix Pagnol avait plongé dans le bosquet de choux palmistes, la lanterne haut levée au poing. Toby, trébuchant dans son sillage, sentait encore les doigts noirs de Priam griffant sa gorge, bien que Priam lui-même fût allongé mort dans une flaque derrière eux. Descendant de la clairière proche de la crête, les cris d'encouragement de Gabriel avaient de chaleureuses intonations de bienvenue, pour émaner d'un si récent ancien ennemi.

— Peut-être pourrais-je vous aider à panser la plaie, docteur, proposa Pagnol. Je suis certain que vous allez trouver la balle en moins de rien ! Comme je vous l'ai dit, j'ai étudié l'anatomie jadis : c'est sans doute ce qui m'a permis ce soir de sauver la vie de votre ami, — et la vôtre

4

DANS la clairière baignée de lune de King's Island, Gabriel s'était livré sans geindre au scalpel de son ami. Dans la plate, il s'était sagement reposé cependant qu'ils descendaient au fil de l'eau vers le dépôt, avec le corps de Priam affalé à l'avant sous un tas de sacs vides... Maintenant, allongé sur un lit de clinique, les doigts de Roy solidement vissés à ses épaules et Toby occupé à nettoyer à nouveau sa plaie puis à la bander de frais, il redevenait le bavard habituel.

— Où est mon heureux adversaire ? Je voudrais le remercier personnellement et de vive voix.

— Ne te fatigue pas à plaisanter. Un pouce plus court et plus à gauche, et nous te ramenions à la maison avec Priam.

— A propos, j'attends toujours l'explication relative à Priam.

— Et moi j'attends que tu te taises et te reposes. Les explications viendront demain : pas de danger qu'elles s'envolent d'ici là.

— Permets-moi au moins de féliciter Pagnol.

Au lieu de répondre au journaliste, Toby lui tendit un verre qu'il vida gaillardement en quelques rapides gorgées grimaçant un peu au goût de l'opiat.

— Tu ne veux pas croire que je me suis beaucoup

amusé, jusque dans la défaite. Crois, du moins, que j'avais tes intérêts à cœur, encore que je me sois trompé au sujet du Français.

— Je te crois, Gaby, Voyons ! Si tu voulais te reposer en silence...

— Est-il vrai qu'il part demain pour Charleston, d'où il compte mettre le cap sur la France ?

— C'est du moins ce qu'il m'a dit quand nous nous sommes séparés sur l'île, et je suis disposé à en croire sa parole.

Gabriel tourna un œil piteux vers Roy :

— *Savais-tu* qu'il n'avait pas l'intention d'épouser ta sœur ?

— Depuis un bon bout de temps, dit Roy, Nancy n'est pas dans un état d'esprit conjugal ces jours-ci. Je pourrai ajouter que Pagnol possède domaine et terres en France, lesquels seraient perdus pour lui s'il se mariait hors de son pays. Non que les biens d'un aristocrate soient destinés à garder leur valeur bien longtemps, avec la Révolution qui fermente là-bas...

— Tu aurais bien pu me le dire plus tôt, Roy.

— Tu aurais pu me le demander, avant d'arrêter une balle avec ton bras.

— *Pro oris infanta,* dit Gabriel. Ou bien mon latin est-il encore plus mauvais que de coutume, messieurs ?

Il bâilla de façon caverneuse et, tandis que les deux médecins se penchaient encore sur son lit, déjà il s'endormait d'un paisible sommeil.

— Au moins, lui, on peut dire que ses affaires d'honneur l'amusent ! Je voudrais pouvoir en dire autant des miennes.

Toby leva vivement les yeux, mais le visage de Roy, qui rassemblait, sur la table à côté, bandages et instruments, était impassible :

— Contre qui te bats-tu ?

— Contre qui, sinon Harvey Bristol ? N'as-tu pas entendu dire qu'il a insulté le nom de Darby ?

Roy souligna la phrase consacrée d'une inflexion légèrement sarcastique.

— Même si je vis pour mon laboratoire, dis-toi bien que je n'en suis pas, pour autant, imperméable aux faits.

— J'ai ramené Gabriel vivant, ne m'oblige pas à repasser par les mêmes péripéties et les mêmes émotions. J'ai bien assez à lutter sans avoir encore à combattre Bristol — après qu'il t'aura descendu !

— Tu dois bien voir qu'il n'y a pas d'autre moyen d'en sortir que de provoquer Bristol. Je ne peux pas l'éviter.

— A moins que je ne le provoque d'abord.

— Il ne se battra pas contre toi. Et tu as dit en public à son père que tu ne te battrais pas avec lui, mais que tu *le* battrais avec tes poings, quand tu le pourrais. En outre, c'est ma femme qu'il a insultée — et non la tienne.

— Si tu crois un seul instant que...

Toby retint hâtivement le reste de la phrase : il avait failli dire que Marthe n'avait guère besoin d'être entraînée et n'était pas moins coupable que Harvey.

— Je ne défends pas Marthe. Du moins pas vis-à-vis de toi. Nous nous connaissons trop bien pour cela, tous les trois, je le crains.

Sa voix était aussi calme que ses yeux, qui regardaient toujours Toby d'aplomb et bien en face.

— Mais, pour ce qui est du monde extérieur, c'est une autre histoire. On les a vus ensemble à *l'Hôtel des Planteurs,* à Charleston. Harvey se vante qu'elle... qu'elle y vivait avec lui... Ne vois-tu pas qu'il faut que je le tue, si Marthe et moi devons continuer à vivre à Savannah ?

— As-tu affiché un cartel ?

— Pas d'affichage cette fois. Et pas de rhétorique à la Gabriel. J'irai le défier dans sa propre maison. Maintenant. Tout de suite, si tu acceptes de me servir de témoin et si Harvey est assez bien portant pour nous recevoir.

Les yeux de Toby se baissèrent les premiers. Les deux amis quittèrent ensemble l'hôpital, Kent vaguement reconnaissant de ce que le sombre tunnel de mûriers effaçât le clair de lune, et de ce que le paisible silence de Roy indiquât une décision prise une fois pour toutes. Le code d'un gentleman géorgien était inexorable, il le savait. Sa rigidité même assurait une manière de sérénité... Quand ils émergèrent dans Wright Square, il regarda son ami : le sourire de Roy était toujours une merveille de calme douceur. Il pensa : « Nous pourrions être en route vers une consultation médicale plutôt que vers un rendez-vous avec l'éternité... »

— Jamais Savannah n'a paru plus propre ! remarqua Roy. Il est difficile de croire que nous allons avoir une épidémie à combattre... après-demain peut-être... et peut-être cette nuit...

— Tu viens de dire, si j'ai bien compris, que Harvey est malade. Quand as-tu entendu cette nouvelle ?

— Ce soir même. En rentrant en ville. Le vieux Matthew l'a fait mettre au lit et laissé aux soins de leur maître d'hôtel. Pour ce qui est de lui, du père, si je ne me trompe, il doit être occupé à dresser son armée particulière à l'entrepôt Bristol. Pendant ce temps, le fils n'a qu'à guérir du mieux qu'il pourra.

— Il y a tout de même bien quelqu'un qui le soigne ?

— Tyree, à ce que je crois.

— Peut-être devrions-nous nous informer avant d'agir ? On ne saurait vraiment provoquer en duel un homme malade et couché.

Mais Roy serrait les mâchoires, et son expression était celle d'une inébranlable résolution.

— Je vérifierai par mes propres yeux ce lit et cette maladie, répondit-il. Comment saurions-nous que ce singe ne grimace pas ?

Il s'arrêta brusquement sous le dais parfumé d'un vernis du Japon au coin du square :

— Je suis parfaitement idiot de te prier de venir avec moi ! Du moment qu'ils ont payé Priam pour qu'il t'assassine...

— Ce n'est pas encore prouvé, Roy. En voici peut-être l'occasion.

— Tu crois donc que cela vaut le risque ?

— Même si je ne le croyais pas, tu ne vas pas t'imaginer que je te laisserais entrer seul dans cette maison ?

Roy réfléchit quelques instants là-dessus, tandis qu'ils suivaient le trottoir de bois qui menait chez les Bristol.

— D'une douzaine de directions différentes, l'assurance m'est parvenue que Matthew Bristol entraîne ses sbires pour nous combattre demain, si nous osons franchir les limites de sa propriété. Il doit bien avoir, par conséquent, planté une demi-douzaine de gardes à sa porte...

— Nous avons déjà vaincu les sbires de Bristol avant

ce soir. Nous en viendrons bien à bout ce soir encore.

Malgré quoi, Toby sentit une froide prémonition de désastre les envelopper tous deux lorsqu'ils s'arrêtèrent juste devant le portail des Bristol, et il sentit que Roy, en dépit de son courage d'acier était tout aussi troublé. Vue du dehors, la façade paraissait innocente, personne aux fenêtres, l'ensemble apparemment aussi vide qu'une tombe.

Pourtant, il était impossible que le vieux Bristol, si obstinément concentré qu'il fût sur ses entrepôts, eût été assez stupide pour laisser sa propre demeure non gardée. Impossible que le fils de Bristol, si malade qu'il pût être, ne tînt pas un œil ouvert pour le cas de quelque intrusion.

— Sous cet angle, remarqua Roy, on jurerait qu'ils se sont rendus et ont quitté Savannah. As-tu jamais vu maison paraître plus radicalement déserte ?

— Pour tout ce que nous en savons, il peut y avoir un fusil à chaque fenêtre, l'œil à la mire.

— Nous y allons voir ?

— Quand tu voudras.

Mais Roy le retint un instant de plus :

— Une question encore Toby, avant que nous nous transformions en cibles. Qu'est-ce que Gabriel avait dans l'esprit lorsqu'il m'a demandé si Nancy avait l'intention d'épouser Pagnol ?

— Gabriel a une soif absolument inextinguible de documentation. Elle le tuera plus sûrement que l'alcool.

— N'élude pas la question. Gaby a-t-il voulu tuer Pagnol dans ton intérêt ?

Toby haussa les épaules :

— Malgré son armure de cynisme, notre journaliste d'ami est, en dedans, un romantique. Il croit... (Kent avala difficilement sa salive) il croit... que nous devrions nous marier, Nancy et moi. Tu sais ce que ton père a écrit dans son journal... Gaby a pris cela littéralement.

— C'est bien comme ça et pour ça que c'était écrit !

— Il se peut. Mais, si cela ne t'ennuie pas, je tiens à ma propre interprétation.

Les yeux sur le porche blanc de lune, Roy énonça très sérieusement :

— Certaines gens auraient le plus grand besoin d'un

examen complet du cerveau — pour ne rien dire de leur cœur !

— Nos têtes, nous allons les fourrer dans la gueule du lion. Laissons nos cœurs tranquilles.

— Je n'oublie pas que demain, à la même heure, je puis être mort. Et je tiens à te répéter que tu ferais, malgré tes défauts, un beau-frère idéal.

Après un regard rapide, presque timide, à Toby, il marcha droit vers le sentier ruisselant de lune qui conduisait au porche des Bristol.

Instantanément, Kent fut sur les talons de son ami et questionna de l'œil une fenêtre après l'autre afin de découvrir, s'il le pouvait, de quelle direction le premier coup de feu risquait de jaillir s'ils étaient reconnus. Mais quand Roy se saisit du lourd heurtoir de bronze et martela vigoureusement la porte, ce fut comme si personne n'avait entendu le vacarme ainsi provoqué.

— Se peut-il que la maison soit réellement vide ?

— Peut-être Harvey est-il descendu aux docks ?

— Ils auraient laissé un maître d'hôtel pour répondre à la porte !

Roy martela le battant de la porte avec une violente impatience — et le battant pivotant sous les coups s'ouvrit en gémissant un peu sur ses gonds, révélant un vaste vestibule, éclairé de nombreuses bougies dont plusieurs brûlaient au ras de leur bobèche — un vestibule aussi vide qu'un décor de théâtre après que les acteurs ont quitté la scène.

Toby, enlevant prestement ses bottes et armant son derringer dans la poche du pan droit de son habit, avança dans le vestibule à la manière des crabes ; Roy, imitant son avance parallèlement, le long du mur opposé, atteignit la porte grande ouverte de la bibliothèque et s'y glissa. Toby, demeuré dans le vestibule, n'entendit ni un coup de feu, ni bagarre, ni même une simple parole, et le mince corps de Roy reparut au bout d'un moment :

— Vide comme la lune, docteur Kent.

— Pour autant que j'en puisse juger, il en va de même de la salle à manger.

— Peut-être le vieux Matthew a-t-il envoyé ses esclaves en amont ?

— Et fermé sa maison ? C'est ce que tu veux dire ?

— Dame ! Comment expliquer cela autrement ?

— Et comment expliquer qu'un homme qui veut

fermer sa maison laisse la porte ouverte et des bougies allumées ?

— Peut-être le maître d'hôtel se trouve-t-il à la cuisine et n'a-t-il pas entendu le marteau de la porte ?

— Te rappelles-tu son nom ?

— Abner ? Etes-vous là ?

Bien que vaguement soulagés par la véhémence impérative de cet appel, les deux amis se laissèrent couler à l'abri d'un des vastes fauteuils pour en attendre le résultat. Mais il n'y eut aucun résultat.

— Essayons les cuisines, pour plus de certitude. Toujours plaqués le long des murs, ils visitèrent l'office, puis les cuisines, la souillarde, l'économat, et se trouvèrent sur l'allée sablée de l'entrée de service sans avoir rencontré âme qui vive.

Tout était vide, tout était abandonné. Une douzaine de signes en témoignaient jusqu'à l'évidence : une porte ballait doucement dans la brise nocturne qui montait de la Savannah ; un buffet entrouvert avait été pillé avec plus de hâte que de minutie ; une marmite chantonnait encore au-dessus d'un lit de braises mourantes...

— Les esclaves de Bristol n'ont pas été envoyés ailleurs, Roy. Ils ont fui, en corps, en bloc, pour des motifs à eux.

— Cela ne pourrait-il pas être un piège pour nous ?

— Je ne vois pas comment. Ni à quoi répondrait une telle mise en scène. Tu as fait toi-même la réflexion que nous n'étions vraiment pas attendus ce soir.

— Peut-être trouverons-nous la réponse à l'étage ?

— Retire tes bottes et montons ensemble. N'oublie pas de te coller au mur jusqu'à ce que nous soyons fixés.

— Comment le vieux Matthew a-t-il pu être à ce point négligent ?

— J'ai dans l'idée qu'il a dû laisser une garde quelconque. Ceux qui la composaient ont probablement tourné bride en même temps que les esclaves domestiques.

Tout en parlant, et tâtant successivement chaque marche du bout des orteils afin de déceler un éventuel craquement, ils arrivèrent au premier. Jusqu'aux portes des chambres à coucher qui étaient ouvertes à des angles imprévus, comme si les habitants affolés avaient fui sans oser regarder derrière eux.

— Qu'en penses-tu, Toby ?

— Jusqu'ici, je n'ai pas encore osé me le demander.

Mais sa phrase n'était pas finie qu'il savait, sans regarder son ami, que lui aussi avait vu ce qu'il voyait... La main sur le tapis, les doigts boudinés détendus parmi la mousse de fine dentelle du poignet, était aussi immobile qu'un cadavre nouvellement lavé. Le bras auquel elle appartenait s'étalait comme un moulage de plâtre, par l'entrebâillement d'une porte de chambre à coucher, qui leur parut aussitôt une sorte d'affreux reposoir... Il ne leur fallut qu'un pas de plus pour s'assurer que main et bras appartenaient à Harvey Bristol. Dépourvu, même dans la mort, de cette dignité qui n'abandonnait jamais son père, l'héritier avait tout simplement chu comme un sac en travers du seuil, la chemise de nuit grotesquement entortillée autour de ses cuisses épaisses, les yeux révulsés vers son bonnet de nuit.

— Pour être mort, il est mort.

— Aussi mort que possible. Ne peux-tu voir ce qui l'a tué ? Ni comprendre pourquoi la maison est vide ?

Déjà Roy, agenouillé auprès du corps, dénouait les cordons du vêtement. Non que l'un ou l'autre des deux médecins eût besoin d'un diagnostic : le premier coup d'œil les avait renseignés. Le cou mâchuré, les plaques pareilles à du sang séché qui couvraient sa poitrine et ses épaules, l'énorme enflure de l'aine, tous les signes classiques étaient là, au complet.

Harvey Bristol, abattu par la hache de la peste, s'était tout bonnement écroulé alors que, dans un sursaut final d'énergie, — encore un des signes du mal atteignant son dernier stade, — il se lançait vers l'air libre qui manquait à ses poumons.

Les esclaves, et tels gardes que le vieux Bristol avait laissés derrière lui, avaient fui ensemble et probablement avant que leur maître eût succombé dans cet ultime délire.

— Il semble que la peine d'une provocation t'ait été épargnée, Roy.

Toujours agenouillé auprès du corps, Roy ne leva pas les yeux. Toby se demanda si la même pensée avait traversé au même instant l'esprit de son ami. La justice, se répétait-il, avait rarement frappé si vite — et avec une telle précision...

— Il faudrait appeler Tyree.

— A quoi bon ? Vous êtes médecins tous les deux... N'êtes-vous pas fichus de sentir la mort quand elle vous passe sous le nez ?

Marthe, titubant et tombant plutôt qu'elle ne marchait, venait de sortir de la chambre à coucher. Roy ne bougea pas. Ce fut Toby qui lui prit la main et la conduisit vers un canapé de l'autre côté du hall, sans vouloir remarquer la massive odeur de brandy qui l'enveloppait. La main qui, maintenant, s'accrochait à la sienne brûlait d'un feu séparé. Pendant qu'il tenait de libérer ses doigts, une partie de son cerveau comptait les pulsations sauvages du mince poignet, la teinte safranée du blanc de l'œil...

— Pourquoi ne demandez-vous pas comment je suis venue ici ce soir ? N'êtes-vous même pas curieux ?

Elle oscilla encore, tenta de se lever sous les paumes doucement appuyées de Toby.

— Vous devriez pourtant vous sentir dévorés de curiosité lorsque vous grimpiez l'escalier sur la pointe des pieds, comme une paire de gamins.

— Surveille-toi, Marthe, dit Roy. Je vais te ramener à la maison dans quelques instants...

— Tu ne me ramèneras plus jamais à la maison, Roy. J'en ai fini avec les Darby et avec Savannah.

Roy, son examen terminé, ignora ce cri à demi hystérique. Sans regarder sa femme en face, il se redressa, alla chercher une couverture dans la chambre à coucher et couvrit le corps de Harvey Bristol à l'endroit où il était tombé.

— Il faut que le vieux Bristol soit averti. J'irai faire mon rapport au Dr Tyree dès que j'aurais emmené Marthe chez nous.

— Oh ! Roy ! n'as-tu donc pas entendu un traître mot de ce que j'ai dit ?

Le jeune médecin fit enfin face à sa femme, et Toby, lisant dans les yeux de son ami, s'écarta instinctivement.

— J'en ai assez vu pour aujourd'hui, Marthe. Je crois que tu peux m'épargner la suite.

— Mais je vais te quitter, je te le répète. Et je vais te dire pourquoi. Il faudra bien que tu écoutes !

— Quelqu'un t'a-t-il vue entrer dans cette maison ?

— Et qu'est-ce que cela pourrait bien faire si l'on m'avait vue, je me le demande ?

— Puis-je te demander, moi, pourquoi tu es venue ?

— Tu peux, en vérité, Roy. Tu le peux.

Les doigts de Marthe griffaient ses tempes, ressemblaient aux serres d'un oiseau enfiévré. Toby, qui regardait son visage étrangement mâchuré se dissoudre en un brouillard de larmes, se demandait comment il avait pu la trouver jolie — ou même seulement désirable.

En ce moment, Marthe Darby présentait le plus pathétique spectacle qu'il soit possible d'imaginer : celui d'une femme qui commence à s'écrouler par le dedans, sous le double assaut des nerfs et de l'alcool.

— Je suis venue ce soir pour sauver la vie de Toby — si je le pouvais.

— Tu savais... tu savais... à propos de Priam ?

— Naturellement, je savais ! Harvey s'est servi de Priam plus d'une fois — pour aider à la réussite de nos plans. Mais je ne croyais pas qu'il s'en servirait... pour frapper Toby !

— Pense à ce que tu dis, Marthe.

— Harvey était mon amant : tu dois bien avoir deviné cela ! Il était mon amant à La Havane. Oui, et ici, à Savannah, avant qu'il se fût mis en tête de faire la cour à Nancy Grégory.

Marthe baissa le regard vers le corps tordu sous la couverture, et son regard était étrangement détaché. Bien que ses doigts continuassent à torturer ses cheveux trempés de sueur, sa voix était aussi calme que ses yeux.

— Ne parlons pas de cela. Comment as-tu appris ce qui concernait Priam ?

— J'ai dit que Harvey était mon amant. Nous travaillions ensemble aussi. Priam était l'un de nos... l'un de nos instruments.

La lumière commençait à se faire dans l'esprit de Toby : sa main s'était resserrée sur l'épaule de Marthe, et il la questionnait beaucoup plus âprement que ne le faisait Roy.

— Ainsi donc, c'était Harvey Bristol le pirate qui pillait nos bateaux — et non Pagnol ?

— Mais bien sûr ! Pourquoi n'avais-tu pas deviné cela depuis longtemps ?

— *Pense à ce que tu dis, Marthe !*

Toby entrait dans le sujet aussi doucement qu'il le pouvait :

— *Tu avais bien dit*, formellement, que Pagnol avait partie liée avec Nancy ?

— Poudre aux yeux, Toby. Je n'avais jamais espéré que tu serais aussi complètement aveuglé.

— C'est toi qui avais fait mettre ce billet dans la bibliothèque, à Sangaree ? Et le billet sur le bureau de Nancy ? Toi encore ?

— Beau travail d'imitation, n'est-il pas vrai ? Priam l'avait caché dans le rayon où tu ne pouvais manquer de le trouver. Pourquoi y as-tu cru, Toby ? Tu avais cru déjà à celui du bureau...

En effet, pourquoi et comment y avait-il cru ? La forme même du langage, ce style si peu français et si peu Pagnol ! Après coup, il en admettait l'inélégance — pour se maudire !

— Quand un homme aime une femme comme tu aimais Nancy, il ne devrait croire d'elle que le meilleur, et non le pire.

Vrai encore, et combien cruellement vrai ! La coupable qui l'avait tenté et n'avait que trop bien atteint son but lui reprochait à présent sa crédulité comme une infidélité.

Il se redisait ces choses, mais à l'arrière-plan de son esprit, confusément encore, il pourrait y revenir plus tard, se torturer à loisir, légitimement. Pour l'heure, le temps pressait, il lui fallait obtenir toutes les précisions possibles, le plus vite possible. Il laissa donc passer la remontrance sans y répondre.

— Et la nuit que nous avons fait sauter ce pirate près de Gabbage Island ?...

— Vrai encore. J'avais envoyé le message leur annonçant que la *Darby Belle* partirait ce soir-là... avec la marée.

» Exactement comme j'avais envoyé les messages précédents. Harvey me payait un pourcentage sur chacune des prises qu'il faisait grâce à mon concours.

— Combien de temps a-t-il opéré ainsi, comme flibustier ?

— Assez longtemps pour devenir riche. Depuis que sa femme mourut en Angleterre, lui laissant assez d'argent pour lui permettre d'installer son quartier général à Nassau.

» Pourquoi me dévisagez-vous comme deux écoliers

stupéfaits ? La piraterie est une vieille coutume américaine.

— Tu l'as aidé, Marthe ! C'est là ce que je ne puis comprendre. Est-ce que le vieux Matthew était au courant de ce... brigandage ?

— Certes non ! Il acceptait bien volontiers l'aide de Harvey, mais il n'en a jamais deviné l'origine, n'a même jamais rien supposé de semblable... Il est fou, le vieux Bristol, mais il est honnête.

— Qu'as-tu fait de ton... de ton pourcentage ?

Roy avait difficilement lâché le mot. Il lâcha plus difficilement la question suivante :

— Est-il ici, à Savannah ?

— Ne me crois pas naïve à ce point, je t'en prie, Roy ! Personne en dehors de moi, personne ne sait où cet argent est caché. Personne ne le saura jamais. Mais je te dirai ceci : il y en a assez, plus qu'assez, pour me libérer de ton monde !

— Si tu crois un seul instant que je te laisserai partir...

— Jamais je ne t'ai appartenu, Roy. Jamais. Cela avait l'air comme ça. Rien de plus... Maintenant que je suis prête à partir, que j'ai les moyens de partir... rien ne me retiendra. Rien. Fût-ce pour un instant.

— Ne t'es-tu jamais rendu compte que tu es une criminelle aux yeux de la loi géorgienne ?

— Peut-être. Mais tu es le dernier homme de Géorgie à pouvoir me marquer. Tu as le nom des Darby à sauvegarder.

— Tu vas rentrer avec moi, Marthe. Demain, quand tu auras retrouvé ton équilibre...

— Jamais je n'ai été plus d'aplomb, Roy.

Mais, pendant que Marthe parlait, ses yeux sauvagement mobiles trahissaient ses paroles. S'arrachant è la main de Toby qui lui tenait toujours l'épaule, elle oscilla dans le cercle de lumière qui ruisselait en haut du grand escalier et fit face insolemment aux deux médecins :

— Ne me dites pas que je suis malade. Je *sais* que je suis malade. Mais je m'en tirerai, Roy, j'y échapperai... j'en sortirai.

Sa voix se brouillait, s'épaississait en quelque sorte, et elle cherchait ses mots. La main qui toucha la rampe tremblait violemment.

— Je m'en tirerai, Roy... j'y échapperai... j'en sortirai... comme je t'échapperai... comme je sortirai de ton milieu. Comme j'ai pu survivre au fait... que je voulais Toby... que je l'ai toujours voulu... et que je n'ai jamais pu l'avoir... jamais...

— Ne pense pas à tout cela, Marthe. Tu es malade, sans doute, mais nous te guérirons.

— Je livrerai ma bataille... moi-même. Merci. Bonne nuit... *messieurs* !

Ce fut bien juste si elle ne cracha pas le dernier mot, tant elle y mit de fureur et de mépris. Elle ajouta encore :

— Je ne vous souhaite pas bonne chance.

Elle tournoyait presque en descendant l'escalier et faillit piquer une tête par-dessus la rampe. Pour mal assurée qu'elle fût, elle était cependant d'une étonnante agilité et plus rapide que Roy qui la poursuivait, mains tendues, et criant d'angoisse :

— Reviens, Marthe ! Reviens !...

— Jamais en ce monde.

La riposte fut lancée du vestibule. Sur les talons de Roy. Toby descendait à fond de train : il entendit le heurt violent de la porte extérieure, puis le claquement de hauts talons sur les dalles du trottoir. Avant même qu'il pût atteindre l'air libre, il savait que la poursuite de Roy serait vaine, que, quel que fût le remède offert ce soir par Roy Darby à sa femme, il arriverait trop tard.

Il n'y avait pas à s'y tromper sur l'allure effrayante de ce pouls, sur la fièvre qui la faisait galoper de la sorte, sur ces yeux roulant, affolés, dans leurs orbites. La fuite de Marthe sous le clair de lune était une preuve de plus du mal qui la détruisait, comme il avait détruit Harvey Bristol.

Toby, courant toujours pour les rejoindre, les vit rouler ensemble dans un nuage de poussière, rouge comme le cœur de la Géorgie, qui les enveloppa, puis Marthe parvint à s'échapper une fois encore et courut à l'aveuglette vers le milieu du square.

Là, elle parut subitement geler sur place, comme tranformée en pierre par la baguette magique de quelque visible sorcier.

Quand elle tomba, ce fut encore ainsi que tomberait une statue. Un bras levé, un bras rigide comme pierre mais mobile, battit la poussière pendant quelques secondes. Et puis tout fut immobile. Tout fut fini.

Toby fut à son côté presque en même temps que Roy, pas assez tôt pourtant que je jeune médecin ne l'eût déjà relevée entre ses bras. Un coup d'œil suffit à lui faire comprendre que le bubon noir de la peste, éclatant dans son cerveau, l'avait tuée net.

— Au matin, dit Roy, elle se portait aussi bien que moi. A midi, elle s'est plainte d'une fièvre légère, mais a refusé tout traitement. Avant l'aube, la voici morte.

Sa voix était sèche, curieusement dépourvue d'émotion.

— J'ai la conviction qu'elle n'avait pas la volonté, pas l'intention de s'enfuir. C'est la maladie qui l'a poussée dehors.

— Evidemment, Roy.

— Les choses qu'elle a dites ne doivent — vraies ou fausses — pas aller plus loin.

— Quoi qu'elle ait pu être, c'est notre secret. Elle est au-delà de tout blâme à présent. Comme le jeune Bristol.

— Tu es bon de dire cela, Toby. Et je sais que tu le penses.

Roy hésitait encore, debout dans le ruissellement lunaire, le corps de sa femme inerte entre ses bras. Mais, malgré une hésitation purement physique, ses intonations gardaient le même détachement professionnel :

— Peut-être comprendrai-je tout cela quand viendra le matin. Peut-être même déciderai-je... comment... juger sa mémoire...

« Tu sais bien, pensait Toby, qu'il vaut mieux qu'elle soit morte. Avec le temps, tu arriveras à te rendre compte que cette minute est la plus heureuse que tu aies vécue depuis ta naissance. Sa vie auprès de toi était un perpétuel mensonge, et, maintenant qu'elle avait confessé le mensonge, qu'aurais-tu pu faire de sa vie ? »

— Il nous faut la porter au dock, Roy, dit-il doucement. Laisse-moi t'aider.

— Elle est encore *mon* fardeau, répondit Roy.

Et, sachant que toute discussion eût été futile, que toute tentative de consolation eût été pire que futile, Toby se mit silencieusement au pas de son ami.

Ils descendirent ainsi côte à côte toute la longueur de Bull Street, traversèrent Johnson Square tacheté d'ombre et de lumière et atteignirent la vaste découverte de The Bay. Ce fut un bizarre voyage. Autour d'eux, Savannah, ville endormie et comme morte, ne leur offrait que ses fenêtres vides. Mais tous deux savaient que les citadins terrorisés étaient pour la plupart chez eux, s'efforçant de leur pauvre mieux d'édifier une muraille entre eux et la mort. La puanteur du soufre était partout ; à tous les coins de rues leur venaient d'âcres bouffées de vinaigre, ce qui témoignait que de nombreuses ménagères avaient tendu un drap humide devant leurs portes et leurs fenêtres pour barrer l'entrée au fléau.

La mort noire, sans quitter les docks et Muskrat Town, avait frappé deux fois dans la ville haute. Qui pouvait dire quand et où elle frapperait encore ? Quand on entendrait les charrettes rouler sous ces fiers portiques pour y prendre un tragique chargement ?

Grâce aux études qu'il avait faites en Europe et aux mesures qu'il avait, en conséquence, fait admettre par acclamations à la séance de la veille du Conseil municipal, Toby avait eu bon espoir de confiner le fléau dans le premier domaine qu'il s'était choisi. Cette espérance ne serait plus que d'un faible encouragement pour Savannah demain. Dès que seraient connues la mort de Harvey Bristol et celle de Marthe Darby, un exode en masse se produirait vers les propriétés à la campagne, vers l'air de la campagne.

Les pas des deux amis résonnèrent sur les quais, tandis qu'ils évitaient les entrepôts et se dirigeaient vers le navire-hôpital, ancré à peu de distance du mur de soutènement.

— Tu ne peux guère la transporter à bord ?

— Je m'en rends bien compte. Nous allons écrire son certificat de décès tout de suite et la placer dans l'esquif de l'île.

— Mais, Roy...

— Nous n'avons pas le choix, Toby. Nous avons brûlé cinq cadavres de Muskrat Town. Tyree fera brûler le corps de Bristol.

Toby admit, en inclinant la tête, cette décision d'une évidente sagesse. Toutes les victimes faites par la peste jusqu'à présent avaient été transportées à Lazaret Island et incinérées sur des bûchers élevés au bord de l'eau. La coutume et la crainte, réunissant leurs mains tremblantes au lit de mort des pestiférés, avaient décrété qu'il n'y aurait ni enterrement ni cérémonie pour un débardeur mort de la peste à Muskrat Town, non plus que pour un esclave exhalant son dernier souffle dans un hurlement au fond de sa case : la victime était brûlée, avec son matelas et sa literie. En tant que médecin, Toby ne pouvait qu'approuver Roy d'appliquer la même implacable règle à la famille Darby.

Chaulé jusqu'au plat-bord, l'esquif de la mort, qui n'avait pas servi depuis plusieurs jours, dansait sur l'eau au bout de sa longue amarre à l'extrémité des docks. Toby l'amena à quai : ni lui ni son ami ne disaient mot. Roy déposa le cadavre sous les bancs avec douceur, mais sans cérémonie. Pendant quelques instants, ils restèrent là, debout, à regarder le visage de Marthe, puis, d'un commun accord, recouvrirent le corps d'un linceul de coton récemment trempé dans la chaux.

Toby repoussa l'esquif, la très longue amarre se déploya comme un serpent d'eau, et les deux médecins attendirent sur place qu'elle fût tendue entre le quai et le milieu du courant, où la barque se reprit à danser sur le fleuve, puis ils s'éloignèrent vers leurs devoirs immédiats.

Toby pensait que, sous peu d'heures, Tyree enverrait le corps de son client à bord du même esquif, et qu'au jour levant une paire d'esclaves, trop terrifiés pour parler, remorqueraient cette cargaison jusqu'au bûcher de Lazaret Island. Il semblait en somme logique que Marthe et Harvey fissent ensemble leur dernier voyage terrestre.

Les premières paroles que prononça Roy indiquaient assez que ses pensées avaient suivi un cours analogue :

— Je vais commencer par envoyer mon rapport à Tyree pour qu'il fasse le nécessaire. Puis je brûlerai mes vêtements à la porte du lavoir. Je te rejoindrai, bientôt après, an navire-hôpital. Tu as eu de longues et dures heures ce jour et cette nuit, Toby, mais je crains bien que ta présence ne soit indispensable à bord.

Ils étaient arrivés à la passerelle d'accès de la *Lady Oglethorpe*. Pour la première fois, Toby remarqua la lumière des fenêtres de la cabine arrière, la plus large lueur diffuse au poste central, où le jeune Dr Appleby présidait vaillamment au bon fonctionnement de leur hôpital flottant.

— Nous avons de nouveaux cas à bord, constata-t-il. Ce n'est que naturel. Naturel et inévitable, reprit-il en un monologue intérieur. Si le fléau peut frapper tout en haut de la falaise, il doit évidemment se déchaîner à Muskrat Town.

— Si tu veux te reposer demain, je prendrai la garde, dit Roy.

— C'est toi, bien plus que moi, qui auras besoin de repos. Et tout de suite.

— Je crois que je préfère travailler, Toby. (Roy fit de son mieux pour se forcer à sourire.) Je crois aussi que le repos ne sera qu'un mot et qu'un souvenir pour nous deux pendant quelque temps.

— C'est peut-être tant mieux pour nous, Roy.

— Peut-être.

Un pied déjà sur la passerelle d'accès, Toby posa la main sur le bras de son ami :

— Si des mots pouvaient te soulager, si *n'importe quoi* pouvait t'aider maintenant...

— Marthe s'est détruite elle-même. Ce n'est pas plus compliqué que ça. Elle aimait trop la vie pour regarder à la dépense ou discuter le prix. Ne suppose pas que je ne l'aie pas comprise dès le commencement. Ne suppose pas que je ne l'aurais pas sauvée, si la chose m'avait été possible.

— Nul ne pouvait la sauver, Roy.

— Personne au monde. Et ne suppose pas non plus que je permettrai à cette découverte de *me* détruire.

Après un bref instant d'hésitation, Roy continua résolument :

— J'ai d'autres raisons de vivre que moi-même, des raisons de vivre en dehors de moi. Le travail est beaucoup plus important que moi je ne pourrais jamais être. Marthe n'avait rien... rien en dehors de son propre désir...

Sa voix se brisa enfin sur ses paroles, et il descendit le long du quai dans le clair de lune, s'arrêtant une seule fois pour regarder l'esquif flottant dans le chenal au bout de sa longue amarre. Toby, arrachant son regard à cette même vision, se hâta sur la passerelle.

Appleby, l'air presque joyeux dans la lueur diffuse de la lampe du poste central émergea de la porte qui conduisait à la longue salle des malades.

— J'ai envoyé Billy vous chercher, docteur. Notre premier cas a été amené à bord une heure à peine après que nous étions installés.

— D'autres ont suivi ?

— Trois en tout. Un moribond. Le second, c'est encore trop tôt pour porter un diagnostic. Le troisième absolument typique. J'ai déjà vidé le bubon.

Toby soupira de soulagement. Trois cas, maintenant que le navire-hôpital avait osé se mettre au mouillage dans la rade même de Savannah, ce n'était point trop alarmant : les malades qui, à Muskrat Town, soignaient en silence leur mal et leurs craintes avaient simplement convergé vers l'asile désormais à leur portée.

— Fausses alarmes ?

— Ni plus ni moins que d'habitude. Je les ai drogués, et Billy les a fait repasser de l'autre côté. Croyez-vous sage de rester ici demain ? Une fois notre installation intérieure bien aménagée, ne ferions-nous pas mieux de nous ancrer au milieu du courant et d'amener nous-mêmes les malades reconnus pendant nos visites ?

— Si le mal prend la forme d'une épidémie véritable, je crains que ce système ne soit guère pratique.

Toby, qui se demandait si Appleby avait eu le temps de remarquer le cadavre qu'ils avaient embarqué sur l'esquif, décida de ne point soulever la question. Déjà la mort de Marthe semblait un épisode curieusement lointain. Les vivants souffrant à bord étaient désormais plus importants, et de beaucoup.

— J'espère que vous avez pu séduire quelques âmes de bonne volonté pour vous assister ?

— Maum Bonnie seulement, docteur, et Mrs. Grégory. Elles attendaient à quai lorsque nous avons mouillé, sans même aller jusqu'à la clinique.

— Avez-vous dit Mrs. Grégory ?

— Pourquoi cet air de surprise, Toby ? Ne m'aviez-vous pas convoquée ?

Il ne pouvait que la dévisager, muet de surprise, cependant qu'elle sortait de la salle des malades et s'arrêtait sur le pont, en avant des lampes qui l'entouraient d'un halo léger. Il sut tout de suite que toujours il la reverrait ainsi, coiffée jusqu'aux yeux d'un blanc immaculé, lui offrant ce sourire familier, mélange d'amitié, de malice et de cette émotion qu'il n'avait jamais osé définir. Et il sut qu'il se haïrait toujours pour son mensonge bredouillé :

— Le moment de notre dernier bilan est venu, Mrs. Grégory. C'est *pour cela* que je vous avais appelée...

— Réglons d'abord nos comptes avec la mort, docteur. Vous savez déjà que je suis bonne secrétaire, et bonne ouvrière agricole. Il vous reste à découvrir que je puis aussi être bonne infirmière.

Mais il la dévisageait toujours, incapable d'ajouter un mot à sa brutale et mensongère assertion, lorsqu'elle regagna la salle des malades. Il saisit alors l'œil d'Appleby et sentit l'autorité redescendre sur lui, comme un manteau visible. Nancy, lorsqu'elle avait reçu son message à Sangaree, en avait conclu qu'il avait besoin d'elle : pour l'instant, il suffisait à Toby de savoir cela. Leur règlement de comptes — et sa propre expiation — pouvaient attendre ce qu'il faudrait.

— Je crois, docteur, qu'un coup de lancette dans un autre bubon...

— Avec l'assistance de Mrs. Grégory, peut-être ?

Le sourire du jeune Appleby était plus que remontant :

— Qui donc croyez-vous, docteur, qui ait assisté notre premier patient ? Vous serez surpris de ce que Mrs. Grégory est capable de supporter.

Toby respira profondément l'air frais et salé et sentit son but se dessiner plus clairement à chacun des mots qu'il prononça :

— C'est là que vous faites erreur, Walter ! J'en ai fini d'être surpris au sujet de Mrs. Grégory, ou de moi-même.

Après quoi, avant que son jeune assistant effaré eût eu le temps de le juger complètement fou, il se dirigea vers la salle des malades et vers une haute silhouette en blanc qui attendait avec patience à côté du premier lit.

5

VINGT-NEUF morts, toutes, sauf deux, à Muskrat Town. Vingt-neuf bûchers funéraires allumés sur Lazaret Island en neuf jours de temps. La plume de Toby pointa la liste une fois de plus avant qu'il refermât le registre sur son bureau du dépôt Darby. Le mot d'épidémie était trop fort pour la menace contre laquelle ils avaient lutté durant ces neuf jours, frissonnant de terreur, quoique cette menace demeurât toujours tapie à l'arrière-plan. Le navire-hôpital était maintenant plein de convalescents. Une douzaine d'autres, probablement désespérés ceux-là, étaient hospitalisés à Lazaret Island.

La menace était aujourd'hui — et le poing de Toby martela une manière de chant de triomphe sur sa table de travail — à peu près éteinte, étouffée dans les vapeurs de soufre, arrêtée pile à la station de quarantaine en aval du fleuve. Isolée dans un cercle de fer, de gardes et de torches tout à côté, aux docks Bristol.

Oui, dans le domaine des miracles, c'était un petit triomphe. Il avait prouvé à Savannah que le feu, le soufre et le salpêtre, judicieusement appliqués, pouvaient arrêter le fléau dans son élan, procédé simple que les Chinois pratiquaient avec succès depuis des siècles.

Fait plus important, il avait convaincu jusqu'aux durs à cuire de Matthew Bristol — et l'habitude prise par

Matthew Bristol de débarquer subrepticement des esclaves à ses docks — avaient fourni à ce fléau leur point d'entrée.

Le farouche cercle de vigilance qui, pendant neuf jours, avait isolé le vieux Bristol et sa fléchissante cohorte de sbires enfermés dans les magasins Bristol représentait la preuve évidente que la leçon avait porté.

Et, chose plus importante que toutes les autres, le Conseil avait admis — un peu tard — que Muskrat Town en elle-même constituait une verrue dangereuse au flanc de Savannah. Par la fenêtre ouverte de son bureau, Toby voyait la longue file blanche du village de tentes élevé sur Hutchinson Island, là où les Pères de la Cité avaient fourni un asile aux habitants de la ville basse, jusqu'à ce que leur sol boueux pût être drainé, endigué, et rendu propre à y établir les habitations des hommes.

Le dernier rat de Muskrat Town enfumé, Muskrat Town soi-même devenue un fouillis de masures grisâtres en attente de la hache des démolisseurs, Toby pouvait employer toute sa matinée au service des affaires de la Compagnie Darby, dans ses bureaux de la falaise, sans un pincement de conscience. Roy en charge du navire-hôpital, Nancy fermement consignée au lit pour un repos de douzes heures, il disposait même d'une liberté suffisante pour méditer sur son avenir, et sur la lettre par laquelle il venait une fois pour toutes de sceller cet avenir.

Ecartant à longueur de bras le souvenir de Nancy et de l'aide infatigable que Nancy lui avait apportée, il obligeait son esprit à ne penser qu'à la lettre elle-même. Pendant ces neuf journées tumultueuses, alors que son cerveau était épuisé jusqu'au vertige et qu'il ne trouvait même plus la force de maudire son aveuglement à l'égard de Nancy, il s'était sombrement accroché à sa résolution initiale, encore qu'il l'eût sentie flancher plus d'une fois.

S'il avait pu trouver un quart d'heure pour être seul avec elle, si leur conversation avait pu échapper momentanément à l'obsession de leur lutte commune contre la mort, peut-être les choses se seraient-elles terminées de façon différente.

Peut-être même un aveu lui aurait-il échappé qui aurait rendu inutile cette lettre si laborieusement écrite. Certes, aucun aveu d'erreur n'aurait pu être d'une plus abjecte humiliation que les mots sur lesquels se posait sa main.

Il les relut une fois de plus, ces mots, avant de les signer, bien qu'il sût qu'il pourrait dans vingt ans les réciter jusqu'à la dernière amère syllabe :

Chère Mrs. Grégory,

Bien qu'il soit peut-être trop tôt pour se risquer à plus que l'Espérance, je me hasarde à prédire que le Pire de la Bataille contre le Fléau est à présent derrière Nous. C'est donc désormais mon Devoir aussi bien que mon Privilège d'établir mes Plans d'Avenir, pour autant qu'ils affectent la Compagnie Darby et Vos propres Projets.

Permettez-moi de dire, dès le Début, que j'ai Pleine Conscience de votre Immense Participation au Succès de notre Entreprise, et que seule une Fausse Fierté (et un Malentendu qui allait plus profond même que la Fierté) m'a empêché de céder plus tôt...

L'orgueil et son propre aveuglement. Peut-être ce qu'il aurait de mieux à faire serait-il de brûler cette lettre et de ployer le genou en personne ? Elle devait être sur le point de s'éveiller à présent, dans l'aire éventée que Roy et lui-même avaient installée en chambre à coucher improvisée tout en haut des magasins, afin qu'elle pût être à la fois proche du navire et en être pourtant séparée. D'où il était assis, il pouvait voir le petit carré de sa fenêtre, un pan de rideau flottant au-dehors et dans lequel jouait la fraîche brise du matin...

Il repoussa fermement la tentation et continua de lire :

L'ignorance (Mère de la Guerre et de la Folie) m'a tenu Captif dès le Début en ce qui Vous concernait. Murmurant à mon Oreille ses malsaines Séductions, elle me conduisait à croire que Vous étiez indigne de ma Confiance. Grâce au Ciel, je n'ai pas exprimé mes

Pires Soupçons. Suffira-t-il que je confesse mon Erreur à dater du Commencement, et que je remette la Propriété de Votre Père entre Vos Capables Mains?

Autant pour sa reddition, pour son admission qu'elle était, tout compte fait, la plus forte. Autant pour son implicite aveu qu'il avait prêté l'oreille à d'autres conseillers alors qu'elle aurait pu lui dispenser profitablement sa sagesse. Chose curieuse, ces abdications lui avaient été plus faciles à tracer que le paragraphe suivant :

Leary a tous les Chiffres relatifs à la seconde et dernière Année de la Compagnie Darby. Si Vous voulez bien les examiner avec un Esprit libre, Vous verrez que nous avons été près de réaliser un Bénéfice en dépit de mon absurde Générosité vis-à-vis de vos Tenants, et ma Tendance (que Vous avez si souvent Déplorée) à acheter de Nouveaux Navires et de Nouvelles Terres en Amont, au lieu de faire des Réserves Financières en Vue d'une Eventuelle Mauvaise Saison.

Si cette Menace de Peste ne nous avait empêchés de vider nos Magasins de leur Richesse Potentielle — si notre Tabac et notre Riz étaient Aujourd'hui en route pour Le Havre et le Pool de Londres — j'aurais pu malgré Tout Vous remettre des Registres Comptables portant en Balance Indication de Crédit et non de Débit. Voudrez-Vous me croire si je Vous affirme que, même avec un large Bénéfice final, je Vous aurais néanmoins remis le Pouvoir?

Peu après que Vous aurez lu la Présente, je quitterai Savannah pour les Terres de l'Amont et les Réserves de l'Ouest; le Moment exact ne dépendra que du Danger de Maladie parmi Nous. J'abandonnerai ma Clientèle de Clinique aux Mains de Votre Frère et du Dr Walter Appleby, absolument comme j'abandonne la Compagnie et sa Direction entre vos Mains.

Qu'il Vous plaise d'accepter cette Lettre comme Gage de ces Intentions, que, comme je vous l'ai dit plus haut, je transformerai en Faits aussitôt qu'il sera possible.

Dieu Vous bénisse, Vous et Vos Entreprises, Nancy Grégory, et puisse Votre Avenir être plus heureux que notre Passé Commun! Je voudrais terminer cette Epître sur une Formule plus douce, sur des Sentiments plus doux, si je l'osais, mais Vous ne savez que trop bien que les Douces Paroles n'ont jamais passé facilement entre nous.

Votre Humble Serviteur,

TOBIAS KENT.

Un moment encore, il demeura assis près de sa fenêtre, regardant l'esclave qui descendait la rampe, tenant la lettre devant lui au bout d'un bâton fendu. Il regarda encore les pieds nus du nègre décamper lestement vers la chambre improvisée de Nancy, au sommet des magasins. Comptant les marches une par une, il entendait au fond de lui les coups du nègre sur la porte. Il ne sentit ses poings se décrisper que lorsque l'esclave reparut à sa vue, balançant gaiement son bâton vide, à présent que sa course était faite...

« Elle lit ma lettre maintenant, pensa-t-il, avec un vif serrement de cœur. Elle sourit doucement, pour elle seule, parce que la bataille est terminée. Peut-être même ne prend-elle pas la peine de sourire. Peut-être avait-elle dès le premier jour, la certitude de me battre à mon propre jeu... »

Il contempla encore son domaine, comme s'il le regardait pour la dernière fois. La dunette qu'il avait arpentée si souvent, des heures durant, tandis qu'il attendait dans l'angoisse qu'une voile retardataire se montrât dans la brume du fleuve, vers le sud. Le hangar des enchères, où il avait senti son cœur bondir en entendant les amateurs se disputer le riz Darby et le tabac Darby. La fraîche grotte aux volets mi-clos qui était le bureau de Nancy, où il l'avait réduite au silence en criant que sa manière de faire, à lui, était la seule bonne...

Ses yeux s'attardèrent sur le navire-hôpital, sagement mouillé entre ses doubles haussières à cent bons pieds au-delà de l'extrémité des docks. Nancy y reprenait son service à trois heures. S'il attendait une demi-heure de plus, il pourrait la voir émerger des magasins, marchant comme une reine qui vient de perdre le pouvoir.

Sachant que c'en était plus qu'il ne pourrait supporter, il quitta en toute hâte le dépôt : si jamais homme avait mérité un verre du meilleur rhum de la Jamaïque de chez Tondee, cet homme était le Dr Tobias Kent.

Il y avait plus d'une douzaine de charrettes à bœufs aujourd'hui dans Bull Street, et presque autant de voitures. La plupart des marchands s'étaient risqués à entrouvrir leur boutique bien que, d'une manière générale, chacun évitât de toucher une main et que l'argent des achats fût encore déposé dans des jattes de vinaigre. Grâce aux propriétés souveraines de l'alcool, semblables précautions étaient inconnues dans la salle du cabaret de Tondee. Même en pleine période de moisson, le bar ne s'était jamais trouvé aussi rempli. Gabriel, assis dans son coin habituel, fit glisser l'écharpe qui soutenait son bras blessé et fit tout naturellement place à Toby.

— Si le docteur vient prendre un verre, je présume que le pire est passé. Ou bien n'es-tu descendu de ta falaise que pour montrer le poing aux docks Bristol ?

— J'ai montré le poing aux Bristol pour la dernière fois, merci !

— Je n'en dirai pas autant pour Savannah. Les gens continuent à dire que nous ne serons pas délivrés de la peste tant que ses entrepôts ne seront pas brûlés au ras du sol.

— Les gens cesseront de grogner si nous pouvons passer la semaine sans cas nouveau.

— Ils ne s'en souviendront pas moins que le vieux a tenu bon jusqu'au bout dans ses entrepôts comme dans un fort. Est-ce que tu ne te rends pas compte que, depuis deux semaines, il défie toute la ville derrière ses fusils ?

— Il a défié toute la ville plus d'une fois et a survécu.

— Il n'aura pas la même veine cette fois-ci.

Toby étudia Gabriel par-dessus le bord de son verre : il n'était pas dans les habitudes du journaliste d'appuyer sur un sujet sans motif réel :

— Si tu prépares une blague quelconque, explique-toi tout de suite. Tu sais que McIntosh ne veut pas d'effusion de sang. Surtout aujourd'hui que nous avons dépassé le moment critique.

— A la vérité, je me préparais à t'envoyer quérir. En compagnie de tout Savannah, nous sommes sur le point d'assister à un *divertissement* (1) capable de réchauffer n'importe quel cœur.

Il but une large rasade, puis fit battre légèrement

(1) En français dans le texte.

les doigts de son bras blessé, de manière à souligner du geste l'humeur de la salle bourrée :

— Premier point, ton indulgence et l'autorité de McIntosh ont seules tenu en laisse nos amis de Muskrat Town. Deuxième point : rien n'aurait empêché que les docks Bristol fussent enlevés d'assaut, et plutôt treize fois que douze, si tu n'avais insisté afin qu'un cordon de gardes en assurât constamment et la quarantaine et, du même coup, la protection.

— Bon, laissons là ces points. C'est du passé. Qu'y a-t-il à venir ?

— Le colonel Crowther, évidemment. A trois heures précises cet après-midi, il se rend aux docks Bristol, paré d'un drapeau blanc, et il appellera le vieux goret, pour le faire « sortir dehors » !

— Tu veux dire qu'il ira le provoquer chez lui ?

— Lui offrir de se battre sur-le-champ, avec ou sans seconds, sous les fusils de ses sbires.

Toby s'aperçut qu'il avait vidé son rhum sans même l'avoir goûté. C'était de notoriété publique. Crowther avait maudit Bristol depuis le haut de la falaise le jour où son fils, à lui, Crowther, avait été transporté au navire-hôpital. Grâce à la compétence de Toby et aux soins de Nancy, le garçon avait atteint le sommet de la crise en un minimum de temps, et Toby avait alors donné un coup de lancette et vidé le grand bubon purulent qui attire et fixe si fréquemment en son foyer le mal qui répandait sa rage dans l'organisme. Enveloppé de compresses jusqu'aux yeux, le jeune Crowther s'était, de justesse, tiré d'affaire et, avec le temps, débarrassé d'une fièvre qui avait été à un doigt de devenir fatale. Il était maintenant, convalescent, installé sous un tendelet, toujours à bord de la *Lady Oglethorpe*.

— Tu ne trouves pas que la provocation du colonel a un peu de retard et ne rime plus à grand-chose ?

— Il assure qu'il tuera Bristol pour rendre un service public.

— Dis-moi, Gaby ? Es-tu bien certain de ne pas l'avoir inspiré ?

— Naturellement, je l'ai inspiré. Avec l'aide du meilleur armagnac de Tondee. Je suis, moi aussi, un bon citoyen de Savannah. Si je n'avais pas déjà reçu une blessure honorable dans ton intérêt...

— Coupe la rhétorique, Gaby. Nous allons nous

rendre immédiatement chez McIntosh. Je veux empêcher cela, si je le puis.

— Tu tombes mal encore ! McIntosh a accepté de servir de second à Crowther, si Bristol accepte des seconds. Ne peux-tu donc pas une fois être un spectateur que la comédie intéresse ?

Tout en posant sa question, le journaliste se leva et demanda l'addition. Le cabaret, à ce que constata Toby, était quasiment vide à présent, les consommateurs, seuls ou par petits groupes, prenaient Whitaker Street en direction de The Bay. Sans protester davantage, il se joignit à la procession, se sentant en proie à une excitation étrange qui n'avait rien à voir avec le colonel Crowther ni avec sa bizarre initiative.

Au premier coup d'oeil, il lui parut que la ville tout entière se déversait sur l'esplanade, en cette parfaite journée d'avril. Les gens marchaient encore prudemment, à neuf pieds de distance les uns des autres. Quelques-uns parmi les plus âgés portaient encore à leur visage des mouchoirs trempés de vinaigre, pour cette première et aventureuse sortie à l'air libre. Pour balancer cette timidité, toutefois, plus de la moitié de la foule semblait parvenue à des degrés divers d'intoxication et prête à fraterniser en conséquence. Toby fronça les sourcils en remarquant que nombreux étaient, parmi ces jeunes gens bruyants, ceux qui portaient des armes.

— As-tu organisé cela aussi, et de cette façon, Gaby ?

Le visage du journaliste était un modèle d'innocence outragée :

— Si quelques jeunes têtes brûlées sont armées, en quoi cela me concerne-t-il ?

— Et s'ils donnent l'assaut à l'entrepôt ?

— Et s'ils le font ? Et puis après ? Est-ce qu'un homme en possession de son bon sens peut empêcher la combustion spontanée ?

Toby gronda, mais ne dit rien. Visiblement, Gabriel était enchanté d'avoir aussi délibérément mis en train une force dont il n'était désormais que trop possible de prévoir le comportement, mais à peu près impossible de le modifier.

Au bord de la falaise, ils s'arrêtèrent ensemble pour regarder en perspective plongeante la rampe Bristol. Cette fois, Toby se sentit réellement inquiété par l'allure menaçante de la masse. Le murmure d'ensemble qui animé généralement une foule prête à se porter à l'attaque manquait encore, mais les éléments étaient réunis, un rien suffirait à les précipiter. Déjà les yeux serrés, ouverts en fente étroite, le grondement au fond de quelques gorges étaient plus qu'une menace... une promesse, qui prit une autre forme — provisoire ! — lorsque Gabriel fut reconnu. Une énorme acclamation le salua au passage.

— Et maintenant, Gaby ?

— Le duel, bien sûr. A la condition que le vieux Matthew montre sa tête, évidemment. Ce n'est pas souvent que le bon peuple a le rare privilège de contempler deux gentlemen se battant pour l'honneur.

Mais son premier coup d'œil, pourtant bien superficiel, avait fait comprendre à Toby que ce n'était pas ce privilège rare qui intéressait présentement le bon peuple. Il avait, c'était visible d'autres plans. Il ne ressemblait à rien autant qu'à un animal très fort, très dangereux, encore tenu en laisse et l'acceptant parce que sa minute n'était pas venue : son œil unanime était fixé sur le bâtiment carré, bas au pied de la falaise, l'entrepôt Bristol.

Toby l'avait étudié souvent et de près, lorsqu'il recherchait les moyens d'en assurer la dératisation. Il avait été trop occupé ces dernières journées pour examiner à fond ses défenses : il savait seulement que d'honnêtes citoyenss, armés d'une matraque contre les rats et d'une torche, faisaient un cordon le long de la rampe et sur la falaise.

Ce même cordon — à la fois sanitaire et garde protectrice de Bristol et de ses biens — avait tenu bon au cours des dernières heures, bien que la foule commençât de le presser de place en place et de se montrer inquiétante. Encore qu'il fît grand jour, Toby fut à peine surpris d'observer qu'une demi-douzaine d'épaisses torches en nœuds de pin flambaient au bout de poings solides. D'une certaine manière, le sifflement et le crépitement du bois résineux le long de la falaise étaient comme le cachet final à l'œuvre de Gabriel.

Par contraste avec la menace multiple, voyante et bruyante massée là-haut, l'entrepôt, lui, ne semblait pas offrir la moindre menace. Si des rats pesteux s'abritaient encore parmi les barils de tabac de Bristol, si le vieillard obstiné avait confié d'autres cadavres à la marée, aucun signe extérieur n'en paraissait. Barricadée jusqu'au dernier volet de sa dernière fenêtre, ses portes et portails cadenassés, la sombre bâtisse paraissait abandonnée. Seuls les gardiens savaient de toute certitude qu'une vingtaine de mousquets amorcés attendaient toujours derrière ces volets clos, et que le premier homme à s'aventurer le long du quai de chargement sentirait le vent du plomb siffler dans ses cheveux.

Penché par-dessus la pente abrupte de la falaise, Toby pouvait voir deux hommes qui se disposaient en cet instant même à tenter la périlleuse expérience de faire face à l'arsenal. Portant entre eux un drapeau blanc et les mains haut levées afin de témoigner qu'ils s'avançaient sans armes, ils avaient déjà quitté la rampe et pris pied sur la première planche déglinguée du dock. De la hauteur même où il se trouvait, il reconnut instantanément l'immense perruque blanche de Crowther et la démarche raide et digne de McIntosh... Ils s'avançaient ensemble vers un ennemi encore invisible. Le beuglement de Crowther fut tel que les lourds cadenas du portail de chargement en parurent ébranlés :

— Matthew ! Vous savez pourquoi je suis ici. Voulez-vous vous montrer à découvert et vous battre ?

Nul ne bougea parmi la horde attentive qui couronnait la falaise, bien que chacun de ses membres parût respirer à l'unisson des autres. Le vieux Bristol, boutonné dans son habit jusqu'au menton et renfrogné autant que le serait son propre masque funéraire, se glissa par une étroite fente qui s'ouvrit dans la porte de l'entrepôt.

Jamais ses massives épaules n'avaient été plus arrogantes. Le blizzard furieux et désordonné de sa perruque, chevauchant comme une crête géante son front noueux, semblait participer à sa folie.

— Quittez mes docks, vous deux !

— Je fais appel à vous en gentleman, Matthew. Voulez-vous sortir et vous battre ? Ou voulez-vous vous considérer comme battu et quitter Savannah ?

— Quittez mes docks, vous dis-je !

Devant ce hurlement insensé, Crowther lui-même recula d'un pas, et ce recul fut son salut, sans un pouce de jeu ! Le bras de Bristol semblait s'être détendu ainsi qu'un serpent fouetté. Le pistolet à canon long, caché dans les plis de ses pans d'habit, en était sorti pour cracher la mort, dans l'ombre de l'entrepôt. En reculant, Crowther avait trébuché, de sorte que le coup, bien que tiré presque à bout portant, avait manqué son front et fait voler son chapeau : signal rêvé pour ceux qui guettaient sur la falaise.

Le cœur de Toby se souleva, en même temps que la foule, d'un élan unanime, se portait en avant. Et, tout en même temps que son esprit essayait de retrouver calme et lucidité, sa voix braillait de concert avec les autres, et ses acclamations ne furent pas les moins forcenées lorsque la première torche, traçant une vaste parabole, partit de la falaise et aboutit sur le toit des magasins. Après cela, on vit pleuvoir du feu. Entre les cris, on entendit le chant soutenu d'une douzaine de cordes d'arc, et Toby se rendit compte qu'autant de flèches portant à leur pointe de la poix flambante faisaient éclater les volets des fenêtres.

Quelqu'un avait éventré au couteau une meule de foin, en avait disposé d'énormes gerbes sur des lattes graissées formant patins, et avait envoyé d'une poussée tout l'attirail sur la rampe qu'il descendait maintenant à toute allure, une torche vive plantée en son centre.

Une clameur de triomphe retentit lorsque la masse enflammée défonça un volet du bas et, rugissante, l'entraîna avec elle dans les magasins.

— Arrêtez ces imbéciles ! Est-ce que personne ne peut les arrêter ?

Bien qu'il y eût mis toute sa force, la voix que Toby reconnut pour la sienne n'avait émis qu'un faible croassement. Il se trouva au bas de la rampe avec Gabriel sans se rappeler qu'il l'avait descendue. Des coups de feu poivrèrent au hasard les panneaux de bois, et Gabriel « lança un ordre » pour ramener « l'ordre ». Matthew Bristol, debout contre la porte, les bras en croix, sembla s'écrouler par le dedans bien avant que le premier plomb pût trouver son cœur. Le premier mousquet qu'un des mercenaires lança vers le dehors en signe de reddition vint tomber à côté de Toby, agenouillé auprès de son ennemi, bien que, longtemps avant d'avoir cherché son pouls inerte, il fût assuré que Matthew Bristol était mort.

— Ne gâche pas de pitié pour ça, dit avec calme Gabriel. En fait, il y a bien longtemps qu'il est mort, tu sais.

Il pivota en direction de l'entrepôt, mit sa main valide en cornet autour de sa bouche et cria un nouveau commandement :

— Lancez vos mousquets dehors, chenapans, et sortez ensuite. Nous avons votre maître, nous ne tenons pas à vous pendre.

Crosses et canons heurtèrent les planches du quai, en une sorte d'absurde contrepoint à un grondement profond qui s'élevait de l'intérieur des magasins. Avant même que le dernier sbire eût pu en trébuchant atteindre la sécurité, des jets de flammes couronnaient le faîtage. La pression de la chaleur fit éclater du dedans vers le dehors les volets encore d'aplomb et révélèrent à la vue un holocauste que précipitait le vent du fleuve. Le feu, dévorant les richesses serrées des Bristol, bondissait gaiement d'un baril de mélasse à un baril de tabac, d'une pile de bois de charpente à un réservoir de térébenthine, et donnait aux spectateurs un motif valable pour crier et hurler. Il n'était même pas question d'apporter du fleuve tout proche quelques seaux d'eau dans ce brasier !

Rencontrant les yeux de Gabriel, là, au bord du fleuve :

— Félicitation, mon ami tu avais bien orchestré ta musique ! dit Toby.

Mais, au milieu de cette atmosphère infernale et dense de fumée, Gabriel arborait un sourire archangélique, comme le voulait son nom :

— Combustion spontanée, Toby ! Eternelle récompense de l'homme qui veut résister à l'évolution, répondit Gabriel, qui décampa là-dessus et grimpa la rampe sur les talons de Crowther, une volute de fumée tournoyant autour d'eux.

Devant le corps de Bristol que l'on emportait, la foule se sépara pour se rejoindre aussitôt, avide et curieuse. A ce moment précis le toit des magasins s'effondra. Un geyser d'étincelles étala par-dessus les docks son dôme, d'où jaillit une fusée plus haute qui retomba en panache sur les masures de Muskrat Town. Sèches comme la poussière même, après des semaines sans pluie, badigeonnées de soufre du faîtage aux fondations, les masures étaient entourées d'herbes sèches elles aussi. « Dieu merci, elles sont vides ! » pensa Kent en regardant les premières flammes menacer le ciel. « D'un certain sens, il serait convenable qu'elles brûlent des mêmes flammes qui ont détruit le domaine Bristol. » Il n'avait pas fini de formuler sa pensée que le feu dévorait les cabanes et qu'un souffle de vent rabattait vers le bas une large coulée brûlante.

Toby, qui se préparait à regrimper la rampe, vit la route coupée dans cette direction : l'incendie à présent faisait rage à mi-côte et redescendait tout le long de la pente jusqu'aux docks. Il courut tout le long des docks Bristol, au bord du fleuve : si un train de poudre avait été disposé tout exprès dans le sens du dépôt Darby, l'holocauste n'aurait pu se développer avec une plus active furie. Isolé de toutes parts, soit par les flammes vivantes, soit par un mur obscur et dense de fumée brûlante, l'espace libre autour de lui diminuant de seconde en seconde, Toby n'avait plus le choix, il lui fallait plonger ou mourir. Il sauta par-dessus le mur de soutènement avant que le fléau l'atteignît.

Nageant comme peut le faire un bon nageur qui a sa vie à sauver, et descendant assez bas au cœur du courant, il vit qu'il pouvait encore atteindre l'extrémité de son propre quai, avec quelques minutes de bon.

Il n'avait pas de temps à perdre en colère et rage à l'idée que les magasins Darby allaient inévitablement flamber comme leur pendant, les magasins Bristol. Pas de temps à perdre pour penser aux gros registres dans les bureaux de la falaise, ni aux pages d'annotations à l'encre rouge que Leary avait à transcrire le lendemain. Toute son énergie était centrée sur un point, le navire-hôpital, amarré au mur de soutènement Darby, avec trente patients impuissants à bord, et deux médecins pour assurer la manœuvre.

Comme il l'avait espéré, Roy et Appleby tiraient sur la lourde amarre enroulée au bossoir. Et grâce à Dieu, le fantôme blanc que ses yeux appelaient douloureusement courait à travers les tourbillons de fumée qui s'échappaient des magasins, ne trébuchait qu'une seule fois sur la longue blouse d'infirmière et finalement atteignait le bord.

Cent pieds à peine les séparaient. Il ouvrit la bouche pour crier, réagit sauvagement contre cette impulsion et plongea de toute sa force vers la poupe de la *Lady Oglethorpe*.

La fumée se divisant un bref moment, il saisit du regard un éclat d'acier et vit que Nancy avait décroché au passage une hache dans les magasins, qu'elle la maniait comme un vétéran au-dessus du gros câble de chanvre de l'amarre arrière. Un deuxième coup bien appliqué, et la dernière fibre de cordage retomba, brisée, à l'instant même où les deux hommes rejetaient l'amarre avant. Il vit encore Nancy lancer la hache de côté, entendit le cri qu'elle poussa comme le navire se mettait en marche au fil du courant, et comprit que le câble avait claqué comme un fouet en se rompant et, s'enroulant dans sa longue blouse, l'avait entraînée pardessus bord.

Le corps de la jeune femme frappa la surface de la Savannah à moins de dix pieds de l'endroit où il nageait. Il entendit son aspiration étranglée pendant qu'elle coulait avec l'extrémité traînante de l'amarre, et il suivit instantanément, la cherchant à tâtons dans l'eau boueuse. Pendant un instant, son bras se prit dans le piège de chanvre, mais en même temps son autre bras saisissait Nancy, et il sut qu'ils étaient condamnés ensemble.

Alors, avec un grand déchirement, le tissu de la blouse céda et l'amarre retomba au fond, entraînant cette proie dérisoire. Qui est-ce qui avait crié ? Peut-être Nancy, tandis que leurs deux têtes surgissaient ensemble à l'air libre ?

Ou bien lui, juste avant que le gouvernail de la *Lady Oglethorpe,* que personne n'avait encore eu le temps de fixer et qui battait l'eau sauvagement, l'atteignît juste derrière l'oreille, que son être entier s'anéantît dans une obscure explosion ?

6

Elle fut longtemps dans ses bras, mais il ne pouvait plus voir son visage, et les paroles d'amour qu'il murmurait se perdaient contre sa joue et tourbillonnaient dans un long tunnel étouffant et noir. Sa voix continuait à murmurer, une voix qu'il ne reconnaissait pas tout à fait pour la sienne, bien que chaque mot qu'elle prononçait fût arraché de son cœur.

Il murmurait toujours, et, en dépit de l'obscurité envahissante, il savait qu'elle pouvait le voir parfaitement, lorsque, enfin, il ouvrit les yeux. L'obscurité était toujours absolue, sauf en un point là-bas, loin, où le feu continuait à cracher des étincelles. Il referma les yeux et sombra dans le plus parfait contentement qu'il eût jamais connu. Il était vivant. Nancy Grégory était vivante, assise à son côté, et l'écoutait. Pour le moment présent, tout cela suffisait amplement. Il n'allait pas troubler l'enchantement en commettant la maladresse de se réveiller.

— Cela peut aller comme ça, dit la voix de Roy. Tu as dormi longtemps, Toby. Non certes que tu n'eusses mérité un repos véritable.

Il était dans son lit. Dans la maison de Wright Square. La blancheur impalpable qui le couvrait jusqu'au menton de sa chaleur légère, c'était son édredon familier. Et l'holocauste qu'il avait revu, menaçant, lorsqu'il avait ouvert les yeux, c'était la flambée allumée dans le foyer pour couper la fraîcheur d'une soirée de printemps.

Roy, assis à côté du lit, prenait son pouls et le regardait, un grave sourire dans les yeux.

— J'espère que tu ne souffres plus de la tête, Toby. Il n'y a pas l'apparence d'une fracture.

— Quand est-ce que...

— Il y a vingt-quatre heures que nous vous avons repêchés. Par bonheur, Nancy est une forte nageuse, même en vêtements d'infirmière. Elle a soutenu ton menton au-dessus de l'eau jusqu'à ce que nous puissions vous récupérer tous les deux.

— Et l'incendie ?

Il pouvait arriver à prononcer quelques mots. Pas trop longs. Il pouvait aussi comprendre ce que lui répondit Roy à la seule — mais indispensable — condition de regarder toujours le même endroit du mur, faute de quoi le lit se serait mis à tournoyer.

— L'incendie s'est arrêté de lui-même à l'aube. Un nettoyage complet, Toby.

Roy s'empêchait difficilement de sourire — bien qu'à première vue...

— Comme nettoyage c'est radical : notre dépôt aussi bien que celui des Bristol. Gaby et une dizaine d'autres têtes chaudes sont sous arrêt jusqu'à ce que diverses petites choses soient expliquées. Et, si tu me demandes mon avis, je te dirai que cela valait la peine de perdre le dépôt pour pouvoir recommencer à neuf.

Recommencer à neuf ! Brusquement, le lit s'installa ferme à sa place coutumière, et son cerveau vertigineux en fit autant. Mais oui, c'était vrai, ils pouvaient repartir à neuf. Nancy avec les richesses de son père diminuées, mais non pas ruinée par cette coûteuse expérience en démocratie. Savannah, avec son bord de l'eau purifié de la peste par le plus ancien des purificateurs. Il se souvint de la lettre qu'il avait si bravement écrite et savoura la lie de la renonciation. A présent que leur dernière espérance de bénéfice avait disparu, il n'y aurait plus à discuter les droits de Nancy.

— La *Lady Oglethorpe ?*

— Ancrée en sécurité au mouillage de l'île Hutchinson. Ce fut un sauvetage réussi, grâce à vous deux, mais il s'en est fallu de peu, vraiment.

— C'est elle qui en est responsable, pas moi.

Il pouvait, à présent, parler de façon normale. Et même crier si le cœur lui en disait. Mais le cœur ne lui en disait pas. Ce qui lui plaisait en ce moment, c'était de jouer au malade un peu de temps encore...

— Tu en discuteras avec Nancy, répondit Roy. Elle va t'apporter à souper dans un instant.

Il constata qu'il pouvait attendre cette circonstance sans la plus légère trace d'émotion. Tout ce qu'il pourrait jamais dire, il l'avait dit dans sa lettre. Le tourbillon des événements de l'après-midi n'avait fait que mettre le sceau de la réalité au bas de son acte de capitulation.

« Même si elle crâne et triomphe, se disait-il, je suis maintenant capable de le supporter. »

Après ce morceau de bravoure (tout intérieur), il dut somnoler quelque peu. Quand il rouvrit les yeux pour de bon, et qu'il vit la familière silhouette blanche, debout de toute sa hauteur à côté de lui, déjà son cœur lui cognait les côtes, comme un battant sa cloche.

— D'abord du bouillon, dit Nancy. Du bouillon — et un peu de poulet bien tendre. Roy dit que cela doit suffire pour cette fois. Si vous le prenez sagement, j'ajouterai un verre de bordeaux.

— Vous n'avez pas besoin pour autant de vous transformer en fille de salle, protesta-t-il doucement.

Il ne l'avait jamais imaginée dans ce rôle ; Maum Bonnie, ou n'importe quelle femme de chambre s'en serait aussi bien tirée.

— Nous avons brûlé en même temps la peste et les bénéfices de la Compagnie. Et je vais aussi bien que possible.

— Mangez, Toby. Ne dites plus un mot jusqu'à ce que vous ayez mangé. Puis, si vous vous sentez assez fort, nous aurons une petite cérémonie pour accompagner le verre de vin...

Il la regarda, tout éberlué par ses intonations inaccoutumées vaguement content de ce qu'elle s'assît sur son lit pour le nourrir aussi attentivement qu'une mère nourrirait un volumineux enfant malade.

— Au tour du bordeaux maintenant, Toby. Asseyez-vous et buvez tout seul, comme un grand. Pas la peine de me faire croire que vous vous sentez faible. Ni de corps ni d'esprit.

Il leva vers la flamme de la bougie le vin blanc transparent :

— Vous avez annoncé une cérémonie, je crois, rappela-t-il. Que dirai-je donc ? La Compagnie est morte, vive la Compagnie ?

Un son lui fit vivement relever la tête : du papier que l'on déchirait... Nancy était debout près du foyer. Pendant une longue minute, elle ne bougea même pas, comme si elle s'amusait de l'hommage de son regard. Puis elle rapprocha les morceaux déchirés et les déchira une fois de plus, dans l'autre sens.

— C'est la lettre que vous m'avez envoyée hier après-midi, Toby. Pardonnez ce symbolisme, mais il est hautement indispensable, quand on a affaire à une tête aussi dure que la vôtre.

Kent se souleva à demi dans son nid d'oreillers lorsqu'elle laissa tomber la lettre dans les flammes :

— J'espère que vous l'avez lue ?...

— Idiot obstiné ! dit Nancy d'un voix qui n'avait jamais été plus légère. Triple essence d'imbécile têtu ! Ne pouviez-vous pas penser que Roy ne manquerait pas de me raconter tout ce qui... ce qui concernait Marthe ? Et la *Darby Belle ?* Et ces soupçons que, trop buté pour cela, vous ne vouliez pas formuler en paroles ?

Après ce petit éclat, Nancy Grégory recula de quelques pas pour regarder les flammes transformer la lettre en cendres.

Toby dit alors :

— Vous prenez un grand risque ! C'était l'unique preuve que vous possédiez de ma reddition.

— Oh ! non, ce n'est pas la seule, Toby. Vous avez beaucoup parlé avant de reprendre conscience. Ici, mais déjà avant, sur la *Lady Oglethorpe*. J'ai plusieurs témoins.

Le dernier morceau de papier achevait de se ratatiner. Nancy eut un petit rire heureux. Pendant tous leurs mois de lutte, il ne l'avait jamais entendue rire ainsi, à cœur ouvert. .

— Pourquoi m'obliger à brûler votre première lettre d'amour ? Et pourquoi nous obliger à vous envoyer le gouvernail d'un navire sur le crâne avant que vous vous décidiez à me demander en mariage ?

D'un jet soudain, la mémoire lui revint, avec les paroles qu'il murmurait dans son rêve. Il referma les yeux, priant afin que ne se confondissent point le rêve et la réalité. Mais Nancy était toujours à côté de son lit quand il rouvrit les yeux, et les doigts de Nancy étaient refermés sur les siens.

— Cela signifie-t-il... que... je suis accepté ?

— Ne soyez pas une mule jusqu'au bout, Toby. Je vous ai accepté dès le moment que j'ai sauté à bord de la plate, à Darbyville.

— Dans votre cœur seulement, jamais dans votre esprit.

— Mon cœur était le plus sage. Pourquoi avez-vous gardé le vôtre clos pendant deux longues années ? Ne vous rendez-vous donc pas compte que la Compagnie a un besoin effectif de nous deux ?

— Nous n'avons certainement pas fini de nous bagarrer, Nancy.

— Et quel couple marié en a jamais fini ?

Il aurait voulu lui dire bien d'autres choses encore, tant de choses. Il perdit contre ses lèvres les paroles dont il se serait servi, et les perdit volontiers. Demain, ou le jour suivant il serait bien assez tôt pour les retrouver et reprendre la dispute.

FIN

Achevé d'imprimer en janvier 1988
sur les presses de l'Imprimerie Bussière
à Saint-Amand (Cher)

PRESSES POCKET - 8, rue Garancière - 75285 Paris
Tél. : 46-34-12-80

— N° d'édit. 114. — N° d'imp. 3338. —
Dépôt légal : 3e trimestre 1964.

Imprimé en France